BASTEI
LÜBBE

Madeleine Brent *ist das streng gehütete Pseudonym einer wechselweise in England und an der Mittelmeerküste lebenden Autorin. Durch ihre unverwechselbare Kunst, Spannung und Abenteuer mit einem romantischen Handlungsfaden zu verknüpfen, wurde sie weltweit bekannt und erzielte mit ihren Büchern Millionenauflagen.*

Bei BASTEI-LÜBBE sind von Madeleine Brent erschienen:

10 008 – Die Tochter des Magiers
10 483 – Das Mädchen von Jacaranda
10 753 – Hoffnung im Tal der Tränen
10 943 – Die Lady vom Hindukusch
10 966 – Wenn im Tal der Mondbaum blüht
10 973 – Wilde Blume Glück
11 207 – Cadi, Tregarons Tochter
11 327 – Wohin der Wind die Blüten trägt
11 439 – Wildes Herz Mitji

MADELEINE
BRENT

Wildes Herz Mitji

Aus dem Englischen von
Jürgen Abel

BASTEI
LÜBBE

BASTEI-LÜBBE-TASCHENBUCH
Band 11 439

1. Auflage 1989
2. Auflage 1992
3. Auflage 1995

Die gebundene Ausgabe des Marion von Schröder Verlags erschien
unter dem Titel MOIRA
Titel der Originalausgabe: Golden Urchin

Lizenzausgabe: Gustav Lübbe Verlag GmbH, Bergisch Gladbach
Printed in Great Britain
Einbandgestaltung: Zembsch Werkstatt
Satz: hanseatenSatz-bremen, Bremen
Druck und Verarbeitung: Cox & Wyman, Ltd.
ISBN 3-404-11439-6

Der Preis dieses Bandes versteht sich einschließlich
der gesetzlichen Mehrwertsteuer.

1

ICH LEGTE DAS kleine Ding auf mein Handgelenk, damit ich es mir genau ansehen konnte. Obwohl ich nun schon viele Sommer lebte, fast so viele, wie man an drei Händen abzählen konnte, schämte ich mich noch immer meiner hellen Haut und meines feurigen Haars und der winzigen braunen Flecken, die meine Nase und Wangen tüpfelten. Vor langer Zeit, als ich noch klein war, hatte ich aufgehört, mein Haar mit Asche zu schwärzen, weil die anderen Mädchenkinder mich dann noch mehr verspotteten als zuvor, aber ich hatte noch immer die Gewohnheit, meine Handflächen möglichst zu verbergen, denn sie waren noch bleicher als mein restlicher Körper, da die Sonne sie nicht gebräunt hatte.

Das Ding auf meinem Handgelenk war so groß wie ein Menschenauge, aber ganz und gar rund wie der volle Mond. Es war von der Farbe dunklen Sandes und nicht dicker als die Kante der Bumerangs, mit denen die Bubenkinder spielten, doch es war hart und fest wie Stein. Ich konnte es nicht biegen. Auf der einen Seite des sonderbaren Dings hatte irgend jemand ein winziges Bild einer sitzenden Gestalt eingeritzt, die einen Speer mit drei Spitzen hielt. Als ich genauer hinsah, war ich sicher, daß es sich um eine Frau handeln müsse, und lachte, weil sie auf dem Kopf so eine komische Art Schüssel verkehrt herum trug. Ich drehte das Ding um und bemerkte, daß die andere Seite fast gänzlich von einem eingeritzten Frauenkopf eingenommen wurde.

Neben mir kniete Yuma. Er berührte das Ding mit dem

Zeigefinger und dann kichernd meine Nase. »Wie du, Mitji«, sagte er. »Gleiche komische Nase.«

Ich schlug ihn auf den Schenkel, aber nicht sehr hart, weil Yuma der Mensch war, den ich am meisten mochte. Von unseren Familien und all den anderen Familien des Stamms war Yuma der einzige Mensch, der mir jemals Wärme geschenkt hatte, seit ich meine Mutter verlor, die vor drei Sommern fortging, um einen Mann von einem anderen Stamm zu heiraten. Sie hätte mich gern mitgenommen, aber der Mann wollte nichts von mir wissen. Jeder wußte, daß Manyi nicht meine wahre Mutter war und daß ich ein Geist war, zurückgekehrt von den Toten. Andere Babys hatten bei der Geburt eine milchig-helle Haut, bekamen dann aber schnell die normale dunkle Farbe. Ich war nicht aus Manyis Körper geboren, sondern durch die Kraft eines Ahnengeistes wiedergeboren und an einen Platz gelegt worden, wo Manyi mich finden konnte, als ihr wahres Kind gestorben war. Ich hatte gehört, daß einige von unserem Volk, die zu anderen Stämmen gehörten, Haar von der Farbe trockenen Grases hatten, doch niemand hatte einen weißen Körper wie ich, und niemand hatte eine schmale Nase und feuriges Haar.

Ich hatte auch gehört, daß es weit weg von uns, wo der Rand der Welt die großen Wasser berührt, viele neue Stämme gab, die von den Wassern auf das Land gekommen waren. Ihre Haut war weiß, und sie verhüllten ihren Körper das ganze Jahr, aber diese Hüllen waren nicht aus Opossumfell oder Känguruhhaut gemacht wie die Überwürfe, die wir in kalten Nächten trugen, und sie konnten auch nicht aus Menschenhaaren geflochten sein wie der Gürtel mit der Quaste aus Emufedern, den ich trug, denn eine solche Menge menschlicher Haare konnte es gar nicht geben.

Manchmal fragte ich mich insgeheim, ob ich nicht möglicherweise bei einem dieser Stämme leben könnte. Vielleicht würden sie nicht merken, daß ich ein Geist aus dem Reich der Toten war, und mich für eine der Ihren halten. Bei meinem eigenen Volk galt ich als Wechselbalg. In den vergangenen Jahren hatten die Mädchenkinder mich nicht nur verspottet, sondern auch gefürchtet, so daß ich für gewöhnlich mit Yuma und anderen Jungen spielte. Nun, da ich älter und seit dem letzten Sommer zur Frau geworden war, schienen die Stammesleute noch unfreundlicher zu mir zu sein, und ich fühlte mich wie eine Ausgestoßene. Mitapuyi, der Älteste unserer Familie, hatte mich zusammen mit anderen Ältesten wissen lassen, daß ich nicht heiraten und nicht an den Ritualen unseres Volkes teilnehmen dürfe.

Seltsamerweise hatte ich, vielleicht weil ich kein normaler Mensch war, nicht das leiseste Verlangen zu heiraten, und ich war froh, daß man mich nicht den Ritualen unterzogen hatte, wie sie üblich waren, wenn ein Mädchen zur Frau wurde. Aber ich träumte manchmal, wie schön es doch wäre, bei den neuen Stämmen von den großen Wassern zu leben, die so geschaffen waren wie ich und deshalb nicht merken würden, daß ich ein Wechselbalg war.

Ich blickte von dem Ding auf meinem Handgelenk auf und sagte: »Ich habe noch nie so etwas gesehen. Was ist es, Yuma?«

Wir rasteten in einem trockenen Flußbett einen halben Morgenmarsch durch viele Sandhügel von der Wasserstelle entfernt, wo unser Stamm seit dem letzten neuen Mond lebte, waren also sicher allein, aber Yuma schaute sich trotzdem ängstlich um und senkte die Stimme, als er sagte: »Es ist *mapanpa*. Starker *mapanpa!*«

Es war zu der Zeit, da ich nur die Zunge unseres Volkes sprach und keines der Wörter kannte, die ich heute benutze – abgesehen von einer unbestimmten Erinnerung an eine andere Welt aus der Traumzeit vor meiner Geburt. Ich meine damit meine eigene Traumzeit und nicht die Große Traumzeit, die *tjukurpa* wie wir sie nannten, die Zeit, als die Totemgeister die Welt erschufen, ehe Männer und Frauen gemacht wurden. Ich hatte keine Erinnerung an Worte aus meiner Traumzeit, doch seit dem Tag in dem Flußbett habe ich vieles gelernt. Als Yuma von *mapanpa* sprach, meinte er ein Ding mit magischen Kräften wie die geheimen Talismane, die Ulurka, unser Medizinmann, gebrauchte. Mitji, mein Name, bedeutete »weiße Frau«. Die Unbekannten von den großen Wassern, die wir nie gesehen hatten und nur aus den Erzählungen anderer Stämme bei den nächtlichen Festen unseres Volkes kannten, hatten den Namen *walypala* oder »weiße Menschen« bekommen.

Yuma streckte die Hand aus und drehte das Ding um, so daß es wieder die sitzende Frau mit dem dreispitzigen Speer zeigte. Dann wies er auf einige sehr kleine Zeichen rings um die kleine Scheibe. Er zog den Knochen aus seiner Nase und begann, die winzigen Zeichen, während er wieder und wieder den Hals nach ihnen reckte, mit der Knochenspitze in den Sand zu malen. Yuma war ein geschickter Künstler, der gute Felszeichnungen machte, und er ahmte die Zeichen gut nach.

ONE PENNY.

Er zeigte auf eine kleine Steile unterhalb des Bodens, auf dem die Füße der Frau ruhten, und ahmte sorgfältig einige weitere Zeichen nach, die dort eingeritzt waren.

1887.

Nun hockten wir eine Weile da und betrachteten die Zeichen, und sie waren so kraftvoll, daß ich spürte, wie ein Schauder meinen Körper erfaßte, und ich schleuderte das Ding von mir. Yuma fing es auf und lächelte breit. »Großer *mapanpa*«, sagte er. »Ich werde noch mehr solche finden und ein besserer Medizinmann werden als Ulurka, werde Krankheiten heilen und die *mamu* vertreiben.« Die Geister, die des Nachts erwachten, hießen *mamu* und galten als gefährlich, aber ich hatte noch nie einen in meiner Nähe gesehen oder gefühlt. »Ich werde diese Zeichen in meinen Zauberknochen ritzen«, fuhr Yuma fort, »und wenn ich ihn auf meine Feinde richte, dann sterben sie.«

Ich sagte: »Aber du hast doch gar keinen Zauberknochen, Yuma.«

Er fuhr mit der Hand über den Sand, um die Zeichen auszulöschen. »Ich bekomme aber einen«, sagte er so merkwürdig sicher, daß ich ihn scharf ansah. »Es muß ein Knochen aus der Brust eines weiblichen Känguruhs sein ...« Er gähnte, ehe er hinzufügte: » ... das von einer Frau gejagt und getötet wurde. Das habe ich im Traum gesehen.«

Da lachte ich. »Deshalb bittest du mich also jeden Tag, dich hierher zu begleiten. Du hoffst, wir könnten ein Känguruh erblicken, das ich fern der Männer, die das nicht erlauben würden, jagen und töten kann. Du bist ein Tor, Yuma. Die Frau sammelt, der Mann jagt. Die Frau findet *ngaru*-Früchte und Samen und Holzbohrerraupen. Sie gräbt nach Yamswurzeln, sie sammelt Beeren und Vogeleier und Nüsse. Sie fängt Eidechsen und Frösche und Schlangen. Aber sie jagt nicht.«

Yuma schnaubte und deutete auf seine Waffen, die neben ihm lagen, und dann auf meine. »Du bist keine richtige Frau, Mitji. Du hast eine Wurfkeule und einen Speer und eine Speerschleuder. Sie sind nicht so schwer wie meine, aber du hast schon drei Sommer lang kleine Tiere erlegt, denn ich habe dich gut unterwiesen.« Er deutete wieder. »Du hast den Bumerang, den ich dir gemacht habe. Er ist nicht so schwer wie meiner, aber er ist ein Kriegsbumerang, ein Jagdbumerang, nicht so ein kleiner

Kehr-wieder-*kali*, mit dem die Kinder spielen. Keine Frau hat solche Waffen, deshalb bist du keine richtige Frau, aber das Känguruh wird das nicht wissen, so daß du für mich ein Weibchen jagen und töten kannst. Und dann bekomme ich meinen Zauberknochen.«

Ich dachte eine Weile darüber nach. Die Behauptung, ich sei keine Frau, weil ich Waffen hätte, erschien mir wie ein auf den Kopf gestellter Gedanke. Ich hatte den Körper einer Frau, ich fühlte wie eine Frau, und ich hätte wie eine gehandelt, wenn man es mir erlaubt hätte, doch weil ich ein Wechselbalg war, hatte man mich gezwungen, anders aufzuwachsen als die anderen Mädchenkinder. Es hatte keinen Sinn, mit Yuma darüber zu streiten. Er war ein Mann, und wenn er sagte, daß ich keine richtige Frau sei, war die Sache damit erledigt. Außerdem war ich gern bereit, ihm zu helfen, denn er war immer freundlich zu mir gewesen, besonders aber, seit Manyi fortgegangen war.

Manyi fehlte mir noch immer. Bei unserem Volk gaben die Frauen ihren Babys bis zu vier Sommer lang die Brust, und Manyi hatte mir zwei Sommer lang die Brust gegeben, nachdem sie mich an der Stelle fand, wo der Totemgeist mich geschaffen hatte. Meine früheste Erinnerung – das heißt meine früheste Erinnerung seit meiner Traumzeit – war, daß ich an ihrer Brust lag, und deshalb brachte es mir großes Leid, als sie an einen Mann von einem anderen Stamm verkauft wurde. Ich würde nie vergessen, daß es damals Yuma gewesen war, der mir Wärme geschenkt hatte, obgleich er zu der Zeit ein kleiner Junge und noch nicht in den Kreis der Männer aufgenommen worden war.

Ich sagte: »Das größte Tier, das ich je erlegt habe, war ein Emu. Vielleicht kann ich kein Känguruh erlegen.«

Yuma nahm meinen Bumerang und drückte seinen kleinen *mapanpa* dagegen, während er etwas vor sich hin murmelte. Dann sagte er: »Ich habe einen kleinen Zauber gemacht, der dir helfen wird. Du wirst es tun, Mitji.«

Ich sammelte meine Waffen und stand auf. »Zuerst müssen wir ein weibliches Känguruh finden. Es ist über vier Monde her, seit unsere Leute das letztemal Känguruhfleisch gegessen haben, und wir sind nun schon viele Tage zu dieser Stelle gekommen, ohne Känguruhspuren zu finden.«

»Wir werden welche finden«, sagte Yuma, steckte seinen *mapanpa* in den kleinen Beutel an seinem Gürtel und schob sich wieder den Knochen in die Nase. »Wir werden welche finden, wenn wir weitergehen, dort zu der Stelle hinter dem Berg, wo die Mulgabäume wachsen.«

Wir machten uns wieder auf den Weg und wechselten von Zeit zu Zeit einige Worte, ohne jedoch den Blick von der Erde zu wenden, damit uns auch nicht das kleinste von Vögeln und anderen Tieren hinterlassene Zeichen entging. Ich konnte ebensogut wie die meisten Jungen erkennen, wo eine Eidechse über den Boden gehuscht oder ein Falke auf ein kleines Geschöpf hinuntergestoßen war, aber meine Nase, meine kleine, gerade, komische Nase war fast nutzlos. Selbst wenn ich nur einen guten Speerwurf von einer unterirdischen Quelle entfernt war, konnte ich sie kaum riechen, und ich schämte mich dessen sehr.

Während wir weitergingen, sagte ich: »Woher kommt der *mapanpa*?«

»Katapi, die neue Frau von Nyiki, hat ihn mitgebracht. Sie hat ihn von einer anderen Frau, die einen Mann von Katapis Stamm geheiratet hat. Der Stamm der anderen Frau ist sehr, sehr weit fort und hat einige *walypala* getroffen.« Yuma berührte den kleinen Beutel an seinem Gürtel. »Dies ist ein Zauber der *walypala*. Er ist sehr mächtig. Hast du den Kopf der Frau gesehen, der auf einer Seite eingeritzt ist? Sie ist bei den *walypala* die Älteste der Ältesten. Sie haben viele, viele Stämme, und sie ist die mächtigste Person der mächtigsten Familien von allen.«

Ich hätte beinahe wieder gelacht. Mir war klar, daß Nyikis neue Frau nicht wahr gesprochen hatte, denn es war unmöglich, daß eine Frau die mächtigste Person einer Familie sein konnte, und noch unmöglicher, daß sie eine Älteste der Ältesten sein konnte – über viele Stämme. Aber ich wollte Yuma nicht unglücklich machen, also unterdrückte ich mein Lachen und sagte nur: »Was hast du Nyiki dafür gegeben, Yuma?«

Bei unserem Volk konnte man nichts geben oder nehmen, ohne daß eine Gegengabe die Hände gewechselt hätte. Ich hatte meinen Speer und meine Speerschleuder selbst gemacht, aber Yuma hatte meinen Bumerang verfertigt, und ich hatte ihm dafür einen Gürtel gegeben, den ich aus Schlangenhaut geflochten hatte. Jetzt sagte er: »Ich habe ihm einige Haare von meiner Schwester gegeben, damit Katapi eine neue Quaste für seinen Gürtel flechten konnte.«

Ich wollte gerade etwas anderes sagen, als ich die schwachen Spuren eines *kurkati*, einer Eidechsenart, erblickte. Ich wies Yuma sofort darauf hin, und wir folgten der Fährte zwischen den Büscheln hellgrünen, stechenden Grases hindurch, die sich über die Sandhügel und die Ebene zogen. Nach einer Weile wurden die Spuren deutlicher, und dann fanden wir das Erdloch. Yuma sprang ein kleines Stück davon entfernt auf den Boden, um den unterirdischen Gang zu blockieren, und ich ging in die Knie, um schnell mit meinem Grabstock zu arbeiten. Die Eidechse steckte nicht tiefer als eine halbe Armlänge, und Yuma konnte sie bald am Schwanz packen, herausziehen und mit einem Schlag seiner Wurfkeule töten.

Es war keine große Eidechse, denn sie wog nur wenige Handvoll Sand, aber Yuma freute sich sehr, als er sie an seinen Gürtel band, denn sie bedeutete, daß er heute nicht mit leeren Händen zum Lager zurückkommen würde. Wir gingen weiter durch die Dünen, bis wir eine flache Stelle erreichten, wo inmitten von Sträuchern und Mulgabäumen rote Felsen und niedrige Klippen aus der Erde ragten. Hier hatten wir einen *mangu* gebaut, einen kleinen Kreis aus Zweigen und Reisig, in dem wir uns verstecken und aufpassen konnten, ob Tiere zu dem Flußbett in der Nähe kamen.

Direkt unter dem Kies gab es dort Wasser, und zusammen säuberten wir ein kleines Sickerloch, das wir bereits gegraben hatten, so daß sich mehr Wasser ansammeln und mit seinem starken Geruch Tiere anlocken konnte. Wir tranken selbst reichlich und gingen dann in Windrichtung zu dem *mangu*, wo wir uns hinhockten. Es war der dritte Tag, den wir hierherkamen, um zu jagen, aber wir hatten bisher keinen Erfolg gehabt. Zum Glück hatte ich am ersten Tag auf dem Rückweg einige reife *kampurarpa* – Früchte gefunden, und Yuma hatte am zweiten Tag eine Rautenschlange gefangen. Sonst hätten wir unseren Familien nichts mitbringen können.

Es gab Zeichen, daß Känguruhs dieses Flußbett benutzten, denn wir konnten die tiefen Abdrücke sehen, die sie im Boden machten, wenn sie mit den Schwänzen auf das Unterholz schlugen, um sich Schlafstellen zu bauen, doch obwohl wir warteten, bis die Sonne weit über den Himmel gewandert war, näherten sich keinerlei Tiere, von Vögeln abgesehen, die so hoch flogen, daß man sie weder mit einer Wurfkeule noch mit einem Bumerang hätte erlegen können.

Ich konnte sehen, daß Yuma sehr traurig war, und er tat mir leid. »Möchtest du bei mir liegen, Yuma?« fragte ich. »Vielleicht macht es dich froh.«

Er zuckte mit den Achseln und wandte den Blick ab.

»Ich kann nicht bei einem Wesen liegen, das keine richtige Frau ist, Mitji. Es wäre ein böser Zauber und könnte mir die Manneskraft rauben.«

Bei unserem Volk legten sich schon recht junge Mädchen und Jungen spielerisch miteinander hin wie Männer und Frauen, aber mir war das noch nie widerfahren. Die Jungen hatten Angst, sich mit einem Wechselbalg zu paaren, doch selbst wenn sie mich begehrt hätten, verlangte mich nicht nach ihnen. Ich hatte Yuma nur angeboten, bei ihm zu liegen, weil ich seinen Kummer vertreiben wollte, aber auch aus Neugier darauf, was dann zwischen einem Mann und einer Frau geschah. Aber ich war doch ein klein wenig froh, als er ablehnte.

Kurz vor Sonnenuntergang erreichten wir den Platz, wo unser Stamm sein Lager aufgeschlagen hatte, und die Dingos kamen jaulend und kläffend an, um uns zu begrüßen. Ich hatte in dem Mulgagebiet eine Schale *wangunu*-Samen gesammelt, ehe wir den Heimweg antraten, und später hatte ich mit einem Dorn einige Raupen der Holzbohrermotte aus Löchern in einem Baumstamm geholt. Gerne hätte ich sie einigen der kleinen Kinder geschenkt, konnte es aber nicht, weil es bedeutet hätte, daß sie oder ihre Mütter oder Väter mir ein Gegengeschenk hätten machen müssen. Es kam recht oft vor, daß ich einen Drang verspürte, derlei Dinge zu tun, die bei richtigen Menschen sonderbar oder falsch oder unmöglich waren, was mich jedesmal aufs neue daran erinnerte, daß ich nicht wirklich zu ihnen gehörte.

Es war Sommer, und wir hatten keine Rindenhütten für das Lager gebaut, sondern nur schattenspendende Vorrichtungen aus Reisig. Ich sah, daß unsere Familien heute abend gut zu essen haben würden, denn einige der Männer hatten einen Emu getötet, und die Frauen hatten ihn in eine flache Grube gelegt und schichteten nun heiße

Glut auf den Kadaver, um ihn zu rösten. Bei unserem Volk teilte man alle Nahrung nach bestimmten Regeln unter den Angehörigen der Person auf, die sie gejagt oder gesammelt hatte, und obwohl ich keine echte Person war, galt ich doch als Angehörige Aldingas, des Vaters meiner Mutter Manyi, und bekam deshalb immer meinen rechtmäßigen Anteil. Yuma und ich teilten die Eidechse, die *wangunu*-Samen und die Raupen für unsere Familien, und dann führte Yuma ein junges Mädchen namens Wytala zur Paarung ein Stück beiseite, und ich ging zu meinen weiblichen Angehörigen und fing an, die Samen zum Mahlen vorzubereiten.

Als dies getan war, blieb ich noch eine Weile, um mit ihnen zu plaudern, und erzählte auch, daß Yuma und ich eine Stelle gefunden hatten, wo er ein Känguruh zu töten hoffe, und daß wir morgen wieder dorthin gehen würden. Sie spotteten, mein feuriges Haar habe doch sicher die Känguruhs ferngehalten, sie könnten es ja schon aus einer Entfernung von einem Tagesmarsch sehen. Sie sprachen im Scherz, und ich war es gewöhnt, daß man mich hänselte, aber es bewirkte dennoch eine kleine Schwere in mir, und ich konnte nicht recht mit ihnen lächeln und lachen.

Nach einer kurzen Zeit verließ ich das Lager, um mit meinem Bumerang zu üben. Einige der Jungen spielten mit ihren *kali* und wetteiferten darum, wer seinen Spielbumerang so werten konnte, daß er möglichst nah zu einem markierten Punkt zurückkam. Ich hatte dies früher gut gekonnt, aber dann stellte ich fest, daß die Jungen zornig wurden, wenn ich besser war als sie. Danach achtete ich darauf, so zu werfen, daß ich den markierten Punkt verfehlte. Auch ohne die Abneigung der Jungen war es schon schwierig genug für mich, Mitji der Wechselbalg zu sein. Eines Tages würden sie Männer sein und Älteste mit dem Recht, mich zu schlagen, wann immer ihnen der Sinn danach stand.

Ich hatte einen Kampfbumerang, der so gemacht war, daß er nicht zurückkam, und mußte deshalb jedesmal, wenn ich ihn zu einem Gummibaum geworfen hatte, der mir als Ziel diente, viele Schritte gehen, um ihn zurückzuholen. Niemand schenkte mir Beachtung, während ich dies tat. Ich glaube, die Menschen meines Stammes hatten allmählich die Überzeugung gewonnen, die sonderbaren Beschäftigungen von Mitji dem Wechselbalg seien ganz natürlich für eine Person ihres merkwürdigen Aussehens, und sie kümmerten sich nicht um das, was ich tat, solange ich meinen angemessenen Anteil der Arbeit verrichtete und keine Schwierigkeiten machte.

Später, als die Sonne unterging, aß ich mit meinen Angehörigen, holte für die Männer mit einer hölzernen Schale Wasser vom Wasserloch und ging dann mit Tankai, einem Mädchen, das im selben Sommer geboren war, in dem Manyi mich gefunden hatte, in einem der Unterstände aus Buschwerk schlafen, zusammen mit zwei kleineren Kindern und einem Dingo, der mich an meinem Rücken wärmte.

Am nächsten Morgen brach ich wieder mit Yuma ins Land der Mulgas auf. Sobald wir das Lager verlassen hatten, sagte er: »Du hast doch niemandem etwas von meinem *mapanpa* erzählt?«

»Nein, natürlich nicht. Ich habe keine lose Zunge.«

»Gut.« Er faßte an den Beutel an seinem Gürtel. »Dann werde ich dir ein Zauberwort sagen. Du darfst es nie laut aussprechen. Wenn du es doch tust, wirst du sterben. Nur ich kann es laut aussprechen, ohne zu sterben, aber wenn wir es beim Gehen ohne Geräusch in unserem Kopf hersagen, dann bringt es heute das Känguruh zum Flußbett.«

Ich war aufgeregt und auch ein wenig ängstlich, ihm bei

einem so starken Zauber zu helfen, und meine Stimme kam ganz klein aus meinem Mund, als ich sagte: »Was für ein Wort ist es?«

Er legte einen Finger an die Lippen und begann zu flüstern. »Es ist der Name der Frau auf dem *mapanpa,* der Ältesten über alle Stämme der *walypala.* Es ist . . . *Mitjiquin.*«

Beinahe hätte ich das Wort überrascht wiederholt, denn ein Teil davon war mein Name, doch es gelang mir, es lautlos wieder hinunterzuschlucken. *Mitjiquin.* Weiße-Frau-*quin.* Ich überlegte, was *quin* wohl bedeuten mochte, wagte aber nicht zu fragen. Während wir vor uns hin gingen und in dem ersten Flußbett ausruhten und wieder weitergingen, sagte ich das Wort unablässig still in meinem Kopf, wie Yuma mich geheißen hatte. Zuerst war ich ein bißchen furchtsam, aber das legte sich langsam, und dann begann ich, eine neue Furcht zu fühlen. Falls der Zauber wirkte und ein Känguruh kam, wurde ich es auch niederstrecken und töten können? Das war es, was Yuma brauchte, und ich war sehr besorgt, ich könnte ihn enttäuschen.

Mitjiquin . . . Mitjiquin . . . Mitjiquin . . .

Das Sprechen im Kopf lenkte unsere Augen nicht von ihrer unaufhörlichen Aufgabe ab, nach Zeichen Ausschau zu halten, die zu Nahrung führen könnten. Einmal fanden wir Spuren einer großen Eidechse, eines Leguans, aber sie führten zum Platz des Sonnenaufgangs, fort von unserer Richtung, und Yuma sagte, wir dürften nicht vom Weg abweichen, um den Leguan zu jagen. Bei unserem täglichen Marsch folgten wir nie unseren Fußabdrücken vom Vortag, sondern suchten ein Stück davon entfernt ein neues Gebiet ab, das Nahrung bergen mochte. An diesem Tag folgten wir einem Opossum bis zu einem hohlen Baum, und Yuma tötete es mit seinem Speer. Das bereitete ihm große Freude, denn es war, wie er sagte, ein Zeichen, daß sein Zauber wirkte.

Als wir das Flußbett erreichten, tranken wir reichlich und vergewisserten uns, daß sich das Sickerloch wieder mit Wasser füllte, und dann gingen wir in unseren Kreis aus Reisig und sprachen nicht, sondern sagten nur im Kopf das Wort. Als die Sonne den höchsten Punkt ihrer täglichen Reise über den Himmel erreicht hatte, aßen wir einige Honigameisen, die ich in einem Beutel aus Opossumfell mitgenommen hatte. Ihre Kröpfe waren von süßem Honig geschwollen, so daß sie vorzüglich schmeckten.

Nicht lange danach hob Yuma plötzlich ruckartig den Kopf, und ich sah, wie seine Nasenflügel bebten. Ich hielt den Atem an, um besser lauschen zu können, und hörte das schwache *Tumm-Tumm* eines laufenden Känguruhs. In der Zeichensprache, die unser Volk bei der Jagd benutzte, sagte Yuma mir, daß nur ein Tier komme, und ich stimmte zu. Als das Geräusch dann näher kam, gab er mir ein Zeichen, so zu kauern, daß mein feuriges Haar nicht über das Reisig hinausragte, das uns verbarg. Ich war zornig über mich, weil ich nicht daran gedacht hatte, in Erwartung dieses Augenblicks Schlamm oder Holzkohle auf mein Haar zu tun, aber Yuma hatte auch nicht daran gedacht.

Die dumpfen Töne verstummten nur einen Speerwurf weit entfernt. Jetzt nahm ich den Geruch wahr und hörte, wie das Känguruh anfing, aus dem Sickerloch zu trinken. Yuma richtete sich sehr langsam auf, um über das Reisig hinweg zu spähen. Dann gab er mir ein Zeichen, daß der Augenblick gekommen sei. Sonderbare Wellen von Kälte und Hitze durchliefen meinen Körper, und ich sah, daß meine Hand zitterte, als ich das Ende meines Speers in meine Speerschleuder legte und dann den Knauf aus Grasgummi am anderen Ende der Schleuder umfaßte. Behutsam richtete ich mich auf.

Es war kein großes Känguruh, denn als es den Kopf aus dem Wasserloch hob, sah ich, daß es zwei Handbreit niedriger reichte als meine Schulter, und an der blaugrauen Färbung seines Fells erkannte ich, daß es ein Weibchen war. Die Männchen waren rötlich. Eine Welle der Erleichterung vertrieb meine Angst, denn es hätte auch eines der doppelt so großen Känguruhs sein können, die sehr gefährlich waren, wenn sie angegriffen wurden.

Ich war mir bewußt, daß Yumas Blick zwischen mir und dem Känguruh hin und her huschte, während ich mich sehr langsam zurücklehnte, mit dem Wurfarm ausholte und den vorderen Teil des Speers auf den Fingern meiner anderen Hand ruhen ließ. Ich schleuderte den Speer bereits, als der Adler auftauchte und mit großen, klatschenden Schwingen in geringer Höhe, nicht höher als ein starker Baum, das Flußbett entlangflog.

Das Känguruh erschrak und machte einen Satz, als ich warf. Der Speer traf es am dicken Teil eines Hinterbeins und nicht zwischen den Vorderbeinen in der Nähe des Herzens. Im nächsten Augenblick hüpfte das Tier fort, und der Speer schleifte zunächst nach und behinderte seine Flucht, löste sich dann aber. Ich hörte einen klagenden Aufschrei von Yuma, und ein Schmerz lief durch meinen Körper. Was ich als nächstes tat, tat ich ohne Überlegung, als hätte mein Ahngeist plötzlich Besitz von mir ergriffen.

Mir wurde bewußt, daß ich über den Reisigzaun gesprungen war und meinen Bumerang wurfbereit hielt. Mein Arm sauste über meinem Kopf vor, und ich beobachtete, wie das lange, gekrümmte Stück Holz herumwirbelte, ehe es sich waagerecht legte. Yuma sang laut »*Mitjiquin! Mitjiquin!*«, und das war ganz sicher ein machtvoller Zauber, denn der Bumerang prallte an den kleinen Kopf des Känguruhs und warf es betäubt zu Boden.

Ich lief schon, so schnell meine Beine mich trugen, und

hob im Laufen schnell meinen Speer mit der feuergehärteten Spitze auf, und als ich weitereilte, hörte ich Yuma hinter mir rufen. Dann stand ich neben dem Tier, das gerade anfing, sich wieder zu regen, und trieb den Speer zwischen seine Rippen tief in sein Herz. Yuma erreichte mich und begann, vor Freude laut jubelnd um das Känguruh herumzutanzen. Ich hätte die gleiche Freude fühlen sollen, denn hier lag Fleisch, wie unsere Familien es seit mehreren Monden nicht mehr gekostet hatten, und außerdem hatte ich Yuma den Zauberknochen verschafft, der ein sehr starker *mapanpa* sein würde. Aber in mir war eine Leere. Ich wandte mich ab und hockte mich mit dem Rücken zu Yuma hin, während er begann, das Fell des Känguruhs mit einem spitzen Stein aufzuschlitzen.

Später banden wir die Beine des Känguruhs zusammen, und ich half Yuma, es auf seine Schultern zu heben für unseren Rückweg zum Lager. Wir hielten mehrere Male auf dem Weg an, damit er sich ausruhen konnte, aber in seiner großen Freude achtete er kaum auf die Last, die er trug. Er hatte nun den unschätzbaren Knochen eines weiblichen, von einer Frau getöteten Känguruhs und wurde noch dazu vom Stamm als guter Jäger gefeiert werden. Wir konnten ihnen nicht sagen, daß ich die Beute erlegt hatte, weil dies Männerarbeit war, und wir konnten keinen Grund für das nennen, was wir getan hatten, ohne zugleich das wichtige Geheimnis von Yumas Traum und seinem *mapanpa* preiszugeben.

An diesem Abend wurde ein Festschmaus veranstaltet, und wir schliefen alle mit angeschwollenen Bäuchen ein. Am nächsten Morgen schenkte Yuma mir für die Hilfe, die ich ihm geleistet hatte, einen Huf des Känguruhs, den ich an einer Kordel um den Hals tragen sollte, doch in den folgenden Tagen schien er alle Wärme zu verlieren, die er mir vorher geschenkt hatte. Das bereitete mir einen

Schmerz im Herzen, denn ich hatte nichts getan, um ihn zu verletzen. Es war, als fühlte er nur einfach deshalb Zorn auf mich, weil ich von seiner *mitjiquin* und seinem Zauberknochen wußte, aber ich hatte ihn nicht gebeten, mir das Geheimnis der *mitjiquin* mitzuteilen, und er war derjenige gewesen, der mich aufgefordert hatte, ihm den Knochen zu verschaffen.

Da ich Yuma nicht mehr zum Freund hatte, wurde ich sehr einsam, und eines Tages tat ich etwas Falsches, das nur jemandem einfallen konnte, der kein echter Mensch war. Ich sammelte einige schöne fette Raupen, alle größer als mein Daumen, kochte sie kurz und brachte sie Yuma. Er wurde sofort sehr zornig auf mich und sagte, ich wolle nur, daß er mir als Gegenleistung etwas von seinem Zauber gebe. Ich begriff zu spät, daß es nutzlos sein würde, ihm zu sagen, der Leckerbissen sei ein Geschenk, denn das würde er nie verstehen, und deshalb sagte ich etwas, das ebenfalls stimmte: Ich wolle dafür nur ein bißchen Wärme von ihm haben.

Es machte keinen Unterschied, denn er glaubte mir nicht und drohte mir, wenn ich jemals die Geheimnisse verriete, die er mir gesagt hatte, würde er den Knochen auf mich richten, und ich wurde sterben. Ich ging aus dem Lager, um den restlichen Tag allein zu sein, und setzte mich in den Schatten eines großen roten Felsens, wo ich manchmal weinte und dann wieder zornig war, voll Haß auf die weiße Haut und das feurige Haar, die meinen Geist umhüllten, aber wohl wissend, daß beides nicht zu ändern war.

Nachts träumte mir dann, daß ich das Land der *walypala* besuchte. Alle Männer und Frauen und Kinder hatten weiße Haut und rote Haare wie ich, und alle hatten kleine braune Tupfen um die Nase. Sie trugen Hüllen wie aus geflochtenen Haaren, und ihr Lager bestand aus riesengroßen Rindenhütten, vier Schritt breit und doppelt so hoch wie ein Mann.

Als ich es betrat, begrüßten sie mich mit viel fühlbarer Wärme, gaben mir saftiges Fleisch zu essen und Gewänder für meinen Körper. Ich war so glücklich, daß Tränen aus meinen Augen rannen, fand mich jedoch beim Erwachen in einer Einsamkeit wieder, die noch grausamer zu sein schien als schon zuvor. Dies war der Augenblick, als mir der Gedanke kam, draufloslaufen zu gehen, ein langes Draufloslaufen mit der Mittagssonne im Rücken und der untergehenden Sonne auf der Seite meines Speerarms, bis ich zu guter Letzt das Lager der *walypala,* die von den großen Wassern gekommen waren, finden würde.

Ich beschloß, daß ich nicht versuchen würde, sie glauben zu machen, daß ich eine der Ihren sei. Ich würde erklären, daß ich kein richtiger Mensch sei, sondern ein Wechselbalg aus einem Stamm von Schwarzhäuten, und ich würde sie bitten, ob ich bei ihnen bleiben und lernen dürfte, wie sie zu leben. Wenn ich mir dann alle Mühe gab, gut für sie zu sammeln und zu jagen, würde ich vielleicht jemanden finden, der freundlich zu mir sein würde, damit ich mich nicht länger allein fühlte.

Ich wußte, daß unser Stamm in weniger als einem Mond weiterziehen würde auf die Mittagssonne zu, um das Lager drei oder vier Tagesmärsche entfernt an einem neuen Platz aufzuschlagen, weil die meiste Nahrung im Umkreis unseres jetzigen Lagers gesammelt und verzehrt war. Ich wollte in die entgegengesetzte Richtung wandern und faßte den Entschluß, einen Tag vor dem Morgen loszugehen, den unsere Ältesten zum Zeitpunkt des allgemeinen Aufbruchs bestimmen würden.

Ich brauchte nicht viele Vorbereitungen zu treffen. Ich hatte meine Waffen, eine hölzerne Schale, einen Grabstock und einen Beutel aus Opossumfell, in dem ich einige

Stücke rauchgetrockneten Fleisches mitnehmen würde. Wenn unser Stamm auf Wanderschaft war, trugen die Frauen gewöhnlich Feuerstöcke, glimmendes Mulgaholz, aber ich würde keinen benötigen. Ich konnte jederzeit Feuer machen, indem ich mit meiner Speerschleuder auf einem Stück weichen Holzes Funken rieb. Das wichtigste für mein Draufloslaufen würde Wasser sein. Einen Bauch voll Wasser plante ich zu trinken, bevor ich aufbrach, aber Wasser mitnehmen konnte ich nur in der Schale auf meinem Kopf mit einer geflochtenen Grasmatte auf der Oberfläche, damit es nicht verspritzte.

Die Frage des Wassers würde mich die ersten Tage nicht weiter beunruhigen, weil wir bei unserer Wanderung durch das Land, das unserem Stamm gehörte, aus der Richtung gekommen waren, die ich einschlagen würde, so daß ich wußte, wo die Wasserlöcher zu finden waren. Sobald ich mich aber von der Mittagssonne entfernte, würde ich durch unbekanntes Land ziehen und Wasser suchen müssen, wo immer ich konnte, indem ich in einem trockenen Flußbett grub, die Wurzeln bestimmter Bäume aussog, auf den purpurnen Blüten kaute, die Feuchtigkeit enthielten, oder einige Wasserfrösche fing. Diese Frösche füllten ihren Leib mit Wasser und gruben sich in den trokkenen Monden ein. Wenn ich Spuren eines solchen Tieres fand, konnte ich es leicht ausgraben und das Wasser herausdrücken. Anschließend konnte ich es rösten und essen.

Am Tag meines Aufbruchs verließ ich das Lager leise, lange vor Morgengrauen, damit ich weit fort sein würde, ehe jemand entdeckte, daß ich gegangen war. So viele Speerwürfe, wie ich an zwei Händen zählen konnte, zog ich ein Büschel langer Emufedern hinter mir her, um meine Spur zu verwischen. Das würde die Männer nicht hindern, meine Fährte zu finden oder meinem Geruch zu folgen, wenn sie es unbedingt wollten, aber ich glaubte nicht, daß sie sich solche Mühe machen würden. Da Manyi fort war und Yuma seine Wärme für mich verloren hatte, gab es niemanden mehr, der den Wunsch verspüren würde, mich zurückzuholen. Die Ältesten mochten zornig sein, daß ich nicht die Kinder und unsere Habe zusammen mit den anderen Frauen zum nächsten Lager tragen half, aber sie konnten keine Zeit damit verschwenden, mich zurückholen zu lassen und entsprechend für mein Vergehen zu schlagen.

In den nächsten vier Tagen ging ich von Sonnenaufgang bis zum frühen Mittag, ruhte während der größten Hitze des Tages an den schattigen Stellen aus, die ich fand, und setzte meinen Weg dann bis kurz vor Sonnenuntergang fort. Während ich so dahinging, dachte ich nicht an die Menschen, die ich zurückgelassen hatte, und ich überlegte auch kaum, was wohl geschehen würde, wenn ich ein Lager der *walypala* fand, denn es war zu schwer, mir in Gedanken ein Bild davon zu machen, wie sie sein könnten. Die meiste Zeit ging und ruhte ich mit schlafenden Gedanken, außer daß ich jederzeit auf Zeichen von Nahrung und Wasser achtete.

Nach diesen ersten vier Tagen kam ich langsamer voran, denn nun war ich in fremdem Gebiet, und es war kahler als das Land, das ich verlassen hatte. Dennoch war ich in den zwei Händen von Tagen, die folgten, niemals hungrig und nur dreimal durstig. Weil ich des Nachts so allein war, wie ich es noch nie gewesen war, fürchtete ich manchmal, daß die *mamu*, die nächtlichen Geister, auf mich herabstoßen würden, doch indem ich viele Male im Kopf *»mitjiquin«* sagte, gelang es mir, sie – oder zumindest meine Ängste – zu vertreiben.

Eines Nachts träumte ich abermals von den *walypala*, aber diesmal hießen sie mich weder willkommen, noch schenkten sie mir Wärme aus ihren Herzen. Statt dessen schlugen sie mich mit Stöcken und jagten mich aus ihrem Lager. Dieser Traum beunruhigte meine Gedanken, aber ich konnte nur hoffen, daß er ein falsches Zeichen war. Am Morgen aß ich einige Früchte und den Rest einer Eidechse, die ich am Vorabend geröstet hatte, und brach dann wieder auf. Kaum war ich einen kleinen Teil des Morgens gegangen, als ich plötzlich auf einen Anblick stieß, der mein Herz vor Furcht schneller schlagen ließ.

Mein Weg führte durch felsiges und hügeliges, von weiten Ebenen flachen Sandes durchzogenes Land, und als ich gerade von den niedrigen Hügeln auf einen Wüstenstreifen hinaustrat, sah ich vor mir ein Wesen wie aus einem bösen Traum. Es war viel größer als das größte Känguruh, stand auf vier Beinen und hatte einen aufwärts gebogenen Hals, doppelt so dick wie mein Körper und so lang wie mein Grabstock, mit einem recht kleinen Kopf am Ende, der einer sehr schlechten Zeichnung von einem Känguruhkopf ähnelte. Der hoch aufragende Körper war mit kurzen Haaren bedeckt und stieg auf dem Rücken zu zwei großen Buckeln an.

Das Tier war höchstens drei Speerwürfe von mir entfernt und kaute mit gesenktem Kopf an einigen Büscheln braunen Grases. Ich umklammerte angstvoll meinen Speer und wollte davonlaufen und mich verstecken, aber gleichzeitig war ich so gebannt von diesem absonderlichen Wesen, daß ich stehenbleiben und es betrachten mußte, wobei ich nur hoffen konnte, daß es kein Riesendingo war, der mich in Stücke reißen und aufessen könnte.

Während ich das Tier betrachtete, hob es den Kopf, warf mir einen kalten Blick zu und kaute weiter. Dann sah ich, daß zwischen den beiden Buckeln auf seinem Rücken so etwas wie ein Haufen Felle war, die mit einem Gürtel aus Tierhaut um seinen Bauch festgehalten wurden, ganz wie mein Gürtel um meine Taille gewunden war.

Plötzlich kam mir eine Erinnerung. Die älteren Männer und Frauen unseres Stammes erzahlten den Kindern immer viel von den Geschöpfen der Welt und erläuterten, wie sie lebten, wie man ihre Spuren am besten für die Jagd lesen und ihre Häute und Knochen verwenden konnte. Ein alter Mann namens Jabaljari hatte einmal die Umrisse zweier Tiere in einen welchen Fels geritzt, die, wie er sagte, die Stämme der *walypala* von den großen Wassern mitgebracht hätten. Er hatte sie beide in seiner Jugend gesehen, als er zu der aufgehenden Sonne gegangen war, um an einem der großen nächtlichen Feste unseres Volkes teilzunehmen.

Das erste Tier hieß *wurpa*. Es war viele Male größer als ein Dingo, konnte sehr schnell laufen und wurde von den *walypala* benutzt, um schwere Lasten zu ziehen. Wie er sagte, konnten die *walypala* auch auf den *wurpa* sitzen und sich von ihnen tragen lassen, wohin sie wollten, ohne selbst gehen zu müssen. Das zweite Tier, das er in den Fels ritzte, war noch größer als das *wurpa*, und nun erinnerte ich mich, daß es einen langen Hals, lange Beine und große Buckel auf dem Rücken gehabt hatte. Jabaljari hatte gehört, daß es *kamil* hieß. Es war ein leichteres Wort als *wurpa* und ganz wie das Wort, das die weißen Stämme dafür gebrauchten. *Wurpa* war nicht wie das Wort, das die weißen Stämme gebrauchten, weil ihre Zunge Laute hatte, die unser Volk nicht hervorbringen konnte.

Ich dachte nicht mehr daran, was Jabaljari gesagt hatte, und wandte alle meine Gedanken darauf, das Tier zu prüfen. Dies war also ein *kamil*, und ich sah es mit meinem eigenen Augen. Erregung stieg in mir auf. Wenn die *walypala* das *kamil* benutzten, war ich vielleicht nicht weit von einem ihrer Lager entfernt. Und wenn sie auf einem *wurpa* Platz nahmen, um auf Wanderschaft zu gehen, dann nahmen sie vielleicht auch auf einem *kamil* Platz, anstatt zu

Fuß zu gehen. Die Felle, die zwischen den Buckeln befestigt waren, schienen sich gut zum Sitzen zu eignen, und nun sah ich, daß an einem um den Kopf des *kamil* befestigten Band zwei lange, dünne Streifen aus getrockneter Haut hingen.

Ich begann, langsam auf das Wesen zuzugehen, und redete dabei freundlich in der Weise, wie ich immer zu unseren Dingos gesprochen hatte. Es machte keine drohende Bewegung, und nach einer kleinen Weile stand ich recht dicht vor ihm. Nun sah ich, daß der Haufen Felle in Wirklichkeit ein sehr dickes Stück Tierhaut war, dicker als der obere Teil meines Beines, und daß darauf ein weiteres Fell lag, das jedoch aus Haaren in ganz verschiedenen Farben, einige davon so feurig wie meine eigenen, geflochten zu sein schien. Wieder fragte ich mich, wie den *walypala* so viele Haare wachsen konnten, und ich staunte darüber, daß die Haare so vielerlei Farben hatten.

Obwohl ich ganz in die Betrachtung des absonderlichen Geschöpfes versunken war, hatte ich die Form seiner Spuren bemerkt und würde sie immer wiedererkennen. Ich hatte auch die Richtung bemerkt, aus der die Spuren kamen. Wenn ich ihnen folgte, würden sie mich sicher zum Lager der *walypala* führen, falls es nicht zu weit entfernt war. Sollte es mehr als zwei Hände von Tagesmärschen weit weg liegen, würden die Spuren zuletzt vielleicht so schwach sein, daß ich sie womöglich verlor, denn ich konnte Zeichen nicht so gut lesen wie die wahren Angehörigen unseres Volkes.

Ein Geist regte sich unvermittelt in mir. Ich begann, im Kopf *»mitjiquin, mitjiquin«* zu sagen, und trat ganz langsam näher, bis ich die Streifen aus Tierhaut greifen konnte, die an dem Band um den Kopf des *kamil* hingen. »Komm«, sagte ich laut, aber freundlich. »Laß uns gehen und die *walypala* suchen. Wenn sie dich verloren haben und ich dich wieder zurückbringe, dann werden ihre Herzen vielleicht warm für mich, und sie lassen mich bei ihnen leben.«

Das *kamil* kaute weiter und warf mir wiederum einen kalten Blick zu, doch als ich behutsam an den Hautstreifen zog, drehte es sich um und schritt an meiner Seite längs der Spurenlinie zurück, die es in den Sand gemacht hatte. Mein Herz schwoll. »Es betrachtet mich als eine *walypala!*« dachte ich freudig. »Es sieht meine weiße Haut und mein feuriges Haar, und es gehorcht mir, wie es einem richtigen *walypala* gehorchen würde!«

Als die Sonne ein ganzes Stück über den Himmel gewandert war, hielt ich an, um während der großen Hitze des Tages zu ruhen. Da es keinen Schatten gab, wollte ich eine Grube graben, in die ich mich legen konnte, doch da ließ sich das *kamil* auf eine Weise, die mich zum Lachen brachte, auf seinen Bauch nieder: Zuerst knickte es in den Vorderbeinen ein, und dann senkte es sein Hinterteil. In dieser Lage spendete es einen guten Schatten, in dem ich mich ausruhen konnte.

Später, bevor wir wieder aufbrachen, betrachtete ich einige der merkwürdigen Dinge, die an Hautstreifen befestigt am *kamil* hingen. Es waren wunderschön gefertigte Beutel aus Haut und starkem Gras, die nun leer waren, vorher aber, wie meine Nase mir sagte, Nahrung enthalten hatten. Es gab auch Dinge von beutelähnlicher Form, aber aus einem harten Material, so hart wie Yumas *mapanpa* mit dem Bild der *mitjiquin.* Als einzige Öffnung enthielten sie ein kleines Loch mit einem Stöpsel aus hartem und zugleich weichem Material, der das Loch vollkommen ausfüllte. Als ich einen dieser Stöpsel herauszog, konnte ich riechen, daß einmal Wasser darin gewesen war, und ich dachte, wie klug die *walypala* sein mußten, wenn sie solche Dinge für das Mitnehmen von Wasser hatten. Sie waren ungleich besser als unsere hölzernen Schalen, die soviel Wasser an die Sonne verloren.

Das *kamil* trug auch einen wunderschönen Grabstock mit einer breiten Fläche aus dem gleichen steinharten Material wie die Wasserbehältnisse, aber noch dicker und stärker. Daneben hingen zwei weitere Grabstöcke, die wie ein stehender Mensch mit ausgestreckten und leicht abgerundeten Armen geformt waren. Der gerade Teil war aus Holz, und ich wußte, daß dies der Griff sein mußte. Der gebogene Teil war aus einem harten Material, doch in der Mitte so dick wie mein Handgelenk und an jedem Ende wie eine stumpfe Speerspitze zulaufend.

Es gab ein großes Bündel geflochtenen Materials, das sehr stark war und viel zu grob für menschliches Haar, aber das allersonderbarste Ding war ein Gegenstand, der zum größten Teil in einem langen schmalen Beutel aus Haut verborgen war. Er bestand zum Teil aus Holz, zum anderen Teil aus dem Hart-Material, und als ich ihn ein Stück aus dem Beutel zog, der ihn verbarg, sah ich, daß das Hart-Material rund und gerade zulief wie ein dicker Stock, aber vollkommen glatt war ohne jede Unebenheit. Ich konnte nicht sehen, ob es auch massiv war wie ein Stock, vermutete aber dem Gewicht nach, daß es hohl sein könnte wie ein Binsenrohr. Es fühlte sich schlüpfrig an und verströmte einen Geruch, den ich noch nie wahrgenommen hatte, einen durchdringenden und scharfen Geruch von etwas Verbranntem. Ich empfand ihn als einen schlechten, gefährlichen Geruch und ließ das Ding schnell wieder in seinen Beutel gleiten.

Als ich an dem Kopfband des *kamil* zupfte, blies es übelriechenden Atem zu mir und rührte sich nicht, aber ich schlug mit meinem Grabstock auf den Boden und rief zornig, bis das Geschöpf auf die gleiche komische Weise aufstand, wie es niedergekniet war, und mir dann gehorsam folgte.

Einige Zeit darauf, als die Sonne nur noch ihre eigene Höhe über dem Horizont war, erblickte ich den ersten *walypala*, den ich jemals gesehen hatte ... oder an dessen Anblick ich mich zumindest erinnern konnte.

2

DER MANN TRUG am ganzen Körper außer an seinem Kopf und den Händen Hüllen aus geflochtenem Material. Neben der Stelle, wo er im Sand lag, war ein schlüsselförmiges Ding aus weichem Material, und da die Höhlung wie sein Kopf geformt war, erkannte ich sofort, daß er es auf dem Kopf getragen hatte wie die Frau auf dem kleinen Bild von Yumas *mapanpa* ihre umgedrehte Schüssel.

Seine Zunge war schwarz und geschwollen, und er war, von der Sonne niedergestreckt, seit fast einem halben Tag tot. Ich fühlte eine große Enttäuschung, als ich mich neben ihn hockte und ihn betrachtete. Obgleich seine Haut von der Sonne verbrannt war, war er gewiß ein *walypala*, denn als ich die Hülle um seinen Arm zurückschob und die Haut an der Innenseite nahe dem Ellbogen betrachtete, sah ich, daß sie so bleich war wie meine. Seltsamerweise war sein Schneidezahn nicht ausgeschlagen, was bedeutete, daß man ihn nie in den Kreis der Männer aufgenommen hatte.

Als ich zuerst gesehen hatte, was das *kamil* trug, hatte ich gedacht, daß die *walypala* sehr klug sein mußten, aber dieser Mann war nicht klug gewesen. Seine Wangen und sein Bauch waren vor Hunger eingesunken, und es war klar, daß er über einen Tag lang gar kein Wasser und in den Tagen davor nur sehr wenig getrunken hatte. Als ich die Spuren betrachtete, sah ich ohne Mühe, daß er dem *kamil* gefolgt war und versucht hatte, es zu fangen. Wie lange er das getan hatte, konnte ich erst sagen, wenn ich die Spuren weiter zurückverfolgte, aber ich dachte, daß er seinen Weg bestimmt in der großen Hitze des Tages fortgesetzt hatte, wodurch alles Wasser aus seinem Körper wich, so daß er starb.

Als ich seine Spur zwei oder drei Speerwürfe weit zurück musterte, sah ich, daß er auf die Knie gefallen und ein kleines Stück gekrochen war, ehe seine Kräfte ihn verlassen hatten. Es schien mir eine sehr törichte Weise zu sterben, aber ich begriff, daß es sicher deshalb geschehen war, weil ein Medizinmann der *walypala* seinen Knochen auf diesen Mann gerichtet und ihn dadurch veranlaßt hatte, seinen eigenen Tod herbeizuführen. Sein Bart und sein Haar waren etwas grau, so daß ich annahm, er müsse ein Ältester seines Stammes gewesen sein, und ich fragte mich, auf welche Weise seine *walypala*-Witwen ihn wohl betrauern mochten. Bei unserem Volk trauerten die Witwen tagelang, schlitzten ihre Beine und ihre Kopfhaut auf, damit das Blut lief, und hackten sich oft ein Fingerglied ab.

Ich wollte nicht länger verweilen, falls der Geist des Mannes noch irgendwo in der Nähe schwebte und darauf wartete, durch mir unbekannte Riten erlöst zu werden, aber mein Blick wurde von einem kleinen Beutel aus glänzender Haut an seinem Gürtel gefangen. Ich nahm all meinen Mut zusammen; rief viele Male *»mitjiquin!«* in meinem Kopf und schaffte es, die sonderbare Befestigung des Beutels zu lösen und ihn an mich zu nehmen. Ich wußte nicht genau, warum ich das tat. Vielleicht war ganz hinten in meinem Kopf der Gedanke, dieser Mann sei selbst ein Medizinmann gewesen und sein Beutel enthalte wie der von

Yuma einen machtvollen *mapanpa*. Wenn ja, würde ich beim Erreichen des Lagers der *walypala* etwas Wertvolles haben, das ich ihnen als Gegenleistung für ihre warme Aufnahme geben konnte.

In dem Beutel steckte etwas, was ebenso geformt war wie die blattähnliche Fläche des Grabstocks an dem *kamil*, aber kaum dicker als das Blatt eines Baumes. Ich konnte sehen, daß es vor langer Zeit so weiß wie ein Zahn gewesen war, aber nun war es zum größten Teil mit Fingerspuren bedeckt, und die geraden Ränder waren schartig und eingerissen. Es war zweimal gefaltet, und als ich es auseinanderfaltete, sah ich, daß auf die eine Seite viele schwarze Linien gezeichnet waren, doch sie formten kein Bild oder Muster.

Ich spürte, daß dieser *mapanpa* nicht gut war, und wollte ihn gerade fortwerfen, als irgendein Geist in mir gebot, daß ich innehielt. Ich beschloß, nicht dort, wo der Geist des toten Mannes lauern und Mißfallen daran nehmen mochte, den magischen Gegenstand fortzuwerfen, sondern ihn ein gutes Stück weit mitzunehmen. In dem Beutel waren sonst nur noch einige kleine Steine, jeder ungefähr von der Größe eines Kinderzahns. Ich ließ sie in meine Handfläche rollen und sah, daß sie von der Farbe gelben Sandes waren, jedoch mit einer glänzenden Oberfläche, als enthielten sie winzige Splitter der Sonne. Die Steine glichen ein wenig dem *mapanpa*, den Yuma mir gezeigt hatte, doch als ich auf einen davon biß, merkte ich, daß sie weicher waren.

Es waren hübsche Steine, und ich beschloß, daß sie sicher ein guter *mapanpa* waren, den ich dem Stamm der *walypala* anbieten konnte, und tat sie in meinen Beutel aus Opossumfell. Das weiße Blatt-Ding mit den schwarzen Linien schob ich in den Beutel aus glänzender Haut zurück, und beides zusammen steckte ich in einen der Beutel, die am *kamil* hingen, denn ich wollte es nicht an meinem Körper haben. Ich war enttäuscht, weil der Mann tot war, aber auch, weil sein Haar dort, wo es nicht grau war, eine schwarze Färbung aufwies, und ich hatte immer geglaubt, jeder *walypala* müsse feuriges Haar haben wie ich. Bevor ich ihn verließ, suchte ich einen spitzen Stein und schnitt mir damit in mein Bein, um ein wenig Blut zu vergießen. Sein Geist sollte wissen, daß er betrauert worden war, wenn auch nur von einer Fremden; es war aber nur ein sehr kleiner Schnitt.

Ich nahm das Kopfband des *kamil* und wir machten uns wieder der Spur entlang auf den Weg. Ich hatte heute morgen mein letztes Wasser getrunken, machte mir aber keine Sorgen, weil ich vor uns einen Salzsumpf sehen konnte und wußte, daß es süßes Wasser geben mußte, das ihn von unten speiste. Es würde dort auch Wasserfrösche geben und in den Felsen und Sandhügeln dahinter reichlich Nahrung. Der tote *walypala* hätte genug zu essen und zu trinken finden können, wäre sein Geist nicht durch den Fluch eines Medizinmannes verwirrt gewesen.

Als ich süßes Wasser roch, ließen wir uns zur Nacht nieder, denn die Sonne war untergegangen, und es wurde dunkel. Ich mußte armtief graben, aber der wunderbare Grabstock von dem *kamil* machte es ganz leicht. Ich trank eine Schale Wasser und dann noch eine, und als mein Bauch voll war, wartete ich, bis wieder Wasser in das Loch sickerte, damit das *kamil* seinen Durst stillen konnte. Als das Geschöpf getrunken hatte, legte es sich auf dieselbe Weise hin wie am Mittag und schloß die Augen. Ich bohrte meinen eigenen Grabstock in den Boden, befestigte das Kopfband des *kamil* daran und zog anschließend los, Gräser und Holz zu sammeln.

Das *kamil* schlug die Augen auf und sah zu, wie ich mit der Kante meiner Speerschleuder so lange auf einem

Stück weichen Holzes rieb, bis genügend glimmende Splitter da waren, die ich mit weichem Gras umhüllen und zu einer Flamme blasen konnte. Bald hatte ich ein gutes Feuer, und als das Holz zu heißer Asche verbrannt war, schnitt ich die Schlange, die ich vorher gefangen hatte, in Stücke, und röstete sie. Eine Hälfte steckte ich für den nächsten Tag in meinen Beutel und reichte dann dem *kamil* ein Stück, aber es wandte den Kopf ab, so daß ich den Rest allein aß.

Am Morgen ließ ich das *kamil* das Wasserloch leer trinken, weil ich sicher sein wollte, daß es nicht sterben würde. Für mich selbst fand ich einige Wasserfrösche und drückte soviel Wasser aus ihnen heraus, daß ich meine Schale zur Hälfte füllen konnte. Dann sammelte ich meine Waffen ein, ergriff das Kopfband des *kamil* und schrie das Tier an, bis es aufstand. Ehe wir die Sandhügel erreichten, fand ich eine Stelle, wo viel *yelka* wuchs, und ich grub viele der Knollen aus, weil ich entdeckte, daß das *kamil* sie mochte. Wir gingen gemeinsam weiter und aßen sie, während wir den alten Spuren folgten, und ich fühlte, wie das *kamil* neben mir lebhafter wurde. Ich überlegte eine Weile, ob ich nicht hinaufklettern und auf seinem Rücken sitzen konnte, aber ich fürchtete, es würde in die falsche Richtung laufen, wenn ich es nicht mehr führte.

Als wir eine Lücke in einem zerklüfteten roten Felskamm passierten, blieb ich stehen. Mit zitternden Händen nahm ich den weißen *mapanpa* mit den schwarzen Linien aus dem Beutel des toten *walypala* und schob das Blatt-Ding in eine Felsspalte in Höhe meiner Schulter. Dann eilte ich erleichtert weiter. Einen halben Morgen später traf ich an den Spuren des *kamil* und des Mannes, der es verfolgt hatte, plötzlich auf Zeichen, die mich erschreckten.

Es war ein sonderbares Gewirr von Spuren, alle in einem kleinen Umkreis. Sie stammten von dem *kamil* und dem toten Mann – und von einem *anderen* Mann. Ich ließ mich auf ein Knie nieder, um die Zeichen zu untersuchen, und es war nicht schwer, einen Teil dessen abzulesen, was geschehen war. Es hatte einen Kampf gegeben. Ein Mann war hier gestürzt, und ein Stück weiter glänzte etwas bei einem kleinen Felsen. Ich trat prüfend näher und fand neben dem Felsen etwas Hartes und Glänzendes, das jedoch aus der Form geraten war, so als hätte es jemand mit magischer Gewalt an den Stein geschleudert. Als ich es an meine Nase hielt, stellte ich fest, daß es den gleichen durchdringenden, scharfen, verbrannten Geruch hatte wie das sonderbare lange Ding aus Holz und Hart-Material, das in einem straffen Beutel an dem *kamil* hing.

Ich schaute mich um und sah ein ebenso langes Ding auf der Erde liegen, und nun konnte ich erkennen, daß der glatte und vollkommen runde Teil aus dem glänzenden Hart-Material nicht massiv wie ein Stock war, sondern hohl wie ein großes Binsenrohr. Ich hielt es für möglich, daß das glänzende Klümpchen neben dem Felsen aus dem offenen Ende des binsenähnlichen Rohrs gekommen sein könnte, und während ich dort kniete und versuchte, all diese Zeichen zu lesen, kam mir plötzlich ein Gedanke.

Vielleicht war das seltsame lange Ding mit dem Geruch, der mir Angst machte, eine magische Speerschleuder der *walypala*, nur daß sie keine Speere schleuderte, sondern solche kleinen Stücke aus glänzendem, magischen Material, die so schnell durch die Luft flogen, daß sie beim Aufprall auf Stein ihre Form veränderten wie eine weiche *ngaru*-Frucht. Ich schüttelte verwundert den Kopf und sagte: »Ich wünschte, du könntest sprechen, *kamil*, denn du lebst bei den *walypala* und weißt sicherlich, ob dieses übelriechende Ding eine magische Schleuder winziger Speere ist!«

Ich stand auf und wandte meine Aufmerksamkeit den

Spuren des zweiten Mannes zu. Er war es, der gestürzt war, und nun sah ich, daß er eine Weile an jener Stelle gelegen hatte, denn der leichte Wind hatte an der Seite seines Körpers einen sanften Kamm aus Sand angeweht. Dann hatte der Mann sich auf Hände und Füße aufgerichtet und war fortgekrochen, dorthin, wo . . .

Mein Herz machte einen Satz, denn als mein Blick der Spur zu einem niedrigen, nur einen Speerwurf entfernten Felsen folgte, sah ich dort, in den spärlichen Schatten gedrängt, eine schlaffe Gestalt. Sie lag gegen den Wind, denn sonst hätte ich sie schon gerochen, und war ganz regungslos. Ich band das *kamil* an meinen Grabstock und ging mit einem schweren Gefühl in der Brust zu dem Mann, denn mir schien, auch er müsse ein toter *walypala* sein. Als ich mich jedoch neben ihm hingekniet hatte, hörte ich ihn einatmen und sah seine Augenlider zittern.

Er lag mit geschlossenen Augen auf der Seite. Von einem Ohr bis zur Schläfe zog sich eine geschwollene Wunde, und ein Rinnsal getrockneten Bluts zeigte an, wo die Haut geplatzt war. Er trug eine Hülle, die der des Mannes glich, den ich zuerst gefunden hatte, aber er war jünger und hatte Haare und einen Bart von der Farbe der glänzenden Steine, die ich dem toten *walypala* abgenommen und in meinen Beutel getan hatte. Der andere war von der Sonne getötet worden, und der Mann vor mir war aus demselben Grund dem Tode nahe. Seine Lippen waren geschwollen und rissig, seine Haut war trocken, und ich wußte, daß das Wasser aus seinem Körper gewichen war.

Wieder war ich verwirrt, denn als ich mich umsah, erblickte ich einen Hügel mit einigen Bäumen und grünem Gras, der zu Fuß gut zu erreichen war. Ich wußte, daß ich dort Wasser finden würde, und konnte nicht begreifen, warum dieser Mann zuließ, daß er starb.

Ich sagte: »Mitji denkt törichte Gedanken, *kamil*. Dieser

walypala stirbt genauso wie der andere, weil ein Medizinmann seines Stammes den Knochen auf ihn gerichtet hat.« Ich wandte den Kopf, um nach dem *kamil* zu schauen, und mein Blick fiel wieder auf die Spuren. Es hatte einen Kampf gegeben. Dieser Mann war heftig an der Seite seines Kopfes getroffen worden, vielleicht von dem glänzenden Hart-Material aus dem übelriechenden Ding. Er hatte eine Weile wie schlafend gelegen, war dann zu sich gekommen und in den Schatten des Felsens gekrochen, hatte aber nicht mehr genug Kraft gehabt, um den Hügel zu erreichen und nach Wasser zu graben. Ich nickte vor mich hin und sagte: »Vielleicht stirbt er nicht an einem Zauber, *kamil*. Und vielleicht ist es dann auch nicht gefährlich, ihm zu helfen.«

Ich sah wieder auf den Mann hinunter und fuhr etwas zusammen, denn seine Augen hatten sich geöffnet. Sie waren blau, und ich hatte noch niemals Augen von dieser Farbe gesehen. Er starrte mich an, als könne er nicht fassen, daß ich da war, und dann bewegte er die Lippen und sagte stöhnend ein Wort, das ich nicht verstand. In mir bewegte sich plötzlich etwas Starkes, und ich eilte zu der Stelle, wo ich bei meinen Waffen auch meine Schale mit Wasser gelassen hatte, und holte sie. Ich wünschte, ich hätte das Wasser in eine der sonderbaren rundum geschlossenen Schalen des *walypala* gießen können, denn der Durstende hätte leicht aus dem kleinen Loch trinken können, aber ich konnte das Wasser nicht von meiner Schale in das Loch gießen, ohne einen großen Teil zu verschütten, und ich wollte nichts verschwenden.

Ich kniete vor der Schale hin, nahm einen Mundvoll Wasser, ging dann schnell zu dem Mann zurück und legte seinen Kopf in meine Armbeuge. Dann öffnete ich seinen Mund ein wenig, schob meine Lippen zwischen seine und spritzte ihm behutsam Wasser in den Mund. Ich fühlte, wie sein Körper zuckte und wie er einen Arm hob und mit seinen schwachen Kräften versuchte, mein Gesicht an seines zu halten, während er selbst dann noch fortfuhr, an meinem Mund zu saugen, als kein Wasser mehr darin war.

Ich schob ihn fort und sagte: »Hab Geduld. Ich bringe dir noch mehr.« Ich konnte sehen, daß er mich nicht verstand, und war nicht überrascht, denn ich wußte, daß die *walypala* eine andere Zunge sprachen als wir. Also lächelte ich ihm zu, um Wärme zu zeigen, und sagte ihm mit Zeichen, daß ich mehr Wasser bringen würde. Dann ging ich wieder zu der Schale und dann noch einmal und noch einmal, um den letzten Mundvoll daraus zu holen. Als ich nun kniete und das Wasser in seinen Mund spritzte, versuchte er nicht mehr, mich festzuhalten, sondern lag still da und erlaubte mir, ihm das Wasser vorsichtig zu geben, damit nichts verlorenging.

Ich gab ihm mit Worten und Zeichen zu verstehen, daß ich gehen müsse, um nach mehr Wasser zu graben, und daß ich so lange fort sein würde, wie die Sonne brauche, um von hier nach dort zu wandern. Da er mich nicht verstand, wies ich auf den Schatten des Felsens und zog dort einen Strich in den Sand, wo der Schatten sein wurde, wenn ich zurückkam.

Ich war nicht sicher, ob er dies verstanden hatte, aber seine Augen waren jetzt weniger leblos, und er starrte mich äußerst merkwürdig an, wobei sein Blick wieder und wieder zu meinem feurigen Haar wanderte. Ich gab ihm ein letztes Zeichen, ruhig im Schatten liegenzubleiben, und ging dann mit dem *kamil* zu dem fernen Hügel. Es dauerte nur so lang, ihn zu erreichen, wie die Sonne benötigt, um die Entfernung zwischen den Spitzen zweier gespreizter und zum Himmel gerichteter Finger zurückzulegen, und als ich auf dem Hügel war, wollte es das Glück, daß ich am Fuß eines schmalen Bachbetts nur knietief zu graben brauchte, als ich schon auf Wasser stieß, das schnell in dem Loch anstieg. Zuerst füllte ich die sonderbaren *walypala*-Schalen, indem ich jede von ihnen so unter Wasser hielt, daß die Luft in Blasen herausquoll, und dann den Stöpsel hineinsteckte, damit ich nichts verschüttete. Als dies getan war, trank ich, soviel ich konnte, und ließ dann das *kamil* trinken.

Es war ein guter Platz für Nahrung, denn ich sah die Spuren von Schlangen und Eidechsen und kleinen Vögeln. Ich fand keine Eier, und da ich es eilig hatte, zu dem *walypala* zurückzugehen, hielt ich mich nur damit auf, einen Leguan auszugraben und einige fette Raupen zu sammeln. Die Sonne näherte sich ihrem Mittelpunkt, als ich den Felsen erreichte, wo er lag, und ich zog sofort den Stöpsel aus einer seiner Schalen, so daß er den Mund an das Loch legen und trinken konnte, weil ich nicht erlauben durfte, daß er in zu kurzer Zeit zuviel Wasser trank.

Er wehrte sich nicht, als ich die Schale fortnahm, sondern sagte einige Worte und nickte auf eine Weise, die zu bedeuten schien, daß er mir für die Wärme dankte, die ich ihm gezeigt hatte. Ich holte das *kamil* und schrie es an, bis es sich niederlegte und uns mehr Schatten gab, und dann legte ich mich neben den Mann und wartete, bis die große Hitze des Tages vorbei war. Er sprach ein- oder zweimal, aber ich verstand ihn nicht. Dann nahm er meine Hand, drehte sie so, daß man die bleiche Handfläche sah, und drehte dann seinen eigenen Arm so, daß man die bleiche Haut an der Innenseite sah, die nicht von der Sonne verbrannt war. Er berührte meine Handfläche, dann seine eigene Haut, dann mein Haar und sagte ganz langsam zwei Wörter, nicht nur einmal, sondern mehrere Male. Das erste Wort glich dem ersten Teil von Yumas Namen, nur gedehnt: *Yuuu.* Das zweite Wort glich dem ersten Teil von Wytalas Namen, aber ebenfalls in die Länge gezogen: *Wyyyt.*

»You white« – »Du bist weiß, eine Weiße . . .« Doch so genau sollte ich das erst viel später verstehen. Immerhin vermutete ich, daß er sagte, unsere Haut sei von der gleichen Farbe, und bewegte daher den Kopf, um meine Zustimmung zu äußern. Ich wollte ihm erklären, daß ich nicht deshalb weiße Haut und feuriges Haar hatte, weil ich eine *walypala* war, wie er ein *walypala* war, sondern weil ich ein Wechselbalg war und überhaupt kein echter Mensch. Dies war zu schwierig für die Zeichensprache, also richtete ich mich statt dessen auf und versuchte, ihm zu sagen, daß wir erst dann weiterwandern könnten, wenn er wieder Kräfte gesammelt habe. Ich erzählte ihm, daß es ringsum viel Nahrung und Wasser gab und daß ich ihm reichlich zu essen und zu trinken bringen würde. In zwei oder drei Tagen könnten wir dann vielleicht aufbrechen und seinen Stamm suchen.

Offenbar verstand er ein bißchen von dem, was ich ihm zu sagen versuchte, aber ich spürte ein Unbehagen in ihm, während ich redete und Zeichen machte. Anstatt mich im Auge zu behalten, ließ er seinen Blick schweifen oder aber betrachtete angestrengt nur mein Gesicht, wie wenn er das Aussehen meines restlichen Körpers als unangenehm empfände. Ich fragte mich, ob es daran lag, daß ich im Gegensatz zu allen echten Frauen unseres Volkes kein schmückendes Narbenmuster auf meinen Schultern und Brüsten hatte. Die Ältesten hatten es mir verboten, was mir damals nichts ausgemacht hatte, weil etwas in meinem Geist mir sagte, es sei nicht gut, Narben zu machen, aber nun war ich ein bißchen traurig, daß dieser Mann, der erste *walypala,* den ich jemals kennengelernt hatte, den Blick von meinem Körper wandte, weil er mich ohne Narben häßlich fand.

Als ich des Redens und Zeichenmachens müde war, ruhten wir nur noch, bis die Sonne den Himmel hinunterwanderte und sich der Erde näherte. Ich gab dem Mann noch dreimal zu trinken, und ich konnte sehen, daß er sich bereits von der Hitzekrankheit erholte, die seinen Freund getötet hatte, und blickte wieder auf die große Wunde am Kopf des Mannes. Offenbar war der tote *walypala* eher ein Feind als ein Freund gewesen, aber das hatte nichts mit mir zu tun.

Der Mann schlief, als ich meine Waffen nahm, erwachte aber, als ich mich aufrichtete, und sprach mit einer rauhen Stimme. Da ich annahm, er wolle wissen, was ich beabsichtigte, sagte ich mit Zeichen, daß ich jagen und Nahrung sammeln und dann mehr Wasser holen wurde. Er bewegte den Kopf auf und nieder, was wohl seine Art war, Verstehen auszudrücken, und ich kniete mich hin, um ihm etwas zu trinken zu geben, bevor ich ging. Diesmal hielt er meinen Arm eine kleine Weile fest, als er getrunken hatte, und sprach langsam und ernst, wobei er mir in die Augen sah und meinen Arm alle paar Wörter ein wenig drückte.

Ich kam zu dem Schluß, er wolle mir für das Wasser danken, und lächelte ihm deshalb zu mit den Worten, ich wolle seine Freundin sein. Ich fragte mich, ob er mein Gesicht häßlich fand, wenn ich lächelte, denn im Gegensatz zu allen wahren Angehörigen meines Stammes hatte ich keinen ausgeschlagenen Schneidezahn und keine durchbohrte Nase mit einem Knochen darin. Aber der kranke *walypala* fuhr fort, mein Gesicht zu betrachten, während er sprach, und deshalb fühlte ich, daß er es nicht häßlich wie meinen Körper fand.

Ich stand auf und blieb eine Weile stehen und sagte im Kopf *»mitjiquin, mitjiquin«*, weil ich hoffte, das Zauberwort würde mich bei der Jagd und beim Sammeln von Nahrung leiten. Kaum ein paar Herzschläge später übermannte mich ehrfürchtiges Staunen, denn der Zauber bewirkte, daß ein Vogel mit einem roten Kehllappen um den Hals, ein Honigsauger, vom Himmel schoß und sich nur einen halben Speerwurf entfernt auf einem Felskamm niederließ.

Ich machte eine vorsichtige Bewegung mit der Hand, um dem Mann zu sagen, er solle ruhig und still bleiben, und nahm dann sehr langsam meine Wurfkeule und holte aus, bis ich bereit war zu werfen. Der Honigsauger senkte den Kopf, um einige Ameisen zu essen, die auf dem Felsen krochen, und in diesem Augenblick warf ich. Es war kein vollkommener Wurf, aber das schwere Ende der Keule traf einen Flügel des Honigsaugers, als er sich gerade vom Felsen hob. Flatternd taumelte er nieder, und ich lief sehr schnell hin, fing ihn und drehte ihm den Hals um, bevor er sich wieder erholen konnte.

Ich war sehr erfreut, als ich meine Keule aufhob und zu dem Mann zurückkehrte. Er starrte mich mit aufgerissenen Augen an und bewegte den Kopf hin und her, wie wenn er etwas nicht verstand. Ich legte den Vogel neben ihn auf die Erde und sagte: »Das ist erst der Anfang. Jetzt werde ich einen der *walypala* Beutel nehmen, die am *kamil* hängen, und so lange fort sein, wie die Sonne braucht, um von hier nach dort zu wandern. Dann werde ich zurückkommen, das *kamil* zu der Wasserstelle bringen und alle *walypala*-Schalen füllen. Wenn ich dann wieder da bin, mache ich uns etwas zu essen.« Ich machte Zeichen, während ich sprach, aber ich glaubte nicht, daß er viel verstand. Doch er nickte schwach und schloß die Augen, so daß ich dachte, er müsse wohl wissen, daß ich nicht fortgehen und ihn sterben lassen würde.

Ich gebrauchte *»mitjiquin«* nicht mehr, weil ich fürchtete, den Zauber zu erschöpfen, aber ich hatte dennoch viel Erfolg und kehrte mit einem Beuteldachs, mit Holzbohrerraupen, zwei Schlangen, ein wenig Honig, einem Beutel Knollen und einigen nahrhaften Samen zum Kauen zurück. Auch fand ich eine Wasserstelle, die näher war als der Hügel. Ich mußte tiefer graben, aber mit dem wunderbaren Grabstock von dem *kamil* dauerte es nicht länger, als die Sonne braucht, um zwei Fingerbreit über den Himmel zu wandern.

Als ich mit dem *kamil* und den gefüllten Wasserbehältern zurückkam, saß der Mann mit dem Rücken am Felsen, und er hatte die Kraft gefunden, ein Stück weit zu kriechen und das sonderbare Ding aus Holz- und Hart-Material mit dem schlechten rauchigen Geruch zu holen. Ich fragte ihn, was es sei, und er versuchte, mir mit Worten und Zeichen zu antworten, aber ich verstand ihn nicht.

Nun ließ ich ihn trinken, soviel er wollte, und dann zeigte ich ihm all die Nahrung, die ich mitgebracht hatte. Er riß die Augen wieder auf, zeigte auf seinen Mund und strich sich über den Bauch, um mir zu bedeuten, daß er sehr hungrig sei. Ich sagte: »Du wirst bald einen vollen Bauch haben«, und begann, ein Feuer zu machen, wobei ich ein sonderbares Gefühl hatte, weil der Mann sehr aufmerksam alles beobachtete, was ich tat, so als habe er noch nie jemanden beim Feuermachen gesehen. Als das Holz, das ich gesammelt hatte, gut brannte, legte ich ein wenig getrockneten *kamil*-Dung darauf, suchte mir dann einen spitzen Stein und begann, den Beuteldachs zu häuten.

Der Mann sagte etwas, griff hinten an seinen Gürtel und reichte mir ein Ding, einen Knochen, in dem ein Stück glänzenden Hart-Materials steckte. *»Messa«*, sagte er langsam. *»Messa.«* Vorsichtig bewegte er es an seinem Unterarm entlang, und zu meinem Staunen war der glänzende Teil so scharf, daß er einen Streifen der feinen Haare abschnitt, die auf seiner Haut wuchsen.

Er gab mir das *messa* mit einem warnenden Zeichen. Ich fing an, es sehr langsam und vorsichtig zu benutzen, aber auch so konnte ich den Beuteldachs viel schneller häuten als jemals zuvor. Wenn ich an den Grabstock dachte, an die Befestigungen der Beutel, das *messa* und die Wasserbehälter, konnte ich nur staunen, mit welcher magischen Fertigkeit der Stamm der *walypala* das Hart-Material in jede gewünschte Form bringen konnte.

Ich gab ihm das *messa* zurück, grub ein kleines Loch, streute glühende Asche hinein, legte die besten Stücke des Beuteldachses darauf und häufte weitere Asche darüber. Ich wollte dem *walypala* unbedingt gefallen und hatte deshalb das beste Fleisch für unser heutiges Essen gewählt, und nun legte ich einige schöne fette Raupen auf die Asche, damit wir mit etwas besonders Schmackhaftem anfangen konnten. Während sie rösteten, rupfte ich den Honigsauger und bat wieder um das *messa*, weil ich den Vogel öffnen und einen Teil seiner Innereien herausnehmen wollte. Als das getan war, schnitt ich die Schlange in Stücke, bevor ich das *messa* zurückgab.

»Wenn der Beuteldachs gar ist«, sagte ich, »werden wir das übrige Fleisch rösten, damit es nicht schlecht wird und wir es morgen essen können.«

Der Mann antwortete, und obgleich ich nicht wußte, was seine Worte bedeuteten, fühlte ich, daß wir uns auf irgendeine Weise verstanden. Als die Raupen braun geröstet waren, nahm ich sie von der Asche, ließ sie ein wenig abkühlen und reichte sie dann dem Mann. Er starrte sie einen Augenblick mit einem so unbehaglichen Ausdruck an, daß ich fürchtete, er würde gleich so zornig auf mich sein wie Yuma, als ich versucht hatte, ihm einige schöne Raupen zu schenken. Aber dann nahm der Mann eine, schloß ganz fest die Augen, schob sie in den Mund und kaute und schluckte sehr schnell. Ich war enttäuscht, daß er keine Freude zeigte, aber auch dankbar, daß er mein Geschenk nicht zurückgewiesen hatte.

Als er fertig war, holte er tief Luft, griff nach einer weiteren und begann, auf dieselbe unbehagliche, aber entschlossene Weise zu kauen. Ich hätte sie ihm alle gegeben, aber er machte mir Zeichen, ich solle selbst ein paar Raupen essen. Nachdem wir sie verzehrt hatten, aßen wir einige Knollen, und als wir diese gegessen hatten, waren die Stücke des Beuteldachses gar. Ich schob die Asche fort, blies auf das Fleisch, um es abzukühlen, gab dem Mann etwas davon und behielt etwas für mich.

Als die Sonne hinter der Erde versunken war, saßen wir nebeneinander mit dem Rücken am Felsen, und das *kamil* betrachtete uns mit einem hochmütigen Ausdruck, während wir unser saftiges Fleisch zu Ende aßen. »Bald wirst du wieder stark sein«, sagte ich zu dem Mann, »und dann werden wir deinen Stamm suchen und bitten, ob ich nicht bei ihm leben kann. Weil ich kein echter Mensch, sondern ein Wechselbalg bin, war ich mein Leben lang fast ganz allein bis auf die Traumzeit, bevor ich geschaffen wurde. Es ist kalt, allein zu sein, und das Herz wird schwer davon. Ich hoffe, daß es bei deinem Stamm ein paar Leute gibt, die warm zu mir sein werden.«

Ich wußte, daß er nichts davon verstehen würde, und ich verstand nicht, was er mir antwortete, aber ich glaube, wir wußten beide, daß unser Verständnis füreinander wachsen würde, wenn wir nur weiter versuchten, miteinander zu sprechen.

Die nächsten zwei Tage waren die sonderbarsten, die ich bis dahin je erlebt hatte, wenn auch weit weniger sonderbar als das, was bald folgen sollte. Mit genügend Nahrung und Wasser kehrten die Kräfte des Mannes schnell zurück, und am dritten Morgen konnte er wieder gehen. Als erstes ging er zu dem *kamil*, öffnete einen der Beutel, den es trug, und nahm eine Körperhülle von der Art heraus, wie er sie trug. Dann gab er mir mit Zeichen zu verstehen, meinen Kopf durch das Loch und meine Arme in die Röhren zu stecken.

Ich wollte es nicht tun, nicht einmal, um dem *walypala* zu gefallen, denn wenn ich in einer solchen Körperhülle gefangen war, konnte ich mich weder schnell bewegen oder an ein Wild anschleichen noch von einem Augenblick zum nächsten meine Waffen gebrauchen. Zuerst wirkte er verstört, aber dann lachte er und packte das Ding wieder fort. Ah nächstes wollte er, daß wir sofort aufbrachen, und wieder lehnte ich ab. Ich wußte nicht, wie weit wir gehen mußten, bis wir seinen Stamm fanden, und er brauchte noch mindestens einen Tag, um zu ruhen und Kräfte zu sammeln, selbst wenn das *kamil* ihn dann tragen würde.

Es gab einen weiteren Grund, zu warten. Ich hatte an den Zeichen des aufgehenden Mondes gesehen, daß Regen nahte, und nun konnte ich ihn riechen. Regen von dieser Art kam vielleicht nur einmal in drei oder mehr Sommern über unser Land, aber dann stürzte in so kurzer Zeit so viel Wasser vom Himmel, daß es ein Flußbett hinunterrauschen und einen Menschen betäuben und mit voller Wucht unter sich begraben konnte, so daß er keine Luft mehr atmen konnte und starb.

In solchen Zeiten verdunkelte sich die Sonne, und riesige Lichtschlangen spalteten den schwarzen Himmel. Die Geschöpfe der Erde verbargen sich vor dem Zorn des Regens, und auch unser Volk verbarg sich, nicht allein vor dem Unwetter, sondern auch vor den *mamu*, die auf der Suche nach Opfern durch das Dunkel schlichen. Nach dem Regen wurde die Wüste eine Weile grün, und die ganze Erde bedeckte sich mit Blumen in vielen Farben, aber solange der Regen anhielt, konnte nur jemand, der nicht bei Sinnen war, eine Wanderung antreten.

Ich versuchte, dies dem Mann zu erklären, und er versuchte, mir etwas zu erklären, aber ich konnte nicht begreifen, was er wollte. Dann wurde er zornig und schien zu sagen, daß er allein gehen würde, wenn ich nicht mitkäme. Ich beobachtete, wie er mühsam auf das *kamil* kletterte und es mit einem Wort dazu brachte, aufzustehen. Während ich dies sah, fühlte ich mich so unglücklich, daß Tränen aus meinen Augen drangen und mein Gesicht hinunterliefen. Ich sprach nicht, aber der Mann sah auf mich herunter und rief zornig etwas. Dann ließ er das *kamil* wieder knien und rutschte müde von dem Sitz herunter.

Ich sagte: »Gut! Gut! Geh bitte nicht. Wenn du gehst, wirst du vielleicht sterben. Ein großer Regen naht.« Ich nahm einen Wasserbehälter von dem *kamil*, zog den Stöpsel heraus und sprengte, zum Himmel zeigend, Wasser über meinen Kopf und machte dabei heftige Bewegungen mit den Armen, um ihm zu sagen, daß ein großer Regen nahte. Dann kratzte ich mit meinem Grabstock ein Bild von einem Unterstand aus Zweigen und Blättern in den Boden, wie wir ihn in der kalten Jahreszeit gegen den Wind benutzten, obgleich er bei einem großen Regen kaum half. Ich zeigte auf den fernen Hügel und sagte: »Ich werde das *kamil* nehmen und dort mit dem *messa* Zweige von den Büschen schneiden. Wir können einen Unterstand an den Felsen hier bauen und mit Stücken von dem geflochtenen Material bedecken, das du dabei hast.«

Ich erzählte all das ein zweites Mal und begleitete es mit den entsprechenden Bewegungen, als führte ich meinen Plan bereits durch, und plötzlich sah ich, daß ein Verstehen über den Mann gekommen war. Er begann zu sprechen und ging gleichzeitig zu dem *kamil* und löste einen langen Beutel, der an dem Tier hing. Wieder war ich völlig verblüfft über das, was sich vor meinen Augen abspielte: Der Mann entrollte etwas aus dem Beutel, fügte wie durch Zauberei einige Stöcke zusammen und begann, einen Unterstand zu machen, wie ich ihn auch im Traum noch nie gesehen hatte.

»Zelt«, sagte er mehrere Male. *»Zelt.«* Dann sprach er einige andere Worte und sagte mir mit Zeichen und Bewegungen, wie ich ihm helfen konnte, dafür zu sorgen, daß der Unterstand gut befestigt war. Ich stellte mich sehr ungeschickt an, aber er wurde nicht wieder zornig, und die Arbeit war bald beendet. Der schönste Unterstand der Welt war für uns bereit, wenn der Regen kommen würde, ein Unterstand, der so magisch war, daß ich beinahe Angst hatte, als ich zum erstenmal hineinkroch.

Wir pflockten das *kamil* an und nahmen alles von seinem Rücken und in das *zelt* hinein, das trotzdem noch Platz für uns bot. Dann holte ich einen Teil des Essens von gestern, und wir verzehrten ein gutes kaltes Mahl, ehe wir uns an den Felsen setzten, um auf den Regen zu warten. Er kam einige Stunden später. Fast von einem Augenblick zum nächsten wurde der Himmel dunkel, ein oder zwei Tropfen fielen, und wir hatten kaum genug Zeit, in das Zelt zu kriechen, als der Himmel schon barst und der Regen wie Speere fiel, so viele Speere, wie die Sanddünen Körner hatten.

Ich kniete an der Öffnung des *zelt* und beobachtete, wie die Erde dunkel wurde, während sie den Regen trank, und lauschte dem Trommeln auf die dünnen Wände des *zelt* erschauerte jedoch vor Furcht, als die Schlangen-*mamu* durch das Dunkel zuckten und vor Wut brüllten, während sie versuchten, den Himmel zu zerbrechen, damit er auf uns einstürzte.

Ich wandte mich nach dem Mann um und sah in dem Halbdunkel, daß er etwas aus einem steifen Beutel genommen hatte, ein sonderbares glänzendes Ding aus dem Hart-Material, jedoch auch mit einem anderen Material versehen, durch das ich völlig hindurchsehen konnte. Der Mann hatte einen winzigen Zweig in der Hand. Er bewegte ihn an seiner Fußhülle, und ich keuchte vor Überraschung, als ich sah, daß der winzige Zweig zu einer Flamme aufloderte. Er hielt die Flamme in das durchsichtige Material, und sofort erwachte eine größere Flamme zum Leben, so daß Licht wie von einer kleinen Sonne das *zelt* erfüllte.

Der Mann hängte die kleine Sonne an einen Stock, der oben durch das ganze *zelt* lief. »*Lampe*«, sagte er und zeigte darauf. »*Lampe*«. Offenbar konnte er sehen, daß ich nun Angst hatte, denn er setzte sich so hin, daß er mir in die Augen blicken konnte, nahm meine Hände und sprach sehr leise und freundlich mit mir. Dann hielt er eine meiner Hände hoch, zeigte darauf und sagte: »*Haaand.*« Er sah mich an und wartete. Ich erriet, was er wollte, und sprach das Wort so nach, wie er es gesprochen hatte. Er nickte, ließ meine Hände los, fuhr mit einem Finger an seinem Arm von der Schulter bis zum Handgelenk hinunter entlang und sagte: »*Aaarm.*«

Aufregung packte mich, als ich das Wort nachsprach, und ich vergaß meine Angst, als ich begriff, daß der Mann angefangen hatte, mich die Zunge der *walypala* zu lehren. Trotz des Lärms, den das Unwetter machte, konnte ich ihn gut hören, da wir im Licht der *lampe* dicht nebeneinander saßen, während er mir die erste Unterrichtsstunde gab.

Bein, Fuß, Augen, Nase, Mund. Tag und Nacht. Sonne und Mond. Essen, trinken, schlafen, gehen, kommen, warten. Ja. Nein. Gut. Schlecht. Luke.

Luke war sein Name, und ich konnte ihn leicht aussprechen, aber manche Wörter waren schwer, wenn ich auch ihre Bedeutung verstand, denn in der Zunge der *walypala* gab es Laute, die mein Mund noch nie zuvor gemacht hatte. Ich mußte viele Male probieren, ehe ich den ersten Laut des Wortes *Fuß* und des Wortes *Sonne* machen konnte. Unser Volk benutzte diese Laute nicht beim Sprechen, und sie kamen mir sonderbar von den Lippen. Ich versuchte nicht, Luke einige Worte aus der Zunge zu lehren, die ich selbst sprach, denn er hatte keinen Grund, sie zu lernen. Das einzige Wort, das ich ihm sagte, war mein Name, Mitji.

Mein Herz war voll Wärme, als wir miteinander sprachen und einander Zeichen machten, und mit jedem Wort, das ich lernte, wuchs unser Verständnis ein wenig. Ich hätte gern den ganzen Tag damit fortgefahren, aber es kam ein Augenblick, in dem Luke eine Hand hob und sagte: »Genug jetzt.« Er machte eine Geste. »Ein andermal mehr.« Ich kannte diese Wörter noch nicht, meinte aber zu verstehen, was er sagte, und im Schein der Lampe konnte ich sehen, daß er sehr müde war.

Ich sagte ihm, er solle sich hinlegen, und schob ein weiches Stück geflochtenen Materials unter seinen Kopf, damit er besser lag. Luke war ein kraftvoller Mann, kein Kind, aber er war müde wie ein Kind, weil er beinahe gestorben wäre, und ich wollte alles tun, um ihm so viel Ruhe zu verschaffen, daß er schnell wieder gesund wurde. Wenn meine Brüste so groß gewesen wären wie die Manyis, meiner Mutter, hätte ich seinen Kopf darauf gebettet, damit er besser schlief, wie Manyi es bei mir getan hatte vor langer, langer Zeit, aber ich war erst im letzten Sommer eine Frau geworden, und meine Brüste waren noch klein. Außerdem glaubte ich, daß Luke meinen Körper nicht mochte, da er immer vermied, ihn anzuschauen. Ich setzte mich mit gekreuzten Beinen neben ihn, nahm eine seiner Hände in meine eigenen und fing dann an, eine Geschichte zu singen, die Manyi für mich und ihre wahren Kinder gesungen hatte über einen großen Jäger, der seine

Frau rettete, nachdem sie von *mamu* fortgetragen worden war. Ich sang nur so laut, daß Luke mich bei dem Lärm des Regens auf das *zelt* gerade noch hören konnte, und er lag da und sah mich mit vielen Fragen in den Augen an, ehe seine Lider plötzlich zufielen und er schlief. Ich hielt seine Hand und horchte, doch nun ohne Angst, auf das Unwetter und wiederholte in meinem Kopf alle *walypala*-Wörter, die ich gelernt hatte.

Der Regen dauerte so lange, wie die Sonne brauchen würde, um von meinem gespreizten Daumen bis zum kleinen Finger über den Himmel zu wandern, und hörte dann auf. Das Dunkel lichtete sich, der Himmel wurde wieder ganz, und die Sonne wanderte unbeschadet weiter. Ich konnte riechen, daß Dampf aus dem nassen Boden stieg, und wußte, daß zwischen den Felsen viele tiefe Lachen sein würden, aus denen wir unsere Wasserschalen füllen konnten. Die Knollen würden gut wachsen, die Samen dick und rund werden, und die Jagd würde gut sein. Plötzlich traf mich eine neue Furcht. Vielleicht würde Luke mich nun nicht mehr zur Nahrungssuche brauchen. Vielleicht würde er mich nicht zu seinem Stamm mitnehmen, damit ich dort leben könnte.

Ich mußte in meiner Angst seine Hand gedrückt haben, denn er regte sich und schlug die Augen auf und starrte mich eine Weile überrascht an, ehe seine Erinnerung zurückkehrte. Während er sich aufsetzte, legte er sich die Hand auf das Herz und sagte meinen Namen zusammen mit einigen anderen Worten. Ich überlegte verzweifelt, welches Geschenk ich ihm dafür geben könnte, daß er mich zu seinem Stamm mitnahm, aber ich besaß nur meinen Grabstock und meine Waffen und war sicher, daß er diese Dinge nicht haben wollte.

Dann fiel mir etwas ein, und ich faßte nach dem kleinen Beutel an meinem Gürtel und sagte: »Warte, warte.« Ich machte den Beutel los und schüttete die glänzenden gelben Steine, die ich dem toten Mann abgenommen hatte, in meine Hand. Sie waren sicherlich ein starker *mapanpa.* Ich hielt sie Luke hin, damit er sie sah, nahm dann seine Hand, legte die Steine hinein und schloß seine Finger darüber. Dann sagte ich mit einer Mischung von *walypala*-Wörtern und Zeichen und meinen eigenen Worten: »Hier ist ein starker Zauber, den ich von dem toten *walypala* genommen habe. Ich schenke ihn dir. Ich bitte dich, laß mich als Gegenleistung mit dir gehen und bei deinem Volk leben.«

Ich sagte dies dreimal auf verschiedene Weise, während Luke mit einem sonderbaren Ausdruck in den Augen von den Steinen in seiner Hand zu mir und wieder zu den Steinen sah. »Luke nimm«, wiederholte ich zuletzt, auf die Steine zeigend. »Luke nimm Mitji . . .« Ich zeigte durch die Öffnung des *zelt.* » . . . gehen *walypala* . . .« Ich berührte seine weiße Haut, dann meine. »Gehen *walypalazelt* essen-trinken-schlafen-Tag-Nacht.«

Seine Hand schloß sich wieder um die glänzenden Steine, dann winkte er mir und kroch aus dem Zelt. Ich folgte ihm, und als ich mich aufgerichtet hatte, nahm er meinen Arm und führte mich zu dem *kamil,* das mit sehr nassem Fell inmitten vieler Lachen lag. Luke zeigte auf mich, auf sich, dann auf das *kamil.* »Duuu. Ich. *kamil*«, sagte er und zeigte auf den fernen Horizont. »Gehen . . .« Das Wort, das er dann sagte, war mir neu, und ich begriff es nicht. Später, viel später, erfuhr ich dann, daß es »zusammen« lautete.

Wir brachen am nächsten Morgen mit vollem Bauch und gefüllten Wasserschalen auf. Luke saß auf dem *kamil,* und ich ging mit meinen Waffen daneben her. Ich wußte nicht, wo der Stamm der *walypala* sein Lager hatte, und hatte ursprünglich vorgehabt, mit der Mittagssonne im

Rücken weiterzugehen, bis ich die großen Wasser erreichte, aber Luke zeigte mir ein sehr kleines magisches Ding mit einer durchsichtigen Oberfläche und einem winzigen, dünnen, schwarzen Stock, der einem langen Dorn glich. Wohin er dieses Ding auch drehte, der lange Dorn bewegte sich immer wieder so, daß er in dieselbe Richtung zeigte. Dieser *mapanpa* hieß »Kompaß« und sagte Luke, wohin er gehen mußte.

Die ersten zwei Tage unserer gemeinsamen Wanderung war ich sehr glücklich, denn wenn wir in der großen Hitze des Tages ruhten und bei Sonnenuntergang lagerten, lehrte Luke mich neue Wörter. Er begann auch, mir beizubringen, wie man mehrere Wörter richtig zusammen sagt, indem man dazwischen kleine Worte gebraucht. »Wir lagern jetzt. Wir gehen jetzt. Es ist sehr warm. Es ist nicht sehr warm. Kannst du mehr Wasser finden? Kannst du morgen Nahrung finden? Dies ist eine Lampe. Dies ist ein Streichholz. Ich zünde die Lampe mit dem Streichholz an.«

Manchmal sagte er Wörter, deren Bedeutung ich nicht fassen konnte, und wenn ich es eine Weile probiert hatte, lachten wir, und Luke wählte ein anderes Wort, das ich besser begriff. Einmal wollte er sehen, wie ich meinen Bumerang warf und meine Speerschleuder benutzte. Ich zeigte es ihm mit einem kleinen Busch als Ziel, und ich glaube, er sagte, er sei überrascht, daß eine Frau so gut mit Waffen umgehen könne. Ich wollte ihm erklären, daß ich doch keine echte Frau war und immer nur mit den Jungen unseres Stammes gespielt hatte, so daß ich lernte, Männerdinge zu tun, aber keine Frauendinge, doch diese Geschichte war so schwierig, daß ich sie nicht mit meinen wenigen *walypala*-Wörtern erzählen konnte.

Ich fragte ihn wiederum nach dem sonderbaren Ding mit dem schlechten, rauchigen Geruch, das ich möglicherweise für seine Speerschleuder hielt. Er runzelte die Stirn, als wüßte er nicht recht, was er tun solle, aber dann schien er einen Entschluß zu fassen. Zuerst führte er das *kamil* ein Stück fort, befahl ihm, sich niederzulegen, und band es an einen umgestürzten Mulgabaum. Anschließend kam er mit seiner Speerschleuder zu mir zurück und gab mir mit Worten und Zeichen zu verstehen, daß es nun einen sehr großen Lärm geben würde, vor dem ich mich aber nicht fürchten müsse. Er zeigte als Ziel auf einen Felsen, der so weit von uns entfernt aus dem Boden ragte, daß kein Speer ihn hätte erreichen können. Ich beobachtete, wie er ein kleines Loch in der Speerschleuder öffnete, etwas hineindrückte, den hölzernen Teil dann an die Schulter legte und das Rohr aus Hart-Material auf den Felsen richtete.

Plötzlich ertönte ein solcher Lärm, daß ich mit beiden Füßen in die Höhe sprang und fast davongelaufen wäre. Es war wie das Brüllen eines Himmels-*mamu* bei einem Unwetter, aber schärfer und härter, auf einen sehr kurzen Augenblick zusammengedrückt. Der rauchige, brennende Geruch, der von der Speerschleuder kam, war sehr stark. Ich hatte Angst, aber Luke trat zu mir und redete beruhigend auf mich ein, und dann gingen wir zusammen viele Schritte, bis wir den Felsen erreichten. Dort sah ich, daß ein Stück davon abgebrochen und in viele winzige Teile zersplittert war, und an der Felswand selbst war eine frische Narbe mit einem matt glänzenden Abdruck. Auf der Erde lag ein formloses Klümpchen aus Hart-Material. Dies war der winzige Speer, den er in das Loch in der Speerschleuder gedrückt hatte, aber vorher war es sehr schön geformt gewesen, fast wie ein ausgestreckter Finger.

Ich hatte ein wenig von all dem erraten, als ich Tage zuvor nahe der Stelle, wo Luke lag, die Speerschleuder zwischen den Spuren des Kampfes entdeckt hatte, aber erst jetzt hatte ich die wahre Macht der *walypala*-Waffe gesehen, und sie war ein Zauber, zu dem nicht einmal unsere größten Medizinmänner imstande waren.

»Ge-weeehr«, sagte Luke und klopfte auf die Speerschleuder. »Sag es, Mitji.«

»Ge-weeehr«, wiederholte ich angstvoll und legte die Hände auf den Rücken, damit ich dieses furchtbare Ding nicht einmal versehentlich berühren konnte.

Als wir an diesem Abend gegessen hatten, lernte ich noch mehr Wörter, ehe wir uns schlafen legten, aber am Morgen war mein Glück fort, und ich fühlte mich sehr sonderbar. In meinem Kopf war ein Schmerz, und mein Körper fühlte sich unter der Haut heiß und kalt zugleich an. Ich kannte den Grund, und mein Herz lastete wie ein Stein in mir. Weit, weit in der Ferne richtete Yuma, vielleicht mit Hilfe Ulurkas, den Knochen auf mich. Weil ich fortgegangen war, vielleicht auch, weil ich Yumas *mitjiquin*-Zauber zum Jagen benutzt hatte, stand ihr Entschluß fest, daß ich sterben mußte.

Es war eine sehr bittere Wendung für mich. Ich hatte einen *walypala* gefunden, ich hatte ihm meine Herzenswärme geschenkt und dafür ein wenig Herzenswärme von ihm bekommen. Er wollte mich mitnehmen zu seinem Stamm, damit ich dort leben konnte, und ich war sicher, daß er dort gut für mich gesprochen hätte. Aber nun würde all dies nie geschehen. Ich konnte den Todeszauber in mir spüren und wußte, daß ich in weniger Tagen, als ich an einer Hand zählen konnte, sterben würde.

Als wir an diesem Tag unsere Reise fortsetzten, überlegte ich, wie ich Luke dies erklären könnte, aber es war unmöglich. Ich kannte nicht genug Wörter. Dann überfiel mich die Besorgnis, daß ich Luke nicht zu seinem Stamm bringen könnte, wenn ich zu früh starb, und daß er dann vielleicht auch sterben würde. Ich hatte selbst gesehen, daß er mich brauchte, um Nahrung und Wasser zu finden, und wußte deshalb, daß er ohne mich nicht lange leben würde. In seinem Stamm gab es sicherlich Menschen, deren Aufgabe es war, für die anderen zu jagen und Nahrung und Wasser zu suchen, aber Luke gehörte nicht zu ihnen.

Ich wußte nicht, wie viele Tagesmärsche vor uns lagen, beschloß aber, jeden Tag, der mir blieb, möglichst viele Speerwürfe zurückzulegen und meine Krankheit so lange vor Luke zu verbergen, bis ich nicht mehr gehen konnte, denn ich befürchtete, er würde versuchen, mir eine Ruhepause aufzuzwingen. Wenn ich so handelte und alles tat, damit unsere Wasserbehälter und Nahrungsbeutel immer gefüllt waren, würde Luke nach meinem Tod vielleicht lange genug leben, daß er seinen Stamm noch erreichen konnte.

Am nächsten Tag war die Krankheit gewachsen, und Luke mußte etwas an mir bemerkt haben, denn er stellte Fragen. Ob noch ein großer Regen komme? Ob ich traurig sei? Ob mein Körper nicht gut sei? Ob ich Schmerzen habe?

Ich brachte es fertig zu lächeln und sagte immer wieder: »Nein. Nein, Luke. Mein Körper ist gut. Stark.«

Er wollte mich bewegen, diesmal auf dem *kamil* zu reiten, aber ich lehnte ab, weil mir dann leicht Spuren und Zeichen entgangen wären, die zu Nahrung und Wasser führten.

Als ich am nächsten Tag erwachte, erschrak ich sehr, denn überall an meinem Körper waren rote Flecken erschienen, und dies war nun wirklich ein wahrhaft machtvoller Fluch, denn so etwas war mir noch nie im Leben unter die Augen oder zu Ohren gekommen. Es war etwas, das ich nicht vor Luke verbergen konnte, und als er sah, was mir zugestoßen war, wurde er sehr besorgt, legte mir die Hand auf die Stirn, fühlte meine Handgelenke und sagte lauter Wörter, die ich nicht verstand, weil sich alles in meinem Kopf drehte und ständig verwandelte wie in einem wilden Windtreiben.

Er versuchte mit Gewalt, mich auf das *kamil* zu setzen, aber ich wehrte mich gegen ihn und weinte und rief, daß ich noch einen Tag leben könnte, um Nahrung und Wasser für ihn zu suchen. Am Ende gab er seine Versuche auf, wollte aber wenigstens zusammen mit mir gehen, doch ich wußte, daß wir dann zu langsam vorwärts kommen wurden. Deshalb flehte ich ihn mit Zeichen und allen Worten, die mir einfielen, wieder und wieder an, doch auf dem *kamil* zu reiten. Ich mußte wieder weinen und fiel auf die Knie, streute mir Sand auf den Kopf, damit er verstand, wie verzweifelt ich war.

Endlich kletterte er auf das *kamil* und wir brachen auf. Es gab an diesem Tag lange Phasen, da mein Geist in den Himmel wanderte und ich wie im Schlaf voranschritt, bis er zurückkehrte, aber sobald meine Augen ein Zeichen erblickten, das Nahrung oder Wasser bedeutete, kam er jedesmal schnell zurück. Kurz nachdem wir in der großen Hitze des Tages geruht hatten, sah ich Vögel zu einem Flußbett kommen. Das brachte meinen Geist vom Himmel zurück, und ich sagte zu Luke, er müsse mit dem *kamil* warten, bis ich ihn riefe.

Ich brauchte lange, bis ich zu dem Flußbett kam, und ging am Schluß ganz langsam, und dann erlegte ich mit meinem Bumerang einen großen schwarzen Vogel, den mein Volk *linuwa* nannte, genug, um Luke für einige Tage zu ernähren. Die Vögel hatten aus einem sumpfigen Loch im Flußbett getrunken, doch nach sehr kurzem Graben fand ich gutes Wasser und konnte Luke rufen, indem ich meinen Arm schwenkte. Während ich den *linuwa* rupfte und die schlechten Teile herausnahm, füllte Luke alle unsere Wasserbehälter und gab dem *kamil* zu trinken, bevor wir unseren Weg fortsetzten.

Meine Beine waren nun sehr müde, und ich versuchte nicht länger, gegen den Todeszauber zu kämpfen, denn ich hatte alles getan, was ich konnte. Mein Freunde Luke hatte Nahrung und Wasser. Er würde beides klug gebrauchen, und wenn seine Totemgeister es gut mit ihm meinten, wurde er sicher zu seinem Stamm zurückkehren. Ich begann, meinen eigenen Atem zu hören, als stamme er von einem anderen Menschen, und der Boden bewegte sich unter meinen Füßen, so daß ich beim Gehen von einer Seite zur anderen schwankte. Mir schien, daß die Nacht lange vor ihrer Zeit kam, denn die Welt wurde schnell dunkel, doch als ich mit einer großen Anstrengung den Kopf hob, konnte ich wie durch eine Rauchwolke sehen, daß die Sonne noch hoch über dem Horizont stand.

Mein Kopf sank nach unten, und ich konnte nur noch den Sandboden zu meinen Füßen sehen. Ein Schritt, noch einer, ein Schritt, noch einer, ich sah, wie meine Füße vor mir die Erde berührten, und die roten Flecken leuchteten hell auf der Haut meiner Beine, aber meine Füße gingen immer weiter von mir fort, und die Welt wurde noch dunkler.

Ich hörte, wie Luke von irgendwo aus dem Himmel rief. Im nächsten Moment waren meine Füße fort, und meine Knie waren am Boden. Die Welt neigte sich zur Seite, die Erde traf mich an der Schläfe, dann sank mein Geist in eine große Schwärze und löste sich auf.

3

WIE LANGE MEIN Geist fort war, konnte ich nicht sagen, aber ich wußte in der darauffolgenden Zeit, daß ich nicht ganz gestorben war und daß dies nur möglich sein konnte, weil Luke einen *walypala*-Zauber, von dem ich nichts wußte, gebraucht hatte, um die von Yuma geschickte Todeskrankheit zu bekämpfen.

Die meiste Zeit schlief mein Geist, aber manchmal tauchte ein kleiner Teil aus dem Dunkel empor wie in eine Traumzeit, eine unruhige und beängstigende Traumzeit, denn ich konnte dann fühlen, wie die Dämonen unter meiner Haut und in meinem Kopf versuchten, mich zu töten, meine Brust zu umklammern, damit ich nicht mehr atmen konnte.

Wenn ich erwachte, merkte ich manchmal, daß ich zusammen mit Luke, in etwas gehüllt, das er *decke* nannte, auf dem *kamil* saß; er hatte seinen Arm um mich gelegt, und ein Hautstreifen war um unsere Körper gewunden, damit ich nicht fallen konnte. Dann erwachte ich wieder zu der Tatsache, daß wir in der großen Hitze des Tages ruhten oder zu Sonnenuntergang angehalten hatten und Luke mich hielt, während er aus dem Loch in einem der Behälter Wasser zwischen meine Lippen tröpfelte. Einmal tränkte er ein Stück geflochtenen Materials mit Wasser und wischte meinen Körper damit ab, um die Dämonen zu besänftigen. Das Wasser war kühl und herrlich, aber ich war besorgt und versuchte, ihm zu sagen, daß er es zum Trinken aufheben müsse.

Manchmal erwachte ich mit dem Gefühl, wir seien vielleicht beide gestorben und weilten an einem Ort der Geister, aber ich konnte nicht lange denken, da mein Kopf sich immerfort drehte und veränderte und wieder im Dunkel versank. Schließlich kam dann eine lange Zeit des Dunkels, aus der ich langsam erwachte, aber noch ohne die Augen zu öffnen, weil meine Lider sich schwer anfühlten, jedoch in dem Bewußtsein, daß die Dämonen aus meinem Körper ausgetrieben waren und daß meine Sinne wieder arbeiteten.

Ich lag auf etwas Weichem und war mit etwas Weichem zugedeckt. Ich war nicht in der Sonne, fühlte keinen Windhauch, konnte weder das *kamil* noch Luke riechen oder irgendeinen der Gerüche wahrnehmen, die ich gut kannte. Es kam mir vor, als sei ich in einer anderen Welt erwacht mit lauter neuen Gerüchen um mich herum, und einer davon stamme von einer fremden Person in meiner Nähe.

Ich bewegte mich und wandte den Kopf, hatte aber immer noch Angst, die Augen zu öffnen. Dann legte sich eine Hand sehr sanft auf meine Stirn, und von dieser Hand schien ein Strom von Frieden und Trost in mich zu fließen, der mich erwärmte und alle Ängste vertrieb. Eine leise Stimme sagte: »Mitji? Mitji . . .« Ich öffnete die Augen und erblickte das Gesicht einer *walypala*-Frau.

Sie war ebensowenig schön wie ich, denn ihre Nase war klein und gerade, ihr Mund nicht dick und ihre Wangenknochen nicht breit, aber ihre Augen hatten die Farbe des Himmels und waren voller Herzenswärme. Ihr Haar war nicht feurig wie meines, sondern honigfarben, und sie trug es auf eine Art gewellt, die ihren Nacken und ihre Kehle frei ließ. Ich schien sie einen Moment mit anderen Augen zu sehen, vielleicht so, wie meine Augen in der frühen Traumzeit gesehen hatten, ehe ich geschaffen wurde, und dann fiel mir ein, daß sie für den Stamm der *walypala* sogar schön sein mochte.

Von ihrem Kopf und Hals abgesehen, war ihr ganzer Körper in ein geflochtenes Material von einem dunkleren Blau als dem ihrer Augen gehüllt mit Stücken einer anderen Farbe darin, die ein Muster darauf machten. Ihre Hand lag immer noch auf meiner Stirn, und sie lächelte auf mich herunter und sprach wieder langsam. »Ich . . . Frau . . . gehöre . . . Luke.«

Ich nickte mit dem Kopf, wie ich es von Luke gelernt

hatte, um ihr zu sagen, daß ich verstand. Sie tätschelte meine Wange und sagte: »Luke ... mir sagen ... Mitji sehr gut.« Sie berührte zärtlich meine Schulter, legte sich dann eine Hand auf die Brust. »Du ... ich ... Freunde.«

Ich fühlte, wie meine Augen sich mit Tränen füllten, aber es waren Tränen des Glücks, und nach einer Weile sagte ich: »Freunde«, was mir damals schwerfiel, weil ich wenig Übung in dem ersten Laut dieses Wortes hatte. Dann sagte ich: »Ich ... Mitji ... Du?«

Die Frau sagte: »Ich ... Rosemary.«

Auch das war ein Wort, das ich nicht leicht aussprechen konnte, aber nach drei Versuchen schaffte ich es. Dann wandte ich zum ersten Mal den Blick von ihrem Gesicht und sah mich um. Ich war in einem großen *zelt* aus Holz, das ich nur halb durchmessen hätte, wenn ich gestanden und die Arme ausgebreitet hätte. Ich lag nicht am Boden, sondern auf einem Ding über dem Boden, und der Boden selbst war mit Holz und Stücken von geflochtenem Material bedeckt. An einer Seite des *zelt* war ein großes Loch mit geraden Rändern, aber dort kam kein Wind durch, weil das Loch mit dem gleichen durchsichtigen Material bedeckt war, das auch einen Teil von Lukes *lampe* bildete.

Ich schaute mich langsam in dem *zelt* um, und wenn Rosemary nicht meine Hand gehalten hätte, wäre ich wieder ängstlich geworden, denn ich konnte kaum glauben, wie groß die Zahl der sonderbaren Dinge war, die auf dem Boden standen, an den Wänden befestigt waren und sogar von der Decke des *zelt* hingen. Mir fielen keine Worte ein, die ich sagen konnte, keine Fragen, die ich stellen konnte, und in diesem Augenblick bewegte sich ein Stück in der Wand des *zelt*, und durch das Loch kam ein Mann. Einen Moment lang sah ich, was hinter ihm war, und erkannte mit neuem Staunen, daß das, wo ich lag, nur ein Teil von einem noch größeren *zelt* war.

Der Mann war ein Fremder, und ich beobachtete ihn ängstlich, als er auf mich zukam. Dann nahm ich seinen Geruch wahr, stieß einen überraschten Ruf aus und versuchte, mich aufzusetzen, denn es war Luke, aber ohne seinen Bart, mit kurz geschnittenem Haar und anderen Körperhüllen. Er sah jetzt jünger und größer aus, als ich ihn in Erinnerung hatte.

»Luke«, sagte ich. »Luke . . .« und streckte meine Hände aus.

Er nahm sie einen Moment, lächelte, machte dann Zeichen, während er sagte: »Morgen-morgen . . . Mitji gut . . . Körper wieder stark.«

Es gab so vieles, was ich sagen wollte, aber die Worte stellten sich nicht ein. Luke hatte es irgendwie geschafft, mich zu seinem *zelt* im Lager des Stammes der *walypala* zu bringen, und er mußte hier einen großen Medizinmann dafür bezahlt haben, Yumas Todeszauber zu besiegen. Ich erinnerte mich an die roten Flecken, die meinen Körper bedeckt hatten, und als ich an mir hinunterblickte, entdeckte ich, daß ich eine Körperhülle aus wunderbar weichem, geflochtenen Material trug. Sie reichte bis zu meinen Knien, aber ich griff unter die *wolldecke* und zog die Körperhülle schnell hoch, wobei ich mich ein wenig wand, damit ich sie bis zum Hals ziehen konnte. Ich konnte nur kurz sehen, daß die roten Flecken auf meiner Brust und meinem Bauch bis auf ein oder zwei schwache Tupfen verschwunden waren, denn Rosemary, die erschrocken Mund und Augen aufriß, ergriff die Körperhülle und zog sie wieder hinunter.

Luke lachte und sprach mit ihr. Sie blinzelte, lächelte dann und tätschelte nur wieder die Wange, wie um mir zu sagen, daß ich nichts getan hatte, was sie erzürnte. Damals verstand ich es noch nicht, aber an dem folgenden Tag lernte ich als eines der ersten Dinge, daß eine *waly-*

pala-Frau einem Mann nicht erlaubte, etwas anderes von ihrem Körper zu sehen als ihren Kopf und einen Teil ihrer Arme, wenn sie nicht mit ihm verheiratet war. Ebenso hielt auch ein Mann seinen Körper vor allen anderen als seiner Frau verborgen, und beide trugen immerfort Körperhüllen, selbst dann, wenn sie unter einer *wolldecke* schliefen.

Diese merkwürdigen Bräuche sollte ich erst später entdecken, denn in den kurzen Augenblicken seit meinem Erwachen nahm ich nur wahr, daß die freundliche *walypala*-Frau mich ihre Freundin genannt hatte, und ich war vor Freude so überwältigt, daß ich nun viele Tränen weinte. Rosemary tupfte meine Wangen lächelnd mit etwas Weichem und Weißem ab. »Jetzt essen, Mitji«, sagte sie. »Gute Suppe. Dann schlafen. Ruhen. Stark werden. Jetzt bist du daheim.« Ich kann nicht hoffen, alle die Überraschungen und Merkwürdigkeiten und neuen Dinge wiederzugeben, die ich in den Tagen und Wochen und Monaten erlebte, nachdem ich mit Rosemarys Hand auf meiner Stirn erwacht war. Alles, *alles* unterschied sich von all dem, was ich je zuvor gekannt hatte. Sogar die Welt war anders, bestand sie doch aus zahllosen Stämmen in vielen, von großen Wassern getrennten Ländern. Manche Stämme hatten Mittel gefunden, um furchterregende Waffen wie Lukes *ge-weeehr* zu machen und große, sehr große Dinge, so riesig wie ein hoher Hügel, die mit vielen Menschen in ihrem Bauch auf den großen Wassern fuhren. *Schiffe.*

Einige Dinge, die ich sah und lernte, waren wunderschön, andere waren beängstigend, und wieder andere jenseits meines Begriffsvermögens. Ich erfuhr, daß die Welt rund war wie die Sonne, daß sie unfaßbar groß war – ein Mann wurde ganze vier Jahre lang jeden Tag einen Tagesmarsch machen müssen, um einmal um sie herumzugehen, und daß Luke und Rosemary in einem Schiff von der Spitze der Welt zu ihrem unteren Ende gekommen waren –, all dies war etwas, das ich niemals geglaubt hätte, wenn ich es von irgend jemand anderen als Luke und Rosemary gehört hätte.

Es war hauptsächlich Rosemary, die mich die englische Zunge lehrte und dann im Lesen und Schreiben unterwies. Zum Glück konnte ich sehr gut Laute nachahmen, und da ich unbedingt lernen wollte, machte ich gute Fortschritte beim Sprechen. In wenigen Wochen konnte ich fast alles Einfache verstehen, das man zu mir sagte, und selbst viele Dinge sagen, ohne dabei innehalten und zu angestrengt nachdenken zu müssen. Zuerst sprachen wir fast nur über praktische Dinge, und es dauerte vielleicht sechs Monate, bis ich anfing, schwierige Sachen wie die Geschichten über Gott und seinen Sohn Jesus zu verstehen, die Rosemary jeden Abend aus einem großen schwarzen Buch vorlas, das Bibel hieß.

Es würde zu lange dauern, von all dem zu berichten, was ich in dieser Zeit fühlte, von all dem, was ich lernte, und von all dem, was ich verlernen mußte. Ich kann nur einen kleinen Teil davon zu Papier bringen, mit Worten, die mir nun seit langem vertraut sind, die ich damals aber nicht kannte.

Das »Zelt«, in dem Luke und Rosemary wohnten, war natürlich ein Haus, das aus Holz gebaut war und vier Zimmer hatte. Sie hatten ihm einen Namen gegeben, als wenn es ein Mensch wäre – *Shalimar.* Etwa drei Tage vergingen, bis ich mich so weit erholt hatte, daß ich aus dem Haus treten konnte, und ich stellte mir damals vor, daß ich andere »Zelte« des Stammes der *walypala* sehen würde, aber zu meiner Überraschung stand das Haus ganz allein. Ein staubiger, festgetretener Pfad führte von dort nach Westen und bog um das Ende eines hohen Felskammes.

Später erfuhr ich, daß der nächste Platz, wo andere

weiße Menschen lebten, ein Ort namens Lawton war, der einige Meilen westlich lag. Lawton war eine Gemeinschaft von mehr als tausend Menschen, aber Rosemary konnte mir kaum begreiflich machen, was eine solche Zahl bedeutete, und als ich erfuhr, daß es nur zwei Tagesmärsche weiter eine noch größere Ansiedlung gab, die Kalgoorlie hieß und *zwanzigtausend* Seelen zählte, meinte ich, dort müsse wohl die ganze Welt leben.

Luke Bowman, denn so lautete sein vollständiger Name, hatte das Haus drei Jahre zuvor mit Hilfe von zwei Männern aus Lawton gebaut. Es stand bei einem schmalen Flußbett, wo ein unterirdischer Wasserlauf die Erde für nicht mehr als ungefähr fünfzig Schritte durchbrach, ehe er wieder in kiesigem Grund versickerte, aber es hieß, daß er niemals versiegen würde, so daß Luke und Rosemary Bowman keine Schwierigkeiten hatten, Wasser zu bekommen. Hinter dem Flußbett war ein großes Stück Erde, wo Luke Pflanzen anbaute, die Weinstöcke hießen. Der Boden war dort gepflügt und mit einer dunkleren Erde angereichert, die Luke an einer anderen Stelle geholt hatte. Beim Flußbett stand ein großer Metalltank mit einer Pumpe, von dem Wasserrohre zu dem urbar gemachten Boden führten.

Schon der Gedanke, Nahrung anzubauen statt sie zu sammeln, wo immer man sie finden konnte, setzte mich in Erstaunen. Ich erfuhr später, daß die Weintrauben zu einer Art gehörten, die man Schwarze Korinthe nannte, und wenn sie reif waren, wurden sie auf hölzernen Platten in der Sonne getrocknet, um Rosinen zu werden. Diese wurden in Kisten verpackt und zu einem Ort namens Perth geschickt – der unglaublicherweise noch größer war als Kalgoorlie –, wo man sie reinigte und von ihren Stengeln befreite, ehe sie in kleinere Kartons gepackt und an sogenannte »Geschäfte« verkauft wurden, wo Menschen sie kaufen konnten, um sie zu essen. Damals schien mir das ein sehr sonderbarer und umständlicher Prozeß zu sein.

Im Norden des Hauses lagen Schuppen und Ställe mit zwei Ziegen, einem Dutzend Hühnern und einem Hahn, einige Bienenstöcke sowie ein Stall für ein Pony und einen Wagen. Im Süden war ein Gemüsegarten und ein sehr kleines Stück Land, wo Rosemary einige Blumen zog. Unser *kamil* war fort, denn Luke hatte es nur gemietet, so daß es ihm nicht gehörte.

In den ersten acht Monaten sah ich nur einen weiteren Menschen außer Luke und Rosemary. Zweimal im Monat fuhr Luke mit dem Wagen nach Lawton, um Vorräte zu holen, und bei zwei dieser Gelegenheiten kam er mit einem anderen Mann zurück, einem Ureinwohner, der ihm half, einen Anbau an den Stall zu machen. Er hieß Nomi, trug Kleidung und sprach einige Worte Englisch. Ich melkte gerade eine Ziege, ein anderes Wunder für mich, als Nomi das erstemal kam. Als er von dem Wagen sprang, sah ich, daß er von unserem Volk war, und rief etwas. Er war nicht von meinem Stamm, und seine Sprache klang in meinen Ohren fremd, aber viele Wörter waren ähnlich, und er äußerte große Überraschung, als ich ihn fragte, wie es komme, daß er bei den *walypala* lebe. Er antwortete nicht, sondern begann zu fragen, wer ich sei und wie es komme, daß ich die Zunge seines Volkes kenne. Doch da eilte Luke von der anderen Seite des Wagens herbei und machte ein besorgtes Gesicht und rief mir zu: »Nicht, Meg, nicht! Geh ins Haus und rede nicht mehr mit ihm.« Meg war der englische Name, den Rosemary mir gegeben hatte, weil ich ihn leicht sagen und schreiben konnte, und außerdem war er auch ein bißchen wie Mitji.

Ich eilte, Luke zu gehorchen, und fürchtete, ich hätte etwas Falsches getan, aber Rosemary beruhigte mich mit den Worten, sie und Luke hielten es für das beste, den

Leuten nicht zu erzählen, daß ich von einem Stamm im Busch gekommen sei, und sie werde es mir später, wenn ich die Sprache besser gelernt hätte und alles verstehen könne, genauer erklären.

Als Nomi das nächstemal kam, rief er mir etwas zu, während ich durch den Gemüsegarten ging, aber ich tat so, als verstünde ich nicht, und antwortete auf englisch.

Rosemary Bowman war ein Engel. Es dauerte einige Zeit, bis mir klar wurde, daß sie ein sehr schöner Engel war und daß ich unter weißen Menschen vielleicht nicht das häßliche Geschöpf war, für das ich mich bei meinem Stamm, den einzigen anderen menschlichen Wesen, die ich damals kannte, immer gehalten hatte. Rosemary war auch innerlich schön, voller Wärme und Freundlichkeit und von schneller Auffassung. Ich wunderte mich nicht, daß Luke seine Frau so sehr liebte und achtete, denn schon wenige Tage, nachdem ich sie kennengelernt hatte, hätte ich für sie dem wildesten aller nächtlichen *mamu* getrotzt.

Von Anfang an machte sich Rosemary daran, mich wie ein kleines Kind ganz von vorne aufzuziehen, doch klugerweise benutzte sie keine kindlichen Worte und sprach auf dieselbe Weise mit mir wie mit Luke. Zunächst machte ich aus Unwissenheit vieles falsch, aber sie war nie zornig, nie entsetzt, zeigte nie Abscheu über die Bräuche aus meinem früheren Leben, die bei zivilisierten Personen vollkommen fehl am Platz waren.

An Stelle meines Gürtels und der Quaste trug ich nun regelrechte Kleidung – Strümpfe und Schuhe, Schlüpfer und Unterhemd, Unterrock und Kleid. An die Schuhe konnte ich mich erst viel später gewöhnen als an die übrigen Dinge. Beim Essen saß ich auf einem Stuhl an einem Tisch und gebrauchte ein Messer und eine Gabel und einen Löffel für die Gerichte, die Rosemary auf einem gußeisernen Herd oder im Backofen des Herdes zubereitet hatte.

Ich ging zu einem alleinstehenden kleinen »Zelt«, um mich zu erleichtern, und ich wusch mir morgens und abends das Gesicht, die Hände mehrmals am Tag, den Körper und das Haar alle zwei oder drei Tage.

Das Körperwaschen fand in der Küche statt. Ich saß in einem metallenen Zuber, der draußen am Haus hing, wenn er nicht benutzt wurde, und Rosemary half mir, während Luke hinter der geschlossenen Tür im Wohnzimmer saß, damit er mich nicht nackt sehen würde. Zuerst lachte ich darüber, weil er mich all die Tage, als wir zusammen unterwegs waren, nackt gesehen hatte, und Rosemary lachte auch, sagte dann aber, ich sei jetzt in einer anderen Welt und müsse versuchen, so zu denken wie die weißen Stämme, damit mir in meinem Benehmen keine Fehler unterliefen.

Ich schlief in einem Bett in einem kleinen Zimmer des Hauses und trug dabei ein Nachthemd. Luke und Rosemary schliefen in zwei Betten in einem größeren Zimmer. Es verwirrte mich, daß sie nicht beieinanderlagen wie Mann und Frau, und als ich genug Wörter gelernt hatte, daß ich ohne Schwierigkeit mit Rosemary darüber sprechen konnte, fragte ich sie nach dem Grund.

Sie machte plötzlich ein trauriges Gesicht und biß sich auf die Lippe. Ich sah, wie Tränen in ihre schönen Augen traten, und ich hätte mir am liebsten mit einem Speer das Bein aufgeschlitzt, um ihr zu zeigen, wie sehr es mir leid tat, sie traurig gemacht zu haben, aber sie nahm meine Hand und sagte: »Liebe Meg, so etwas darfst du nie fragen, nicht einmal eine Freundin, weil das eine private Angelegenheit ist – oh, du wirst noch nicht verstehen, was ›privat‹ bedeutet. Nun ... Es ist etwas *Geheimes*. Es schickt sich nicht, darüber zu sprechen, daß

Männer und Frauen beieinanderliegen. Das sind *sehr* schlechte Manieren.«

»Das schickt sich nicht« und »Manieren« waren Worte, die ich viele Male von Rosemary hörte, wenn sie mich die Bräuche der weißen Stämme lehrte

Einige Monate nach meiner Ankunft in Lukes Haus arbeitete ich mit ihm im Gemüsegarten und staunte wieder einmal darüber, daß man Nahrung fortwährend an einem Platz wachsen lassen kann, statt auf der Suche danach von einem Ort zum anderen zu ziehen, als mir ein besorgter Gedanke über Rosemary in den Sinn kam und ich fragte: »Luke, warum ist Rosemary weißer als du? Ihr Gesicht ist wie Milch, ohne Blut in ihren Wangen. Ist das bei allen weißen Frauen so? Und Rosemary's Körper ist nicht stark. Sie kann nur eine kleine Weile mit ihren Blumen arbeiten, und dann muß sie ruhen. Manchmal geht ihr Atem schnell, und nachts höre ich, wie sie . . . Ich weiß das Wort nicht, du sagst es nie. Es klingt so.« Ich hustete.

Luke antwortete einen Moment lang nicht, und ich fuhr fort: »Ist das bei allen weißen Frauen so? Oder . . . oder ist in Rosemary eine Krankheit?«

Luke stützte sich auf seine Hacke und fuhr sich mit der Hand durch sein dichtes gelbes Haar, während er den Blick nicht von mir wandte. Zuerst waren seine Augen hart und seine Lippen aufeinandergepreßt, aber dann schien er zu begreifen, daß ich nichts Böses meinte. Sein Gesicht änderte sich, er zuckte mit den Achseln und sagte müde: »Ja, Rosemary hat eine Krankheit. Wir sprechen nicht darüber, sprich also bitte auch nicht darüber, wenn du mit ihr zusammen bist.«

Mir war unter meinen Kleidungsstücken sehr warm, weil die Sonne heiß vom Himmel brannte, aber dennoch lief ein Frösteln über meinen Körper. Krankheit wurde durch Zauberei verursacht, und deshalb wußte ich, daß ein weißer Zauberer den Knochen auf meine geliebte Rosemary gerichtet hielt. Luke besaß einen Zauber, denn er hatte die Krankheit geheilt, die Yuma über mich gebracht hatte, aber sein Zauber war offensichtlich nicht stark genug, um Rosemary vor einem großen Medizinmann zu schützen. Als einziges Mittel wußte man den Medizinmann selbst treffen und vernichten. Ich fragte mich, warum Luke nicht sein *ge-weeehr* genommen und das getan hatte, und kam zu dem Schluß, daß es nur deshalb sein konnte, weil der Medizinmann gegen alle Waffen der *walypala* gefeit war.

Eine Mischung von Schrecken und Zorn ließ Schweiß auf meinem Körper ausbrechen, als ich näher zu Luke trat und mit leiser Stimme sagte: »Hör mich an, Luke. Mein Speer, mein Bumerang, meine Wurfkeule. Du hast sie auf dem Kamel mitgebracht, und sie liegen in dem großen Schuppen.« Ich vergewisserte mich mit einem Blick, daß Rosemary nicht herausgekommen war, um ihren kleinen Blumengarten zu pflegen, und fuhr dann fort. »Ein böser Mann mit einem starken Zauber richtet den Knochen auf Rosemary. Du mußt mich heute abend zu dem Haus bringen, wo dieser böse Mann wohnt, und dann gehst du wieder zu Rosemary zurück. Ich werde meine Kleidung hierlassen, wenn ich gehe, und meine Waffen mitnehmen und mich bei seinem Haus verstecken. Wenn er morgen aus seinem Haus kommt, dann folge ich ihm und werfe meinen Bumerang, damit er fällt, und dann laufe ich ganz schnell zu ihm und töte ihn mit meinem Speer.« Ich wischte mir den Schweiß der Angst von der Stirn, denn ich dachte daran, was mir der Geist des Medizinmanns alles antun könnte. »Und dann komme ich zu euch zurück, und Rosemarys Krankheit ist für immer fort.«

Er stand einen Moment da und sah mit großen Augen auf mich hinunter. Zuletzt sagte er leise: »Oh, Meg . . .

Meg. Wie alt bist du? Vierzehn? Vielleicht fünfzehn? Aber mit diesen roten Haaren und diesen flammenden grünen Augen und diesen halb gebleckten Zähnen siehst du genau aus wie eine ausgewachsene streunende Katze, die ihre Jungen verteidigt.«

»Wie was? Wer ist eine streuende Katze?«

»Eine Art Wildkatze in einer Stadt. Lassen wir das.« Er legte eine Hand auf meine Schulter, nahm dann meinen Arm und führte mich zu einer Bank im Schatten des Hauses. »Komm und setz dich«, sagte er. »Ich muß mit dir reden.«

Als wir auf der Bank saßen, nahm er seinen breitkrempigen Hut ab, wischte sich die Stirn und sagte: »Meg, als erstes mußt du verstehen, daß es *schlecht* ist, einen anderen Menschen zu töten.«

Bei unserem Volk wurde selten jemand zur Strafe oder aus Rache getötet, aber es gab Anlässe, bei denen es vollkommen richtig war. Mir schien, daß Rosemarys Krankheit ein geeigneter Anlaß war, aber all die sonderbaren Bräuche der weißen Stämme überraschten mich inzwischen nicht mehr sonderlich.

»Schickt es sich nicht?« fragte ich. »Sind es schlechte Manieren?«

Luke blickte zum Himmel und sagte etwas zu Jesus. Ich selbst hörte keine Antwort, aber dann sagte Luke zu mir: »Mehr als schlecht. Sehr, *sehr* schlecht. Hör mir jetzt gut zu, Meg. Niemand kann den Knochen richten. Krankheit kommt nicht durch einen Zauberer. Sie kommt nicht von bösen Geistern. Sie kommt von . . .« Er hielt inne, rieb sich das Kinn und seufzte. »Sie kommt von kleinen, sehr kleinen Tieren. Nimm so viele solcher Tiere, wie Sterne am Himmel sind, und sie wären weniger als ein Sandkorn. Sie dringen in den Körper, dringen in das Fleisch und das Blut und bringen Krankheiten. Wir haben keinen Zauber.

Wir haben Ärzte, die ein wenig so sind wie eure Medizinmänner und Krankheiten manchmal vertreiben können, aber nicht immer.«

Eine so verblüffende Sache zu glauben hieß meine Welt auf den Kopf stellen, aber ich wußte, daß Luke mir niemals etwas Unwahres sagen wurde. »Willst du damit sagen, daß meine Krankheit mit den roten Flecken nicht von Yuma geschickt wurde?« fragte ich.

Er lächelte und nickte. »Eben das will ich sagen. Deine Krankheit ist eine Krankheit der Weißen und kommt gewöhnlich zu Kindern. Sie heißt *Masern*, und sie ist sehr schlimm für die Menschen, bei denen du früher gelebt hast, weil ihre Körper nur wenig Kraft dagegen haben. *Masern* können nur von einem anderen Menschen kommen, der sie schon hat. Kam ein anderer Mensch zu deinem Stamm, kurz bevor du weggegangen bist?«

Ich wollte gerade verneinen, aber dann fiel mir ein, daß Katapi, eine Frau von einem anderen Stamm, gegen eine unserer Frauen ausgetauscht worden war, um Nyikis Frau zu werden. Sie hatte den kleinen runden *mapanpa* mitgebracht, den Yuma mir gezeigt hatte, das Ding mit dem Gesicht der *mitjiquin*, der Ältesten der Ältesten aller weißen Stämme.

Als ich Luke dies erzählte und den *mapanpa* beschrieb, nickte er. »Es war ein Geldstück, eine Münze, die Penny heißt. Mit dem Kopf von Queen Victoria auf der einen Seite und der Britannia auf der anderen. Es bedeutet, daß die Frau, von der du sprichst, weiße Menschen getroffen haben muß oder vielleicht andere Menschen von eurem Volk, die wieder andere trafen, die Umgang mit Weißen gehabt hatten. Daher kamen die *Masern*. Man bemerkt die Krankheit immer erst viele Tage, nachdem sie gekommen ist.« Er hielt dreimal hintereinander eine Hand mit gespreizten Fingern hoch. »Manchmal erst fünfzehn Tage später. Es ist möglich, daß einige Menschen von deinem Stamm an der Krankheit gestorben sind.«

Er griff in die Tasche und nahm mehrere Münzen heraus. »Da, war es solch einer?«

Ich betrachtete den Penny, fürchtete mich aber, ihn zu berühren. »Ja, aber diese Zeichen unter der Wohnzimmerdame waren anders. Nein, warte, die beiden ersten waren die gleichen.«

»Du hast ein erstaunliches Gedächtnis, Meg. Das sind Zahlen, die man zum Zählen benutzt. Rosemary wird sie dich bald lehren. Hier bedeuten sie ein Jahr, ein bestimmtes Jahr, achtzehnhunderteinundneunzig – aber das wird dir nichts sagen.« Er seufzte. »Mein Gott, du mußt noch so vieles lernen.«

»Ich werde alles lernen, Luke. Mein Herz ist sehr warm für Rosemary und für dich.« Während ich sprach, drehte er die Münze um, und ich fragte: »Wer ist noch mal diese Frau?«

»Queen Victoria, eine Art Häuptling über viele Stämme in vielen Ländern.«

»Yuma wußte das, und er sagte, ihr Name sei ein Zauber.«

»Wie war der Name?«

»Ich darf ihn nicht laut sprechen.«

Er runzelte die Stirn, sagte aber gelassen: »Ich habe dir doch gesagt, daß es *keinen* Zauber gibt, der dir etwas anhaben kann.«

Ich zögerte und sagte dann: »Der erste Teil war wie mein eigener Name, Mitji. Der zweite Teil war wie der erste Teil des Namens der Frau, wie du ihn eben gesagt hast.«

»Queen? Mitji-queen?«

»Kann ich ihn wirklich sagen, ohne daß mir etwas Böses geschieht?«

»Wirklich, Meg.«

Ich nahm all meinen Mut zusammen und sagte: *»Ja, es war Mitjiquin. Ja.«*

Luke dachte einen Moment nach, und dann lachte er plötzlich. *Mitji* heißt bei den Ureinwohnern ›weiße Frau‹, nicht wahr? Das hast du mir erzählt.«

»Ja, aber ich glaube nicht, daß es ein richtiges Wort unseres Volkes ist, genau wie ich nicht ein richtiger Mensch bin.«

»Es ist nicht dein Volk, Meg, und es ist kein richtiges Wort. Mitji ist eine Verballhornung von ›Mistress‹ oder ›Mrs.‹ – das heißt, eine verdrehte Weise, dieses Wort auszusprechen. Du weißt ja schon, was wir zu einer verheirateten Frau sagen. Rosemary ist Mrs. Bowman. Die Stämme am Meer müssen das Wort gehört haben, als die ersten Weißen ins Land kamen, und Mrs. wurde zu Mitji, weil sie den Laut ›s‹ nicht benutzen.« Er lachte wieder. »Dann heißt *Mitjiquin* nichts anderes als *Mrs. Queen!*«

Ich konnte nicht sehen, warum er lachte, doch ehe ich eine weitere Frage stellen konnte, kam Rosemary aus dem Haus, in den Händen ein Tablett mit einem großen Krug Zitronensaft und drei Gläsern. Da beschloß ich, einfach sitzen zu bleiben und zu lauschen, wie Luke und Rosemary sich unterhielten. Ich wollte jetzt keine weiteren Fragen stellen, denn ich hatte bereits viel darüber nachzudenken, daß die weißen Stämme, wie Luke gesagt hatte, keinen Zauber besaßen.

Erst viel später, als ich auf jene frühen Tage zurückblikken konnte, wußte ich wirklich zu würdigen, wie klug und rücksichtsvoll Rosemary bei ihrem Unterricht gewesen war. Obwohl ich immer nur einfache Dinge wie Wörter und Zahlen und schlichte Tatsachen über diese sonderbare neue Welt lernte, war ihr klar, daß es Gebiete gab, auf denen ich mir Überzeugungen und Einstellungen, die man mich von Kindheit an gelehrt hatte, abgewöhnen mußte, und daß ich sie nur Stück um Stück ablegen konnte, um dafür neue zu lernen. Hätte sie mich auf einen Schlag mit einer völlig neuen Lebensweise konfrontiert, dann hätte sie mein Gehirn verstopft und mich zur Verzweiflung getrieben.

Eines Abends mehrere Wochen später erfuhr ich etwas, das mich den Atem anhalten ließ, obwohl ich inzwischen dachte, mich könne nichts mehr überraschen. Wir saßen im Wohnzimmer, und ich war ein bißchen stolz, weil ich von den Vorräten, die Luke alle zwei Wochen aus Lawton holte, ganz allein das Abendessen zubereitet hatte. Diese kleine Freude wurde von meiner Besorgnis um Rosemary getrübt, die auf dem Kanapee ruhte. Es war einer ihrer schlechten Tage, an denen sie kaum die Kraft hatte, durch das Haus zu gehen, und ich war dankbar, daß ich endlich ein wenig Kochen und Putzen und andere Hausarbeiten gelernt hatte, so daß ich ihr diese Bürde abnehmen konnte.

Etwas anderes beunruhigte mich aber noch mehr. Ich hatte das Gefühl, daß Luke anfing, mich nicht mehr zu mögen, obgleich ich nicht wußte, warum. Er war nie unfreundlich zu mir, aber er schien mich oft zu meiden, als wäre meine Gesellschaft ihm lästig, und ich konnte spüren, daß die Herzenswärme, die er mir früher entgegengebracht hatte, nun abgekühlt war. An dem Abend saß ich bei Rosemary in einem Armstuhl und las ihr aus einem Buch mit Bildern zum Text vor, das zum Unterrichten kleiner Kinder bestimmt war. Luke saß am Tisch und arbeitete an einigen Dingen, die Buchführung hießen. Zwei Lampen machten das Zimmer wunderschön hell, und ich fand es nicht länger unbequem, auf einem Stuhl zu sitzen anstatt auf dem Boden.

Nach einer Weile seufzte Luke und sammelte seine Papiere ein. Rosemary hörte ihn und öffnete die Augen. »Mein Lieber«, sagte sie. »Ich denke, Meg hat für heute abend genug gelesen, und ich meine, wir sollten ihr sagen, was wir gestern abend beschlossen haben. Sie ist nun so weit, daß sie diese Dinge hören kann.«

»In Ordnung, Liebling.« Luke legte seine Papiere in eine Schublade, trat zu Rosemary, küßte sie auf die Wange und setzte sich mir gegenüber in den anderen Armstuhl, sah mich aber nicht richtig an. Ich mußte daran denken, wie er es vermieden hatte, meinen Körper zu betrachten, damals draußen im Busch, aber das verstand ich inzwischen. Nicht verstand ich, warum er jetzt, wo ich schickliche Kleidung trug, wieder angefangen hatte, mich nicht offen anzusehen.

»Wir möchten dir etwas über dich selbst sagen, Meg«, sagte er.

»Aber ich möchte mit einer Frage anfangen. Warum, glaubst du wohl, ist deine Haut weiß?«

Ich war verwirrt, denn ich hatte es Rosemary bereits erklärt. »Sie ist weiß, weil ich kein richtiger Mensch bin«, sagte ich. »Ich wurde nicht so geboren wie richtige Babys. Ein Totemgeist hat mich gemacht, und Manyi hat mich gefunden.«

Luke sagte: »Das ist alles ganz falsch, Meg. Ganz falsch. Du bist genauso geboren worden wie alle anderen Babys auf der Welt.«

»Aber . . . Ich bin ganz bestimmt nicht aus Manyis Körper gekommen«, sagte ich verblüfft. »Ihr Baby war gerade gestorben, deshalb kann ich nicht so schnell aus ihr gekommen sein.«

»Nein. Du kamst aus dem Körper einer weißen Frau.« Luke sah mich einen Moment unbefangen an. »Deine Mutter war eine weiße Frau. Dein Vater war ein weißer Mann.« Er zuckte ein wenig mit den Schultern. »Und einer von ihnen hatte zweifellos rote Haare. Nicht, daß das wichtig wäre.«

Ich legte eine Hand an den Kopf und versuchte nachzudenken. Dann sagte ich: »Mein Vater? Du meinst, der Häuptling meiner Familie?«

»Ja, wenn du so willst. Aber in Wirklichkeit meine ich den Mann, der ... der ...« Luke holte tief Luft und sah Rosemary an. »Wie sage ich es bloß?« fragte er.

Rosemary lächelte ihn mitfühlend an und wandte sich zu mir. »Meg, wir müssen jetzt von Dingen reden, über die wir nicht sprechen würden, wenn andere Leute dabei wären, weil das schlechte Manieren wären. Aber wenn du und Luke und ich allein sind, sind es keine schlechten Manieren, weil du wie unser Kind bist und wir dich unterrichten müssen.«

»Ich sagte: Geht es darum, daß man mit einem Mann liegt?«

»Hm ja, Liebes. Teilweise.« Sie blickte eine Weile unverwandt vor sich hin, als sei ihr gerade etwas eingefallen. »Hast du das schon einmal getan?«

Ich schüttelte den Kopf. »Nein. Die anderen Kinder, die zehn Sommer und älter waren, haben es alle getan, wenn sie miteinander spielten, aber die Jungen wollten alle nicht mit mir liegen, weil ich kein richtiger Mensch war.«

Luke blickte zur Decke, und ich hörte zum zweitenmal, wie er Jesus etwas zuflüsterte. Rosemary setzte sich auf und sagte sehr scharf: »Luke!«

Er murmelte: »Entschuldige, Liebes, aber ...« Er lehnte sich auf seinem Armstuhl zurück und schloß die Augen. »Rede du weiter.«

Sie schenkte ihm ein warmes Lächeln und wandte sich wieder an mich. »Meg, du weißt doch, daß ein Baby geboren wird, indem es aus dem Körper seiner Mutter kommt, aber weißt du auch, wie der Samen dieses Babys in sie hineinkommt?«

Ich sagte: »Ja. Die Geister warten überall darauf, geboren zu werden, und sie dringen in eine Frau ein, wenn sie an den Plätzen vorbeikommt, wo sie warten. Sie dringen durch ihren Fuß oder ihre Hand in sie ein oder durch ihren Mund, wenn sie ißt, und machen ihr ein Baby.«

Luke blies einen langen Atemzug aus, ohne die Augen zu öffnen. Rosemary sagte: »Nein, Meg. Das stimmt nicht. Es gibt keine Geister, die Babys machen. Nur wenn ein Mann bei einer Frau liegt, dringt sein Same in sie ein und wächst zu einem Baby heran. Dieser Mann ist der Vater des Babys.«

»O nein, Rosemary, das kann nicht stimmen«, erwiderte ich. »Das Zusammenliegen ist gut, damit eine Frau dafür *bereit* wird, den Geist zu empfangen, aber . . .« Ich verstummte und hielt mir die Hand vor den Mund. »Das glauben *alle* Leute bei uns! Du meinst . . . es ist nicht wahr?«

»Es ist nicht wahr«, sagte sie, langsam den Kopf schüttelnd. »Oh, meine arme Meg, wie schwierig all das für dich sein muß.« Sie warf einen Blick auf Luke. »Aber wir werden ein andermal davon reden, nur du und ich. Im Augenblick möchten wir nur, daß du weißt, wer du bist. Nur Menschen, die mißgestaltet geboren werden, anders als andere, heißen Wechselbälger. Du bist *kein* Ureinwohner-Wechselbalg, liebe Meg. Deine Mutter und dein Vater und davor ihre Mütter und Väter kamen höchstwahrscheinlich aus England, genau wie Luke und ich, oder vielleicht, wegen deiner roten Haare und Sommersprossen, aus einem Land namens Schottland, das an England grenzt und wo dieselbe Sprache gesprochen wird. Ich werde es dir morgen im Atlas zeigen.«

Luke öffnete die Augen und sagte: »Ich neige eher zu Irland . . .«, aber Rosemary unterbrach ihn schnell mit den

Worten: »Psst, Liebling. Sie versucht, alles in sich aufzunehmen, und wir können uns kaum vorstellen, wie schwer es für sie sein muß.« Das stimmte. Ich saß eine lange Zeit da und kämpfte, um mich von Dingen zu befreien, die ich mein Leben lang als wahr gekannt hatte, die aber nicht stimmten. Es war, als würde ich innerlich von einem großen Wind hin und her geworfen. Der Wind legte sich langsam, und in meinem Herzen begann, ein warmes Gefühl zu glühen. Ich war vom selben Stamme wie Rosemary und Luke. Ich war ein richtiger Mensch dieses Stammes. Ich war kein Wechselbalg, den man hänseln und als Außenseiter behandeln konnte.

Einige Zeit später kam ich wieder zu Sinnen und merkte, daß Luke und Rosemary mich beobachteten, obgleich Luke schnell fortblickte. Ich fragte: »Wo sind meine Mutter und mein Vater? Warum haben sie mich einem anderen Stamm gegeben, als ich ein Baby war?«

Rosemary sagte ruhig: »Wir wissen es nicht, Meg. Es gibt wohl zur Zeit auch keine Möglichkeit, in Erfahrung zu bringen, was geschah.« Sie sah besorgt aus und fuhr langsamer fort: »Es kommt manchmal vor, daß eine Mutter . . . in Schwierigkeiten ist und ihr neues Baby nicht behalten kann, aber selbst in diesem Fall können wir uns nicht vorstellen, wie du an einen Stamm von Ureinwohnern geraten bist, der so weit von der Zivilisation entfernt lebt.«

»Als ich klein war, lebten wir näher bei der untergehenden Sonne und weiter von der Mittagssonne entfernt«, erzählte ich. »Die Ältesten sagten damals, wir müßten eine große Wanderschaft antreten, um uns von den Plätzen fernzuhalten, zu denen der weiße Mann kam.«

Luke folgerte: »Dann lebten sie früher ein ganzes Stück weiter südwestlich von der Gegend, wo Meg sie verlassen hat, und näher bei uns. Noch vor einigen Jahren gab es bei Perth Ureinwohner.« Er zuckte mit den Schultern. »Aber das hilft uns jetzt auch nicht weiter.«

Mir war ein neuer Gedanke gekommen, und ich sagte: »Ich glaube nicht, daß ich ein ganz neues Baby war, als ich zum Stamm kam. Ich habe ... Nun ja, es ist keine Sache, an die ich mich richtig erinnern kann, sondern eine Art von Traum, den ich nur sehr dunkel im Gedächtnis habe. Ich dachte früher, er stamme aus der Traumzeit, bevor ich gemacht wurde. Jedenfalls ist da der Klang von Stimmen und das Gefühl von Armen, die mich halten, und ... und Gerüche und Farben, aber anders als alles, was ich bei meinem Stamm in der wirklichen Welt wahrnahm. Glaubt ihr, daß diese Dinge, die ich als Traum in Erinnerung habe, vielleicht auf Wirklichkeit beruhen?«

Rosemary meinte: »Ich bin sicher, daß es so ist, und wenn du dich an den Klang von Stimmen erinnerst, könnte das teilweise erklären, warum du so schnell Englisch gelernt hast. Ich glaube, es sind die Erinnerungen eines Kindes, das höchstens zwei Jahre alt war – oder sogar noch jünger. Wenn deine Mutter dich ...« Sie zögerte, bevor sie fortfuhr: »Wenn du noch früher von deiner Mutter getrennt worden wärst, könntest du dich wohl an gar nichts erinnern, und wenn es später gewesen wäre, hättest du noch mehr im Gedächtnis behalten. Wir wissen nicht, wie es zu dieser Trennung kam, aber versuch bitte, nicht schlecht von deiner Mutter zu denken, und mach dich bitte nicht unglücklich, indem du darüber nachgrübelst.«

Ich lächelte ihr zu und sagte: »Nein, ich werde nicht unglücklich sein, Rosemary. Was damals geschah, ist heute nicht mehr wichtig. Wichtig ist nur, daß ich zu meinem wahren Stamm zurückgekehrt bin und daß ihr mich bei euch aufgenommen habt.« Eine jähe Angst überfiel mich, und ich fühlte, wie mein Kinn bebte, während ich weitersprach: »Ihr werdet mich doch nicht wieder zurückschikken? Bitte! Es ist so hart, bei Menschen zu leben, die einen als Wechselbalg betrachten, als jemanden, der kein richtiger Mensch ist. Ich arbeite auch immer hart für dich und Luke und esse ganz bestimmt nur sehr wenig Nahrung . . .«

»Sei still, Meg, sei still!« unterbrach Rosemary mich. »Wir werden dich selbstverständlich niemals zurückschikken, und daß du mir bloß immer so viel ißt, wie du Lust hast!« Sie breitete die Arme aus, und ich lief zu ihr, kniete vor dem Kanapee nieder und umarmte sie, erfüllt von Sorge über die Zerbrechlichkeit ihres Körpers und zugleich von Dankbarkeit, weil ich fühlte, wie sie meine Umarmung erwiderte und mir das Haar streichelte. »Uns trennen nicht so viele Jahre«, sagte sie mit einem leisen Lachen, »aber für mich bist du das Kind, das ich nie haben konnte. Meine liebe Meg. Ich bin so froh, daß du glücklich bei uns bist.«

»Es gibt nicht genug Worte, um zu sagen, *wie* glücklich!«

Ich hörte, wie Luke mit rauher, trockener Stimme sagte: »Ihr seid leicht zufriedenzustellen, ihr beide. Es ist nicht gerade ein sorgenfreies Leben, das ich euch biete.«

Rosemary sagte: »Du hast selbst für mich ein sorgenfreies Leben aufgegeben, mein Liebling. Ich bin dankbar und mehr als zufrieden.«

Ich hob den Kopf von Rosemarys Schulter, blickte Luke an und sagte: »Für mich ist es sehr sorgenfrei – nach dem Leben im Busch. Aber das ist nicht der Grund, weshalb ich so glücklich bin, Luke. Ich bin glücklich, weil ihr beide mir Herzenswärme geschenkt habt. Das ist . . .« Ich suchte nach dem passenden Wort. »Ja, das ist wertvoller als alle anderen Dinge.«

Einen Moment lang sah ich Schmerz in Lukes blauen

Augen, aber dann blickte er fort und stand auf, um Holz nachzulegen. Seit meiner Ankunft waren Sommer und Herbst vergangen, und nun begann der Winter. In meinen Jahren bei den Ureinwohnern hatten mir die kälteren Jahreszeiten nie etwas ausgemacht, denn sie waren nicht streng, und ich fand *Shalimar* auch jetzt beinahe zu warm, da ich Kleidung tragen mußte, aber Rosemary brauchte die Wärme, damit sie keine langen Hustenanfälle bekam.

Seit der Winter gekommen war, hatten wir weniger Arbeit und mehr Zeit für den Unterricht. Das gefiel mir sehr, denn ich hungerte nach Lernen wie ein Sterbender nach Nahrung, aber ich achtete darauf, Rosemary nicht zu ermüden. Wenn ich sah, daß sie ein wenig zusammensank, überredete ich sie zu ruhen, während ich Worte und Zahlen abschrieb oder einfaches Lesen übte oder über dem Atlas saß.

Luke brachte jedesmal, wenn er aus Lawton zurückkam, neue Zeitungen und Zeitschriften mit. Ich liebte sie noch mehr als die langen Reihen von Büchern auf den Regalen im Wohnzimmer, denn sie hatten Bilder von Menschen und Orten nicht nur in Australien, wie – das hatte ich auch gelernt – der große Kontinent hieß, wo wir lebten, sondern auch in anderen Teilen der Welt, besonders England, das die Heimat war, aus der die meisten Australier gekommen waren. Die Bilder halfen mir besser als alle Worte, eine Welt zu verstehen, die ich nie zu Gesicht bekommen hatte, und als Rosemary sagte, sie wolle mich bald mit Luke nach Lawton schicken, war ich voll freudiger Erwartung.

Als der Tag endlich kam, wußte ich nicht, was größer war, meine Nervosität oder meine Vorfreude, und ich brachte am Abend davor mehrere Stunden mit Lesen zu, weil meine Gedanken so beschäftigt waren, daß ich nicht schlafen konnte, aber ich stand früh auf und war froh, mich betätigen zu können, als ich Wasser holte und das Frühstück für uns drei machte. Während wir am Tisch saßen, bemerkte Rosemary: »Liebes, wir sollten dir lieber sagen, daß Luke den Leuten, mit denen er in Lawton zu tun hat, vor einiger Zeit erzählt hat, eine junge Cousine von mir sei aus England gekommen, um eine Zeitlang bei uns zu leben. Du heißt also Meg Gaynor. Das war mein Familienname, bevor ich Luke geheiratet habe, verstehst du?«

Ich nickte erfreut. »O ja. Ich freue mich, daß ich deinen alten Namen tragen darf. Die Leute sollen sicher nicht wissen, daß ich bei einem Stamm von Ureinwohnern aufgewachsen bin. Ist das der Grund?« Ich lachte, denn ich konnte nun kleine Scherze über mich selbst machen. »Und daß ich die ganze Zeit nicht wußte, daß ich eine *walypala* bin?«

Rosemary lächelte kurz, doch ihre Augen blickten ernst, als sie sagte: »Wir erzählen nicht gern eine Lüge, aber wir sind sicher, daß es so am besten für dich ist. Wenn die Leute wußten, daß du ein britisches Mädchen bist, das als Baby . . . verloren oder ausgesetzt und dann von primitiven Ureinwohnern aufgezogen wurde, dann würden dich lauter Reporter und alle möglichen anderen Menschen bedrängen, dich endlos ausfragen und über dich schreiben. Luke und ich finden, daß wir dich davor schützen sollten, bis du ein bißchen älter bist und diese Welt, von der du bisher kaum etwas gesehen hast, besser kennst. Dann kannst du selbst entscheiden, ob du die Wahrheit bekanntgeben möchtest.«

Ich schüttelte schnell den Kopf. »Ich möchte nicht, daß man mir viele Fragen stellt. Ich glaube, dann bekäme ich nur große Angst. Ich möchte einfach hier bei euch leben und helfen, daß die Farm gut läuft, und später würde ich gern mit euch nach England fahren und die Königin sehen.«

Luke trank seinen Tee und stand auf. »Ja, und wir nehmen deinen Bumerang mit«, sagte er, »und dann kannst du deine Künste bei einem Gartenfest der Königin vorführen. Ich wette, *Mitjiquin* hat so etwas noch nie gesehen.«

»Oh, Luke«, warf ich voller Unbehagen ein. »Dann muß ich aber vorher lange üben. Ich möchte vor der Königin keinen schlechten Wurf machen.«

Rosemary lachte. »Er macht einen dummen Scherz, Liebes«, sagte sie. »Hör nicht darauf.«

Wir verließen *Shalimar* um acht Uhr mit der offenen zweirädrigen Kutsche. Luke hatte seinen einzigen Anzug an und lenkte das Pferd, das Henrietta hieß, an den Zügeln. Ich trug mein bestes Kleid und ein Cape und ein hübsches grünes Häubchen. Es war eines von Rosemarys Kleidern, das sie für mich geändert hatte, und das Cape hatte Luke in Lawton gebraucht für mich gekauft, aber das Häubchen, das er mir zum Geburtstag geschenkt hatte, war neu. Es war zugleich ein Weihnachtsgeschenk, aber Weihnachten hatte relativ bald nach meiner Ankunft in *Shalimar* stattgefunden, so daß ich die Bedeutung des Festes noch nicht erfaßt hatte. Wir wußten nicht, wann mein wahrer Geburtstag war, doch Rosemary beschloß, ihn auf den mittleren Tag des Mai zu legen, wodurch er auf die Mitte zwischen ihrem Geburtstag im Januar und Lukes Geburtstag im September fiel, und das Häubchen war ein verspätetes Geschenk zu beiden Gelegenheiten.

Abgesehen davon, daß wir meinen wahren Geburtstag nicht wußten, hatten wir auch nur eine ungefähre Vorstellung von meinem Alter. Ich konnte zehn Sommer zählen, an die ich mich mit Sicherheit erinnerte; ich war in meinem letzten Sommer beim Stamm zur Frau geworden und seit acht Monaten in *Shalimar*, so daß Rosemary nach einigen Erörterungen gemeint hatte, wir sollten meinen ersten Geburtstag hier als den fünfzehnten betrachten.

Ich war sehr stolz, neben Luke zu sitzen, als wir den Weg nach Lawton zurücklegten, denn ich war sicher, daß ich in meinen wunderschönen Sachen wie eine wirklich zivilisierte Person aussah, und ich freute mich, in Lukes Begleitung zu sein, weil er in seinem grauen Anzug und mit seinem dichten goldenen Haar einen höchst imposanten Eindruck machte. Doch in meinen Stolz und in meine freudige Erregung mischte sich Angst. Ich hatte mich beim Abschied an Rosemary festgeklammert, weil ich mich davor fürchtete, in die Stadt zu fahren, und mir Sorgen machte, sie allein zu lassen. Sie und Luke waren, soweit ich mich erinnern konnte, die einzigen lebenden weißen Menschen, die ich je gesehen hatte, und sosehr ich mich danach sehnte, mich auch unter anderen Menschen meines wahren Volkes zu bewegen, so fürchtete ich doch, sie würden sofort sehen, daß ich anders war als sie, und mich genau wie der Stamm, den ich für den meinen gehalten hatte, als eine Ausgestoßene betrachten.

Ich vertraute Luke diese Befürchtungen auf der Fahrt an, und er schüttelte den Kopf. »Ich versichere dir, daß du dich nicht zu sorgen brauchst, Meg. Du hast eine große Gabe zu lernen, du arbeitest beim Unterricht sehr hart, und du kannst ausgezeichnet nachahmen, und deshalb glaube ich, daß den Leuten schon jetzt nichts an deiner Art zu sprechen auffallen wird.« Er scheuchte mit seiner Peitsche einige Fliegen von Henriettas Rükken. »Ich passe heute noch auf, daß dich niemand in ein längeres Gespräch zieht, aber du kannst mich von nun an regelmäßig nach Lawton begleiten, damit du dich allmählich daran gewöhnst, mit anderen Menschen zu reden. Dann lernst du mehr Ausdrücke und wirst gewandter, und nächstes Jahr fahren wir für einen Tag nach Kalgoorlie, wo du vor allen bestehen wirst. Bis dahin bist du wahrscheinlich gebildeter als eine Menge der Leute, die du dort sehen wirst.«

Ich entkrampfte mich ein wenig und sagte: »Wenn das stimmt, dann nur dank Rosemary. Sie ist wie eine Schwester und Mutter und Lehrerin in einem zu mir. Ich habe solches Glück, Luke.«

Er wandte den Kopf und betrachtete mich einen Moment neugierig. »Ja, sie ist wunderbar«, sagte er ruhig. »Aber es war weiß Gott an der Zeit, daß du ein bißchen Glück hattest.«

Ich glaubte, daß ich mich für den Anblick Lawtons durch Lektüre, das Betrachten von Bildern und endlose Fragen gut vorbereitet hatte, doch die Wirklichkeit überwältigte mich. Manche Häuser waren doppelt so hoch wie *Shalimar,* und es gab Hunderte von Menschen. Es gab Pferde und Wagen und offene Kutschen, Geschäfte und Marktstände, Orte zum Essen und Orte zum Trinken. Ich vergaß meine Ängste und starrte mit großen Augen um mich, während wir die staubige Straße entlangrollten, und mein Kopf drehte sich wie von selbst, als ich versuchte, alles aufzunehmen.

Luke warf mir lächelnd einen Blick zu. »Lawton würde in eine Ecke von Kalgoorlie passen«, sagte er, »und Kalgoorlie in eine Ecke von Sydney und Sydney in eine Ecke von London oder einer der anderen großen Städte in Europa. Aber hier ist viel mehr Raum als in Europa, und dies ist ein Land, das noch beträchtlich wachsen wird, Meg.«

Ich nickte benommen und umklammerte die kleine Handtasche mit den paar Kupfermünzen, die Rosemary mir gegeben hatte. Im nächsten Moment – wir bogen gerade um eine Ecke – ertönte links von uns der gräßlichste und schrillste Schrei, den ich je im Leben gehört hatte. Ich wäre vor Schreck fast von der Kutsche gesprungen, aber Luke hielt mich am Arm fest, und ich klammerte mich zitternd an ihn.

»Sachte, sachte, Rotschopf«, sagte er beruhigend und mit einem leisen Lachen, »du brauchst keine Angst zu haben.« Es war das erstemal, daß er mich Rotschopf nannte, und er sagte das Wort so freundlich, daß ich mich von nun an immer sehr freute, wenn er diesen besonderen Kosenamen gebrauchte. Da ich mein rotes Haar und meine Sommersprossen in meiner Zeit beim Stamm immer so sehr gehaßt hatte, war dies einigermaßen sonderbar. Doch in dem Augenblick, als ich in Lawton jenen furchterregenden Schrei hörte, nahm ich noch kaum wahr, daß Luke mich mit einem anderen Namen angeredet hatte, und ich erinnerte mich erst später wieder daran. »Das war nur die Lokomotive, die gepfiffen hat«, sagte er. »Dort ist der Bahnhof.«

Ich wandte den Kopf und empfand neues Entsetzen beim Anblick des gewaltigen eisernen Ungeheuers, das dort stand und Dampf aus seiner aufgerichteten Schnauze blies. Dann hörte mein Herz langsam auf, wie wild zu hämmern, und als Luke mich losließ, wurde mir klar, daß es eine Lokomotive war, wie Rosemary sie mir beschrieben hatte und wie ich sie viele Male auf Bildern betrachtet hatte. Hinter der Lokomotive waren die Wagen, die einen Zug bilden, und es gab zwei Gleise, die hell blitzten, während sie, so weit das Auge reichte, durch das Land liefen.

»Werden wir ... Werden wir wirklich in eins von diesen Dingen *hineingehen*, wenn du mich nach Kalgoorlie mitnimmst?« flüsterte ich.

»Ja.« Er tätschelte meine Hand. »Es wird dir nichts tun, Meg. Ich glaube sogar, daß es dir gefällt, wenn es erst soweit ist. Laß uns jetzt unsere Besorgungen machen, und dann gehen wir zu St. Mark und sagen dem Pfarrer, daß er von nun an sonntags das Vergnügen deiner Gesellschaft haben wird.«

Abgesehen vom Pfarrer, gab es an meinem ersten Morgen in Lawton nur noch fünf Leute, mit denen ich einige Worte wechselte, und zu meiner Freude bedachte mich keiner von ihnen mit einem verwirrten Blick, schien mich niemand für sonderbar zu halten. Dem Pfarrer mußte mein dunkler Teint aufgefallen sein, denn er fragte Luke, ob ich zufällig aus einem Zweig von Mrs. Bowmans Familie komme, der in Indien stationiert sei. Luke verneinte, fügte aber vertraulichen Tons hinzu, in der Familie seiner Frau fließe spanisches Blut, vermutlich sogar königliches. Ich fragte mich, was Jesus wohl darüber denken mochte, sagte aber nichts.

Wir kehrten rechtzeitig zum Lunch nach *Shalimar* zurück, und am Nachmittag arbeiteten wir wie gewöhnlich, doch nach dem Dinner berichtete ich Rosemary in allen Einzelheiten, was ich gesehen hatte, und gab jedes Wort wieder, das ich gesagt und gehört hatte, und ich erzählte so lange, bis meine Stimme ganz heiser war.

Einige Tage später kam mir des Abends, als ich einen Zeitschriftenartikel über Queen Victoria vorlas, die ich nun nicht mehr *Mitjiquin* nannte, ein Gedanke. Die Königin war für einige Zeit zu einem Schloß namens Balmoral gefahren, damit ihre Angehörigen und Freunde einige Vögel schießen konnten, die Moor-Schneehühner heißen, um dann an einem Sport teilzunehmen, den man Hochlandspiele nannte und der auf den Bildern sehr merkwürdig wirkte.

Ich blickte von der Zeitschrift auf und sagte: »Rosemary, ich erinnere mich, daß du mir kurz nach meiner Ankunft erzählt hast, du seist aus England hierhergekommen. Hat es dir dort nicht gefallen?«

Sie legte ihre Stickerei auf den Schoß und warf einen

fragenden Blick auf Luke, der mit einem Schuhständer zwischen den Knien da saß und ein Paar Stiefel besohlte. »Kann ich Meg von uns erzählen?«

Er schlug einen Nagel ein, nahm ein scharfes Messer und begann, eine Ledersohle zurechtzuschneiden. »Sicher, ich sehe nicht, was dagegen spricht.«

»Bestimmt?« Sie schien etwas verwirrt zu sein. »Ist etwas nicht in Ordnung, Luke?«

Er sah auf, fuhr sich mit der Hand durch sein strohfarbenes Haar und lächelte sie voller Herzenswärme an. »Nein, es ist alles in Ordnung, Schatz. Erzähl es Meg bitte.«

Die Erzählung dauerte eine Weile, und ich mußte einoder zweimal darum bitten, daß Rosemary etwas erklärte, denn es gab so vieles, was ich schwerlich fassen konnte, obgleich ich die Worte verstand. Die Menschen in der Geschichte benahmen sich auf eine mir völlig fremde Weise, anders als alles, was ich bisher in meinem Leben gekannt hatte, und ich begriff, daß nicht alle *walypala* so waren wie Rosemary und Luke.

Rosemary berichtete, und ich erfuhr, daß Luke mit seinem vollständigen Namen Luke Edwin Bowman hieß und aus einer reichen Familie in England stammte. Dieses Land war in Grafschaften unterteilt, und seine Familie hatte in der Grafschaft Surrey ein Haus, das so groß war wie einige von denen, die ich auf Bildern in Illustrierten gesehen hatte. Luke hatte einen älteren Bruder und eine verheiratete Schwester. Im Gegensatz zu den Mädchen der Ureinwohner hatte sie nicht jemanden von einem anderen Stamm heiraten müssen, denn in England gab es keine solchen Stämme. Lukes Vater besaß eine Menge Land und war einer der Ältesten des Landes, die dort Parlamentsmitglieder hießen. Seine Mutter war eine schöne Dame, die, soweit ich es verstand, den lieben langen Tag überhaupt nichts tat.

Luke selbst war nun neunundzwanzig Jahre alt, aber er war das gewesen, was man das schwarze Schaf der Familie nannte. Das bedeutete, daß er sich nicht so benahm, wie man es von ihm erwartete. Er mußte einen Ort des Lernens verlassen, den man Universität nennt, und nach einem Streit mit seinem Vater hatte er einen Koffer gepackt, Arbeit auf einem Schiff angenommen, um nach Amerika zu gehen, und dann war er die nächsten fünf Jahre um die Welt gezogen und hatte alle erdenklichen Gelegenheitsarbeiten übernommen. Rosemary zeigte mir im Atlas die Länder, wo Luke in dieser Zeit gearbeitet hatte.

Als er schließlich nach England zurückgekehrt war, gab er sich die größte Mühe, den Streit mit seinem Vater beizulegen, und es fand eine Versöhnung statt. Luke bekam ein Zimmer im Haus der Familie und hoffte, bei der Bewirtschaftung der Ländereien zu helfen und vielleicht Neuerungen einzuführen, die er auf seinen Reisen entdeckt hatte, aber seine Hilfe und seine Vorschläge wurden immer abgelehnt. Er wurde bald ruhelos und fiel zur großen Verlegenheit seiner Eltern wieder in einige seiner ungezügelten alten Gewohnheiten zurück, aber dann geschah etwas, das sein ganzes Leben änderte. Er lernte Rosemary Gaynor kennen.

Rosemary war in einem großen Haus in einem wenige Meilen entfernten Dorf als Erzieherin beschäftigt. Ich erfuhr, daß eine Erzieherin eine Dame von guter Bildung, aber aus schlechten Vermögensverhältnissen ist, die als Privatlehrerin die Kinder wohlhabender Eltern unterweist. Rosemarys Vater war ein Krämer gewesen und hatte jeden Penny, den er erübrigen konnte, dafür verwendet, ihr eine gute Ausbildung zu geben, bevor er im Alter von gut fünfzig Jahren gestorben war. Ihre Mutter war schon einige Jahre nach Rosemarys Geburt an einem Lungenleiden gestorben, und es waren keine anderen Kinder da.

Wenige Wochen nach der ersten Begegnung waren Rosemary und Luke zutiefst ineinander verliebt, und Luke teilte seiner Familie mit, daß er die Absicht habe, Rosemary zu heiraten. Das verursachte einen schrecklichen Aufruhr, denn in England gibt es zwar keine Stämme, aber verschiedene Klassen von Menschen. Lukes Familie lehnte eine Heirat mit einer Erzieherin entschieden ab. Sie gehörte nicht zu seiner Klasse, und solch eine Verbindung würde zu endlosem Gerede bei den Grundbesitzern der Grafschaft führen. Lukes Vater, Mr. Edwin Bowman, drohte, ihn zu enterben, falls die Hochzeit stattfände, und Mrs. Bowman flehte ihren Sohn an, diese Narretei zu vergessen und ein nettes junges Mädchen ihrer Wahl zu heiraten.

Rosemary war über all das sehr bekümmert und erklärte Luke, es wäre am besten, wenn sie fortginge, um ihn zu vergessen, aber er wollte nichts davon wissen. Wenn sie ihn liebe, sagte er, dann würden sie auch heiraten, und Rosemary begriff, daß ihre Liebe zu diesem Mann etwas war, was sie nicht verleugnen konnte. Zu guter Letzt holte er sie eines Tages im Haus ihrer Arbeitgeber ab, nahm sie mit ihrer kleinen Truhe Habseligkeiten nach London mit, brachte sie dort bei einer achtbaren Frau unter und heiratete sie, sobald das Aufgebot dreimal verlesen war.

Sie lebten ein Jahr lang in einem kleinen Haus an der Themse, das sie für wenige Shilling die Woche gemietet hatten. Luke fand Arbeit bei einem Möbeltischler, bei dem er eine der Fertigkeiten benutzen konnte, die er auf seinen Reisen erlernt hatte, und Rosemary verdiente mit Musikstunden etwas dazu. Sie waren alles andere als reich, aber am Durchschnitt gemessen auch nicht ausgesprochen arm, und sie waren ganz unsagbar glücklich miteinander.

Nach einem Jahr entwickelte Rosemary dann einen Husten, der nicht mehr fortgehen wollte. In ihrer Lunge war eine Krankheit, und die von Luke hinzugezogenen Ärzte sagten, sie könne nur geheilt werden, wenn sie in ein anderes Klima komme, möglichst in ein Sanatorium in der Schweiz, doch falls das nicht gehe, an irgendeinen Ort mit trockener und sauberer Luft.

Da sie kein Geld für eine lange Behandlung in einem Schweizer Sanatorium hatten, schluckte Luke seinen Stolz hinunter und wandte sich an seinen Vater um Hilfe. Sie wurde verweigert, aber Mr. Bowman sagte, wenn Luke und seine Frau nach Australien auswandern wollten, das ein trockenes und gesundes Klima aufweise, werde er ihre Überfahrt bezahlen.

Als Rosemary zu diesem Teil der Geschichte kam, warf ich einen Blick auf Luke. Er besohlte nun den anderen Stiefel, aber sein Gesicht war dunkel vor Zorn, und ich sah, daß seine Knöchel weiß hervortraten, während er die Raspel hielt. Rosemary beobachtete ihn ebenfalls, und sie hielt inne und sagte dann freundlich zu ihm: »Nicht grollen, Liebling. Bitte nicht grollen.«

Ohne aufzublicken, sagte er mit gepreßter Stimme: »Wir hatten Rosemarys geringe Ersparnisse für Arztrechnungen ausgegeben. Mein Vater gab uns sechsunddreißig Pfund für eine Überfahrt dritter Klasse auf einem Postdampfer. Weniger, als er für ein neues Kleid meiner Mutter ausgab.«

Rosemary seufzte und erhob sich. Sie trat zu Luke, nahm sein Gesicht in ihre Hände und neigte seinen Kopf, so daß er zu ihr hinaufsah. »Es war unsere Entscheidung, Luke«, erklärte sie ruhig. »Und sie sind uns nichts schuldig. Laß also keinen Groll aufkommen.«

Die Schwärze fiel von ihm ab, und er nahm ihr Handgelenk, neigte den Kopf und küßte sie in die Handfläche. »Entschuldige bitte«, sagte er lächelnd. »Es war nur ein Anflug des alten Luke, aus der Zeit, bevor du mich kanntest.«

Sie lachte und beugte sich zu ihm, gab ihm einen Kuß auf die Stirn und ging dann wieder zum Kanapee. »So kamen wir dann nach Perth«, erzählte sie. »Das ist die große Stadt am Meer mit über dreißigtausend Bewohnern, aber verglichen mit London, ist sie winzig. Dort sagte ein sehr gutherziger Arzt, der kein Geld von uns annehmen wollte, ich müsse immer in sehr trockener Luft sein, und die Gegend hier im Hinterland von Kalgoorlie eigne sich am besten. Er gab uns den Rat, wir sollten uns um ein Stück Land innerhalb des Neuansiedlungsprogramms der Regierung bewerben, und wir bekamen vierundsechzig Hektar für einen Preis von nur einem Pfund.« Sie sah wieder auf ihren Mann. »Wir hatten solches Glück, nicht wahr, Luke?«

Er nickte, schnitt ein weiteres überstehendes Stück Leder ab und sagte: »Als wir in Perth an Land gingen, wartete ein Telegramm aus England auf mich. Ich hatte ein bißchen Geld geerbt.« Er sah auf und lächelte, und seine blauen Augen funkelten. »Hundert Pfund, Meg, aber es stammte nicht von irgendeinem Verwandten. In den Jahren, die ich durch die Welt streifte, tat ich einem indischen Herrn in Bombay einmal einen Gefallen. Ich verjagte ein paar Strolche, die ihn ausrauben wollten. Er war sehr dankbar und ließ sich meinen Namen und meine Adresse in England geben. Und als wir in Perth ankamen, wartete dieses Telegramm von einer Londoner Anwaltskanzlei, und ich las, daß der alte Junge gestorben war und mir in seinem Testament hundert Pfund ausgesetzt hatte.«

»Ist das viel Geld?« fragte ich.

Luke lachte. »Sehr viel, wenn man nur noch acht Pfund in der Tasche hat.« Sein Blick ruhte auf mir, während er sprach, doch unvermittelt schwand das Lachen aus seinen Augen, und er beugte sich schnell wieder über seine Arbeit.

Rosemary sagte: »Wenn man solch ein Stück Land, eine *Free Homestead Farm*, bekommt, muß man sich verpflichten, innerhalb von zwei Jahren ein Haus darauf zu bauen, das nicht unter dreißig Pfund wert ist. Wir wohnten in einem Zelt, während Luke in nur sechs Monaten das Haus hier baute, und wir nannten es *Shalimar* nach einer Zeile aus den Gedichten, die als ›Indische Liebeslieder‹ bekannt sind – ›*Weiße Hände liebte ich am Shalimar . . .*‹ Das war zum Gedenken an den indischen Herrn, und das Haus kostete uns nicht ganz sechzig Pfund.«

»Warte! Warte!« rief ich aus und nahm den Bleistift und den Schreibblock, die ich immer griffbereit hatte. Nachdem ich einige Augenblicke geschrieben harte, blickte ich auf und sagte: »Dann habt ihr noch vierzig Pfund übrig. Ich habe es eben ausgerechnet, Rosemary.«

Sie nickte lächelnd. »Du bist ein gescheites Mädchen. Aber das ist fast drei Jahre her, und ich fürchte, wir haben keine vierzig Pfund mehr. Wir hatten eine Menge Unkosten mit unserer kleinen Farm, und obwohl wir jetzt, glaube ich, etwas Gewinn erwirtschaften, sind wir erst knapp über den Berg.«

»Knapp über den Berg?«

»Oh, entschuldige. Ja, das muß ich dir erklären.« Ich mußte bei unseren Gesprächen oft fragen, was Worte oder Redewendungen bedeuteten, die ich noch nicht gehört hatte. Nun erklärte Rosemary, was »knapp über den Berg sein« bedeutete, und erinnerte mich dabei an die hohen Hügel, die Luke und ich draußen im Busch hatten überwinden müssen. Ich war all diese vergangenen Monate so sehr damit beschäftigt gewesen, die zahllosen unbekannten Dinge über die neue Welt zu lernen, in der ich nun lebte, daß ich die beschwerliche Reise mit Luke und dem Kamel fast vergessen hatte. Nun fiel mir wieder ein, wie erschrocken ich gewesen war bei dem ersten Anblick des

Kamels und wie enttäuscht, als ich dann den ersten *walypala* fand, den ich jemals gesehen hatte – und er war tot.

Ich erzählte Rosemary nun davon und fuhr fort: »Ich wußte zuerst nicht, wie ich danach fragen könnte, und später vergaß ich es, aber wer war der tote Mann, den ich dort im Busch fand, als ich die Spuren des Kamels zurückverfolgte? Ich nehme an, daß er es war, der Luke verletzte, aber ich weiß nicht, warum er es tat.«

»Nun«, sagte Rosemary zögernd. »Das ist eine recht lange Geschichte, Liebes, aber ich meine, du hast inzwischen genug gelernt, um sie zu verstehen.« Sie hielt inne, wie um ihre Gedanken zu sammeln, und ich sah plötzlich, daß ihr Gesicht sehr bleich war. Dann begann sie zu husten, und es war der kurze, trockene, quälende Husten, den ich manchmal nachts gehört hatte.

Ich war im Nu neben ihr und legte einen Arm um sie. »Nein, erzähl es mir ein andermal, Rosemary«, sagte ich schnell. »Es tut mir schrecklich leid, ich habe dich ermüdet. Entschuldige. Ich mache dir etwas warme Milch mit Honig. Dann wird der Husten besser.«

Luke, dessen Hände nun ruhten, beobachtete uns mit einem besorgten Ausdruck. »Ja, tu das, Meg«, sagte er.

Als ich vor dem Herd stand und darauf wartete, daß die Milch in dem Tiegel warm wurde, empfand ich eine große Angst um Rosemary. Obgleich ich es nun besser wußte, dachte ich auf einmal, es wäre besser, wenn ihre Krankheit doch von einem Zauber käme. Ich war nun eine zivilisierte Person und keine Wilde mehr, aber ich hätte sofort meinen Speer und meinen Bumerang genommen, und ich hätte den Medizinmann, der den Knochen auf sie richtete, gesucht und ihn getötet, auch wenn Luke das für unrecht erklärt hatte.

Nachdem Rosemary ein wenig von der warmen Milch mit Honig getrunken hatte, ließ der Husten nach, und ihre

Wangen bekamen wieder etwas Farbe. Luke saß jetzt neben ihr und hatte den Arm um sie gelegt, während sie mir ein schwaches Lächeln schenkte und mir kaum hörbar dankte.

Ich fragte: »Wird deine Brust nun wieder ganz gesund, wo du hier lebst und immer trockene Luft hast?«

Luke wandte den Kopf und sah mich mit so zornigen Augen an, daß ich zusammenzuckte und begriff, daß ich etwas sehr Schlechtes gesagt haben mußte, obwohl ich nicht wußte, was es gewesen sein konnte. Es war eine Weile still, und dann blickte Luke fort, und Rosemary sagte mit ihrer freundlichen Stimme: »Ja, ich bin sicher, daß es mir bald bessergeht. Warum setzt du dich nicht wieder und liest mir ein bißchen vor, Liebes?«

Ich war Rosemary dankbar, daß sie mir in diesem Moment etwas zu tun gab, und ging schnell zu dem Regal am Kamin, um eines der dort stehenden Bücher auszuwählen. Als ich zu lesen begann, stand Luke stirnrunzelnd auf und besohlte seine Stiefel weiter. Einige Minuten später hielt ich inne und blickte auf. Zu meiner Erleichterung war Lukes Zorn verschwunden und schien ihm inzwischen beinahe leid zu tun. Aber nun war ich zornig auf mich selbst, denn als ich gefragt hatte, ob Rosemarys Brust wieder gesunden würde, hatte ich momentan vergessen, wie sehr Luke alle Fragen nach ihrer Krankheit haßte. Es war töricht von mir gewesen, und ich nahm mir fest vor, nie wieder so gedankenlos zu sein.

Seither begleitete ich Luke fast jedesmal, wenn er nach Lawton fuhr, und mein Selbstvertrauen wuchs mit jedem Ausflug dorthin. Ich war im Sommer nach *Shalimar* gekommen und im darauffolgenden Frühling zum erstenmal nach Lawton gefahren. Nun wechselten die Jahreszeiten wieder, und jeder neue Tag war eine neue Freude für mich.

Ich arbeitete und las, ich hörte zu und lernte, ich dankte für mein grenzenloses Glück, und als wir meinen zweiten Geburtstag in *Shalimar* feierten mit sechzehn Kerzen auf einer Torte, die Rosemary gebacken hatte, kam mir mein Leben als Mitji, die Ureinwohnerin, wie ein ferner Traum vor. Der einzige Kummer, den ich nun kannte, rührte von Rosemarys angegriffener Gesundheit her oder aber von jenen Anlässen, wenn Luke grimmig und zornig wurde, als hätte ich ihn auf irgendeine Weise beleidigt, ohne daß ich wußte, warum, doch die schlechten Phasen vergingen jedesmal bald, und er war wieder freundlich zu mir.

Zu Beginn des Frühlings in meinem zweiten Jahr in *Shalimar* bat Rosemary mich eines Abends, als Luke wieder einmal unsere Arbeitsstiefel ausbesserte, heute zur Abwechslung aus einem alten *Strand Magazine* vorzulesen, das wir gerade zusammen mit anderen Zeitungen und Zeitschriften aus Lawton mitgebracht hatten. Ich freute mich, weil es eine recht schwierige Lektüre war und weil ich abends im Bett vor dem Einschlafen in anderen Nummern des *Strand* viele interessante Geschichten und spannende Berichte entdeckt harte.

Ich schob den Lehnstuhl so hin, daß ich Rosemary gegenübersaß, und als ich die Zeitschrift auf meinen Schoß fallen ließ, öffnete sie sich von selbst. Da ließ mich ein jähes Entsetzen am ganzen Körper erstarren, und ich wurde einen Augenblick lang von den alten primitiven Ängsten vor böser Magie überwältigt, von Ängsten, die noch bis zu einem Zeitpunkt, der nur zwei Jahre zurücklag, ein Teil meines Lebens gewesen waren. Gebannt starrte ich auf ein Foto in der Zeitschrift, ein gestochen scharfes Foto von der Größe meines Handtellers. Es zeigte ein Mädchen in meinem Alter – aber nicht nur das, denn das Mädchen war ich selbst.

4

BIS ZU DER Zeit zwei Jahre zuvor hatte ich noch nie mein Gesicht gesehen, da es beim Stamm keine Spiegel gab. Ein- oder zweimal hatte ich ein verschwommenes Spiegelbild in einer Schale mit unbewegtem Wasser erblickt, aber das war alles. Nachdem ich zu Luke und Rosemary gekommen war, hatte ich mich fasziniert – und verzweifelt, weil ich feststellte, daß ich noch häßlicher war, als ich es mir vorgestellt hatte – im Schlafzimmerspiegel betrachtet. Im Lauf der Zeit gewann ich immer mehr die Überzeugung, daß Rosemary wunderschön war, und begriff auch, daß die Stammesvorstellungen von der Schönheit einer Frau keine allgemeine Gültigkeit hatten, und das erleichterte mich ungemein. Nach den ersten Tagen in *Shalimar* war ich so weit bei Kräften, daß Rosemary mir das Haar waschen konnte, und als es dann länger wurde, lehrte sie mich, es zu flechten und an meinem Hinterkopf zu etwas zu stecken, das sie einen »Knoten« nannte.

Tagsüber bei der Arbeit trug ich ein Kleidungsstück namens Kittel aus einem recht groben Gewebe, das Kattun hieß, und band mir mein loses Haar im Nacken mit einer Schleife zusammen. Abends trug ich ein Kleid und steckte mein Haar zu einem Knoten. Ich hatte meine roten Haare immer gehaßt, aber Rosemary sagte, sie seien wunderschön.

Als ich nun das Bild in der Illustrierten betrachtete, konnte ich nicht erkennen, welche Farbe das Haar des Mädchens hatte, aber es war zu einem Knoten gesteckt, und das Gesicht darunter war das meine. Einen endlos scheinenden Augenblick empfand ich große Furcht, ohne recht zu wissen, warum. Dann sagte Rosemary: »Nun, Liebes? Fang an.«

Ich richtete den Blick mit Mühe auf die Worte oben auf der Seite. »Porträts von Pro ... Prominenten«, las ich langsam. »Was bedeutet das, Rosemary?«

»Prominente sind berühmte Persönlichkeiten, und was ein Porträt ist, weißt du. Sind Bilder auf der Seite, Meg?«

»Ja«, sagte ich. »Eins, zwei ... insgesamt sechs auf zwei Seiten. Die ersten drei sind von Männern, und die Worte darunter heißen: *›Diese Porträts zeigen den Marquess of Salisbury in drei wichtigen ...‹*« Ich zögerte. »*›Epochen‹?* Ist das richtig?«

Rosemary nickte mit geschlossenen Augen. »Ja. Drei wichtige Abschnitte oder Perioden. Du kannst es später im Wörterbuch nachschlagen. Aber der Name wird *Sawlsbury* ausgesprochen, es ist eine dieser schwierigen Ausnahmen. Lies weiter, Meg.

»*›In drei wichtigen Epochen seiner Laufbahn‹* – oh, ich glaube, es ist derselbe Mann in drei verschiedenen Abschnitten seines Lebens.«

Luke zog hörbar Luft durch die Nase ein und sagte: »Das stimmt. Es ist eine Serie im *Strand.* Sie schreiben jeden Monat über fünf, sechs bekannte Leute und holen alte Bilder von ihnen aus der Versenkung. Letzten Monat war Lily Langtry unter den Prominenten, aber die meisten von ihnen sind furchtbar langweilige Leute. Kannst du nichts Interessanteres finden als den alten Salisbury?«

»Wer ist er?« fragte ich.

»Der Premierminister von England. Das heißt der oberste Häuptling nach der Königin.«

»Ja, jetzt erinnere ich mich.« Ich antwortete zerstreut, während ich auf die andere Seite blickte, auf der ein kleines Mädchen mit einem langen Kleid abgebildet war, worunter Schlüpfer hervorlugten, daneben das Bild von mir in einem hellen Kleid mit Rüschenkragen und dann noch ein Foto von einer mehrere Jahre älteren Dame, in der man aber dieselbe Person wie auf den beiden anderen Aufnahmen erkennen konnte. Ich öffnete schon den Mund und wollte mit Luke und Rosemary über diese verblüffende Ähnlichkeit sprechen, hielt mich aber zurück. Als ich noch einmal auf die Bilder schaute, schien es mir, ich sei vielleicht doch im Irrtum.

Sicher, es bestand eine Ähnlichkeit, doch womöglich hatte es darüber hinaus keine Bedeutung, und ich mußte bedenken, daß ich keine große Erfahrung darin hatte, beim Betrachten von Bildern reale Dinge zu erkennen. Kurz nach meiner Ankunft in *Shalimar* hatte ich nicht einmal identifizieren können, was auf einigen der Fotos, die ich zu sehen bekam, abgebildet war. Jetzt beschloß ich, die Worte über die Dame auf den Bildern später zu lesen, wenn ich allein sein würde, doch mein Blick fiel auf zwei oder drei Wörter unter dem letzten Foto, und ich fragte: »Bitte . . . Was ist eine . . . eine Society-Schönheit?«

Luke fegte die Lederreste auf eine Kehrschaufel. Er lachte kurz und antwortete: »Eine reiche Frau, die nichts tut und mit anderen reichen Leuten verkehrt, die ebenfalls nichts tun. Sie kann schön sein oder auch nicht.«

Das bewog mich, den Mund zu halten. Sicher würde ich sehr eitel und töricht wirken, wenn ich verkünden würde, ich sähe aus wie ein Mädchen, das später eine Society-Schönheit geworden war. Luke sagte: »Hör zu, Meg, wir interessieren uns nicht für sogenannte Prominente. Kannst du keine von den Sherlock-Holmes-Geschichten finden, die du immer im Bett liest, wenn du längst schlafen solltest, und uns dann beim Frühstück erzählst?«

Ich schüttelte die Überraschung ab, die mich gepackt hatte, und fing an, die Illustrierte durchzublättern. »Augenblick. Ja, hier ist eine. Sie heißt *Das Abenteuer des gelben Gesichts.*«

Luke setzte sich neben Rosemary und nahm ihre Hand.

»Gut«, sagte er, »fang an. Aber laß die ersten beiden Absätze aus, sie sind doch immer nur eine schwülstige Einführung von Doktor Watson.«

»Liebling«, sagte Rosemary. »Diese Geschichten sind gewöhnlich neun oder zehn Seiten lang, und sie kann doch heute abend nicht alles lesen.« Sie öffnete die Augen und sah mich an. »Lies nur die ersten beiden Seiten, Liebes, und morgen abend kannst du die nächsten beiden lesen.«

»Ja, aber sagt ihr mir bitte sofort, wenn ich ein Wort falsch lese? Ich meine, ausspreche?«

»Ja, natürlich. Lies ganz langsam, und mach dir nichts daraus, wenn du einmal ins Stocken kommst.«

Ich holte tief Luft, bannte alle Gedanken an das Mädchen auf dem Foto aus meinem Geist und begann zu lesen, wenn auch nicht ohne des öfteren zu zögern.

> »Eines Tages zu Beginn des Frühlings hatte er sich so weit erholt, daß er mit mir einen Spaziergang im Park machen konnte, wo die ersten zarten Triebe der Ulmen hervorbrachen und die klebrigen Spitzen der Kastanien sich zu handförmigen Blättern zu entfalten begannen. Wir schlenderten zwei Stunden dahin und schwiegen dabei die meiste Zeit . . .«

Ich verstand kaum, was die Dinge bedeuteten, die ich da so angestrengt las, aber ich wußte, daß ich die Seiten, wenn ich allein war, mit einem Wörterbuch neben mir wieder und wieder lesen würde, Wort für Wort, bis ich endlich alles begriff.

Später am Abend, als Luke und Rosemary zu Bett gegangen waren, setzte ich mich an den kleinen Tisch in meinem Zimmer, um noch eine Stunde zu lesen, aber ich schlug nicht die Geschichte über Mr. Sherlock Holmes auf. Die Seite, auf die der Lichtkegel der Lampe fiel, war die Seite mit dem Foto, das mich so verblüfft hatte, und mit einer leichten Beklommenheit, für die ich keinen rechten Grund wußte, begann ich, den Begleittext zu den Bildern zu lesen.

Wir schulden Lady Glencullen Dank für die Aufnahme rechts, die sie als Siebenjährige zeigt. Das Bild wurde auf dem Besitz ihrer Familie in dem irischen Dorf Kilgarran aufgenommen, wo ihr Vater, Mr. Thomas Mulvaney, als Züchter hervorragender Rinder bekannt war. Miss Mary Caragh Mulvaney, wie sie damals hieß, wurde daheim in London, wo die Familie gewöhnlich den größten Teil der Saison verbrachte, von Privatlehrern unterrichtet.

Das Foto unten zeigt Lady Glencullen mit fünfzehn, zwei Jahre, bevor sie als Debütantin bei Hofe vorgestellt wurde und vier Jahre vor ihrer Eheschließung mit Mr. Laurence Glencullen (später Sir Laurence Glencullen), seinerzeit hoher Beamter des Kolonialministeriums, der im Jahr darauf das Glencullen-Vermögen erbte.

In den ersten Ehejahren begleitete Lady Glencullen ihren Mann häufig auf den Reisen, die er in Ausübung seiner Pflichten unternahm. Er wurde 1891 zum Ritter geschlagen und zum Innenministerium versetzt, und seitdem widmete sie sich auf eine praktische und zupackende Art, die ihr Bewunderung aus allen Kreisen eintrug, wohltätigen Anliegen. Aber sie ist nicht nur ein Engel der Armen, sondern auch eine der bemerkenswertesten Gastgeberinnen der Hauptstadt.

Das Foto unten (rechts) wurde vor recht kurzer Zeit auf Sir Laurences Landsitz in Kent aufgenommen, und wir zögern nicht, ihm die Bildunterschrift *Eine Society-Schönheit* zu geben, weil Lady Glencullen unseres Erachtens heute, zwanzig Jahre später, noch schöner ist als die fünfzehnjährige Dame, die das Bild links zeigt.

Ich las diese Worte dreimal, und mit jedem Mal ging mir ihre Bedeutung mehr auf, und dann betrachtete ich wieder die Bilder, besonders das von der jungen Dame. Zwei Jahre zuvor hätte ich sie häßlich gefunden, und auch jetzt fand ich sie nicht schön, stimmte aber mit dem Autor überein, daß sie auf dem neueren Foto wahrhaft schön war. Ihr Gesicht, besonders wohl in den Augen, strahlte eine Wärme und Freundlichkeit aus, die mich sehr an Rosemary erinnerten. Mit der Illustrierten in der Hand nahm ich die Lampe, trat zu dem Wandspiegel und verglich meine eigene Erscheinung mit dem Foto Lady Glencullens als junge Dame. Sah ich *wirklich* so aus wie sie in meinem Alter? Nun . . . vielleicht doch nicht ganz. Eine Ähnlichkeit war vorhanden, aber ich empfand nicht mehr die Verblüffung meines ersten Eindrucks, ich selbst blicke mir auf dem Foto entgegen. Lady Glencullen stammte aus Irland, und Rosemary hatte gelegentlich erwähnt, nach meinem Haar und meinen Sommersprossen zu urteilen, hätte ich womöglich schottische oder irische Vorfahren. Es war also möglich, daß Lady Glencullen und ich einfach ähnliche Personen aus demselben Stamm waren.

Ich ging zum Tisch zurück und setzte mich, um die ersten beiden Seiten der Sherlock-Holmes-Geschichte noch einmal zu lesen. Dann beschäftigte ich mich mit den beiden folgenden Seiten, damit sie mir am nächsten Abend leichter von der Zunge gingen. Im Schlafzimmer nebenan hustete Rosemary einige Male. Ich wußte, daß sie wach war, und ging auf Zehenspitzen in den Flur. Ihre Tür war angelehnt, und als ich sie einen Spalt weit öffnete, konnte ich an Lukes langsamen Atemzügen erkennen, daß er schlief. Ich flüsterte: »Kann ich etwas für dich tun? Soll ich dir etwas Warmes zu trinken bringen?«

Sie flüsterte zurück: »Nein, Liebes. Es ist nur ein bißchen Husten. Ich werde einen Löffel Medizin nehmen.«

»Bestimmt?«

»Ja, ganz bestimmt. Geh jetzt zu Bett, Meg. Du bist doch müde.«

»Ja. Schlaf gut, Rosemary, und Gott segne dich.« Um ehrlich zu sein, wußte ich immer noch nicht recht, was ich von dem Wesen halten sollte, das ich früher einmal den *walypala*-Gott genannt hätte, aber ich wußte, was mein Wunsch für Rosemary bedeutete, und ich meinte ihn von ganzem Herzen.

Als ich am nächsten Tag mit Luke die Bewässerungsgräben reinigte, in die wir Wasser aus dem kleinen Fluß pumpten, sagte ich: »Bitte, Luke, habe ich eigentlich irgend etwas falsch gemacht? Etwas, weshalb du mich jetzt nicht mehr magst?«

Er hielt in der Arbeit inne und starrte mich an. Dann sagte er: »Wie kommst du darauf?«

»Oh ... Es ist schwer zu erklären, aber manchmal scheinst du ein kaltes Gefühl für mich zu haben, als ob ich etwas angestellt hätte, aber ich kann mir nicht vorstellen, was das sein könnte. Ich gebe mir große Mühe, alles so zu tun, wie du und Rosemary es wünschen.«

Luke stützte sich auf den schmalen Rechen, mit dem er arbeitete, und blickte zur Erde hinunter. »Du hast nichts angestellt«, sagte er ruhig. »Du bist ein sehr gutes Mädchen, und seit du hier bist, ist Rosemary glücklicher, als ich es jemals für möglich gehalten hätte.« Dann sah er mich mit dem besonders freundlichen Lächeln an, das ich manchmal bei unserer Wanderung durch die Wüste und in meinen ersten Wochen in *Shalimar* bemerkt hatte. »Ich bin dir sehr dankbar«, fuhr er fort. »Und mit gutem Grund. Rosemary und ich stehen tief in deiner Schuld.«

Als ich überlegt hatte, was das bedeutete, sah ich ihn verblüfft an. »In meiner Schuld? Warum, Luke? Ihr gebt mir ein Heim, Essen, Kleidung, und ihr macht einen zivilisierten und gebildeten Menschen aus mir. *Ihr* seid doch immerzu am Geben!«

Er streckte die Hand aus, als wolle er sie mir auf die Schulter legen, zog sie dann aber zurück. »Nein«, sagte er. »Du hast mir das Leben gerettet, du bringst Rosemary wahre Freude, und du hast uns ermöglicht, zum erstenmal ein Jahr lang kein Geld borgen zu müssen.«

Ich erschrak wieder. »Geld? Ich habe nichts mitgebracht, Luke. Ich habe nicht einmal gewußt, was Geld ist.«

»Weißt du noch, die gelben Steine, die du bei dem toten Mann gefunden hast? Was du mir damals in der Wüste gegeben hast, waren kleine Goldnuggets.« Er lächelte über das ganze Gesicht, zuckte mit den Achseln, und seine Augen funkelten, wie ich es so gern an ihm sah. »Kein Vermögen, aber für arme und bedürftige Leute wie uns ein richtiger Schatz, Rotschopf.«

Ich glühte vor Freude, als ich sagte: »Ist das wahr? Habe ich wirklich ein solches Geschenk mitgebracht?«

»So wahr, wie es nur sein kann.«

»Oh, Luke, ich freue mich so.« Ich trat einen Schritt vor und wollte ihn impulsiv vor lauter Freude umarmen, aber er trat zurück, sein Lächeln verschwand, und er sagte beinahe schroff: »Ja, so ist es, und bilde dir bitte nicht mehr ein, ich sei zornig auf dich, wenn ich manchmal ein bißchen still bin. Wahrscheinlich . . . denke ich nur über etwas nach. So, junge Dame, laß uns weiterarbeiten. Es ist bald Zeit zum Lunch, und bis dahin sollten wir hier fertig sein.«

Drei Wochen später kündigte Luke an, daß wir einen ganzen Tag freinehmen und mit dem Zug nach Kalgoorlie fahren würden. Ich dachte, er meinte, wir würden alle drei fahren, aber das war töricht von mir. Rosemary hatte uns ein- oder zweimal zur Kirche begleitet, aber sie fand selbst die kurze Fahrt nach Lawton sehr anstrengend und hätte eine ganztägige Reise vermutlich nicht ertragen.

Ich war sehr aufgeregt bei dem Gedanken, Kalgoorlie zu sehen, aber nicht besorgt wie vor meinem ersten Aufenthalt in Lawton, denn das Englische kam mir nun ganz natürlich von den Lippen, und ich hatte keine Angst mehr, mit anderen Leuten als Luke und Rosemary zu sprechen. Wir trugen unsere beste Kleidung, als wir in aller Frühe aufbrachen, und nach so vielen Besuchen in Lawton fürchtete ich mich auch nicht mehr vor der Eisenbahn, sondern freute mich schon auf die Fahrt. Luke hatte gesagt, es würde mir Spaß machen, und das erwies sich als zutreffend. Der Wagen war wie ein schmales und sehr langes Zimmer, und Luke führte mich zu einem Fensterplatz, damit ich das Land vorbeiziehen sah, während wir mit enormer Geschwindigkeit durch die Ebene brausten. Im empfand es als ein großes Wunder und war wie gebannt, obgleich mich einmal auch Kummer beschlich, als ich an Yuma und den Kupferpenny dachte, den er für so zauberkräftig hielt. Wieder fühlte ich tiefe Dankbarkeit über das Glück, einem Leben in Not und Unwissenheit entronnen zu sein und all dieses Behagen und Wissen zu genießen.

Ich war bereit für Kalgoorlie und spürte keine Angst, all wir aus dem Zug stiegen. Der Ort war geschäftiger und menschenreicher als Lawton, bewirkte aber keinen so großen Schock, weil ich immer nur jeweils einen Teil sah, so daß es mich nicht überwältigte. Es war ein wunderschöner Tag, um so schöner für mich, als Luke warm und freundlich war und sich mit mir zu freuen schien.

Als wir in eine Bank gingen, setzte ich mich auf einen Armstuhl in der Halle, während er mit einem Mann in einem Büro sprach, und kurz darauf schenkten mir zwei vorbeigehende Damen ein Lächeln und sagten: »Guten Morgen.« Es waren ältere Damen mit schon etwas grauem Haar, so daß ich schnell aufstand und mit einem kleinen Knicks antwortete: »Ich wünsche einen schönen guten Morgen!« Zu meinem großen Vergnügen war ich bei meiner ersten Begegnung in dieser großen Stadt überhaupt nicht nervös, und ich glaube, ich muß vor Freude geradezu gestrahlt haben, denn eine der Damen neigte den Kopf und sagte: »Wie nett, ein so glückliches Gesicht zu sehen.«

Unser nächster Besuch nach der Bank galt einem Mann, der Fotos machte. Ich saß dort auf einem Stuhl und versuchte, gelassen und natürlich auszusehen, während er den Kopf unter einem schwarzen Tuch verbarg und mit einem besonderen Pulver und einem kleinen T-förmigen Gegenstand in seiner Hand einen grellen Lichtblitz bewirkte. Rosemary hatte Luke das Versprechen abgenommen, mich fotografieren zu lassen, und der Fotograf versicherte uns, daß er zwei Abzüge fertig entwickelt hätte, bis wir am Nachmittag wieder vorbeikämen. Ich sprudelte vor Aufregung alle möglichen Worte hervor und versuchte, Luke zu bewegen, sich auch fotografieren zu lassen, damit ich ein Bild von ihm hätte. Zuerst wollte er nichts da on wissen, aber ich bat und redete so lange auf ihn ein, bis er am Ende lachend einwilligte.

Später gingen wir in ein Restaurant, wo wir uns von einem Mädchen, das man eine Kellnerin nannte, den Lunch servieren ließen, ohne daß wir selbst kochen oder spülen oder irgend etwas tun mußten. Wir redeten nicht viel, aber ich lauschte allen möglichen Gesprächen zwischen anderen Personen, nicht etwa aus Unhöflichkeit, sondern weil ich mein Verständnis für die unterschiedliche Sprechweise anderer Menschen üben wollte.

Nach dem Lunch spazierten wir eine Weile durch das Stadtzentrum, und Luke sprach in ein oder zwei Häusern vor, wo er im Herbst eine größere Rosinenernte zu verkaufen hoffte. Ich sah viel mehr Männer als Frauen, aber keine von ihnen sah ansprechender aus als Luke. Wenn ich die Frauen mit ihren Röcken betrachtete, die ihnen bis an die Knöchel reichten, dachte ich manchmal mit einem geheimen Lächeln, wie schockiert sie wohl wären, wenn sie wüßten, daß ich die meiste Zeit meines Lebens nackt herumgelaufen war.

Ich äußerte meinen Gedanken zu Luke, während wir eine Straße entlangschlenderten, und er meinte grinsend: »Mich hast du bestimmt schockiert, Mitji.«

Ich lachte über diesen Gebrauch meines alten Namens und sagte: »Ja, das ist mir heute klar. Ich nehme an, ich sollte jetzt verlegen sein und rote Wangen bekommen, wenn ich daran zurückdenke, aber irgendwie finde ich es immer noch nicht wichtig. Wahrscheinlich dauert es noch sehr lange, bis ich ein wirklich durch und durch zivilisierter Mensch bin.« Er sah mit einem Blick auf mich hinunter, den ich kaum ergründen konnte, und entgegnete: »Ändere dich nicht zu sehr. Durch und durch zivilisiert zu sein ist nicht alles.«

Im Lauf des Nachmittags machten wir noch einige Besorgungen für Rosemary und gingen dann in ein kleines Restaurant, um einige Eier mit Bacon und Tee zu uns zu nehmen. Während wir darauf warteten, bedient zu werden, kam ein Mann mit einigen Zeitungen unter dem Arm herein. Er war älter als Luke, ziemlich dünn und hatte eine lange Nase und durchdringend blickende Augen. Der Anzug, den er trug, war braun kariert, und als er seine braune Melone abnahm, sah ich, daß er dunkles, in der Mitte gescheiteltes und glatt nach hinten gekämmtes Haar hatte.

Er wirkte überrascht, als sein Blick auf Luke fiel, und kam sofort zu uns. »Hallo, Bowman. Dann waren also doch Sie der Herr, den ich heute morgen in Jack Wallers Fotoatelier gehen sah. Ich dachte nämlich schon, ich hätte mich getäuscht. Was führt Sie denn nach Kalgoorlie?«

Luke sagte kühl: »Hallo, Tasker. Geschäfte. Und Sie?«

Der dünne Mann grinste unverfroren. »Ich bin nur für ein paar Tage von Perth hergekommen, weil ich sehen will, ob es nicht Stoff für eine interessante Story gibt.«

»Viel Glück. Aber verlegen Sie sich nicht auf eine Story über die Gefühle einer jungen Engländerin, die einen Mann geheiratet hat, der das schwarze Schaf einer wohlhabenden englischen Familie ist und ein Stück Land bei Lawton bebaut. Meine Frau möchte nicht mit Reportern reden – aber ich denke, das habe ich schon einmal erwähnt, oder nicht?«

Tasker nickte. »Ja, und zum Nachdruck haben sie meinen Hut mit der Faust demoliert«, sagte er ohne Groll.

»Ein Glück, daß es nur Ihr Hut war.«

Tasker zuckte mit den Achseln. »Schon gut, alter Junge, ich tat nur meine Arbeit, aber ich habe verstanden.« Er blickte mich zum erstenmal an. »Tag, Miss.«

Ich neigte den Kopf, wie ich es bei den beiden grauhaarigen Damen gesehen hatte, und sagte: »Guten Tag, Mr. Tasker. Wie geht es Ihnen?«

Er sah mich überrascht und belustigt an. »Danke, nicht übel. Sie sind Miss . . . äh?«

Luke sagte: »Meg, das ist Harry Tasker, ein Reporter von einer Zeitung in Perth.« Er wandte sich an den dünnen Mann. »Tasker, das ist Meg Gaynor, eine Cousine meiner Frau. Sie hat ihre Eltern verloren und ist von England herübergekommen, um bei uns zu leben.«

»Freut mich, Sie kennenzulernen«, sagte Harry Tasker, jedoch ohne große Teilnahme. Er blickte wieder zu Luke. »Irgendeine Nachricht für die Leute daheim?«

Luke runzelte die Stirn. »Nachricht?«

Ein Grinsen breitete sich über Harry Taskers Gesicht. »Ich gehe nächsten Monat zurück. Habe gerade mein letztes Jahr für den *Record* abgerissen. Habe einen Job bei einer neuen Zeitung, die demnächst in London erscheint. Sie wollen jemanden mit Kenntnissen und Erfahrung in australischen Angelegenheiten –«

Er hatte mich wieder angesehen, während er sprach. Plötzlich verstummte er mitten im Satz und starrte mich mit einem merkwürdig leeren und zugleich verwirrten Ausdruck an. Kurz zuvor war die Kellnerin mit einem Tablett gekommen, und so war Luke abgelenkt, während sie unsere Teller mit Eiern und Bacon und dann die Teekanne und irdene Tassen auf den Tisch stellte. Als er aufsah, hatte der Mann sich gefaßt und stand stirnrunzelnd und seine lange Nase zupfend nachdenklich da, als versuche er, sich an etwas zu erinnern.

Luke sagte: »Australische Angelegenheiten? Nun, dann sind Sie dort sicher richtig. Gute Reise, Tasker.« Er zeigte auf den Tisch. »Wir möchten jetzt essen, wenn Sie nichts dagegen haben.«

Harry Tasker schien aus einem Tagtraum aufzuschrekken. »Oh, natürlich. Ich werd' Sie nicht länger stören.« Sein Blick ruhte irgendwie staunend auf mir, und dann sah er schnell fort. »Ah, da ist ein freier Tisch, und ich habe einen Bärenhunger. War nett, Sie kennenzulernen, Miss Gaynor. Wiedersehen, Bowman. Grüßen Sie bitte Ihre Frau von min.«

»Werde ich bestellen«, sagte Luke verbindlich, während er mir Salz und Pfeffer reichte. »Passen Sie gut auf Ihren neuen Hut auf.«

Da Luke den alten Hut ja mit der Faust demoliert hatte, mußte ich beinahe kichern über diese Worte, doch ich zweifelte, ob Tasker sie überhaupt gehört hatte, denn ganz offensichtlich war er mit seinen Gedanken in eine viel wichtigere Sache vertieft, als er sich abwandte. Mir fiel wieder ein, wie erschrocken er mich angestarrt hatte, und etwas beklommen schenkte ich uns den Tee ein.

»Der Mann hat mich sehr sonderbar angesehen«, flüsterte ich. »Du hast es nicht bemerkt, weil du mit der Kellnerin beschäftigt warst, aber er schien plötzlich einen Schreck zu bekommen, und dann starrte er mich fortwährend an. Habe ich denn etwas gemacht, wodurch er jetzt ahnt, daß ich gar nicht Rosemarys Cousine, sondern ein Mädchen aus dem Busch bin?«

Luke schüttelte lächelnd den Kopf. »Bestimmt nicht, Meg. Er war sicher nur überrascht über deine guten Manieren, oder aber ihm ging auf, daß du ein sehr hübsches Mädchen bist, wie du so mit deinen großen leuchtenden Augen und deinem grünen Häubchen dasitzt. Er ist ziemlich bekannt dafür, daß er hübsche Mädchen mag.«

Während ich Luke seine Tasse reichte, sagte ich: »Ich bin so froh, daß du mich hübsch findest. Es gibt mir ein warmes Gefühl.«

Er runzelte die Stirn, und seine Augen wurden ganz kalt. »Setz dir bloß keine Flausen in den Kopf«, sagte er.

Ich hob abwehrend die Hand. »Oh, bestimmt nicht, Luke. Das versprech' ich dir. Es ist nur, weil ... Nun ja, ich weiß, daß ich nicht wirklich hübsch bin, weil mein Gesicht nicht weich genug ist, aber ich habe jahrelang geglaubt, daß ich ein häßlicher Wechselbalg bin, und es tut gut, zu wissen, daß ich nicht ganz so schlecht aussehe.«

»Du siehst alles andere als schlecht aus«, erklärte er barsch. »Aber hübsch bist du im Grunde nicht. Sprechen wir jetzt nicht mehr davon, und essen wir lieber unsere Eier, bevor sie kalt werden.«

Lukes Worte und Verhalten gaben mir ein Rätsel auf, aber ich erinnerte mich an den Augenblick, als Luke mir mit Entschiedenheit gesagt hatte, daß er nichts gegen mich habe, und so beschloß ich, mich nicht zu ärgern. Wir hatten unser Mahl erst halb aufgegessen, als Harry Tasker das Restaurant mit einem Nicken in unsere Richtung verließ.

Ich sagte: »Mr. Tasker hat doch behauptet, daß er sehr hungrig ist. Er kann aber höchstens Zeit für eine Tasse Tee gehabt haben.«

Luke zuckte mit den Achseln. »Zeitungsreporter benehmen sich nicht wie normale Menschen, Meg. Vielleicht hatte er gerade eine Idee für eine Story.«

Ich schüttelte verwundert den Kopf. »Das kommt mir sonderbar vor, diese Art Arbeit – etwas über andere Leute herauszufinden und dann über sie zu schreiben, damit *wieder* andere Leute es lesen.«

Luke lächelte, und ich sah zu meiner Freude, daß er wieder warm zu mir war. »Ja, es ist eine sonderbare Arbeit«, sagte er, »aber unsere ganz und gar zivilisierte Welt scheint nicht ohne Katastrophenberichte und Skandalgeschichten existieren zu können.«

Nach kurzem Nachdenken fiel mir das Wort ein, das ich suchte. »Jetzt bist du zynisch«, sagte ich.

Er lachte laut. »Du machst dich, Rotschopf. Komm, schenk uns noch eine Tasse ein, und dann gehen wir und kaufen ein paar Zeitschriften für Rosemary.«

Während ich nachschenkte, sagte ich: »Ich mochte Mr. Tasker nicht besonders. Sein Geruch gefiel mir nicht.«

Luke starrte mich an. »Geruch? Er war doch nicht parfümiert!«

»Nein, ich meine seinen natürlichen Geruch. Jeder

Mensch hat einen natürlichen Geruch. Manche von den Damen, an denen wir heute vorbeigegangen sind, waren parfümiert, aber ich konnte trotzdem ihren natürlichen Geruch wahrnehmen.«

Luke fuhr sich mit der Hand durchs Haar und sagte: »Willst du mir nach all dieser Zeit erzählen, daß du mich in bestimmter Weise *riechen* kannst?«

Ich lachte. »Selbstverständlich kann ich das. Wenn ich mir die Augen zuhielte, könnte ich dich auf ein paar Schritte Entfernung sofort an deinem Geruch erkennen.«

Er seufzte bekümmert und sagte: »O mein Gott.«

»Aber du riechst gut. Rosemary auch.«

»Nun ... seien wir dankbar dafür.« Er betrachtete mich einen Moment lang neugierig. »Du hast dich schon so verändert, Meg, daß ich manchmal vergesse, wie du früher warst, aber du hast ja sogar Wasser riechen können, als wir draußen im Busch waren.«

»Stimmt, aber längst nicht so gut wie jedes kleine Kind des Stammes, bei dem ich lebte. Ich kann das alles nur, weil ich kein Wechselbalg sein wollte und mich immer angestrengt auf das konzentriert habe, was meine Nase mir sagte. Ich glaube, die meisten Weißen nehmen nur starke Gerüche war, aber man kann seinen Geruchssinn sehr schärfen – wenn man es muß. Bei den Ureinwohnern kann er über Leben und Tod entscheiden und ist deshalb sehr wichtig. Spreche ich jetzt angenehm ohne viel Akzent, und mache ich auch das F und das S immer richtig? Weißt du, als ich zum erstenmal von einem Pferd hörte, da nannten wir es *wurpa*; besser konnten wir den Klang nicht nachmachen.«

Er schien sich zu wundern, daß ich so jäh das Thema gewechselt hatte. »Aber sicher, du hast keinen Akzent, und du sprichst ganz ähnlich wie Rosemary.«

»Das freut mich wirklich. Ich habe von Anfang an versucht, so wie sie zu sprechen.«

Er nickte sehr ernst. »Du hast eine enorme Fähigkeit, dich zu konzentrieren. Ich weiß noch, wie es war, als du mich aus der Wüste herausgebracht hast. Dir entging nie das kleinste Zeichen, das vielleicht auf etwas Eßbares hinwies. Diese Fähigkeit ist dir bei alldem, was du lernen mußtest, sehr zustatten gekommen.«

Ich glühte innerlich vor Freude über sein Lob, ließ es mir aber nicht anmerken, damit er nicht plötzlich wieder kalt wurde. Eine halbe Stunde später holten wir die Fotos ab, und der Anblick dieser winzigen Abbilder von Luke und mir faszinierte mich. Es war ganz anders, als Bilder von Leuten anzuschauen, die ich nicht kannte. Ich fand, daß ich ein bißchen hochmütig aussah, aber Luke lächelte und sah sehr nett aus. Als wir dann wieder die Hauptstraße entlangspazierten, sagte ich: »Luke, mir ist aufgefallen, daß zwei oder drei von den Damen, an denen wir vorbeigegangen sind, stark parfümiert waren und ein bemaltes Gesicht hatten. Sind sie besondere Personen?«

Er runzelte die Stirn. »Das fragst du besser Rosemary . . .« Er verstummte, wirkte vorübergehend unsicher und schüttelte dann ungeduldig den Kopf. »Ach, zum Teufel, du bist ja nun wirklich nicht streng behütet aufgewachsen, und es wird dich wohl kaum schockieren. Diese Frauen legen sich für Geld mit Männern hin. Sie sind das, was die Bibel Huren nennt, aber sag das Wort bitte nicht, wenn du in Gesellschaft bist.«

Ich war nicht schockiert, sondern verblüfft. »Für Geld? Das verstehe ich nicht. Bei meinem Stamm konnte ein Mann seine Frau einem Freund borgen, aber wenn eine Frau als Gegenleistung für ein Geschenk mit jemandem lag, wurde sie von den Männern ihrer Familie getötet. Ich weiß, daß bei den Ureinwohnern alles anders ist, aber ich hielt diese Sache auch bei *uns* für schlecht. Ich meine, alles, was ich in verschiedenen Büchern gelesen habe oder in der Bibel oder in dem Hochzeitsgottesdienst in Rosemarys Gebetbuch . . .«

»Ja, es ist schlecht, Meg«, unterbrach er mich ganz gereizt, »aber du wirst feststellen, daß die Menschen unseres Stammes eine Menge Dinge tun, die schlecht sind. Andere Frauen wollen nichts mit diesen Huren zu tun haben und sehen mit Verachtung auf sie hinab.«

»Ich verstehe.« Ich dachte einige Augenblicke nach, während wir weitergingen. »Sieht man auch mit Verachtung auf die Männer herab, die sie bezahlen?«

Er lachte kurz und trocken. »Merkwürdigerweise scheint das nicht der Fall zu sein.«

»Luke, zahl bitte nie eine von diesen Frauen. Es würde Rosemary sehr weh tun.«

Er blieb stehen, hielt mich fest und drehte mich so, daß ich ihn ansah, und als ich Zorn in seinen Augen erblickte, wurde mein Herz schwer. Dann schien er sich angestrengt zu beherrschen. »Du kannst ganz sicher sein, daß ich nie etwas tun würde, was Rosemary auch nur im geringsten weh tun könnte«, sagte er mit gepreßter Stimme. »Und ich schlage vor, als nächstes konzentrierst du dich darauf, keine unverschämten Dinge mehr von dir zu geben.«

Ich mußte meine Tränen zurückdrängen, als ich sagte: »Verzeih mir bitte. Ich bin immer noch sehr unwissend.«

Er ließ meinen Arm los. »In Ordnung, vergessen wir es, Meg.«

»O ja. Bitte. Du meinst, so vergessen, als wäre es wirklich überhaupt nie geschehen?«

Er holte tief Luft, schien sich dann zu entspannen und nickte mir lächelnd zu. »Wie du immer zum Kern der Sache kommst«, murmelte er. »Ja, das meine ich, Mitji. Komm nun, es wird Zeit, daß wir zum Bahnhof gehen.«

Ich fühlte mich sehr erleichtert, als wir weitergingen, und sagte mir, daß ich immer noch vieles über die Bräuche meines wahren Stammes, der Engländer, zu lernen hatte und sorgfältig überlegen mußte, ehe ich den Mund aufmachte. Das war gar nicht so einfach, denn ich übte mich sehr gern in Konversation und pflegte endlos mit Rosemary zu schwatzen und sogar laut mit mir selbst zu reden, wenn ich allein arbeitete.

Auf dem Weg zum Bahnhof erläuterte Luke, daß es zwischen Kalgoorlie und Lawton nur ein einziges Eisenbahngleis gebe, man aber beabsichtige, einige Ausweichgleise zu legen, damit die Züge auch gleichzeitig in beiden Richtungen fahren könnten. Als wir auf den Bahnsteig traten, sah ich Mr. Tasker auf einer Bank sitzen. Ich war überrascht, denn er hatte nicht gesagt, daß er nach Lawton wollte. Als ich Luke darauf hinwies, antwortete er: »Oh, er lauert nur auf etwas Interessantes – oder vielleicht geht heute noch ein Nachtzug nach Perth.«

Wir kamen dicht bei der Bank vorbei, als wir zum Zug gingen. Mr. Tasker hatte einige Zeitungen auf den Knien, und Luke nickte ihm zu und bemerkte: »Na, schon eine Story gefunden, Tasker?«

Der dünne Mann zuckte mit den Achseln und beobachtete mich gleichzeitig mit scharfem Blick. »Ich glaube, ich hab' da was ganz Großes«, sagte er. »Viel zu gut für das, was der *Record* mir zahlt.«

»Dann viel Glück«, sagte Luke vage, und wir gingen weiter, doch ich bemerkte gerade noch, daß eine recht zerlesene Nummer des *Strand Magazine* ganz oben auf Mr. Taskers Zeitungen lag. Ich drehte mich um, als wir die Tür des Wagens erreicht hatten, und sah, wie der Reporter von der nun aufgeschlagenen Illustrierten zu mir und wieder zurück blickte. Da wurde mir klar, was geschehen sein mußte, und ich lächelte vor mich hin. Mr. Tasker hatte offensichtlich dieselbe Ausgabe des *Strand* wie ich, und im Restaurant war ihm die Ähnlichkeit zwischen mir und dem Mädchen aufgefallen, das später Lady Glencullen geworden war. Er mußte inzwischen die Illustrierte geholt und dann auf dem Bahnhof gewartet haben, damit er mich noch einmal sehen und sich von der Ähnlichkeit überzeugen konnte.

Nun, jetzt würde er wissen, daß es sie tatsächlich gab, auch wenn sie nicht so verblüffend war, wie er zuerst gedacht haben mochte. Ich wunderte mich, daß er der Sache überhaupt nachgegangen war, denn unter den zahllosen Menschen der neuen Welt, die ich erst vor zwei Jahren betreten hatte, mußte es sicher eine ganze Reihe von Mädchen geben, die ein bißchen so aussahen wie ich.

Über eines aber war ich mir vollkommen sicher. Mr. Tasker würde die langweilige Tatsache, daß in England eine Lady lebte, die mit fünfzehn einem Mädchen geähnelt hatte, dem er heute in Kalgoorlie begegnet war, niemals zu einer interessanten Zeitungsstory machen können.

Auf der Rückfahrt brach die Dämmerung an, und es bereitete mir neuerliche Aufregung, mit einer solchen Geschwindigkeit durch das dichter werdende Dunkel zu fahren und von den eisernen Rädern, die rhythmisch auf den Schienen ratterten, Meile um Meile getragen zu werden – viel weiter in einer einzigen Stunde, als ich je zuvor an einem ganzen Tag gewandert war. Als wir den Zug in Lawton verließen, betrachtete ich ihn noch einmal und dachte, wie unwissend ich doch gewesen war, als ich bei seinem ersten Anblick so in Angst und Schrecken geraten war, als wäre er ein lebendes Ungeheuer.

Henrietta war in den Stallungen am Bahnhof geblieben, und sobald sie vor die offene Kutsche gespannt war, traten wir die einstündige Fahrt nach *Shalimar* an. Es war der schönste und aufregendste Tag meines Lebens gewesen, und ich war unendlich dankbar und zufrieden, als wir den staubigen Pfad entlangrollten und die spärlichen Lichter Lawtons hinter uns ließen. Ich war im Zug etwas müde geworden, aber die Abendluft belebte mich, und mir schwirrte der Kopf von den neuen Eindrücken und all dem, was ich Rosemary unbedingt erzählen mußte.

Wir fuhren eine Weile schweigend dahin, und dann sagte Luke: »Meg, erinnerst du dich, daß du mich vor ungefähr einem Jahr gefragt hast, wie ich eigentlich dort zu der Steile im Busch gekommen war, wo du mich damals gefunden hast, als du den Kamelspuren von dem toten Mann mit den Goldnuggets zurückgefolgt bist?«

Ich nickte, aber dann fiel mir ein, daß er es in der Dunkelheit nicht sehen konnte, und ich sagte: »Ja, aber ich hatte das Gefühl, du wolltest nicht darüber sprechen, deshalb habe ich nicht noch einmal danach gefragt.«

»Du hast jedes Recht, es zu erfahren«, sagte er mit einem leisen Seufzer in der Stimme, »und es ist kein Geheimnis, aber ich rede nicht gerne darüber, wenn Rosemary dabei ist, weil ich weiß, daß es ihr Kummer bereitet. Ich würde es dir gern jetzt erzählen, solange wir allein sind.«

»Oh . . . aber nur, wenn es kein Geheimnis ist. Ich kann vor Rosemary keine Geheimnisse haben.«

»Es ist kein Geheimnis vor ihr, bestimmt nicht.« Er schwieg einige Sekunden und fuhr dann fort. »Wir hatten in dem Jahr, bevor du nach *Shalimar* kamst, eine wirklich gute Ernte, und ich habe sie mit einem hübschen Gewinn verkauft. Dann ging der Käufer bankrott, und wir bekamen nur ein Viertel dessen, was er uns schuldete. Ich mußte Arztrechnungen bezahlen und Medikamente kaufen und wußte nicht, wie wir das Jahr überstehen sollten. Ich war wirklich verzweifelt. Dann lernte ich in Lawton einen Mann kennen, einen Prospektor namens Joe Catesby. Du weißt doch, was ein Prospektor ist?«

»Ja, Rosemary, hat mir von dem Goldrausch in Kalgoorlie erzählt. Ein Prospektor ist jemand, der Gold sucht, nicht wahr?«

»Oder Silber oder Opale – irgend etwas sehr Wertvolles. Catesby sagte, er habe ein Jahr zuvor weit weg im Nordosten eine reiche Ader gefunden, aber sie sei in einem Labyrinth von Tälern verborgen gewesen, und ihm sei der Proviant ausgegangen, und er sei beinahe gestorben, als er den richtigen Weg zurück suchte. Er hatte einen groben Lageplan und wollte wieder dorthin gehen und seine Schürfstelle abstecken, aber unter der Mitarbeit eines Partners. Außerdem, erklärte er, brauche er ein Kamel, reichlich Proviant und ein paar Gewehre, um Wild zur Ergänzung des Proviants zu schießen. Ich nehme an, mit Wild meinte er Känguruhs.«

Ich hörte eine bittere Ironie in Lukes Stimme, als er fortfuhr: »Wir haben nie etwas zu Gesicht bekommen, was wir hätten erlegen können, höchstens einen fliegenden Vogel, und dafür ist ein Gewehr nutzlos. Nun, um eine lange Geschichte kurz zu machen, nachdem Catesby mir den Vorschlag gemacht hatte, redete ich mit Dan Lomax, dem Besitzer des Ladens in Lawton. Dan erklärte sich einverstanden, die Miete für das Kamel zu zahlen, uns Vorräte für sechs Wochen zu geben und uns zwei Gewehre und etwas Munition zu leihen. Wir vereinbarten, daß Dan ein Sechstel vom Gewinn der Expedition bekommen sollte, ich ein Drittel und Catesby die Hälfte.«

Ich sagte: »Warte, Luke, warte«, und versuchte, mich an eine Unterrichtsstunde mit Rosemary zu erinnern, bei der sie einen auf Papier gezeichneten Kreis in Abschnitte unterteilt hatte, um mich in die Bruchrechnung einzuführen.

Luke sagte: »Du möchtest sehen, ob diese Anteile ein volles Ganzes ergeben, oder?«

»Ja . . . und ich bin beinahe sicher, daß sie es tun. Aber hat Rosemary sich keine Sorgen gemacht, daß du in die Wüste gehen wolltest? Und hast du dir keine Sorgen gemacht, sie allein zu lassen?«

»Ich machte mir schreckliche Sorgen«, sagte Luke, und ich hörte, wie seine Stimme kurz bebte. »Aber es war mitten im Winter, und wir lebten von dünner Brühe und Dingen, die kaum genießbar waren, und Rosemary braucht gutes, nahrhaftes Essen. Das weißt du ja, Meg. Du weißt auch, wie tapfer sie ist, und sie sah, daß ich alles tat, damit wir in *Shalima* bleiben konnten, wo das Klima ihr zuträglich war. In Lawton gab es keine Arbeit, und wenn wir nach Kalgoorlie hätten ziehen müssen, damit ich Arbeit fand, dann wäre sie . . .« Er verstummte ein oder zwei Sekunden und sagte dann: »Nun ja, dann wäre ihr Husten viel schlimmer geworden.«

Luke verstummte wieder, und ich begriff, daß er an den qualvollen Entschluß zurückdachte, den er nicht etwa in der Gewißheit, sondern in der bloßen Hoffnung fassen mußte, die Expedition würde erfolgreich sein und alles würde ein gutes Ende nehmen. »Als wir beide auf dem Kamel nach Hause ritten, hast du die letzten zwei Tage phantasiert, Meg«, sagte er. »Aber am zweiten Tag erreichten wir den niedrigen Gipfel, den man bei klarem Wetter von der Kuppe östlich von *Shalimar* aus sehen kann. Nun, das ist die Richtung, die Catesby und ich zuerst einschlugen. Dann folgten wir der Route, auf der du mich nach Hause gebracht hast, bis wir schließlich zu der merkwürdigen Felslandschaft kamen, die so zerklüftet ist und meilenweit von Schründen und Schluchten durchzogen.«

»Unser Stamm zog einmal durch die Gegend dort, als ich noch klein war«, sagte ich. »Bevor Manyi fortging. Aber wir blieben nicht lange. Es ist eine große Kette felsiger Hügel, die sich viele Meilen dahinzieht, ein kahler Ort, wo man kaum Nahrung erjagen oder sammeln kann und nur wenig Wasser findet. Die Ältesten nannten ihn den Ort-der-zu-vielen-Wege.«

»Ein passender Name, bei Gott«, sagte er dumpf. »Wir suchten diese Schluchten tagelang ab und versuchten, aus Catesbys schlecht gezeichneter Karte klug zu werden, aber uns ging das Wasser aus, und der Proviant schwand dahin. Ich nehme an, es war töricht von mir, daß ich mich überhaupt je mit Catesby einließ. Er war ein Schurke, und wir hatten oft Streit. Schließlich gaben wir auf und kehrten um. Ich war der Meinung, daß es schon zu spät war, und ich hatte recht. Wir waren fast am Ende unserer Kräfte, als wir in ein kleines Tal dicht am Rand des Labyrinths taumelten. Und dort war tatsächlich das Gold. Es war die Stelle, die Catesby vorher gefunden hatte.«

Die Lichter Lawtons waren hinter uns verschwunden, und die Neumondnacht hüllte uns in vollständiges Dunkel. Ich wußte, daß Luke die Zügel nicht mehr straff hielt, denn Henrietta konnte ihren Weg nach dem Geruch finden, so wie ich es zu Fuß gekonnt hätte.

»Wir sammelten einen Beutel voll Nuggets«, fuhr Luke fort. »Für mehr war keine Zeit. Ich war geistesgegenwärtig genug, eine einigermaßen gute Karte von unserem Rückweg zu machen, damit wir die Stelle später wiederfinden konnten, denn es war reines Glück, daß Catesby zum zweitenmal darauf gestoßen war. Wenn man nicht genau wußte, wo das kleine Tal war, hätte man ein Jahr lang vergeblich danach suchen können. Als wir den Rückweg antraten, hatten wir nur noch drei Flaschen Wasser. Die beiden großen Behälter, in denen unser Hauptvorrat gewesen war, warfen wir fort, damit das Kamel nicht soviel zu tragen hatte, und nach zwei Tagen erreichten wir die Stelle, wo du mich dann gefunden hast.

Dort beschloß Catesby, sich das restliche Wasser und meinen Anteil des Goldes anzueignen.«

»Ich konnte an den Spuren sehen, daß es einen Kampf gegeben hatte«, sagte ich. »Hat er dich dabei am Kopf verwundet?«

»Ja. Ich war auf der Hut vor ihm, und so überrumpelte er mich nicht völlig, aber der Kolben seines Gewehrs traf mich an der Schläfe, und ich stürzte zu Boden. Der Schuß muß sich dann zufällig gelöst haben, ich hörte ihn, während ich hinfiel, und das ist das letzte, woran ich mich erinnere. Wahrscheinlich aber erschreckte der Knall das Kamel zu sehr, daß es durchging.«

»Ich fand die plattgedrückte Bleikugel an einem Felsen«, sagte ich, »und ich sah, daß er das Kamel noch mehrere Stunden verfolgt hatte, bevor er starb. Er muß den Rest Wasser mitgenommen haben, denn dort, wo du lagst, fand ich keines.«

Luke sagte langsam, beinahe so, als überlegte er laut: »Das ist etwas, das ich mein Lebtag nicht vergessen werde. Es hat einen unauslöschlichen Eindruck hinterlassen – der Augenblick, als ich wieder zu mir kam und ein merkwürdiges, braungebranntes, rothaariges kleines Geschöpf mit einem schmutzigen Gesicht erblickte, das mich in den Armen hielt . . . ein goldenes Koboldmädchen, das mir mit den Lippen zu trinken gab.«

Ich sagte: »Jetzt weiß ich, Luke, daß das keine guten Manieren waren, aber ich konnte nicht riskieren, etwas zu verschütten.«

Er lachte kurz. »Ich dachte damals bestimmt nicht an gute Manieren. Auf jeden Fall weißt du nun, wie es sich zugetragen hat.«

Nachdem wir eine Weile weitergefahren waren, kam mir ein neuer Gedanke, und ich sagte: »Wenn du eine gute Karte gemacht hast, könntest du die Stelle mit dem Gold doch sicher wiederfinden?«

»Ja. Aber die Karte steckte leider in der Provianttasche aus Segeltuch, die zusammen mit anderen Utensilien an das Kamel geschnallt war. Als du das Kamel zurückgebracht hast, war der Riemen gerissen, und die Tasche war verschwunden. Wo immer es auch passiert ist, vielleicht als das Kamel sich hinlegte oder zu dicht an einem Felsen vorbeilief, jedenfalls ist die Karte ein für allemal fort.«

Ich machte mir ein geistiges Bild von der Route, die ich an den Spuren entlang eingeschlagen hatte, nachdem ich das Kamel gefunden hatte, und erinnerte mich, daß ich manchmal an den Stellen, wo das Tier offensichtlich im Kreis gelaufen war, Abkürzungen gemacht hatte. »Ich habe keine Provianttasche gesehen«, sagte ich. »Sonst hätte ich sie sicher mitgenommen.«

Ich spürte, wie Luke neben mir mit den Achseln zuckte. »Jetzt dürfte sie noch schwerer zu finden sein als das Tal mit dem Gold. Eine Stecknadel im Heuhaufen.«

»Eine was?«

»Eine Stecknadel . . .« Er verstummte. »Es ist eine Redensart, Meg. Stell dir vor, du suchst eine Stecknadel in einem Heuhaufen, der doppelt so groß ist wie der Stall in *Shalimar*.«

»O ja, jetzt verstehe ich. Ich muß anfangen, mir solche Redensarten aufzuschreiben, damit ich sie lernen kann. Aber vielleicht könntest du das Tal am Ort-der-zu-vielen-Wege finden, wenn ich mit dir käme. Ich bin sicher, daß ich auch dort immer genug Wasser und Nahrung für uns auftreiben könnte.«

Er sagte beinahe unfreundlich: »Das kommt nicht in Frage. Du bist jetzt keine Ureinwohnerin mehr und kannst unmöglich wochenlang mit einem Mann in den Busch gehen. Gott weiß, wie lange es dauern würde. Und ganz abgesehen davon lasse ich Rosemary nie wieder allein.«

»Oh, natürlich. Entschuldige, ich hätte daran denken sollen.«

Wir fuhren schweigend weiter, und ich merkte, wie ich angestrengt die Stirn runzelte, während ich versuchte, eine flüchtige Erinnerung einzufangen. Irgend etwas an Lukes Worten der letzten zehn Minuten hatte eine Saite in mir berührt, aber mir fiel nicht ein, welches Wort oder welcher Satz das bewirkt haben mochte, und ich hatte keine Ahnung, was es bedeutete. Vielleicht war ich nach dem aufregenden Ausflug einfach zu müde, überlegte ich mir dann. Vielleicht konnte ich die verborgene Erinnerung aufspüren, sobald ich ausgeschlafen war, so wie Mr. Sherlock Holmes im *Strand Magazine* Verbrecher aufspürte.

Ich dachte, Luke habe seinen Bericht von der beinahe tragisch verlaufenen Expedition mit Joe Catesby in die Wüste beendet, doch nach einer Weile sprach er wieder. »Als wir endlich in *Shalimar* waren, lagst du immer noch im Fieber. Ich erzählte Rosemary, was geschehen war, und sie kümmerte sich um dich. Am nächsten Tag brachte ich das Kamel nach Lawton und gab es Dan Lomax zusammen mit den beiden Gewehren und dem Rest der geliehenen Ausrüstung zurück. Bei der Geschichte, die ich ihm erzählte, habe ich dich nicht erwähnt, und ich ließ ihn in dem Glauben, das Kamel sei von allein zurückgekommen, und ich hätte den Weg selbst gefunden, aber alles andere habe ich wahrheitsgemäß berichtet, und ich habe ihm dann ein Drittel von den Nuggets geben wollen, aber er lehnte ab. Er wollte nur so viel nehmen, daß er seine Unkosten decken konnte, und erklärte, ich hätte den Rest mehr als verdient.«

»Er scheint ein netter Mann zu sein, Luke.«

»Ja, Dan ist ein guter Kerl, und alle schätzen ihn. Er

sagte, daß er schon immer ein schlechtes Gefühl bei Joe Catesby gehabt hätte, und ging mit mir zur Polizeistation, als ich Catesbys mutmaßlichen Tod und die Begleitumstände zu Protokoll gab. Die Polizisten wunderten sich überhaupt nicht. Catesby war offenbar als gewalttätig bekannt, und sie hatten ihn in Verdacht, drei Jahre zuvor im Busch einen Partner umgebracht zu haben. Jedenfalls glaubten sie mir, was ich erzählt hatte, und freuten sich richtig darüber, von nun an nichts mehr mit einem gewissen Joe Catesby zu tun zu haben.«

Ein winziger Lichtpunkt in der Ferne verriet uns, daß wir bald in *Shalimar* sein würden. Luke sagte: »Dann fuhr ich zurück und wartete zwei Tage, bis du aus dem tiefen Schlaf erwacht bist, der auf dein Fieber gefolgt war.«

Ich wurde plötzlich von einem großen Gähnen übermannt, das ich vergeblich zu unterdrücken suchte. Luke fragte höflich: »Langweile ich Sie, Miss?« Ich erkannte an seiner Stimme, daß er scherzte, und antwortete lachend: »Ich habe mich noch keine Sekunde gelangweilt, seit ich damals aufgewacht bin und zum erstenmal Rosemarys Gesicht sah. Vielen Dank, daß du mich heute nach Kalgoorlie mitgenommen hast. Es war sehr freundlich von dir.«

Bei den letzten Worten legte ich ihm die Hand auf den Arm, aber er schüttelte sie sofort ab und sagte schroff: »Mach nicht so viel Aufhebens davon.«

»Entschuldige, Luke.«

»Und hör auf, dich ständig zu entschuldigen.«

»Oh, entsch . . .« Ich hielt gerade noch rechtzeitig inne und sagte dann: »Ich werde es versuchen.«

Ich war ein bißchen traurig, als wir die Reise beendet hatten, und nahm mir vor, daran zu denken, daß Luke sich nicht gern anfassen ließ. Es fiel mir schwer, das zu verstehen. In meinen Jahren beim Stamm hatte ich die Wärme von Berührungen entbehrt, seit Manyi aufgehört hatte, mich zu säugen, und ich genoß es nun, wenn Rosemary meine Wange tätschelte oder meine Hand hielt, während sie mir etwas erklärte, oder wenn sie sich bei mir auf einem unserer kleinen Spaziergänge nach der Hitze des Tages einhakte. Mir war klar, daß Mann-Frau-Berührungen etwas anderes waren, aber ich meinte, Luke müsse wissen, daß ich keine falschen Gedanken hegte, wenn ich ihm die Hand auf den Arm legte. Ich wollte damit nur Herzenswärme zeigen.

Nach der Ankunft stellten wir fest, daß Rosemary einen ihrer schlechten Tage gehabt hatte, und ich war sehr schuldbewußt, sie so lange allein gelassen zu haben. Ich bereitete schnell ein Abendessen zu und setzte mich dann, nachdem ich gespült hatte, neben sie auf das Kanapee, nahm ihre Hand und plapperte drauflos, um ihr alles zu erzählen, was ich an diesem herrlichen Tag gesehen und erlebt hatte. Sie betrachtete mich mit lächelnden Augen und schien sehr glücklich für mich zu sein und lachte manchmal über meine kindliche Aufregung.

Als ich zu Bett ging, war ich sehr müde, aber es dauerte eine Weile, bis ich einschlief, denn obwohl ich mir Mühe gab, nicht daran zu denken, fragte ich mich immer wieder, welche Erinnerung aus der Zeit, da ich Luke dem Tode nahe im Busch gefunden hatte, aus den Tiefen meines Gedächtnisses hervorzudringen versuchte. Ich hatte das Gefühl, etwas möglicherweise sehr Wichtiges zu wissen, konnte aber nicht den Finger darauf legen, was es war. Dieses ärgerliche Gefühl nagte noch ein oder zwei Tage an mir, aber mir fiel nichts ein, was seine Ursache erklärte, und schließlich konnte ich es aus meinen Gedanken bannen.

Es war ein Wunder, daß Rosemary meines Geplappers in den nächsten Tagen nicht überdrüssig wurde, denn ich muß jede Einzelheit jedes einzelnen Augenblicks meiner

Reise nach Kalgoorlie mehrere Male erzählt haben. Aber sie schien mir gern zuzuhören und fand es interessant, daß ich so viele winzige Dinge im Gedächtnis behalten hatte, von denen die meisten Menschen nie Notiz genommen hätten. Wir zogen beide den Schluß, der Grund müsse darin liegen, daß ich fast mein Leben lang im kargen Busch gelebt hatte, einer grausamen Gegend, wo man schnell den Tod findet, wenn man nicht auf die winzigen Zeichen achtgibt, die zu Nahrung und Wasser führen.

Es gab nur zwei Dinge, die ich Rosemarie verschwieg. Das erste war all das, was Luke mir auf der Rückfahrt von Lawton erzählt hatte, denn er hatte gesagt, es würde sie nur aufregen, und das zweite war die alberne Tatsache, daß Mr. Tasker die Ähnlichkeit zwischen mir und dem Foto im *Strand Magazine* aufgefallen war. Ich hätte mich ganz gern darüber ausgelassen, aber ich konnte einfach nicht die Sprache darauf bringen, daß ich einer »Society-Schönheit« ähnelte, denn Rosemary hatte mich gelehrt, daß es sich nicht schickt, eitel zu sein.

Weihnachten kam, und Luke schenkte mir ein neues Kleid, das Rosemary ein wenig änderte, damit es richtig paßte. »Es wurde höchste Zeit«, sagte sie, als sie endlich zufrieden war. »Du wächst aus deinem alten Kleid heraus, und wir können die Säume nicht noch mehr auslassen.« Das stimmte, und ich freute mich über ein so schönes Geschenk, das mir das Gefühl gab, sehr elegant und erwachsen zu sein.

Am ersten Tag fuhren wir mit Rosemary nach Lawton, um den Weihnachtsgottesdienst zu besuchen, und kehrten dann heim und bereiteten ein großes Festmahl mit Truthahn und Weihnachtspudding zu. Da unsere Ernte in diesem Jahr gut gewesen war, hatten Rosemary und Luke trotz meiner tränenreichen Proteste darauf bestanden, mich für die Arbeit auf der Farm und im Haus zu bezahlen, so daß ich in der Lage gewesen war, Geschenke für sie zu kaufen, für Rosemary eine hübsche Brosche und für Luke ein Taschenmesser. Rosemary hatte mir ein wunderschönes Buch mit dem Titel *Die Völker der Erde* geschenkt, das voller Bilder war, die mich grenzenlos faszinierten.

Auch die folgenden Monate verliefen gut. Rosemarys Husten schien wenigstens nicht schlimmer zu werden. Ich achtete darauf, Luke nie zu berühren, und lernte, nicht traurig zu sein, wenn er manchmal kalt zu mir war. Ich arbeitete frohgemut im Haus, auf der Farm und beim Unterricht und war dankbar für jeden goldenen Augenblick dieses herrlichen Lebens, das Luke und Rosemary mir schenkten.

Dann, eines Tages im Frühling, kam ein Mann nach *Shalimar* und versuchte, mich zu töten.

5

ES BEGANN AN einem Sonntag, einem Tag, an dem Rosemary immer darauf bestand, daß wir nichts arbeiteten, was nicht unbedingt notwendig war. Luke war sonntags meist ruhelos und manchmal schlecht gestimmt. Ich hatte das Gefühl, daß er sich beschäftigen mußte, um seinen Geist von Dingen fernzuhalten, an die er nicht denken wollte. Abgesehen von seiner Sorge um Rosemarys Gesundheit, wußte ich nicht, was für Dinge es sein mochten.

Nach dem Frühstück ging ich hinaus, um die Hühner zu füttern, die wir in einem Auslauf bei der Scheune hielten, und die frischen Eier einzusammeln. Auf dem halben Weg zum Hühnerstall nahm ich einen schwachen Geruch wahr, und gleichzeitig bemerkte ich an einer Stelle, wo der Boden weich und staubig war, zwei runde Abdrücke und eine kurze, geschwungene Linie. Ich wußte, daß das Zeichen von einem Stiefel mit Metallstiften in der Sohle stammte, der aber nicht Luke gehören konnte. Seine Sohlen waren nur vorn beschlagen, und außerdem kam der Mann-Geruch nicht von ihm.

Als ich die Hühner gefüttert hatte, kam Luke heraus, um zwei Eimer Wasser von der Pumpe am Fluß zu holen, und ich sagte: »Heute nacht ist ein fremder Mann hier gewesen. Was der wohl hier wollte?«

Luke machte große Augen. »Ein Mann?«

»Ja. Ich habe eben seinen Geruch gewittert, und da unten im Staub ist ein Zeichen.«

Luke blickte in die Richtung, in die ich zeigte. »Ich sehe kein Zeichen«, sagte er verdrossen. »Du bildest dir etwas ein.«

»Nein, ganz bestimmt nicht. Ich weiß, daß ein Mann hier war.«

Er schien plötzlich zornig zu werden und fuhr mich an: »Warum zum Teufel sollte sich hier jemand herumtreiben?« Er ging weiter zur Pumpe, blieb dann aber stehen und drehte sich um. »Es ist Zeitverschwendung, daß Rosemary versucht, eine junge Dame aus dir zu machen, wenn du nicht aufhörst, fortwährend nach Leuten zu riechen!«

Während er sprach, war Rosemary in die Tür getreten, und mit bekümmertem Gesicht sagte sie nun: »Luke, schimpf bitte nicht mit ihr, Liebling. Sie hat nichts Böses getan.«

Ich sagte schnell: »Es ist schon gut, es ist nur eine schlechte Angewohnheit. Entschuldige, daß ich dich erzürnt habe, Luke.«

Er machte kurz die Augen zu, öffnete sie dann wieder

und lächelte gequält. »Nein. Es ist keine schlechte Angewohnheit, und ich bin derjenige, der sich entschuldigen muß. Tut mir leid, Meg.«

Er drehte sich wieder um und ging zum Fluß, und Rosemary fragte verwundert: »Was war denn los?«

Ich schüttelte den Kopf. Ich hatte keinen Zweifel, daß ein fremder Mann nachts um unser Haus geschlichen war, aber ich wollte Rosemary nicht beunruhigen und auch nichts sagen, was Luke wieder verärgern konnte, und lächelte deshalb nur und benutzte eine Redensart, die ich erst einige Tage zuvor gelernt hatte. »Es war nur ein Sturm im Wasserglas«, sagte ich.

Als Rosemary dann nachmittags auf ihrem Bett lag und sich ausruhte, fragte ich Luke, ob ich einen kleinen Spaziergang zu der Hügelkuppe etwa eine Meile östlich von *Shalimar* machen könnte. Er las gerade eine mehrere Wochen alte Londoner Zeitung und sah verblüfft auf, als ich meine Bitte geäußert hatte. »Zum Hügel willst du?« wiederholte er.

»Ja, wenn du nichts dagegen hast.«

Er zuckte mit den Achseln. »Nein, ich habe nichts dagegen, aber ich glaube nicht, daß du es dort besonders interessant finden wirst.« Als ich nichts antwortete, sondern nur wartend stehenblieb, sagte er: »Meinetwegen, geh nur.«

Ich hatte mich den ganzen Morgen gefragt, woher der Fremde gekommen sein mochte. Es schien sehr unwahrscheinlich, daß er den ganzen Weg von Lawton zu Fuß zurückgelegt hatte, und so war es sonderbar, daß ich keine Spur von seinem Pferd gesehen und es in der Nacht nicht gehört hatte, denn wie die Ureinwohner, bei denen ich aufgewachsen war, besaß ich ein sehr scharfes Gehör. Dann war mir eingefallen, daß ein Fremder, der neugierig auf *Shalimar* war, tagsüber von Lawton zu uns geritten sein konnte, aber so, daß er hinter dem langen, geschwungenen Kamm im Norden außer Sicht blieb, bis er die Kuppe erreicht hatte. Dort hätte er sich hinter dem Strauchwerk verbergen können, das sie teilweise bedeckte, um uns bis zum Anbruch der Dunkelheit zu belauern und dann zu Fuß zur Farm zu kommen und dort – ja was?

Dies war eine Frage, auf die ich keine Antwort wußte. Der Mann hatte keinen Schaden angerichtet, weder uns noch *Shalimar* etwas getan . . . aber sein Geruch gefiel mir nicht. Er hatte etwas Bedrohliches, das mich erschauern ließ.

Ich fand seine Spur hinter dem Haus schnell wieder. Sie war so frisch, daß man ihr leicht folgen konnte. Ich brauchte nicht einmal stehenzubleiben und auf die Erde zu spähen und war dankbar dafür, denn Luke hätte mich vom Fenster aus beobachten können. Der Fremde war zu Fuß von der Hügelkuppe gekommen und nicht ganz denselben Weg dorthin zurückgegangen, was ganz natürlich war, da er sich im Dunkeln bewegt hatte. Mir fiel ein, daß er vielleicht noch auf der anderen Seite der Kuppe versteckt war, und als ich die Stelle erreichte, wo die sanfte Steigung begann, verbrachte ich zehn Minuten damit, einmal um den Hügel herumzugehen, und spähte, lauschte und witterte, ob ich irgendein menschliches Wesen ausmachen konnte, nahm aber niemanden wahr. Als ich die Spur wieder erreicht hatte, ging ich die Kuppe hoch und fand hinter ihrem Kamm die Stelle, wo der Mann sich versteckt hatte. An einem Felskegel weiter unten entdeckte ich den Punkt, wo er sein Pferd angepflockt hatte, das nach den Abdrücken seiner Hufe zu urteilen nicht groß gewesen sein konnte.

In meinen ersten Tagen in *Shalimar* hatte ich über einen offenbar magischen Gegenstand gestaunt, den Luke mir gezeigt hatte. Er brachte ferne Dinge sehr nahe, wenn man durch zwei miteinander verbundene kurze Rohre sah. Inzwischen wußte ich schon lange, daß er Feldstecher hieß und überhaupt nichts Magisches an sich hatte. Es war einfach eine wissenschaftliche Tatsache, daß zwei besonders geformte und hintereinander angebrachte runde Gläser diese bemerkenswerte Wirkung hatten. Während ich dort auf dem Hang stand, wo der Mann sich versteckt und *Shalimar* beobachtet hatte, dachte ich, wie gut er uns mit einem Feldstecher hätte betrachten können, während wir unserer täglichen Arbeit nachgegangen waren. Und dann nach Sonnenuntergang, als unsere Lampen schon lange gelöscht waren und wir schliefen, war er zur Farm gekommen, um ... um was zu tun?

Es war wirklich ein Rätsel. Ich hätte gern mit Luke darüber gesprochen, weil er vielleicht eine plausible Erklärung gefunden hätte, wenn es mir nur gelungen wäre, ihn zu überzeugen, aber ich schreckte davor zurück, noch einmal zu behaupten, es sei wirklich ein Fremder um unser Haus geschlichen, und ich hätte recht und er nicht. Schließlich hatte der Unbekannte nichts Böses getan, und es schien mir töricht, wenn ich riskierte, Luke ohne ausreichenden Grund noch einmal zu erzürnen.

Als drei Tage vergangen waren, ohne daß irgend etwas auf die Rückkehr des Fremden hinwies, legte sich allmählich das Unbehagen, das ich zuerst gespürt hatte. Luke hatte seine schlechte Sonntagsstimmung überwunden, und wir arbeiteten wieder unbefangen miteinander. Es war gegen Ende eines heißen Tages, der durch die anliegende Arbeit noch heißer wurde – doch ich war nun eine viel zivilisiertere Person und verspürte fast nie mehr den Wunsch, meine Kleidungsstücke bei der Arbeit abzulegen. Einer der eisernen Reifen um die Räder der Kutsche war gesprungen, und wir mußten einen neuen aufziehen. Luke hatte ein langes Eisenband an den Enden so zusammengenietet, daß es einen perfekten Kreis bildete, der nicht ganz groß genug war, um über den hölzernen Kranz des Rades zu passen.

Wir hatten zusammen eine Grube ausgehoben, die nur wenige Zentimeter tief war, und ein Feuer darin gemacht. Nun lag der neue Reifen in der glühenden Asche, und neben der Grube lag das hölzerne Rad, dessen Kranz von vier Holzblöcken getragen wurde. Rosemary saß im Schatten eines Zeltdachs, das Luke nahe der Veranda für sie aufgestellt hatte, und schaute zu. Luke und ich standen, beide in unserer Arbeitskleidung, einem Hemd und einem Kittel aus grobem Kattun, an entgegengesetzten Enden der Grube und hatten in jeder Hand ein Stück Holz mit einem gebogenen Nagel am Ende, damit wir den heißen Reifen aus der Asche heben konnten. In der Nähe standen zwei Eimer mit Wasser, um das Eisen abzukühlen.

Dieser Vorgang faszinierte mich ungemein, denn Rosemary hatte erläutert, daß Metall sich in erhitztem Zustand ausdehnt, was bedeutete, daß unser eiserner Reifen nun ein wenig größer werden würde. Dann konnten wir ihn über den Radkranz schieben und sofort mit Wasser abkühlen, damit er wieder kleiner wurde und das Rad so fest umfaßte, daß man ihn nie wieder entfernen konnte, es sei denn, man schnitte ihn durch.

Luke stand da und beobachtete, wie das Metall die Farbe änderte. »Es darf nicht rotglühend werden«, sagte er. Eine Schweißperle lief seine Stirn herunter, und ich lachte, als ich mir Schweiß abwischte, der mir ins Auge gelaufen war, während er in demselben Moment das gleiche tat. Ich freute mich, daß er heute guter Stimmung war. Er hatte sich seit meiner Ankunft in *Shalimar* vor weit über zwei Jahren angewöhnt, mich mit verschiedenen Namen zu rufen. Wenn er zufrieden und gut gelaunt war, sagte er Mitji oder Rotschopf zu mir. Meist rief er mich Meg, manchmal liebenswürdig, manchmal zurückhaltend. In seinen schlechten Augenblicken gebrauchte er gar keinen Namen, wenn er mit mir redete.

Ohne den Blick von dem Eisenreifen zu wenden, entschied er jetzt: »In Ordnung. Los.«

Ich beugte mich vor, um die gebogenen Nägel ein kleines Stück voneinander entfernt unter den Reifen zu schieben, und Luke tat auf der anderen Seite das gleiche. Wir hoben den Reifen an, traten zur Seite, legten ihn auf das Rad und klopften ihn rasch so zurecht, daß er auf die Holzblöcke rutschte. Dann ließen wir unsere Hakenstöcke fallen, wandten uns jeder einem Eimer zu und schütteten mit den Händen Wasser rundherum auf den Reifen, damit er sich gleichmäßig verengte. Das Metall zischte und dampfte und verfärbte sich dann schnell, als es abkühlte. Ich hörte, wie der Radkranz und die Speichen unter dem Zugriff des Reifens knackten, und dann richtete Luke sich auf und sagte: »Das dürfte reichen. Löschen wir jetzt die Glut.«

»Das schaffe ich allein, dann kannst du das Rad wieder auf die Achse tun, ehe es dunkel wird«, erwiderte ich.

Luke zögerte. »Du mußt darauf achten, daß keine Funken in der Asche zurückbleiben. Es kommt ein Wind auf.«

»Ich passe schon auf. Wirklich.«

Ich holte noch einige Eimer Wasser vom Fluß und goß sie auf die Glut. Dann harkte ich die Asche hin und her, um sicherzugehen, daß das Feuer vollkommen gelöscht war. Als ich damit fertig war, dämmerte es bereits, und ich half Luke, Henrietta anzuschirren und vor die Kutsche zu spannen zur Probe des reparierten Rads bei einer kurzen, schnellen Fahrt. Rosemary war ins Haus gegangen und hatte begonnen, Gemüse für das Abendessen zu kochen, als wir die Kutsche abstellten und Henrietta für die Nacht in den Stall brachten.

Dort nahm Luke die Lampe vom Haken, die er angezündet hatte. »Was gibt's heute abend?« fragte er.

»Kaninchenragout mit Klößen. Wir haben das Fleisch vorhin aufgesetzt, so daß es zusammen mit den Gemüsen gar sein dürfte.«

Er nickte, hob die Lampe und musterte mich von oben bis unten. »Gut. Ich sterbe vor Hunger, und du sicher auch. Außerdem sind wir schmutzig wie zwei Landstreicher. Los, Rotschopf, gehen wir uns waschen und umkleiden.«

Ich hatte mein rotes Haar mein Leben lang gehaßt, aber jetzt machte es mir nichts mehr aus, weil ich erfahren hatte, daß ich kein Wechselbalg, sondern ein richtiger weißer Mensch war, und ich hatte jedesmal ein Gefühl der Wärme, wenn Luke mich mit einem freundlichen Namen ansprach. Als wir zusammen zum Haus gingen, spürte ich den Wunsch, seinen Arm zu halten, um mich ihm nahe zu fühlen, hütete mich aber davor, es zu tun.

Ich nahm einen Eimer warmes Wasser mit in mein Zimmer, wusch mich, bürstete mir gründlich das Haar, zog mein Kleid an, nahm dann mit Rosemary und Luke ein ausgezeichnetes Mahl zu mir und ging sehr froh schlafen. Diese Freude sollte jedoch in der Nacht zunichte werden zusammen mit der Freundlichkeit, die Luke tagsüber gezeigt hatte, denn um drei Uhr morgens wurde ich durch den Geruch von Rauch geweckt.

Ich war im Nu aus dem Bett und lief in dem Hemd, das ich als Nachtgewand trug, durch die Küche. Ich riß die Hintertür auf, stürzte hinaus und fühlte, wie mein Herz vor Entsetzen zu hämmern begann, als ich sah, daß unser Geräteschuppen in Flammen stand. Es war nur ein kleiner Schuppen, der einige Schritte von der Grube entfernt stand, wo wir gestern das Feuer gemacht hatten, aber dort waren die Spaten und Forken, Äxte und Sägen, Rechen und Hacken verstaut, mit denen wir unsere tägliche Arbeit verrichteten.

Ich lief in die Küche zurück und schrie: *»Luke! Wach auf! Es brennt!«* Dann nahm ich einen der beiden Eimer mit Wasser, die wir immer zur Nacht füllten, und taumelte damit hinaus. Den steinigen Boden spürte ich kaum an meinen Füßen, denn meine Sohlen waren von meinem Leben bei dem Stamm so hart geworden, daß sie wohl für immer so zäh waren wie das Leder, mit dem Luke unsere Stiefel besohlte.

Der Schuppen maß auf allen vier Seiten kaum mehr als die Breite seiner Tür, und ich wußte, daß ich ihn nicht retten konnte, aber die Geräte, die er barg, waren ungleich wichtiger. Ich trat so nahe wie möglich heran und goß das Wasser so, daß es den oberen Rand der Tür traf und zischend und dampfend herunterlief. Dadurch züngelten an dieser Seite des Schuppens einen Augenblick lang nur noch kleine Flammen über das verkohlte Holz. Ich sprang verzweifelt hin und griff nach dem Riegel. Er versengte meine Finger, aber ich konnte ihn anheben und die Tür öffnen, und sofort langte ich nach den Geräten drinnen und warf sie hinaus.

Hinter mir hörte ich Luke schreien: »Komm zurück! Zurück!« Aber die Flammen lebten wieder auf, und ich wußte, daß ich nur noch wenige Sekunden hatte, um zu retten, was zu retten war, und warf ein Gerät nach dem anderen so weit weg wie möglich. Ein brennendes Stück Holz fiel auf meinen Hemdärmel, und ein glühender roter Ring fraß sich von dem Loch aus in die Baumwolle. Die Hitze drohte mich nun zu ersticken, und ich war von Rauch geblendet. Dann traf mich plötzlich der Inhalt des zweiten Eimers, und ich war von oben bis unten klitschnaß. Im nächsten Moment wurde ich von starken Armen gepackt und ins Freie getragen.

Luke setzte mich ab, packte mich an den Schultern, schüttelte mich heftig und sah mich zornig an, während er rief: »Du ... Du *verdammte* kleine Närrin!« Ich sah, daß er nur Hosen anhatte und unverschnürte Stiefel, und als ich hinter ihm die Überreste des eingestürzten Schuppens erblickte, fingen meine Zähne an zu klappern. Ich drehte mich um und erblickte Rosemary, wie sie, in Pantoffeln, einen Mantel über ihr Nachthemd geworfen, die Hände an die Wangen gepreßt, in die Flammen starrte. Dann kam sie auf mich zugeeilt, und ihre Augen wirkten in dem flakkernden Licht unnatürlich groß.

»Meg! Bist du verletzt?«

»Nein ... Mir ist nichts passiert.«

»Wie um Himmels willen konnte das geschehen?«

»Es geschah, weil ich mich gestern abend darauf verließ, daß sie das Feuer in der Grube löscht«, sagte Luke mit wutbebender Stimme, »und sie hat es nicht richtig gelöscht.«

»O doch, Luke, doch!« rief ich und bemühte mich krampfhaft, die Tränen zurückzuhalten. Ich konnte spüren, daß meine Hände verbrannt waren und daß ich ein Stück über dem Knie eine Brandwunde hatte, aber Luke versetzte mir in seinem Zorn viel schlimmere Schmerzen.

»Ich werde mich selbst um die Sache hier kümmern«, sagte er, nahm die beiden Eimer und wandte sich zum Fluß.

»Ich helfe dir«, widersprach ich und wollte ihm folgen, aber Rosemary hielt mich am Arm fest.

»Laß ihn, Meg«, sagte sie leise. »Du hast die meisten Geräte gerettet, und das ist am wichtigsten. Komm jetzt in die Küche und zieh das nasse Hemd aus, damit ich einen Blick auf dich werfen kann.«

Ich hatte Brandwunden an zwei Fingern meiner rechten Hand und in der Handfläche der linken und außerdem eine Verbrennung auf dem Knie und am Schenkel. Sie waren nicht gefährlich, aber ich fühlte mich todelend, als ich, in ein Badetuch gehüllt, auf einem Stuhl saß, während Rosemary die Wunden mit Kalkmilch betupfte und mit Mehl bestäubte, sie dann mit Zupfleinen versah und schließlich fest verband. Wenn ich den Kopf drehte, konnte ich Luke wieder und wieder am Fenster vorbeigehen sehen, denn er holte immer noch Wasser, um das Feuer zu löschen.

»Rosemary, ich weiß *ganz* bestimmt, daß ich die Glut gestern abend richtig gelöscht habe«, sagte ich bebend. »Ich habe so sehr aufgepaßt!«

Sie blickte mit einem tröstenden Lächeln von meinem Knieverband auf. »Nimm es nicht so tragisch, Meg. Es tut mir leid, daß Luke so ungehalten ist, aber er wird bald darüber hinwegkommen. Ich glaube, es könnte helfen, wenn du nicht darauf beharrst, wie es deiner Ansicht nach geschehen ist.«

Also hielt auch Rosemary mich für schuldig. Wenn ich darüber nachdachte, konnte ich es ihr nicht einmal übelnehmen, denn wer sonst hätte das Feuer legen können? Es sei denn ... es sei denn ...

Ich wartete voller Ungeduld, bis Rosemary auch meinen Schenkel fertig versorgt hatte. Während sie noch dabei war, begann sie zu husten. Ich stand rasch auf und sagte: »Du gehst jetzt gleich wieder ins Bett und nimmst etwas von deiner Hustenmedizin. Bitte, Rosemary, tu es, sonst regt sich Luke noch mehr über mich auf.«

»Hm ... Vielleicht hast du recht.« Sie preßte sich ein Taschentuch an die Lippen, während sie sich aufrichtete, und ich half ihr ins Schlafzimmer. Sobald sie ihre Medizin genommen und sich hingelegt hatte, lief ich in mein Zimmer, warf das Badetuch ab, zog mein Arbeitshemd und meinen Kattunkittel an und eilte durch die Küche ins Freie. Das Feuer war jetzt gelöscht, und das verkohlte

Holz rauchte nicht mehr, sondern dampfte von dem vielen Wasser. Luke kam mit zwei vollen Eimern an mir vorbei und sagte kein Wort, als er sie absetzte und die Überreste des kleinen Schuppens hin und her zu harken begann, um zu sehen, ob irgendwo noch Glut versteckt war.

Der Himmel war voller Sterne, und der halbe Mond strahlte hell, so daß ich keine Lampe benötigte, während ich die Geräte, die ich aus dem brennenden Schuppen geworfen hatte, einsammelte und auf die Küchenveranda brachte. Einmal rief Luke mit tonloser Stimme: »Laß das. Ich mache es nachher.« Aber ich fuhr fort, als ob ich ihn nicht gehört hätte, und achtete darauf, die Verbände an meinen Händen nicht zu beschmutzen.

Zu meiner Erleichterung waren nur eine Forke und ein Rechen stark verkohlt, und die übrigen Utensilien schienen unbeschädigt zu sein. Wir würden eine neue Forke kaufen müssen, aber der Rechen brauchte nur einen neuen Stiel. Nachdem ich alle Gerätschaften eingesammelt hatte, entfernte ich mich ein Stück von der Stelle, wo der Schuppen gestanden hatte, als suchte ich noch ein fehlendes Teil, und als ich aus dem Bereich trat, wo es intensiv nach brennendem Holz verdampftem Wasser und feuchter Erde roch, nahm ich den Geruch wahr, den ich schon halbwegs erwartet hatte.

Fünfzig Schritte in Richtung Hügel vom Schuppen entfernt roch ich den Fremden. Es war nicht hell genug, als daß ich hätte Zeichen erkennen können, aber ich wußte, daß ich sie am nächsten Tag sehen wurde. Der Mann war jetzt irgendwo auf der Hügelkuppe oder vielleicht noch auf dem Weg dorthin, oder aber er hatte sein Pferd schon auf der anderen Seite des Kamms geholt und ritt durch die Nacht nach Lawton. Eins stand fest: Er war nach *Shalimar* gekommen, während wir schliefen, und hatte das Feuer verursacht. Ob versehentlich oder mit Absicht, wußte ich nicht, aber es kam mir sehr unwahrscheinlich vor, daß er sich eine Pfeife angezündet hatte, als er ums Haus schlich, und daß daraufhin ein fallengelassenes Streichholz oder herausgefallene Tabakglut den Schuppen in Brand gesetzt hatte. Aber warum, *warum* sollte ein Fremder, der uns etwas antun wollte, ausgerechnet den kleinen Geräteschuppen anstecken, wenn er den Stall, die Scheune oder sogar das Haus hätte niederbrennen können?

Luke rief: »Was zum Teufel treibst du da hinten?«

Ich ging zurück zur Veranda, wo er nun stand, und wünschte, ich hätte ihm sagen können, daß der Strauchdieb wieder nach *Shalimar* gekommen war und daß ganz bestimmt *er* das Feuer gelegt hatte. Aber ich wagte es nicht, weil ich wußte, daß er mir nicht glauben und in der Überzeugung, ich versuche nur, die Schuld von mir zu wälzen, noch zorniger auf mich werden würde. Er war verschwitzt und rußbeschmiert, hatte die Hände in die Hüften gestemmt und sah mich aus kalten blauen Augen an. »Sind deine Verbrennungen schlimm?« fragte er.

Ich strengte mich an, mit fester Stimme zu antworten. »Nein, es geht, danke. Sie werden bald heilen. Es tut mir leid, daß dies geschehen ist, Luke. Sehr leid. Aber ich glaube, die meisten Werkzeuge sind unbeschädigt. Das Feuer hat nur eine Forke und einen Rechenstiel zerstört.«

»Und den Schuppen.«

»Ja. Es tut mir leid. Soll ich Wasser warm machen, damit du dich waschen kannst?«

»Nein, ich mach' das schon.« Er blickte auf meine Füße. »Wo sind deine Stiefel?«

»Als ich das Feuer roch, habe ich keine Zeit verloren, um sie anzuziehen. Ich brauche sie nicht.«

»Richtig. Hör zu, da ist ein halber Eimer Wasser, wasch dir also besser die Füße, und geh ins Bett.«

»Ich fülle zuerst noch den anderen Eimer für dich . . .«

»Nein! Tu, was ich dir gesagt habe. Hör auf, Widerworte zu machen, und geh ins Bett.«

Ich ging mit dem Eimer in die Küche, wusch und trocknete meine Füße und ging mit einem leisen »Gute Nacht!« an Rosemary in mein Zimmer. Ich zog das Arbeitshemd und den Kattunkittel aus, streifte ein sauberes Hemd über und legte mich hin, aber es dauerte lange, bis ich einschlief. Meine Hände schmerzten, mein Herz schmerzte, und mein Geist wurde von dem Rätsel gequält, warum ein Fremder zu dem entlegenen *Shalimar* gekommen war, um uns zu belauern und unseren Geräteschuppen niederzubrennen. Es ergab überhaupt keinen Sinn, schien so abwegig, daß ich es nicht einmal Rosemary erzählen konnte.

Als ich endlich einschlief, hatte ich keine Lösung für das Rätsel gefunden, doch mein Schlaf war unruhig, weil ich in meinem tiefsten Inneren überzeugt war, daß der nächtliche Zwischenfall nicht das Ende der obskuren Angelegenheit war und daß noch mehr kommen würde. Daß dies aber schon innerhalb von Stunden geschehen sollte, ließ ich mir nicht einmal im Traum einfallen.

Am nächsten Morgen waren wir beim Frühstück alle sehr still, doch ich stellte dankbar fest, daß Lukes Zorn sich gelegt hatte. Er benahm sich ein bißchen gezwungen, aber er sagte Meg zu mir und redete mich freundlich an, was mehr war, als ich gehofft hatte.

Unmittelbar nach dem Frühstück teilte er uns mit, er werde mit der Kutsche nach Lawton fahren, um eine neue Forke und einen Rechenstiel sowie Bauholz für einen neuen Schuppen zu kaufen. Ich fragte, ob er mich gern dabei hätte und ich ihm zur Hand gehen könnte, aber er lehnte ganz freundlich ab und meinte, es wäre ihm lieber, wenn ich bei Rosemary bliebe und ein bißchen

Unterricht nähme, damit ich meine Hände schonte und ihnen ermöglichte, schneller zu verheilen.

Wegen alldem, was geschehen war, benahm ich mich sicher etwas linkisch, aber ich bemühte mich um einen natürlichen Tonfall, als ich sagte: »Ich könnte ein wenig am Zaun arbeiten, Luke.« Es ging um einen Flechtzaun, den wir als Windschutz im Westen entlang der Farm bauten, wobei eine Reihe von Holzpfählen in den Boden getrieben und durch ineinander verflochtene dünne Zweige und Reisig verbunden wurden. Ich stellte mich beim Flechten recht geschickt an, und Luke hatte mich mehrere Male gelobt.

»Denk heute nicht an den Zaun«, sagte er entschieden. »Schon deine Hände und bleib bei Rosemary. Ich bin vor dem Lunch zurück.«

Ich hatte wie üblich Arbeitskleidung angezogen, doch als Luke fort war, zog ich für den Unterricht mit Rosemary ein Kleid an. Um die Wahrheit zu sagen, war ich froh, meinen Geist beschäftigen zu können, denn die Ereignisse der letzten Nacht hatten mich aufgewühlt. Als wir mit Büchern, Feder und Papier am Tisch saßen, sagte ich: »Du hattest recht. Luke ist nicht mehr zornig auf mich.«

»Nein«, meinte Rosemary nachdenklich und starrte für eine Weile auf ihre Hände hinunter. Sie wirkten womöglich noch dünner und zerbrechlicher als vor einigen Monaten, und unter ihren Augen waren dunkle Ringe. »Meg«, sagte sie langsam. »Falls mir . . . Hm, falls mir irgend etwas zustoßen sollte, versprichst du mir, daß du dich dann um Luke kümmerst?«

Ich sah sie beunruhigt und verständnislos an. »Zustoßen? Was meinst du damit?«

Sie lächelte schwach. »Es ist eine törichte, vage Art der Umschreibung und bedeutet, falls ich schwer krank werde oder einen Unfall habe oder . . . sogar sterbe.«

Ich fühlte, wie mein Gesicht blaß wurde. »Du darfst nicht sterben! Ich könnte es nicht ertragen, Rosemary! Ich ... ich kann es mir nicht einmal vorstellen!«

»Sei nicht kindisch, Liebes. Ich meine nur, *falls* mir etwas zustößt und Luke allein zurückbleibt, hätte ich gern die Gewißheit, daß du für ihn da bist. Verstehst du, er ist ein Mann, der jemanden *braucht*. Er war ganz anders, bevor wir uns kennenlernten, und er kann ... Nun, er kann nur dann sein *besseres* Ich sein, wenn er mit dem richtigen Menschen zusammen ist.«

Ich sagte erschüttert und verstört: »Aber doch nicht mit mir, Rosemary. Manchmal kann er mich überhaupt nicht leiden. Außerdem darfst du nicht krank werden oder einen Unfall haben oder ...«

Sie sah mich an und schenkte mir ein strahlendes, zärtliches Lächeln. »Ich werde mir Mühe geben. Aber tu mir den Gefallen und versprich, daß du dein Bestes gibst und dich um ihn kümmerst, falls es soweit kommt. Bitte, Meg.«

»Ja, bestimmt. Ich würde jederzeit alles für dich tun, alles. Das weißt du doch.«

»Gut. Vergessen wir das jetzt. Womit wollen wir heute anfangen? Vielleicht sollten wir ein bißchen lesen, aber heute möchte ich mit Gedichten beginnen. Und dann Rechnen und eine Geschichtsstunde. Wäre das in Ordnung?«

»O ja. Ich bin sehr gespannt. Könnten wir bitte mit Mr. Keats anfangen?«

In der nächsten halben Stunde war ich sehr glücklich, obwohl ich oft Wörter las, die ich nur halb begriff oder überhaupt noch nie gehört hatte. Manchmal dämmerte mir ihr Sinn, und ich gab mich dem Zauber einer Sprache hin, die sich so aneinanderfügte, daß sie verborgene Saiten in mir anschlug.

»Du läßt dich von der Poesie ganz trunken machen«, sagte Rosemary schließlich lächelnd. »Nehmen wir uns nun eine Lektüre vor, die nüchterner ist, vielleicht einen Zeitungsartikel?«

Mit einem Anflug von Widerwillen nahm ich eine der Zeitungen, die Luke letztesmal aus Lawton mitgebracht hatte, und schlug sie aufs Geratewohl auf. »Gut, ich lese dir einige der kürzeren Meldungen vor«, sagte ich. »Sie sind immer viel interessanter als die langen Geschichten über Politik und wichtige Persönlichkeiten. Einen Moment . . .« Ich las einige Abschnitte über einen kleinen Unfall in Kalgoorlie, bei dem ein Mann auf einem Fahrrad mit einem Pferd zusammengestoßen war, dann einen kurzen Bericht über ein Stück, das man im Theatre Royal in Perth aufgeführt hatte. Rosemary hatte mir erklärt, was ein Theaterstück war, und ich träumte davon, eines Tages eines sehen zu können. Das einzige, was ich an Schauspielerei kannte, waren die kurzen Tänze, mit denen die Stammesältesten den neu in den Kreis der Männer aufgenommenen Knaben das Verhalten verschiedener Vögel und anderer Tiere zeigten, indem sie deren Bewegungen nachahmten.

Ich fing an, einen anderen kurzen Artikel vorzulesen:

»TOD EINES REPORTERS AUS PERTH«

»Wie unser Londoner Korrespondent uns mitteilt, ist Mr. Harold Tasker durch die Hand eines oder mehrerer Unbekannten zu Tode gekommen. Unsere Leser werden sich erinnern, daß Mr. Tasker bis vor einigen Monaten als Reporter für diese Zeitung tätig war –«

Ich hielt atemlos inne. »Mr. Tasker! Das ist der Mann, den ich kennengelernt habe, als ich mit Luke in Kalgoorlie war!«

Ich blickte auf und sah, daß Rosemary mich überrascht anstarrte. »Ja, er ist mir einmal begegnet«, sagte sie. »Er versuchte mehrere Male, eine Story darüber zu schreiben, daß Luke von seiner Familie enterbt wurde und hier ein neues Leben anfing. Sagtest du ›durch die Hand eines Unbekannten zu Tode gekommen‹?«

»Ja.« Ich richtete den Blick wieder auf die Zeitung und las weiter.

»... daß Mr. Tasker bis vor einigen Monaten als Reporter für diese Zeitung tätig war, bevor er eine Position in der Fleet Street annahm.

Sein Leichnam wurde am 15. Dezember in dem sogenannten Inner Temple gefunden, einem Gewirr schmaler Straßen und kleiner Höfe an der Fleet Street, einem der Inns of Court, in denen Anwälte ihre Räume haben.

Der Middle Temple und der Inner Temple nehmen ein Gebiet ein, das von der Fleet Street bis zum Embankment reicht, und Mr. Taskers Leiche wurde am Fuße einiger Stufen beim Fountain Court gefunden. Er war durch mehrere heftige Schläge mit einem stumpfen Gegenstand auf den Kopf getötet worden. Die Polizei hat den Urheber des abscheulichen Verbrechens noch nicht identifizieren können.

Mr. Tasker weilte erst kurze Zeit in England und dürfte sich laut den Aussagen seiner Kollegen noch keine Feinde gemacht haben, so daß das Motiv des Mordes rätselhaft ist.

Mr. Tasker war unverheiratet und hatte, soweit bekannt, keine nahen Angehörigen. Die Polizei hat jeden um Mithilfe gebeten, dessen Informationen dazu beitragen könnten, einen brutalen Mörder seiner gerechten Strafe zuzuführen.«

Als ich von der Zeitung aufblickte, sah ich, wie Rosemary erschauerte. »Wie furchtbar«, flüsterte sie.

»Ja«, sagte ich. »Ich mochte ihn nicht sehr, aber es tut mir leid, daß jemand ihn umgebracht hat. Das ist etwas Schreckliches. So etwas passierte in meiner Zeit beim Stamm nur zweimal, und einmal war ich selbst zugegen. Es war viel schlimmer, als wenn jemand auf normale Weise starb. Das geschah recht oft, besonders bei den Kindern. Ich glaube, ungefähr ein Viertel von ihnen starb vor dem fünften Geburtstag. Habe ich dir schon erzählt, daß niemand mehr den Namen eines Verstorbenen aussprechen durfte? Und wenn ein gewöhnliches Wort nur so *klang* wie der Name, mußten wir ein neues erfinden, um es zu ersetzen . . .«

Ich verstummte, denn Rosemary schaute mit einem Ausdruck des Unbehagens an mir vorbei in die Ferne. »Da kommt jemand«, sagte sie. »Zu Fuß.«

Ich drehte mich schnell um und blickte zum Fenster hinaus. Ein großer Mann kam in Richtung *Shalimar*. Er trug schmierig wirkende Cordhosen mit einem breiten Ledergürtel, ein schäbiges kariertes Hemd und einen Hut, dessen breite Krempe so tief heruntergezogen war, daß man sein Gesicht überhaupt nicht sehen konnte, zumal er den Kopf beim Gehen gesenkt hielt. Eine Furcht durchfuhr mich wie eine Messerklinge, eine Furcht nicht aus Vernunft, sondern aus einem ausgeprägten Instinkt heraus, und ich handelte, ohne zu überlegen.

»Warte hier«, sagte ich und lief durch die Küche und wurde mir dabei bewußt, daß ich meinen Speer und Bumerang aus dem großen Schuppen holen wollte, wo sie solange unbenutzt gelegen hatten. Aber es war zu spät. Der Mann war jetzt nur noch fünfzig Schritte entfernt und konnte mir mit Leichtigkeit den Weg abschneiden, wenn ich zum Schuppen lief – es sei denn, ich schaffte es, dorthin zu gelangen, bevor er mich sah, denn sein Kopf war noch immer gesenkt. Dann blickte er auf, und ich sah kein Gesicht, sondern ein schwarzes Tuch mit zwei schlitzähnlichen, roh eingeschnittenen Öffnungen, eine für die Augen, die andere für den Mund. Es war ein Anblick, bei dem mir das Blut in den Adern gefror. Ich hatte nicht bemerkt, daß Rosemary mir zur Tür gefolgt war, aber nun nahm ich ihren Geruch wahr und hörte, wie sie hinter mir leise aufstöhnte. Im selben Augenblick faßte der Mann hinten an seinen Gürtel, zog ein langes Messer und begann, auf uns zuzulaufen.

Mich packte Entsetzen. Ich drehte mich um, schob Rosemary so heftig zurück, daß sie stolperte und sich an der Tischkante festhalten mußte, rief dann: »Verriegel die Tür!« und schlug sie hinter mir zu, während ich mich wieder dem gesichtslosen Mann zuwandte. Er war noch dreißig Schritte entfernt. Ich ging an der Rückseite des Hauses entlang, aber nicht zu schnell und ohne ihn aus den Augen zu lassen, falls er versuchen sollte, ins Haus zu gehen, denn in diesem Fall würde ich ihn von hinten angreifen müssen, ehe er Rosemary etwas zuleide tun konnte.

Ich konnte hören, wie ich vor Furcht und wilder zorniger Erregung keuchte. Ich konnte fühlen, wie meine Lippen sich den Lefzen eines knurrenden Hundes gleich von meinen Zähnen zurückzogen wie mein Herz raste. Als der Mann dann die Richtung änderte und auf mich zulief, stieg eine seltsame Mischung von neuer Furcht und Erleichterung in mir auf. Ich hob meinen Rock bis zu den Schenkeln hoch und begann zu rennen – mit einem kurzen Blick zurück vergewisserte ich mich, daß er sich nicht wieder zum Haus wandte, wünschte dabei, ich würde nicht durch mein Kleid und meine Schuhe behindert, und versuchte, im Laufen bei dem Chaos blitzartiger Gedanken zu beschließen, was ich als nächstes tun sollte.

Ich hatte nichts bei mir, was ich als Waffe benutzen konnte. Unsere Geräte waren nun bei meinem Speer und Bumerang im großen Schuppen, und ich konnte ihn nicht rechtzeitig erreichen. Meine Wurfkeule war . . .

Ich hielt den Atem an, als es mir plötzlich einfiel. Bei dem Verflechten der Zweige und Ruten für den Zaun hatte ich festgestellt, daß die Wurfkeule ein ungemein nützliches Werkzeug war. Sie war etwa so lang wie mein Unterarm, an einem Ende knollenartig vergrößert und verjüngte sich dann allmählich. Ich hatte festgestellt, daß ich die Keule am dicken Ende halten mußte und die Zweige dann sehr gut am verjüngten Ende voneinander trennen konnte, um andere Zweige hindurchzuziehen.

Als wir am Vortag aufgehört hatten, am Zaun zu arbeiten, hatte ich mein Flechtwerkzeug neben dem Haufen Zweige und Ruten für die Weiterarbeit liegen lassen, und nun bog ich mit einem weiteren schnellen Blick über die Schulter nach Westen. Der Mann war mir immer noch auf den Fersen. Er hatte nicht aufgeholt, aber mein Herz krampfte sich in erneuter Angst zusammen, denn weit hinter ihm erblickte ich die Gestalt Rosemarys. Sie war aus dem Haus gekommen und trug etwas in der Hand – nach meinem kurzen Blick zurück vermutete ich, daß es der schwere Schürhaken war, der immer am Herd stand –, und sie versuchte, uns zu folgen, wobei sie sich die freie Hand an die Brust drückte.

Ich wußte, was sie die Anstrengung kosten mußte, welchen Schaden sie ihrer angegriffenen Gesundheit zufügte, und alle Angst um mich selbst wurde plötzlich von einem wilden Haß auf den schlechten Menschen hinweggefegt, der meiner geliebten Rosemary dies antat.

Wir waren nun nahe beim Ende des unvollendeten Zauns, und als ich um den Haufen von Zweigen und Reisig herumlief, ließ ich den Saum meines Rocks fallen, bückte mich blitzschnell, packte die kurze Wurfkeule und lief dann in einem Bogen weiter auf den sich nähernden Mann zu.

Er war zwanzig Schritte entfernt und bot einen furchterregenden Anblick. Der untere Schlitz in dem schwarzen Tuch zeigte, daß sein Mund vom angestrengten Laufen weit offenstand, und der obere Schlitz entblößte glühende Augen unter buschigen Brauen. Ich stand mit der linken Schulter und dem linken Fuß zu ihm hin, hatte die Wurfkeule in der rechten Hand, war mir der Pflaster darauf unbestimmt bewußt, spürte aber keinen Schmerz von den Brandwunden, weil mein Geist sich zu sehr auf sein Ziel konzentrierte. Ich zögerte nicht, sondern warf mit aller Kraft, als der Mann sich auf zehn Schritte genähert hatte. Zum letztenmal hatte ich diese primitive Waffe mit Luke in der Wüste benutzt, als ich den Honigsauger erlegte, während er gerade auffliegen wollte. Der jetzige Wurf war einfacher. Das schwere Ende der Keule traf den Mann mitten an der Stirn, und die Wucht des Aufpralls wurde dadurch vergrößert, daß er direkt hineinlief.

Er blieb stehen, als wäre er gegen eine unsichtbare Mauer geprallt, schwankte einen Moment mit zurückgeworfenem Kopf, das schreckliche Messer fiel ihm aus der Hand, und dann sank er langsam in sich zusammen. Ich lief hin und ergriff das Messer, so wie ich eines längst vergangenen Tages meinen Speer ergriffen hatte, um ein Känguruh zu töten, damit Yuma seinen *mapanpa* bekam.

Ich wußte nicht, wie lange der Mann betäubt sein würde. Er lag mit dem Gesicht auf der Erde, sein Hut war ein oder zwei Meter fortgerollt. Ich sah, wie er sich schwach bewegte bei dem Versuch, den Kopf zu heben, und mit einer Hand langsam über den Boden tastete, als suche er nach Halt. Ich stand mit dem Messer neben ihm, konnte es aber nicht über mich bringen, ihn zu töten, wie ich das

Känguruh getötet hatte, obwohl ich nie wissen werde, was ich getan hätte, wenn er mich noch mehr in die Enge getrieben hätte. Jedenfalls hob ich dann die Wurfkeule auf und schlug den Mann heftig in den Nacken.

Er stöhnte röchelnd auf und lag wieder regungslos da. Ich rief Rosemary zu: »Bleib stehen, bleib stehen!« und sah zu meiner Erleichterung, wie sie, immer noch die Hand an die Brust gepreßt, auf die Knie sank. Ich bückte mich schnell und schlitzte mit dem Messer den kurzen Hemdärmel des Mannes auf, riß den Ärmel dann ab und zerriß ihn in zwei Streifen. Nachdem ich die Streifen zu primitiven Stricken gedreht hatte, band ich einen fest um seine Handgelenke, drehte den Mann dann auf die Seite und zog seine Knie an, bis ich seine Handgelenke an seine Knöchel fesseln konnte. Auf diese Weise banden wir ein totes Känguruh, damit wir es an einer Stange tragen konnten. Ich hatte nicht die Absicht, den gesichtslosen Mann irgendwohin zu tragen, war aber zufrieden mit der Art, wie ich ihn gefesselt hatte.

Ich wandte mich Rosemary zu und rief: »Es ist alles in Ordnung, er kann uns nichts mehr tun.« Sie richtete sich langsam auf und kam näher, ohne den schweren Schürhaken loszulassen, der fast auf der Erde nachschleifte. »Oh, barmherziger Gott, Meg«, sagte sie mit erstickter Stimme. »Er wollte dich wirklich *töten*. Aber warum? Warum?«

»Ich weiß es nicht.« Mein Herzschlag hatte sich nun wieder verlangsamt, aber ich fühlte mich sehr sonderbar und wackelig auf den Beinen. Ich bückte mich, löste den Knoten am Hinterkopf des Mannes und zog die Maske fort. Es war das Gesicht eines Fremden, das ich vor mir hatte, eines Mannes in den Vierzigern mit einer niedrigen Stirn und großen Knochenwülsten über den Augen, ein unrasiertes, rohes und brutales Gesicht, über dessen eine Wange sich eine gekrümmte Narbe zog.

Rosemary sagte: »Du warst ... du warst großartig, Meg. Ich weiß nicht, wie ...« Sie schüttelte hilflos den Kopf. »Vielleicht wollte er eine Frau. Ich meine, um sie mit Gewalt zu nehmen. Gott weiß, was geschehen wäre, wenn du nicht da gewesen wärst.« Sie starrte auf den Mann hinunter, und in ihren Augen war immer noch ein Grauen. »Ich habe ihn noch nie gesehen.«

Ich sagte: »Ich auch nicht, aber ich habe ihn gerochen. Zweimal.«

»Ihn gerochen?« Sie sah mich perplex an, und dann begann sie zu husten und hielt sich ein Taschentuch vor den Mund. Ich trat zu ihr, um sie zu stützen, ließ Messer und Keule fallen und nahm sie in die Arme. Als sich der Anfall gelegt hatte, entdeckte ich zu meinem Schrecken Blut auf dem Taschentuch. Alles schien auf einmal zu geschehen, und ich wußte kaum, was ich tun sollte.

»Rosemary, Liebes«, drängte ich sie, »du *mußt* ins Haus und dich hinlegen, aber ich wage nicht, ihn so lange allein zu lassen, weil er sonst vielleicht fliehen könnte.« Ich warf einen Blick auf den Mann, und nach seinen Atemzügen urteilte ich, daß er wahrscheinlich bald zu sich kommen würde. »Ich laufe schnell zum Schuppen und hole meinen Speer«, fuhr ich fort. »Es wird nur eine Minute dauern, und bis dahin wird er noch nicht versuchen, sich von seinen Fesseln zu befreien. Du gehst ins Haus, aber beeil dich nicht, geh bitte ganz langsam, und ruh dich dann gleich aus. Mach dir bitte keine Sorgen um mich, mir kann nichts passieren.«

Sie sagte beklommen: »Du ... du wirst ihn doch nicht töten?«

»Nein, ich könnte es nicht. Ich bin jetzt wirklich ein ganz zivilisierter Mensch. Ich will nur Wache halten, bis Luke zurückkommt, und aufpassen, daß er sich nicht befreit und uns etwas tut.«

»Aber es kann noch eine Ewigkeit dauern, bis Luke wieder da ist.«

»Das spielt keine Rolle. Geh jetzt bitte ins Haus, während ich meinen Speer hole.«

Ich war höchstens eine Minute lang fort und lief mit einem Lächeln und einem Wort der Beruhigung an Rosemary vorbei, während sie zum Haus schritt. Fünf Minuten vergingen, ehe der Mann sich so weit erholt hatte, daß er seine Lage begriff, und dann begann er, ganz abscheulich zu schimpfen und zu fluchen, und starrte mich wütend an und zerrte mit aller Kraft an den notdürftigen Fesseln, die ich aus seinem Hemdsärmel gemacht hatte. Nach zwei oder drei Sekunden gab ich ihm einen heftigen Stoß mit dem Speer in den Schenkel, und als er vor Schmerz wimmerte, gebot ich: »Lieg still und sei ruhig.«

Er fing sofort wieder an, zu fluchen und an seinen Fesseln zu zerren, so daß ich ihm noch einen Stoß versetzte und meine Worte wiederholte. Als ich nach dem dritten Stoß zum vierten ausholte, blieb er endlich still liegen und begann zu reden. Mit einer jammernden Stimme erzählte er mir, er habe gestern abend in Lawton zuviel getrunken und wisse gar nicht, wie er hierhergekommen sei und was er getan habe.

Ich ignorierte ihn und antwortete nicht, und nach einer Weile verstummte er. Später begann er wieder zu greinen, wurde dann wild und bekam noch einen schnellen Stoß, der ihn beruhigte. Es war heiß in der Sonne, und nach einer Weile bat er um Wasser. Ich ignorierte ihn wieder. Wir würden beide mit dem Trinken warten, bis meine Aufgabe beendet war.

Ich ermüdete nicht, während ich den Mann den ganzen langen Vormittag bewachte, denn ich hatte in meinen Jahren beim Stamm gelernt, meinen Geist vor allem zu verschließen, wenn es galt, lange auszuharren. Oft hatte ich in der Hoffnung, ein Wild zu Gesicht zu bekommen, stundenlang hinter einem Busch oder einem Felsen gelegen, und nur ein kleiner Teil meines Geistes war wach geblieben. So war es auch jetzt, weil ich bereits alles wußte, was ich voraussichtlich jemals über diesen Mann erfahren wurde, der mich zu töten versucht hatte, und weil es im Augenblick nichts gab, worüber ich nachdenken mußte.

Als die Sonne hoch am Himmel stand, hörte ich endlich ein Geräusch und schaute zum Haus. Die mit Holz beladene und von Luke gelenkte Kutsche rollte den Weg entlang. Ich sah, wie sie hielt, wie Luke hinuntersprang und ins Haus ging. Eine Minute verstrich, dann kam er heraus und fing an, zu laufen. Als er näher kam, sah ich, daß sein Gesicht vor Angst verzerrt war, und rief: »Geht es Rosemary gut?«

»Nicht sehr gut«, sagte er schwer atmend, als er stehenblieb, »aber ich glaube, wenn sie erst eine Weile geruht hat, geht es ihr bestimmt besser. Was, in Gottes Namen, ist geschehen, Meg? Stimmt es, daß dieser Mann versucht hat, dich umzubringen?«

»Er verfolgte mich mit einem Messer.« Ich nickte zu der Stelle hin, wo es lag. »Rosemary sagte, er habe mich vielleicht zwingen wollen, mit ihm zu liegen, aber mir kam es nicht so vor.«

Der Mann fing wieder an, seine Geschichte herunterzujammern. Luke hob das Messer auf, beugte sich über ihn und sagte mit fürchterlicher Stimme: »Halt's Maul, oder ich bring' dich um!«

Der Mann stöhnte, sank dann zurück und blieb still liegen. Luke erklärte: »Wir müssen ihn der Polizei übergeben, aber ich kann Rosemary jetzt nicht allein lassen. Meg, könntest du allein nach Lawton fahren und jemanden von der Polizeistation holen?«

»Ja, aber du wirst diesen Mann solange bewachen müssen.«

Luke sagte grimmig: »Mit Sicherheit. Bleib nur noch eine Minute hier, während ich ablade und die Kutsche herbringe. Wir werfen ihn hinauf, fahren zum Haus und binden ihn in der Küche an einen Stuhl.«

Zehn Minuten später kletterte ich, nun in meinem Arbeitszeug, auf den Kutschbock und nahm die Zügel. Ich war bei verschiedenen Arbeiten oft mit Henrietta auf der Farm kutschiert und hatte keine Angst davor, sie nach Lawton zu lenken. Luke stellte eine Flasche Wasser zu meinen Füßen hin und streckte die Hand hoch, um sie kurz auf meine zu legen. »Danke, Meg«, sagte er mit sonderbar rauher Stimme. »Wenn Rosemary allein gewesen wäre, als der Schurke kam . . .« Er schloß einen Moment die Augen, schüttelte dann wortlos den Kopf und trat zurück.

Mit den Worten: »Sag ihr, daß mir nichts passiert ist, und sorg dafür,. daß sie ruht«, ließ ich die Peitsche kurz über Henriettas Rücken spielen und trat dann die einstündige Fahrt nach Lawton an. Ich hatte erst wenige hundert Meter zurückgelegt, als ich am ganzen Körper zu zittern begann, meine Brust wogte und ich von einem tränenlosen Schluchzen geschüttelt wurde – all die Ängste, die ich seit dem ersten Anblick des gesichtslosen Mannes an diesem Morgen zurückgedrängt hatte, brachen nun aus mir hervor. Dann kamen Tränen, und ich fuhr eine Weile dahin, ohne etwas zu sehen, aber das Zittern und Weinen legte sich wieder, und ich flüsterte Henrietta eine Entschuldigung zu, während ich mir voller Scham über meine Schwäche die Augen abtupfte und mich schneuzte.

Ich war sehr erschöpft und schlief halb, als wir die ersten Häuser Lawtons erreichten. Zu meinem Glück rief Sergeant Kelly mich gleich herbei; er war gerade aus seinem Haus gekommen, um seinen Dienst in der Polizeistation anzutreten. Er war mir schon ein- oder zweimal begegnet, als ich mit Luke nach Lawton gefahren war. Ein großer, jovialer Mann, nannte er mich immer »meine kleine Irin« und scherzte gern über mein rotes Haar und meine Sommersprossen, aber auf eine sehr freundliche Art.

Als ich ihm zu erzählen begann, weshalb ich allein gekommen war, schwand das Lächeln aus seinen Augen, und ich sah einen völlig anderen Menschen. »Er trug eine schwarze Maske und kam mit einem *Messer* hinter Ihnen her?« sagte er, und die Muskeln seiner Kinnbacken ballten sich vor Zorn. »Ist mit Mrs. Bowman alles in Ordnung?«

»Nun ja, mit ihrer Gesundheit steht's nicht sehr gut, und sie war ganz außer sich, als sie versuchte, mir zu Hilfe zu eilen, aber der Mann hat ihr nichts getan. Ich war diejenige, auf die er es abgesehen hatte.«

»Ist er ein blutrünstiger Wahnsinniger, oder glauben Sie, er wollte Ihnen ... äh ... Gewalt antun ...« Der Sergeant hielt plötzlich inne. »Lassen wir das fürs erste. Wie sind Sie entkommen?«

»Ich lief zu einem Zaun, den Luke und ich gerade in Arbeit hatten. Dort lag noch meine ... mein Holzhammer, und ich warf ihn auf den Mann. Ich traf ihn am Kopf, und er stürzte zu Boden. Dann konnten wir ihn fesseln.«

Sergeant Kelly stieß einen leisen Pfiff aus. »Großer Gott, das war ein glücklicher Wurf, Miss Meg.«

»Ja. Dann bewachten wir ihn bis zu Lukes Rückkehr, damit er uns bestimmt nicht entkam.«

»Können Sie mir sagen, wie der Kerl aussieht?«

»Ja, wir haben ihm die Maske abgenommen.« Ich beschrieb den Mann, so gut ich konnte, und schloß mit den Worten: »Er hat eine gekrümmte Narbe auf der linken Wange, genau hier.« Ich berührte meine eigene Wange.

Sergeant Kelly nickte. »Sid Buller, die übelste Kreatur,

die man sich vorstellen kann, nur was der ausgerechnet in *Shalimar* wollte, ist mir wirklich ein Rätsel. Er wird jedenfalls in Kalgoorlie wegen Raubes gesucht und vielleicht auch wegen Mordes, falls der arme Bursche, den er schwer verwundet hat, sterben sollte. Wir haben sein häßliches Gesicht auf einem Fahndungsplakat in der Polizeistation.«

Der Sergeant überlegte eine Weile und schenkte mir dann ein Lächeln. »Wir sollten Sie bei der Polizei anstellen, meine kleine Irin, denn Sie haben heute eine große Leistung vollbracht.« Er streckte die Hand aus. »Wenn Sie jetzt bitte aussteigen und ins Haus kommen möchten, dann gibt Ihnen Mrs. Kelly ein schönes großes Glas Zitronenlimonade, während ich zum Revier gehe und einen Wagen und einen Kollegen hole. Wir fahren dann zusammen mit Ihnen zurück und befreien Sie von diesem Kerl.«

Henrietta war müde und nicht wenig entrüstet, nach einer so kurzen Ruhepause zurücktraben zu müssen, und als wir wieder in *Shalimar* waren, war es fast drei Uhr nachmittags. Luke erwartete uns vor der Veranda, und nachdem er leise »Danke, Meg« gesagt hatte, führte er die beiden Polizeibeamten in die Küche, während ich Henrietta zum Stall lenkte, abschirrte und eine halbe Stunde damit zubrachte, sie zu bürsten und ihr eine reichliche Portion Heu und Kleie zu geben. Ich wollte nicht gern ins Haus gehen, denn ich spürte keinerlei Verlangen, noch einmal den Haß in dem Gesicht des Mannes zu sehen, den ich zum Gefangenen gemacht hatte, und deshalb war ich dankbar, als ich von der Stalltür aus beobachtete, wie er von Konstabler Nash, der ihm auch anschließend nicht von der Seite wich, in Handschellen zum Wagen gebracht wurde.

Luke rief mich ins Haus, wo ich Rosemary am Wohnzimmertisch fand. Sergeant Kelly saß neben ihr und las aus einigen Papieren vor. Sie sah sehr blaß aus, und ich trat schnell zu ihr und legte ihr den Arm um die Schultern.

»Ist alles in Ordnung, Liebes?« flüsterte sie.

»Ja, danke, aber warum ruhst du dich nicht aus? Hast du etwas gegessen? Soll ich dir einen Tee machen?«

»Einen Moment noch.« Sie nickte zu Sergeant Kelly. »Wir müssen nur diese Angelegenheit beenden.«

Luke, der die Daumen in seinen Gürtel gehakt hatte und mit finsterer Miene dastand, sagte: »Rosemary hat eine Erklärung für die Polizei geschrieben, und der Sergeant möchte, daß du sie gleich durchliest und unterschreibst, wenn du überzeugt bist, daß sie richtig ist.«

Ich nickte und hielt schweigend Rosemarys Hand, bis Sergeant Kelly zu Ende gelesen hatte. Er sah auf und sch b mir die Papiere her. »Hier, meine kleine Irin«, sagte er freundlich. »Sagen Sie uns bitte, wenn Sie etwas finden, womit Sie nicht einverstanden sind, oder wenn etwas fehlt.«

Rosemarys Handschrift war mir sehr vertraut. Obwohl ihr dann und wann die Hand zitterte, schrieb sie außerordentlich klar. Während ich las, herrschte Schweigen. Als ich fertig war, blickte ich auf und sagte: »Ja, hier steht es genauso, wie es passiert ist.«

Sergeant Kelly fragte: »Hat Buller etwas zu Ihnen gesagt? Hat er Ihnen befohlen stehenzubleiben, als er Sie verfolgte? Hat er irgendwelche Drohungen gerufen? Hat er gesagt, er würde Ihnen etwas tun, wenn Sie ihn nicht . . . wenn Sie nicht stehenblieben und täten, was er gesagt hat?«

Ich schüttelte den Kopf. »Nein, er hat die ganze Zeit kein Wort gesagt. Ich meine, bis er wieder zu sich kam und sah, daß er gefesselt war. Dann hat er eine ganze

Menge Wörter gesagt, die ich zum Teil überhaupt noch nicht kannte.«

»Das wundert mich nicht«, sagte der Sergeant trocken. »Hören Sie, Meg, der Bursche behauptet, er sei gestern abend mit dem Zug nach Lawton gekommen und habe dort in einer Wirtschaft eine Flasche Whisky gestohlen und sich besinnungslos betrunken. Er sagt, er müsse aus dem Ort getorkelt sein und sich verirrt haben, und er habe immer weiter aus seiner Flasche getrunken, bis er dann eingeschlafen sei. Er schwört, sich an gar nichts zu erinnern, bis er zu sich gekommen sei und gesehen habe, daß er wie ein Bündel verschnürt war und von Ihnen mit einem Speer gestoßen wurde.« Der Sergeant runzelte die Stirn. »Ein Speer? Wo ist denn der hergekommen?«

Luke sagte: »Es ist ein Erinnerungsstück. Ich habe ihn vor langer Zeit von einem Ureinwohner bekommen.«

»Aha.« Der Sergeant klopfte die Papiere zu einem säuberlichen Stoß. »Meg, halten Sie es für möglich, daß Buller betrunken war und nicht wußte, was er tat?«

»Auf keinen Fall«, entgegnete ich. »Dann hätte er doch keine Maske getragen, um sein Gesicht zu verstecken.«

Sergeant Kelly lächelte breit und nickte zustimmend. »Einen klugen Kopf haben Sie da unter Ihrem entzückenden Karottenhaar, junge Dame.« Das Lächeln schwand, und er schürzte die Lippen. »Hm . . . ich muß Sie noch etwas fragen. Was führte der Mann Ihrer Ansicht nach im Schilde? Wollte er versuchen, Sie zu töten, oder wollte er versuchen, Ihnen . . . irgendein Leid anzutun?«

Ich überlegte eine Weile und sagte dann: »Ich weiß es nicht, Sergeant. Er kam mit einem Messer auf mich zu, er verfolgte mich mit dem Messer. Sein Gesicht war verdeckt, und er sprach nicht. Ich weiß nicht, was er vorhatte.«

»Aha . . .« Der Sergeant stand auf. »Da er nicht Hand

an Sie gelegt hat, wird es schwer sein, seine Absicht zu beweisen. Er könnte behaupten, daß er Ihnen nur einen Schreck einjagen wollte, aber zum Glück liegt mindestens eine weitere schwerwiegende Beschuldigung gegen ihn vor, die wir beweisen *können*, so daß er für lange Zeit ins Gefängnis wandern wird.«

Luke meinte nachdenklich: »Haben Sie ihn gefragt, ob er von irgend jemandem geschickt wurde, Sergeant? Ich meine, geschickt, um meiner Frau etwas anzutun?«

Der Sergeant runzelte die Stirn. »Wer würde denn so etwas tun, Mr. Bowman? Warum fragen Sie?«

»Ich bin nicht sicher . . .« Luke rieb sich die Stirn. »Ich kann irgendwie nicht glauben, daß der Mann zufällig den ganzen Weg von Lawton hierher gelaufen ist. Vielleicht hängt es mit Joe Catesby zusammen, mit dem ich damals Gold gesucht habe, erinnern Sie sich?«

Der Sergeant nickte. »Was ist mit ihm?«

»Er ist nicht zurückgekommen. Vielleicht gibt es Freunde von ihm, die glauben, daß ich schuld daran bin, und Buller dafür bezahlt haben, meiner Frau etwas anzutun aus Rache.«

»Nach über zwei Jahren?« Der Sergeant schüttelte den Kopf. »Ziemlich unwahrscheinlich. Außerdem hatte Joe Catesby keine Freunde.«

Rosemary warf ein: »Als Meg mich in die Küche schob und die Tür zuschlug, hat er nicht versucht, ins Haus zu kommen. Er lief hinter Meg her.«

Der Sergeant sah mich an. »Ich kann einfach nicht glauben, daß Sie sich hier bei uns irgendwelche Feinde gemacht haben, seit Sie aus England gekommen sind, meine kleine Irin«, sagte er. »Ich nehme an, der Grund ist einfach, daß Buller ein brutaler und gewalttätiger Mensch ist. Vielleicht wollte er etwas stehlen, als er hierherkam, oder er hatte Schlimmeres vor. Tätlicher Angriff auf eine

Frau. Er ist ein abgestumpfter Rohling, und vielleicht weiß er gar nicht mehr, was er eigentlich wollte. Wir können Gott danken, daß Sie mit Ihrem Wurf solches Glück hatten.« Er stand auf und faltete die Papiere sorgfältig zusammen. »Ich werde Sie wissen lassen, wie die Sache sich weiter entwickelt, Mr. Bowman, aber ich glaube nicht, daß die beiden Damen als Zeugen vorgeladen werden. Diese schriftliche Aussage wird genügen, es sei denn, er streitet alles ab, aber er kann kaum hoffen, damit durchzukommen.«

Als die Polizeibeamten mit ihrem Gefangenen fortgefahren waren, brach Rosemary in Tränen aus. Ich half ihr beim Ausziehen, brachte sie zu Bett und saß eine Weile bei ihr, während sie ein leichtes Mahl von Brot und Milch mit Honig und Rosinen zu sich nahm, das ich schnell zubereitet hatte. Als sie damit fertig war, beugte ich mich zu ihr, um ihr einen Kuß zu geben, da klammerte sie sich an mich und flüsterte nur meinen Namen. Luke saß die ganze Zeit besorgt und unruhig in einer Ecke und wußte nicht, was er tun sollte.

Ich gab ihr eine kleine Dosis Laudanum, das sie manchmal einnahm, um besser schlafen zu können, und sagte ihr, daß sie sich viel besser fühlen werde, sobald sie einige Stunden geruht habe. Dann trat ich zu Luke und flüsterte: »Kannst du bei ihr bleiben, bis sie eingeschlafen ist? Ich muß jetzt unbedingt etwas tun.«

Er sah mich zerstreut an, schien etwas fragen zu wollen, zuckte dann mit den Schultern und nickte. In der Küche war ein Tiegel mit Fleisch, das wir am Vorabend angeschmort hatten. Ich stellte ihn auf den Herd, damit es gar schmorte, und ging zur Hügelkuppe. Zwanzig Minuten später fand ich, was ich suchte: ein Pferd, das in einer kleinen Mulde auf der anderen Seite des Hügels, wo ich vorher schon Hinweise dafür gefunden hatte, angepflockt war.

Es war eine recht bemitleidenswerte Mähre, schlecht gefüttert, struppig und mit einem Sattel, der dringend der Instandsetzung bedurfte, aber das Tier schien froh, mich zu sehen, und kaute glücklich an ein paar Büscheln gelben Grases, die ich in der Nähe abgerupft hatte. In der zerschlissenen Satteltasche fand ich eine schmuddelige Wolldecke, eine Flasche Wasser, halb verdorbenes, in ein fettiges Tuch gewickeltes Essen, eine halbe Flasche Whisky und einen verschrammten Feldstecher.

Ich hatte manchmal mit einer Decke als Unterlage auf Henrietta geritten, aber dies war das erstemal, daß ich Steigbügel benutzte und in einem Sattel saß. Ich nannte die Stute Tankai, weil sie mich an eine hagere alte Frau erinnerte, die ich beim Stamm gekannt hatte, und trieb sie zu einem leichten Trab um den Hügel und über die Ebene nach *Shalimar* an. Als wir hundert Meter vom Haus entfernt waren, trat Luke ins Freie. Er blickte sich um, sah uns, stand wie angewurzelt da und machte große Augen. Ich wunderte mich nicht über sein erstauntes Gesicht, als wir näher kamen. »Schläft Rosemary?« fragte ich, als ich aus dem Sattel rutschte.

»Äh? Ja«, sagte er stotternd, »aber wo zum Teufel kommt das Tier her?«

»Es war am hinteren Abhang des Hügels angebunden«, sagte ich. »Der Mann, der Buller heißt, konnte es nicht erwähnen, ohne zuzugeben, daß er absichtlich hier war, und deshalb habe ich auch nichts gesagt. Es ist ein recht armseliger Gaul, aber wenn wir ihn verkaufen, können wir das Geld für die neue Forke und den Geräteschuppen benutzen. Ich fürchte, in der Satteltasche ist außer diesem alten Feldstecher nichts, was irgendeinen Wert hat.« Ich reichte ihm den Feldstecher.

Luke betrachtete ihn, sah mich an, sah zum Himmel empor, blickte dann wieder auf mich. Zuerst dachte ich, er würde lachen, im nächsten Moment, er würde zornig werden, denn alle möglichen Gefühlsregungen huschten über sein Gesicht. Zuletzt wandte er sich ab, setzte sich auf die Bank am Haus, stützte die Ellbogen auf die Knie und legte den Kopf in beide Hände. Ich trat zu ihm und unterdrückte den Impuls, ihn zu berühren, als ich sagte: »Was ist, Luke? Habe ich etwas Schlimmes getan?«

Er schüttelte seine blonde Mähne, ohne den Kopf zu heben, und nach ein oder zwei kurzen Augenblicken sagte er. »Es war der Mann, den du vor ein paar Tagen gewittert hast, stimmt's?«

»Hm ... Ja, er war es.«

»Und ich hätte dir beinahe den Kopf abgerissen, als du davon erzählt hast.«

Ich zwang mich zu einem leisen Lachen und sagte: »Du hast eben keine Erfahrung mit Mädchen, die Menschen wittern können, das ist alles.«

»Nein, das ist nicht alles. Er hat gestern nacht den Geräteschuppen in Brand gesteckt, und du hast ihn wieder gewittert, als du ein kleines Stück zum Hügel gegangen bist.«

»Ja. Entschuldige, daß ich dir nichts davon gesagt habe. Ich wußte, daß er uns vom Hügel aus beobachtet hatte, weil ich noch einmal dorthin gegangen bin und sein Versteck gefunden habe. Ich habe auch die Stelle gefunden, wo er das Pferd angepflockt hatte.«

Luke blickte auf. »Und du hast nicht gewagt, es mir zu sagen, weil du wußtest, daß ich zornig werden und dir viele böse Worte an den Kopf werfen würde?«

Da ich nicht wußte, was ich antworten sollte, stand ich eine Weile stumm da und empfand großes Mitleid mit ihm, weil ich den tiefen Schmerz in seinen Augen sehen konnte. Dann brachte ich ein Lächeln zustande und sagte: »Es ist nur, weil du dir Sorgen um Rosemary machst, und nun ist es sowieso aus und vorbei. Soll ich dir sagen, was ich über den Mann denke?«

Er seufzte, stand auf und berührte mit den Knöcheln einer Hand kurz meine Wange. »Verzeihst du mir?«

»Ja, ja, natürlich. Das heißt, ich meine, es gibt nichts zu verzeihen.«

»Du erlaubst mir, in diesem Punkt anderer Meinung zu sein. Nun hör zu, Rotschopf. Ich möchte, daß du in Zukunft nicht mehr den Mund hältst und kuschst, wenn ich zornig werde. Ich habe oft genug gesehen, wie du selbst in Zorn gerätst, wenn dir eine Arbeit nicht recht von der Hand geht. Du siehst dann so aus wie damals im Busch, bevor du krank geworden bist. Deine Kinnbacken treten hervor, deine Augen werden schmal und fangen an zu funkeln, und deine Sommersprossen werden intensiver, und du siehst aus wie eine richtige streunende irische Katze, die gleich fauchen und kratzen wird. Hm, es geschieht mir nur recht, falls du mich anfauchst, sollte ich je wieder so ungerecht zu dir sein wie bei dieser Geschichte mit dem Mann, den du gewittert hast.« Er hielt kurz inne, ehe er weitersprach. »Und jetzt sag mir, was du über ihn denkst, denn ich weiß nicht mehr, was ich denken soll. Mein Gehirn scheint nicht mehr zu arbeiten.«

Ich sagte: »Als ich noch beim Stamm war, wurde manchmal ein Mann von einer sehr starken Leidenschaft zu einer bestimmten Frau ergriffen. Es war wie ein Fieber, das seine Sinne betäubte, so daß er versuchte, bei ihr zu liegen, obwohl er wußte, daß ihre Familie ihn töten würde, wenn sie es herausfand. Nun, dieser Mann, der Buller heißt, hatte keinen Grund, meinen Tod zu wünschen, und deshalb wollte er mich sicher von hier fortbringen und mich zwingen, bei ihm zu liegen. Ich glaube, daß er mich vielleicht in Lawton gesehen hat und von einer Leidenschaft zu mir ergriffen wurde – das kann auch dann geschehen, wenn eine Frau überhaupt nicht schön ist«, fügte ich hastig hinzu. »Sie kann ganz gewöhnlich aussehen. Es ist einfach etwas, was geschehen kann.«

Luke sagte ruhig: »Hab keine Angst, daß ich dich für eitel halte, Meg. Rede weiter.«

»Ja ... Und dann brachte er vielleicht in Erfahrung, daß ich hier bei dir und Rosemary wohne, und ritt zum Hügel, um uns von dort zu beobachten. Er wagte nicht, mir etwas anzutun, während du hier warst, und vielleicht hat er deshalb gestern nacht den Schuppen angesteckt. Wenn einige Geräte verbrannten, würdest du nach Lawton fahren müssen, um neue zu kaufen, so daß Rosemary und ich dann allein zu Haus wären.«

Luke schaute einige Sekunden wie abwesend an mir vorbei, dann seufzte er wieder und zuckte kaum merklich die Achseln. »Mir fällt auch keine andere logische Erklärung ein«, sagte er.

Wir standen eine Weile nachdenklich da, und dann sagte ich: »Nun, ich versorge jetzt besser Tankai.«

»Äh? Wen?«

Ich lachte. »Tankai. Unsere neue Stute. Ich habe sie so genannt. Ich muß ihr Wasser und Heu geben und sie gründlich striegeln. Oh, vorher bringe ich dir etwas zu essen, du stirbst doch sicher schon vor Hunger.«

Als ich mich abwandte, hielt Luke mich mit der Hand auf. »Nein«, sagte er. »Du hast einen furchtbaren Tag hinter dir. Du bist müde, dein Gesicht ist schmutzig, und da wir beide seit dem Frühstück nichts mehr gegessen haben, mußt du selbst hungrig sein. Ich kümmere mich um das Pferd. Du gehst und wäschst dich und frisierst dich ein bißchen, und dann machen wir uns einen kleinen Lunch mit Brot und Käse und Obst, davon ist genug da.« Er lächelte plötzlich richtig herzerwärmend. »Keine Widerworte. Los, Mitji, tu, was ich gesagt habe.«

Rosemary stand am Abend auf, um mit uns zu essen, und machte einen sehr erholten Eindruck. In stillschweigender Übereinkunft sprachen wir nicht über das Geschehene, sondern spielten nach dem Dinner ungefähr eine Stunde lang ein Kartenspiel namens Cribbage, das Rosemary mir einige Monate vorher beigebracht hatte.

Als ich dann zu Bett gegangen war, lag ich noch eine Weile wach, doch seltsamerweise dachte ich nicht an die furchtbaren Minuten, in denen der Mann ohne Gesicht aufgetaucht war und mich verfolgt hatte, und erinnerte mich auch nicht an das lange Messer in seiner Hand oder an den dumpfen Klang seiner gestiefelten Füße hinter mir. Statt dessen beschäftigten mich zwei Gedanken, die keinerlei Zusammenhang hatten. Der erste betraf Mr. Tasker, den Reporter, der im fernen London von unbekannter Hand getötet worden war. Der andere galt Rosemary und ihren Worten, die mich vor Schreck hatten erstarren lassen: Als sie mir das Versprechen abgenommen hatte, daß ich mich um Luke kümmern würde, falls ... falls ihr etwas zustoßen sollte.

6

Zu MEINER ERLEICHTERUNG brauchten wir in bezug auf Sid Buller nichts mehr zu tun und hörten nur noch von ihm, als einige Wochen später ein Artikel im *Perth Record* darüber berichtete, daß Buller wegen Raubüberfalls zu zwölf Jahren Zwangsarbeit verurteilt worden war und daß sein Verteidiger um die Einbeziehung vier weiterer Verbrechen gebeten hatte. Dafür hatte er noch einmal drei Jahre Gefängnis bekommen, die er jedoch gleichzeitig abbüßen konnte.

Wir zogen den Schluß, daß seine Taten in *Shalimar* eines jener vier Verbrechen ausmachten, und ich war ganz verblüfft, als Luke mir erklärte, was »gleichzeitig abbüßen« bedeutete. Beim Stamm hätten wir das für eine lächerliche Rechtsverdrehung gehalten, weil es besagte, daß die zusätzlichen Delikte den Mann ein bißchen schlechter stellten. Luke lächelte, als ich dies äußerte. »Du liest doch gerade den *Oliver Twist*, oder?« sagte er. »Das ist das Buch, in dem Mr. Bumble sagt: ›Das Gesetz ist ein Esel – ein Narr.‹ Er hatte recht, nicht?«

Der Sommer verging, und als ich an einem Sonntag im Herbst mit Luke nach Lawton zum Gottesdienst in der Methodistenkirche fuhr wie jede Woche, mußten wir feststellen, daß wir ihn verpaßt hatten, weil er um eine Stunde vorverlegt worden war. Mr. Grindle, der Vikar, machte sich gerade auf der Veranda zu schaffen, als wir ankamen. Er war ein rundlicher, freundlicher Mann mit schütterem, ergrauenden Haar und schenkte uns auf Lukes Frage nach dem Grund der Änderung ein bekümmertes Lächeln.

»Lieber Sir«, erwiderte er seufzend, »ich habe einen Rivalen. Und da es in unserer kleinen Stadt drei Kirchen verschiedener Konfessionen gibt, haben wir nun alle einen Rivalen. Vor zwei Wochen traf ein gewisser Hochwürden Simon Fordyce mit seiner Frau bei uns ein, und er veranstaltet seitdem jeden Donnerstag, Freitag und Sonntag einen Gottesdienst unter freiem Himmel.«

Luke blickte überrascht. »Ein Wanderprediger?«

»Genau. Und ein sehr erfolgreicher, fürchte ich. Wenn meine geistlichen Kollegen und ich vor einer Gemeinde predigen wollen, die diesen Namen verdient, müssen wir unseren Gottesdienst halten, *bevor* Mr. Fordyce predigt.« Mr. Grindle wiegte traurig seinen Kopf hin und her. »Trotzdem ist meine Herde zusammengeschmolzen, weil viele Leute nicht bereit sind, *zwei* Gottesdienste hintereinander über sich ergehen zu lassen.«

»Oh ... Dann fahren wir besser gleich weiter und schauen ihn uns an«, sagte Luke. »Mrs. Bowman wird nicht erfreut sein, wenn ich ihr sagen muß, daß Meg heute auf ihre wöchentliche Predigt verzichten mußte. Nehmen Sie es nicht übel, Herr Vikar.«

»Ich bitte Sie, mein Sohn«, entgegnete Mr. Grindle liebenswürdig. »Ich würde sogar gern mitkommen, wenn Sie ein Plätzchen frei hätten. Fürs Lernen ist es nie zu spät.«

Luke sagte: »Willkommen an Bord.« Wir rückten etwas zusammen, und ich begrüßte Mr. Grindle, als er auf die Kutsche stieg und sich neben mich setzte.

»Wie geht es Mrs. Bowman?« fragte er. »Es ist lange her, seit ich sie zuletzt gesehen habe. Du meine Güte, ich muß mir wirklich einmal die Zeit nehmen, nach *Shalimar* hinaus zu fahren.«

»Es geht ihr recht gut«, sagte Luke kurz und schüttelte die Zügel, um Henrietta in Bewegung zu setzen.

Fünf Minuten später fuhren wir einen sanften Hang hinunter, wo an die sechzig Männer und Frauen um einen kleinen offenen Wagen versammelt waren. Auf dem Wagen stand ein Mann mit einem weißen Pfarrerkragen und sprach mit einer sehr wohltönenden Stimme. Neben dem Wagen stand ein Harmonium, an dem eine Frau saß. Sie war ziemlich groß und rundlich, aber keineswegs dick. Ihr Haar war goldfarben, ein klein wenig dunkler als das von Luke. Sie trug ein hellgraues Kleid mit einer dazu passenden Toque, die etwas nach hinten geschoben war und ein ovales Gesicht mit großen blauen Augen und einem ausgeprägten Kinn frei ließ. Sie saß mit den Händen im Schoß da und hatte sich auf ihrem Schemel ein wenig zur Seite gedreht, um den Prediger zu beobachten, und ich schätze sie auf einige Jahre älter als Rosemary.

Mr. Simon Fordyce war dunkelhaarig, barhäuptig und hatte fröhlich blitzende Augen in einem recht kantigen Gesicht. Er mochte so alt sein wie Luke und war ähnlich schlank, trug feine graukarierte Hosen und hatte sein Jakkett abgelegt, so daß man ein schwarzes Hemd mit dem daran befestigten Kragen sah.

Als wir näherkamen, fing ich an, seine Worte zu verstehen. Sie glichen denen, die wir einmal von einem presbyterianischen Geistlichen gehört hatten, der in unserer Kirche predigte – Luke hatte sie Höllenfeuerworte genannt –, doch mit einem eigenartigen Unterschied. Hochwürden McTaggart war drohend gegen die Sünde zu Felde gezogen. Mr. Simon Fordyce wandte sich ebenfalls leidenschaftlich dagegen, aber sein Blick war so aufmunternd, sein Auftreten so einnehmend und seine Worte waren so anschaulich und mitreißend, daß er eine völlig andere Wirkung erzielte als Hochwürden McTaggert.

». . . Und laßt uns jetzt ein paar Augenblicke bei Adam und Eva verweilen«, sagte er gerade schwärmerisch. »Benutzen Sie Ihre Phantasie! Stellen Sie sich vor, wie die beiden durch den Garten Eden schlenderten. Sie waren nackt, liebe Freunde. Nackt! Aber sie schämten sich nicht! Sie schämten sich nicht des warmen Fleisches ihrer von Gott geschaffenen schönen Körper!«

Ein leises Erschauern schien wie ein stummer Seufzer durch die Versammelten zu gehen, und der Prediger hob den Zeigefinger und riß die Augen auf. »Aber der Teufel war nicht weit«, fuhr er in einem durchdringenden Flüsterton fort. »Der Herr der Sünde verbarg sich in jenem Garten und wisperte in Evas Ohr und schilderte ihr die vielfältigen Freuden, die ihr herrlicher Körper Adam schenken könne, und die unsagbaren Wonnen, die der seine ihr geben könne . . .«

Er hielt inne, trank aus einem Glas Wasser, das neben

der Bibel auf dem kleinen Pult stand, und die Gemeinde schien den Atem anzuhalten, bis er zu sprechen fortfuhr. Luke half mir gelassen von der Kutsche, und wir gingen zusammen mit Mr. Grindle zu der kleinen Gemeinde und blieben nahe der Dame am Harmonium stehen.

»Der Herr der Sünde ist immer noch bei uns!« rief der Prediger so unvermittelt, daß wir alle zusammenzuckten. »Und soll ich euch sagen, wer sein gefährlichster Diener ist, der im Herzen von Mann wie Frau wohnt? Soll ich den Dämon nennen, der unser schwaches Fleisch zum Ziel der Verzückung treibt? Es ist die *Wollust*, meine Freunde! Die *Wollust!* Jawohl, in Ihrem Herzen ist Wollust, Sir!« Er zeigte auf gut Glück in die Menge. »Und auch in Ihrem, Madam! Und in Ihrem und Ihrem!« Sein Finger bewegte sich anklagend weiter, um sich dann auf die eigene Brust zu richten. »Und in meinem! Und, meine guten Freunde, ich gestehe euch, daß auch im Herzen meiner lieben Frau dort die Wollust wohnt.« Er zeigte auf die Dame am Harmonium, und alle Köpfe ruckten herum und betrachteten Mrs. Fordyce voll Interesse, wobei die Blicke der Männer weiterreichende Überlegungen spiegelten. Mrs. Fordyce senkte in verschämtem Eingeständnis die Lider.

Luke sah mich an, verzog das Gesicht zu belustigtem Staunen, hob verblüfft die Schultern und wandte seine Aufmerksamkeit dann wieder Mr. Fordyce zu, der seine Schäfchen verschwörerisch anlächelte. »Die Wollust ist der Hauptfeind, gegen den wir kämpfen müssen«, sagte er mit fester Stimme, »und es ist unerläßlich, daß wir unseren Feind kennen. Lassen Sie uns deshalb gemeinsam überdenken, was an jenem schicksalhaften Tag zu Beginn der Zeit zwischen Adam und Eva geschah und mit welchen anderen Beispielen der Fleischeslust uns die Heilige Schrift auf den Pfad der Tugend lenkt.«

Darüber sprach nun Mr. Simon Fordyce zehn Minuten

lang in kräftigen Tönen und mit großer innerer Bewegung. Ich sah, daß Luke nur nebenbei zuhörte und sich eher auf die Betrachtung der versammelten Gemeinde konzentrierte, und mir wurde bewußt, daß ich das gleiche tat. Mir fiel auf, daß keiner der Zuhörer Kinder mitgebracht hatte. Die Frauen waren jung oder höchstens mittleren Alters, und einige nickten immerfort halb schockiert und halb zustimmend, während der Prediger die ruchlosen Sitten verdammte, die er so lebendig und mitreißend schilderte. Die Männer gehörten zu allen Altersstufen und lauschten mit unverhohlener Faszination.

Mr. Fordyce beendete seine Predigt mit einer farbigen Schilderung der Fleischeslust zwischen Samson und Dalila, las dann einige Verse aus dem *Hohenlied Salomos* und verkündete, daß der Gottesdienst mit der Hymne *Voran, ihr Streiter Gottes* beschlossen werden solle. Er habe einige Blätter mit dem gedruckten Text verteilt, sagte er, und er wäre dankbar, wenn jemand ihm helfen würde, sie anschließend wieder einzusammeln. »Vielleicht würde die junge Dame dort so freundlich sein . . .?«

Er zeigte lächelnd auf mich, und ich spürte, daß ich wie eine dumme Gans errötete, während ich den Kopf senkte und etwas Zustimmendes murmelte. Während die Dame einige einleitende Takte der Hymne spielte, hörte ich, wie Mr. Grindle Luke zuflüsterte: »Haben Sie je eine so moralische Predigt gehört, die so unmoralisch gehalten wurde? Und die Hälfte der guten Christen von Lawton eilt herbei, um diesen Menschen zu hören!«

Luke feixte. »Nicht nur die Christen, denke ich. Er ist das geistliche Pendant von *La Vie Parisienne.*« Ich verstand das erst später, als Luke mir erklärte, dies sei eine französische Zeitschrift mit einer großen Vorliebe für frivole Geschichten.

Einige Leute waren sichtlich nur gekommen, um Mr.

Fordyce predigen zu hören, denn während der Hymne, bei der Mrs. Fordyce mit einer schönen Altstimme den Ton angab, begann die Gemeinde, sich schon zu zerstreuen, vor allem die Männer entfernten sich. Als wir »Amen« gesungen hatten, sagte Mr. Fordyce: »Liebe Freunde, vor dem abschließenden Segen muß ich euch mitteilen, daß dies bis auf weiteres unser letzter Gottesdienst in Lawton ist. Uns hat die Christliche Forschungsgemeinschaft, eine Vereinigung verschiedener religiöser Organisationen, hierher zu diesen Kolonien in Australien geschickt, damit wir die speziellen Probleme bei der Ausdehnung christlicher Gemeindearbeit auf Ihrem unermeßlichen Kontinent untersuchen.«

Die Hände in die Hüften gestemmt, betrachtete er gutgelaunt den kleinen Rest seiner Gemeinde, und ich fand, daß er eher einem Helden aus einer der Abenteuergeschichten des *Strand Magazine* als einem Prediger glich, als er fortfuhr: »Meine liebe Frau und ich werden deshalb zu anderen Städten und Dörfern und auch zu abgelegenen Farmen reisen, um möglichst viel in Erfahrung zu bringen. Wir hoffen, daß wir bei unserer Rückkehr nach England einen Bericht vorlegen können, der Ihnen das Wohlwollen und die praktische Hilfe der Kirchen des Vaterlands schenken wird. Und nun laßt uns den Kopf zum Segen neigen.« Er hob seine ausgestreckte Hand.

Als er den Segen gesprochen hatte, begann ich, automatisch die kleinen Blätter mit dem Hymnentext einzusammeln, die man mir reichte, und Mrs. Fordyce spielte eine einschmeichelnde Improvisation, während die Gläubigen sich vollends zerstreuten. Ich hörte, wie Mr. Grindle hinter mir zu Luke sagte: »Gott sei Dank, daß sie fortgehen. Vielleicht bekommen ich und die anderen altmodischeren Amtsbrüder nun einige Mitglieder unserer alten Gemeinde zurück. Und die Herde dürfte nicht mehr in eine so . . . hm, unziemliche Erregung geraten.«

Mr. Simon Fordyce trat mit ausgestreckter Hand auf uns zu. »Grindle, alter Junge, wie freundlich von Ihnen, zu uns zu kommen.«

»Ich weiß nicht, ob es reine Freundlichkeit war«, sagte Mr. Grindle mit einem resignierten Lächeln. »Sie schokkieren mich immer wieder aufs neue, Fordyce, und ich werde einfach nicht aus Ihnen schlau, aber ich muß gestehen, ich bin froh, daß Sie uns verlassen. Das ist Mr. Bowman, und das ist Miss Gaynor, die Cousine seiner Frau. Sie bewirtschaften eine Stunde von Lawton entfernt eine Farm, und sie hatten zum erstenmal das Vergnügen, einen Gottesdienst von Ihnen zu besuchen.«

»Ich würde Ihren Besuch sehr gern erwidern«, sagte Mr. Fordyce mit freundlicher Unbefangenheit, als er zuerst mir und dann Luke die Hand gab. »Wenn Sie erlauben, werden meine Frau und ich bei Ihnen vorbeischauen, Mr. Bowman.« Seine Augen blitzten belustigt. »Und seien Sie ganz beruhigt, denn in Wahrheit bin ich nicht so schockierend, wie Mr. Grindle sagt.«

Luke schien unangenehm berührt zu sein, und ich glaube, er suchte nach einem Vorwand, um Mr. Fordyce einen Korb zu geben, so daß ich ein wenig stockend sagte: »Ich bin sicher, daß Rosemary sich freuen würde, Luke. Es ist so lange her, daß sie irgend jemanden außer uns zu Gesicht bekommen hat.«

Er rieb sich das Kinn und nickte dann. »Ja, das stimmt. Meinetwegen, Mr. Fordyce, vielleicht können wir uns gleich auf ein Datum einigen, und dann essen wir zusammen ein bescheidenes Mahl. *Shalimar* ist nicht das Ritz, aber wir werden unser Bestes tun. Wie lange sind Sie schon bei uns, und wie sah es in England aus, als sie abreisten?«

Ich ging weiter und ließ die Männer reden, während ich die letzten Texte einsammelte. Mrs. Fordyce spielte immer noch leise und beobachtete mich. Sie lächelte und rief: »Würden Sie so freundlich sein und mir die Blätter bringen, meine Liebe?«

Als ich zum Harmonium ging, sah ich, wie von der anderen Seite ein Mann zu Mrs. Fordyce trat, ein untersetzter Kerl mit Bartstoppeln in einem schmutzigen Gesicht, der auf recht unsicheren Beinen ging und eine verkorkte Flasche in der Tasche seiner Jacke hatte. Ich hatte ihn schon zwei- oder dreimal in Lawton gesehen und war beim erstenmal ein wenig verwirrt gewesen, aber Luke hatte kurz erklärt, der Mann sei betrunken – und mußte mir dann erklären, was das bedeutete.

Er hieß Lucas, und später erfuhr ich, daß die Polizisten ihn oft festnehmen mußten wegen Trunkenheit und der Erregung von öffentlichem Ärgernis. Nun wurde ich unruhig und wußte nicht, was ich tun sollte, als er Mrs. Fordyce erreichte und ihr von hinten die Hand auf die Schulter legte.

»Sie s-sind d-die Dame m-mit L-lust im H-herzen?« lallte er mit belegter Stimme.

Die drei Herren, die ein Stück abseits standen, hatten nichts gesehen, und ich sagte leise, aber drohend: »Lassen Sie die Dame in Ruhe! Bitte sofort, haben Sie gehört?«

Mrs. Fordyce blieb sehr gelassen. »Keine Sorge, meine Liebe«, sagte sie, stand auf und wandte sich dem Mann zu, der sie angaffte und noch etwas sagte, was ich aber nicht verstand. Was als nächstes geschah, konnte ich nicht recht erkennen, doch ich sah, wie Mrs. Fordyces Rock vorn hochflog, als hätte sie plötzlich ein Bein bewegt, und im nächsten Augenblick taumelte der Mann zurück, fiel auf die Knie und beugte laut stöhnend den Kopf so weit vor, daß er beinahe den Boden berührte.

Mrs. Fordyce schob ihren Hut zurecht, blickte auf den Mann hinunter und murmelte: »Und jetzt mach, daß du hier wegkommst, Kleiner. Ich bin in meinem Leben schon öfter mit Betrunkenen fertiggeworden, als du zum Barbier gegangen bist.«

Ich sperrte sicher verblüfft den Mund auf, als sie sich wieder mit einem munteren Lächeln an mich wandte und die Texte der Hymne entgegennahm, die ich eingesammelt hatte. »Tausend Dank, meine Liebe. Wir stecken sie in die Tasche hier, und dann muß ich meinen Mann dazu bringen, daß er mir hilft, das Harmonium auf den Wagen zu wuchten.«

Mr. Fordyce rief etwas, und ich sah, daß die drei Herren nun zu uns blickten. »Ist alles in Ordnung, Eliza?« fragte er.

»Absolut, Simon«, erwiderte seine Frau seelenruhig. »Der Gentleman hier sagt nur ein stilles Gebet auf.« Sie zwinkerte mir kurz zu, und ich fühlte mich urplötzlich zu ihr hingezogen. Mit ihrem schwellenden Körper, ihrer strotzenden Gesundheit und ihrem klaren, mutigen Blick war sie ganz anders als meine geliebte Rosemary und, soweit ich es beurteilen konnte, das Gegenteil von der Frau des Vikars, aber ich konnte eine große Wärme und Freundlichkeit in ihr spüren, ich bewunderte ihre fröhliche Selbstsicherheit und freute mich, daß wir sie vielleicht wiedersehen würden.

Auf der Heimfahrt erzählte ich Luke von dem Vorfall mit Mrs. Fordyce und fragte, ob ich recht hätte mit der Annahme, daß sie und ihr Ehemann ein ungewöhnliches Paar für den Geistlichenberuf abgäben. »Vielleicht sind in England viele Pfarrer und Pfarrersfrauen genauso«, überlegte ich laut, »aber ich kenne nur die in Lawton.«

»Ich bezweifle, daß du irgendwo auf der Welt ein zweites Paar wie die Fordyces finden würdest«, sagte Luke und schüttelte leise lächelnd den Kopf. »Ich bin schon in verschiedenen Ländern Männern seines Schlages begegnet, aber es war kein einziger Geistlicher darunter. Abenteurer, ja. Strolche, ja. Händler, Entdecker, Spieler, ja.« Er lachte auf. »Aber nie ein Pfarrer. Und Mrs. Fordyce ist eine sehr attraktive junge Frau, die man sich eher auf einer Bühne vorstellen könnte als in einem Pfarrhaus.«

Ich lenkte Henrietta nach Hause, und Luke saß mit einer leeren Pfeife im Mund da, wie er es dann und wann tat. Er rauchte nie, nicht einmal im Freien, weil er befürchtete, Rosemarys Husten dadurch zu verschlimmern. Nun sah er mich an und sagte: »Wenn sie versuchten, die Leute um ihr Geld zu erleichtern, würde ich beinahe glauben, daß sie ein Gaunerpaar sind, das sich als Geistlicher mit Frau ausgibt, aber Grindle hat erzählt, daß es ihnen finanziell recht gutzugehen scheint und daß sie sogar großzügig für verschiedene Kollekten gespendet haben.« Er nahm die Pfeife aus dem Mund und steckte sie in die Tasche. »Und was hältst du von den beiden, Rotschopf?«

»Oh, mit dem Mann habe ich kaum gesprochen, aber Mrs. Fordyce hat mir sehr gefallen.«

Er nickte. »Ich fand den Mann nicht übel, und ich denke, wenn ich die Dame erst etwas besser kennengelernt habe, schließe ich mich sicher deiner Meinung an.«

»Ja. Ich bin froh, daß sie Donnerstag kommen, und Rosemary freut sich bestimmt auch. Ich werde ihr helfen, einen schönen Lunch für sie zu machen.«

In den nächsten Tagen wurde ich schrecklich aufgeregt, denn zum erstenmal seit meiner Ankunft in *Shalimar* erwarteten wir Gäste. Ein wenig von meiner Aufregung teilte sich Rosemary mit, und wir waren sehr glücklich, als wir Pläne für den Donnerstag schmiedeten und beschlossen, wie wir die Arbeit tagsüber einteilen wollten, was wir auf den Tisch bringen würden und wie wir gewährleisten konnten, daß unser dürftiger Vorrat an Bestecken und Geschirr für fünf Personen anstatt für drei reichte.

Da Rosemary sich freute, war auch Luke bester Laune. Als wir abends zusammensaßen und überlegten, was für Fleisch wir uns leisten könnten, erklärte er, er werde Mitji mit dem Speer losschicken, damit sie einige saftige Känguruhsteaks und ein paar fette Raupen zum Dessert besorge. Obwohl er scherzte, zog ich Känguruhfleisch ernsthaft in Erwägung, wenn auch nur für einen Moment, da mir wohl bewußt war, daß es hätte Wochen dauern können bis zu einem Erfolg bei der Jagd. Beim Stamm war Känguruhfleisch ein recht seltener Leckerbissen gewesen.

Es wurde Donnerstag, und der Besuch von Mr. und Mrs. Fordyce war ein großer Erfolg. Sie kamen auf Anhieb gut mit Rosemary aus, und ihr ging es genauso. Beim Studium von Zeitschriften und Fotografien war mir nicht verborgen geblieben, daß unser Haus in vielerlei Hinsicht ärmlich war, aber unsere Manieren waren vorzüglich, und ich war stolz auf *Shalimar*, stolz auf unsere kleine Farm und stolz auf Luke und Rosemary, die mir ein neues und wundervolles Leben geschenkt hatten.

Unsere Gäste kamen mittags, blieben zum Lunch und auch zum Tee, für den wir ebenfalls alles vorbereitet hatten, und verließen uns erst eine Stunde vor Anbruch der Dämmerung wieder. Innerhalb dieser Zeit führten wir sie auf der Farm herum, beantworteten viele Fragen, zeigten die Erinnerungsalben, mit denen Rosemary und ich vor nunmehr fast drei Jahren angefangen hatten, und fragten sie nach ihren eigenen Erlebnissen während ihrer Reise durch Australien im Auftrag der Christlichen Forschungsgemeinschaft. Gewöhnlich sprach Rosemary das Tischgebet für uns, aber diesmal bat sie Mr. Fordyce, es zu tun. Er erklärte sich gern dazu bereit, doch abgesehen davon und von der Tatsache, daß er einen Pfarrerskragen trug, ließ nichts an ihm vermuten, daß er ein Mann der Kirche war.

Die beiden Männer schlenderten dann und wann zu zweit herum und unterhielten sich angeregt. Mir ging auf, wie froh Luke sein mußte, daß er mit einem Mann sprechen konnte, denn er hatte sonst kaum Gelegenheit dazu, und ich stellte mir vor, wie es wohl wäre, wenn ich mich so gut wie ausschließlich in der Gesellschaft von Männern befunden hätte ohne Rosemary oder eine andere Frau, mit der ich mich hätte aussprechen können. Als ich zu den beiden ging, um ihnen zu sagen, daß in zehn Minuten der Tee fertig sein würde, schloß ich mich ihnen für eine Weile an und hörte, wie Luke sich über die Saison in London, das Wetter in England und über Cricket erkundigte. Rosemary und Mrs. Fordyce hatten sich über andere Dinge unterhalten, die etwas mit England zu tun hatten, und ich hatte kaum den Mund aufgetan, denn ich hätte leicht einen törichten Fehler machen können, der verraten hätte, daß ich mein Lebtag noch nicht dort gewesen war.

Ehe Mr. und Mrs. Fordyce gingen, versprachen sie, wieder bei uns vorbeizuschauen, sobald sie ihr Weg durch Lawton führe, und zu unserer Freude sahen wir sie in den folgenden Wochen noch einige Male in *Shalimar*.

Mein siebzehnter Geburtstag kam, und schon zwei Tage später wurden wir von einem unsagbar traurigen Schlag getroffen, dem schlimmsten, den ich mir vorstellen konnte. Rosemary brach plötzlich zusammen, und mir wurde qualvoll bewußt, daß sie im Sterben lag. Entsetzen packte mich, und Scham ergriff mich über meine unverzeihliche Blindheit, denn ich begriff erst jetzt, daß Rosemary schon damals, als ich sie zum erstenmal erblickt hatte, unheilbar krank gewesen war. Sie hatte es gewußt, und Luke hatte es gewußt.

Und nun starb sie wirklich. Endlich sah ich es ein, und Schmerz und Furcht zerrissen mich.

In vier Tagen war es vorbei, und ich hatte in dieser Zeit das Gefühl, einen bösen Traum zu durchleben. Am ersten Tag fuhr Luke nach Lawton und holte Dr. Vernon. Der Arzt untersuchte Rosemary, teilte ihr aufmunternd mit, es werde ihr bald wieder bessergehen, und bat mich dann leise, bei ihr zu bleiben, während er zusammen mit Luke ins Wohnzimmer ging.

Rosemary schenkte mir ein schwaches Lächeln und flüsterte: »Er wird irgendeinen Hustensaft dalassen. Vielleicht einen, der so stark ist, daß ich besser schlafen kann. Aber ich werde nicht mehr lange bei euch sein, liebe Meg.«

Ich nahm ihre dünne Hand in die meine und schüttelte wortlos den Kopf, unfähig zu sprechen, wohl wissend, daß es die Wahrheit war. Ich hatte in meinen Jahren beim Stamm eine Reihe alter Leute sterben sehen, ich kannte den Ausdruck,. der in die Augen eines Menschen tritt, wenn der Tod nahe ist, und ich konnte ihn nun in Rosemarys Augen sehen. Ihre Finger legten sich einen Moment schwach um meine Hand, und ich sagte: »Kümmer dich um meinen Luke, wenn ich nicht mehr bin ... er wird dich so sehr brauchen ...« Ein Hustenanfall ergriff sie, und ich richtete ihren zerbrechlichen Körper so auf, daß sie halbwegs sitzen konnte, und stützte sie dabei, damit es sie nicht zuviel Anstrengung kostete. Als der Anfall vorbei war, tupfte ich ihr Gesicht ab und fuhr fort, sie zu halten, während sie wieder zu Atem kam. Mit dem Kopf an meiner Schulter flüsterte sie leise, aber eindringlich: »Versprich es, Meg ... Er hat alles für mich aufgegeben ... und ich war eine schlechte Frau für einen solchen Mann. Bring ihn fort von hier, Meg,

Liebes ... und dann heirate ihn ... Ohne dich ist er sonst verloren. Bitte ...«

»Ja, ja, ich verspreche es«, sagte ich schnell und streichelte ihr die Stirn. Selbst die erstaunliche Bitte, Luke zu heiraten, machte in dem Augenblick kaum Eindruck auf mich, denn meine einzige Sorge bestand darin, zu verhindern, daß sie weitersprach, weil sie damit einen neuerlichen Hustenanfall heraufbeschworen hätte. Und das abzuwenden, hätte ich ihr alles und jedes versprochen.

»Danke ... danke«, flüsterte sie und sank mit geschlossenen Augen neben mir zusammen, als gäbe sie mich nun, wo sie mein Versprechen hatte, beruhigt frei. Ich bettete sie behutsam auf ihr Lager, und während ich am Bettrand saß und ihre Hand hielt, machte sich in einem kleinen Teil meines Verstandes ein Staunen über das breit, was sie gesagt hatte. Später, als Dr. Vernon gegangen war und Rosemary unter der Wirkung einer neuen Medizin, die er dagelassen hatte, fest schlief, rief Luke mich ins Wohnzimmer und sagte leise, mit tonloser Stimme, daß der Arzt nichts tun könne, um Rosemary zu retten, und ihr nur noch drei oder vier Tage zu leben gebe. Sein Gesicht war eingefallen, und er starrte an mir vorbei, während er sprach. Ich hätte gern seine Hand genommen, meine Arme zum Trost um ihr gelegt oder mich von ihm in die Arme nehmen lassen, aber ich wußte, daß er vor einer Berührung von mir zurückscheute.

Ich fand keine Worte, die ausdrücken könnten, wie mein Herz um ihn – und mich – schmerzte. Zu sagen, daß es mir leid tat, war nichts in Anbetracht des Kummers, der mich verzehrte, aber ich dachte an die Pflege, die Rosemary in der Zeit brauchen würde, die ihr noch beschieden sein mochte, und ich wußte, daß sie Luke alles, was damit verbunden war, ersparen wollte, und deshalb wischte ich mir die Tränen ab und log: »Rosemary möchte, daß ich sie pflege, und deshalb mußt du in mein Zimmer ziehen, und ich werde in deinem Bett schlafen.«

Er holte tief Luft und atmete langsam wieder aus, wobei er mich noch nicht ansah. »In Ordnung«, sagte er. »Wenn es ihr Wunsch ist.«

In der Zeit, die nun folgte, lebten wir wie in einem Alptraum. Tagsüber saßen wir abwechselnd an Rosemarys Bett, lasen ihr manchmal vor, sprachen aber nur selten mit ihr, weil wir wußten, daß sie einen Hustenanfall bekommen würde, wenn sie zu antworten versuchte. Ich machte das Essen für uns, aber Rosemary nahm nur ein wenig Bouillon zu sich, und Luke und ich hatten keinen Appetit. Die neue Medizin, die der Arzt dagelassen hatte, bewirkte, daß Rosemary die meiste Zeit schlief, und ich war dankbar dafür. Ich war auch dankbar, daß sie meine Lüge unversehens in Wahrheit verwandelte, als sie mich mit ihrer schwachen Stimme bat, ich möge mich doch um ihre Bedürfnisse kümmern, weil sie nicht wollte, daß Luke in ihren letzten Tagen die Mißlichkeit ihrer Pflege auf sich nahm.

Nachts schlief ich nur leicht, auf jedes Geräusch von Rosemary achtend, und manchmal lag ich wach und lauschte ihren mühsamen Atemzügen, fürchtete, sie könnten jeden Moment aufhören, und wünschte zugleich, daß der Herr sie von ihren Qualen erlösen möge. Ich hatte zwei sonderbare Träume. In dem einen lebte ich als Mitji, der Wechselbalg, wieder beim Stamm, und Rosemary erschien lächelnd und gesund, um den Ältesten mitzuteilen, ich sei gar kein Wechselbalg und gehöre zu dem großen mächtigen Stamm, der von der zauberkräftigen *Mitjiquin* regiert werde. Aber sie wollten ihr nicht glauben und durchbohrten sie mit ihren Speeren. Ich versuchte, die Männer daran zu hindern, aber der Medizinmann hatte mich mit einem Zauber belegt, so daß ich mich nicht rühren konnte und wie angewurzelt dastand und weinend zusehen mußte, wie sie getötet wurde. Dann wurde der Zauber von mir genommen, und ich konnte sie nach Art meines Stammes betrauern. Doch als ich mir die Arme und Beine und die Kopfhaut aufschlitzte, sprach ihr Geist zu mir und sagte, dies sei nicht die Art meines wahren Volkes, und da weckte mich das Geräusch ihres Hustens. Ich zitterte und war in Schweiß gebadet, als ich rasch aufstand, um ihr eine Dosis der Hustenmedizin zu geben.

Der andere Traum war nicht so schrecklich, aber verwirrender. Ich war mit Rosemary im Busch. Sie trug ihre übliche Kleidung, aber ich war nackt bis auf meinen Gürtel mit der Quaste aus Emufedern, und ich hatte meinen Bumerang, meinen Speer und die Wurfkeule dabei, genau wie damals, als ich den Stamm verlassen hatte. Wir gingen zu einem Gebilde, das auf flachem, sandigen Boden lag, und als wir näher kamen, sah ich, daß es ein Skelett war, das mit einer Knochenhand einen kleinen Beutel umklammert hielt. Ich wußte, daß es das Skelett des Mannes war, den ich mit dem kleinen Beutel voll blitzender gelber Steine – Goldnuggets, wie ich später erfuhr – im Busch gefunden hatte.

Während wir um das Skelett herumgingen, hielt Rosemary meinen Arm und sagte mit ihrer sanften Stimme: »Oh, der arme Mann, der arme Mann ...« Dann wandte sie sich zu mir und sagte: »Du kümmerst dich doch für mich um meinen Luke, oder, Meg? Er wird natürlich ein wenig Zeit brauchen, aber ich weiß, daß er dich dann gern heiraten würde.«

In dem Traum antwortete ich nicht, sondern stand auf meinen Speer gestützt da, sah auf den Mann hinunter und versuchte, mich an etwas zu erinnern, von dem ich wußte, daß es sehr wichtig war, obgleich ich keine Ahnung hatte, was es sein konnte. Nach einer Weile sagte ich: »Wir gehen jetzt besser in diese Richtung«, und ich begann, den Spuren zu folgen, die das Kamel gemacht hatte, so wie an dem Tag, als ich Luke gefunden hatte. Ich glaube, dieser Traum endete damit, daß er einfach langsam verschwamm, aber als ich dann wieder aufwachte, waren mir viele seiner Einzelheiten lebhaft in Erinnerung.

In der vierten Nacht erwachte ich um drei Uhr, weil Rosemarys Atem plötzlich kaum mehr zu hören war. Als ich die Lampe angezündet hatte und zu ihr trat, war sie wach, aber kaum noch bei Bewußtsein, wachsbleich mit schwach flackerndem Puls. Ihre Lippen bewegten sich, und obwohl sie keinen Ton hervorbrachte, wußte ich, daß sie versucht hatte, ein einziges Wort auszusprechen: »Luke.«

Ich hastete zu seiner Tür und klopfte und forderte ihn auf, rasch zu kommen. Er war in Sekundenschnelle da, ohne Hemd, noch damit beschäftigt, den Gürtel seiner hastig übergestreiften Hose zu befestigen. Meine Kehle war wie zugeschnürt, und es kostete mich Mühe, zu sprechen, als ich sagte: »Oh, Luke . . . ich glaube, es ist soweit. Sie hat nach dir gefragt.«

Er machte einen Moment fest die Augen zu, und sein Gesicht war schmerzverzerrt, dann ging er an mir vorbei ins Schlafzimmer und starrte mit zuckenden und flatternden Händen, als suchten sie nach einer Tätigkeit, verzweifelt auf seine Frau hinunter. Rosemary lag mit halb geschlossenen Augen auf dem Rücken und atmete kaum noch. Sie bewegte wieder die Lippen. Diesmal wußte ich nicht, was sie sagen wollte, aber ich wußte, daß sie an der Schwelle des Todes war, und flüsterte: »Nimm sie in die Arme. Luke. Halt sie ganz fest.«

Er schenkte mir einen merkwürdigen, verwunderten Blick, setzte sich dann auf die Bettkante und hob Rosemary sehr behutsam an, so daß sie mit dem Kopf an seiner Brust, von seinen Armen gewiegt, halb lag und halb saß.

Ich hörte, wie sie seufzte, und ich flüsterte: »Ruf mich, wenn du mich brauchst.« Dann nahm ich meine Kleider von dem Stuhl, wo ich sie hingelegt hatte, und ging ins Wohnzimmer, um mich dort anzuziehen. Rosemary jetzt zu verlassen entsprach nicht meinem Wunsch, ich war überzeugt, daß nicht einmal Luke tiefer um sie trauern konnte als ich, aber ich versuchte, mich nach dem zu richten, was Rosemary mich über die Bräuche unseres Volkes gelehrt hatte, und meinte es sei nicht richtig, Lukes letzte Augenblicke mit der Frau, die er so zärtlich liebte, zu stören.

Ich hatte mich angezogen, mein Gesicht gewaschen, mich gekämmt und Tee gemacht, als Luke in die Küche kam. Er trug nun auch ein Hemd und setzte sich mit dem Rücken zu mir schwer an den Tisch. Den Kopf in die Hände legend, sagte er: »Es ist vorbei. Barmherziger Gott . . .« Seine Stimme brach.

Ich flüsterte: »O Luke, mir schmerzt das Herz für dich.« Unfähig, meinen Impuls zu unterdrücken, legte ich ihm die Hand auf die Schulter. »Es tut mir so furchtbar leid.«

Er wandte den Kopf und blickte mich an, noch benommen, doch mit einem Ausdruck, der mein Blut gefrieren ließ, denn vermischt mit dem Kummer meinte ich, Scham und Zorn zu entdecken, obwohl mir die Ursache dafür rätselhaft war. Dann sprach er mit leiser, rauher Stimme, und seine Worte trafen mich bis ins Mark. *»Geh mir aus den Augen«*, sagte er.

Ich riß meine Hand fort, trat einen Schritt zurück und gebot mir, jetzt nicht verletzt oder zornig zu sein. Rosemary war das Licht seines Lebens gewesen, und erst vor wenigen Minuten war sie so grausam jung gestorben. In einem solchen Augenblick sollte man jemandem, der sie so angebetet hatte wie Luke, jedes häßliche Wort verzeihen. Ich sagte: »Dort in der Kanne ist Tee. Ich schaue jetzt nach Rosemary.«

Ihr dünner, ausgezehrter Körper schien leicht wie der eines Kindes, als ich sie wusch, ihr ein frisches Nachthemd anzog und ihre Haare, so gut ich konnte, kämmte und zu zwei schönen Zöpfen flocht. Als ich fertig war, fand ich Luke, wie er auf der Gartenbank saß, während das erste Sonnenlicht den Horizont im Osten rötlich färbte. Er hatte sich nun rasiert und trug den einzigen Anzug, den er besaß. Sein Kopf mit dem Goldhaar ruhte an den Balken des Hauses, und seine Augen waren geschlossen.

Als er hörte, wie ich über die Schwelle trat, sagte er, ohne die Augen zu öffnen: »Ich fahre jetzt nach Lawton. Ich bin mit dem Bestattungsunternehmer am frühen Nachmittag wieder da. Du bleibst bei Rosemary?«

»Ja, selbstverständlich. Möchtest du sie sehen? Sie sieht jetzt sehr . . . sehr friedlich aus.«

Er nickte, stand auf und ging ins Haus. Ich folgte ihm nicht, sondern blieb stehen und betrachtete Rosemarys Blumenbeet und versuchte, nicht zu weinen. Nach einigen Minuten kam Luke wieder heraus und trat neben mich, und dann hörte ich, wie er mit leiser Stimme sagte: »Entschuldige, Rotschopf.«

Ich schüttelte den Kopf. »Keine Ursache.«

»Du bist ein gutes Mädchen. Vielen Dank für alles, was du getan hast.«

»Ich habe sie auch geliebt.«

»Ja.«

Er wandte sich ab, und ich sah, wie er zum Stall ging. Kurz danach kam er auf dem Kutschbock heraus und lenkte das Gefährt, ohne sich noch einmal umzudrehen, auf den staubigen Pfad nach Lawton. Nach seiner Abfahrt stürzte ich mich stundenlang im Haus und auf der Farm in die Arbeit, putzte, schaffte Ordnung, hackte und jätete und tat alles, um dafür zu sorgen, daß mein Geist wie benommen blieb und ich nicht an eine Zukunft ohne Rosemary denken mußte.

Mittags ging ich in ihr Zimmer und las laut eine ihrer Lieblingspassagen aus der Bibel.

»So ist's ja besser zu zweien als allein; denn sie haben guten Lohn für ihre Mühe. Fällt einer von ihnen, so hilft ihm sein Gefährte auf. Weh dem, der allein ist, wenn er fällt! Dann ist kein anderer da, der ihm aufhilft. Auch, wenn zwei beieinanderliegen, wärmen sie sich; wie kann ein einzelner warm werden? Einer mag überwältigt werden, aber zwei können widerstehen, und eine dreifache Schnur reißt nicht leicht entzwei.

Ein Knabe, der arm, aber weise ist, ist besser als ein König, der alt, aber töricht ist und nicht versteht, sich raten zu lassen . . .«

Als ich die Verse gelesen hatte, zwang ich mich, ein wenig Brot und Suppe zu essen, und setzte dann die vor kurzem begonnene Arbeit an einem neuen Bewässerungsgraben zur Vergrößerung des Weinbergs fort. Um zwei Uhr kam Luke zurück, gefolgt von zwei Männern mit einem langen Wagen, auf dem ein neuer Sarg ruhte. Sie trugen schwarze Hüte, und den älteren von ihnen hatte ich einige Male in der Kirche gesehen. Es war Mr. Nugent, der Bestattungsunternehmer. Ich trat zu Luke, während Mr. Nugent und sein Helfer den Sarg ins Haus trugen. »Soll ich dir etwas zu essen oder zu trinken holen?« fragte ich.

Er schüttelte den Kopf. »Nein, vielen Dank. Pack ein paar von deinen Sachen in eine Tasche, Meg. Du fährst mit ihnen nach Lawton zurück.«

Ich starrte ihn an. »Nach Lawton zurück?«

»Ja.« Er machte eine gereizte Handbewegung. »Ich habe Vorsorge getroffen, daß du bei Sergeant Kelly und seiner Frau wohnen kannst, bis alles geregelt ist. Du kannst nicht allein mit mir in *Shalimar* bleiben. Die Beerdigung ist morgen. Wir sehen uns dann.«

Ich war bestürzt und merkte, wie auch in mir Gereiztheit aufstieg, aber ich unterdrückte sie und sagte: »Das geht nicht, Luke. Ich habe Rosemary versprochen, mich um dich zu kümmern.«

»Vielen Dank«, sagte er mit höflicher Kühle, »aber das wird nicht notwendig sein. Tu bitte, was ich gesagt habe.«

Während er sich abwandte, strich ich mir eine Haarsträhne von den Augen und sagte: »Niemand in Lawton wird etwas Schlechtes von dir denken, wenn ich bleibe. Selbst wenn sie es täten, würde es keine Rolle spielen. Ich lasse dich nicht alleine hier . . .« Ich verstummte und zuckte heftig zusammen, denn er war mit einem so zornentbrannten Gesicht herumgewirbelt, daß ich einen Augenblick lang glaubte, er wurde mich verprügeln. Er war aschfahl, seine Augen blickten furchterregend, und er sprach in einem schrecklichen Flüstern: *»Keine Widerworte, verdammt! Ich will kein Wort mehr hören! Geh jetzt und pack! Sofort!«*

Nach dem ersten Schock wurde ich so zornig, daß ich ihn für diese grausame Behandlung am liebsten geschlagen hätte. Ich fühlte, wie meine Kinnbacken sich verkrampften, meine Augen schmal wurden und ich seinen drohenden Blick erwiderte. Ich wußte, daß mein Gesicht nun häßlich war und meine Sommersprossen und roten Haare und die Stupsnase mich, wie er einmal gesagt hatte, wie eine streunende irische Katze aussehen ließen, die im Begriff war, zu fauchen und zu kratzen, aber es war mir gleich. Eine kleine Ewigkeit lang herrschte eine solche Spannung, als würde gleich ein Blitz zwischen uns einschlagen, aber dann fiel mir ein, daß Rosemary tot im Sarg lag und ich vor einem Mann mit gebrochenem Herzen stand.

Aller Zorn wich von mir, und ich schloß kurz die Augen. Dann sagte ich mit verzagter Stimme: »In Ordnung, Luke«, und wandte mich ab und ging ins Haus. Ich setzte mich in die Küche, bis die Männer Rosemary in ihrem Sarg hinausgetragen hatten, und dann packte ich einiges zum Anziehen und andere Habseligkeiten in eine Segeltuchtasche und ging zu dem wartenden Wagen des Leichenbestatters. Mr. Nugent sagte: »Sie können vorn bei mir sitzen, junge Dame. Jim bleibt hinten beim Sarg.«

Ich dankte ihm, reichte meine Tasche hoch und ging zu Luke, der ein Stückchen weiter weg stand. »Wann ist die Trauerfeier?« fragte ich.

»Um zehn Uhr in der Methodistenkriche. Mr. Grindle hält die Predigt«, sagte Luke, ohne mich anzublicken.

»Ich sehe dich dann dort.« Ich hielt inne und sagte dann so leise, daß die Männer auf dem Wagen mich nicht hören konnten: »Rosemary hat mich gebeten, für dich zu sorgen. Ich habe es ihr versprochen. Zwing mich nicht, mein Wort zu brechen.«

Er preßte die Lippen aufeinander. »Es waren ihre letzten Augenblicke, und sie kann nicht gewußt haben, was sie sagte. Von einem solchen Versprechen bist du entbunden.«

Ich wollte ihm sagen, daß Rosemary mir schon lange vorher dasselbe Versprechen abgenommen hatte, aber jetzt war nicht der Zeitpunkt für eine Auseinandersetzung. Ich streckte die Hand aus und berührte in der freundlichsten Geste, die ich zu machen wagte, beinahe seinen Arm. »Wir sprechen morgen darüber«, sagte ich, und nach einer kleinen Weile fügte ich einen Gedanken hinzu, der mir soeben gekommen war: »Luke, bitte ...

Hasse mich nicht, nur weil ich lebe und Rosemary sterben mußte.«

Sein ganzer Körper bäumte sich auf wie von einem Schlag getroffen, und seine Augen weiteten sich über den dunklen Ringen der Sorge und Trauer. Lange Sekunden starrte er mich nur wie betäubt an, dann drehte er sich um und ging ins Haus.

7

SERGEANT KELLY UND seine Frau empfingen mich sehr freundlich. Sie waren klug genug, wenig von Rosemarys tragischem Schicksal zu sprechen und mich bei der Arbeit im Haus helfen zu lassen. Als ich mich am ersten Abend in ihrem kleinen Gästezimmer hinlegte, rechnete ich nicht damit, daß ich gut schlafen würde, aber der Kummer und all das Leid des langen Tages mußten mich ungewöhnlich erschöpft haben, denn ich schlief schon ein, kaum daß ich den Kopf auf das Kissen gebettet hatte.

Irgendwann in den frühen Morgenstunden merkte ich plötzlich, daß ich wach war. Ich hatte nicht das Gefühl, aus einem Traum erwacht zu sein, erinnerte mich aber unerklärlicherweise mit großer Deutlichkeit an den Traum, in dem ich zusammen mit Rosemary im Busch gewesen war und das Skelett gefunden hatte, das den Beutel mit den Goldnuggets umklammert hielt. Mir fielen die Worte ein, die Rosemary in dem Traum über Luke gesagt hatte: *»Es wird natürlich ein wenig Zeit brauchen, aber ich weiß, daß er dich dann gern heiraten würde.«*

Es war ein Echo ganz ähnlicher Worte, die sie tatsächlich gesagt hatte, nachdem Dr. Vernon kurz vor ihrem Tod bei ihr gewesen war. Sie hatte mich angefleht, für Luke zu sorgen, und gesagt, er habe alles für sie aufgegeben, und sie sei eine schlechte Frau für einen solchen Mann gewesen. Mir war nicht recht aufgegangen, was diese wenigen Worte bedeuteten, weil ich zu sehr darum besorgt war, ihren qualvollen Husten zu lindern, doch während ich nun im Dunkeln dalag, überlegte ich, sie könne nur gemeint haben, daß sie zumindest seit meinem Eintreffen in *Shalimar* – und vielleicht schon viel länger – nicht in der Lage gewesen sei, Lukes Bett zu teilen. Und dann hatte sie gesagt: *»Bring ihn fort von hier, Meg, Liebes . . . und dann heirate ihn . . . Ohne dich ist er sonst verloren. Bitte . . .«*

Rückblickend wußte ich, daß ich ihre Bitte um das Versprechen nicht hätte abschlagen können, aber ich spürte, daß kaum Hoffnung bestand, es zu halten, denn es stand nicht in meiner Macht, über Luke zu gebieten. Ich konnte nicht einfach zu ihm gehen und sagen, es sei Rosemarys Wunsch gewesen, daß er mich heirate. Er würde mir nie glauben; ich glaubte es fast selbst nicht mehr. Und er hatte sogar den Gedanken von der Hand gewiesen, daß ich mich ihrem Wunsch entsprechend um ihn kümmerte.

Ich überlegte dann flüchtig, wie ich selbst dazu stehen würde, mit Luke verheiratet zu sein, denn bisher hatte ich diese Vorstellung nur im Zusammenhang mit Rosemarys Wunsch erwogen. Beim Stamm war die Ehe etwas ganz anderes gewesen als bei den Weißen. Ich versuchte, mir vorzustellen, wie es sein würde, mit Luke verheiratet zu sein, drängte den Gedanken dann aber schnell beiseite, denn Rosemary war noch keine vierundzwanzig Stunden tot, und es kam mir wie ein Verrat an ihr vor, so etwas zu denken.

In der Hoffnung, wieder einzuschlafen, drehte ich mich herum, und dabei erinnerte ich mich noch einmal an meinen Traum. Ich stützte mich auf meinen Speer und sah auf das Skelett hinunter und versuchte, mir etwas ins, Gedächtnis zu rufen, das sehr wichtig war. Ich versuchte immer noch, den flüchtigen Wissensfetzen zu erhaschen, als ich erneut vom Schlaf übermannt wurde.

Ich hatte keine passende Kleidung für eine Beerdigung, aber Mrs. Kelly borgte mir ein schwarzes Tuch, das ich mir um den Kopf band, und eine schwarze Trauerschärpe für den Arm. Luke holte mich um halb zehn Uhr ab. Seine Augen waren eingesunken und sein Gesicht abgezehrt, aber er sprach mich freundlich an und brachte bei der Begrüßung ein Lächeln zustande. Bei Mr. Grindles Trauerpredigt in der Kirche waren außer Luke und mir noch Sergeant Kelly und seine Frau, einer der Kirchenvorsteher, der Bestattungsunternehmer und seine Leute sowie ein runzliges altes Paar zugegen, das den Trauergottesdienst offenbar auswendig kannte und gern daran teilzunehmen schien. Mrs. Kelly erzählte mir später, sie gehörten zu den ältesten Einwohnern Lawtons und hätten die Gewohnheit, jede Trauerfeier zu besuchen.

Ich weinte, als der Sarg in die Erde gesenkt wurde und die erste Handvoll Erde darauf fiel. Ich hätte alles dafür gegeben, wenn Luke einfach meine Hand gehalten hätte, aber er stand mit blassem, steinernen Gesicht da, bis die eigentliche Bestattung zu Ende war, und wandte sich dann zusammen mit uns anderen ab, während der Totengräber seine Arbeit beendete.

Mrs. Kelly lud Luke auf eine Tasse Tee in ihr Haus ein, und als wir dort saßen, teilte Luke dem Polizeibeamten etwas mit, was mich bis ins Mark erschütterte.

»Ich habe Vorkehrungen wegen Meg getroffen, als ich gestern in Lawton war«, sagte er wie abwesend und rührte seinen Tee um. »Sie wird mit Simon Fordyce und seiner Frau nach England zurückfahren. Die beiden stehen dort mit einer Reihe von Missionen und christlichen Vereinigungen in Verbindung und sind ganz sicher, daß sie ihr bei einer dieser Organisationen eine geeignete Stellung verschaffen können.«

Sergeant Kelly warf mir einen Blick zu, sah dann wieder auf Luke und sagte langsam: »Aha . . . Dann ist ja alles in Ordnung, nehme ich an.«

Ich hatte mich inzwischen so weit gefaßt, daß ich erstaunt ausrief: »Zurück nach England? Was soll das heißen, Luke? Ich möchte aber nicht fortgehen! Wie kannst du mit Mr. und Mrs. Fordyce solche Vorkehrungen für mich treffen? Es ist fast drei Wochen her, seit sie zum letztenmal hier waren. Ich verstehe nicht . . .«

»Es geschieht zu deinem Besten«, unterbrach Luke mich scharf. »Es ist ihnen nicht verborgen geblieben, daß Rosemary . . .« Seine Stimme bebte. »Daß sie nicht mehr viel Zeit hatte. Ich habe ihnen gesagt, daß ich ohne Rosemary nicht hierbleiben würde, und sie boten mir an, dich unter ihre Fittiche zu nehmen.«

»Aber davon hat mir niemand etwas gesagt!« rief ich.

Er blickte auf seine Tasse hinunter. »Das konnten wir nicht. Rosemary wollte nicht, daß du um ihren Zustand wußtest . . . nicht bis ganz zuletzt, als es nicht mehr zu verbergen war.« Er verzog kläglich das Gesicht. »*Shalimar* ist der letzte Platz auf der Welt, wo ich jetzt sein möchte. Ich bin nur dorthin gezogen, weil Rosemary dadurch zwei oder drei Jahre länger zu leben hatte. Sobald ich das Anwesen verkauft habe, das Haus, die Möbel, die Ernte, eben alles, gehe ich mit dem Erlös, der recht gering sein wird, woanders hin.«

Ich setzte mit unsicherer Hand meine Tasse ab und kämpfte mit den Tränen, als ich sagte: »Aber wer soll für dich sorgen, Luke? Ich habe es doch Rosemary versprochen.«

Er blickte mit einem Ausdruck ärgerlicher Ratlosigkeit in die Runde, und Mrs. Kelly sagte freundlich: »Das ist unmöglich, Meg. Ob Mr. Bowman nun geht oder bleibt, es geht einfach nicht. Das mußt du einsehen.«

Ich saß da und starrte auf meine Hände hinunter, die ich im Schoß verschränkt hatte, und nach einem kurzen Schweigen fragte ich: »Was hast du eigentlich damit gemeint, daß du meinetwegen Vorkehrungen getroffen hast, als du gestern in Lawton warst?«

»Ich habe ein Telegramm ans Chester Hotel in Kalgoorlie geschickt. Dort wohnen Simon Fordyce und seine Frau, wenn sie nicht gerade zu entlegenen Orten unterwegs sind. Vielleicht bekommen sie das Telegramm schon morgen, oder es wartet eben ein paar Wochen auf sie, aber sobald sie es jedenfalls gelesen haben, kommen sie hierher, um dich abzuholen, und nehmen dich in ihre Obhut, bis sie wieder nach England fahren.« Lukes Stimme war ausdruckslos, und er sah mich nicht an, als er sprach.

Ich schüttelte verzweifelt den Kopf. Es gab nichts, was ich noch einwenden konnte, und neben meinem Kummer, das Wort zu brechen, das ich Rosemary gegeben hatte, fühlte ich jetzt Angst vor der unbekannten Zukunft, die sich mir eröffnete. Ich hatte meine Kindheit unter Menschen verbracht, die noch genauso primitiv lebten wie ihre Vorfahren vor zehntausend Jahren. Rosemary und Luke hatten mich erzogen und in die zivilisierte Welt meines Volkes gebracht, aber nur in ihre Randbezirke, wie ich von meiner Lektüre und meinen Studien her wohl wußte. Verglichen mit London und anderen großen Hauptstädten, war Kalgoorlie nichts weiter als ein Dorf, und doch war es mir unfaßbar groß und bevölkert erschienen.

Wie würde ich mit den fremden Menschen in England zurechtkommen? Ich hatte mein Leben größtenteils als Ureinwohnerin verbracht, und Rosemary hatte mir zwar vieles beibringen können, aber es stammte meist vom Hörensagen, aus Büchern und von Bildern und all dem, was sie selbst gelernt hatte. Ich hatte in meinen siebzehn Jahren nur mit einer Handvoll Leuten aus England gesprochen und kannte das zivilisierte Leben nicht aus eigener Erfahrung, wenn man einmal von *Shalimar* absah. Ich konnte Holz spalten, Wasser holen, Rosemary zufolge recht gut kochen und nähen, ich konnte hacken, Unkraut jäten, Trauben lesen, einen Zaun bauen, ein Pferd striegeln, eine zweirädrige Kutsche fahren und hatte zumindest ausgezeichneten Unterricht in guten Manieren genossen. Vielleicht, dachte ich, würde mir einiges davon in dem neuen und furchterregenden Leben, das mich auf der anderen Seite der Welt erwartete, zustatten kommen. Ich hoffte es, aber ich war nicht sicher.

Ich wußte traurigerweise nur, daß mir nichts von dem zustatten kommen würde, was ich als Kind gelernt hatte. Falls in England die Wahrheit über mich bekannt werden sollte, würde man es sicher komisch finden, daß ich mit einem Bumerang umgehen, einen Vogel mit der Wurfkeule vom Himmel holen oder in einer unfruchtbaren Wüste Wasser finden konnte. Man würde wohl kaum ein Mädchen bewundern, das in der Lage war, Menschen an ihrem Geruch zu erkennen, das Dutzende von kleinen Tieren an der schwächsten Spur ausmachen konnte, das die Fähigkeit hatte, einer menschlichen Fährte, die eine Woche alt war, zu folgen ...

In meinem Geist glitt völlig unvermittelt etwas an seinen Platz, und ich mußte ein überraschtes Keuchen unterdrücken, als mir klar wurde, daß ein Rätsel gelöst war und ich nun wußte, was die wichtige Sache war, an die ich mich nicht hatte erinnern können, weder in meinem Traum noch als ich wach im Bett lag und mich abmühte, die quälend unbestimmte Erinnerung zu greifen.

Luke und Sergeant Kelly unterhielten sich gerade, aber ich achtete kaum noch auf ihre Anwesenheit, denn ich wußte plötzlich, daß ich das Versprechen, das ich Rosemary gegeben hatte, nun wenigstens teilweise halten konnte, und meine Gedanken waren in Aufruhr, als ich zu entscheiden versuchte, wie ich es am besten bewerkstelligen sollte.

Zwanzig Minuten später verabschiedete sich Luke von uns und brach nach *Shalimar* auf. Doch vorher dankte er noch Mrs. Kelly dafür, daß sie mir erlaubt hatte zu bleiben, und sagte ihr, er werde das nötige Geld zur Verfügung stellen, damit Mr. und Mrs. Fordyce mir in Perth einige anständige Kleider und was sonst notwendig war kaufen könnten, ehe ich die Überfahrt nach England anträte. Der Verkauf von *Shalimar* werde ungefähr hundert Pfund bringen, sagte er, und notfalls könne er bei der Bank ein Darlehen auf den voraussichtlichen Erlös aufnehmen.

Er sprach, als ob ich nicht im Zimmer gewesen wäre, und es fiel mir schwer, zu verhindern, daß sich der Schmerz darüber in meinem Gesicht abzeichnete. Ich sehnte mich danach, daß er das für mich empfände, was ich in der Zunge meiner Kindheit Herzenswärme nannte, denn wir hatten nun fast drei Jahre zusammengelebt und gearbeitet, aber es war beinahe, als könnte er es nicht ertragen, mich anzusehen. Dann rief ich mir ins Gedächtnis, daß es Luke gewesen war, der mir das Leben gerettet hatte, als ich in der Wüste krank geworden und beinahe gestorben war. Er hatte mich wohlbehalten zu seinem Haus und zu meiner geliebten Rosemary gebracht, die mir dann so vieles von sich schenkte, als sie mich in den Bräuchen meines wahren Volkes unterwies. Luke hatte mir ein Heim gegeben, er hatte mich genährt und gekleidet, und er war freundlich zu mir gewesen. Nun war mit Rosemarys Tod das Licht aus seinem Leben geschwunden, und es war egoistisch, wenn ich mich in einem solchen Augenblick über sein Verhalten entrüstete.

Als ich am nächsten Morgen aufstand, wappnete ich mich für die Mitteilung an Mrs. Kelly, daß ich ohne Rücksicht, was irgend jemand darüber dächte, die Absicht hätte, nach *Shalimar* zurückzukehren, bis Mr. und Mrs. Fordyce eintrafen, um mich nach England zu bringen. Ich rechnete mit heftigem Widerstand, doch zwei Tatsachen erleichterten mein Vorhaben. Zum einen hatte die Tochter der Kellys aus Kalgoorlie telegraphiert, sie sei gestürzt und habe sich dabei den Arm gebrochen, so daß ihre Mutter bitte kommen und ihre beiden kleinen Kinder versorgen möge.

»Ich weiß nicht, was ich mit Ihnen tun soll, Meg«, sagte Mrs. Kelly voller Sorge, als sie am Herd stand und das Frühstück zubereitete. »Es gehört sich nicht, daß sie mit Bob hierbleiben.« Sie wandte sich an ihren Mann. »Millie Turner können wir auch nicht bitten, denn ihr Baby kann jeden Tag kommen. Fällt dir sonst jemand ein?«

Ich warf schnell ein: »Keine Sorge, Mrs. Kelly. Ich habe ohnehin beschlossen, nach *Shalimar* zurückzukehren. Ich weiß, daß man es als unschicklich betrachten wird, aber ich komme schon zurecht mit Luke, und außerdem hat Mrs. Bowman mich selbst gebeten, daß ich mich um ihn kümmere.«

Mrs. Kelly sah mich zuerst schockiert an, wirkte dann verunsichert und schließlich erleichtert, wenn auch mit einem Rest des Zweifels. »Oh, ich weiß nicht, meine Liebe«, meinte sie zögernd. »Ich meine, ich bin sicher, daß alles in Ordnung sein wird, aber . . . Was meinst du, Bob?«

Sergeant Kelly stand am Fenster und las das Telegramm noch einmal. Bei der Frage seiner Frau blickte er auf und nickte kurz. »Es dürfte die beste Lösung sein«, sagte er knapp. »George Farmer vom Laden hat mir erzählt, daß Luke Bowman gestern drei Flaschen Whisky gekauft hat, ehe er nach Haus gefahren ist.«

Mrs. Kelly biß sich auf die Lippe. »Das ist sehr beunruhigend. Es ist schlecht, wenn er in einer solchen Zeit allein dort draußen ist. Ich nehme an, wenn Mrs. Bowman selbst fand, daß es in Ordnung wäre, wenn Meg dort bliebe, dann . . .«

Das Ergebnis war, daß Sergeant Kelly, der an diesem Morgen dienstfrei hatte, seine Frau um neun Uhr zum Bahnhof brachte und dann zurückkam, um mit mir nach *Shalimar* zu fahren. Ich war so sehr mit meinen Plänen beschäftigt, daß ich den törichten Fehler machte, ihm zu sagen, er brauche sich nicht die Mühe zu machen, und ich könne ohne weiteres zu Fuß zur Farm laufen. Er starrte mich verdutzt an. »Zu Fuß? Es sind fünf Meilen in sengender Sonne, Meg. Sie werden einen Hitzschlag bekommen, bevor Sie dort angekommen sind.«

Mir lag auf der Zunge, ihm zu antworten, ich hätte einen großen Teil meines Lebens damit zugebracht, noch viel mehr Meilen bei sengender Sonne zu Fuß zurückzulegen, aber ich unterdrückte es gerade noch rechtzeitig und schüttelte lächelnd den Kopf, als wunderte ich mich selbst, etwas so Unsinniges vorgeschlagen zu haben. »Du meine Güte. Ich habe nicht nachgedacht. Ich bin so durcheinander von all dem, was geschehen ist.«

Wir erreichten die Farm gegen elf Uhr, und ich bat Sergeant Kelly, eine Viertelmeile vor dem Haus zu halten. »Luke könnte Sie auffordern, mich wieder mitzunehmen«, erklärte ich. »Es ist besser, wenn ich allein ankomme, deshalb kam ich auch auf die dumme Idee, zu Fuß zu gehen. Ich werde nicht mit ihm streiten, Mr. Kelly, ich werde einfach im Haus und auf der Farm alles tun, was getan werden muß, bis er sich damit abgefunden hat, daß ich fürs erste bleibe. Sie brauchen sich keine Sekunde lang um mich zu sorgen.«

Er nickte. »Das ist höchstwahrscheinlich die beste Methode, mit ihm umzugehen. Sie sind ein tapferes Mädchen, Meg. Luke Bowman ist wahrlich nicht der bequemste Zeitgenosse.« Als er mir die Tasche gereicht hatte und fortgefahren war, begann ich, den staubigen Pfad zur Farm entlangzugehen. Der Himmel war strahlend blau, die Sonne brannte unbarmherzig, und nun war ich froh, daß ich nicht den ganzen Weg von Lawton zu Fuß gekommen war. Sicher, ich war die Sonne und die Wüste gewohnt, aber nur als Ureinwohnerin, nicht in einem langen Unterhemd und Kleid, in Schlüpfern, Strümpfen und Schuhen.

Auf der Farm konnte ich kein Zeichen von Luke entdekken. Die Haustür stand offen. Ich ging hinein, stellte meine Tasche ab und fand ihn in Hemd und Hose, einen Fuß noch gestiefelt, quer über dem Bett ausgestreckt. Eine zu drei Vierteln geleerte Whiskyflasche in der Küche sagte genug. Er war zu betrunken gewesen, um sich zu entkleiden, und schlief noch seinen Rausch aus. Ich zog ihm den zweiten Stiefel aus und deckte ihn mit einer Wolldecke zu, versuchte aber nicht, ihn zu wecken. Die nächste Stunde verbrachte ich damit, das Haus oberflächlich zu putzen, die Hühner zu füttern und dafür zu sorgen, daß Henrietta genug Futter und Wasser hatte. Ich leerte die Flasche Whisky in den Bach, fand zwei weitere Flaschen und leerte sie ebenfalls aus, setzte mich dann hin und schrieb in meiner besten Schrift einen kurzen Brief.

»Lieber Luke,

Mrs. Kelly mußte verreisen, so daß Sergeant Kelly mich zurückbrachte. Er glaubt, daß ich hierbleibe, aber ich muß unbedingt etwas erledigen, und ich werde ungefähr zehn Tage fort sein.

Ich habe den ganzen Whisky fortgeschüttet. Rosemary hätte es so gewünscht.

Sei bitte so, wie Du warst, als sie noch hier war.

Deine Freundin«

Ich zögerte und fügte dann als Unterschrift »Rotschopf« hinzu. So hatte er mich immer gerufen, wenn er Wärme für mich empfunden hatte. Nach ein oder zwei Augenblikken fügte ich noch hinzu:

PS. Ich habe mir Dein Taschenmesser ausgeliehen.

Ich ging in sein Zimmer, legte den Brief auf den Stuhl an seinem Bett und stellte einen seiner Stiefel so auf einen Teil des Papiers, daß er es finden mußte. Ich rüttelte sanft an seiner Schulter, um zu sehen, ob er bald aufwachen würde, aber er blieb wie betäubt und atmete schwer weiter. Befriedigt nahm ich sein Taschenmesser von der Frisierkommode, ging in mein Zimmer und kürzte einen baumwollenen Unterrock mit einer Schere aus Rosemarys Nähkästchen auf knapp vierzig Zentimeter Länge. Ich löste mein Haar, flocht es zu einem einzigen Zopf, zog dann meine Schuhe und alle meine Sachen aus und gürtete den winzigen Rock.

Barfuß, wie ich die meiste Zeit meines Lebens zugebracht hatte, ging ich in die Küche, füllte Lukes große Wasserflasche aus dem Krug am Spülbecken und trank vier große Becher Wasser. An einem Haken neben der Tür hing ein verschnürter Beutel mit den Wäscheklammern. Ich nahm ihn herunter, schüttete die Klammern aus und tat einen Laib Brot und ein großes Glas mit Rosinen von unserer eigenen Ernte hinein. Ich schlug zehn Eier in ein leeres Glas, schraubte den Deckel fest auf und fügte es dem übrigen Proviant hinzu.

Ich überlegte einen Moment und holte dann die Reste

des Unterrocks und steckte sie ebenfalls in den Beutel. Nachdem ich mir die Wasserflasche und den Beutel um die Schulter gehängt hatte, verließ ich das Haus durch die Küchentür und ging zu dem Schuppen, um meinen Speer und meine Wurfkeule, den Bumerang und den Grabstock zu holen. Ich hielt wieder inne und überlegte, ob ich noch etwas brauchte, aber mir fiel nichts ein.

Ein Weißer, der zu tun versucht hätte, was zu tun ich im Begriff war, wäre sicherlich daran gestorben, aber ich war nun nicht mehr die angebliche Meg Gaynor aus England. Ich war schon wieder Mitji, die Ureinwohnerin, und meine Nasenflügel sogen bebend den Geruch des Bachs, der Hühner, des Pferdes und der Ziegen, des Hauses und sogar der Erde ein, auf der ich stand. Ich konnte deutlich riechen, daß Luke vor kurzer Zeit hier gestanden hatte, und wußte, daß ich noch nach einer Woche oder sogar später imstande sein würde, Rosemarys Geruch aufzunehmen, der immer noch schwach an allem haftete. Meine Augen waren wieder die Augen einer Ureinwohnerin und registrierten eifrig jede Einzelheit der Umgebung, bemerkten die Spur einer Krähe, die zum Bach getrippelt war, eines Käfers, der im Schatten der Schubkarre Schutz gesucht hatte, und einiger Ameisen, die in loser Formation zu ihrem Nest irgendwo hinter dem Stall gekrabbelt waren. Für mich bedeutete das Nahrung, das Leben selbst, aber im Moment brauchte ich diese kleinen Wesen nicht, weil ich weit besser für die vor mir liegende Reise gerüstet war als an dem Tag, an dem ich vom Stamm fortlief.

Ich blickte zur Sonne, drehte mich dann um und schaute nordöstlich zu dem Punkt, wo eine breite Lücke in den Bergen am fernen Horizont den Paß anzeigte, durch den Luke mich in meinem fiebernden Zustand nach *Shalimar* gebracht hatte. Hinter diesen Bergen würde ich in einer

Gegend sein, die ich kannte, einer Gegend, durch die ich mit Luke auf dem Kamel an meiner Seite gewandert war, bis die Krankheit mich gefällt und meine Sinne betäubt hatte. Es war lange her, doch weil ich nun einmal Mitji gewesen war, konnte ich mir auch jetzt ein klares Bild von jener Etappe des Weges machen, der sich jedem anderen als einem Ureinwohner überhaupt nicht eingeprägt hätte.

Ich blieb noch kurz stehen, schärfte meine Sinne und weckte Instinkte wieder in mir, die ich seit einiger Zeit nicht benutzt hatte, und dann sagte ich: »Lieber Gott, hilf mir bitte.« Es war kein großes Gebet, aber seit ich angefangen hatte, zur Kirche zu gehen, widerstrebte mir die Art, wie die Leute den lieben Gott lang und breit um all das anbettelten, was sie sich wünschten, und ich dachte, der Herr würde jemandem, der nicht soviel von seiner Zeit beanspruchte, vielleicht geneigter sein.

Nach dem Gebet sagte ich laut und fest: »Etwas Besseres kann ich nicht tun, Rosemary. Ich habe es wirklich versucht, aber dies ist alles, was ich machen kann.«

Dann brach ich in gemäßigtem Tempo, ohne mich noch einmal umzudrehen, zu den fernen Bergen auf.

Beim Planen meiner Reise hatte ich mich gefragt, ob mein behütetes Leben in *Shalimar* die vor mir liegende Aufgabe sehr erschweren würde, doch schon nach wenigen Stunden war ich beruhigt. Als ich die Vorberge erreichte, empfand ich es nicht mehr als merkwürdig, so gut wie nackt durch den Busch zu laufen. Meine Fußsohlen waren immer noch wie Leder und würden es nun wahrscheinlich immer bleiben. Ich konnte nicht hoffen, jemals zarte Damenfüße zu haben.

Ich hatte die Reste des Unterrocks mitgenommen, um meine Schultern damit zu schützen, falls sie von der Sonne wund wurden, aber ich bekam keinen Sonnenbrand.

Ungeachtet dessen, daß mein Körper seit fast drei Jahren stets bedeckt gewesen war, war er im Vergleich zu Rosemarys heller Haut immer noch braun, obwohl er mir in meiner Zeit beim Stamm weiß vorgekommen war. Zweifellos hatte dies Zeit meine Haut für immer gegen die schädlichen Auswirkungen der Sonne immun gemacht.

In der größten Nachmittagshitze ruhte ich zwei Stunden im Schatten eines Felsens, und als ich weiterging, begann ich, mit meinem Speer und dem Bumerang und der Wurfkeule zu üben; ich wählte ein Ziel und warf, um die Waffe dann, wenn ich die Steile erreicht hatte, wieder aufzuheben. Auf diese Weise verschwendete ich keine Zeit, und nach kurzem Üben stellte ich zu meiner Freude fest, daß ich meine alte Fertigkeit nicht verlernt hatte.

Da ich so viel Proviant mitgenommen hatte, brauchte ich die ersten zwei Tage weder Essen noch Wasser zu suchen, und am dritten und vierten Tag kostete es mich nur einen kleinen Umweg, bis ich einige Knollen und Wasserfrösche fand, die genügend Nahrung und Feuchtigkeit lieferten zur Ergänzung meines restlichen Vorrats. So legte ich eine große Strecke zurück und erreichte schon am Abend des vierten Tages den Platz, wo ich Luke gefunden hatte. Die Jahreszeiten; der Wind und der Regen hatten alle Spuren bis auf die verformte Kugel getilgt, die immer noch am Felsen lag.

Ich verbrachte die Nacht dort und stand beim ersten Tageslicht auf, um ein oder zwei Meilen weiter östlich, wo ich damals reichlich Nahrung und Wasser gefunden hatte, zu jagen und zu trinken. Ich kehrte zwei Stunden später mit einem Leguan – den wir beim Stamm *kurkati* genannt hatten –, einem kleinen Opossum und zwei großen Handvoll Kalparisamen zurück. Ich häutete die Tiere schnell mit Lukes Taschenmesser ab, schnitt das Fleisch in Stücke, machte dann ein Feuer und garte sie in der heißen Asche.

Ich hatte auf dem Hang an derselben Stelle wie damals nach Wasser gegraben, so viel getrunken, wie mein Bauch fassen konnte, und dann die Wasserflasche und auch die beiden inzwischen leeren Schraubgläser gefüllt, in denen ich die Eier und die Rosinen mitgenommen hatte.

Als das Fleisch abgekühlt war, aß ich zum Frühstück einige Stücke und ein paar Kalparisamen und verstaute den Rest dann mit dem Gedanken, daß ich nun genug Nahrung und Wasser für drei oder vier Tage hatte, in meinen Schnürbeutel. Ich hatte mich wenigstens in einer Hinsicht seit meinen Jahren beim Stamm geändert, denn damals war es mir nie in den Sinn gekommen, Vorsorge für den nächsten Tag zu treffen. Ansonsten schien ich mich aber kaum geändert zu haben. Ich hatte seit drei Jahren herrliche zivilisierte Speisen gegessen, und doch hatten mir der Leguan und das Opossumfleisch ausgezeichnet gemundet, und ich kam mir gar nicht merkwürdig vor, als ich nun nackt in der Wüste hockte und meinen Beutel sorgfältig für den heutigen Marsch packte.

»Luke hatte beinahe recht, Rosemary«, sagte ich zu der großen Leere ringsum. »Ich bin eine streunende Katzenureinwohnerin. Aber schäm dich meinetwegen nicht. Wenn ich zurück bin, werde ich wieder ganz zivilisiert sein.«

Zwei Stunden später hatte ich an einem roten Felskamm das Ende meiner Reise erreicht. Ich war an dem Tag, als ich zuerst den toten Mann und dann Luke gefunden hatte, aus der anderen Richtung mit dem Kamel durch diesen zerklüfteten Kamm gekommen. Er wies zahlreiche Einschnitte auf, aber heute hatte ich den Weg von damals mit einem klaren Bild vor meinem inneren Auge zurückverfolgt, und ich brauchte kaum mehr als ein paar Augenblicke nach der Felsspalte zu suchen, in die ich den kleinen glänzenden Lederbeutel des toten Mannes geworfen hatte.

An jenem längst vergangenen Tag hatte ich geglaubt, das weiße Blattding mit seinen schwarzen Linien in dem Beutel sei ein Zaubergegenstand, ein gefährlicher *mapanpa.* Später hatte ich es vergessen, bis ein Traum mein Gedächtnis aufgefrischt und mich darauf hingewiesen hatte, daß ich etwas Wichtiges wußte. Ich hatte den flüchtigen Gedanken aber noch nicht fassen können, und erst am Tag von Rosemarys Beerdigung nahm die Erinnerung dann urplötzlich Gestalt an.

Das geheimnisvolle Objekt in dem Beutel, das weiße Blattding mit schwarzen Linien, war mir damals ebenso sonderbar und magisch vorgekommen wie der Kupferpenny, den Yuma mir viele Tage zuvor gezeigt hatte. Aber nun wußte ich, daß es ein Stück Papier mit einer darauf gezeichneten Karte war – Lukes Karte von der genauen Lage der Goldader, die er mit Joe Catesby gefunden hatte. Luke glaubte, die Karte sei irgendwo in der Wüste verlorengegangen. Er konnte nicht wissen, daß ich sie in dem Beutel an Joe Catesbys Leiche gefunden und, nachdem ich sie betrachtet und als etwas Unverständliches und Bedrohliches empfunden hatte, aus Furcht, dem Geist des Toten zu mißfallen, nicht etwa sofort an Ort und Stelle weggeworfen hatte. Ich hatte sie ein gutes Stück mitgenommen und sie dann, als ich den Felskamm passierte, in einer tiefen Spalte im Gestein versteckt.

Nun stand ich beschämt und traurig da und betrachtete den Beutel in meiner Hand. Seit dem Tag, an dem Luke mir die Geschichte seiner Goldsuche erzählt hatte, war ich im Besitz eines Schlüssels gewesen, der ihm die Tür zu Reichtümern hätte öffnen können, und ich hatte es törichterweise nicht gesehen. Er hätte *Shalimar* zu einer wunderschönen Farm machen können; er hätte dort ein prachtvolles Haus bauen können; er hätte Rosemary zu den besten Ärzten der Welt bringen und vielleicht ihr Leben retten können. Wenn ich nur . . .

Ich steckte das Behältnis in den Schnürbeutel, kniete nieder, legte das Gesicht in beide Hände und weinte. Nach einer Weile stand ich auf, sammelte meine Waffen ein und trat den Heimweg an. Ich konnte das Versprechen, das ich Rosemary gegeben hatte, nicht halten, ich konnte nicht für Luke sorgen, weil er es nicht zulassen wollte. Nun versuchte ich, das Nächstbeste zu tun – ihm Reichtümer zu verschaffen, damit er von allen Sorgen frei war und Dienstboten bezahlen konnte, die ihm die Last der täglichen Arbeit abnahmen. Ich hoffte, das würde noch besser sein als meine eigene Hilfe, denn er würde Personen auswählen können, die weit geschickter waren als ich. Ich war dessen freilich nicht sehr sicher, ich konnte es nur hoffen, aber es war das Beste, was ich tun konnte.

Die Rückkehr verlief ohne besondere Ereignisse. Ich wußte, daß ich bald zur anderen Seite der Welt reisen würde, und wollte nicht an das neue und fremdartige Leben denken, das mich dort erwartete, denn es machte mir Angst, und so ging ich wie in einem wachen Schlaf vor mich hin, hielt meinen Geist nur für das geöffnet, was mir zur zweiten Natur geworden war, und nahm jede Einzelheit meiner Umgebung auf, während ich Meile um Meile durch Steppe, Wüste und Salzsümpfe, über Sanddünen und Kämme und durch die Täler des stillen und sonnenversengten Hinterlandes lief.

Fünf Tage später kampierte ich in der Dämmerung in einem seichten, ausgetrockneten Flußbett am Fuß der letzten Hügelkette vor der Ebene, in der ich sechs oder sieben Meilen weiter entfernt *Shalimar* wußte. Ich hätte das Haus noch mit Leichtigkeit an diesem Abend erreichen können, aber mir war klar, daß Luke zornig werden würde, wenn ich in meiner jetzigen Aufmachung eintraf. Wahrscheinlich würde er so oder so zornig sein, aber ich hatte die Absicht, bei Morgengrauen aufzustehen und nach dem Wasser zu graben, das ich unter einigen Büscheln blaugrünen Grases, in der Sprache der Ureinwohner *jiwara*, wittern konnte. Ich würde mir Gesicht, Hände und den restlichen Körper waschen, mich so gut wie möglich herrichten und dann das abgeschnittene Stück des Unterrocks über meine Schultern und meinen Busen drapieren, bevor ich auf *Shalimar* selbst zuging. Ich hatte nichts, um meine Beine zu verhüllen, hoffte jedoch, mit einigem Glück ungesehen ins Haus zu kommen, so daß ich rasch ein Kleid anziehen konnte.

Gegen Abend aß ich den Rest meines Vorrats und schlief auf einem Sandhöcker, den der Wind am Rand des Flußbetts angeweht hatte. Im Morgengrauen erwachte ich, nahm meinen Grabstock und ging mit der Wasserflasche, aber ohne den Beutel und die Waffen zu dem etwa fünfzig Schritte entfernten kleinen Hang mit dem *jiwara*. Der Boden erwies sich als hart, und ich brauchte fast eine halbe Stunde, bis ich in Armtiefe auf Wasser stieß. Es sikkerte nur sehr langsam in das Loch, wohl deshalb, weil der kleine Fluß, der sich ein Stück von *Shalimar* entfernt einen Weg an die Oberfläche bahnte, das meiste unterirdische Wasser ringsum aufnahm.

Ich kniete mit der Flasche in der Hand da und beobachtete, wie das Wasser am Grund stieg, als ein leises Geräusch meinen Kopf herumfahren ließ. Im nächsten Augenblick kam Luke auf Henrietta um eine sandige Kuppe geritten. Ich ließ die Flasche fallen und richtete mich wie von einer unsichtbaren Feder geschnellt auf, entsetzt und zugleich sonderbar entrüstet, daß er mich einfach so überrumpelte. Luke erschrak nicht weniger, und wie versteinert starrten wir uns eine ganze Weile an, bis ich mich dann mit dem empörten Ausruf »Oh, Luke!« umdrehte und zum Flußbett eilte, wo ich meine Habseligkeiten gelassen hatte.

Ich riß das Stück von dem baumwollenen Unterrock aus dem Beutel, steckte Kopf und Arme durch das obere Loch und hielt den Stoff oben so zusammen, daß er mich von den Achselhöhlen bis zur Taille bedeckte. Als ich mich umwandte, war Luke abgestiegen und schritt, das Gesicht zorngerötet, auf mich zu. »Wo zum *Teufel* bist du gewesen?« fragte er mit einer Stimme, die fast ein Brüllen war. »Ich bin vor Sorge fast krank geworden, du törichtes Ding!«

Ich war im Begriff gewesen, ihm zu sagen, es tue mir leid, daß er mich so unziemlich gekleidet vorgefunden habe, aber sein Ton ließ meinen Ärger wiederaufleben, und ich starrte ihn böse an. »Ich habe eine Nachricht dagelassen, ich habe dir *geschrieben*, daß ich in ungefähr zehn Tagen zurück sein würde. Hast du es nicht gelesen?«

»Hör auf mit diesem Katzenblick! Natürlich habe ich es gelesen.«

»Von ›natürlich‹ kann wohl keine Rede sein! Als ich *Shalimar* verließ, warst du steinbetrunken!«

»Stock!«

»Wie bitte?«

»Stockbetrunken, nicht steinbetrunken – ach, lassen wir das. Was zum Teufel hast du dir dabei gedacht, dich wieder als Wilde auszustaffieren und nackt durch den Busch zu laufen! Mein Gott, du hättest sterben können!«

Ich schwenkte den Arm in großer Geste in Richtung der Wüste hinter mir, und dabei wäre mir fast der Unterrock vom Busen geglitten. »Sterben? Wer von uns beiden ist wohl töricht? Ich habe fast mein Leben lang da draußen *gelebt* oder etwa nicht? Und hör auf, mich anzuschreien! Was meinst du eigentlich, was du tust, hier klammheimlich anzukommen und mich so zu überrumpeln? Ich wollte mich gerade waschen und . . . und meine Blöße zu bedekken, bevor ich nach *Shalimar* zurückkehre.«

»Klammheimlich?« Er hob empört die Stimme. »Ich bin die letzten drei Tage *jeden Morgen* hierhergeritten in der Hoffnung, daß ich dich vielleicht vom Hügel aus sichte. Simon Fordyce und seine Frau kommen heute, um dich abzuholen, und was hätte ich ihnen dann bitte sehr sagen sollen?«

»Du hättest ihnen sagen können, was immer du willst«, zischte ich zurück. »Zum Beispiel, daß Rosemary mich *angefleht* hat, ich solle mich um dich kümmern, und daß du nichts davon wissen wolltest, und deshalb bin ich losgegangen, um etwas zu holen, was mir wieder eingefallen war, etwas, was ich damals in der Wüste zurückgelassen hatte, etwas, was dich zumindest von allen Geldsorgen befreien dürfte.«

Ich langte in den Schnürbeutel, holte den Lederbeutel heraus und warf ihn ihm vor die Füße. »Da ist deine Karte, Luke Bowman, die Karte, die du von der Stelle gemacht hast, wo das Gold ist. Joe Catesby hatte sie bei sich. Ich fand sie damals an seiner Leiche und dachte, sie wäre ein Zauberding, und deshalb nahm ich sie und brachte sie fort, weil . . . Oh, der Grund ist jetzt nicht weiter wichtig.«

Er bückte sich langsam und hob den Beutel auf, betrachtete ihn verwundert und öffnete ihn dann langsam, während ich fortfuhr: »Ich habe sie irgendwo versteckt, ehe ich dich dann am selben Tag fand, aber es ist mir erst letzte Woche wieder eingefallen, und erst dann habe ich begriffen, daß es eine Karte war. *Deine* Karte! Ich hätte dir ja gesagt, was ich vorhatte, wenn du nicht diesen Rausch gehabt hättest, für den du dich wirklich schämen . . .«

Ich verstummte plötzlich, und all mein Schmerz, mein Zorn und mein Ärger verflogen, als ich sah, wie erschöpft und niedergeschlagen er war, und mir klar wurde, daß ich einen Mann anschrie, der erst vor wenigen Tagen die Frau verloren hatte, die sein ein und alles gewesen war. »Oh, Luke, verzeih mir«, sagte ich und machte einige Schritte, bis ich vor ihm stand. »Es tut mir leid, daß ich dich angeschrien habe. Ich war außer mir, weil ich einigermaßen sauber und anständig aussehen wollte, bevor du mich siehst . . . und es stimmt gar nicht, daß ich dir von meinem Vorhaben erzählt hätte. Du hättest mich sonst nur davon abgehalten. Aber jetzt ist die Sache erledigt, und ich bin wieder zurück, und laß uns bitte nicht mehr böse aufeinander sein.«

Er hatte die Karte aus dem Beutel geholt, auseinandergefaltet und betrachtet. Und nun faltete er sie langsam wieder zusammen und steckte sie zurück. Als ich ausgeredet hatte, schenkte er mir ein schwaches, müdes Lächeln. »Es tut uns beiden leid, Mitji . . . aber ich wünschte, ich hätte es als erster gesagt.« Er sah auf den Beutel hinunter und schüttelte verwundert den Kopf. »Und jetzt das.«

Ich sagte: »Es ist nichts, verglichen mit . . . verglichen damit, daß du Rosemary verloren hast. Aber es war alles, was ich tun konnte.«

Er betrachtete mich einige Augenblicke lang forschend, und dann mischte sich ein Anflug melancholischen Humors in seinen Blick. »Wir gehen jetzt besser zurück nach *Shalimar*. Vielleicht kommst du dir in den merkwürdigen Sachen, die du da trägst, total verhüllt vor, aber man sieht immer noch eine ganze Menge von dir, und es dürfte nicht unbedingt der richtige Aufzug sein, um Hochwürden Simon Fordyce und seine Frau zu empfangen.« Er zeigte auf das Pferd. »Willst du gehen oder reiten?«

Ich lächelte und sagte: »Ich möchte lieber gehen.«

»In Ordnung.« Er sah noch einmal auf den Beutel hinunter und steckte ihn dann in die Tasche. »Danke, Rotschopf. Vielen, vielen Dank!«

Ich riß mein improvisiertes Mieder oben so weit ein, daß ich es über meinem Busen verknoten konnte, und sammelte dann den Schnürbeutel, die Wasserflasche und die Waffen auf. Zwei Minuten später schritt ich über die Ebene, während Luke auf Henrietta neben mir her ritt. Wir sprachen nicht viel, denn keinem von uns schien es viel Anlaß dazu zu geben. Ich würde *Shalimar* noch am selben Vormittag verlassen, und Luke wurde tun, was immer er beschließen mochte. Es widerstrebte mir, an diese Dinge zu denken, und vielleicht ging es ihm ebenso, aber wir gingen wenigstens in freundschaftlichem Schweigen dahin.

Nach etwa einer halben Stunde sagte Luke: »Du bist also zu der Stelle gegangen, wo du mich gefunden hast, und dann noch weiter?«

»Ja. Ein paar Meilen weiter.«

»Es ist lange her, seit du zuletzt im Busch warst. Ist es schwer gewesen, Rotschopf?«

»Nein, es war einfach . . . ganz normal. Nach dem ersten halben Tag war es, als ob ich nie fort gewesen wäre.«

»Haben dir die Eidechsen und Raupen immer noch so gut geschmeckt?«

Ich lachte. »Ihr seid alle so schrecklich verwöhnt, das ist das Problem bei euch *walypala.*«

Ein schwerer Dunst hing über dem Land, und selbst als wir uns *Shalimar* auf eine Meile genähert hatten, konnten wir das Haus noch nicht sehen. Wie so oft am frühen Morgen verbrannte die Sonne fünf Minuten später den weißlichen Schleier, und eine leichte Brise tat das ihre, so daß sich das Haus ganz unvermittelt abzeichnete, und Luke rief aus: »Mein Gott, sie sind schon da!«

Eine große, zweirädrige Kutsche stand vor dem Haus. Darauf saß eine Frau, und neben dem Gefährt stand ein Mann. Obwohl sie zu weit von uns entfernt waren, als daß wir ihre Gesichtszüge hätten erkennen können, wußte ich, daß es Mr. Fordyce und seine Frau waren, und ich konnte auch sehen, daß beide in unsere Richtung blickten.

Ich blieb erschrocken stehen, und Luke zügelte das Pferd. Dann sagte er langsam: »Es hat keinen Sinn, Meg. Sie haben uns gesehen, und selbst der beste Lügner der Welt könnte jetzt keine plausible Geschichte erfinden, um deine Aufmachung zu erklären. Nur die Wahrheit kann es.«

»Ich nehme an, du hast recht . . . Aber dann nehmen sie mich doch vielleicht nicht nach England mit?« fügte ich mit jäher Hoffnung hinzu.

Luke wandte den Kopf und warf mir vom Pferd aus einen Blick zu. »Das werden wir sehen«, sagte er grimmig.

Wir gingen zusammen weiter, und als wir uns auf Sprechweite genähert hatten, sah ich, daß Mr. Fordyce mit verschränkten Armen an der Kutsche lehnte und uns unter seiner Hutkrempe hervor mit einem Ausdruck des Staunens beobachtete, in den sich, wie ich fand, eher Belustigung als Schock mischte, und die Miene seiner Frau verriet ähnliche Empfindungen. Ich war vorher nicht verlegen gewesen, denn Luke und ich waren tagelang durch die Wüste marschiert, als ich noch Mitji die Ureinwohnerin war, aber nun wurde mir akut bewußt, daß meine Beine bis zu den Oberschenkeln nackt waren, und ich spürte, wie mir die Röte in die Wangen stieg.

Dann sagte Mrs. Fordyce kühl: »Simon, mir scheint, als Gottesmann solltest du jetzt besser den Blick abwenden.«

Sehr gelassen drehte er mir den Rücken zu und blickte

zu seiner Frau hoch. »Meine Liebe«, meinte er munter, »was für eine passende Bemerkung und wie unverzeihlich von mir, daß ich nicht selbst daran gedacht habe.«

Luke rutschte vom Pferd und stellte sich vor mich hin. »Geh in die Küche, Meg«, sagte er. »Wir geben dir eine Stunde zum Baden und Umziehen, und ich erkläre Mr. und Mrs. Fordyce inzwischen alles.«

Ich ließ meine Waffen fallen, eilte in mein Zimmer, sammelte alles zusammen, was ich anziehen wollte, nahm Kamm und Bürste, lief in die Küche zurück und machte hinter mir die Tür zu. Wir hatten immer einen Eimer mit warmem Wasser auf dem Herd und einen anderen mit kaltem Wasser daneben stehen. Ich holte den Zuber herein, stellte ihn auf den Boden und goß den Inhalt beider Eimer hinein. Ich setzte mich in das lauwarme Wasser, seifte mich ein und bürstete mich ab, hüllte mich dann in ein Frotteetuch und setzte mich auf einen Stuhl, um mich zu kämmen. Ich hatte nicht genug Zeit, mir die Haare zu waschen, aber ich bürstete sie fünf Minuten lang gründlich durch, um sie von allem Staub und Schmutz zu befreien, flocht sie dann und steckte sie zu einem Knoten hoch.

Die ganze Zeit konnte ich murmelnde Stimmen aus dem Wohnzimmer hören, und ich fragte mich, wie Mr. und Mrs. Fordyce wohl die Wahrheit über mich aufnahmen. Ich schnitt mir die Zehennägel, schlüpfte in Unterwäsche, zog den Zuber dann zur Hintertür hinaus und kippte das Wasser in den Abflußgraben. Ich wischte den Zuber aus, hängte ihn an die Wand, und dann zog ich Strümpfe, Schuhe und Kleid an und betrachtete mich im Spiegel neben dem Spülbecken. Ich konnte nur meinen Kopf und meine Schultern sehen, hatte aber den Eindruck, daß ich wieder einigermaßen präsentabel aussah.

Ich blieb nicht lange untätig, weil ich wußte, daß man mich schon in gut einer Stunde von *Shalimar* fortbringen würde, und ich wollte mich möglichst davon ablenken. Ich stand noch einige Sekunden da und rief mir alles in Gedächtnis zurück, was Rosemary mich über gute Manieren und höfliches Benehmen gelehrt hatte, und dann öffnete ich die Tür, trat ins Wohnzimmer, machte einen kleinen Knicks und sagte mit meiner angenehmsten Stimme: »Guten Morgen, Mr. und Mrs. Fordyce. Ich bitte um Verzeihung, daß ich Sie erst jetzt begrüße. Darf ich Ihnen eine Tasse Tee anbieten? Oder haben Sie vielleicht noch nicht gefrühstückt?«

Drei Augenpaare musterten mich eingehend, denn selbst Luke schien über die unvermittelte Verwandlung zu erschrecken, und dann lächelte Mrs. Fordyce und tippte auf den freien Platz neben sich auf dem Kanapee. »Vielen Dank, meine Liebe«, sagte sie, »aber wir wollen in Lawton dann gemeinsam etwas zu uns nehmen. Kommen Sie, und setzen Sie sich einen Moment zu mir.«

Ich gehorchte und achtete darauf, daß die Knie geschlossen waren, und faltete meine Hände im Schoß. Simon Fordyce sagte: »Wir sind so früh gekommen, um Sie abzuholen, weil wir dann noch den Neunuhrzug erwischen können. Es tut mir leid, daß unsere Ankunft Sie ... hm ... überrascht hat.«

Ich sagte: »Oh, sprechen Sie bitte nicht davon.« Da mir keine andere höfliche Floskel einfallen wollte, blickte ich Luke hilfesuchend an.

»Ich habe Mr. und Mrs. Fordyce berichtet, daß du als Baby verlorengegangen oder entführt oder ausgesetzt worden bist, Meg«, sagte er. »Und daß du dann bei Ureinwohnern aufgewachsen bist. Ich habe Ihnen auch erzählt, wo du die letzten zehn Tage warst.« Er warf den beiden nacheinander einen etwas ratlosen Blick zu. »Ich muß sagen, daß Sie diese unglaubliche Geschichte erstaunlich gelassen aufgenommen haben.«

Simon wiegte feierlich seinen Kopf hin und her. »Außergewöhnliche Ereignisse sind in meinem Beruf nicht selten, Mr. Bowman. Da ich das Wunderbare predige, fällt es mir nicht schwer, das Unglaubliche zu akzeptieren. Ist es nicht so, Eliza?«

»Sehr gut ausgedrückt, Simon«, sagte sie, ohne den Blick von mir zu wenden, und fuhr dann fort: »Wir stimmen mit Mr. Bowman überein, daß es zumindest vorerst das beste ist, niemandem etwas über Ihre Vergangenheit zu erzählen, Meg. Es brächte keinerlei Nutzen, könnte aber wohl Peinlichkeiten verursachen.«

»Ja, Mrs. Fordyce.«

Alle schwiegen für eine Weile. Die Dame und ihr Mann saßen da und starrten mich mit einem Ausdruck faszinierter Benommenheit an. Es war, als könnten sie ungeachtet der Behauptung von Mr. Fordyce, er sei außergewöhnliche Ereignisse gewohnt, kaum fassen, daß das Mädchen, das nun ganz sittsam bei ihnen saß, soeben ganz allein und barfuß und fast nackt hundertfünfzig Meilen durch den australischen Busch marschiert war. Ihnen als Menschen, die ich früher *walypala* genannt hatte, mußte es zweifellos verblüffend erscheinen, aber für mich war es keine strapaziöse Unternehmung gewesen.

Mr. Fordyce brach das Schweigen. Er ließ die Hände auf die Knie fallen und sagte: »Nun, wir müssen los. Haben Sie Ihre Sachen schon gepackt, Meg?«

Ich antwortete: »Nein, aber das dauert nicht lange. Ich brauche nur ein paar Dinge in eine Tasche zu tun.«

»Gut. Außerdem hat Mr. Bowman uns wie versprochen etwas Geld für Sie gegeben, und wir können Sie in Perth mit Kleidung und anderen Dingen ausstatten.«

Ich stand auf und sagte: »Danke, Luke, Du bist sehr freundlich.«

Er runzelte die Stirn. »Es ist wenig genug und steht in

keinem Verhältnis zu alldem, was ich dir wegen Rosemary schulde. Nun geh und such dir aus ihren Büchern alles heraus, was du gern mitnehmen möchtest, leg den Stapel auf den Küchentisch, damit ich ihn verstauen kann, und dann eil dich, und pack deine Sachen.«

Ich war den Tränen nahe, als ich zu Rosemarys Bücherregal trat und rasch einige ihrer Lieblingsbücher herausnahm, *Leben und Abenteuer Nikolas Nicklebys* und *Die nachgelassenen Aufzeichnungen des Pickwick-Klubs* von Mr. Charles Dickens, *Einfache Geschichten aus den Bergen* von Mr. Rudyard Kipling und *Eine reine Frau – Tess von D'Urbervilles* von Mr. Thomas Hardy, *Die Abenteuer des Tom Sawyer* von Mr. Mark Twain, einem Herrn aus Amerika, Miss Jane Austens *Stolz und Vorurteil* und zuletzt eine Sammlung von Werken aller bedeutenden Dichter, die *Der goldene Schatz* hieß.

Später war ich froh, daß ich mit den Büchern, die ich ausgewählt hatte, in der Phantasie nach England, Indien und Amerika reisen und in die Zeit zurückgehen konnte, über die Jane Austen und Charles Dickens geschrieben hatten. Ich brachte die Bücher in die Küche, legte mein Album und *Die Völker der Erde* auf den Stapel, ging dann in mein Zimmer und packte etwas Unterwäsche, meinen Kamm und meine Bürste und einige andere Toilettengegenstände in eine Segeltuchtasche und dachte dabei vage, daß ich meinen Fingernägeln viel Sorge angedeihen lassen müsse, denn sie waren von dem Marsch rauh und rissig geworden.

Ich hätte sehr gern ein Bild von Rosemary gehabt, aber wenigstens hatte ich das Foto Lukes, das bei unserem Aufenthalt in Kalgoorlie gemacht worden war, und ich steckte es zwischen zwei Pappstückchen, damit es nicht zerknittert wurde, in meine Handtasche. Ich setzte mein grünes Häubchen auf, nahm meinen Mantel über den Arm und ging mit zusammengebissenen Zähnen und krampfhaft bemüht, die Tränen zurückzuhalten, die den Kummer und die Angst in meinem Herzen verraten hätten, mit der Tasche ins Wohnzimmer zurück.

Luke war allein. Er sagte: »Sie haben dein Bücherpaket mitgenommen und warten in der Kutsche auf dich. Ich wollte dir nur noch einmal danken für das, was du getan hast.« Er vermied es offenbar, mir direkt in die Augen zu schauen, aber ich bemerkte nun Schmerz in seinem Blick und noch etwas anderes, das ich nicht recht verstand, einen gepeinigten Ausdruck der Schuld.

Ich sagte: »Nach alldem, was du und Rosemary für mich getan habt, war es nicht viel. Paß bitte gut auf dich auf, Luke. Ich werde dir aus England schreiben.«

»Nein«, warf er ein. »Nein, schreib nicht. Ich weiß nicht, wo ich dann sein werde, und außerdem . . .« Er zuckte mit den Achseln. »Es hat doch keinen Sinn.«

Ich schluckte heftig, sagte aber nichts, weil ich meiner Stimme nicht trauen konnte. Er langte in seine Hemdtasche und sagte: »Ich möchte, daß du dies nimmst . . . Ja, ich weiß, daß Rosemary es so gewollt hätte.« Er streckte die Hand aus. Ein kleiner herzförmiger Anhänger an einer Kette lag darin. Ich hatte ihn viele Male gesehen, denn Rosemary hatte ihn sich abends nach getaner Arbeit immer umgelegt.

Jetzt konnte ich nicht verhindern, daß mir Tränen die Wangen hinunterliefen, aber ich brachte es doch irgendwie fertig, meine Stimme zu kontrollieren, als ich flüsterte: »Oh, Luke, danke. Darf ich ihn gleich tragen?«

»Ja. Selbstverständlich.«

»Würdest du es bitte für mich machen? Ich . . . Meine Hände sind nicht sehr ruhig.«

Er runzelte die Stirn. »Meinetwegen. Dreh dich um.«

Ich gehorchte, und als er die kleine Schließe geschlossen hatte, schob ich den Anhänger in meinen Ausschnitt und drehte mich wieder zu ihm. »Es ist das kostbarste Geschenk, das ich je besitzen werde.«

»Ich freue mich, daß es dir gefällt.« Er stand da, die Hände in die Hüften gestemmt, und blickte auf den Boden zwischen uns. »Also . . . Sie werden bestimmt schon ungeduldig. Leb wohl, Meg.«

»Leb wohl, Luke.« Ich sah ihn an und hoffte, er würde meine Hand nehmen, vielleicht sogar meine Wange küssen, hatte aber Angst davor, selbst eine solche Geste zu machen. Nach wenigen Sekunden, in denen er sich weder bewegte noch den Kopf hob, starb meine Hoffnung. Ich nahm meinen Mantel und die Tasche und trat vors Haus, wo Mr. und Mrs. Fordyce bei der Kutsche warteten.

8

ZEHN TAGE SPÄTER stand ich eine Stunde nach Anbruch der Dämmerung viele hundert Meilen vom Festland entfernt an der Reling eines Dampfers, der *Callisto* hieß, schaute in den grünen Schimmer des aufschäumenden Wassers an der Schiffsseite und fragte mich beklommen, ob ich nicht vielleicht einen langen, langen Traum träumte und mich beim Erwachen unter einem Reisigdach mit einem wärmespendenden Dingo am Rücken wiederfinden würde.

Wenn man mich vom Stamm abgeholt und geradewegs auf dieses Schiff gebracht hätte, wäre ich vor Entsetzen und Furcht hysterisch geworden. Die winzige Gemeinde von Lawton hatte mich überrascht, die Kleinstadt Kalgoorlie hatte mich in Staunen versetzt, und Perth hatte mich mit seiner Größe und seinen vielen Einwohnern verblüfft. Ich hatte geglaubt, meine Lektüre und Studien hätten mich auf alles vorbereitet, was mir begegnen mochte, sobald ich meine Reise mit Mr. und Mrs. Fordyce antrat, aber die Wirklichkeit übertraf meine Phantasie so sehr, daß es mir den Atem raubte.

Als wir den benachbarten Hafen Fremantle erreichten, sollte noch mehr kommen. Schon der erste Anblick des Ozeans, diese unglaubliche Menge Wasser, die bis zum Horizont reichte, war kaum zu fassen für eine junge, in der Wüste aufgewachsene Wilde, aber der Dampfer selbst, die *Callisto,* war ein so unsägliches Wunder, daß meine Sinne wie betäubt waren. Wie war es nur möglich, daß ein eisernes Gebilde, so groß wie hundert Häuser, auf dem Wasser schwimmen und sich schneller bewegen konnte als ein laufender Mensch, und all das noch mit Hunderten von Passagieren, die einen grenzenlosen Luxus genossen?

Die Küche, die riesig gewesen sein muß, um eine Mahlzeit nach der anderen für alle diese Menschen zu liefern, bekam ich nie zu Gesicht, aber ich war mir fortwährend der Kellner bewußt, die hin und her eilten, der vielen Dienstboten, die sich um unsere Bedürfnisse kümmerten. Überall gab es Bäder, Waschkabinette und Lampen, die beim Knipsen eines Schalters elektrisch aufleuchteten, und ich hatte eine Kabine mit einem Bett und einem Schrank, einem kleinen Tisch und einem Sessel und sogar heißem und kaltem Wasser aus Hähnen über einem Bekken ganz allein für mich.

Es gab auf dem Schiff verschiedene Klassen von Passagieren, aber wir fuhren erster Klasse, was mich ein wenig überraschte, weil ich Mr. und Mrs. Fordyce nicht für wohlhabende Leute gehalten hatte. Es dauerte eine Weile, bis ich von diesen verschiedenen Klassen erfuhr, denn in den ersten beiden Tagen der Überfahrt litt ich sehr an Seekrankheit. Zwischen den einzelnen Anfällen lag ich auf meinem Bett und haßte das Meer und wünschte, ich wäre wieder beim Stamm, sogar als ausgestoßener Wechselbalg, denn ich war überzeugt, daß ich im Sterben lag. Am dritten Tag jedoch schien ich das entwickelt zu haben, was Mr. Fordyce meine »Seebeine« nannte, und am vierten aß ich mit Appetit, genoß die See und die herrliche frische Luft und verlor mich in einem traumähnlichen Staunen über all die Wunder des großen Schiffes, das uns über den Planeten Erde trug.

Der Eintritt in diese neue Welt beschäftigte und erregte mich in vielerlei Hinsicht, doch all diesen Gefühlen in meinem Herzen lag ein tiefer Schmerz zugrunde. Ich trauerte um Rosemary, und sie fehlte mir schrecklich. Luke fehlte mir auch. Es hatte Zeiten gegeben, in denen er mich durch seine Worte und sein Verhalten verletzte, aber zu anderen Zeiten wieder hatte uns ein Strom von Wärme verbunden, wenn wir als gute Freunde miteinander arbeiteten und sprachen.

Mr. und Mrs. Fordyce waren äußerst freundlich. In den ersten Tagen der Reise fürchtete ich mich davor, bei den Mahlzeiten im Speisesaal, beim Promenieren oder Ruhen im Liegestuhl an Deck von anderen Passagieren angesprochen zu werden, denn es war alles so neu für mich, daß ich mir unter den Mitreisenden genauso als Fremdkörper vorkam wie früher unter den Ureinwohnern. Mr. und Mrs. Fordyce achteten in dieser Zeit besonders darauf, mich im Auge zu behalten und vor ungewollten Unterhaltungen zu schützen, bei denen meine Unwissenheit peinlich hervorgetreten wäre, doch gegen Ende der zweiten Woche begannen meine Ängste zu schwinden, und ich verlor meine Befangenheit.

Mr. Fordyce und seine Frau gaben mir Rätsel auf. Sie waren gute Gesellschafter und kamen ausgezeichnet mit den anderen Reisenden aus, aber manchmal hatte ich fast das Gefühl, als spielten sie nur eine Rolle, denn sobald wir unter uns waren, schienen sie mir viel lockerer; sie flüsterten boshafte Kommentare über unsere Mitpassagiere, die so treffend waren, daß es mir schwerfiel, nicht zu kichern.

Eliza Fordyce hatte das Talent, Ähnlichkeiten zwischen bestimmten Personen und verschiedenen Tieren zu entdecken. »Da kommt Fräulein Maulwurf«, flüsterte sie zum Beispiel, »und ich kann ihr nicht einmal einen Wurm anbieten.« Und dann laut: »Oh, guten Tag, Miss Tenby, was für ein hübscher Hut. Wie ich Sie um Ihre Hutmacherin beneide.« Wenn die Dame geschmeichelt weitergegangen war: »Das einzige Obst, das an diesem Machwerk fehlt, ist eine Banane.«

Ich kannte die Maulwürfe, Bulldoggen, Walrosse und die anderen Geschöpfe, mit denen sie einige unserer Mitreisenden verglich, nur aus Bildern, fand ihr Augenmaß aber sehr präzise, und als wir eines Tages mit ihrem Mann entspannt an Deck saßen und Domino spielten, fragte ich: »Sehe ich eigentlich aus wie eine streunende Katze, Mrs. Fordyce?«

Sie starrte mich an, blickte zu Mr. Fordyce, dann wieder auf mich. »Wer hat denn das von Ihnen behauptet, Meg?«

»Es war Luke, Mr. Bowman. Eine irische streunende Katze nannte er mich, aber hauptsächlich dann, wenn ich über etwas in Zorn geraten war.«

Sie lachte. »Oh, ich bin sicher, daß er nicht auf Ihre Moral angespielt hat, Liebes, aber was das Aussehen betrifft, hat er recht. Mit diesen roten Haaren und diesen grünen Augen und dieser Stupsnase kann man Sie sehr gut mit einer recht gefährlich aussehenden streunenden Katze vergleichen, besonders dann, wenn Sie zornig sind.«

»Was heißt eigentlich streunend?«

Simon Fordyce: »Nur teilweise domestiziert. Ein Tier,

das ohne menschliche Hilfe überlebt.« Er betrachtete mich nachdenklich. »Ja. Das paßt. Waren Sie außer Fassung, als er Sie eine streunende Katze nannte?«

»O nein. Ich war nur dann außer Fassung, wenn Luke böse auf mich war. Aber das war nicht oft«, fuhr ich schnell fort. »Er war wirklich sehr freundlich zu mir, aber er machte sich natürlich auch schreckliche Sorgen um Rosemary, und das hatte ich zuerst nicht gewußt.«

»Natürlich«, sagte Eliza Fordyce sanft. Sie nahm einen Dominostein und blickte dann zur Seite. »Da kommt Herr Kaninchen«, sagte sie mit gesenkter Stimme, »in Begleitung seiner Gemahlin, Frau Bluthund.« Im nächsten Moment kam ein kleiner, nervöser Herr am Arm einer massigen Dame mit Doppelkinn auf uns zu.

Mr. Fordyce sagte wohlwollend: »Guten Morgen, guten Morgen.« Man tauschte höfliche Begrüßungen, und als das Paar weitergegangen war, flüsterte er streng: »Benimm dich, Eliza. Denk an meinen geistlichen Stand.«

»Das ist mein fortwährendes Bemühen, lieber Simon«, antwortete sie devot, um mir dann, als sie ihren Dominostein setzte, zuzuzwinkern. Ich unterdrückte ein Lächeln, mußte aber sofort daran denken, wie sie mir an dem Tag, als sie nach dem Gottesdienst auf so überraschende Weise mit dem betrunkenen Mann fertig geworden war, ebenfalls zugezwinkert hatte. Wieder staunte ich darüber, wie sehr Mr. und Mrs. Fordyce sich von den Geistlichen und ihren Frauen unterschieden, die ich in Lawton gesehen hatte. Vielleicht rührt es daher, daß sie aus England kommen, überlegte ich. Vielleicht sind Vikare und ihre Frauen dort anders. Erst als wir dann schon beinahe vier Wochen auf See waren, machte ich zufällig eine Entdeckung über Simon und Eliza Fordyce, die sehr verblüffend war – und eine über mich selbst, die sehr beunruhigend war.

Die erste Etappe der Überfahrt führte von Fremantle zu einer Stadt namens Colombo, der Hauptstadt der Insel Ceylon. Es dauerte dreizehn Tage bis dorthin, und als ich erst einmal meine Seebeine hatte, ging ich gern zu der großen Weltkarte an einer Wand beim Büro des Zahlmeisters, betrachtete sie, studierte die täglich darauf vermerkte Linie der Strecke, die wir neu zurückgelegt hatten, und prägte mir die Namen von Ländern und großen Städten und Häfen ein.

Wir konnten in Colombo für einige Stunden an Land gehen, und dort betrat ich eine Welt, die ganz anders war als die drei Welten, die ich bisher kennengelernt hatte – der Stamm, *Shalimar* und die schwimmende Welt der *Callisto*. Als die Droschke, die wir genommen hatten, das Hafengebiet verließ und uns in die eigentliche Stadt brachte, faszinierten mich die wimmelnde Menge, das Stimmengewirr, die farbenfrohen Kleider der Menschen, die Stände in den Straßen und Basare.

Einmal brachte ich Simon Fordyce zum Lachen. Er stand mit mir an einer Ecke und wartete auf Eliza, die zäh, aber entschlossen um einen seidenen Stoff feilschte, der ihr ins Auge gefallen war. Ich hatte die Augen geschlossen, und er sagte besorgt: »Fühlen Sie sich nicht wohl, Meg?«

»Doch, doch, vielen Dank, Mr. Fordyce. Es macht mir großes Vergnügen.«

»Aber Sie haben die Augen zugemacht«

Ich schlug sie auf und sagte entschuldigend: »Meine Güte. Entschuldigen Sie.« Ich schaute mich um, ob vielleicht einige unserer Mitpassagiere in der Nähe waren, und fuhr dann fort: »Hier gibt es so viele herrliche neue Gerüche, und ich habe nur versucht . . . sie mir einzuprägen.«

Er starrte mich an. »Gerüche?«

»Ja. Dort, wo ich aufwuchs, waren sie sehr wichtig.«

»Großer Gott, jetzt erinnere ich mich. Luke Bowman erzählte uns, daß Sie Wasser und Tierspuren und sogar Menschen wittern können.« Er schnüffelte prüfend und feixte dann. »Einige von den Gerüchen hier scheinen nicht besonders verlockend zu sein.«

Ich lächelte und zuckte mit den Achseln. »Ureinwohner beurteilen Gerüche nicht danach, ob sie gut oder schlecht sind, wie es die Weißen tun.«

Ich wußte von meiner Lektüre her, daß es in Ceylon viele Elefanten gab, und hatte gehofft, einen zu Gesicht zu bekommen, aber Simon Fordyce wies mich darauf hin, daß gezähmte Elefanten hauptsächlich für Arbeiten außerhalb der Städte und Dörfer benutzt werden, so daß mein Wunsch höchstwahrscheinlich nicht in Erfüllung gehen würde. Zu meinem Glück irrte er sich, denn später sahen wir tatsächlich einen Elefanten, der zu irgendeinem bestimmten Zweck zu den Kais gebracht worden war. Wir konnten das gewaltige und erstaunliche Geschöpf betrachten, das ich bisher nur auf Fotos und Zeichnungen gesehen hatte, und ich hatte Gelegenheit, seinen unverkennbaren und recht unangenehmen Geruch zu registrieren.

Von Colombo aus fuhren wir neun Tage, bis wir Aden erreichten, das heiß und trocken und voller Staub war, fast wie das Land, wo ich aufgewachsen war, und für mich deshalb nicht so fremdartig und interessant wie Colombo. Als die *Callisto* von Aden in See stach, kamen wir in die feuchte und lastende Hitze des Roten Meeres, und dort entdeckte ich zwei Nächte später die Wahrheit über Hochwürden Simon Fordyce und seine Gemahlin Eliza.

Ich lag im Bett und konnte noch um zwei Uhr morgens nicht schlafen. Die Kabine war unerträglich stickig, und obwohl ich inzwischen nur mit einem Handtuch über dem Leib dalag, war ich in Schweiß gebadet. Ich stand schließlich auf, zog das Nachthemd und meinen Morgenrock an und spähte vorsichtig in den Korridor. Alles war still, und ich brauchte nur wenige Schritte zu gehen, um die Pendeltür zum Promenadendeck zu erreichen. Dort fand ich neben einem großen Schrank mit Liegestühlen einen Winkel, wo tiefer Schatten herrschte, und ich blieb stehen, um gründlich durchzuatmen.

Die Luft war auch hier heiß und feucht, schien aber mehr Leben zu haben, als die Luft in meiner Kabine geboten hatte. Nach einer Weile ging ich ein Stückchen zur Ecke des Aufbaus und setzte mich in der Hoffnung hin, daß ich, wenn ich eine Stunde hier an Deck verbrachte und dann in die Kabine zurückging, vielleicht schlafen könnte.

Ich hatte es mir kaum bequem gemacht, als ich eine Stimme hörte, die so dicht über meinem Kopf war, daß ich zusammenzuckte. Einen Augenblick später erkannte ich sie als die Stimme von Simon Fordyce, und mir wurde klar, daß ich genau unter dem Fenster der Kabine saß, die er mit seiner Frau bewohnte und die neben meiner eigenen lag. Der Fensterladen war geschlossen, aber das Fenster selbst stand offen, und durch den zugezogenen Vorhang drang ein schwacher Lichtschein.

»Das glaube ich nicht!« lauteten die im Ton der Entrüstung gesprochenen Worte, die ich gehört hatte. Dann herrschte Schweigen, unterbrochen von gedämpften Geräuschen, die ich bis auf ein Murmeln von Simon Fordyce und ein Lachen seiner Frau nicht identifizieren konnte. Da es mir fernlag, zu lauschen, wollte ich gerade gehen, als Simon Fordyce sagte: »Du verdammtes Biest! Vierzig Punkte für eine einzige Partie! Wie zum Teufel machst du das, wenn du die Karten nicht falsch ausgibst?«

Eliza Fordyce antwortete: »Ich habe es gar nicht nötig, falsch auszugeben, wenn du dich bei dieser elenden Hitze mit Brandy vollaufen läßt, mein Kleiner. Ich brauche nur einen klaren Kopf, und damit schuldest du mir noch einmal fünf Guineas.«

Ein leises Lachen. Dann: »Jetzt mußt du verdoppeln oder passen, meine Süße.«

»Aber nur, wenn ich eben nicht gesehen hätte, daß du das As da oben geknickt hast, du alter Halunke.«

Ich sank sprachlos mit offenem Mund zurück. Ich hatte nur einen Teil dessen verstanden, was gesagt wurde, aber eines war sicher. Englische Vikare und ihre Frauen mochten sich von denen unterscheiden! Sie spielten gewiß nicht um Geld, sie mogelten gewiß nicht und benutzten gewiß nicht die merkwürdigen Worte, die ich eben gehört hatte.

Eine Weile blieb es still bis auf ein Gähnen des Mannes und das raschelnde Geräusch des Kartenmischens, wie ich es im Spielsalon des Dampfers bei den Whistspielern gehört hatte. Dann entließ Mrs. Fordyce einen langen Seufzer und sagte: »Gott, ist es heiß.«

»Zieh doch das Nachthemd aus, vielleicht wird es dann besser.«

»Fang nicht damit an, es ist zu verdammt stickig. Und wo wir schon einmal dabei sind, setz dir bitte keine Flausen über unsere kleine Meg in den Kopf.«

»Flausen?« Mr. Fordyce klang überrascht, und ich war selbst erstaunt.

Mrs. Fordyce sagte sehr liebenswürdig: »Ich habe beobachtet, daß du sie manchmal so sonderbar fixierst, mein Lieber, eine Augenbraue hochgezogen und das andere Auge halb zusammengekniffen, so richtig spekulierend. Ich kenne dich lange genug, um diesen Blick richtig zu deuten. Du bist interessiert.«

In seiner Stimme war ein leises Lachen, als er antwortete: »Na ja, ich glaube nicht, daß es mir selbst klar war. Aber wo du davon sprichst, meine liebe Eliza . . .

warum nicht? Ich bin schließlich frei und ungebunden, nicht wahr?«

»Du versuchst, mich zu reizen, damit ich dich schlage, und dann werden wir uns prügeln, und wir wissen beide, womit das endet, aber es ist immer noch zu verdammt heiß hier. Darf ich dich also darauf hinweisen, warum du dir keine Flausen über Meg in den Kopf setzen solltest? Erstens ist sie Teil eines Auftrages, für den wir bezahlt werden – sie *ist* sogar der Auftrag, und es wäre idiotisch, alles durch eine Laune aufs Spiel zu setzen. Zweitens würde es dem Mann im dunklen Zimmer nicht gefallen, und wenn du ihn dir zum Feind machst, bist du ein noch größerer Idiot, als ich schon gedacht habe. Drittens hat das Mädchen meine ausgesprochene Achtung gewonnen, und ich mag sie sehr, so daß jeder, der ihre Unschuld in unserer zivilisierten Welt ausnutzt, *mich* zum Feind hat. Und viertens und zuletzt bin *ich* deine Freundin, guck also nicht nach anderen Röcken.«

Teil eines Auftrags? Mann im dunklen Zimmer ...? Ausgesprochene Achtung ...? Ich deine Freundin ...?

Von den wenigen Worten verwirrte mich so vieles, daß ich wie betäubt war und kaum alles aufnehmen konnte. Simon Fordyce war offensichtlich kein Vikar, und Eliza war sicherlich nicht seine Frau, doch was ihre Bemerkungen ansonsten bedeutet hatten, konnte ich mir nicht vorstellen. Dann sprach Simon Fordyce wieder.

»Ganz ehrlich«, sagte er nachdenklich. »Mir war noch nicht bewußt geworden, daß sie mich anzieht. Ich dachte, ich sei nur deshalb fasziniert, weil sie ein absolut erstaunliches Mädchen ist. Du hast allerdings recht, was den Auftrag betrifft, was unseren geheimnisvollen Auftraggeber betrifft, den ich in der Tat nicht vor den Kopf stoßen sollte, und was deine Sympathie für die kleine Meg betrifft, die ich im übrigen teile. Was aber den letzten Punkt betrifft, mein Schatz, sollten wir eines nicht vergessen. Wir sind zwar langjährige Geschäftspartner, und die Tatsache, daß wir häufig als Ehepaar auftreten, hat uns mancherlei Freuden ermöglicht, aber wir sind nicht aneinander gebunden und waren es auch nie. Die Feststellung, daß du meine Freundin bist, ist also letztlich ebenso irrelevant wie die, daß ich dein Freund bin.«

»Wenn du getrunken hast, redest du immer geschwollen daher«, sagte die Frau, die ich für Eliza Fordyce gehalten hatte, »und es ist zu heiß, um zu streiten. Spielen wir noch eine Partie Pikett?«

Die Antwort hörte ich nicht mehr, denn ich war aufgestanden und schritt zur Pendeltür. Meine Gedanken waren in Aufruhr. Eines stand für mich fest. Ich konnte die Beziehung zu den beiden nicht weitergehen lassen wie bisher und Tag für Tag Unwissenheit vortäuschen. Außerdem wollte ich erfahren, um was für einen »Auftrag« es hier ging, wer der Mann im dunklen Zimmer war und was mit mir geschehen sollte, wenn wir erst England erreicht hatten.

Einige Sekunden später klopfte ich an die Tür ihrer Kabine. Kurz danach wurde sie von Simon Fordyce geöffnet, der seinen seidenen Morgenmantel über einem Pyjama trug. Hinter ihm konnte ich seine Begleiterin sehen, ebenfalls in einem Morgenmantel. Sie saß mit gelösten, im Nacken lose zusammengebundenen Haaren an dem kleinen Tisch unter dem Fenster und hatte die Hände gefaltet, doch nur, um das Kartenspiel darunter zu verbergen.

»Meg?« Simon starrte mich überrascht an. »Stimmt etwas nicht?«

»Doch, doch.« Meine Hände waren ineinander verklammert, und meine flüsternde Stimme bebte. »Entschuldigen Sie. Ich konnte nicht schlafen und ging an Deck und setzte mich eine Weile dort hin, aber mir war nicht bewußt, daß es genau unter Ihrem Kabinenfenster war, und dann hörte ich Sie reden. Ich wollte nicht lauschen, aber dann hörte ich, daß . . . daß ich zu einem *Auftrag* gehöre und von dem *Mann im dunklen Zimmer* und . . .« Ich blickte an ihm vorbei und fuhr fort: »Und über Sie und Mrs. . . . Meine Güte, ich weiß nicht, wie ich sie jetzt nennen soll.«

Er schürzte in einem stummen Pfiff die Lippen und trat zurück. »Sie kommen besser herein«, sagte er ruhig.

Ich trat in die Kabine, und während er die Tür hinter mir schloß, schenkte mir die Frau am Tisch ein zaghaftes Lächeln und sagte: »Lassen Sie es bitte bei Mrs. Fordyce, wenn andere dabei sind, liebe Meg. Wenn wir unter uns sind, können Sie ruhig Eliza und Simon sagen.« Sie streckte die Arme aus. »Kommen Sie zu mir.«

Als ich zu ihr ging, konnte ich nicht umhin zu denken, wie sehr ich sie um ihr schönes ovales Gesicht, ihr goldenes Haar und ihre großen blauen Augen beneidete. Mir kam plötzlich der Gedanke, daß es ihr in ihrer Rolle als Pfarrersfrau irgendwie gelungen war, ihre wahre Schönheit zu verbergen. Jetzt nahm sie meine Hände und zog mich ein wenig zu sich herunter, um mir einen Kuß auf die Wange zu geben. »Ich bin eigentlich froh, daß Sie es gehört haben«, sagte sie. »Nun haben wir keine andere Wahl, als alles zu sagen, was wir wissen, obwohl es, fürchte ich, herzlich wenig ist. Nehmen Sie Simons Stuhl, er kann sich auf das Bett setzen.«

Ich gehorchte voll Erleichterung über ihre Reaktion, denn ich hatte befürchtet, meine Entdeckung würde Zorn auslösen. Simon Fordyce schloß das Fenster. »Wir werden wohl oder übel eine Weile braten müssen«, bemerkte er und ging zum Bett. »Falls noch jemand beschließen sollte, unter unserem Fenster nach Luft zu schnappen.« Er setzte sich und rieb sich nachdenklich das Kinn. »Ich weiß nicht recht, wo ich anfangen soll. Ich denke, es ist am einfachsten, wenn ich sage, daß Eliza und ich für einen Mann arbeiten, der uns von England nach Australien geschickt hat, damit wir dafür sorgen,daß Sie in Sicherheit sind.«

Ich machte große Augen. »In Sicherheit? Wovor?«

Er zog wie um Entschuldigung bittend die Schultern hoch. »Das gehört zu den vielen Dingen, die wir nicht wissen, Meg. Aber stimmt es nicht, daß ein Mann vor wenigen Monaten nach *Shalimar* kam und versuchte, Sie zu töten?«

»Sie meinen Sid Buller?« Ich schüttelte perplex den Kopf. »Ja, aber ich bin nicht sicher, daß er die Absicht hatte, mich zu töten. Später glaubten alle, er habe.. es sei etwas anderes gewesen.«

»Er habe Sie vergewaltigen wollen?« sagte Eliza geradeheraus. »Rosemary glaubte das nicht. Sie sah, wie der Schurke Sie mit einem Messer verfolgte, und sie sagte mir, sie sei völlig sicher, er habe Sie töten wollen.«

Ich sagte: »Aber trotzdem scheint das, was Sie sagen, unmöglich zu sein. Ich meine, wie kann überhaupt jemand in England wissen, daß es mich gibt, ganz zu schweigen davon, daß er Sie geschickt haben soll, um mich zu schützen? Und warum? Außerdem war Sid Buller schon lange vor Ihrer Ankunft im Gefängnis, so daß keine Gefahr mehr bestand.«

Simon Fordyce seufzte. »Ich weiß nicht, wie unser Auftraggeber von Ihrer Existenz erfuhr«, berichtete er, »aber was Ihren Schutz betrifft, so nehme ich an, daß Sid Buller nicht aus persönlichen Beweggründen versuchte, Sie zu töten. Er wurde von jemandem dafür bezahlt, und dieser Jemand könnte durchaus im Sinn haben, es noch einmal zu versuchen.«

Immer noch total verwirrt, blickte ich von Simon Fordyce zu Eliza. »Es ergibt keinen Sinn«, sagte ich. »Niemand auf der Welt kann irgendeinen Grund haben, mich töten zu lassen.«

Eliza hatte die Karten genommen, einige in Reihen ausgelegt und dann wieder zu dem Stapel getan. Nun blickte sie mich an und sagte: »Meg, haben Sie jemals einen Mann namens Tasker gekannt?«

Ich starrte sie in erneuter Überraschung an. »Ja, als Luke mich nach Kalgoorlie mitnahm, trafen wir einen Mann, der so hieß, aber Luke wechselte nur ein paar Worte mit ihm. Ich habe ihn nicht richtig gekannt.«

Simon fragte: »Haben Sie gewußt, daß Tasker nach England zurückkehrte und dort in London ermordet wurde?«

Ich nickte. »Ja, ich habe die Meldung zufällig in einer Zeitung gefunden, als ich Rosemary eines Tages vorlas.« Ich runzelte bei dem Gedanken daran die Stirn. »Es war ganz kurz bevor Sid Buller auftauchte, und ich glaube, wir haben dann nicht mehr darüber gesprochen. Ich war zu sehr damit beschäftigt, die Polizei zu holen und Rosemary zu versorgen, denn sie hatte sich zuviel zugemutet, als sie versuchte, mir zu helfen, und es ging ihr sehr schlecht.« Ich sah Simon an. »Aber was hat es mit mir zu tun, daß Mr. Tasker in London ermordet wurde?«

Er schüttelte den Kopf. »Ich weiß es nicht, Meg. Ich weiß nur, daß es etwas mit dieser ganzen Angelegenheit zu tun haben *muß*, weil unser Auftraggeber uns anwies, Tasker näher unter die Lupe zu nehmen, kurz bevor er uns dann nach Australien schickte – nur, wir kamen nicht weit, weil der Mann getötet wurde.«

Ich war inzwischen so durcheinander, daß es mir schwerfiel, eine zusammenhängende Frage zu formulieren, und in das Schweigen hinein sagte Eliza: »Als wir festgestellt hatten, daß Sie unter Luke Bowmans Fittichen in *Shalimar* lebten, waren wir von Ihrer Sicherheit überzeugt. Er hatte nicht die Absicht, Sie oder Rosemary einem neuen Angriff durch jemanden wie Sid Buller auszusetzen.« Sie zögerte, und ihre mit den Karten spielenden Hände wurden jetzt still, als sie sanft sagte: »Aber wir machten uns Sorgen, was passieren würde, wenn Rosemary starb. Von dem Arzt wußten wir, daß es nicht mehr lange dauern konnte. Luke wußte es auch, und er fragte uns, ob wir Sie nach England mitnehmen und dort eine Stelle für Sie finden könnten. Er wollte sicher sein, daß Sie in guten Händen waren, und unser Auftraggeber wollte das gleiche. Er telegraphierte uns, wir sollten uns um Sie kümmern, wenn es soweit sei.«

Ich schaute auf die Karten auf dem Tisch hinunter und sagte: »Ich glaube, ich war die einzige, die nicht wußte, daß Rosemary bald sterben mußte. Sie hat es sehr wohl gewußt. Hat denn niemand Rosemary gefragt, was ihrer Meinung nach dann aus mir werden sollte?«

Simon und Eliza wechselten einen Blick, und dann sagte sie: »Wir konnten sie nicht fragen, Meg. Wir gaben vor, ein Prediger und seine Frau zu sein, wie wir es auch bei anderen Gelegenheiten getan hatten, weil es uns erlaubte, Dinge zu tun und Fragen zu stellen, die sonst unziemlich oder unhöflich gewesen wären. Es erlaubte Simon, euch zu sagen, daß wir nach *Shalimar* kommen und euch besuchen würden – ohne eingeladen zu sein. Es erlaubte ihm, Dr. Vernon nach Rosemarys Gesundheitszustand zu fragen und mit Luke Bowman darüber zu sprechen. Doch selbst als Mann der Kirche konnte er schlecht mit Rosemary darüber reden, was aus Ihnen nach Rosemarys Tod werden sollte.«

Ich erwiderte mit einem quälenden Schmerz im Herzen: »Nein, wahrscheinlich nicht. Aber sie wollte, daß ich mich um Luke kümmere, und ich habe es ihr versprochen. Sie wollte sogar, daß ich ihn heirate.«

Bis auf das ferne, leise Dröhnen der Schiffsmaschinen war es ganz still in der Kabine, bis Eliza langsam sagte:

»O Meg, ein Versprechen auf dem Totenbett kann nicht immer gehalten werden. Rosemary wußte, daß Sie es nur dann halten konnten, wenn Luke einverstanden war.«

»Ja. Ich habe damals nicht daran gedacht, aber ich hätte ihr auf jeden Fall alles versprochen.« Ich versuchte eine Weile, meine Gedanken zu sammeln, und sagte dann: »Das ist also alles, was Sie mir erzählen können? Ein Mann in London hat Sie um die halbe Welt nach Australien geschickt, damit Sie nachsehen, ob ich in Sicherheit bin, und mich in Ihre Obhut nehmen, weil er glaubt, daß mich jemand töten will?«

Simon nickte und wischte sich mit dem Taschentuch das Gesicht ab. »Ja, so ungefähr, Meg.«

»Das klingt nicht sehr wahrscheinlich.«

Eliza langte über den Tisch und berührte meine Hand. »Nein, das tut es nicht. Aber was wir Ihnen erzählt haben, ist die Wahrheit.«

Die Luft in der Kabine war schrecklich drückend, und ich sehnte mich danach, an Deck zu sein, selbst in der Schwüle des Roten Meeres, aber mir brannten immer noch Fragen auf den Lippen. Ich sagte: »Dürfte ich bitte fragen . . . wer Sie sind? Ich meine, Sie sind nicht Mr. und Mrs. Fordyce, und Sie sind kein Vikar und seine Frau, aber Sie haben von jemandem geredet, den Sie als ihren Auftraggeber bezeichnen, ich wüßte wirklich gern . . . Nun ja, wer Sie *sind.*«

Eliza schob das Kartenspiel zu mir hin und sagte: »Heben Sie bitte ab.« Verwundert gehorchte ich. Sie nahm das Spiel und legte eine Reihe von Karten aus. »Unsere Namen stimmen«, sagte sie. »Der Bursche auf dem Bett heißt wirklich Simon Fordyce. Ich heiße Eliza Fordyce, weil ich meinen Familiennamen vor einer ganzen Reihe von Jahren ändern ließ. Es ist sehr praktisch, wenn wir uns als Mann und Frau oder als Bruder und Schwester ausgeben. Mein richtiger Name tut nichts zur Sache.«

Ein wenig stirnrunzelnd studierte sie die Karten. »Simon ist der Sohn eines Arztes, verwaiste aber, als er sechs Jahre alt war, und wurde von einer unverheirateten Tante aufgezogen, die sich viele Jahre damit plagte, ihm eine anständige Erziehung einzuprügeln, wofür er dankbar sein sollte, was er aber nicht ist.«

Ich wandte den Kopf, um Simon anzusehen, und stellte fest, daß er mit geschlossenen Augen rücklings auf dem Bett lag und döste. Eliza fuhr fort: »Mit sechzehn Jahren verließ er die unverheiratete Tante, weil sie ihm mitgeteilt hatte, sie wolle ihn bei einem Anwalt in die Lehre geben, eine Aussicht, die er furchtbar fand. Das war aber nur der eine Grund, weshalb er ging, denn man fand heraus, daß er die junge Frau eines älteren Professors aus der Nachbarstadt verführt hatte. Verstehen Sie, was ich mit ›verführt‹ meine, Meg?«

»Ja, Rosemary hat mir solche Wörter erklärt.«

»Eine vernünftige Frau. Natürlich schwört die schlafende Unschuld dort, daß es andersherum war und daß *er* das Opfer der Verführung war, aber ich habe ihm das nie geglaubt.« Eliza blickte mit einem sarkastischen Lächeln von den Karten auf. »Er ließ sich als Matrose anheuern, und ich lernte ihn dann acht Jahre später kennen, als er vierundzwanzig war und ich achtzehn. Er hatte inzwischen abgemustert und arbeitete für unseren Auftraggeber, und ich schloß mich ihm an, und seit den letzten zehn Jahren sind wir Partner.«

In dem unbestimmten Wissen, daß sie entgegen meiner ersten Vermutung nicht Patience spielte, beobachtete ich, wie sie eine neue Kartenreihe auslegte. Als ich merkte, daß sie ausgeredet hatte, sagte ich: »Wollen Sie mir nicht etwas über sich selbst erzählen, Eliza?«

Sie blickte auf, und ich nahm ein boshaftes kleines Funkeln in ihren Augen wahr. »Über mich? Ich bin natürlich eine Pfarrerstochter, meine Liebe. Wie hätte ich sonst Harmoniumspielen gelernt?«

Mir blieb beinahe die Luft weg, und trotz meiner Verwirrung über all das, was ich eben erfahren hatte, mußte ich ein Lachen ersticken. »Entschuldigung. Ich nehme an, Sie scherzen«, sagte ich.

»Keineswegs.« Sie sah mich mit vorgetäuschter Würde an. »Mein Vater hatte sich gewünscht, daß ich ein Junge würde, dem er den Namen Elias geben wollte. Aber er mußte sich mit einem Mädchen abfinden, das er dann Eliza taufte. Oh, es stimmt nur allzusehr, Meg. Er war einer von diesen dicken jovialen Pfarrern, und er hat mir nie verziehen, daß ich kein Junge war, obwohl ich mir als Kind alle Mühe gab, wie einer zu sein, genau wie du bei den Kindern vom Stamm. Meine arme Mutter war eine kleine graue Maus, die meinen Vater anbetete. Ich glaube nicht, daß ich viel von ihrer Art geerbt habe.«

Sie schaute wieder stirnrunzelnd auf die Karten, als ob sie sich über ihre Reihenfolge ärgere, und vertauschte einige von ihnen. »Mit sechzehn beschloß ich dann, ein Mädchen zu sein, weil es Zeitverschwendung war, etwas anderes sein zu wollen. Dann las ich eines Tages irgend etwas in einer Illustrierten und wurde verrückt aufs Theater und war überzeugt, ich sei Sarah Bernhardt, Eleonora Duse und Sarah Siddons in einer Person, nur noch etwas besser. Also lief ich fort, um Schauspielerin zu werden.«

Sie schnitt eine kleine Grimasse. »Ja, Meg, wir scheinen eine Menge gemeinsam zu haben, nur daß du einen plausiblen Grund hattest, fortzulaufen, und meiner war töricht. In den nächsten ein oder zwei Jahren lernte ich jedenfalls eine Menge Dinge, die ich nicht gelernt hätte, wenn ich im Pfarrhaus geblieben wäre. Für meinen guten

Vater wäre sicher vieles davon neu gewesen. Ich stellte auch recht schnell fest, daß ich keine besonders gute Schauspielerin war, aber ich hatte eine hübsche Figur und eine nette Singstimme, die sich für rührselige Lieder eignete, und so schaffte ich es, ein paar Engagements in billigen Varietes zu bekommen, wo ich dann ganz unten auf dem Plakat stand.«

Eliza starrte entrüstet auf die Karten, dann auf mich, dann wieder auf die aufgefächerten Karten. »Ein verdammter Mumpitz, dieses Kartenlegen«, sagte sie. »Das ist absolut unmöglich. Was habe ich gerade gesagt?«

»Daß Sie in Varietés gesungen haben.«

»Ach ja. Nun, eben dort lernte ich Simon kennen, und sein Auftraggeber hatte ihm gerade eine Arbeit gegeben, die erforderte, daß er eine junge Frau hatte oder wenigstens ein Mädchen, das er als seine Frau ausgeben konnte, so daß wir . . . so daß wir uns einfach zusammentaten und seitdem immer zusammengeblieben sind.« Sie lachte und schob die Karten zu einem Haufen. »Was mein Vater ›in Sünde leben‹ nennen würde.«

Ich sagte: »Aber es macht Ihnen nichts aus?«

Eliza schaute zu dem Mann auf dem Bett, dann zu mir, und ich entdeckte einen Schatten tief in ihren Augen. »Oh, es macht mir schon etwas aus«, sagte sie leise. »Aber er hat mich in den zehn Jahren nie gebeten, ihn zu heiraten, und ich will verdammt sein, wenn ich ihn bitte.«

Wir saßen ein paar Augenblicke stumm da, dann sagte ich: »Vielen Dank, daß Sie mir all das erzählt haben. Ich bin immer noch ganz durcheinander, und ich verstehe nicht, warum Sie aus England geschickt wurden, aber ich bin froh, daß ich nun weiß, wer Sie und Mr. Fordyce . . . ich meine Simon, sind. Als ich an Deck war und Sie reden hörte, erwähnten Sie den *Mann im dunklen Zimmer.* Ist das der Mann, der ihr Auftraggeber ist?«

Eliza nickte. »Ja.«

»Hm . . . Aber wer *ist* er?«

»Das habe ich mich oft selbst gefragt.« Sie streckte einen Fuß aus, und der Morgenrock fiel von ihrem langen Bein, als sie Simon zart in die Seite trat. »He, Hochwürden, aufwachen. Es gehört sich nicht, mit zwei hübschen Frauen im Schlafzimmer einzunicken.«

Simon Fordyce blinzelte, stützte sich auf einen Ellbogen hoch, sah mich einen Moment verständnislos an, setzte sich dann auf und gähnte. »Ich bitte um Entschuldigung, meine Damen«, sagte er. »Es kommt daher, daß ich ein gutes Gewissen habe und in Reinheit lebe. Ich schlafe den Schaf eines unschuldigen Kindes.«

»Es kommt höchstwahrscheinlich daher, daß du überhaupt kein Gewissen hast«, sagte Eliza.

»Ein grausamer Hieb, mein Liebe. Worüber habt ihr beide geredet?«

»Ich habe Meg alles über dich und mich erzählt. Sie hat eben gerade gefragt, wer der Mann im dunklen Zimmer ist.«

»Ah, das nenne ich eine gute Frage.« Simon stand auf und schritt durch die kleine Kabine. »Ich kann sie nur nicht beantworten, weil ich es selbst nicht weiß, Meg. Er nahm mich zum erstenmal über einen Anwalt in dem Londoner Anwaltsbezirk Middle Temple in seine Dienste. Später traf ich ihn dann, bekam ihn aber nie zu Gesicht. Wenn er einen Auftrag für mich hat, läßt der Anwalt mich kommen, und ich werde in ein kleines Zimmer oder Büro geführt, das so gut wie dunkel ist. Alles, was ich erkennen kann, ist die Gestalt eines Mannes in einem Lehnstuhl. Er gibt mir Anweisungen mit einer Stimme, die ich nur als sehr wohlklingend bezeichnen kann. Wenn ich irgendwelche Fragen habe, stelle ich sie. Manche beantwortet er, manche aber nicht. Dann kehre ich zu Eliza in unsere Londoner Wohnung zurück, und wir beginnen das neue Abenteuer, was immer es sein mag.«

Ich sagte: »Und das ist alles, was Sie über ihn wissen? Sie haben nie versucht, seinen Namen herauszufinden oder ihn zu sehen?«

Simon schüttelte den Kopf. »Nein, nie. Eliza ist schrecklich neugierig. Ich ziehe einen Schleier des Geheimnisses vor. Nach der Art der Aufträge, die wir für ihn erledigen, und den Summen, die er zahlt, kann man jedoch mit Sicherheit sagen, daß er sehr reich ist.«

»Was für Aufträge erledigen Sie denn für ihn . . .« Ich mußte ein bißchen lächeln. »Ich meine, wenn Sie nicht gerade nach Australien reisen, um ein Mädchen zu beschützen, von dem nie jemand gehört hat?«

Simon blieb am Tisch stehen, befingerte das Kartenspiel behutsam und hob so ab, daß ein As oben lag. »Wir tun alles, was Mr. Josiah Smith wünscht«, sagte er mit einem befriedigten Nicken, während er die abgehobenen Karten wieder auf den Stapel legte. »Das ist natürlich nicht sein richtiger Name, es ist ein angenommener Name, den wir benutzen sollen, wenn wir mit ihm oder seinem Anwalt zu tun haben. Manche Aufträge nehmen nur eine Woche in Anspruch, andere dagegen viele Monate. Was waren unsere letzten drei Aufträge, Eliza?«

Sie saß, das Kinn auf eine Hand gestützt, da und beobachtete ihn mit einem Ausdruck, den ich nicht recht deuten konnte. »Nun, wenn ich die Ermittlungen über Harry Tasker nicht zähle, hatten wir die vorgetäuschte Diamantenmine in Südafrika, und davor mußten wir einen besonders unangenehmen Spieler in Südfrankreich ruinieren, und davor wieder war die Geschichte in Rom, bei der sie dich fast erwischt hätten, als du Bonello das Altarbild gestohlen hast.«

Ich erschrak und sagte: »Gestohlen?«

»Wiederbeschafft«, antwortete Eliza lächelnd. »Es war bereits aus einer Kirche gestohlen worden.«

Ich verstand das nicht, dachte aber, es wäre unhöflich, nachzubohren, und sagte: »Und wie kann man eine Diamantenmine vortäuschen?«

Simon schmunzelte. »Es ist nicht weiter schwierig. Man nimmt, einfach ausgedrückt, einen Haufen diamanthaltiges Gestein und tut es in ein verborgenes Loch in der Erde, damit es so aussieht, als wäre es eine ergiebige Diamantenmine, und versucht dann, sie zu verkaufen.«

»An Mr. Smith?«

»Ich habe keine Ahnung. Er hat es nicht gesagt.«

Ich dachte an ein gestohlenes Altarbild und einen ruinierten Spieler und sagte: »Er scheint sehr nett zu sein, da er Sie geschickt hat, um mich zu beschützen, aber sind alle Dinge, die Sie für ihn tun, gut?«

Simon zog eine Augenbraue hoch. »Wir wissen nur selten, was er eigentlich bezweckt, und ich kann auch diese Frage nicht beantworten. Wir erledigen die Aufträge, die er uns gibt, und er bezahlt uns dafür. Bettler können nicht wählerisch sein.«

»Aber . . . Ich meine, Sie sind doch gar kein Bettler, oder?«

Eliza lachte. Simon antwortete: »Nein. Aber ich bin auch kein Vikar. Ich bin ein Knecht auf dem Felde und tue, was mir aufgetragen wird.«

Ich sagte: »Ich bitte um Entschuldigung. Ich wollte keine Kritik üben.«

Er musterte mich einen Moment lang mit einem merkwürdigen Blick und sagte dann: »In dieser verlogenen Welt finde ich Sie bemerkenswert offen. Als Sie uns reden hörten und merkten, daß wir nicht die sind, für die wir uns ausgeben, hätten Sie still sitzen bleiben können, um noch mehr zu erfahren. Sie hätten sogar Angst bekommen können. Aber Sie kamen auf dem schnellsten Weg hierher und sagten uns, was Sie gehört hatten. Sie sind ein sehr ungewöhnliches Mädchen, Meg.«

»Wirklich? Ich nehme an, es liegt daran, daß ich ein ungewöhnliches Leben hatte. Und außerdem hatte ich in Rosemary die beste Lehrerin überhaupt. Glauben Sie, daß ich den Mann im dunklen Zimmer zu sehen bekomme, wenn wir in England sind?«

Simon schüttelte den Kopf. »Sie fahren gar nicht nach England. Wir bringen Sie in die Schweiz auf eine Schule, die man Pensionat nennt. Sehr wohlhabende Leute schikken ihre Töchter dorthin, nachdem sie die Schule in England beendet haben, damit richtige junge Damen aus ihnen werden.«

Ich sah ihn verblüfft an. »In die Schweiz? Ein Pensionat? Warum schickt er mich dorthin?«

Simon lächelte. »Er hat es nicht gesagt. Als wir Sie bei Luke und Rosemary gefunden hatten, berichteten wir ihm in einem Telegramm, daß Sie in guten Händen seien. Nachdem wir dann in *Shalimar* gewesen waren, wurde uns klar, daß Rosemary sehr krank war, und später machten wir mit Luke aus, daß wir Sie in unsere Obhut nehmen würden, wenn das Schlimmste geschähe. Er benachrichtigte uns, als sie starb, und wir baten unseren Auftraggeber telegraphisch um Anweisungen. Er antwortete, wir sollten Sie zum Pensionat Clairmont in Neuchâtel bringen, wo man sie bereits erwarten werde.«

Ich sagte wie betäubt: »Sie haben von wohlhabenden Eltern gesprochen. Wird das Ihren Auftraggeber nicht eine Menge Geld kosten?«

»Gewiß.«

»Aber Sie wissen nicht, warum er das tut?«

»Nein, wirklich nicht, Meg.«

Eine kleine Schweißperle rann mir die Stirn hinunter

und brannte in meinem Auge, aber ich war innerlich so aufgewühlt, daß ich es kaum bemerkte: »Und was tun Sie dann, wenn Sie mich zu diesem Pensionat gebracht haben?« fragte ich.

»Eliza und ich? Oh, wir fahren zurück nach England und vertreiben uns die Zeit, bis Josiah Smiths Anwalt uns mitteilt, daß der Mann im dunklen Zimmer einen neuen Auftrag für uns hat.«

Ich rieb mir das Auge und spürte, wie mir das Herz sank, während ich versuchte, in die Zukunft zu sehen. Ich hatte Luke und Rosemary verloren, ich würde bald Simon und Eliza verlieren. Ich war im Begriff, allein und ohne Freunde wiederum eine neue Welt zu betreten, die mir vollkommen fremd war, und vielleicht würde ich wieder eine andere Sprache lernen müssen. Erst drei Jahre waren vergangen, seit ich Mitji gewesen war, der Wechselbalg unter Ureinwohnern, und dann und wann wurde ich immer noch von den endlosen und komplizierten Anforderungen der Zivilisation überwältigt. Hinzu kam, daß es auf einmal einen Unbekannten in einem dunklen Zimmer gab, der offenbar die Verantwortung für mich übernommen hatte, weil mein Leben in Gefahr war. Es war alles sehr beängstigend, und ich mußte mir große Mühe geben, damit sich die Furcht nicht auf meinem Gesicht abzeichnete.

»Wie lange soll ich auf dieser Schule sein?« fragte ich.

Simon rollte in komischer Verzweiflung die Augen, und es war Eliza, die meine Frage beantwortete. »Wir wissen es auch nicht, Meg. Wir wissen nur, daß wir Ihnen die Adresse des Anwalts geben sollen, so daß Sie Mr. Josiah Smith auf diesem Wege schreiben können, wann immer Sie wollen, um ihn wissen zu lassen, wie Sie zurechtkommen und ob Sie irgend etwas brauchen.«

Sie zögerte und fuhr dann fort: »Simon mag es nicht, wenn ich Vermutungen über die Beweggründe unseres

Auftraggebers anstelle, aber ich habe weder ihm noch irgendeinem anderen Mann Gehorsam gelobt und kann vermuten, soviel ich will, und ich glaube, er schickt Sie in die Schweiz, weil Sie dort besser versteckt sind.«

»Versteckt?« wiederholte ich tonlos.

»Ja, Liebes. Machen Sie nicht so ein verstörtes Gesicht. Sie haben einen scharfen Verstand, gebrauchen Sie ihn also. Wenn jemand Sid Buller beauftragt hat, Sie aus dem Weg zu räumen, dann könnte derselbe Jemand Sie in Hinblick auf einen neuen Versuch im Auge behalten wollen. In Fremantle ist übrigens ein Mann mit uns an Bord gegangen, der unseren Verdacht erregt hat. Wir sind sicher, daß er den Auftrag hat, Sie im Auge zu behalten, und haben deshalb allen Leuten hier erzählt, daß Sie mit uns nach England fahren. Aber wir werden das Schiff in Marseille unerwartet verlassen und von dort mit der Eisenbahn nach Neuchâtel fahren.«

Ich sagte langsam: »War es der dicke Herr mit den großen Ohren und dem dünnen Schnurrbart, der an dem Tisch neben unserem gesessen hat? Mr. Cranwell?«

Simon setzte sich kerzengerade auf und starrte mich überrascht an. »Genau. Woher wissen Sie das?«

»Er ist nur wenige Tage, nachdem wir von Fremantle ausgelaufen waren, in meiner Kabine gewesen. Es war tagsüber, und ich hatte die Tür abgeschlossen, aber er muß sich trotzdem Zutritt verschafft haben, und ich glaube, daß er meine Sachen durchsucht hat.«

Simon sagte: »Wie zum Teufel wollen Sie das wissen?«

»Ich habe seinen Geruch wahrgenommen, als ich wieder in die Kabine kam. Ich kannte den Geruch des Kabinenstewards und des Mannes, der saubermacht, und dieser Geruch war anders. Es war der Geruch von Mr. Cranwell vom Nebentisch. Es kam mir damals unmöglich vor, und ich dachte schon, ich müsse mich geirrt haben, aber vielleicht hatte ich doch recht.«

»Ich vergesse fortwährend Ihre besonderen Fähigkeiten«, sagte Simon nachdenklich. »Nein, Meg, ich bin ganz sicher, daß Sie sich nicht geirrt haben. Sagen Sie mir auf jeden Fall Bescheid, wenn so etwas noch einmal passiert.«

»Ja, natürlich. Aber wieso ist er damit beauftragt worden, mir zu folgen?« sagte ich. »Er ist doch in Colombo von Bord gegangen.«

»Nicht aus freien Stücken, meine Liebe«, sagte Eliza. »An unserem letzten Abend im Hafen wurde er in einer der Gassen hinter dem Basar von Strolchen überfallen, und deshalb verpaßte der arme Mann das Schiff. Sie wissen ja, ein Dampfer wartet nicht auf Leute, die zu spät kommen.«

Einen Moment lang wurde ich aus ihren Worten nicht recht schlau, aber dann dämmerte es mir langsam, und ich sagte: »Aber wie können Sie wissen, daß er von Strolchen überfallen wurde, wenn er den Dampfer verpaßt hat?«

»Simon hatte da so eine Vision«, stellte Eliza feierlich fest und zwinkerte.

Ich hatte auf einmal das Gefühl, alle Kraft sei aus mir gewichen. Es war drei Uhr morgens, ich hatte kaum ein Auge zugetan, und in der vergangenen Stunde war mir eine ganze Reihe von Schocks und Überraschungen zuteil geworden. Mein Gehirn schien plötzlich nicht mehr zu arbeiten, und mir fielen keine Fragen mehr ein, die ich über den geheimnisvollen Mr. Josiah Smith oder meinen unbekannten Feind – so es denn einen gab – oder meine Zukunft stellen konnte.

Ich sagte: »Danke, daß Sie mir das nun alles gesagt haben. Wenn Sie mich jetzt bitte entschuldigen würden, ich denke, ich gehe zu Bett.«

Eliza nickte, und ich sah Mitgefühl in ihren Augen. Versuchen Sie zu schlafen, Meg«, sagte sie. »Denken Sie fürs erste nicht mehr daran. Gute Nacht, Liebes.«

Ich wünschte ihnen beiden eine gute Nacht und ging zur Tür. Bei geschlossenem Fenster war es in der Kabine noch heißer geworden, und ich überlegte, ob ich nicht zehn Minuten an Deck gehen sollte, um ein wenig abzukühlen, ehe ich in meine eigene Kabine ging. Ich wollte gerade die Tür öffnen, als mir plötzlich noch etwas einfiel. Es hatte kaum etwas mit dem zu tun, worüber wir eben gesprochen hatten, sondern betraf das Ereignis, bei dem ich Simon Fordyce und seine Frau zum erstenmal gesehen hatte – jene bemerkenswerte Predigt über die Sünden des Fleisches.

»Wenn Sie möchten, daß man Sie für einen Vikar hält«, sagte ich, »warum predigen Sie dann so wie damals in Lawton? Luke konnte kaum glauben, was er hörte. Die Art, wie Sie sprachen, war eher dazu angetan, die Leute zu den Sünden zu verführen, die Sie angeblich verdammten.«

Simon Fordyce faßte sich ans Kinn. »Ich nehme an, es kommt einfach so aus mir heraus«, entgegnete er salbungsvoll.

Eliza schnaufte verächtlich. »Es kommt so heraus, weil er ein schamloser Flegel ist, der ein loses Mundwerk hat und nicht der Versuchung widerstehen kann, anständige Leute von Grund auf durcheinanderzubringen, so ist es in Wirklichkeit.«

»Sie genießen es, mein Schatz«, sagte Simon schlicht. »Du solltest sehen, was für ein Gesicht die Frauen machen, wenn ich sage, daß ich Wollust im Herzen habe, und wie die Männer dich angucken, wenn ich sage, daß du Wollust im Herzen hast.«

»Ich habe alles gesehen. Aber eines Tages wirst du zu

weit gehen, mein Bester, und dann sitzt du in der Tinte. Ich sollte meinen, daß dein schändlicher Humor dir schon in der nächsten Welt genug Probleme geschaffen hat, so daß du nicht auch noch in dieser welche heraufbeschwören solltest.«

Er schüttelte langsam mit gespieltem Ernst den Kopf. »So spricht die Pfarrerstochter. Keine Angst, meine liebe Eliza, ich habe die Absicht, demnächst zu bereuen, aber jetzt noch nicht.«

Sie stand auf und fuhr ihn an: »Sei bitte vor Meg nicht zynisch und gottlos. Ich dulde nicht, daß du das untergräbst, was Rosemary ihr beigebracht hat!«

Sein Ausdruck änderte sich. »Oh. Natürlich. Entschuldige, Eliza.«

Sie kam zu mir an die Tür. »Gehen Sie jetzt zu Bett, Liebes. Ich weiß, daß Sie niemandem etwas von all dem erzählen werden, aber versuchen Sie, so mit uns umzugehen wie vorher, und sagen Sie vor allem kein Wort davon, daß wir in Marseille von Bord gehen wollen. Wir haben es geschafft, Mr. Cranwell in Colombo abzuhängen, aber vielleicht war er nicht der einzige, der hinter Ihnen her ist.«

Ich antwortete beinahe verzweifelt: »Ich bin ein Mädchen, das unter Ureinwohnern aufwuchs und erst vor drei Jahren aus dem Busch gekommen ist. Ich kann doch *unmöglich* so wichtig für Leute sein, von denen ich noch nie etwas gehört habe und die ich noch nie gesehen habe!«

Eliza seufzte und ergriff mich an den Händen. »Wir wissen die Antwort auch nicht«, sagte sie. »Wir können nur annehmen, daß Sie eben *doch* sehr wichtig sind.«

Ich lag eine halbe Stunde wach im Bett, und die verschiedensten Gedanken wanden und ringelten sich schlangengleich in meinem Kopf. Der Mann im dunklen Zimmer ... Mr. Tasker, der in London ermordet worden war ... Alles, was ich eben über Simon und Eliza Fordyce erfahren hatte. Wer war mein unbekannter Feind? Gab es ihn wirklich? Und hatte Sid Buller mich damals wirklich töten wollen? Rosemary war dessen sehr sicher gewesen. Wenn sie recht gehabt hatte – hatte ihn dann jemand deswegen geschickt? Falls sie sich geirrt hatte, gab es nicht den Schatten eines Beweises, der die Theorie von meinem unbekannten Feind stützte oder die Geschichte, die Simon und Eliza Fordyce mir erzählt hatten, bestätigte. In diesem Fall . . . gab es den geheimnisvollen Mr. Josiah Smith wirklich? Und wenn ja, was wollte er von mir?

Nach einer Weile stand ich auf, knipste das Licht an und ging zu dem kleinen Schrank in der Kabine. In einem der Fächer lag ein noch ungeöffnetes, mit braunem Papier umwickeltes Paket, das die sieben Bücher von Rosemary sowie *Die Völker der Erde* und das Album enthielt, mit dem ich angefangen hatte, sobald ich ein wenig lesen konnte. Bisher hatte ich mir auf der Überfahrt Bücher aus der Schiffsbibliothek entliehen, aber jetzt hatte ich das Gefühl, nur etwas Vertrautes, das mir am Herzen lag, könne meinen Verstand daran hindern, fortwährend über Fragen zu brüten, die zu beantworten ich keine Hoffnung hatte.

Ich schnürte das Paket auf und starrte entsetzt auf den Inhalt. Mein Album fehlte! Es enthielt alle möglichen Bilder und interessanten Dinge aus den alten Zeitungen und Zeitschriften, die Luke aus Lawton mitgebracht hatte, und hinten war die Seite aus dem *Strand Magazine* eingeklebt, die Seite mit den drei Fotos der Dame, die als Mädchen in meinem Alter soviel Ähnlichkeit mit mir gehabt hatte. Ich hatte mich ein bißchen geschämt, als ich die Seite in mein Album klebte, aber ich hatte es damals einfach nicht über mich gebracht, sie fortzuwerfen.

Jetzt war das Album verloren und mit ihm die Seite mit den Fotos. Ich hockte vor dem Schrank und versuchte, mir den Morgen ins Gedächtnis zu rufen, an dem ich hastig meine Habseligkeiten gepackt hatte. Ich war ganz sicher, daß ich das Album zu den Büchern von Rosemary gelegt hatte, die ich ausgesucht hatte, aber es war Luke gewesen, der sie für mich verpackt hatte, während ich meine Kleider zusammenfaltete und einpackte. Er mußte das Album versehentlich liegengelassen haben.

Es war ein Andenken, das mir besonders viel bedeutete, und der Verlust brachte mich den Tränen nahe. Rosemary hatte mir zuerst dabei geholfen, das Album anzulegen, und es war besonders innig mit meinen Erinnerungen an sie verbunden, aber Luke würde es zweifellos fortwerfen, wenn er *Shalimar* verkaufte und das Haus für die nächsten Bewohner räumte. Traurig legte ich *Leben und Abenteuer Nikolas Nicklebys* beiseite, um darin zu lesen, packte die anderen Bücher wieder fort, lehnte mich im Bett an die Kissen und schlug das Buch aufs Geratewohl auf. Das wundersame Licht der Glühbirne an der Decke fiel auf die Seite, und ich begann zu lesen.

> In diese Schalen goß Mrs. Squeers, unterstützt von einer hungrigen Magd, nun einen bräunlichen Brei, der wie gewässerte Feldskabiosen aussah und für Porridge ausgegeben wurde. Ein winziges Stück Graubrot wurde in jede Schale gesteckt, und als die Jungen ihren Porridge mit Hilfe des Brots gegessen hatten, verzehrten sie das Brot selbst und hatten ihr Frühstück beendet, worauf Mr. Squeers salbungsvoll bemerkte: »Der Herr mache uns aufrichtig dankbar für das, was wir empfangen haben!« – und begab sich zu dem seinen.

Die Privatschule Dotheboys Hall. Ein schrecklicher Ort. Ganz anders als das Pensionat für höhere Töchter, das ich bald in der Schweiz besuchen würde, überlegte ich, während meine Gedanken von der Lektüre abschweiften. Ich hatte noch nie Schnee gesehen, nur auf Bildern, und konnte mir ein Land wie die Schweiz kaum vergegenwärtigen. Mit meiner beschränkten Erfahrung der zivilisierten Welt hatte ich große Mühe, mir die Ankunft im Pensionat Clairmont vorzustellen.

Die denkwürdigen Umstände, unter denen ich es eines Tages verlassen sollte, hätte ich mir allerdings noch viel schwerer vorstellen können.

9

ICH WURDE IM Juli eine Schülerin des Pensionats Clairmont und blieb zehn Monate und acht Tage dort. Der Juli war in Australien ein Wintermonat, doch ich hatte vor langer Zeit von Rosemary erfahren, daß er in Europa ein Sommermonat war. In den ersten Tagen war ich recht verängstigt, denn ich befand mich plötzlich unter Mädchen, die so merkwürdig waren, als wären sie von einem anderen Planeten gekommen, und ich kam ihnen offensichtlich ebenso merkwürdig vor.

Rosemary hatte mich gute Manieren gelehrt, aber meine hiesigen Kameradinnen schienen zahllose kleine Gewohnheiten und Bräuche zu haben, die man teilen mußte, wenn man nicht als Außenseiterin behandelt werden wollte. Mir erschienen einige ihrer Verhaltensweisen ausgesprochen unfreundlich oder ungezogen, und ich war vollkommen hilflos. Die Tatsache, daß sie untereinander französisch sprachen, obgleich die Hälfte von ihnen aus England kam, machte es auch nicht besser.

Simon und Eliza Fordyce brachten mich am Sonntagnachmittag unserer Ankunft in Neuchâtel in das Büro Mademoiselle Héraults, der Schulleiterin. Sie hatten mir bereits mitgeteilt, daß ich als Meg Smith, Nichte und Mündel von Mr. Josiah Smith, vertreten durch Messrs. Molton, Hardacre und Lane, Anwälte in Middle Temple, angemeldet worden war. Soweit Mlle. Hérault wußte, war ich in Westaustralien geboren und aufgewachsen, wo meine Eltern kürzlich bei einem Schiffsunglück den Tod gefunden hatten.

Ein Bursche nahm meine Tasche und meinen kleinen Koffer, und ein Stubenmädchen wurde zusammen mit ihm hinaufgeschickt, um in meinem Zimmer für mich auszupacken, während Mademoiselle uns in ihrem Büro empfing. Mlle. Hérault war eine magere Jungfer von etwa vierzig Jahren mit einem gestrengen Auftreten und der Angewohnheit, den Kopf beim Sprechen nach hinten zu neigen und ihren Nasenrücken entlang nach unten zu blikken. Sie eröffnete uns, daß Clairmont den Töchtern *sehr* guter Familien vorbehalten sei und daß sie hoffe, ich würde mich unter ihnen zu Hause fühlen.

Ich hätte sicher große Angst vor Mlle. Hérault bekommen, wenn Eliza nicht im rechten Augenblick ihr Benehmen geändert und eine ganz andere Pfarrersfrau geworden wäre, die sich nicht im mindesten einschüchtern ließ und den Bemerkungen und Fragen der hageren Mademoiselle mit ihren eigenen zu begegnen wußte. Simon hatte sein Auftreten ebenfalls geändert und war nun träge und desinteressiert, überließ alles seiner »Gattin« und nickte nur dann und wann umständlich, um seine Zustimmung auszudrücken. Wäre ich nicht so nervös gewesen, hätte ich womöglich lachen müssen.

Mademoiselle beherrschte Englisch, sprach es aber mit einem sonderbaren Akzent, den mein Ohr als angenehm empfand. Als nach dem einleitenden Wortgefecht klar war, daß die Frau von Hochwürden Simon Fordyce nicht kuschen oder sich unterlegen fühlen würde, schien Mademoiselle ein wenig umgänglicher zu werden. Sie stellte mir einige Fragen über die Reise, die ich vernünftig zu beantworten versuchte, und teilte uns anschließend mit, daß sich im Augenblick zweiundzwanzig junge Damen in Clairmont aufhielten, die von fünf Lehrkräften unterrichtet und von einer sehr angemessenen Anzahl Dienstboten versorgt würden. Da nun Sonntag nachmittag sei und schönes Wetter herrsche, seien die jungen Damen zu dem nur wenige hundert Meter entfernten Neuenburger See oder Lac de Neuchâtel geführt worden, wo diejenigen, die es wünschten, ein Bad nehmen könnten, während die anderen eine Bootspartie machten

»Beide Zerstreuungen werden selbstverständlich beaufsichtigt«, erklärte Mademoiselle. »Den Badenden stehen Zelte zur Verfügung, und die Boote haben Segeltuchdächer zum Schutz vor der Sonne. Können Sie schwimmen, Meg?«

»Äh . . . nein, Mademoiselle.«

»Dann lernen Sie es vielleicht bei uns. Zwei oder drei unserer jungen Damen können ausgezeichnet schwimmen und werden Ihnen vielleicht Unterricht geben. Unser Arzt empfiehlt es aus gesundheitlichen Gründen, und es ist neuerdings ein sehr beliebter Zeitvertreib bei Personen der besseren Stände. Besitzen Sie ein Badekleid?«

»Nein, Mademoiselle.« Ich kam mir törichterweise schuldig vor, dies zugeben zu müssen.

Eliza sagte: »Mein Mann und ich werden für einige Tage im Hôtel du Lac absteigen, bis Meg sich ein wenig eingelebt hat, und in dieser Zeit werde ich mit ihr all das besorgen, was sie benötigt. Die Sachen, die sie aus Australien mitgebracht hat, reichen hier nicht als Garderobe aus, und obgleich ich weiß, daß Mr. Josiah Smith Ihnen reichlich Mittel für all das angewiesen hat, was Meg während ihres hiesigen Aufenthalts brauchen sollte, möchte ich sie persönlich vollständig ausgestattet wissen, ehe wir sie endgültig Ihrer Obhut anvertrauen.«

»Sehr wohl, Mrs. Fordyce. Und vielleicht wäre es Ihnen genehm, jetzt Megs Zimmer in Augenschein zu nehmen und anschließend einen kleinen Rundgang durch das Pensionat zu machen, damit Sie Mr. Josiah Smith von der Vorzüglichkeit der Einrichtungen überzeugen können. Wenn ich es richtig verstehe, wird er selbst nicht zu einer Besichtigung kommen?«

»So hat er sich auch uns gegenüber ausgedrückt«, sagte Eliza mit einem huldvollen Lächeln. »Nicht wahr, mein lieber Simon?«

Ihr »Gatte« schien aus einem Nickerchen zu erwachen und grunzte: »Äh? Hm . . . Ja. Unbedingt.«

Mademoiselle erhob sich hinter ihrem Schreibtisch und schenkte mir einen etwas besorgten Blick. »Ich empfehle nachdrücklich den Kauf eines Sonnenschirms«, sagte sie. »Für junge Damen ist ein blasser Teint wünschenswert, und unsere gute Meg scheint ihr Gesicht dort unten zu oft der Sonne ausgesetzt zu haben.«

Wenn ich jemals baden sollte, dachte ich, werden sie sehen, daß ich auch meinen restlichen Körper zu oft der Sonne ausgesetzt habe. Eliza muß das gleiche gedacht haben, denn sie sagte ohne Zögern und mit großem Nachdruck: »Megs Teint ist von ihrer natürlichen Pigmentierung beeinflußt, Mademoiselle, nicht von der Sonne. Laut der Diagnose des Spezialisten, den ihre Eltern in dieser Angelegenheit konsultierten, hat sie eine leichte, aber vollkommen harmlose Überfunktion der Korpuskularsekretion, deren Effekt der Sonnenbräune gleicht. Ich meine, er ist in ihrem Fall sogar wünschenswert, da er die Sommersprossen auf ihrer Nase und ihren Wangen nicht so deutlich hervortreten läßt, wie ein blasser Teint es zweifellos täte.«

Simon Fordyce nickte. »Korpuskularsekretion«, echote er vage.

Mademoiselle blickte verständig und meinte: »Sehr wohl.«

Ich war dafür bestimmt, ein großes Schlafzimmer mit der Ehrenwerten Emily Fortescue zu teilen, einem mürrischen und molligen Mädchen mit braunem Haar, der Tochter eines englischen Aristokraten. Ich lernte sie am Abend beim Essen kennen, als ich den übrigen Schülerinnen vorgestellt wurde, und sie ließ von Anfang an keinen Zweifel, daß ich ihr als Zimmerkameradin unwillkommen war. Ehe wir zu Bett gingen, richteten einige Mädchen in dem gemeinsamen Aufenthaltsraum ein paar freundliche Worte an mich, einige warfen mir hochnäsige oder ablehnende Blicke zu, und die übrigen unterhielten sich untereinander und nahmen keine Notiz von mir. Ich lächelte und bemühte mich, freundlich zu sein, wann immer sich eine Gelegenheit bot, aber ich fühlte mich vollkommen fehl am Platz unter diesen wunderschön gekleideten Mädchen aus reichen Häusern mit vielen Dienstboten, wo sie in unfaßlichem Behagen und Luxus gelebt hatten.

Als wir dann zu Bett gingen, antwortete Emily nur auf französisch, wenn ich etwas zu ihr sagte. *»En francais, jeune fille! Parlez francais!«* Ich verstand nicht einmal, was das bedeutete, und erfuhr es erst später. Als Eliza am nächsten Tag kam, um mich zu Besorgungen abzuholen, war ich ungeheuer erleichtert. Ich sagte ihr nicht, wie sehr es mich ängstigte, allein in solcher Gesellschaft zu weilen, aber sie mußte es erraten haben, denn sobald wir in der Droschke saßen, nahm sie meine Hand und sagte: »Arme Meg. Ich kann mir vorstellen, was Sie durchmachen, Liebes. Ist es sehr schlimm mit all den reichen jungen Damen?«

»Ja«, bestätigte ich. »Aber ich denke, ich werde mich daran gewöhnen. Wissen Sie, als ich nach *Shalimar* gekommen war, glaubte ich zuerst eine Weile, daß alle *walypala*-Frauen so seien wie Rosemary, aber sie sind es leider nicht.«

Eliza sagte: »Alle *was*?«

»Oh, entschuldigen Sie. Weiße Frauen. Rosemary war die erste, die ich je zu Gesicht bekam.«

Eliza seufzte. »Sie haben ganz recht, Liebes. Nicht alle sind so wie sie, und wenn Mr. Josiah Smith ein bißchen Grips hätte, dann hätte er Sie irgendwo bei einer netten Familie auf dem Land untergebracht, statt Sie den Launen von einem Haufen eingebildeter und verwöhnter junger Dinger auszuliefern. Irgendwo auf einer Farm versteckt, hätten Sie sich bestimmt wohler gefühlt. Aber wie Ihnen sicher schon aufgefallen ist, sind Männer in vieler Hinsicht furchtbar dumm.«

Ich dachte an Luke und dann an Simon, die einzigen weißen Männer, die ich gut kannte. »Sie geben einem manchmal Rätsel auf«, sagte ich. »Ob sie auch dumm sind, kann ich nicht beurteilen.«

Eliza lachte. »Liebe, ehrliche Meg! Ich hoffe, Sie werden sich nicht zu sehr ändern, es gibt schon genug Leute wie uns, die sich immerfort verstellen.« Sie tätschelte meine Hand. »Ich zweifle nicht, daß Sie zuerst ein paar Schwierigkeiten haben werden, aber Sie kommen bestimmt schnell darüber hinweg, denn Sie sind ein anpassungsfähiges Mädchen, und Sie verstehen es weit besser als wir anderen, sich im Leben durchzusetzen.«

Drei Tage darauf reisten Simon und Eliza Fordyce aus Neuchâtel ab. Es fiel mir nicht leicht, meinen Kummer und meine Angst zu verbergen, als man mich im Salon neben Mlle. Héraults Büro mit ihnen allein gelassen hatte, damit ich mich von ihnen verabschieden konnte.

»Haben Sie sich schon etwas eingelebt, Meg?« fragte Simon.

Ich brachte ein Lächeln zustande. »Noch nicht richtig, aber ich versuche es. Sie haben gesagt, daß ich Mr. Josiah Smith schreiben darf, und ich werde es tun. Dürfte ich Ihre Adresse haben, damit ich Ihnen auch schreiben kann? Und wenn Sie nur dann und wann die Zeit fänden, mir ein paar Zeilen zu antworten . . .«

Meine Stimme erstarb, denn Simon schüttelte langsam den Kopf, und Eliza biß sich bekümmert auf die Lippe. »Es tut mir leid«, sagte Simon. »Aber unser Auftrag ist hiermit beendet, und wir dürfen nicht mit Ihnen in Verbindung bleiben. Josiah Smith denkt vielleicht, man könnte Sie über uns ausfindig machen, wenn wir miteinander korrespondierten.« Er lächelte ein bißchen gequält. »Außerdem hat er bestimmt bald eine neue Arbeit für uns, und wir müssen wieder auf Reisen gehen.«

»Oh. Ja, ich verstehe . . .« In mir war eine schmerzhafte Leere. Ich schluckte hart, erwiderte sein Lächeln und sagte: »Dann kann ich Ihnen nur noch dafür danken, daß Sie mich beschützt haben, und Ihnen für Ihre gemeinsame Arbeit alles Gute wünschen. Ich werde oft an Sie denken und Sie in meine Gebete einschließen.«

Simon wandte sich ab und blickte aus dem Fenster. Eliza musterte ihn und sagte traurig: »Ja, Simon, ich schäme mich auch.« Dann trat sie zu mir, küßte mich auf die Wange, nahm mich in die Arme und hielt mich einen Augenblick ganz fest, während sie flüsterte: »Ich glaube nicht, daß ich bei dem Allmächtigen in sehr gutem Ansehen stehe, aber ich werde auch für Sie beten, liebe Meg.«

Zurücktretend betupfte sie sich mit einem kleinen Taschentuch die Nase und sagte brüsk: »Los, Simon, du kannst dir doch sicher einen Abschiedskuß für Meg abringen? Ich werde solange woanders hinsehen.«

Sie drehte sich zum Fenster. Simon schien zu zögern, aber dann kam er zu mir und ergriff mit beiden Händen meine eigenen. Er betrachtete mich aufmerksam, beugte sich dann sehr langsam vor. Ich hätte den Kopf abwenden können, denn er ließ mir mehr als genug Zeit dafür, aber ich rührte mich nicht, sondern schloß die Augen und wartete darauf, daß seine Lippen die meinen berührten. Es war ein sehr zarter Kuß, der nicht mehr als eine Sekunde dauerte, doch ich sollte mich in den kommenden Monaten viele Male daran erinnern, denn es war der erste Kuß, den ich je von einem Mann bekommen hatte, und selbst die Erinnerung daran löste eine unerklärliche Regung in mir aus, sonderbare Freude und Sehnsucht zugleich.

Er ließ meine Hände los und trat zurück, als ich die Augen aufschlug. »Es war ein großes Glück, Sie kennenzulernen, Meg«, sagte er und begann, sich zum Gehen zu wenden. »Und was Sie betrifft, Mrs. Fordyce, so sind Sie ein seltenes und großzügiges Exemplar von Frau. Jetzt laß uns gehen und kein Blick mehr zurück.«

Sekunden später fiel die Tür ins Schloß, und ich war allein.

Während ich die ersten Tage in Clairmont vollkommen verängstigt gewesen war, war ich in den nächsten drei oder vier Wochen nur unglücklich, aber dann schien das Leben etwas angenehmer für mich zu werden. Dafür gab es mehrere Gründe. Zum einen fand ich heraus, daß nicht alle Schülerinnen keck und hochnäsig waren. Drei oder vier waren schüchtern und unsicher wie ich, und ich legte bald das Fundament einer Freundschaft mit einem Mädchen aus Frankreich und zwei jungen Engländerinnen. Daß ich eine schnelle Auffassung und eine Gabe zum

Nachahmen hatte, half mir ebenfalls, weil ich auf diese Weise rasche Fortschritte im Französischen machen konnte. Es war die hier übliche Sprache, obwohl die beiden Engländerinnen und ich, wenn wir allein waren, auch oft das uns besser vertraute Englisch benutzten.

Ich sollte mich in dem Pensionat nie so zu Haus fühlen wie in *Shalimar*, doch während ich mit dem Schulalltag und den recht unterschiedlichen Persönlichkeiten meiner Mitschülerinnen vertraut wurde, fühlte ich mich nicht mehr so einsam und unglücklich. Das Mädchen aus Frankreich, Nicole, war eine vorzügliche Schwimmerin, und in den ersten Wochen brachte sie mir das Schwimmen bei. Ich hatte großen Spaß daran und war ihr außerordentlich dankbar dafür. Kurz danach, als ich mich immer noch bemühte, in Clairmont Fuß zu fassen, geschah etwas, was die ganze Schule veranlaßte, mich mit neuen Augen zu betrachten.

Es lag von Anfang an auf der Hand, daß gewisse Mädchen die anderen in unterschiedlichem Grad beherrschten, doch ein Mädchen tat sich in dieser Hinsicht besonders hervor. Sie war Engländerin, etwas größer als die meisten von uns, hatte glänzendes schwarzes Haar und hellbraune Augen, die merkwürdige dunklere Tupfen aufwiesen, ein hübsches Mädchen mit ausgeprägten Zügen, einer durchdringenden Stimme und einer spitzen Zunge. Sie hieß Clarissa Fitzwilliam und war die ungekrönte Königin der Mädchen von Clairmont, allerdings keine beliebte Königin.

Clarissa erinnerte mich an einen Dingo, den ich in meiner Zeit beim Stamm gekannt hatte. Er hatte die anderen Dingos durch sein aggressives Verhalten beherrscht und ihnen scharfe Bisse in die Flanken zugefügt oder kleine Haarbüschel aus dem Nacken gerissen, nur um sie fortwährend darauf hinzuweisen, daß er ihr Herr und Meister war.

Clarissa war ähnlich veranlagt. Sie hatte drei oder vier Anhängerinnen, die um sie herum scharwenzelten, während die anderen sie offenbar nicht mochten und Angst vor ihr hatten. Sie war ein kräftiges Mädchen und liebte es, die Mädchen wie zum Scherz im Vorbeigehen zu knuffen und ihnen Haare auszuziehen. Ich gehörte freilich nicht zu den Opfern ihrer Tücke, vielleicht wegen eines Zusammenstoßes, der sich schon am zweiten Abend meines Aufenthalts in Clairmont ereignete. Wir saßen nach dem Essen im gemeinsamen Aufenthaltsraum, als sie mit ihren Getreuen zu mir trat und mich auf englisch fragte, wie ich hieße, woher ich käme und wer meine Eltern seien.

Ich war zunächst aufgestanden und wollte höflich antworten, als sie mich angesprochen hatte, doch als sie in herrischem Ton weitersprach, fühlte ich, wie sich die Haare in meinem Nacken zu sträuben begannen und meine Nasenflügel sich blähten. Ich sagte: »Ich heiße Meg Smith, ich komme aus Australien, und meine Eltern sind tot.«

Ihre Augen verengten sich, und sie musterte mich von oben bis unten. »Seien Sie gefälligst nicht schnippisch zu mir, Miss!« sagte sie scharf.

Ich antwortete nicht, weil mir nichts zu sagen einfiel, sondern stand nur da und begegnete ihrem Blick mit wachsendem Zorn. Im Raum war es sehr still geworden, und wie mir später klar wurde, rechneten die anderen Mädchen damit, daß sie mich an den Haaren zupfen oder in den Arm zwicken würde. Ihre Hand bewegte sich ein wenig und hielt dann inne. Vielleicht wurde Clarissa von dem abgeschreckt, was Luke Bowman meinen Katzenblick genannt hatte, doch was immer der Grund gewesen sein mochte, sie trat nach ein oder zwei Momenten mit einem zornigen Achselzucken zurück.

»Mademoiselle scheint neuerdings Zigeunerinnen aufzunehmen«, verkündete sie. »Ich weiß wirklich nicht, wie tief Clairmont noch sinken wird.«

Wie ich später von meiner Zimmerkameradin Emily erfuhr, sagte sie dann dasselbe auf französisch, damit es auch die Mädchen verstanden, die des Englischen nicht mächtig waren.

In den nächsten Tagen sah und hörte ich oft, wie Clarissa das eine oder andere Mädchen drangsalierte, aber sie schienen alle zuviel Angst zu haben, um sich bei Mademoiselle zu beklagen, und ich fand, daß es mich nichts anging, bis ich dann eines Abends, als wir zu Bett gegangen waren, hören mußte, daß Emily leise vor sich hin weinte. Ich wußte, daß Emily mich nicht mochte, und machte mir ehrlich gesagt auch wenig aus ihr, doch als ich sie weinen hörte, bekam ich Mitleid.

»Was ist, Emily?« flüsterte ich. »Was hast du?«

Sie begann, etwas in stockendem Französisch zu murmeln, aber ich sagte ungeduldig: »Sag es um Himmels willen auf englisch, damit ich es leichter verstehen kann.«

Sie stützte sich auf einen Ellbogen hoch und wischte sich die Tränen von den Wangen. »Es ist diese schreckliche Clarissa«, wimmerte sie. »Du weißt ja, wie sie sich eine von uns vorknöpft und dann immerzu zwickt und pufft. Nun, diese ganze Woche über hat sie mich ausgesucht. Ich habe überall an den Armen und Beinen blaue Flecke, und mein Kopf tut vom vielen Haareauszupfen weh!«

»Die ganze Woche?« sagte ich ein bißchen überrascht. »Ich hatte es gar nicht bemerkt. Ich nehme an, ich war zu sehr damit beschäftigt, meine französischen Bücher zu studieren.«

»Wenn sie sich *dich* ausgesucht hätte, hättest du es bestimmt bemerkt«, greinte Emily böse. »Warum tut sie es nicht? Warum tut sie dir nie etwas? Es ist nicht *gerecht*!«

»Hm, daran kann ich nichts ändern«, sagte ich und tätschelte sie am Arm. »Aber hör jetzt auf zu weinen. Wenn Clarissa dir morgen wieder zu nahe kommt, werde ich ihr sagen, daß sie aufhören soll.«

»Bestimmt?« Ein Hoffnungsschimmer trat in ihre Augen, erlosch aber schnell wieder. »Aber dann rächt sie sich an dir.« Der Schimmer kehrte zurück. »Aber du wirst mit ihr reden, Meg? Ehrenwort?«

»Ehrenwort. Schlaf jetzt.«

Ich legte mich mit einem Gefühl des Ärgers wieder hin, weil ich so töricht gewesen war, mich in Emilys Probleme hineinziehen zu lassen, und nicht recht wußte, wie es dazu gekommen war. Wenn ich mich einmischte, würde ich gewiß das Ziel von Clarissas Zorn werden, was genau das war, was Emily hoffte, doch während ich dalag und überlegte, wurde mir bewußt, daß diese Aussicht mir kaum Angst machte, so daß es mir nicht weiter schwerfiel, die Angelegenheit aus meinen Gedanken zu bannen und einzuschlafen.

Die höheren Töchter von Clairmont pflegten sich abends in dem großen Aufenthaltsraum zu versammeln, um zu lesen, Konversation zu treiben, zu häkeln und zu sticken oder Spiele wie Dame und Domino zu spielen. Mademoiselle erlaubte uns auch, Spielkarten zu benutzen, vorausgesetzt, wir spielten nur Patience oder Pikett oder Bézigue. Am Tag nach meinem spätabendlichen Gespräch mit Emily hörte ich zu meiner Freude, daß wir nachmittags einen ausgiebigen Spaziergang am See machen würden. Das war bisher noch nie geschehen, und ich sah der körperlichen Betätigung mit großer Erwartung entgegen und konnte es dann kaum fassen, als wir eine halbe Stunde ausruhten, nachdem wir gemächlich eine knappe Meile dahingeschlendert waren, und dann bereits den Rückweg zum Pensionat antraten.

»Ich dachte, Mademoiselle hätte etwas von einem ausgiebigen Spaziergang gesagt«, flüsterte ich der neben mir gehenden Nicole in stockendem Französisch zu.

Sie sah mich überrascht an. »Aber es war doch ein ausgiebiger Spaziergang. Was meinst du?«

Ich schüttelte verwirrt den Kopf. »Es ist nicht weiter wichtig.« Ich konnte ihr schlecht sagen, daß ich oft zehnmal so weit marschiert war, ohne das Gefühl zu haben, lange gelaufen zu sein. Vielleicht war meine Enttäuschung der Grund, daß ich an dem Abend mißgestimmt war. Ich hatte Emily und Clarissa ganz vergessen und setzte mich in eine Ecke, um mit einem französisch-englischen Wörterbuch neben mir ein paar Seiten in den *Elenden* von Monsieur Victor Hugo zu lesen. Nach einer kleinen Weile war ich so in meine Lektüre vertieft, daß ich kaum merkte, was ringsum geschah, bis ich dann plötzlich einen lauten, spitzen Aufschrei hörte.

Ich blickte auf und sah Clarissa mit einem zusammengeklappten Sonnenschirm in der Hand neben Emily stehen, die, einen Stickrahmen umklammernd, in einem Lehnstuhl kauerte, wimmerte und flehende Blicke in meine Richtung sandte. Clarissa hatte zwei ihrer Getreuen bei sich und stieß Emily mit dem Sonnenschirm, während sie sprach. »Warum bist du eigentlich so furchtbar dick, Emily? Ist dir nicht klar, daß du ein beleidigender Anblick für uns andere bist? Sieh nur, wie fett du dort bist« – sie stieß mit ihrem Sonnenschirm – »und dort und dort auch.«

Einige Mädchen schauten unterwürfig lächelnd zu. Die anderen taten so, als nähmen sie keine Notiz von dem Geschehen, beobachteten es aber verstohlen und waren froh, nicht selbst das Opfer zu sein, das Clarissa sich diesmal ausgesucht hatte. In mir flammte Zorn auf. Ich legte mein Buch beiseite und sagte sehr laut: »Laß Emily in Ruhe, Clarissa.«

Clarissa wirbelte wutentbrannt herum, und ringsum

herrschte plötzlich Totenstille. Sie schien für einen Augenblick nicht genau zu wissen, wer gesprochen hatte, aber dann heftete sich ihr Blick auf mich. *»Wie bitte?«* fragte sie ungläubig.

»Laß sie bitte in Ruhe. Hör endlich auf, Emily zu quälen!«

Clarissas Augen funkelten. »Und was hat das mit Ihnen zu tun, Miss Zigeunerin? Sie mögen sie ja nicht einmal!«

Ich stand auf und ging auf sie zu, bis ich vor ihr stand. Zu meiner Überraschung kostete ich die Situation plötzlich aus und hatte den unbestimmten Verdacht, seit meiner Ankunft in Clairmont hätten sich so viele widerstreitende Empfindungen in mir angestaut, daß ich unbewußt nur eine Gelegenheit suchte, ihnen ein Ventil zu verschaffen. »Emily und ich schlafen in einem Zimmer«, sagte ich. »Ich lasse nicht zu, daß sie gequält wird.«

Clarissa starrte mich mit kaltem Zorn in den Augen an, und ihre Lippen arbeiteten sonderbar, doch ich konnte sehen, daß auch Furcht bei ihr einsetzte. Wie jedes Mädchen im Raum wußte auch sie, daß die Tage ihrer Herrschaft gezählt waren, wenn es ihr nicht gelang, mich in die Schranken zu weisen, und sie sich meiner Forderung beugte. »Seien Sie vorsichtig, Miss«, sagte sie mit gepreßter Stimme. »Sie täten gut daran, sich wieder zu setzen.«

»Und du tätest gut daran, Emily in Ruhe zu lassen.«

»Ratschlag abgelehnt.«

»Clarissa«, sagte ich, »wenn du dich weiter wie ein verzogenes Kind benimmst, werde ich dich entsprechend behandeln.«

»Ph!« machte sie verächtlich und stieß Emily abermals mit ihrem Sonnenschirm. Im nächsten Augenblick hatte ich ihre Nase fest zwischen den Knöcheln von Zeigefinger und Mittelfinger. Clarissa war einen halben Kopf größer als ich und wahrscheinlich kräftiger als die anderen Mädchen, aber ich hatte den größten Teil meines Lebens bei einem primitiven Stamm in einer unfruchtbaren Wildnis zugebracht, wo man sich ohne Ende mühen und plagen mußte, nur um zu überleben. Als weiblicher Wechselbalg war ich wie ein Junge behandelt worden, hatte Jungenspiele gespielt und war mutig wie ein Junge geworden, und später hatte ich in *Shalimar* drei Jahre lang schwere körperliche Arbeiten verrichtet. Ich war weit stärker und schneller als irgendeine wohlerzogene junge Dame der westlichen Welt.

Es kostete mich keinerlei Mühe, Clarissa den Schirm mit meiner freien Hand zu entwinden. Während sie nasale Klagelaute ausstieß, zog ich sie so an der Nase nach vorn, daß sie über Emilys Schoß fiel. Ihr langer Zopf berührte den Boden. Ich stellte einen Fuß darauf, damit sie sich nicht aufrichten konnte, hielt sie mit einer Hand am Rükken fest und verabreichte ihr mit dem Sonnenschirm drei tüchtige Schläge auf den Allerwertesten, bevor ich das Utensil beiseite warf und ihr einen Stoß versetzte, so daß sie von Emilys Schoß rollte und mit ausgebreiteten Armen und Beinen, vor Schreck ganz benommen und beinahe hysterisch, nach Luft schnappend und schluchzend auf dem Boden landete.

Die anderen Mädchen waren in der Pose erstarrt, die sie Augenblicke zuvor eingenommen hatten, so daß der Aufenthaltsraum einem *Tableau vivant* glich. Große Augen starrten mich an. Überraschtes Stöhnen und gedämpfte Ausrufe wurden laut. Clarissa rappelte sich auf die Knie hoch, ihre Wangen waren tränenüberströmt, ihre Nase glänzte rot, ihr Mund war weit geöffnet. »Ich . . . ich . . . ich werde es *melden*!« rief sie in einem merkwürdig erstickten Schrei. »Ich werde es Mademoiselle melden! Sie wird dich *von der Schule weisen*!«

Mein Herz schlug höher. Wenn ich von der Schule gewiesen wurde, würde Mr. Josiah Smith mich vielleicht nach England holen müssen, wo ich wenigstens die Sprache beherrschte. Und wo immer ich dort hinkommen mochte, es konnte nur besser sein als Clairmont. Ich nahm Clarissa an einem Ohr und zog sie auf die Füße. »Ausgezeichnet!« sagte ich. »Wir gehen sofort zu ihr. Los, Clarissa.« Ich fing an, mit ihr zur Tür zu gehen, und blickte mich dann kurz um. »Du kommst mit, Emily. Du kannst deine blauen Flecke zeigen und erzählen, woher sie kommen.«

»O ja!« Emily sprang eifrig auf, und ich hatte schon die Tür erreicht, als Clarissa in die Knie sank und heftig an meiner Faust zerrte, damit ich ihr nicht das Ohr abriß.

»Nein! Bitte nicht, Meg!« Nun kamen neue Tränen, andere Tränen, und ich wußte, daß Clarissa auf einmal schreckliche Angst hatte, denn ich konnte den Geruch der Furcht wahrnehmen, den sie nun ausströmte.

»Du wolltest es doch Mademoiselle melden«, sagte ich.

»Nein . . . nein, ich will es nicht. Sie wird meinem Vater schreiben, und dann wird er furchtbar zornig.« Sie fing an, unzusammenhängend zu stammeln. »Er . . . wird mich zurückkommen lassen«, fuhr sie fort, als sie sich einigermaßen gefaßt hatte. »Oh, du ahnst nicht, wie er ist. Schon als ich klein war, ließ er mich zur Strafe stundenlang in eine dunkle Besenkammer sperren. Ich hatte solche Angst, und ich wußte nie, was ich falsch gemacht hatte . . . Bitte, Meg!«

Ich ließ ihr Ohr los und half ihr hoch, da ich plötzlich Mitleid mit ihr hatte und Scham über mich selbst empfand. »Bitte . . .«, schluchzte sie.

»Es ist schon gut«, sagte ich hastig. »Hab keine Angst.«

Emily sagte neben mir empört: »Du wirst doch nicht auf sie hören? Los, Meg, gehen wir mit ihr zu Mademoiselle, und ich werde meine blauen Flecke zeigen, dann wird *sie* vielleicht von der Schule gewiesen!« Nun, wo Emily sich wieder sicher fühlte, dürstete sie nach Rache.

Ich sah sie an und sagte: »Du schweigst still.« In meinem Blick muß etwas Drohendes gewesen sein, denn sie zuckte erschrocken zusammen und sagte zerknirscht: »Schon gut. Es war ja nur ein Vorschlag.«

Ich dachte daran, wie grausam Kinder des Stammes zu jedem Schwächling gewesen waren, zu jedem Wechselbalg und jedem kleinen Tyrannen, der von einem stärkeren Tyrannen entthront worden war, und fühlte mich plötzlich sehr müde. Ich nahm Clarissa am Arm und führte sie aus dem Raum. Nachdem ich die Tür geschlossen hatte, erklärte ich ihr: »Du gehst jetzt lieber und wäschst dir das Gesicht, und dann kommst du zurück und setzt dich einfach zu mir und redest mit mir, als ob wir nun Freundinnen wären. Du kannst mich französische Vokabeln abfragen, wenn du willst. Das dürfte die anderen daran hindern, dich zu verspotten oder zu hänseln. Ich werde in einer halben Stunde auf mein Zimmer gehen, und ich denke, du solltest dann auch gehen. Sie werden ohnehin darüber reden, was geschehen ist, so daß wir ihnen ebensogut noch heute abend Gelegenheit dazu geben können.«

Sie starrte mich mit rot geränderten Augen verwirrt an. »Warum . . . Warum hilfst du mir, obwohl du mich doch gar nicht magst?«

Ich dachte an Luke und blickte sie finster an. »Jemand, den ich früher einmal kannte, gab mir ein gutes Beispiel. Jetzt geh bitte, und wasch dir das Gesicht.«

Sie warf mir noch einen erstaunten Blick zu und hastete fort. Immer noch an Luke denkend, schaute ich ihr nach. Er hatte mich nie gemocht, das war mir jetzt klar. Es hatte Zeiten gegeben, in denen er sich alle Mühe gegeben hatte, aber er konnte seine Gefühle nie lange verhehlen. Aber er hatte mich trotz dieser Gefühle bei sich aufgenommen und mir Nahrung und Schutz, Trost und Freundlichkeit gegeben und besonders das unschätzbare Privileg, von Rosemary unterrichtet und in eine furchterregende neue Welt geleitet zu werden. Aber ich hatte nicht die Absicht, Clarissa all dies zu erklären.

Lieber Luke!
Heute abend habe ich etwas sehr Schockierendes getan. Erinnerst Du dich noch an diese Clarissa, von der ich Dir erzählt habe? Nun, sie suchte sich kürzlich Emily als ihr neues Opfer aus. Ich mag Emily nicht sehr, aber als sie gestern abend im Bett weinte, bekam ich Mitleid und versprach, ihr zu helfen.

Vor ungefähr einer halben Stunde ergriff ich im gemeinsamen Aufenthaltsraum Emilys Partei, als Clarissa sie quälte, und es kam zu einer handgreiflichen Auseinandersetzung (wie es dort, wo ich aufwuchs, manchmal zwischen Frauen geschah). Das Ergebnis war, daß ich Clarissa ein paar kräftige Schläge mit ihrem eigenen Sonnenschirm gab. Ich glaube, ich gab ihr auch das, was Du immer meinen Katzenblick genannt hast! Ich kann mir nicht vorstellen, was Rosemary von mir gedacht hätte, und ich schäme mich wirklich über mich, aber ich wurde einfach in eine Situation hineingezogen, in der ich keine andere Wahl zu haben schien, als so zu handeln, wie ich es tat.

Clarissa war zuerst außer sich und drohte, Mademoiselle zu melden, was . . .

Ich saß an unserem kleinen Tisch und schrieb in das Tagebuch, das ich angefangen hatte, als wir in Fremantle abgelegt hatten, kein richtiges Tagebuch, sondern ein großes Kontobuch, das ich zu diesem Zweck gekauft hatte. Ich schrieb wie immer so, als richtete ich einen Brief an Luke, weil ich festgestellt hatte, daß meine Gedanken auf diese Weise ungehinderter strömten. Luke war der erste lebende Weiße, den ich meines Wissens gesehen hatte, und der einzige Mensch auf der Welt, für den ich noch ein Gefühl der Sehnsucht hegen konnte.

Dadurch, daß ich ihm in meinem Tagebuch schrieb, konnte ich auch meine Einsamkeit lindern, obwohl ich dabei die Erkenntnis, daß ich nicht wußte, wo auf der großen weiten Welt er nun war, und daß ich ihn niemals wiedersehen würde, aus meinem Geist verbannen mußte.

Als ich den Eintrag beendet hatte, legte ich das Tagebuch in meine Schublade und nahm Schreibpapier heraus, um meinen wöchentlichen Brief an Mr. Josiah Smith zu schreiben. Ich hatte ihm nie mitgeteilt, daß ich in Clairmont nicht glücklich war, und die Briefe gerieten immer recht kurz, weil ich mir nicht einbildete, daß er sich für die banalen täglichen Ereignisse bei uns interessierte. Ich hatte auch gewiß nicht die Absicht, ihm zu berichten, was ich heute abend mit Clarissa gemacht hatte.

Lieber Mr. Smith!
Ich freue mich, Ihnen mitteilen zu können, daß ich nunmehr gute Fortschritte im Französischen mache und gestern von Mademoiselle dafür belobigt wurde. Das Wetter ist hier immer noch sehr schön, und meine Freundin Nicole freut sich, daß ich dank ihres Unterrichtes jetzt zu schwimmen imstande bin.

Ich sprach neulich mit Mademoiselle über drei Bücher, die ich gern lesen würde, und sie sagte, sie würde sie umgehend bestellen. Ich fürchtete, das hieße Ihre Großzügigkeit ausnutzen, was mir sehr fernlag, aber Mademoiselle versichert mir, daß Sie reichlich Mittel für derartige Ausgaben zur Verfügung gestellt haben.

Seien Sie bitte meines aufrichtigen Danks für Ihre

Freundlichkeit versichert, Sir. Ich hoffe, es ist nicht unziemlich, wenn ich Sie bitte, Mr. und Mrs. Fordyce meine guten Wünsche auszurichten, wann immer sich eine Gelegenheit dazu ergibt.

Ihre ergebene und respektvolle Meg Smith

Mein Leben in Clairmont, das schon sichtlich leichter geworden war, änderte sich nach meinem Zusammenstoß mit Clarissa ganz entschieden. Ich wurde über Nacht eine geachtete Mitschülerin, und alle Mädchen gaben sich Mühe, nett zu mir zu sein, während einige sogar ihre Loyalität von Clarissa auf mich übertragen und meine Busenfreundinnen werden wollten. Ich reagierte nicht darauf, sondern hielt mich dankbar an die drei, die mich schon zu Anfang freundlich behandelt hatten, Nicole und die beiden Mädchen aus England, Ruth und Fiona.

Nachdem Clarissa einige Tage sehr zurückhaltend gewesen war, gewann sie ein wenig von ihrer alten Arroganz zurück, aber zu mir war sie immer ausgesucht höflich, und da viele der Mädchen jetzt bereit waren, ihr zu trotzen, war es vorbei mit dem Hänseln und Quälen, das Emily und andere erduldet hatten.

Im Oktober hatte ich mich an das neue Leben in Clairmont gewöhnt und fühlte mich nicht mehr unglücklich, aber es gab Augenblicke, in denen ich mich so unendlich langweilte, wie ich es in *Shalimar* nie gekannt hatte, und es gab Zeiten, in denen ich das Gefühl hatte, daß ich meine Tage mit unnützen oder belanglosen Tätigkeiten verbrachte. Ich mochte meine Freundinnen sehr, doch da sie nicht die Wahrheit über mich wußten, konnte ich mich ihnen nie so nahe fühlen wie damals Rosemary und Luke. Ich sehnte mich oft danach, einen Menschen zu haben, der mir wirklich nahe war, und zu manchen Zeiten hatte ich das Gefühl, ich erstickte, kam mir bei der ständigen Aufsicht und Bevormundung wie eine Gefangene vor und wünschte mir, irgendwo in den Tälern und Bergen zu sein und an den Seen und Flüssen die Geschöpfe und Pflanzen zu studieren, die neu für mich waren, etwas zu tun, wieder selbst für mich zu sorgen . . .

Doch dann schämte ich mich und sagte mir zornig, daß ich nun keine Wilde mehr war, die nackt durch den Busch lief. Ich war wie durch ein Wunder in Rosemarys Obhut gekommen, und sie hatte mir durch ihr Beispiel, ihren Unterricht und ihre selbstlose Aufopferung ermöglicht, die Bräuche meines wahren Volkes zu lernen, damit ich als zivilisierter Mensch bei ihm leben konnte. Ich war nicht mehr der von den Ureinwohnern geduldete Wechselbalg, sondern eine recht tüchtige und einigermaßen gebildete junge Dame, die eines Tages . . . ja, was konnte sie eines Tages tun? An diesem Punkt kamen meine Gedanken ins Stocken, denn ich hatte keine Ahnung, was die Zukunft für mich bereithalten mochte, und niemand außerhalb des Pensionats teilte sich mir mit. Ich wußte nicht, wie lange Mr. Josiah Smith mich hierlassen würde und was er mit mir vorhatte, wenn ich von hier fortging. Simon und Eliza hatten nur gesagt, daß mich irgendwo ein unbekannter Feind suche, der ir etwas antun wolle, aber das schien mir nun ins Reich der Phantasie zu gehören.

Es wurde Winter. Ich schrieb meine wöchentlichen Briefe an Mr. Josiah Smith und sprach in meinem Tagebuch mit Luke. Wenn ich abends im Bett lag, suchte ich Luke manchmal im Geiste, um zu sehen, ob er gesund und wohlbehalten war. Diese Fähigkeit hatte beim Stamm als selbstverständlich gegolten. Eine Frau, die in einen anderen Stamm geheiratet hatte, erwartete ein Baby. Ihre Eltern wußten es sofort, als hätte ihr Geist von fern eine Nachricht bekommen. Ich besaß diese Macht nicht. Nach dem Fortgang Manyis, der Frau, die ich damals als meine

Mutter ansah, hatte ich sie zu finden versucht, doch ohne Erfolg. Ich hatte gedacht, die Fähigkeit fehle mir deshalb, weil ich nur ein Wechselbalg sei und kein echter Mensch. In einem gewissen Sinn stimmte das auch, weil ich in der Tat zu einer anderen Rasse gehörte, und es war närrisch, wenn ich auch nur versuchte, Luke im Geiste zu finden, aber ich hatte das Versprechen, das ich Rosemary gegeben hatte, noch an keinem Tag vergessen, und obwohl ich nicht in der Lage gewesen war, es zu halten, wünschte ich mich von ganzem Herzen zu vergewissern, daß Luke wohlauf war. Deshalb versuchte ich es – und scheiterte.

Als Weihnachten näher rückte, teilte Mademoiselle mir mit, ich würde in den Ferien nicht nach England fahren, und daher würde sie alle notwendigen Vorbereitungen treffen, damit ich im Pensionat bleiben könne. Sofort lud mich jede meiner drei Freundinnen für das Fest zu sich nach Hause ein. Mademoiselle schickte ein Telegramm an Mr. Josiah Smiths Anwälte und erhielt umgehend die telegraphische Antwort, ich solle zwar nicht nach England kommen, dürfe aber die Einladung einer Freundin annehmen und Weihnachten bei ihr auf dem Kontinent verbringen, falls Mlle. Hérault die Sicherheit habe, daß ich in der Obhut einer ehrenwerten Familie sein werde.

So kam es, daß ich drei Wochen in dem wunderschönen Haus von Nicoles Eltern bei Grenoble zu Gast war. Ihre Eltern und ihre älteren Brüder legten sehr viel Wert auf Umgangsformen, so daß ich dankbar war, von Rosemary und während meines bisherigen Aufenthalts in Clairmont soviel Etikette gelernt zu haben. Wenn ich nach meinem Leben in Australien gefragt wurde, mußte ich bis zu einem gewissen Grad meine Phantasie zu Hilfe nehmen, aber dafür hat e mir bereits Eliza Hilfestellung geleistet, als sie in den letzten Tagen unserer Überfahrt eine ganz einfache, aber plausible Vergangenheit für mich komponiert hatte.

Die ersten Tage der Weihnachtsferien waren aus diesen und anderen Gründen recht anstrengend, doch später begann ich, mich heimisch zu fühlen, und freute mich über die neuen Erfahrungen, die ich machte.

Ich schickte Mr. Josiah Smith einen Weihnachtsglückwunsch und ein feines Taschentuch aus Batist, in das ich mit Seide sein Monogramm gestickt hatte. Ich war keine Meisterin im Sticken, aber ich hatte das Taschentuch wenigstens nicht von seinem Geld gekauft, sondern von den wenigen Franken, die Gerda, eine junge Österreicherin, mir für meinen Känguruhhuf gegeben hatte. Es war der Huf, den Yuma mir geschenkt hatte, weil ich ihm bei der Beschaffung seines Zauberknochens behilflich gewesen war.

Am Morgen des ersten Feiertags schrieb ich in mein Tagebuch an Luke.

Lieber Luke!

Ich denke heute besonders an Dich, denn es ist Weihnachten, und ich weiß, wie sehr Rosemary Dir fehlen wird. Ich vermisse sie auch schrecklich, aber ich finde einen gewissen Frieden darin, sie vor meinem inneren Auge zu sehen, und ich hoffe, daß Du, wo immer Du auch sein magst, ebenfalls Frieden und Trost finden wirst.

Ich trage ihren Anhänger, den Du mir freundlicherweise geschenkt hast. Ich trage ihn nicht immer, weil die Kette sonst durchscheuern und ich ihn verlieren könnte, aber ich trage ihn jeden Sonntag, wenn ich zur Kirche gehe, und ich legte ihn mir auch gestern abend um, als ich zusammen mit Nicole und ihrer Familie die Mitternachtsmesse besuchte. In Neuchâtel gehe ich zur protestantischen Kirche, aber viele Mädchen sind katholisch, und ich nehme recht oft mit ihnen am Gottesdienst in der kleinen Schulkapelle teil, obwohl mir dort das heilige Abendmahl verwehrt ist. Ich glaube nicht, daß es Rosemary etwas ausmachen würde, welche Kirche ich besuche, und ich nehme auch nicht an, daß es Gott etwas ausmacht.

Morgen werde ich Dir berichten, was heute am ersten Feiertag geschieht. Ich habe morgens immer sehr viel Zeit, weil ich nach wie vor früh aufstehe, während das Haus, natürlich mit Ausnahme der Dienstboten, erst nach halb neun Uhr langsam wach wird.

Ich werde jetzt nach ihnen klingeln, damit sie mir heißes Wasser für mein Bad bringen. O Luke, wie sehr hat sich alles geändert, seit Du mich nach Hause gebracht hast! Ich weiß noch genau, wieviel Angst ich hatte, als Rosemary zum erstenmal versuchte, mich in den Zuber zu setzen ...

Nicole und ich fuhren nach Neuchâtel zurück. Die Schweiz lag unter einer Schneedecke, und in den nun folgenden Tagen, die kälter waren als alles, was ich mir in *Shalimar* beim Betrachten von Zeitschriftenfotos schneebedeckter Länder vorgestellt hatte, fröstelte ich fortwährend. Ein oder zwei Wochen war ich todunglücklich, aber dann sah ich, daß die anderen Mädchen und die Einheimischen keinerlei Anstoß an der Kälte nahmen und den Schnee sogar zu genießen schienen, und kam zu dem Schluß, ich müsse mir den Anschein geben, als ginge es mir ebenso.

Zu meiner Überraschung wurde aus dem Anschein bald Wirklichkeit, und in mir erwachten neue Lebensgeister. Ich freute mich unbändig auf die Spaziergänge und Spiele im Schnee und beneidete die Schlittschuhläufer aus dem Ort, die so mühelos über jeden noch so kleinen zugefrorenen Tümpel glitten.

Die Wochen vergingen, und mit dem Frühling kam der

Tag, den Rosemary zu meinem Geburtstag bestimmt hatte. Wenn sie mein Alter richtig geschätzt hatte, wurde ich nun achtzehn Jahre alt. Meine Freundinnen überreichten mir kleine Geschenke, Mademoiselle arrangierte abends eine kleine Geburtstagsfeier für mich, und als ich zu Bett ging, war ich dankbar über den schönen Tag und hätte mir nicht träumen lassen, daß es meine letzte Nacht in Clairmont sein wurde.

Die Schülerinnen durften das Pensionat nicht allein verlassen, aber wir hatten die Erlaubnis, am Nachmittag zu zweit in den Ort hinunterzugehen, um in den Geschäften einzukaufen oder uns eine Weile an den See zu setzen. Am Tag nach meinem Geburtstag begleitete ich Fiona, die im Kurzwarenladen ein wenig Stickgarn kaufen wollte.

Fiona war ein gutmütiges Mädchen, brauchte aber immer sehr lange, um sich zu entscheiden, und nachdem sie eine ganze Weile gezaudert und überlegt hatte, trat ich in der Hoffnung, sie wurde merken, daß ich etwas ungeduldig geworden war, in die Türöffnung, denn wir hatten abgemacht, nach ihrer Besorgung ein Stückchen am See spazierenzugehen.

Als wir den Hang von der Schule hinabgeschritten waren, hatte ich knapp hinter uns einen alten Mann mit einem obstbeladenen Eselkarren bemerkt. Es war Armand, der in ganz Neuchâtel bekannt war. Nun sah ich ihn wenige Schritte vom Laden entfernt neben seinem Karren stehen und von einem Fuß auf den anderen treten, als warte er auf jemanden. Sobald er mich erblickte, nahm er den Zügel und führte seinen Esel auf dem Kopfsteinpflaster weiter, bis er unmittelbar vor mir stehenblieb. *»Vous voulez des beaux fruits, Mademoiselle?«* fragte er und zeigte auf die Körbe mit verschiedenen Früchten, die auf dem Karren standen.

Ich war ein wenig überrascht, lächelte jedoch und sagte: »Non, merci, Armand.«

Er sah sich unruhig um, nickte dann zu meiner Hand hin und sagte: »*Votre gant, Mademoiselle!*«

Mein Handschuh? Ich wußte nicht, was er meinte, und hob die Hand, um den Handschuh zu betrachten. Fast im selben Moment legte er einen Fetzen Papier auf meine Handfläche, wandte sich dann ab und ging mit seinem Eselkarren weiter die Straße hinunter. Ich blickte ihm verblüfft nach, bevor ich das Papier in meiner Hand betrachtete. Es war sehr klein und zweifach gefaltet.

Ich wollte mich schon umdrehen und Fiona erzählen, was geschehen war, hielt aber im letzten Moment inne, ohne recht zu wissen, warum. Langsam faltete ich das Papier auseinander, und mein Herz machte einen Satz, als ich auf einige wenige Worte in einer mir wohlbekannten Handschrift starrte:

Im Gartenhaus. Sobald Du es einrichten
kannst. Sag niemandem etwas. Dringend!
Luke

10

ICH SCHOB DIE Nachricht schnell in meinen Handschuh und starrte über die Straße, ohne etwas wahrzunehmen, während meine Gedanken fieberhaft arbeiteten.

Luke? Hier? Selbst in einem Traum hätte ich es kaum glaubhaft gefunden, aber es war kein Traum, denn nun rief Fiona mich in den Laden, um ihr zwischen zwei Blautönen entscheiden zu helfen. Ich empfahl einen aufs Geratewohl und war dankbar, daß sie zu sehr mit ihrer schwierigen Entscheidung beschäftigt war, als daß sie bemerkt hätte, daß ich mit meinen Gedanken ganz woanders war.

Wie um Himmels willen hatte Luke mich hier gefunden? Warum hatte er mich gesucht? Er hatte zu meinem Kummer allem Anschein nach keinen weiteren Kontakt gewünscht, als wir uns an dem selben Morgen, da ich mit seiner verlorenen Karte aus dem Busch zurückgekehrt war, in *Shalimar* verabschiedet hatten, und doch hatte er mich jetzt aufgespürt. Warum hatte er beschlossen, auf diese verstohlene Art mit mir in Verbindung zu treten? Er hätte durchaus zum Pensionat kommen und sich als einen alten Freund aus Australien vorstellen können – nur daß ich nun Meg Smith und nicht mehr Meg Gaynor hieß. Aber Luke wußte nichts von Mr. Josiah Smith und hatte keine Ahnung, daß Hochwürden Simon Fordyce und seine Frau in Wahrheit kein Pfarrersehepaar war, es sei denn, er hätte es irgendwie herausgefunden. Aber selbst dann . . .

Meine Gedanken verhedderten sich so sehr, daß ich sogar den Versuch aufgeben mußte, Lukes Absichten zu erraten. Fiona und ich schlenderten inzwischen am See entlang, und sie plapperte unentwegt über ein Gerücht, demzufolge Mademoiselle Jaffe, die jüngste Lehrerin von Clairmont, einen Anbeter in Neuchâtel hatte. Ich warf dann und wann einige Worte ein, doch meine Gedanken waren ganz woanders.

Das Gartenhaus stand bei einer hohen Mauer am Ende des langen Gartens hinter dem Pensionat und war durch dichtes Buschwerk abgeschirmt. Es wurde selten benutzt, vor allem deshalb, weil es ein beliebtes Refugium von Spinnen und anderen krabbelnden Insekten war, von denen die jungen Damen von Clairmont zu meiner heimlichen Belustigung panische Angst hatten. Ich fragte mich, was sie wohl denken würden, wenn sie wüßten, wie oft ich verschiedene Verwandte dieser Krabbeltiere verspeist hatte.

»Sobald du es einrichten kannst«, hatte es in der Nachricht geheißen. Ich wußte, daß Fiona sich eher freuen als ärgern würde, wenn ich unseren Spaziergang abkürzte, und so erreichten wir zwanzig Minuten später das Tor von Clairmont. Ein Blick auf meine Armbanduhr zeigte mir, daß wir uns erst in einer Stunde zum *High Tea* versammeln würden – Tee und winzige Sandwiches auf englische Art, eine Besonderheit, auf die Clairmont sehr stolz war.

Fiona setzte sich mit ihrer Stickarbeit zu einigen anderen Mädchen auf die Veranda, und ich ging auf mein Zimmer, um ein Buch zu holen. Ich pflegte häufig für ungefähr eine Stunde zum Gartenhaus zu gehen, weil es von den anderen Mädchen gemieden wurde und deshalb eine Zuflucht für mich war, wenn ich eine Weile allein sein wollte, um nachzudenken, vor mich hin zu träumen oder meinen Geist einfach von allem zu leeren, wie ich es bei den Ureinwohnern gelernt hatte.

Ein schmaler Pfad wand sich um die dicht stehenden Büsche, und ich spürte, daß mein Herz schneller schlug, als ich auf die Lichtung mit dem Gartenhaus trat. Die Tür und die Außenwände waren zur Hälfte verglast, und die Scheiben waren recht schmutzig, aber ich konnte niemanden drinnen sehen.

Ich öffnete die Tür. An der einen Wand standen einige Klappstühle, in den Ecken hingen Spinnweben, und die übliche kleine Gemeinde von Käfern und Kugelasseln huschte über die Dielen oder verbarg sich in Ritzen. Ich ging mit einem Stuhl nach draußen, klappte ihn auf und setzte mich mit meinem Buch im Schoß in die Sonne. Ringsum war alles still, und ohne den greifbaren Beweis der Nachricht in meiner Tasche hätte ich mich fragen mögen, ob Armand sie mir nur im Traum zugesteckt hatte.

Ich saß da, ohne zu denken oder Mutmaßungen anzustellen, und beobachtete, wie ein paar Ameisen Lasten, die größer waren als sie selbst, über die bemoosten Fugen des Plattenwegs, der das Gartenhaus umgab, schleppten, aber meine Sinne waren wach, und fünf Minuten später hörte ich hinter der Mauer ein leises Geräusch. Als ich aufgestanden war und mich umdrehte, sah ich durch die Fenster des Gartenhauses zwei Hände auf dem oberen Rand der Mauer erscheinen, dann Lukes Kopf und Schultern. Er zog sich hoch, schwang die Beine über den Steinrand und ließ sich gewandt in den Garten fallen.

Er trug eine gegürtete Tweedjacke, unter den Knien geschnürte Breeches, lange wollene Strümpfe und Stiefel sowie eine Mütze, die über seinem dichten blonden Haar nach hinten geschoben war, eine Ausrüstung, wie ich sie auf Fotos von englischen Gentlemen beim Sport gesehen hatte. Da das Gartenhaus zwischen uns stand, sah er mich nicht gleich und klopfte sich gerade den Staub von der Jacke, als ich vor ihn trat und flüsterte: »Luke!«

Er erstarrte und sah mich mit großen Augen an, als erkannte er mich einen Moment lang nicht, und mir wurde bewußt, daß er mich noch nie so elegant gekleidet, so modisch frisiert, mit so glatten Händen und sorgsam manikürten Fingernägeln gesehen hatte. Dann entspannte er sich und lächelte ein klein wenig. Ehe ich es verhindern konnte, merkte ich, wie ich mit Tränen in den Augen zu ihm lief und die Arme ausstreckte, um ihn zu umarmen. »O Luke, wie schön, dich wiederzusehen! Wie schön!«

Sein Gesicht veränderte sich, und er nahm mich an

den Schultern und hielt mich auf Armeslänge entfernt. »Wir haben keine Zeit zu verlieren«, sagte er leise und eindringlich. »Du bist in Gefahr. Ich muß dich noch heute von hier fortschaffen.«

Ich war einen Augenblick lang sprachlos. »Heute nacht?« wiederholte ich dann ungläubig. »Das ist unmöglich. Was soll das bedeuten, Luke? Ich bin nun fast ein Jahr als Meg Smith hier, und das weiß niemand außer Mr. und Mrs. Fordyce und ein Gentleman namens Josiah Smith, der dafür zahlt, daß ich das Pensionat besuche. Warum sollte ich plötzlich in Gefahr sein?«

»Bitte widersprich jetzt nicht, um Gottes willen!« gebot er und blickte sich um. »Könnte jemand hierherkommen?«

Ich schüttelte den Kopf. »Nein, das ist unwahrscheinlich. Und falls doch, höre ich es schon rechtzeitig.«

Ein wenig von seiner Anspannung wich aus ihm, und er nickte langsam. »Ja, natürlich. Das hatte ich vergessen.« Er holte tief Luft. »Aber es fehlt jetzt die Zeit, dir alles zu erklären. Ich suche dich seit Wochen, um dich in Sicherheit zu bringen, aber die Schulleiterin wird mir kaum glauben, wenn ich ihr den Grund nenne. Sie ruft bestimmt die Polizei, wenn ich versuche, dich vor aller Augen fortzubringen, und deshalb muß es heute nacht sein, Meg.«

Ich sagte: »Simon und Eliza Fordyce haben mir erzählt, ich hätte einen unbekannten Feind, und jetzt scheinst du das gleiche zu sagen, aber ich glaube, ihr müßt euch alle irren. Warum sollte mir jemand etwas Böses wünschen?«

Sein Griff um meine Schultern wurde fester. »Weil du die *bist,* die du bist«, sagte er heftig. »Darum!«

Ich war ganz konfus. »Luke, bitte . . . Ich verstehe dich nicht. Ich bin doch nur Meg. Nur Mitji. Ein Niemand. Du weißt, woher ich komme.«

Seine Stimme war plötzlich sehr sanft, aber seine Hände hielten mich ebenso fest wie vorher. »O ja, ich weiß, woher du kommst. *Aber du weißt es nicht!*« Ungeduldig, beinahe erbittert schüttelte er mich ein wenig. »Es ist eine zu lange Geschichte, als daß ich sie jetzt erzählen könnte, und wir müssen uns beeilen. Vertraust du mir? *Vertraust du mir, Rotschopf?*«

Auf diese Frage konnte es nur eine Antwort geben. Wie sonderbar auch seine Worte und sein Verhalten waren, und selbst wenn er im Irrtum oder gar verrückt war, er war Luke Bowman, und ich konnte ihm nur eines antworten. »Ja«, sagte ich. »Natürlich vertraue ich dir.«

»Gott sei Dank«, sagte er inbrünstig und ließ mich los. »Schlafen um Mitternacht alle im Pensionat?«

»Ja, sogar die Dienstboten. In der ersten Zeit bin ich nachts oft in den Garten hinausgegangen, weil ich mich in meinem Zimmer eingesperrt fühlte. Emily schläft wie ein Murmeltier, sie ist meine Zimmerkameradin. Bis heute weiß kein Mensch, daß ich jemals draußen gewesen bin.«

»Sehr gut. Kannst du ein paar Sachen für eine Reise packen, ohne daß Emily es merkt?«

»Ja, ich brauche nur wenige Minuten dafür. Wie lang wird die Reise sein, Luke?«

»Bis zu sechsunddreißig Stunden mit der Eisenbahn und dem Schiff, je nach Anschluß. Ich bringe dich nach London, wo du sicher sein wirst.«

Ich hatte das Stadium der Überraschung und den Drang, Fragen zu stellen, nun hinter mir, war aber von den unterschiedlichsten Gefühlen noch wie betäubt. Ich sehnte mich danach, mit Luke zu gehen, wohin er mich auch bringen mochte, und ich wollte gern nach London, befürchtete aber, meinen Freundinnen und Mademoiselle Hérault große Sorgen zu bereiten. Ich sagte: »Darf ich eine Nachricht für meine Freundin Nicole hinterlassen? Nur, um ihr zu sagen ... Oh, entschuldige, laß mich überlegen.« Ich legte eine Hand an den Kopf. »Ja, ich könnte sie einfach bitten, Mademoiselle Hérault zu sagen, sie möge sich nicht um mich sorgen, ich sei in Sicherheit, weil ich mit meinem ältesten und liebsten Freund fortgegangen sei?«

Luke starrte mich an, und ich meinte, in seinen Augen eine Mischung von Schmerz und Zorn zu erkennen. »Meinetwegen«, antwortete er. »Das kannst du schreiben. Und jetzt hör genau zu. Ich möchte, daß du eine Stunde nach Mitternacht mit deiner Tasche reisefertig wieder hier bist. Es gibt einen Frühzug von Zürich, der durch Neuchâtel kommt. Ich möchte aber nicht dort zusteigen, weil uns bestimmt jemand sehen würde. Ich will statt dessen erst in Travers zusteigen, wo er morgen früh kurz nach sieben Uhr hält, aber das bedeutet, daß wir in der Nacht ungefähr fünfzehn Meilen durchs Tal laufen müssen. Traust du dir das zu?«

»Fünfzehn Meilen? Ich bitte dich, Luke. Erinnerst du dich nicht an ein Mädchen, das Mitji hieß?«

Er lächelte ein wenig. »Doch, ich erinnere mich.«

»Aber du darfst nicht böse sein, wenn ich meine Schuhe und Strümpfe ausziehe . . .« Ich verstummte und horchte. »Da kommt jemand.«

»Verdammt!«

»Fluch bitte nicht in meiner Anwesenheit. Es würde Rosemary nicht gefallen. Schnell – geh jetzt.«

Er schenkte mir einen halb verwirrten und halb aufgebrachten Blick, lief dann zur Mauer, zog sich daran hoch und rollte über den Rand, um sich auf der anderen Seite fallen zu lassen. Zwanzig Sekunden später – ich saß schon wieder mit dem aufgeschlagenen Buch im Schoß da – tauchte Fiona mit angewidertem Gesicht auf dem Pfad auf, der um die dichten Büsche herumführte.

»Oooh, wie *kannst* du nur hier zwischen all dem scheußlichen Ungeziefer sitzen, Meg? Da! Da ist ein Käfer, der so groß ist wie ein *Hühnerei!*«

Ich lachte und antwortete mit einer Gelassenheit, die mich selbst erstaunte: »Ja, stell dir vor, wie groß *du* ihm erst vorkommen mußt. Was ist denn, Fiona?«

Sie trat vorsichtig näher und hielt mir ihren Stickrahmen hin. »Es ist diese blaue Seide«, sagte sie besorgt. »Glaubst du, daß sie *wirklich* zu den anderen Farben paßt, oder hätte ich nicht doch lieber den eher türkisfarbenen Ton nehmen sollen?«

Es war fast Vollmond, und der Himmel war in dieser Nacht sternenklar. Ich hatte einen kleinen Koffer gepackt, aber er wog schwer, weil er auch die Bücher enthielt, die ich von *Shalimar* mitgenommen hatte. Ungeachtet meiner Proteste bestand Luke darauf, ihn zu tragen, so daß mir das Laufen leichtfiel. Ich hatte für später eine Toque eingepackt und trug bis dahin ein Kopftuch. Mein Rock war mit dem Saum an meiner Taille hochgesteckt, so daß meine Beine von den Knien an unbedeckt waren und ich sie ungehindert bewegen konnte. Meine Schuhe und Strümpfe trug ich in dem Beutel, den der hochgesteckte Rock bildete.

Weit und breit war keine Menschenseele zu erblicken, aber wir gingen trotzdem schweigsam dahin und wechselten nur dann und wann ein oder zwei geflüsterte Worte. Gegen Morgengrauen setzten wir uns in einem Gehölz nur eine halbe Meile von Travers entfernt auf die Erde und teilten ein wenig Schokolade, die Luke mitgebracht hatte, und löschten unseren Durst an einem kleinen Bach, der aus einer Felsspalte drang und in vielen Windungen zum Ort hinabplätscherte.

Eine Stunde später schreckte ich, an den Fuß eines Baumes im hohen Gras gekauert, beim Geräusch eines

Fuhrwerks, das unten auf der Straße vorbeikam, aus einem leichten Schlaf hoch. Es war nun kurz nach sechs Uhr, und menschliches Leben begann sich zu regen. Luke lag neben mir und schlief noch, und ich dachte, wie merkwürdig es doch war, daß wir beide hier mitten in der zivilisierten Welt wieder ganz ähnlich reisten wie einst vor Jahren im unwegsamen australischen Busch.

Ich rüttelte ihn wach und sagte: »Wir müssen weiter, Luke.«

Er kniff die Augen zusammen, zog seine Uhr, starrte darauf und grunzte: »Ich wollte doch nicht einschlafen. Verdammt, wir hätten den Zug verpassen können.«

»Luke, hör auf zu fluchen.«

»Entschuldige. Entschuldige, Rotschopf.«

»Um ehrlich zu sein, die Männer beim Stamm haben immer eine ganze Menge geflucht und dabei ganz schreckliche unanständige Wörter benutzt. Es war recht kompliziert und wurde als eine Art Kunst betrachtet, und ich bin gar nicht richtig schockiert, wenn du ›verdammt‹ sagst. Es ist nur, weil . . .« Ich zögerte.

»Ich weiß«, sagte er. »Es würde Rosemary nicht gefallen.« Er seufzte und rieb sich die Augen. »Du hast mir früher nie erzählt, wie die Ureinwohner fluchen.«

»Nein, und ich werde es auch jetzt nicht tun. Ich weiß nicht einmal, wie die Worte auf englisch heißen.«

Er lachte. »Das will ich hoffen.«

Ich freute mich, ihn lachen zu hören, und war glücklich, daß wenigstens im Augenblick wieder Wärme zwischen uns war, glücklich, als er aufstand mir die Hand reichte, um mir aufzuhelfen. Ich zog meine Strümpfe und Schuhe an, entfernte dann die Stecknadeln, die meinen Rocksaum an der Taille festhielten, und ließ den Rock auf meine Knöchel fallen. »Steh bitte still«, sagte ich zu Luke und begann, die Gräser abzuwischen, die an seinen Sachen hafteten. Als er das gleiche bei mir getan hatte, warteten wir noch kurz, um sicher zu sein, daß unten auf der Straße niemand war, und verließen dann das Gehölz und gingen zum Bahnhof, als kämen wir aus einem der Häuser in unmittelbarer Nachbarschaft des Ortes.

Ich fragte: »Hast du denn gar kein Gepäck dabei, Luke?«

Er nickte: »Ich habe einen Koffer am Bahnhof. Ich habe ihn vor drei Tagen dort zur Aufbewahrung gegeben, nachdem ich entdeckt hatte, daß du in Neuchâtel warst.« Nun drängten sich mir wieder all die Fragen auf, doch ich wußte, daß keine Zeit war, sie zu stellen. Statt dessen sagte ich: »Wer bin ich eigentlich jetzt? Ich meine, ich brauchte nichts aufs Pensionat zu gehen, um zu erfahren, daß eine Dame und ein Herr nur dann gemeinsam reisen, wenn sie nahe genug miteinander verwandt sind.«

Er nickte stirnrunzelnd. »Ja. Du mußt entweder meine Schwester oder meine Frau sein.«

»Da ich keinen Trauring habe, spiele ich besser deine Schwester.«

»In Ordnung.«

»Aber du brauchst deshalb doch nicht so ein mürrisches Gesicht zu machen.«

»Ah! Du fängst wieder an, dein Katzengesicht aufzusetzen.«

Ich biß mir auf die Lippe und starrte geradeaus. Nach einigen Sekunden sagte ich: »Wirklich? Das tut mir leid. Ich bin jetzt Meg Bowan, deine Schwester, und werde dich nicht wieder wie eine halbwilde Katze ansehen. Laß uns Freunde sein, Luke.«

Er berührte leicht meine Schulter. »Wir sind Freunde.«

Wenig später, um acht Uhr, überquerten wir die französische Grenze und kamen nach Pontarlier, wo wir in einen

Zug für die zweihundert Meilen weite Fahrt nach Paris umstiegen. Luke zahlte jetzt für ein Schlafabteil, und wir schliefen beide vier Stunden, bis auf dem letzten Abschnitt der Fahrt nach Paris das Mittagessen serviert wurde. Da Luke nur sehr wenig Französisch beherrschte, konnte ich damit angeben, wie fließend ich mich beim Bestellen mit dem Ober unterhielt.

Es gab vieles, was ich wissen wollte, vieles, was Luke mir zu sagen hatte, aber ich konnte meine Wißbegierde nun gut zügeln. Wir mußten allein sein, um von wichtigen Angelegenheiten zu sprechen. Außerdem hatte ich das ganze letzte Jahr keine Ahnung gehabt, was die Zukunft für mich bereithielt, und das würde sich bald von Grund auf ändern, doch nachdem ich so lange Zeit in Unwissenheit verbracht hatte, konnte ich gut und gern noch einige Stunden warten, ohne ungeduldig zu werden.

Beim Mittagessen bat Luke mich, ihm zu erzählen, wie es mir im Pensionat Clairmont ergangen sei. Ich brauchte nicht sehr lange, um einen recht erschöpfenden Bericht von meinem dortigen Aufenthalt zu geben. Ich beschrieb die Dienstboten, die Lehrkräfte und einige Mädchen, schilderte unseren Tagesablauf, erzählte von meinem Weihnachtsbesuch in Grenoble und teilte ihm stolz mit, daß ich schwimmen gelernt hatte, doch da sich unsere Tage in Clairmont nicht sehr voneinander unterschieden hatten, gab es darüber hinaus nicht viel zu sagen.

Während ich berichtete, beobachtete Luke mich so aufmerksam, daß ich verlegen wurde und naiv sagte: »Du meine Güte, zählst du gerade meine Sommersprossen, oder habe ich einen Rußfleck von der Lokomotive im Gesicht?«

»Äh? Oh, nein. Es tut mir leid.« Er machte eine Handbewegung, wie um sich zu entschuldigen. »Verzeih, daß ich dich angestarrt habe. Es ist nur, weil du auf einmal so erwachsen wirkst . . . und doch bist du immer noch dieselbe.« Er drehte sein Weinglas in der Hand und schaute sich um. »Wir fahren in Paris mit einer Droschke zur Gare du Nord, und dort reserviere ich ein Abteil erster Klasse nach Calais. Dann kann ich dir . . . dann kann ich dir alles erzählen.«

Ich sagte: »Ein ganzes Abteil muß sehr teuer sein, und ich habe nur ein paar Schweizer Franken bei mir, mein Taschengeld für diesen Monat. Bist du auch sicher, daß du dir all die Kosten leisten kannst, die du meinetwegen hast?«

Er legte den Kopf zur Seite und sah mich etwas erstaunt an. »Bist du noch gar nicht darauf gekommen, daß ich jetzt sehr wohlhabend sein könnte?«

»Wohlhabend? Oh, du meinst . . .« Ich hielt inne und fuhr dann mit gesenkter Stimme fort: »Die Mine? Das Gold, das du gefunden hast?«

»Ja.«

Eine große Freude übermannte mich. »O Luke, wie herrlich! Ich bin so froh für dich. Erzähl bitte.«

»Also . . . Kurz nachdem du fort warst, habe ich *Shalimar* verkauft, zwei Kamele und reichlich Ausrüstung gemietet und mich wieder als Prospektor betätigt. Diesmal war es ganz leicht, die Stelle zu finden, weil ich die Karte hatte.« Er sah mich an. »Und ich wußte ein bißchen vom Überleben im Busch – ich hatte es von einer kleinen Ureinwohnerin gelernt, einem Wechselbalg, den ich früher einmal kannte.«

Ich lachte und sagte: »Mit Sommersprossen?«

»Ja, eben die. Nun ja, ich nahm einige Gesteinsproben, fuhr nach Kalgoorlie, ließ meinen Claim eintragen und ging dann mit den Proben zur Perth Fidelity Mining Company. Die Leute dort organisierten eine kleine Expedition mit einem Geologen und einem Minenfachmann, und zusammen gingen wir dorthin zurück. Ihr Bericht war sehr positiv, und so kam es, daß ich meinen Claim für achtzigtausend Pfund und zehn Prozent Gewinnanteil an der künftigen Förderung an die Perth Fidelity verkaufte!«

Mir blieb die Luft weg, und dann fing ich an zu lachen. »O Luke! Wenn ich mir heute vorstelle, daß wir damals auf jeden Penny schauen mußten . . .« Ich verstummte, legte Messer und Gabel hin und preßte die Hände an die Augen, weil mir jäh die Tränen aufstiegen.

»Meg?« fragte er besorgt. »Was ist denn los?«

»Entschuldige.« Meine Stimme kam stockend und flüsternd. »Wenn es mir doch nur früher eingefallen wäre . . . wenn ich die Karte nur eher geholt hätte, lange bevor Rosemary starb . . .«

»Laß das!« Seine Stimme war leise, aber befehlend, und ich sah erschrocken auf, um seinem zornigen Blick zu begegnen. »Fühl dich um Gottes willen nicht dafür verantwortlich«, sagte er. »Es hätte nicht den kleinsten Unterschied gemacht.« Er zog ein Taschentuch heraus und reichte es mir über den Tisch. »Wisch dir die Tränen ab, putz dir die Nase und iß zu Ende.« Er beobachtete mich aus schmal gewordenen Augen, als erwartete er halb, daß ich mit meinem Katzenblick reagierte, aber ich gehorchte ihm stumm. Irgendwelche bösen Gefühle zwischen uns, die etwas mit Rosemary zu tun hatten, waren das letzte, was ich wollte.

Als ich ihm das Taschentuch zurückgab, entspannte er sich wieder und sagte: »Du findest nicht, daß du das Recht auf einen Anteil hast?«

Ich fragte mich, was er meinte, und wiederholte: »Einen Anteil? Wovon?«

»Vom Erlös der Bowman-Mine natürlich. Ohne die Karte hätte ich sie nie wiedergefunden.«

Jetzt blickte ich doch böse. »Jetzt mach dich aber nicht

lächerlich! Ich habe Rosemary versprochen, daß ich mich um dich kümmere, aber du wolltest es nicht, so daß das nächstbeste war, die Karte zu holen, das ist alles.«

Seine strahlenden blauen Augen, die ersten blauen Augen, die ich je gesehen hatte, funkelten plötzlich, als er leise lachte. »Es ist genauso, wie ich gesagt habe. Du hast dich kein bißchen geändert. Ich hätte mich nicht zu sorgen brauchen, was das Pensionat wohl aus dir gemacht hat. Könntest du bitte versuchen, mich nicht so zu fixieren, als würdest du gleich den Knochen auf mich richten?«

Auf die letzte Bemerkung war ich nicht gefaßt, und ich mußte selbst lachen. »Nur Männer können den Knochen auf jemanden richten, du kannst also nicht behaupten, daß ich eine Hexe bin.«

Seine Augen blickten wieder ernst, und er sah aus dem Fenster. »Da bin ich mir nie ganz sicher.«

Ich nahm einen Schluck Wasser und sagte: »Du hast nur bis zu der Zeit erzählt, als du die Mine verkauft hast. Was ist dann geschehen?«

»Hm . . . Danach habe ich eine ganze Weile ziemlich über die Stränge geschlagen. Nicht in Lawton, nicht einmal in Australien. Ich bin durch den ganzen Fernen Osten gereist und dann durch Europa, und ich habe viel zuviel getrunken und mich mit den verschiedensten Leuten angelegt.« Er runzelte die Stirn. »Ich kann mir nicht vorstellen, warum ich einer jungen Dame aus dem Pensionat meine Sünden beichte.«

»Immer noch besser, als zu lügen«, antwortete ich, »obwohl du ja wohl genausogut hättest sagen können, daß mich das alles nichts angeht.«

»Ach. Darauf bin ich gar nicht gekommen.«

»Wann hast du aufgehört, über die Stränge zu schlagen?«

Ein Ober kam, um unseren Tisch abzuräumen, und Luke wartete, bis er gegangen war. Dann sagte er gelassen: »Als ich dein Album angeschaut habe.«

Ich richtete mich erstaunt auf. »Du hast mein Album aufbewahrt? Wo hast du es denn gefunden? Ich dachte, ich hätte es zu den anderen Büchern gelegt, die du damals für mich gepackt hast, aber es war nicht in dem Paket.«

Luke schaute aus dem Fenster. »Ich muß es wohl vergessen haben«, sagte er ausweichend. »Aber wie dem auch sei, später bin ich in der Küche drauf gestoßen, und als ich dann selbst *Shalimar* verlassen mußte, habe ich es in meinen Koffer gesteckt.«

»Oh. Aber warum denn nur?«

Er lehnte sich auf seinen Stuhl zurück und sah mich verdrossen an. »Ich habe keine Ahnung, warum. Ich tat es eben. Und wozu es führte, ist etwas, das wir uns lieber für die Fahrt nach Calais aufheben.«

»Meinetwegen, aber du brauchst mich deshalb nicht anzufauchen. Könnte ich bitte noch eine Tasse Kaffee haben?«

Meine erste Begegnung mit der Zivilisation war *Shalimar* gewesen. Dann kamen Lawton, Kalgoorlie und – viel später – Perth. Auf der Reise nach Europa hatte ich Colombo, Port Said und Marseille gesehen und auf der Fahrt nach Neuchâtel noch andere Städte, aber Paris raubte mir mit seiner majestätischen Schönheit den Atem, und auf der Droschkenfahrt von der Gare de l'Est beugte ich den Kopf die meiste Zeit zum Fenster hinaus und rief Luke aufgeregt Fragen zu, die zu beantworten er keine Zeit hatte, bevor ich schon die nächste rief.

Wir hatten Glück mit dem Anschluß und saßen uns schon nach einer Stunde allein in einem Abteil erster Klasse gegenüber, während der Zug durch die nördlichen Vororte rollte. Ich dachte immer noch an die Wunder, die ich in Paris gesehen hatte, als Luke aufstand, seinen Koffer aus dem Gepäcknetz holte, auf die Sitzbank legte, öffnete und einen länglichen Umschlag herausnahm. In dem Umschlag steckte ein einmal gefaltetes bedrucktes Papier. Er zog es heraus und reichte es mir.

»Das war ganz hinten in deinem Album eingeklebt«, sagte er, als ich das Blatt auseinanderfaltete.

In meinen Händen war die Seite, die ich aus einer nun schon fünf Jahre alten Nummer des *Strand Magazine* ausgeschnitten hatte, die Seite mit den drei Fotos, die ein und dieselbe Dame zu verschiedenen Zeitpunkten ihres Lebens zeigten. Luke sagte: »Dein Name ist Moira Glencullen. Du bist die Tochter von Sir Laurence und Lady Glencullen. Sie ist die Frau auf diesen Bildern. Dein Vater war Schotte, und deine Mutter kam aus Irland. Es tut mir leid, dir sagen zu müssen, daß sie beide erst vor wenigen Jahren gestorben sind, kurz nachdem dieser Bericht im *Strand Magazine* erschien.«

Merkwürdigerweise empfand ich kaum ein Gefühl der Erschütterung, als ich nun auf die Aufnahme der Dame im Alter von fünfzehn Jahren hinunterschaute. Ich dachte nur, daß ich recht gehabt hatte, als ich damals beim ersten Betrachten des Bildes eine verblüffende Ähnlichkeit zwischen uns feststellte. Ich blickte auf und sagte: »Aber du nennst mich doch jetzt nicht Moira, oder? Ich hoffe, daß du weiterhin Meg zu nur sagst.« Ich zögerte. »Oder Rotschopf, wenigstens manchmal.«

Luke starrte mich an und schlug sich fassungslos mit der Faust auf das Knie. »Verdammt, begreifst du denn nicht, was ich eben gesagt habe? Diese Lady und ihr Mann waren deine Eltern, und du bist ihr einziges Kind! Aber jetzt bist du eine Waise – und du bist auch die Erbin. Und alles, was dir einfällt, ist, dazusitzen und zu sagen, daß du lieber nicht Moira genannt werden möchtest!«

»Meg gefällt mir besser. Und du hast eben schon wieder geflucht.«

Er machte die Augen zu, atmete mit einem leise zischenden Geräusch durch zusammengebissene Zähne tief ein und sagte: »Gott steh mir bei, daß ich sie nicht an den Schultern nehme und so lange schüttele, bis ihre Knochen klappern!« Er öffnete die Augen und fuhr sich mit der Hand durch sein dichtes blondes Haar. »*Bedeutet* dir das, was ich eben gesagt habe, denn gar nichts?«

Ich sagte entschuldigend: »Nicht sehr viel. Es tut mir leid, aber versuch bitte, mich zu verstehen. Natürlich interessiert es mich, aber du und Rosemary habt mir schon vor langer Zeit gesagt, daß ich keine Ureinwohnerin bin und daß meine Eltern Weiße gewesen sein müssen. Jetzt sagst du mir ihre Namen und zeigst mir diese Bilder von meiner Mutter. Aber sie kommen mir irgendwie unwirklich vor. Luke. Es ist alles so . . . so *fern.* Deine ganze Welt war mir vollkommen unbekannt, bis ich . . . hm, bis ich ungefähr vierzehn oder fünfzehn war, nehme ich an. Für mich war Manyi meine Mutter. Sie hat mich gesäugt und aufgezogen. Für mich wart ihr, du und Rosemary, meine Familie. Ihr habt mich in dieser neuen Welt zu dem gemacht, was ich heute bin.« Ich legte den Finger auf das Foto. »Ich kann für diese Menschen nicht das fühlen, was du von mir erwartest, und ich wäre eine Heuchlerin, wenn ich es vortäuschte. Aber interessant ist es natürlich schon für mich, weil hinter alldem eine faszinierende Geschichte stecken muß. Es fällt mir nur schwer, mich als einen Teil davon zu sehen.«

Er saß da und sah mich so verwirrt und zugleich resigniert an, wie ich es schon oft an ihm bemerkt hatte, aber sein Zorn war wenigstens geschwunden, und ich war froh darüber. Zuletzt lachte er auf und sagte: »In Ordnung, Rotschopf. Vielleicht ist es das beste, daß du so fühlst, denn ich hatte große Angst, dir zu sagen, daß deine Eltern tot sind.«

Ich meinte: »Meine Mutter kann nicht sehr alt gewesen sein. Was ist mit ihr geschehen?«

»Wie in dem Artikel steht, opferte sie einen großen Teil ihrer Zeit für Wohltätigkeitsarbeit, und sie spendete ihre Gaben nicht nur aus der Ferne, sondern half sehr armen Menschen im Londoner East End auch persönlich. Das ist der Teil Londons, wo die Ärmsten der Armen wohnen. Sie hat sich dort mit Typhus angesteckt und nicht mehr davon erholt. Offenbar übertrug sie die Krankheit auf deinen Vater, denn er starb vier Tage nach ihr.«

Ich merkte, daß meine Augen feucht waren, und sagte: »Die arme Frau ... der arme Mann. Ich kann sie nur als Fremde vor mir sehen, aber es ist trotzdem eine furchtbare Tragödie. Sie scheint eine sehr nette Dame gewesen zu sein, nicht wahr?«

»Ja. Sie waren beide in jeder Hinsicht wunderbare Menschen.«

Ich saß da, sah die grünen Getreidefelder vorbeiziehen, dachte an meine Mutter und meinen Vater und versuchte, sie mir näherzubringen. Nach einer Weile bemerkte ich: »Sie müssen doch in Australien gelebt haben, als ich geboren wurde. Oder vielleicht kurz danach?«

»Du bist in England geboren worden«, sagte Luke. »An einem fünften Mai, und du bist jetzt wirklich achtzehn Jahre alt, so daß Rosemary sich bei der Wahl deines Geburtstags nur um ein paar Tage vertan hat. Du kamst nach Westaustralien, als du ein Jahr alt warst, nachdem dein Vater, damals noch Mr. Laurence Glencullen, zum Vizegouverneur der dortigen Kolonie ernannt worden war. Er wurde ein Jahr später geadelt.«

Ich war verblüfft. »Aber solche Leute würden doch nie

ihr eigenes Kind aussetzen oder im Stich lassen? Das ist einfach unmöglich.«

»Es war nur eine Vermutung von uns, Meg. Es schien die einzige Erklärung zu sein. Aber du bist nicht ausgesetzt worden, du wurdest von zwei primitiven Verbrechern aus dem Garten eures Landhauses in Perth entführt und ein paar Meilen weiter in den Busch gebracht zu einer verfallenen Hüttensiedlung aus der Zeit eines Goldrausches, der schnell verebbt war, weil die angebliche Ader gar nicht existierte. In dieser Geistersiedlung lebte kein Mensch mehr. Du warst damals knapp zwei Jahre alt.«

Ich fühlte, wie mein Magen sich zusammenzog, als ich daran dachte, und flüsterte: »Oh, meine arme Mutter.«

»Ja, in der Tat«, sagte Luke nüchtern. »Aber für dich kann es auch nicht sehr angenehm gewesen sein.«

Ich schüttelte den Kopf. »Ich erinnere mich an nichts.«

»Trotzdem . . .« Er zuckte die Achseln und beendete den Satz nicht. »Es war kein sorgfältig geplantes Verbrechen. Dein Kinderfräulein wandte dir für einige Minuten den Rücken zu, und vielleicht bist du auch ein Stück aus dem Garten hinausgewandert. Du wurdest jedenfalls entführt, in einen kleinen Wagen geworfen und zu der einige Meilen entfernten Geistersiedlung gebracht. Am nächsten Tag bekamen deine völlig aufgelösten Eltern eine Nachricht in unbeholfener Handschrift, die besagte, daß sie dich unversehrt zurückbekommen würden, wenn sie fünfhundert Pfund Lösegeld zahlten.«

Ich sagte: »O Luke, wie furchtbar für sie. Aber woher weißt du das alles?«

»Die englische und australische Presse berichteten damals ausführlich darüber, obwohl ich mich selbst nicht erinnern kann, etwas davon gelesen zu haben. Ich war vor sechzehn Jahren wohl noch zu jung, um mich mit Zeitungslektüre abzugeben, aber ich habe die ganze Geschichte jetzt im Archiv der *Times* gelesen. Dein Vater alarmierte die Polizei, und als die Lösegeldforderung gekommen war, befolgte er die Anweisungen der Entführer und deponierte das Geld unter einem Sack in einem Wagen, der um Mitternacht an der Ecke der Albert Street abgestellt wurde. Aber die Polizei lag auf der Lauer und verhaftete den Mann, der das Geld holen wollte. Er hieß Brockbank und war ein vorbestrafter Krimineller, und wie ich schon sagte, waren er und sein Komplize primitive Menschen von geringer Intelligenz.«

Ich saß da und lauschte dem Bericht meiner Entführung, als ginge es um etwas, was einer Fremden zugestoßen war, denn entweder war ich zu jung gewesen, als daß mir eine auch noch so verschwommene Einzelheit im Gedächtnis geblieben wäre, oder der Schock hatte alles aus meinem Gedächtnis getilgt.

»Zuerst spielte der Kerl den Unschuldigen und protestierte«, fuhr Luke fort, »aber vierundzwanzig Stunden später wechselte er die Tonart und versuchte, alles auf seinen Kumpan abzuwälzen, um mit einer geringeren Strafe davonzukommen. Dein Vater ritt zusammen mit einigen Polizisten und diesem Brockbank im Morgengrauen des nächsten Tages zu der Geistersiedlung, aber sie fanden nichts – außer ein paar Spuren, die darauf hinwiesen, daß eine der verfallenen Hütten kurz zuvor benutzt worden war. Brockbank war vor Zorn und Angst fast von Sinnen und fluchte in der übelsten Weise über seinen Komplizen. Dieser Mann hieß Vane, und er wurde zwei Tage später festgenommen, als er versuchte, sich auf einem Schiff zu verstecken, das von Fremantle in See ging. Du erinnerst dich doch, daß das der Hafen von Perth ist?«

»Ja, natürlich. Wir sind von dort abgefahren.«

»Wie sich herausstellte, war Vane mit dir in einer der Bruchbuden geblieben, doch als sein Kumpan dann bis zum Morgengrauen nicht zurückkam, glaubte er, Brockbank sei entweder erwischt worden, oder er habe sich mit dem Geld aus dem Staub gemacht und wolle es nicht mit ihm teilen. Vane war ein schwacher Mensch, und er geriet in Panik. Er ließ dich auf einer Wolldecke schlafend liegen, wie er später jedenfalls behauptete, und ging nach Perth, allerdings in einem weiten Bogen, weil er damit rechnete, daß die Polizei hinter ihm her war. Er schaffte es, zum Hafen zu gelangen, aber als er dort an Bord des Schiffs gehen wollte, wurde er verhaftet. Den Rest wirst du wissen oder jedenfalls erraten können, Meg.«

»Ja«, antwortete ich nachdenklich. »Ich nehme an, mein Stamm kam an der Siedlung vorbei, als Vane schon weg war und ich ganz alleine war. Manyi hatte kurz zuvor ihr Kind verloren, und sie hatte Milch, um mich zu säugen. Ich war wahrscheinlich inzwischen hungrig und schrie. O Luke, ihnen war gar nicht klar, daß ich das Kind einer anderen war, denn sie hatten noch nie einen Weißen gesehen! Sie glaubten, ein Ahngeist hätte mich dort hingelegt, damit Manyi mich fand.« Ich überlegte einen Moment. »Sie müssen viel weiter südwestlich gewesen sein als bei den Wanderungen, an denen ich später teilnahm. Oder Manyi war damals noch bei einem anderen Stamm und kam erst später, als sie wieder heiratete, zu dem unseren. Ich erinnere mich dunkel, daß ihr Mann starb, als ich noch klein war.«

Luke zuckte ein wenig mit den Achseln. »Wie dem auch sei, sie muß dich mitgenommen haben, und dann wurdest du als Ureinwohnerin großgezogen.« Er schüttelte langsam, in ernster Verwunderung den Kopf. »Mein Gott, das Schicksal geht wirklich seltsame Wege. Wir waren an dem Tag, als dein Stamm durch die Geistersiedlung kam, an entgegengesetzten Enden der Welt, aber wenn Manyi dich nicht gefunden hätte, wäre ich irgendwann zwölf Jahre später im Busch gestorben!«

Ich sagte: »Ich auch, wenn du mich nicht nach Haus gebracht hättest, damit Rosemary mich gesund pflegen konnte.«

Wir schwiegen ein paar Minuten. Ich versuchte, all das in mich aufzunehmen, was Luke mir erzählt hatte, und er sprach vielleicht nur deshalb nicht weiter, weil er mir eben dafür genügend Zeit geben wollte. Dann bemerkte ich: »Ich bin sehr froh, daß ich jetzt weiß, wer ich bin, aber um die Wahrheit zu sagen, finde ich es nicht sehr wichtig. Ich meine, ich bin trotzdem noch dieselbe Person, die ich war, bevor ich es wußte, so daß es überhaupt nichts ändert.«

»Es ändert eine ganze Menge«, sagte Luke scharf. »Dein Vater hatte große Besitzungen in Schottland und in den Grafschaften um London, und du bist die rechtmäßige Erbin eines enormen Vermögens.«

Ein Anflug von Angst durchfuhr mich, und ich sagte: »O Luke, ich bin sicher töricht, aber mir wird auf einmal ganz bange. Wenn all diese Jahre niemand gewußt hat, daß ich noch am Leben bin, muß doch inzwischen jemand anders alles geerbt haben?«

»Nein. Hör jetzt zu, Meg. Als die Polizei das entführte Kind nicht finden konnte, zog man den Schluß, daß entweder Vane oder Brockbank oder aber beide logen und dich in Wahrheit getötet und irgendwo im Busch vergraben hatten, so daß sie wegen Mordes angeklagt und schließlich gehängt wurden. Sie empfanden das zweifellos als große Ungerechtigkeit, aber ich finde, Hängen ist noch viel zu gut für Kindesentführer, verschwenden wir also kein Mitgefühl an die beiden Schurken. Deine Mutter scheint sich jedoch stets einen Hoffnungsschimmer bewahrt zu haben, daß die Männer dich vielleicht einer

Komplizin anvertrauten, die dich dann liebgewann und nur aus Furcht vor Strafe nicht versuchte, dich zu deinen Eltern zurückzubringen.«

Ich sagte: »Es war eine sehr schwache Hoffnung, nicht wahr?«

»Ich nehme an, wenn man jemanden liebt, klammert man sich an den dünnsten Strohhalm.« Er blickte aus dem Fenster. »Ich weiß, daß es mir bei Rosemary so ging.«

»Ja. Entschuldige bitte. Erzähl weiter.«

»Nun ja, deine Mutter hoffte immer, du würdest eines Tages durch irgendein Wunder gefunden und zu ihr zurückgebracht werden. Auch das war eine schwache Hoffnung, aber du bist *tatsächlich* gefunden worden, Meg. Ich weiß nicht, ob dein Vater diese Hoffnung teilte, aber er ließ aus Liebe zu seiner Frau ein Testament aufsetzen, das diese entfernte Möglichkeit berücksichtigte. Es bestimmt, daß sein gesamter Besitz im Fall seines Todes und des Todes seiner Frau, abgesehen von einigen kleineren Legaten, treuhänderisch von ihrem Anwalt, einem gewissen Adrian Webb, verwaltet werden soll, bis du das Alter von einundzwanzig Jahren erreicht hast. Falls bis dahin kein Beweis aufgetaucht ist, daß du noch lebst, wird man dich offiziell für tot erklären und das Vermögen auf einen alten Freund und Geschäftspartner deines Vaters überschreiben, der John Lafayette heißt. Eine weitere Klausel lautet, daß Lafayette das Erbe ausschließlich für wohltätige Zwecke benutzen soll, die er nach eigenem Gutdünken auswählen kann.«

Ich spürte einen stechenden Schmerz hinter den Augen, als ich sagte: »Ich nehme an, die Idee mit den guten Werken stammt auch von meiner Mutter. Ich bin sehr stolz auf sie und wünschte, ich könnte mich an sie erinnern. Mein Vater muß sie sehr geliebt haben, und auch das macht mich froh. Aber wie kommt es nur, daß du all das über ihren Letzten Willen und . . . alles über mich und meine Eltern herausgefunden hast?«

Er lächelte. »Du interessierst dich unweigerlich für das, woran andere Leute erst als letztes denken wurden. Möchtest du, daß ich dir erzähle, *wie* ich es herausgefunden habe, ehe ich sage, *was* ich herausgefunden habe?«

»Ja, bitte, wenn es dir nichts ausmacht.« Was Luke alles unternommen hatte, war mir in der Tat sehr viel wichtiger als irgendwelche Anwaltsgeschichten und Testamentsklauseln.

»Nun . . . Es begann eines Tages in Paris, als ich in deinem Album die Seite mit den Fotos fand. Ich meinte, daß eine so frappierende Ähnlichkeit zwischen dir und Lady Glencullen überhaupt nur durch Verwandtschaft zu erklären war, und fuhr deshalb nach London, wo ich in den Zeitungsarchiven die Nachrufe auf deine Mutter und deinen Vater fand. Darin stand auch, daß ihr einziges Kind, Moira Glencullen, vor vielen Jahren in Perth entführt und vermutlich ermordet worden war, so daß ich die diesbezüglichen Artikel heraussuchte, und dann war es nicht weiter schwer, zu sehen, was passiert war – nicht weiter schwer für mich, weil ich Mitji kannte, ein Mädchen im entsprechenden Alter, das bei Ureinwohnern aufgewachsen war.«

Ich sagte: »Bist du dann zu dem Anwalt gegangen, der im Testament meines Vaters erwähnt ist? Entschuldige, du hast seinen Namen gerade erst erwähnt, aber ich habe ihn vergessen.«

»Adrian Webb, ein sehr bekannter und erfolgreicher Anwalt mit einer Kanzlei in Grays Inn. Ja, er stand auch in den Nachrufen, so daß ich mit meiner Geschichte zu ihm ging und ihm erzählte, wie Moira Glencullen überlebte und daß sie immer noch am Leben ist. Er ist kein alter Kauz, sondern ein Mann Mitte vierzig, der sehr verbindlich auftritt, aber einen scharfen Verstand zu haben scheint. Zuerst glaubte er mir einfach nicht, und obwohl er zu höflich war, mit der Sprache herauszurücken, bilde ich mir ein, daß er mich für eine Art Gauner hielt. Aber ich konnte ihm in allen Einzelheiten berichten, wie du mich damals gefunden hast und wie ich dich dann zu uns nach *Shalimar* brachte. Es war nicht die Art von Geschichte, die man sich leicht aus den Fingern saugen kann, und ich hätte auch gar nichts davon gehabt. Was ihn jedoch letztlich überzeugte, war das Foto von dir, das in Kalgoorlie aufgenommen worden war. Ich zeigte es ihm und legte es neben das Bild in der Zeitschrift. Danach hatte er keine Zweifel mehr.«

»Mein Foto!« rief ich aus. »Ich hatte mir nicht träumen lassen, daß du es aufbewahrt hast. Du warst so . . . so brummig, als ich ging, aber wenn du das Foto behalten hast, mußt du wenigstens ein bißchen Freundschaft für mich empfunden haben.«

Zum zweitenmal schlug er sich in einer Geste der Fassungslosigkeit mit der Faust aufs Knie: »Da haben wir es wieder! Wichtig ist einzig und allein, daß ich Adrian Webb von der Wahrheit überzeugen konnte, aber du interessierst dich mehr dafür, daß ich zufällig ein Foto von dir aufbewahrt habe, das vollkommen unwichtig ist.«

»Für mich *ist* es aber wichtig«, erklärte ich. »Ich kann nichts dafür, daß du andere Dinge für wichtig hältst als ich, und es hat keinen Sinn, wenn du deshalb ungehalten über mich bist. Was geschah, nachdem du Mr. Webb überzeugt hattest?«

Luke lehnte sich zurück und zuckte mit den Schultern. »Er sah plötzlich, daß sich alles ineinanderfügte. Du hattest das richtige Alter für Moira Glencullen, du warst in der passenden Gegend, wohin Ureinwohner ein Kind aus der Nähe von Perth hatten mitnehmen können, und du warst deiner Mutter wie aus dem Gesicht geschnitten, besonders, wo du auch noch rote Haare und grüne Augen hast, wie ich ihm dann sagte. Er teilte mir anschließend den Inhalt des Testaments mit und sagte, wir müßten sofort Schritte zu deinem Schutz unternehmen, denn falls John Lafayette herausfände, daß du noch am Leben bist, wärest du sicher in großer Gefahr. Dann erzählte ich ihm, daß du schon achtzehn Monate zuvor in *Shalimar* in Gefahr gewesen bist.«

Ich sagte erschrocken: »Aber Mr. Lafayette war doch ein Freund und Partner meines Vaters! Willst du damit sagen, daß *er* für das, was Sid Buller tat, verantwortlich war?«

Luke erwiderte gelassen: »Man kann sich in seinen Freunden täuschen, und es steht ein großes Vermögen auf dem Spiel. Buller wäre natürlich über Dritte beauftragt worden, denn Männer wie Lafayette kennen sich in solchen Dingen aus. Als ich Webb jedenfalls von Bullers Anschlag erzählte, wurde er sehr besorgt, weil er sicher war, daß John Lafayette dahinterstecke, und das zeige natürlich, daß Lafayette schon mehr als *achtzehn Monat vorher* von deiner Existenz erfahren habe! Aber wie? Adrian Webb fragte immer wieder, wie das möglich gewesen sei und wer es gewußt haben könne? Es sei denn, irgend jemand in Westaustralien hätte Meg Gaynor gesehen und durch eine sonderbare Fügung als Mary Glencullens Tochter erkannt.«

Ich sagte: »Ich weiß, wer es war, Luke. Erinnerst du dich noch an den Tag, als du mich nach Kalgoorlie mitgenommen hattest, wo wir dann Mr. Tasker trafen, den Zeitungsreporter? Er hat mich im Restaurant sehr genau angeschaut und dann am Bahnhof auf uns gewartet, aber inzwischen hatte er eine Ausgabe dieses zwei Jahre alten *Strand Magazine* bei sich! Ich glaube also, er erriet schon damals, wer ich war.«

Luke nickte zustimmend. »Ja, so muß es gewesen sein, und er glaubte offensichtlich, er könne viel Geld mit der Sache verdienen, und sobald er in England war, besorgte er sich zweifellos in Somerset House eine Abschrift vom Testament deines Vaters und erfuhr dadurch von John Lafayette, einem Gentleman, dem einige ergiebige Gold- und Diamantenminen in Südafrika gehören. Ich weiß nicht, warum Tasker zu ihm ging, statt sich an deinen Treuhänder, Adrian Webb, zu wenden. Sicher, Tasker war ein recht skrupelloser Bursche, aber er war kein Bösewicht. Er konnte nicht wissen, daß er dich durch seinen Besuch bei Lafayette in Lebensgefahr bringen würde, und er ahnte noch weniger, daß er damit sein Todesurteil unterschrieb. Er muß wohl geglaubt haben, der alte Freund und Geschäftspartner deines Vaters würde vielleicht mit einer großen Belohnung herausrücken.«

Ich sagte: »Warum dachtest du an Mr. Tasker, als der Anwalt sagte, jemand müsse mich in Australien erkannt haben?«

»Er war der einzige, der in Frage kam, Meg. Ein Reporter, der alt genug war, um schon damals, als du entführt wurdest, bei einer Zeitung gearbeitet zu haben, so daß er sich an die Sachen erinnern würde; jemand, der dich in Kalgoorlie hübsch gekleidet und frisiert sah, so daß die Ähnlichkeit mit deiner Mutter besonders auffallen mußte; jemand, der vielleicht alte Nummern des *Strand Magazine* in seinem persönlichen Archiv aufbewahrte; und jemand, der in Kürze nach England fahren würde. All das wies auf Henry Tasker hin, und deshalb nannte ich Adrian Webb den Namen, und er sagte, er werde über einen Freund bei der *Times* Erkundigungen einziehen. Schon einen Tag darauf teilte er mir mit, daß Tasker im Jahr zuvor ermordet worden sei, und fügte hinzu, nunmehr dürfe feststehen, daß der Mann sich an John Lafayette gewandt und diesem auch gesagt habe, Moira Glencullen sei noch am Leben – was für dich und ihn die eben erwähnten Folgen hatte. Ein Mord, ein Mordversuch.«

Ich gab zu bedenken: »Glaubst du wirklich, daß John Lafayette für Mr. Taskers Tod verantwortlich ist? Es scheint so . . . so unglaublich kaltblütig zu sein.«

»Wir sind dessen sicher, Meg. Wie Adrian Webb sagt, muß dieselbe Person, die Buller beauftragte, dich aus dem Weg zu räumen, auch jemanden beauftragt haben, Tasker aus dem Weg zu räumen, damit er nicht jemand anderem erzählen konnte, daß Moira Glencullen nach all den Jahren wieder aufgetaucht sei. Vielleicht hat Tasker sogar vermutet, daß du damals von Ureinwohnern mitgenommen wurdest. Als Reporter hätte er leicht herausfinden können, daß Nomi, der Ureinwohner aus Lawton, gelegentlich in *Shalimar* für mich arbeitete, so daß er Nomi vielleicht nach dir fragte und erfuhr, daß du damals, in der ersten Zeit, in der Sprache der Ureinwohner mit ihm gesprochen hattest.«

Der Zug ratterte weiter. Von Zeit zu Zeit kamen wir durch ein kleines Dorf, und ich sah Menschen auf den Feldern arbeiten, nahm sie aber kaum wahr, weil ich mich immer noch bemühte, die erstaunliche Geschichte zu fassen, die Luke mir erzählt hatte. Nach einer Weile sagte ich: »Du hast Mr. Webb doch letztlich nur mit meinem Foto davon überzeugt, wer ich war. Wie gelang es Mr. Tasker aber, John Lafayette zu überzeugen, obwohl er ihm kein Bild von mir zeigen konnte?«

»Das fragten wir uns auch«, antwortete Luke. »Adrian Webb meinte, Tasker *müsse* ein Foto von dir gehabt haben, und dann fiel mir ein, daß Tasker ja damals in Kalgoorlie gesehen hatte, wie wir in Jack Wallers Fotoatelier gingen. Er erwähnte es, als wir uns im Restaurant unterhielten. Harry Tasker brauchte also nur zu dem Atelier zu gehen, ein paar Fragen zu stellen, eine plausibel klingende Geschichte zu erzählen und einen Abzug von dem Foto der jungen Dame zu bestellen, die an dem Morgen mit einem blonden Mann gekommen war. Er wußte immerhin, wie wir hießen – Meg Gaynor und Luke Bowman.«

Ich nickte. »Ja. Ich nehme an, daß es nicht weiter schwierig war. O Luke, ist es nicht furchtbar, wenn man sich vorstellt, daß der arme Mann durch das, was er tat, seinen eigenen Tod herbeiführte?« Wir saßen eine Weile schweigend da, dann erschauerte ich plötzlich und sagte: »Ich habe es bis jetzt nur halb geglaubt, aber Simon und Eliza Fordyce sagten, ich hätte einen gefährlichen Feind. Sie wußten nicht, wer es war, aber jetzt wird mir klar, daß es John Lafayette sein muß. Aber es ist so merkwürdig, Luke ... Ich meine, wie konnte mein Vater einen Mann zum besten Freund haben, der durch und durch böse ist und sogar aus Gier zu morden bereit ist? Und wie kann jemand, der Diamanten- und Goldminen besitzt, so etwas tun, nur um noch ein bißchen reicher zu werden?«

»Du hast die beiden Fordyces erwähnt«, sagte Luke mit einer gewissen Schärfe, »und wir kommen gleich zu ihnen. Nehmen wir zuerst deine letzte Frage. Du hast in knapp vier Jahren Wunder vollbracht, denn du kamst aus einer Gemeinschaft, die noch in der Steinzeit lebt, und hast dich so gut in die moderne Welt eingelebt, daß niemand auf den Gedanken kommen würde, du hättest keine normale Erziehung genossen. Aber wie die meisten jungen Damen hast du keinerlei Erfahrung mit der Welt der Männer, der Welt des Handels, der Industrie und der Politik, und ich muß dir leider eines sagen: Die meisten Männer sind zwar mehr oder weniger rechtschaffen, Menschen mit ganz gewöhnlichen Schwächen und Tugenden, aber es gibt welche, die selbst dann, wenn ihnen die halbe Welt gehörte, alles täten, um sich auch noch die andere Hälfte anzueignen, und Mr. John Lafayette gehört offenbar zu ihnen. Und jetzt zu deiner ersten Frage . . .«

Er verstummte kurz, wie um seine Gedanken zu sammeln, und fuhr dann fort: »Ich habe deinen Vater und deine Mutter nie gekannt, obgleich ich wünschte, es wäre anders. Mir kommt es allerdings ebenso merkwürdig vor wie dir, daß sie so vertrauensselig sein konnten, einem Mann von so abgrundtiefer Schlechtigkeit zu trauen, wie es auf John Lafayette zutreffen muß. Ich machte gegenüber Adrian Webb eine entsprechende Bemerkung, und er sagte, er habe in seiner Tätigkeit als Anwalt immer wieder erlebt, daß Leute den schlimmsten Schurken und Gaunern vertrauten, solange sie nur eine gewandte Zunge und ein einnehmendes Wesen gehabt hätten. So etwas passierte nicht nur harmlosen Gemütern, sondern auch erfahrenen Männern, die sich sonst kein X für ein U vormachen ließen. So ähnlich muß es auch bei deinem Vater gewesen sein.«

Ich sagte: »Du hast sicher recht. Es ist jedenfalls geschehen, und der Grund spielt jetzt keine Rolle mehr. Könnten wir das Fenster vielleicht ein wenig öffnen? Es wird recht stickig hier im Abteil.«

Er beugte sich vor, öffnete das Fenster zur Hälfte und murmelte: »Ach ja. Das ist auch viel wichtiger als die beiden Fordyces.«

»Oh, das hatte ich ganz vergessen. Du hast doch gesagt, wir würden gleich zu ihnen kommen, nicht wahr?«

»Stimmt. Wie wäre es, wenn du zuerst alles erzählst, was du über sie weißt?«

»Ja, gern, aber mach dich bitte auf eine Überraschung gefaßt, Luke. Mr. Fordyce ist gar kein Vikar!«

Luke zuckte zusammen. »Gott schütze uns alle. Manchmal bist du so gescheit, und dann bist du wieder . . . das genaue Gegenteil. Glaubst du, ich wüßte nicht, daß die

Fordyces Schwindler sind? Bildest du dir ein, ich hätte nicht versucht, dich in London zu finden, sobald ich wußte, daß du in Gefahr bist? Glaubst du, ich hätte nicht versucht, diese Christliche Forschungsgemeinschaft ausfindig zu machen, für die Simon Fordyce angeblich arbeitete? Sie existiert überhaupt nicht. Die Fordyces, dieses saubere Paar, sind Abenteurer, die für Geld alles tun!«

Ich sagte: »Luke, das fällt mir jetzt erst auf, aber wenn du zornig bist und so schnell redest wie eben, wackeln deine Ohren auf und ab. Tun meine das auch, wenn ich mein Katzengesicht mache?«

Er starrte mich mit leicht geöffnetem Mund an, und seine Augen wurden immer größer, bis er plötzlich in seiner Ecke zusammensank und von Lachen geschüttelt wurde. »Lieber Gott«, keuchte er. »Was soll ich bloß mit ihr machen? Oh, Rotschopf . . . du bist unbezahlbar.«

Als das Lachen nachließ, nahm er sein Taschentuch und wischte sich die Tränen aus den Augen. Ich freute mich, daß er Rotschopf zu mir gesagt hatte, bemühte mich aber um einen strengen Tonfall, als ich bemerkte: »Es ist sehr unhöflich, über jemanden zu lachen.«

»Das stimmt«, antwortete er, während er noch nach Luft rang, »aber es ist auch unhöflich, jemandem zu sagen, daß er mit den Ohren wackelt.«

»Du liebe Zeit, ja. Entschuldige bitte.«

»Und ich entschuldige mich dafür, daß ich gelacht habe.«

»Luke, als du eben all diese Dinge über Simon und Eliza Fordyce gesagt hast, wußte ich das alles schon. Ich kenne ihre Abenteuer bereits. Sie haben sie mir auf dem Dampfer erzählt.«

Luke wurde ernst und sah mich fest an. »Was haben sie dir sonst noch erzählt?«

»Nun, es ist alles sehr geheimnisvoll aber sie arbeiten

jedenfalls für einen sehr reichen Mann namens Josiah Smith. Er hat sie nach Australien geschickt, damit sie mich beschützen, weil er irgendwie herausgefunden hat, daß ich einen Feind habe, und wir wissen jetzt, daß es John Lafayette ist, denn Adrian Webb hat es dir ja gesagt. Ich weiß nicht, warum Mr. Josiah Smith beschlossen hat, meinen Schutzengel zu spielen, und Simon und Eliza Fordyce wußten es auch nicht. Sie haben übrigens – und das ist wirklich sonderbar, Luke – noch nie sein Gesicht gesehen. Er setzt sich über einen Anwalt mit ihnen in Verbindung, und sie nennen ihn den ›Mann im dunklen Zimmer‹, denn wenn er einen Auftrag für sie hat, gehen sie zu der Kanzlei des Anwalts und treffen Josiah Smith dort in einem verdunkelten Zimmer, um seine Anweisungen entgegenzunehmen.«

»Eine merkwürdige Gewohnheit«, sagte Luke trocken. »Weißt du, was für Anweisungen er ihnen in bezug auf dich gab?«

»O ja. Sie sollten sich vergewissern, daß ich in guten Händen bin, und als sie feststellten, daß du und Rosemary für mich sorgten, waren sie befriedigt. Aber sie sahen . . .« Ich zögerte. »Aber sie sahen, wie krank Rosemary bereits war, und kamen deshalb mit dir überein, daß sie sich um mich kümmern würden, wenn die Zeit gekommen sei. Ich wollte es nicht, Luke. Ich wollte bleiben und für dich sorgen.«

Er sah mit steinernem Gesicht aus dem Fenster. »Lassen wir das jetzt. Erzähl weiter.«

Ich unterdrückte ein Seufzen und sagte: »Das war alles. Wirklich. Ich erfuhr auf dem Dampfer auch, daß sie gar nicht verheiratet sind, obwohl Eliza, glaube ich, gern verheiratet wäre, aber sie sind schon eine lange Zeit zusammen. Eliza ist eine Pfarrerstochter, die von zu Haus fortlief, um Schauspielerin zu werden, aber nicht sehr gut in diesem Beruf war. Sie arbeiten für diesen geheimnisvollen Herrn, diesen Mr. Josiah Smith, aber sie scheinen nicht viel über ihn zu wissen. Sie wußten auch nicht, wer mein Feind ist, und sie wußten nicht, wer ich in Wahrheit bin. Ich glaube, Mr. Josiah Smith muß gewußt haben, wer ich bin, und er muß auch gewußt haben, wie das Testament lautet und daß mir von Mr. Lafayette Gefahr droht, aber ich kann mir nicht vorstellen, *wie* er die Wahrheit über mich in Erfahrung gebracht haben könnte.«

»Das kann ich dir sagen«, bemerkte Luke, immer noch aus dem Fenster schauend, brüsk. »Unser alter Freund Tasker hat es ihm erzählt.«

»Tasker? Er soll Mr. Josiah Smith erzählt haben, wer ich war und daß ich in *Shalimar* lebte?« Ich starrte völlig konfus vor mich hin. »Aber du hast doch eben gesagt, Mr. Tasker habe sich an John Lafayette gewandt – der daraufhin einen Verbrecher dafür bezahlte, ihn zum Schweigen zu bringen?«

»So ist es.« Luke wandte den Kopf und sah mir wieder ins Gesicht. »Verwirrend, nicht wahr? Es sei denn, man weiß zufällig, daß Josiah Smith und John Lafayette ein und dieselbe Person sind.«

11

ICH GAB ES auf, nachzudenken, und schaute einem mit Heu beladenen Eselkarren nach, der sich zwischen zwei Feldern entfernte. Auf dem Esel saß eine Bäuerin, und neben ihr schritt ein Junge mit einem nach hinten geschobenen, breitkrempigen Strohhut auf dem Kopf. Als mein überanstrengtes Hirn nach einer Weile zur Ruhe gekommen war, sagte ich: »Es gibt keinen Sinn, Luke. Wie kann ein und derselbe Mann mich beschützen und gleichzeitig meinen Tod wollen? Wie ist es zu erklären, daß er Sid Buller beauftragte, mich umzubringen, und dann Simon und Eliza Fordyce den weiten Weg aus England schickte, damit sie für meine Sicherheit sorgen? Mr. Josiah Smith hat fast ein Jahr lang ein sehr teures Pensionat in der Schweiz für mich bezahlt, nur damit ich dort vor meinem Feind sicher war. Es ergibt einfach keinen Sinn.«

»Ich habe mich Adrian Webb gegenüber fast genauso ausgedrückt«, entgegnete Luke, »und er äußerte sich dahingehend, daß es auf den ersten Blick in der Tat keinen Sinn ergeben möge. Es sei aber gut möglich, daß Lafayette sein Ziel auf einem Umweg erreichen wolle. Sid Bullers Anschlag war seine erste und unmittelbare Reaktion auf Taskers Mitteilung, daß du noch lebst und seine künftige Kontrolle des Glencullen-Vermögen bedrohst. Und Adrian Webb brauchte mich nicht eigens darauf hinzuweisen, daß die Testamentsklausel, nach der Lafayette das Vermögen ausschließlich für wohltätige Zwecke verwenden darf, so gut wie ungeschrieben ist. Da er in alleiniger Verfügungsgewalt die Mittel nach seinem Gutdünken verteilen soll, wird es nie jemanden geben, der die Verwendung des Geldes kontrollieren oder ihn zur Rechenschaft ziehen kann.«

Es fiel mir immer noch schwer, all das zu glauben, und ich schüttelte den Kopf. »Warum hat er es nicht noch einmal versucht, als Sid Buller gescheitert war?« fragte ich.

»Weil das zu offensichtlich gewesen wäre. Kein Mensch war sicher, was Buller beabsichtigt hatte, und die Polizei neigte zu der Theorie, daß er einer von euch beiden, also Rosemary oder dir, Gewalt antun wollte. Er hielt klugerweise den Mund, denn falls er zugegeben hätte, daß er beauftragt worden war, dich zu töten, wäre er viel schlechter dran gewesen. Wenn du aber das Opfer eines zweiten Anschlags geworden wärst, hätte auf der Hand gelegen, daß schon Buller die Absicht hatte, dich zu töten, und die Polizei hätte zweifellos sehr gründlich und umfassend ermittelt. Eben das konnte Lafayette auf keinen Fall wollen, so daß er seine Taktik änderte. Er wurde dein Beschützer und Wohltäter, allerdings unter dem angenommenen Namen Josiah Smith, den er sicher immer dann benutzt, wenn er im Hintergrund bleiben will. Wir können nicht genau wissen, was er plant, aber er hat reichlich Zeit. Du wirst doch erst in drei Jahren einundzwanzig, stimmt's? Wenn du also in einem Jahr oder auch in zwei Jahren einen Unfall hättest, würde man ihn nicht verdächtigen. Er könnte dann sehr leicht beweisen, daß er die ganze Zeit über als Josiah Smith dein Wohltäter war.«

Luke machte plötzlich eine zornige Handbewegung und zerrte an seinem Kragen, als ob er nicht genug Luft bekäme. »Und wer hätte schon erfahren, daß Moira Glencullen die Entführung überlebte? Diese Möglichkeit war verschwindend gering. Tasker wußte es, aber er wurde aus dem Weg geräumt, so daß nur noch Lafayette informiert war – bis ich dann in deinem Album die Seite mit den Fotos fand. Es bedeutet nicht, daß die Gefahr jetzt gebannt ist, aber ich habe dich wenigstens aus seiner Obhut entfernt, und dafür danke ich Gott.«

Ich fühlte mich plötzlich sehr müde, und es fiel mir schwer, klar zu denken. »Ich auch, Luke«, sagte ich. »Aber im Grunde bin ich einfach nur froh, daß du da bist und ich bei dir sein kann. Ich kann mir nicht vorstellen, wie du es geschafft hast, mich zu finden.«

»Es hat zwei Wochen gedauert«, sagte er, ins Leere starrend, als ließe er alles an seinem inneren Auge vorbeiziehen. »Adrian Webb beauftragte einige Detektive, Lafayettes Haus auf dem Land zu beobachten. Ich ging zu der Reederei, der die *Callisto* gehört, der Dampfer, mit dem du nach Europa gekommen bist. Nach einigen Überredungskünsten schlugen sie in ihren Schiffspapieren nach und teilten mir mit, daß Mr. und Mrs. Fordyce zusammen mit Miss Gaynor in Marseille von Bord gegangen seien, und ich fuhr dorthin. Ich nahm nicht an, daß du in Marseille geblieben bist, und du hättest irgendwo auf dem Kontinent sein können, aber als ich auf dem Bahnhof Erkundigungen einzog, ob jemand, der wie Simon Fordyce aussah, Fahrkarten gekauft hätte, sahen die Leute mich an, als wäre ich verrückt.«

Luke lachte leise und rieb sich mit Daumen und Zeigefinger die Augen. »Ist ja auch kein Wunder, daß ich kein Glück hatte, denn ich erkundigte mich nach unbekannten Durchreisenden, die vor neun oder zehn Monaten irgendeinen Zug genommen hatten. Ich telegraphierte Adrian Webb, daß ich keinen Erfolg gehabt hatte, und er telegraphierte zurück und rief mir die Information ins Gedächtnis zurück, daß die *Callisto* gegen sechs Uhr abends in Marseille festgemacht und um Mitternacht wieder abgelegt habe. Es sei unwahrscheinlich, daß du am selben Abend mit der Eisenbahn weitergefahren seist, so daß du die Nacht vermutlich in einem Hotel verbracht hättest.«

»Ja, so war es auch«, sagte ich. »Im Hôtel du Vieux Port.«

»Das fand ich heraus, nachdem ich mehrere Tage in allen Hotels rund um den Hafen nachgefragt hatte«, antwortete Luke. »Dann hatte ich endlich Glück. Ein Hotelbursche erinnerte sich an euch. Er war noch ganz jung, stammte vom Land und hatte vor dir noch nie jemanden mit roten Haaren und grünen Augen gesehen. Er staunte, weil er geglaubt hatte, alle Engländer seien blond und blauäugig. Das Wichtige war, daß er dich bei der Abreise am nächsten Morgen mit Eliza Fordyce reden hörte und das Wort ›Neuchâtel‹ verstand. Es blieb in seinem Gedächtnis haften, weil es offenbar das einzige französische Wort in eurer Unterhaltung gewesen war, und er sah es dann auch auf euren Gepäckanhängern.«

»Er hieß Maurice«, sagte ich. »Er war ein blasser, schmächtiger Junge.«

Luke nickte. »Ich hoffe, er hat sich von dem Geld, das ich ihm für seine Information gab, ein paarmal ordentlich satt gegessen und ist jetzt nicht mehr so blaß und schmächtig. Von Marseille fuhr ich dann nach Neuchâtel und nahm ein Zimmer am Ortsrand. Ich machte jeden Tag lange Spaziergänge und beobachtete mit einem Feldstecher Vögel, als wäre ich irgendein schrulliger britischer Gentleman. Nach ein oder zwei Tagen war ich sicher, daß du in dem Pensionat sein müßtest, aber es dauerte eine Woche, bis ich dich dann endlich sah, und noch einmal drei Tage, bis sich die Gelegenheit ergab, daß der Bursche mit dem Obstkarren dir meine Nachricht zusteckte.«

Ich blieb einige Augenblicke lang still, weil ich fürchtete, meine Stimme würde versagen, und das könnte seinen Unwillen erregen. Als ich sicher war, daß ich mit fester Stimme sprechen konnte, sagte ich: »Es war sehr freundlich, daß du dir meinetwegen all die Mühe gemacht hast. Ich bin dir wirklich dankbar, Luke.«

Er verschränkte die Arme und runzelte ein wenig die Stirn. »Du wünscht dir sicher manchmal, du wärst wieder beim Stamm, wo alles so einfach war«, sagte er. »Keine geheimnisvollen Feinde, keine verwickelten Komplotte gegen dich, keine falschen Freunde und keine Heimtücke.«

Ich schüttelte mit einem leisen Lächeln den Kopf. »Das wünsche ich mir nie. Das Leben beim Stamm war in Wahrheit gar nicht einfach. Ich nehme an, es ist überall so, ob in zivilisierten oder unzivilisierten Ländern. Ich habe dort nie die Zuneigung erfahren, die du und Rosemary mir gegeben habt, dafür aber habe ich eine Menge Feindseligkeit, Angst, Hinterhalt und Heimtücke erlebt. Ich sah Männer dahinwelken und sterben, weil ein Medizinmann den Knochen auf sie richtete. Oh, es macht mich sehr unglücklich, daß jemand meinen Tod wünscht, aber es hätte ebenso leicht beim Stamm passieren können, wenn auch aus anderen Gründen. Yuma, mein bester Freund, drohte mir, kurz bevor ich fortlief.«

Mir kam ein Gedanke, und ich fuhr fort: »Luke, ich glaube nicht, daß Simon und Eliza Fordyce schlechte Menschen sind. Ich glaube, sie wußten nicht einmal, daß mir der Mann im dunklen Zimmer etwas antun will. Du weißt doch, sie haben mich sehr freundlich behandelt.«

Luke schnitt eine Grimasse. »Das hat Lafayette alias Josiah Smith offenbar auch getan.«

»Ja, aber Simon und Eliza haben . . .« Ich zögerte. »Nun ja, sie haben keinen schlechten Geruch. Oh, ich weiß, daß es sich nicht gehört, darüber zu reden, wie jemand riecht, aber es ist wahr.«

»Es macht mir nichts aus, wenn du mit mir darüber redest«, sagte Luke besänftigend. »Kannst du wirklich am Geruch erkennen, ob jemand gut oder böse ist?«

Ich schüttelte den Kopf. »Nur manchmal. Es ist schwer zu erklären, weil ich es nicht so unterscheiden kann, wie ich . . . Ja, wie ich zum Beispiel dich von einem anderen Menschen unterscheiden kann. Es ist eher ein Instinkt. Manchmal sträuben sich mir bei einem Geruch die Haare im Nacken, und dann weiß ich, daß der betreffende Mensch gefährlich ist. Aber manchmal wirkt sich die Gefahr auch nicht auf den Geruch aus.«

»Die Fordyces könnten also schlecht sein, ohne daß du es witterst?«

»Vielleicht«, sagte ich langsam, »aber in ihrem Fall bezweifle ich es. Sie haben alle beide einen . . . einen guten Geruch. Das ist jedenfalls mein Eindruck.«

Er zuckte die Achseln. »Na ja, es spielt weiter keine Rolle. Du bist jetzt aus Lafayettes Fängen, und nur das zählt. Leider können wir nicht beweisen, daß er Sid Buller beauftragt hat, dich zu töten, und wir haben auch keinerlei Beweis für seine künftigen Absichten, so daß es notwendig sein wird, dich zu schützen, bis du einundzwanzig bist und das Vermögen auf dich überschrieben wird.«

Ich sagte: »Ich habe mich schon gefragt, was dir für uns beide vorschwebt, wenn wir in London sind. Ich meine, hast du schon eine Wohnung für uns? Ich habe keine Hausarbeiten mehr gemacht, seit ich von *Shalimar* fort bin, und ich bin sicher, daß es in London ganz anders sein wird, ein Haus zu führen, aber ich lerne schnell und werde es schon schaffen.«

Er schüttelte ungeduldig den Kopf. »Es kommt nicht in Frage, daß wir *irgendwo* zusammen wohnen, Meg. Zum Glück war Adrian Webb nicht nur der Anwalt deiner Eltern, sondern auch ihr Freund, und er hat sich bereit erklärt, dich wie ein Mitglied seiner Familie aufzunehmen, bis alles geregelt ist. Was mich betrifft, so werde ich weiterziehen, sobald ich dich sicher untergebracht habe.«

»Oh«, sagte ich tonlos. »Oh, ich verstehe.«

Es war fünf Uhr, als wir Calais erreichten, und wir mußten dort zwei Stunden totschlagen, ehe die nächste Fähre nach Dover ablegte. Vor dem Einschiffen schlenderten wir durch die Stadt, um uns die Füße zu vertreten, setzten uns dann in ein Straßencafé und tranken Kaffee, wechselten aber kaum ein Wort. Ich hatte irgendwie Mühe, Anwälten und Testamenten und einem Mann, der meinen Tod wünschte, große Bedeutung beizumessen. Selbst das Wissen, wer meine Mutter und mein Vater waren, berührte mich nur am Rande. Ich dachte, wie schön es wohl gewesen wäre, wenn ich während meiner ganzen Kindheit von solchen Eltern geliebt worden wäre und sie ebenfalls hätte lieben können, aber es hatte nicht sollen sein. Ich hatte keinerlei Erinnerung an sie, und sie standen mir nicht näher als Figuren, über die ich in einem Buch gelesen hatte.

Ich hatte mich an das fremdartige Leben in Clairmont gewöhnt, und nun war ich im Begriff, wiederum in eine mir völlig fremde Welt gestürzt zu werden – das Leben bei der Familie eines erfolgreichen Anwalts in einem Haus in London. Ich zweifelte nicht, daß ich mich mit der Zeit auch daran gewöhnen würde, denn ich hatte inzwischen Übung darin, mich großen Änderungen anzupassen, und es war nicht das, was mich so sehr bekümmerte. Während wir, jeder mit seinen eigenen Gedanken beschäftigt, an dem kleinen runden Tisch saßen und die Passanten vorbeigehen sahen, wurde mir der wahre Grund meiner Niedergeschlagenheit klar. Luke war nun viele Stunden mit mir zusammengewesen, und ich hatte angenommen, daß wir mehr oder weniger zusammenbleiben würden. Vielleicht würde ich sein Haus führen oder ... oder ...

Ich zuckte zusammen und hätte um ein Haar meine Tasse umgeschüttet, und dann spürte ich, wie meine Wangen brannten, als mich plötzlich eine verblüffende Wahrheit überfiel. Ich wünschte mir, mit Luke zusammenzusein. Immer. Mein Leben lang. Ich liebte Luke Bowman, und wenn ich nun errötete, dann nicht aus mädchenhafter Sittsamkeit, denn meine Kindheit bei den Ureinwohnern hatte nichts dergleichen in mir bewirkt; ich errötete vor Schreck und Scham über die Erkenntnis, daß ich in Rosemarys Mann verliebt war.

Lange Sekunden war mir, als übte ich einen schändlichen Verrat, aber dann ging dieses Gefühl vorbei, weil ich mich daran erinnerte, daß Rosemary mich selbst angefleht hatte, für Luke zu sorgen, daß sie sogar gewünscht hatte, ich möge ihn heiraten. Ich seufzte innerlich vor Erleichterung. Ich verriet sie nicht. Ich hatte um ihretwillen versucht, mein Versprechen zu halten als einen Dienst, den ich ihr schuldete und von Herzen gern verrichtet hätte. Es war kein Dienst, den ich als lästig betrachtete, denn ich war immer froh, wenn ich mit Luke zusammen war, aber ich war niemals auf die Idee gekommen, ich könnte in ihn verliebt sein. Vielleicht war Rosemary aber darauf gekommen, vielleicht hatte sie in ihrem großen Einfühlungsvermögen die Saat davon in mir entdeckt.

Das war der Grund, weshalb ich jetzt so mutlos war. Der Mann, den ich liebte, würde aus meinem Leben gehen, und es gab nichts, was ich tun konnte, um ihn zu halten. Rosemary war seine einzige Liebe gewesen und würde es immer sein. Bestimmt hatte er nur ihretwegen viele Wochen lang solche Strapazen auf sich genommen, um mich in Sicherheit zu bringen, weil er wußte, wie sehr ich ihr am Herzen gelegen hatte.

Ich saß mit wundem Herzen da, blickte über den Hafen, ohne freilich viel wahrzunehmen, und fürchtete mich davor, Luke anzusehen, da er sonst in meinen Augen gelesen hätte, was in mir vorging. Ich war sicher, daß er aufgebracht wäre, falls er die Wahrheit vermutete, und ich konnte einfach nicht den Gedanken ertragen, daß er im Zorn von mir scheiden könnte. Kurz darauf schreckte ich aus einer Art Wachtraum hoch, als er sagte: »Die Fähre hat angelegt, Meg. Wir können jetzt an Bord gehen.«

Die See war ruhig, der Abend lau. Ich freute mich, daß wir an Deck saßen, denn mit dem Anblick des Meers vor uns schien eine Unterhaltung kaum notwendig, und wir konnten ohne ein Gefühl des Unbehagens schweigen und unseren eigenen Gedanken nachhängen. Kurz nach acht Uhr erreichten wir Dover, und ich setzte meinen Fuß auf den Boden des Landes meiner Geburt, eines Landes, an das ich keine Erinnerung hatte.

»Wir sind für heute weit genug gereist«, sagte Luke, als wir, gefolgt von einem Träger, der unser Gepäck auf einem Karren vor sich her schob, die Zollabfertigung verließen. »Wir übernachten in einem Hotel und nehmen den Frühzug. Bist du einverstanden?«

»Ja. Ja, natürlich. Danke, Luke.«

Er musterte mich. »Ist etwas nicht in Ordnung? Du bist so still.«

»Nein, ich glaube, ich bin einfach müde.«

»Du?« Er zog die Augenbrauen hoch und lächelte. »Das muß das erstemal sein. Ich habe dich noch nie müde erlebt. Komm, wir machen uns kurz frisch und essen dann zu Abend.« Er nahm meinen Arm, sicher ohne sich träumen zu lassen, daß sein Lächeln und die Berührung seiner Hand mein Herz höher schlagen ließen.

Ich schlief schlecht in jener Nacht im Queensbury Hotel, obwohl ich ein sehr behagliches Zimmer hatte, doch beim Frühstück am nächsten Morgen gelang es mir, meine Gefühle vor Luke zu verbergen, und bei einem unserer kurzen Wortwechsel brachte ich es sogar fertig, mein Katzengesicht aufzusetzen, damit er glaubte, es sei alles ganz normal. Um zehn Uhr vormittags erreichten wir die gewaltige, unfaßlich geschäftige Metropole London, und ich war dankbar, daß ich durch meinen flüchtigen Eindruck von Paris wenigstens etwas auf die Größe und den Lärm einer riesigen Stadt voller Menschen, Pferde, Droschken, Kutschen und Fuhrwerke aller Art vorbereitet war.

Wir verließen die Victoria Station mit ihren riesigen Lokomotiven, ihren vielfachen Geräuschen und – besonders für mich – zahllosen Gerüchen von Dampf und heißem Metall, Speisen und Blumen, Pferden und Menschen. Luke griff nach meinem Arm, als wir zur Reihe der wartenden Droschken gingen, und zeigte mit seinem Spazierstock auf ein gespenstisches Gefährt, das ohne Pferde knatternd dahinrollte. Ich hatte einmal in einer Illustrierten ein Automobil gesehen, aber es in Wirklichkeit zu erleben, raubte mir den Atem.

Zehn Minuten später befanden wir uns in einem riesigen Geschäft mit mehreren Verkaufsflächen übereinander, die alle mit so großen Mengen unvorstellbar verschiedenartiger Artikel angefüllt waren, daß es mich schier übermenschliche Anstrengung kostete, mein Staunen zu verbergen, und ich die Zähne zusammenbiß, um zu verhindern, daß mein Mund offenstand. Luke führte mich zu einer Damenabteilung, ließ die Abteilungsleiterin kommen, eine füllige Dame mittleren Alters, die angenehm roch, und wies sie an, mich, seine Schwester, unter ihre Fittiche zu nehmen und mit einer kompletten Garderobe für alle Gelegenheiten auszustatten, da ich bei einem Schiffsuntergang alles verloren hätte.

Die Dame starrte mich an wie eine Erscheinung, nahm ihre Aufgabe aber mit sichtlicher Begeisterung in Angriff und äußerte nur ihr Bedauern, daß das schreckliche Unglück mich zwinge, konfektionierte Kleidung zu kaufen, um mich dann mit der Versicherung zu trösten, daß mein Bruder sicher Vorsorge treffen werde, bei der frühestmöglichen Gelegenheit eine Schneiderin zu bestellen. Als Luke zurückkehrte, standen zwei wohlgefüllte Schrankkoffer bereit, und ich war vom vielen Anprobieren erschöpfter als je zuvor nach einem Tagesmarsch im Busch. Luke hatte unsere beiden Koffer von der Gepäckaufbewahrung in der Victoria Station abgeholt, und nachdem er die Rechnung beglichen hatte, die ganz gewiß enorm hoch war, stiegen wir in seine wartende Droschke und fuhren weiter.

Einige Minuten später hielten wir vor einem unermeßlich großen Bauwerk, dessen schmiedeeiserne Tore von Männern in scharlachroten Uniformröcken und mit dicken Pelzmützen auf dem Kopf bewacht wurden, die, wie ich von Zeitschriften her wußte, Bearskins hießen. »Das ist der Buckingham-Palast«, sagte Luke. »Hier wohnt *Mitjiquin*, die Dame, deren Kopf auf dem zauberkräftigen Penny eingraviert war, von dem du mir damals erzählt hast. Erinnerst du dich?«

»Oh . . . Yumas *mapanpa*. Ja.« Eigentlich hätte es mich zutiefst berühren müssen, den Londoner Palast von Königin Viktoria zu sehen und an den weiten Weg zu denken, den ich seit dem Tag zurückgelegt hatte, da ich meinen Speer warf, um Yuma zu seinem heißersehnten Känguruhknochen zu verhelfen, doch ich war zerstreut vor lauter Kummer und Besorgnis, weil mir klar war, daß wir uns bald dem Ende unserer Reise nähern mußten. »Wohin fahren wir jetzt?« fragte ich.

Luke zog seine Uhr und warf einen Blick darauf. »Es ist beinahe Zeit zum Lunch«, sagte er, »und es wäre unhöflich, jetzt gleich zu Adrian Webb zu fahren. Er wohnt nur eine halbe Meile von hier am Belgrave Square.« Er hob die Luke im Dach mit seinem Spazierstock an und rief dem Kutscher zu: »Bitte zum Café Royal!«

»Sehr wohl, Sir.«

Während der Kutscher sein Pferd mit einem Peitschenknall in Trab setzte, erklärte Luke: »Also, zuerst gehen wir zum Lunch, und gleichzeitig schicke ich die Droschke zum Belgrave Square vor mit dem Gepäck und einer Nachricht, daß wir kurz nach zwei Uhr eintreffen werden.« Er blickte mit dem gleichen sonderbar ironischen Lächeln, das mir schon vorher aufgefallen war, auf mich hinunter. »Mit ein bißchen Glück wirst du gleich einige Berühmtheiten sehen können, Meg. Das Café Royal ist ein Lieblingstreffpunkt von Fixsternen am Londoner Literatur- und Künstlerhimmel.«

»Fixsterne? Es gibt immer noch Wörter, die ich noch nie gehört habe oder die mir entfallen sind.«

»Das geht den meisten Leuten so, du brauchst dir keine Sorgen zu machen . . .«

»Oh, warte. Das ist einfach ein Ausdruck für alle Sterne . . . Himmelskörper, die von selbst leuchten, ja?«

»Ja, so kann man's nennen. Burschen wie Swinburne, Beardsley, Whistler, Oscar Wilde – o nein, Wilde wirst du nicht sehen, er ist kürzlich ins Gefängnis gekommen.«

Ich sah dann zwar keine Berühmtheit, zumindest soweit es mir bewußt war, aber das Café Royal als solches war wieder ein neues Erlebnis für mich, ein riesiges Restaurant mit Spiegeln und roten Plüschvorhängen, kunstvollen Gesimsen an hohen Decken, mit üppigen Teppichen und erlesen gedeckten Tischen. Ich hatte keine Schwierigkeiten mit der Speisekarte, denn wir waren in Clairmont gründlich in ihrem Gebrauch unterwiesen worden, bestellte aber, da ich nur wenig Appetit hatte, nur ein einzelnes Gericht.

Luke sagte: »Ist wirklich alles in Ordnung? Oder stimmt etwas nicht?«

»Nein, wirklich, ich fühle mich ausgezeichnet. Es kommt teilweise daher, daß ich ein bißchen nervös bin, weil ich nachher zu Mr. Webb komme, aber ich habe nie soviel essen können wie . . .« Ich senkte die Stimme und versuchte, einen kleinen Scherz zu machen. » . . . wie ihr *walypala.* Und das wird sich wohl auch nicht ändern. Weißt du noch, wie besorgt Rosemary zuerst deshalb war? In Clairmont habe ich genausowenig gegessen, Frühstück und Dinner, aber zwischendurch kaum etwas.«

Luke nickte. »Ich sage später Adrian Webb Bescheid, damit du keine langen Erklärungen abzugeben brauchst.« Er nahm seinen Suppenlöffel. »Du wirst für irgendeinen Mann eines Tages eine sehr sparsame Hausfrau abgeben, Meg.«

Die beiläufig dahingesagten Worte waren für mich wie

Salz auf eine offene Wunde. Ich brachte nur mit Mühe einige Bissen von meinem Teller hinunter und zwang mich eine Stunde lang, munter Konversation zu machen, damit Luke meinen Kummer und seine Ursache nicht erriet. Ich erzählte von der Zeit in Clairmont, von meinen Freundinnen, und dem täglichen Leben dort und auch von einzelnen Vorfällen wie meinem Zusammenstoß mit Clarissa, der ihn zum Lachen brachte.

Um halb drei Uhr fuhren wir mit einer Droschke den Piccadilly zum Hyde Park Corner hinauf und erreichten dann einen Platz mit prachtvollen Häusern, der in der Mitte aus herrlichen Rasenflächen und Blumenbeeten bestand. Vor dem Haus Nummer 24 hielt der Wagen. Luke bezahlte den Kutscher, und als er mir dann für die Stufen zu der schönen Vorhalle hinauf seinen Arm bot, wären mir beinahe die Tränen der Freude in die Augen gestiegen.

Ich hatte die verschiedenen Ränge der Dienerschaft von Ruth und Fiona in Clairmont gelernt, indem ich einfach ihren Gesprächen lauschte, und während des Weihnachtsaufenthalts bei Nicoles Eltern hatte ich ein großes Haus mit zahlreichem Personal kennengelernt und wußte deshalb, daß der Mann in dem dunklen Anzug mit der schwarzen Krawatte, der uns öffnete, der Butler war. Er war korpulent und hatte ein rosiges Gesicht und schüttere graue Haare. Seine Haltung war würdevoll.

Als er Luke erblickte, neigte er den Kopf und sagte: »Guten Tag, Sir. Sie sind sicher Mr. Bowman?«

»Und Miss Gaynor«, ergänzte Luke.

»Sehr wohl, Sir.« Der Butler schenkte mir ein ehrerbietiges Lächeln und trat zurück. »Wenn Sie bitte eintreten möchten. Ich bin Henson, der Butler, und Sie werden selbstverständlich erwartet. Mister Webb hat Ihre Nachricht bekommen, und ich habe Miss Gaynors Gepäck auf ihr Zimmer bringen lassen, damit das Mädchen schon alles auspacken kann. Ihr eigener Koffer steht in der Diele, Sir. Wenn Sie bitte hier entlang kommen würden?«

Ich umklammerte Lukes Arm und ging mit ihm durch eine große holzgetäfelte Diele, von der eine breite Treppe zu einer Galerie hinaufführte. Henson öffnete eine Tür und sagte: »Wenn Sie bitte so freundlich wären, im Salon zu warten, dann benachrichtige ich jetzt Mister Webb von Ihrer Ankunft.«

Als die Tür geschlossen war, murmelte Luke: »Setz dich, Meg«, und ich ließ widerwillig seinen Arm los, wählte einen hohen Lehnstuhl am Fenster und umklammerte nunmehr meine Handtasche. Luke blieb mit Hut und Stock in der Hand stehen und schaute aus dem Fenster. Nach einer halben Minute des Schweigens flüsterte ich: »Wo wirst du denn wohnen, Luke? Kann ich dich dann und wann sehen? Und darf ich dir jetzt schreiben? Das heißt, eigentlich habe ich dir schon die ganze Zeit geschrieben, in meinem Tagebuch nämlich – aber ich wäre wirklich froh, wenn ich dir auch Briefe schicken könnte.«

Er fuhr fort, aus dem Fenster zu blicken, und ich sah, wie seine Kinnbacken hervortraten. »Nein, es hat keinen Sinn, Meg«, sagte er kurz. »Ich mache mich schon sehr bald wieder auf den Weg und werde auf Reisen sein.«

»Oh, ich verstehe.« Ich versuchte, alle Gedanken aus meinem Geist zu vertreiben. Mein erster Abschied von Luke, der Abschied von meinem ersten wahren Freund, hatte mir damals grausam zugesetzt. Nun war er wieder für kurze Zeit in mein Leben getreten, gerade lange genug, daß ich meine Liebe zu ihm entdecken konnte und jetzt wußte, daß mir dieser zweite Abschied das Herz brechen würde. Ich ertappte mich zu meiner Beschämung dabei, wie ich plötzlich stumm wie in einem primitiven Bemühen, den Schmerz in nur zu betäuben, *mitjiquin, mitjiquin* vor mich hin sagte.

Im nächsten Augenblick wurde die Tür geöffnet, und während ich aufstand, setzte ich all meine Willenskraft ein, um mich zusammenzureißen. Der Herr, der eintrat, trug einen grauen Anzug mit einer seidenen Krawatte in einem etwas helleren Grauton. Mein erster Eindruck war, daß er aus zwei Teilen verschiedener Männer zu bestehen schien, denn er war groß, schlank und breitschultrig und hatte einen kugelrunden Kopf mit einem rosigen, pausbäckigen Gesicht und kurzen schwarzen Locken, und seine Augen blitzten fröhlich, so daß er mich von den Schultern an aufwärts sofort an Mr. Pickwick erinnerte. Er kam mit leichten Schritten schnell auf mich zu und streckte mir beide Hände entgegen, so daß ich automatisch auch die meinen ausstreckte.

»Meine Liebe, meine Liebe«, sagte er herzlich, »dem Himmel sei Dank, daß Luke Sie sicher heimgebracht hat.« Immer noch meine Hände haltend, wandte er den Kopf. »Gut gemacht, mein Junge. Niemand außer Ihnen hätte das geschafft, denn nur Sie hatten Moiras Vertrauen.«

Ich zuckte innerlich zusammen, aber Luke sagte: »Sie würde es vorziehen, Meg Gaynor zu bleiben, und das wäre im Moment wahrscheinlich auch klüger.«

»Selbstverständlich. Ich werde mich in dieser Hinsicht ganz nach ihren Wünschen richten.« Mr. Webb sah mich wieder lächelnd an und drückte leicht meine Hände wie zu einer nochmaligen Begrüßung. »Willkommen in Ihrem neuen Heim, Meg. Ihre Mutter und Ihr Vater gehörten zu meinen besten Freunden, und ich war sehr bewegt, als sie mich zum Treuhänder ihres verschollenen Kindes einsetzten, obwohl ich mir nie hätte träumen lassen, jemals das Vergnügen zu haben, diese willkommene Aufgabe auch auszuführen.«

Er ließ meine Hände los, und ich sagte mit einem leichten Knicks: »Sie sind sehr freundlich, Sir. Verzeihen Sie bitte, wenn ich nicht die rechten Worte gebrauche, aber ich bin immer noch sehr durcheinander. Ich habe eine weite Reise hinter mir und mußte in den letzten achtundvierzig Stunden soviel Neues verarbeiten.« Das war zwar keine komplette Lüge, aber ich vermittelte gewiß einen falschen Eindruck, denn wenn ich begriffsstutzig und wie benommen wirkte, kam das nicht von der Reise oder von all dem, was Luke mir erzählt hatte. Es lag einfach daran, daß ich vor Kummer wie von Sinnen war.

»Mein liebes Kind, ich staune, daß Sie nach all den Strapazen überhaupt noch die Augen offenhalten können«, erwiderte Adrian Webb. »Ich bin zwar begierig, mich ausführlich mit Ihnen zu unterhalten, aber ich bestehe trotzdem darauf, daß Sie zuerst ein oder zwei Stunden ruhen. Ruhen Sie, solange Sie möchten, und wir werden dann heute abend nach dem Dinner miteinander sprechen.«

»Danke, Sir. Ich wäre froh, wenn ich ein bißchen Zeit hätte, zur Ruhe zu kommen.«

»Selbstverständlich, selbstverständlich.« Die Hände hinter dem Rücken verschränkt, strahlte er mich an und wippte in einer Weise auf den Zehenspitzen, die sehr gut zu Mr. Pickwick gepaßt hätte. Sein Geruch sagte mir nichts, aber das wenige an Gefühlen, was außer meinem Schmerz über die bevorstehende Trennung von Luke in mir Platz hatte, war Freude darüber, daß ich so freundlich im Haus eines Fremden aufgenommen wurde. »Einigen wir uns doch auf eine Form der Anrede, die weniger formell ist als das ›Sir‹«, bemerkte er gerade mit einem kurzen Blick auf Luke. »Meinen Sie, ich könnte als guter Freund der Familie den Titel Onkel Adrian in Anspruch nehmen?«

Ehe ich antworten konnte, ging die Tür auf, und eine Dame kam herein. Sie hatte ein mageres Gesicht und bewegte ihren knochigen Körper auf eine merkwürdig linkische Art. Aschblondes Haar war um den Kopf zu einer Pompadourfrisur hochgekämmt, ihre tiefliegenden Augen blickten sehr aufmerksam, und ich schätzte sie auf Ende dreißig. Adrian Webb sagte: »Ah, da bist du ja, Becky. Dieser Gentleman ist Luke Bowman, von dem ich dir schon erzählt habe, und das ist seine angeheiratete Cousine Meg Gaynor, die unser Gast sein wird.« Er wandte sich zu uns. »Mr. Bowman, darf ich Ihnen meine Frau Rebecca vorstellen.«

Luke beugte sich über die Hand der Dame, und ich machte einen tiefen Knicks. Sie schenkte uns ein kurzes, nervöses Lächeln und sagte: »Guten Tag, Mr. Bowman. Wie schön, Sie kennenzulernen, Meg. Ich hoffe, Sie werden sich hier bei uns wohl fühlen.«

Ich murmelte eine passende Antwort und wunderte mich ein wenig darüber, daß ich Mrs. Webb als eine Verwandte Lukes vorgestellt worden war, was nur bedeuten konnte, daß sie von meiner wahren Identität nicht wußte. Ihr Mann erläuterte lächelnd: »Ich habe gerade vorgeschlagen, daß Meg uns vielleicht mit Onkel Adrian und Tante Becky anreden könnte, da sie ja nun zur Familie gehören wird. Natürlich nur, wenn du einverstanden bist, meine Liebe.«

Sie blickte ihn erschrocken an, als staune sie über das, was er gesagt hatte, oder vielleicht auch darüber, daß sie überhaupt um ihre Meinung gebeten wurde, antwortete aber schnell: »Selbstverständlich, Adrian, das ist ein ausgezeichneter Einfall. Wir werden gewiß alles tun, damit sie sich bei uns wohl fühlt.«

»Ja, wirklich«, bekräftigte Adrian Webb, »und am besten fangen wir damit an, daß wir dem Kind etwas Ruhe gönnen. Würdest du sie vielleicht auf ihr Zimmer bringen? Ich denke, du könntest Henson beauftragen, daß er ihr eine Tasse Tee hinaufbringen läßt, und dann kann sie ein wenig schlafen, wenn sie möchte. Maggie wird sich doch um sie kümmern, nicht wahr? Sehr gut. Dann sag Maggie bitte, sie möge sie um halb sieben wecken, damit du ihr vor dem Dinner noch das Haus und den Garten zeigen kannst, ja?«

»Natürlich, Adrian.« Ihre Hände flatterten ein wenig, und wieder bemerkte ich das schnelle, nervöse Lächeln, das aber nicht unfreundlich wirkte. Ich hatte den Eindruck, daß Mrs. Webb einfach an einer gewissen Überreiztheit litt und die entsprechenden Eigenheiten an den Tag legte. In Clairmont war ein Mädchen gewesen, das ihr ein wenig ähnelte und mich mit seinen fahrigen Bewegungen immer an eine huschende Eidechse erinnert hatte. Nun wandte Mrs. Webb sich an Luke mit den Worten: »Werden wir beim Dinner das Vergnügen Ihrer Gesellschaft haben, Mr. Bowman?«

»Vielen Dank für die freundliche Einladung, aber es geht leider nicht«, antwortete Luke höflich, aber entschieden. »Ich möchte mich nun von Ihnen verabschieden, wenn Sie gestatten.«

Er drehte sich zu mir, und ich versuchte, durch ihn hindurchzusehen, weil ich nicht wagte, meinen Blick auf seinem Gesicht ruhen zu lassen, sonst hätte ich vielleicht die Fassung verloren und geweint. Dies war mein Abschied von Luke, und er mußte unter den Blicken zweier Fremder stattfinden. Ich hatte gehofft, in diesem Moment mit ihm allein zu sein, ich hatte auf irgendeine kleine Geste als kostbares Andenken für später gehofft und mußte törichterweise daran denken, daß Simon Fordyce sogar meine Lippen geküßt hatte, als er mir Lebewohl sagte. An so etwas hätte ich mich immer erinnern können, aber ich wußte, daß es nicht geschehen würde. Ich hörte Luke sagen: »Hm . . . Auf Wiedersehen, Meg. Ich bin sicher, daß du hier sehr glücklich sein wirst.«

Ich hörte meine eigene Stimme wie die eines fremden Menschen antworten: »Auf Wiedersehen, Luke. Vielen Dank für alles, was du für mich getan hast. Gott segne dich.«

Es folgte ein Stimmengewirr, das seinen Abschied von Mr. und Mrs. Webb anzeigte – vielmehr von Onkel Adrian und Tante Becky; ich durfte nicht vergessen, sie von nun an so zu nennen. Mit leerem Blick starrte ich vor mich hin, so daß mein Gesichtsfeld langsam verschwamm und ich gar nicht wahrnahm, wie Henson, der Butler, hereinkam und Luke nach draußen geleitete, doch nach einer Weile fühlte ich eine Berührung an meinem Arm. Tante Becky sagte: »Kommen Sie, mein Kind. Ich zeige Ihnen Ihr Zimmer.«

Es war ein wunderschönes Schlafzimmer, und all meine neuen Kleider Hüte und Schuhe waren schon in zwei Schränken untergebracht. Ich wurde einem Stubenmädchen namens Maggie vorgestellt, einem Mädchen mit einem Akzent, der, wie ich erst später erfuhr, als Cockney bezeichnet wurde. Sie war ungefähr in meinem Alter und hatte ebenfalls Sommersprossen, wenn auch nicht so viele wie ich. Ein anderes Mädchen brachte mir auf einem silbernen Tablett eine Tasse Tee, und kurz darauf war ich allein.

Ich trank den Tee, zog meine Schuhe und mein Kleid aus, legte mich auf das Bert und weinte ein bißchen, doch dann ärgerte ich mich darüber, daß ich so undankbar war. Ich machte mich mit dem Zimmer vertraut, blickte aus dem Fenster auf einen gepflegten Garten hinaus und verstaute in einer Kommode meine persönlichen Habseligkeiten – mein Tagebuch, meine Geburtstagsgeschenke aus Clairmont, meine Bücher, das Foto von Luke und Rosemarys Anhänger. Als das getan war, leerte ich meinen Geist und schlief in der Hoffnung ein, für den Abend frische Kräfte zu sammeln. Onkel Adrian und Tante Becky waren bemerkenswert freundlich und rücksichtsvoll gewesen, aber ich hatte dennoch das Gefühl, daß mein erster Abend und die folgenden Tage am Belgrave Square sicherlich eine schwere Prüfung sein würden.

Ich erwachte um sechs Uhr, wusch mir Gesicht und Hände, brachte rasch meine Frisur in Ordnung und zog eines der Kleider an, die Luke mir gekauft hatte. Um halb sieben Uhr klopfte nicht Maggie, sondern Tante Becky selbst an die Tür und teilte mir mit, sie würde mir nun das Haus zeigen und anschließend die übrigen Dienstboten vorstellen.

Belgrave Square Nummer 24 war nicht weniger elegant als Nicoles Elternhaus bei Grenoble. Selbst ich sah sofort, daß die Möbel, Kronleuchter, Vorhänge, Teppiche, Täfelungen und alle anderen Dekorationsstücke von erlesenster Qualität waren, und konnte aufgrund meiner Studien in Clairmont in zwei der vielen Gemälden, die an den Wänden von Zimmern, Dielen und Korridoren hingen, die Arbeit von Landseer und Millais erkennen. Die Besichtigung dauerte nicht sehr lange, denn Tante Becky verweilte nirgends, sondern eilte mit nervösen Trippelschritten von Zimmer zu Zimmer und wies mich auf Dinge hin, die mir auch ohne sie ins Auge gefallen wären.

»Das ist der große Salon, Liebes. Dort in der Ecke steht der Flügel, sehen Sie? Können Sie spielen?«

»Nicht sehr gut, Tante Becky. Ich hatte ein paar Stunden damals in . . .« Ich war im Begriff, »in Clairmont« zu sagen, hielt aber inne, weil ich nicht wußte, ob Becky wissen durfte, woher ich gekommen war. »Aber bisher habe ich nur gelernt, die Tonleiter recht und schlecht zu spielen«, fuhr ich fort, da ich es für angebracht hielt, vorsichtig zu sein, bis ich mit Onkel Adrian gesprochen hatte.

Tante Becky ließ ihre Hand über die blitzende Oberfläche des kostbaren Instruments gleiten. »Was für ein Jammer«, seufzte sie. »Ich hatte als Kind nie Klavierunterricht, und so steht dieser schöne Flügel unbenutzt herum. Natürlich könnten die Jungen es eines Tages lernen.«

»Welche Jungen, Tante Becky?«

Sie sah mich überrascht an. »Oh, hat Mr. Bowman Ihnen nicht gesagt, daß Adrian und ich zwei Söhne haben? Albert ist dreizehn Jahre alt, und Edward ist elf. Sie sind natürlich auf dem Internat, aber sie kommen in ein paar Wochen nach Hause, um die Sommerferien mit uns zu verbringen. Gehen wir auf die Terrasse, damit wir einen Blick auf den Garten werfen können, dann können wir durch das Eßzimmer wieder hineingehen.«

Als wir durch eine hohe Fenstertür auf die Terrasse traten, errötete sie ein wenig und sagte leise: »Wir haben die Jungen nach dem verstorbenen Gemahl unserer geliebten Königin und nach ihrem ältesten Sohn genannt, Albert und Edward, verstehen Sie? Es war meine Idee. Ich fürchtete, Ihre Majestät wurde es als anmaßend empfinden, falls sie es erführe, was natürlich sehr unwahrscheinlich war, aber Adrian versicherte mir, daß es ein sehr hübsches Kompliment sei. Sehen Sie nur, wie schön die Tulpen kommen, ich glaube, es sind meine Lieblingsblumen nach den Rosen und vielleicht noch Pfingstrosen.«

Tante Becky gab mir Rätsel auf, denn ich hatte eigentlich eine ganz andere Frau an der Seite eines wohlhabenden und erfolgreichen Mannes wie Onkel Adrian erwartet, eine selbstsichere Dame, die gemessen sprach, sich würdevoll bewegte und nie die Fassung verlor. Ich dachte jedoch nicht geringer von Tante Becky, weil sie diesem Bild nicht entsprach, und glaubte sogar, es könne ein Band des Einverständnisses zwischen uns geben, da ich nur zu gut wußte, wie es war, wenn man voller Ängste steckte, obwohl ich es vielleicht besser verbergen konnte als sie.

Der Rundgang endete mit einem kurzen Besuch der Küche, wo Mrs. Cartwright, die Köchin, damit beschäftigt war, das Dinner vorzubereiten. Hier wurden mir die Dienstboten vorgestellt, denen ich noch nicht begegnet war, und dann führte Tante Becky mich wieder in ihr Nähzimmer, wo wir vorher schon vorbeigekommen waren. Ich hatte mir Mühe gegeben, meinen Kummer zu vergessen und zu würdigen, daß die freundliche Aufnahme in diesem Haus ein großes Glück war, und so sagte ich, als Tante Becky die Tür schloß: »Vielen Dank, daß Sie mir das Haus gezeigt haben, Tante Becky. Ich hoffe, Ihnen in keiner Weise zur Last zu fallen, und wäre Ihnen dankbar, wenn Sie mir immer sagten, womit ich Ihnen gefällig sein kann.«

Sie trat mit einer recht geheimnistuerischen Miene zu mir, blickte sich kurz um, wie um sich zu vergewissern, daß die Tür richtig geschlossen war, und sagte mit ihrem typischen flüchtigen Lächeln: »Ich freue mich sehr, daß Sie hier sind, Meg, und ich bin sicher, daß wir ausgezeichnet miteinander auskommen werden. Setzen Sie sich, meine Liebe, setzen Sie sich.«

Ich nahm auf einem Stuhl an einem kleinen runden Tisch Platz, und Tante Becky setzte sich, während sie weitersprach, mir gegenüber. »Es wird für mich sehr anstrengend sein, Albert und Edward in den Ferien hier zu haben. Wir werden natürlich einen Teil der Zeit in Eastbourne verbringen, wie jedes Jahr. Wir haben dort ein sehr hübsches Landhaus, und ich hoffe wirklich, daß Sie ... daß Sie dazu beitragen können, die Jungen zu beschäftigen. Ich finde sie recht anspruchsvoll, und es ist außerordentlich schwierig, eine Aushilfsgouvernante nur für die Ferienzeit zu bekommen.« Tante Becky lehnte sich über den

Tisch, ergriff mein Handgelenk, musterte mich durchdringend und fuhr mit gesenkter Stimme ohne jede Pause fort: »Sie sind ein Medium, Meg. Ich bin dessen ganz sicher.«

»Oh. Wirklich?« sagte ich einigermaßen verblüfft. »Ein was?«

»Ein Medium, Liebes. Werden Sie mir helfen?«

Ihre Stimme war flüsternd, ihr Blick wurde stehend. »Ich versuche, mit meinem geliebten Vater in Verbindung zu treten.«

Ich war absolut sprachlos und wunderte mich, ob man es vielleicht versäumt hatte, mich mit einem wichtigen Brauch der zivilisierten Welt bekannt zu machen. Tante Becky fuhr fort: »Ich *weiß*, daß Papa mir etwas sagen möchte, und ich bin sicher, daß Sie mir dabei helfen können, Verbindung mit ihm aufzunehmen.«

Ich sagte zögernd: »Vielleicht . . . vielleicht könnte ich für Sie an ihn schreiben, Tante Becky?«

Sie blinzelte erstaunt: »Schreiben? Nein, nein! Papa ist vor zehn Jahren in die andere Welt gegangen.«

Ich sperrte den Mund auf, denn ich meinte zu begreifen. »Oh, ich bitte um Verzeihung. Ich hatte nicht verstanden . . . das heißt, vielleicht verstehe ich immer noch nicht. Meinen Sie, daß Ihr Vater vor zehn Jahren gestorben ist, Tante Becky?«

Sie zuckte zusammen und sagte dann vorwurfsvoll: »Er ist *verschieden*, Liebes.«

Ich kannte diesen Ausdruck, und er bestätigte, was ich vermutet hatte. Ich sagte: »Darf ich Ihnen mein aufrichtiges Beileid ausdrücken, Tante Becky? Es tut mir so leid. Aber wie kann ich Ihnen helfen, Verbindung zu ihm aufzunehmen?«

»Zu seinem *Geist*, Meg«, sagte sie eifrig. »Oh, sagen Sie Adrian bitte nichts davon, denn er wäre nie damit einverstanden, aber ich habe schon seit einigen Jahren Séancen mit einigen ähnlich gesinnten Damen besucht, und viele Geister haben durch unser Medium, Mrs. Cruikshank, zu uns gesprochen, aber mein geliebter Vater hat noch nie Zugang zu uns von der anderen Welt gefunden, und ich weiß, daß er sich bestimmt schreckliche Mühe gibt.«

Ihre Augen füllten sich mit Tränen, und ich tätschelte unwillkürlich ihre Hand und murmelte einige belanglose Trostworte, während ich versuchte, mich zu sammeln und das eben Gehörte zu verarbeiten. Beim Stamm hatte ich gelernt, die Welt sei in einer Traumzeit vor der Erschaffung des Menschen von Ahngeistern in der Gestalt verschiedener riesiger Vögel und anderer Tiere geschaffen worden. Diese Geister könnten sterben, hieß es, und würden dann zu Sternen am Himmel oder Felsen, zu Bergen oder Wasserlöchern, aber ihr Wesen bleibe bestehen, und in dieser Eigenheit seien sie für alle Geburten verantwortlich, weil sie die Samen von Babys in die Körper der Frauen steckten.

Ich hatte nicht als echter Mensch gegolten, aber die Ureinwohner glaubten, alle Menschen hätten schon in einem geistigen Zustand existiert, bevor sie zum irdischen Leben geboren worden seien. Mit der Initiierung beträten sie die geheiligte Zeit, um nach dem Tod wieder in ihren ursprünglichen geistigen Zustand zurückzukehren, bereit, den Zyklus von neuem zu beginnen. Ich hatte aber noch nie gehört, daß jemand versucht hätte, mit diesen Geistern zu sprechen.

Rosemary hatte mich einen ganz anderen Glauben gelehrt, und ich hatte ihn akzeptiert, weil sie Rosemary war, obwohl mich gewisse Dinge, die ich in der Bibel las oder in der Kirche hörte, immer wieder verwirrten. In *Shalimar* hatte ich in einer Zeitschrift gelesen, daß Sir Arthur Conan Doyle, der Verfasser der Geschichten über Sherlock Holmes, etwas erforschte, das Spiritismus hieß, und in dem Artikel stand auch, was das war. Später in Clairmont, hatten einige Mädchen eines Abends an einem runden Tisch bei gelöschtem Licht versucht, eine Séance zu veranstalten, doch abgesehen davon, daß ein paar von ihnen Angst bekamen, während andere zu kichern begannen, war nichts geschehen, und sie hatten das Experiment abgebrochen.

Ich war begriffsstutzig gewesen, als ich nicht gleich verstanden hatte, was Tante Becky meinte, aber nun wurde mir klar, daß sie eine Spiritistin war, wenn auch vielleicht nur heimlich, und das leidenschaftliche Verlangen hatte, mit dem Geist ihres toten Vaters in Verbindung zu treten. Sie hatte wohl auch das Gefühl, ich sei in irgendeiner schwer erklärbaren Hinsicht begabt und könne ihr dabei helfen.

Während ich all das dachte, sagte sie: »Ich habe mich schon gefragt, ob es nicht die richtige *Venue* ist, also nicht der richtige Ort. Vielleicht kann mein geliebter Papa mich deshalb nicht durch Mrs. Cruikshank erreichen. Ich konnte natürlich nicht im Traum daran denken, sie hierher einzuladen, weil sie ungeachtet ihrer medialen Fähigkeiten eine recht gewöhnliche Person ist, aber Sie und ich könnten in meinem Nähzimmer, das fast nie jemand anders betritt, eine kleine private Séance abhalten ... und wer weiß, was dann alles geschehen könnte. Sie *glauben* doch, nicht wahr, meine Liebe?«

Mir war nicht wohl in meiner Haut. »Ich weiß nicht, Tante Becky. Ich glaube, es ist nicht sehr wahrscheinlich, daß jemand mit einem Menschen reden kann, der ... ah, verschieden ist.«

»Oh, aber es ist so, Meg, es ist so!« sagte sie eindringlich. »Ich habe viele Male gehört, wie Mrs. Cruikshank mit Geistern redete.«

Da ich ihr nicht widersprechen wollte, sagte ich kläglich: »Ich habe nur gedacht, es ist wahrscheinlicher, daß zwei lebende Menschen aus der Ferne miteinander reden können, ohne laut zu sprechen. Ich kannte einmal jemanden, der das konnte.« Ich hatte viele gekannt, die es konnten, weil es beim Stamm als eine ganz alltägliche Fähigkeit galt, aber das konnte ich Tante Becky schlecht erzählen.

»Nun, aber wir könnten es wenigstens *versuchen*, nicht wahr?« sagte sie flehend.

Unfähig, ihre Bitte abzuschlagen, bemühte ich mich, herzlich und bereitwillig zu antworten. »Ja, selbstverständlich«, sagte ich. »Ich möchte nur nicht, daß Sie enttäuscht sind, wenn wir es nicht schaffen. Aber warum glauben Sie, daß dieses Haus eine bessere . . . *Venue* ist, um mit Ihrem Vater in Verbindung zu treten?«

»Oh, weil es *seines* war, meine Liebe!« sagte sie eifrig. »Dies war Papas Haus, bis er verschied, und das Haus in Eastbourne auch.« Sie zögerte, und als sie dann auf den Tisch hinunterblickte, trat ein wenig Farbe in ihre Wangen. »Papa war ein sehr wohlhabender Mann, aber er hat sein Vermögen leider mit *Handel* verdient. Mit einer Kette von Schmuckgeschäften.«

Ich sagte: »Ist mit Schmuckgeschäften etwas nicht in Ordnung?«

»Nun ja, es ist nur *Handel*, Meg, und Leute aus den besseren Schichten würden sich nie damit abgeben. Es ist nicht so, wie wenn man ein Grundbesitzer ist oder eine akademische Beschäftigung ausübt.«

Das ging über mein Begriffsvermögen, und ich sagte: »Aber es ist doch trotzdem sehr schön für Sie, daß Ihr Vater dieses Haus und ein Landhaus in Eastbourne hatte.«

»O ja, er kaufte viele Häuser und eine Menge Land, und als er verschied, erbte ich alles, da ich das einzige Kind war, und dann wurde es natürlich Adrians Eigentum, weil er mein Mann ist.« Sie warf einen Blick auf ihre Armbanduhr. »Du meine Güte, sehen Sie nur, wie spät es bereits ist. Henson wird uns jeden Augenblick zum Dinner rufen.«

Sie erhob sich, und ich folgte ihrem Beispiel, während sie fortfuhr: »Zuerst wollen Sie sich bestimmt ein paar Tage einleben, und dann machen wir eine kleine Seance, wenn Adrian in der Kanzlei ist, aber bitte kein Wort davon zu irgend jemandem, meine Liebe. Es soll unser kleines Geheimnis sein.«

Ich sagte: »Ja, Tante Becky«, und folgte ihr ein bißchen benommen von all dem, was sie mir in den letzten zwanzig Minuten anvertraut hatte, und nicht wenig beunruhigt über die Aussicht auf unsere private Séance.

Beim Dinner wurden wir von zwei Dienstboten bedient, obwohl wir nur zu dritt waren, und ich dachte mit einem schmerzhaften Stich, wieviel Kraft es Rosemary gekostet haben mußte, das Haus zu führen und nicht nur Luke, sondern auch noch ein primitives Geschöpf aus dem Busch zu versorgen, bis ich genug gelernt hatte, um ihr bei der Arbeit helfen zu können. Tante Becky sprach in jähen Salven und zappelte von Zeit zu Zeit nervös, aber ich wußte nun, daß dies ihrer gewöhnlichen Art entsprach. Onkel Adrian war ein vorzüglicher Unterhalter, immer liebenswürdig und nie um ein Thema verlegen. Was mich betraf, so fand ich, daß ich recht gut Konversation machen konnte, denn wir hatten es in Clairmont oft geübt, aber ich mußte vorsichtig sein, weil ich nicht sicher war, wieviel Tante Becky über mich wissen durfte.

Nach dem Dinner setzte sie sich an den Schreibtisch im kleinen Salon und schrieb an Albert und Edward ins Internat, während Onkel Adrian mich zu dem Gespräch, das er bei meinem Eintreffen angekündigt hatte, in sein Arbeitszimmer führte. Er vergewisserte sich, daß ich es mir in einem der Sessel bequem machte, nahm dann an einem großen Schreibtisch schräg vor dem Fenster Platz und betrachtete mich mit einem Funken in den Augen.

»Ich hoffe, Sie fürchten sich nicht zu sehr vor Ihrer ersten spiritistischen Sitzung mit Tante Becky«, sagte er.

12

ICH WAR SO verdutzt, daß ich nicht wußte, was ich antworten sollte, und spürte, wie mein Gesicht einen törichten, leeren Ausdruck annahm. Onkel Adrian machte eine beruhigende Handbewegung und sagte: »Keine Sorge, meine Liebe. Tante Becky hat Ihnen zweifellos gesagt, daß es geheim bleiben soll, aber ich weiß sehr wohl, daß die gute Seele seit Jahren versucht, über ein Medium mit ihrem verstorbenen Vater in Verbindung zu treten.«

Ich erwiderte vorsichtig: »Oh, ich verstehe.«

Onkel Adrian seufzte. »Sie bildet sich alle paar Wochen ein, daß irgend jemand, den sie neu kennengelernt hat, medial veranlagt ist, wie sie es nennt, und dann versucht sie, die Betreffende zu einer Séance zu beschwatzen, was ihr aber nicht immer gelingt. Sie scheint junge Mädchen als besonders vielversprechende Kandidatinnen zu betrachten und hat schon zwei oder drei unserer Dienstboten fortgegrault, bis ich dann ein Machtwort sprach und ihr untersagte, das Personal in ihre kleine Liebhaberei zu verwickeln.« Er lächelte bekümmert. »Aber sobald ich Sie gesehen hatte, wußte ich, daß Becky keine Zeit verlieren würde, das Thema anzuschneiden.«

Ich sagte: »Was soll ich Ihrer Meinung nach tun, Onkel Adrian?«

»Nun ja . . . Luke Bowman hat mir ausführlich erzählt,

wie Sie ihn im Busch fanden und gesund pflegten und zurückbrachten. Eine bemerkenswerte Geschichte, die zeigt, daß ihre Erlebnisse sie zu einem sehr vernünftigen Mädchen gemacht haben, das es nicht leicht mit der Angst bekommt, und ich wäre Ihnen dankbar, wenn Sie meiner Frau in dieser Sache entgegenkämen.« Er sah mich um Entschuldigung heischend an. »Natürlich nur, wenn es Ihnen nichts ausmacht, Meg.«

Ich sagte: »Sie meinen, Sie würden es gern sehen, wenn ich mit ihr an einer Séance teilnähme und sie vielleicht zu Séancen mit anderen Damen begleitete?«

»Würden Sie das irgendwie beunruhigend oder lästig finden?«

Ich überlegte einige Augenblicke und antwortete dann: »Nein, ich denke nicht, aber ich fürchte, ich werde keine große Hilfe sein. Ich bin kein Medium, ich glaube nicht, daß wir mit Toten sprechen können, und ich werde nicht das Gegenteil vortäuschen können, weil ich mich einfach nicht verstellen kann.«

Er warf den Kopf zurück und schmunzelte. »Ich würde Sie nicht darum bitten, etwas vorzutäuschen, Meg. Je schneller Tante Becky sieht, daß Sie ihr nicht helfen können, Verbindung zu ihrem verstorbenen Vater aufzunehmen, desto schneller wird sie aufhören, Ihnen in den Ohren zu liegen. Wenn Sie mit ihr eine private Séance im Nähzimmer veranstalten, wird natürlich gar nichts geschehen, und ich bezweifle auch, daß irgend etwas Außergewöhnliches passiert, wenn Sie mit ihr zu diesem Medium gehen, auf das sie so große Stücke gibt . . . Mrs. Cruikshank, so heißt sie doch?«

»Ja, ich glaube, das ist der Name, den sie erwähnt hat, Onkel Adrian.«

Er nickte nachdenklich. »Sie werden es vielleicht ein bißchen unheimlich finden, wenn Sie hören, wie sie ihre

Nachrichten übermittelt, aber ich muß der Gerechtigkeit halber sagen, daß diese Frau nie behauptet hat, sie sei ... hm, mit Beckys Vater in Verbindung getreten, was sie gewiß getan hätte, wenn sie eine Schwindlerin wäre. Wahrscheinlich wird es jedoch nicht lange dauern, bis sie verkündet, daß Ihre Anwesenheit der Atmosphäre nicht zuträglich ist. Ich vermute, daß Ihre nüchterne und freimütige Art als Hindernis für eine gute Verbindung zu den Geistern in der anderen Welt gelten wird, und bin deshalb sicher, daß Becky Sie nicht sehr lange mit ihrem Spiritismus behelligen wird.«

Ich hoffte, daß er recht hatte, denn obwohl ich noch nie darüber nachgedacht hatte, war mir klar, daß ich keinerlei Verlangen hatte, mit den Toten in Verbindung zu treten, falls das überhaupt möglich sein sollte. Ich wollte keine Nachricht von meiner Mutter oder meinem Vater, nicht einmal von meiner geliebten Rosemary, weil das allzusehr nach der Zauberei gerochen hätte, die zu fürchten man mir eingebleut hatte, doch trotz meines Widerwillens fühlte ich mich nicht imstande, die Bitte abzuschlagen, und sagte: »Gut, ich tue, was Sie wünschen, Onkel Adrian, aber ich kann Ihnen nichts darüber erzählen, weil Tante Becky mich gebeten hat, es für mich zu behalten. Es ist wirklich recht schwierig für mich.«

»Mein liebes Kind, das sehe ich nur zu gut, lassen Sie mich also versichern, daß ich keinen Wunsch habe, noch etwas über dieses Thema zu erfahren. Wir brauchen also nie mehr darüber zu sprechen.«

Ich war erleichtert und sagte: »Danke, Onkel Adrian. Was ich noch fragen wollte ... Weiß außer Ihnen und Luke noch jemand, wer ich bin und woher ich komme? Ich habe Tante Becky gegenüber nichts davon erwähnt, weil ich vorher mit Ihnen reden wollte.«

»Sehr vernünftig«, sagte er zustimmend. »Nicht daß

wir uns um meine gute Becky sorgen müßten, denn abgesehen von ihrem Interesse für den Geist ihres Vaters, ist ihr jede Neugier fremd. Sie glaubt, Luke Bowman sei ein Klient von mir, der seit dem Tod seiner Frau für deren Cousine, Meg Gaynor, verantwortlich sei. Da er aus geschäftlichen Gründen ohne festen Wohnsitz durch die ganze Welt reise, habe er mir die Verantwortung für Miss Gaynor übertragen und mich in aller Form zu ihrem Vormund und Treuhänder eingesetzt.«

Onkel Adrian hielt inne und lächelte. »Das stimmt sogar bis zu einem gewissen Grad«, fuhr er fort. »Becky weiß nichts von diesem schurkischen Lafayette oder von der Tatsache, daß er Sie in einem Schweizer Pensionat versteckt hat, bis er zuschlagen konnte, ohne Verdacht zu erregen. Tante Becky nimmt einfach an, Sie hätten Ihre Ausbildung auf dem Pensionat beendet, wohin Luke Bowman Sie geschickt hätte, und ich hätte Sie nun zu uns geholt, damit Sie bei uns leben. Das werden wir auch allen anderen zu verstehen geben, unserer Familie, unseren Freunden und Bekannten, und wie ich eben sagte, ist es mehr oder weniger die Wahrheit.«

»Wollen Sie damit sagen, daß Luke Sie wirklich zu meinem Vormund eingesetzt hat, Onkel Adrian?«

Er schüttelte den Kopf. »O nein. Da Sie gar nicht mit ihm verwandt sind, hatte er keinerlei juristische Handhabe, das zu tun. Aber ich bin natürlich ihr Treuhänder, da Ihr Vater mich in seinem Testament dazu bestimmt hat.«

Das wußte ich natürlich, hatte es aber momentan vergessen, weil es nicht leicht war, all das, was ich in den letzten beiden Tagen erfahren hatte, fortwährend präsent zu haben. Ich sagte: »Verzeihen Sie, falls die Erwähnung nicht angebracht ist, aber würden Ihnen nicht erhebliche Kosten entstehen, wenn ich bis zu meinem einundzwanzigsten Geburtstag bei Ihnen wohnte?«

Er spielte leise lächelnd mit einem Bleistift auf seinem Schreibtisch. »Ich denke, Sie sollten sich darüber keine Sorgen machen, Meg. Zum einen ist Luke Bowman ein reicher Mann und hat darauf bestanden, mir mehr als genügend Mittel für Sie zur Verfügung zu stellen. Zweitens darf ich als Ihr Treuhänder ganz nach meinem Gutdünken Gelder von Ihrem Erbe für Ihr Wohlergehen einsetzen. Ich glaube aber nicht, daß ich auf diese beiden Quellen zurückgreifen werde, weil ich . . . nun, ich selbst bin nicht ganz unvermögend und werde nicht am Hungertuch nagen, wenn meine Familie ein neues Mitglied bekommt.«

Seine Worte rührten mich, doch was mich so glücklich machte, daß ich meiner Stimme einige Sekunden lang nicht trauen konnte, war der Gedanke an das, was Luke getan hatte. Nach einer Weile sagte ich: »Sie sind sehr gütig, Onkel Adrian, und ich weiß nicht, wie ich Ihnen danken soll.«

»Keine Ursache«, sagte er gelassen. »Ihr Vater und Ihre Mutter waren meine Freunde.«

Er lehnte sich mit nachdenklicher Miene auf seinem Armstuhl zurück, und für eine Weile herrschte Schweigen. Dann richtete er sich kerzengerade auf, langte über den Tisch, um eine Schachtel zu öffnen, und nahm eine Zigarre heraus. »Ich würde gern rauchen«, sagte er munter. »Ihre Tante Becky verabscheut es so sehr, daß ich es nur hier in meinem Arbeitszimmer tue. Ich bin sicher, daß Sie sich nach den beiden letzten anstrengenden Tagen bald zurückziehen möchten, und ich glaube, wir haben heute abend nichts weiter zu besprechen, nicht wahr, meine Liebe?«

Ich schüttelte den Kopf. »Nein, Onkel Adrian. Das heißt, wenn Sie keine Anweisungen für meine tägliche Arbeit im Haus haben.«

Er war ganz überrascht. »Großer Gott, nein. Die Dienstboten verrichten natürlich alle Arbeiten, und Becky macht und empfängt morgens einige Besuche. Abgesehen davon ...« Er hielt inne und zog stirnrunzelnd an seiner Zigarre. »Abgesehen davon stickt und liest sie noch ein wenig und macht ... äh ... verschiedene Dinge, mit denen sich Damen beschäftigen. Allerdings werden Albert und Edward in ein paar Wochen vom Internat nach Hause kommen, und ich bin sicher, daß Becky sich über jede Hilfe freuen würde, wie man die beiden am besten beschäftigt. Spielen Sie Klavier? Oder reiten Sie? Hmmmm, sehr schade, aber vielleicht würden Sie es gern lernen?«

Ich antwortete: »Ich wurde gern richtig reiten lernen, Onkel Adrian. Im Augenblick kann ich nur ein Pferd anschirren und einen Wagen oder eine Kutsche fahren.«

»Nun ja, in London finden wir es bequemer, Mietdroschken zu benutzen, aber wir haben unten in Eastbourne unsere eigenen Fuhrwerke, und darunter ist auch eine leichte zweirädrige Kutsche, die Sie fahren könnten.« Er sah mich geneigten Kopfes belustigt an. »Aber um das Anschirren der Pferde brauchen Sie sich nicht zu kümmern, Meg. Dafür haben wir Stallburschen.«

»Ja, natürlich. Nochmals vielen Dank, Onkel Adrian.« Ich stand auf, und als ich mich zum Gehen wandte, fiel mein Blick auf ein Wandregal mit mehreren silbernen Pokalen, über dem einige gerahmte Fotografien hingen. Onkel Adrian folgte meinem Blick, als er um den Schreibtisch herum kam.

»Aus meinen Tagen als junger Spund«, sagte er. »Ich war früher ein ganz passabler Sportler.«

Wir traten gemeinsam näher, um die Aufnahmen zu betrachten. Eine zeigte eine Gruppe junger Männer mit Rudern in der Hand, eine zweite eine andere Gruppe in Hemdsärmeln und kurzen Hosen. Auf den beiden Bildern war der junge Adrian Webb unschwer zu erkennen. Auf dem dritten Foto sah ich einen großen, wild aussehenden, in Lumpen gehüllten Mann mit zottigem Haar, und auf dem letzten war wieder Onkel Adrian, nun aber einige Jahre älter als auf den ersten beiden Aufnahmen, mit einem breitkrempigen Hut, einem Gewehr auf der Schulter und einem toten Löwen zu seinen Füßen.

»Eine Erinnerung an meine Studentenzeit«, sagte er, auf die beiden ersten Bilder zeigend. »Ich war damals ein *Double-blue* in Cambridge.«

»Ich fürchte, ich weiß nicht, was das heißt, Onkel Adrian.«

»Oh, es heißt, daß ich Cambridge in zwei Sportarten gegen andere Universitäten vertrat«, antwortete er. »In Rudern und Rugby.« Er schmunzelte und zeigte auf das nächste Bild. »Ich bezweifle, daß Sie mich hier erkennen. Ich war bei der Theatergruppe der Amateure und spielte in Shakespeares Sturm den Caliban. Kennen Sie das Stück?«

»Ja. Ich habe bis jetzt erst sechs Werke von Shakespeare gelesen, aber es war eines davon, und ich erinnere mich sehr gut an Caliban, den bedauernswerten, mißgestalteten Mann. Haben Sie den Löwen auf dem letzten Foto selbst erlegt?«

»Ja, Meg. Ich mache auf dem Bild vielleicht einen ruhigen und selbstzufriedenen Eindruck, aber ich kann Ihnen versichern, daß ich damals einen Moment lang Todesängste ausstand. Es war in Kenia, kurz nachdem ich vor meinem Abschlußexamen in Jura von Cambridge dort hinkam. Ich fürchte, dieses aktive Leben liegt nun hinter nur.«

Seine Worte brachten mich auf einen Gedanken, und ich sagte: »Darf ich Sie um etwas bitten, Onkel? Ich würde sehr gern London erkunden, ich meine die Stadtteile im Zentrum, denn ich habe noch nie in einer großen Stadt gelebt. Dürfte ich das Haus verlassen, um Spaziergänge zu machen? Ich verspreche Ihnen, daß ich mich nicht verlaufen werde.«

Er betrachtete mich beinahe spöttisch. »Luke Bowman hat mir in dieser Hinsicht Wunderdinge über Sie erzählt, aber Sie wissen sicher, daß eine Großstadt etwas ganz anderes ist als der Busch.«

»Das macht es nur leichter, Onkel Adrian. Es gibt so viele Dinge, mit deren Hilfe man sich den Weg merken kann.«

»Hm, ich bin sicher, daß Sie eine Meisterin sind, wenn es gilt, sich den Weg zu merken. Aber wir müssen bedenken, daß Sie einen gefährlichen Feind haben, meine Liebe.«

Das hatte ich ganz vergessen, denn ungeachtet all dessen, was Luke mir erzählt hatte, sah ich Mr. Josiah Smith immer noch als einen gütigen älteren Herrn vor mir und konnte mich schlecht mit dem Gedanken abfinden, daß er in Wahrheit der schurkische John Lafayette war, der mir nach dem Leben trachtete. Ich sagte: »Aber er wird doch nicht versuchen, mir bei hellichtem Tag in der Öffentlichkeit etwas anzutun, oder?«

Onkel Adrian stand auf und ging stirnrunzelnd, beide Hände in den Taschen, durch den Raum. »Höchstwahrscheinlich nicht«, antwortete er schließlich, »aber das bedeutet, daß Sie nur tagsüber spazierengehen dürfen und abgelegene Plätze unbedingt meiden müssen. Falls Sie irgendwann das Gefühl haben, daß man Sie beobachtet oder Ihnen folgt, müssen Sie mir umgehend Bescheid geben!«

»Ja, Onkel Adrian.«

Er blieb vor mir stehen, und der Hauch von Strenge schwand wieder aus seinem runden, jovialen Gesicht. »Sie haben einen großen Teil Ihres Lebens unter freiem Himmel verbracht«, sagte er freundlich, »und es ist mir klar, wie schlimm es für Sie wäre, in einem Haus eingesperrt zu sein. Aber seien Sie wachsam und vorsichtig, besonders, wenn jemand Sie anspricht. Fallen Sie nicht auf eine noch so einleuchtend klingende Geschichte herein, mit der man Sie nur in eine gefährliche Situation locken will.«

»Ich passe bestimmt gut auf, Onkel Adrian, und nochmals vielen Dank.«

»Ich bin sicher, daß Sie uns noch viel Freude ins Haus bringen, Meg. Gute Nacht.« Er beugte sich nach unten, um mir einen Kuß auf die Wange zu geben, nahm dann meinen Arm, geleitete mich zur Tür und öffnete sie für mich. Anschließend unterhielt ich mich eine Stunde lang im Salon mit Tante Becky und betrachtete ihr Familienalbum. Es enthielt mehrere Fotos von ihrem Vater, einem stattlichen, streng blickenden Mann, und ihre Augen füllten sich mit Tränen, während sie mir erzählte, daß er in den Stallungen seines Landhauses in Eastbourne gestorben war, nachdem sein Lieblingspferd ihn an den Kopf getreten hatte, als er im Knien einen Huf untersuchen wollte. Man nahm an, das Tier müsse just in dem Augenblick von einer Biene gestochen worden sein und habe deshalb unvermittelt ausgeschlagen.

Ich äußerte leise mein Mitgefühl und blätterte weiter. Albert Webb, der ältere Sohn, glich seiner Mutter. Der elfjährige Edward war ein beinahe komisches Abbild des Vaters und hatte den gleichen runden Kopf, der so gar nicht zu dem wohlproportionierten Körper zu passen schien. Um zehn Uhr entschuldigte ich mich und ging zu Bett. Dort konnte ich endlich meinen so lange gezügelten Gedanken und Empfindungen freien Lauf lassen, an Luke denken und vor Kummer, daß ich ihn verloren hatte, etwas weinen. Nach einer Weile sagte ich mein Gebet und schlief ein.

Am nächsten Nachmittag erlebte ich, während Onkel

Adrian in seiner Kanzlei in Grays Inn war, mein erste spiritistische Sitzung. Ich hatte vorher befürchtet, ich könnte mich durch nervöses Kichern bloßstellen, doch wie sich zeigte, war das einzige Gefühl, das sich in mir regte, Mitleid mit Tante Becky. Wir saßen uns bei zugezogenen Vorhängen an dem kleinen Tisch im Nähzimmer gegenüber und hatten unsere Hände so auf die Tischplatte gelegt, daß die Finger einander berührten und einen geschlossenen Kreis bildeten.

Nichts geschah. Ich konnte Tante Becky und mich selbst atmen hören und war mir widerstreitender Emotionen bewußt. Ich wünschte um Tante Beckys willen, daß etwas geschah, hatte aber keinerlei Verlangen, von Geisterstimmen angeredet zu werden. Tante Becky sagte alle paar Minuten: »Ist dort jemand?« Doch niemand antwortete, und nach einer Weile flüsterte sie: »Sind Sie wach, Meg?«

»Ja, Tante Becky.«

»Oh.« Es klang enttäuscht. »Ich dachte, Sie würden vielleicht in Trance fallen, damit die Geister durch Sie sprechen können.«

»Ich weiß nicht, wie ich in Trance fallen soll«, flüsterte ich bedauernd.

»Ich glaube, es geschieht, ohne daß man etwas dazu tut, meine Liebe. Jedenfalls scheint es bei Mrs. Cruikshank so zu sein. Manchmal bewegt sich der Tisch recht heftig. Sie haben nichts bemerkt, daß der hier sich bewegt?«

»Nein, ich fürchte, nicht. Ich glaube nicht, daß ich eine große Hilfe bei der Séance bin, Tante Becky.«

»Oh ... Ich war mir sicher, daß Sie ein Medium sind und es bloß nicht selbst wissen. Probieren wir es noch etwas länger, meine Gute.«

Wir versuchten es in den nächsten beiden Tagen noch

zweimal mit demselben negativen Ergebnis. Wie Onkel Adrian vorausgesagt hatte, fand Tante Becky sich dann damit ab, daß ich keine genialen Kräfte hatte, und wir gaben die privaten Séancen zu meiner großen Erleichterung auf. Es blieben immer noch die wöchentlichen Sitzungen in Mrs. Cruikshanks Wohnung in Kensington, an denen ich insgesamt viermal teilnahm. Die anderen anwesenden Damen waren ausnehmend nett, und Mrs. Cruikshank selbst machte einen durchaus praktischen und resoluten Eindruck. Sobald wir einen Kreis um den Tisch bildeten und die Sitzung begann, schien sie sehr schnell in Trance zu fallen und sprach dann mit einer tiefen Stimme. Es war, wie ich erfuhr, die Stimme ihres Leitgeistes, eines Fischers aus Cornwall, der hundert Jahre zuvor gestorben war.

Ich hatte keinen einzigen Augenblick das Gefühl, daß Mrs. Cruikshank etwa vortäuschte, aber sie empfing keine Nachricht von Tante Beckys Vater, und die Botschaften und Ratschläge, die die anderen Damen von verschiedenen verblichenen Angehörigen erhielten, kamen mir recht alltäglich vor. Ich konnte nicht umhin, es eigenartig zu finden, daß Geister in der anderen Welt auch nicht mehr zu wissen schienen als lebende Menschen in dieser. Vielleicht hatten solche und andere Gedanken eine ungünstige Wirkung, denn die Geister antworteten bei jedem meiner Besuche seltener und kürzer, und wieder erfüllte sich Onkel Adrians Prophezeiung, denn Tante Becky eröffnete mir nicht ohne Verlegenheit, daß Mrs. Cruikshank es für besser halte, wenn ich von einer künftigen Teilnahme an den Séancen Abstand nähme.

Doch bevor dies geschah und noch in der ersten Woche, die ich am Belgrave Square verbrachte, blieb ich einmal während meines dritten Spaziergangs am Piccadilly vor einem Schaufenster stehen und bemerkte im Umdrehen einen Mann, den ich schon kurz nach Verlassen des Hauses gesehen hatte. Er trug einen braunen Anzug und eine Melone, und er war ebenfalls stehengeblieben, um eine Schaufensterauslage zu betrachten. Ich kannte den Mann nicht, war aber sicher, ihn auch am Tag zuvor im Hyde Park gesehen zu haben, und ich erinnerte mich, daß Onkel Adrian gesagt hatte, ich müsse ihn umgehend benachrichtigen, wenn ich das Gefühl hätte, ich würde beobachtet oder verfolgt.

Ich winkte sofort einer Droschke und fuhr zu der Kanzlei Adrian Webb & Partner, Anwälte in Grays Inn, denn ich wußte die Adresse auswendig, obwohl ich noch nie dort gewesen war. Es war eine sehr vornehme Kanzlei, und ich nannte einem Schreiber meinen Namen, woraufhin er mich in einen Warteraum führte. Schon eine halbe Minute später trat Onkel Adrian mit einer überraschten und besorgten Miene auf die Schwelle. »Meg? Was gibt es, meine Liebe?«

»Ich glaube, mir folgt jemand, Onkel Adrian. Am Piccadilly war dicht hinter mir ein Mann, den ich schon gesehen hatte, als ich das Haus verließ, und er ist auch gestern im Hyde Park hinter mir her geschlendert. Derselbe Mann. Ich glaube, das kann bei den vielen tausend Menschen in London kein Zufall sein.«

Onkel Adrian fuhr sich mit der Hand durch sein kurzes lockiges Haar und verzog bekümmert das Gesicht. »Nein, es ist bestimmt kein Zufall, Meg. Ich dachte, es sei nicht nötig, es Ihnen zu sagen, aber ich hätte gleich daran denken sollen, daß Sie gewohnt sind, alles zu bemerken und zu registrieren, was rings um Sie herum vorgeht.«

Ich starrte ihn an. »Was meinen Sie damit?«

»Ist es ein Mann mit einem braunen Anzug und einer Melone?«

»Ja . . . Ja!«

»Es wird Mr. Finn sein, und ich vermute, er wartet jetzt draußen in einer Droschke, wenn er schnell genug eine bekommen konnte, um Ihnen zu folgen. Betrachten Sie ihn als Schutzengel, Meg. Er und sein Kollege, Mr. Mawson, sind von neun Uhr morgens bis zur Dunkelheit im Dienst.«

Ich begriff erst, worum es ging, als Onkel Adrian beinahe ausgeredet hatte. »Sie meinen, der Mann hat den Auftrag, mich zu beschützen?« sagte ich erstaunt.

»Ja, Meg. Natürlich möglichst unauffällig. Seine Anweisungen lauten, notfalls sofort zur Stelle zu sein.«

»Aber . . . aber das muß doch eine Menge Geld kosten! Du meine Güte, was für eine Verschwendung!«

Seine Augen funkelten. »Dann müssen Sie sich bei Luke Bowman beschweren. Er hat es veranlaßt.«

»Luke? Wissen Sie, wo er ist?«

»Leider nicht. Er hat keine Adresse bei mir hinterlassen.«

Ich stand da und versuchte, klar zu denken, und nach ein oder zwei Augenblicken sagte ich: »Es ist besser, daß ich über Mr. Finn und Mr. Mawson Bescheid weiß, denn jetzt werde ich den beiden die Arbeit nicht mehr erschweren und plötzlich eine Droschke nehmen oder sonst etwas unternehmen, wodurch sie mich aus den Augen verlieren könnten.«

»Das werden sie sicher zu schätzen wissen.«

Es gefiel mir nicht sehr, daß mir jemand auf Schritt und Tritt wie ein Schatten folgte, aber es bewegte mich zutiefst, zu wissen, daß Luke es veranlaßt hatte. Onkel Adrian begleitete mich bis auf die Straße, und dort sahen wir tatsächlich Mr. Finn in einer Droschke warten. Er stieg mit einem verlegenen Gesicht aus und fingerte an seiner Melone herum, als er mir vorgestellt wurde, machte aber einen erleichterten Eindruck, als er hörte, daß ich künftig darauf achten würde, ihm nicht mehr zu entwischen, und ihm auch bei meiner Rückkehr nach Hause Bescheid geben würde, falls ich nicht die Absicht hatte, am selben Tag noch einmal allein auszugehen.

Onkel Adrian sagte: »Sie werden es Ihrem Kollegen mitteilen, nicht wahr, Finn? Oh, und bestellen Sie ihm, er solle morgen so vor dem Haus warten, daß Miss Gaynor ihn sieht, wenn sie herauskommt. Haben Sie verstanden?«

»Selbstverständlich, Sir.«

Ich bemerkte: »Ich werde jetzt zu Fuß zum Belgrave Square zurückgehen, Mr. Finn.«

»Danke, Miss. Sie kennen den Weg?«

»Ich habe mir die Strecke gemerkt, die die Droschke gefahren ist, der Weg geht die Holborn Street entlang, Shaftesbury Avenue, Piccadilly, Green Park und schließlich über den Hyde Park Corner. Unterwegs gehe ich noch in ein Papiergeschäft. Ist das so in Ordnung?«

»Vielen Dank, Miss. Sehr verbunden.« Er machte eine kleine, steife Verbeugung. »Ich wünsche Ihnen einen guten Tag, Miss.«

Ich verabschiedete mich von Onkel Adrian, und zwei Minuten später bog ich in die Holborn Street ein und kam mir die ganze Zeit mit Mr. Finn zwanzig Schritte hinter mir schon etwas komisch vor. In einem Papiergeschäft in der Shaftesbury Avenue kaufte ich einen großen Block linierten Papiers mit einem marmorierten Einband. Er sollte mein neues Tagebuch sein, denn das Kontobuch, das ich in Clairmont benutzt hatte, war nun voll.

Als ich das Geschäft verließ, zündete Mr. Finn ein kleines Stück entfernt seine Pfeife an und beobachtete über seinen zusammengelegten Händen hinweg den Eingang, um mir dann, als ich weiterging, wieder wie ein Schatten zu folgen.

Lieber Luke!
Mr. Finn und Mr. Mawson folgen mir immer noch, obwohl ich nun schon acht Wochen hier bin, und es bereitet mir Sorge, daß Du so erhebliche Kosten auf Dich nimmst. Wenn ich wüßte, wohin ich Dir schreiben könnte, würde ich Dich an mein Katzengesicht erinnern und Dir befehlen, die beiden von ihrer Aufgabe zu entbinden, denn ich bin sicher, daß ich nichts zu befürchten habe. Ich habe manchmal das Gefühl, daß all das, was Sid Buller in *Shalimar* tat, gar nichts damit zu tun hat, wer ich wirklich bin, und daß »der Mann im dunklen Zimmer« die reine Einbildung ist. Aber du würdest mich bestimmt für dumm halten, wenn ich so etwas behaupte.

Ich habe nun fast zwei Wochen lang nichts mehr in mein Tagebuch geschrieben, weil die Jungen am vorletzten Sonnabend gekommen sind und wir nun in diesem herrlichen Landhaus unten in Eastbourne weilen, wovon ich Dir ja schon erzählt habe. (Ich wünschte, ich könnte Dir wirklich schreiben, aber diese »Tagebuch-Briefe« sind besser als nichts.) Meine Schatten sind ebenfalls hier und wohnen in einem Cottage in der Nähe.

Tante Becky und Onkel Adrian sind sehr freundlich, aber ich muß gestehen, daß ich anfing, mich schrecklich zu langweilen, weil ich so wenig zu tun hatte. Ich bin sehr oft in London spazierengegangen (viele neue Gerüche!) und habe mich in einer Bücherei einschreiben lassen, so daß ich jetzt immer eine Menge zu lesen habe. Ich habe auch angefangen zu malen, nur Aquarelle, aber Du kannst Dir nicht vorstellen, wie garstig sie sind. Ich fürchte, ich habe keinerlei künstlerisches Talent.

Wie ich Dir schon sagte, nehme ich nicht mehr an spiritistischen Sitzungen teil, aber die arme Tante Bekky scheint nicht die Hoffnung aufzugeben, eine Nachricht von ihrem Vater zu bekommen, und ist bis zu unserer Abreise weiterhin jede Woche getreulich zu Mrs. Cruikshank gegangen. Ich weiß noch nicht, ob sie hier schon ein Medium entdeckt hat. Onkel Adrian kommt nur zu den Wochenenden her, und wie ich weiß, ist Tante Becky froh, daß ich ihr bei den Jungen helfen kann.

Ich glaube, sie muß in London sehr einsam gewesen sein, bevor ich kam, weil Onkel Adrian oft erst am späten Abend heimkommt. Ich vermute, er verbringt viel Zeit in seinem Club. Es scheint ihr nichts auszumachen, aber ich glaube, ich würde an ihrer Stelle sehr verletzt sein, wohl deshalb, weil ich immer vor Augen habe, wie sehr Du Rosemary geliebt hast und wie gern Du jede freie Minute mit ihr zusammen warst.

Nun zu den Jungen. Albert ist ein netter Kerl, der seiner Mutter nicht nur äußerlich ähnelt, sondern auch ihr nervöses Temperament hat. Edward ist äußerlich eine Miniaturausgabe seines Vaters, aber er ist alles andere als ein netter Kerl. Im Gegenteil, er ist ein kleiner Teufel, der bei Spielen mogelt, lügt und rücksichtslos egoistisch ist. Aber ich habe wenigsten keinen Moment Langeweile, wenn ich mich um sie kümmere! Ich bin dreimal mit ihnen zum Strand gegangen und habe zweimal eine Picknickfahrt aufs Land gemacht. Ich bin auch mit Albert baden gegangen und habe angefangen, ihm das Schwimmen beizubringen. Er ist ein tapferer kleiner Bursche und gibt sich viel Mühe. Edward will nicht ins Wasser, und ich bin so gut wie sicher, daß er es war, der in der Umkleidekabine Alberts Taschengeld gestohlen hat, während wir im Wasser waren, aber ich kann ihn nicht beschuldigen, da ich keinen Beweis habe.

Ich habe uns drei in einem Reitstall in unmittelbarer Nähe angemeldet, und morgen haben wir unsere erste

Reitstunde. Heute habe ich mein neues Reitjackett und meine neuen Reithosen angezogen und dachte dann, daß mir im Spiegel eine sehr hübsche Dame entgegentreten würde, aber ich war noch genauso wie immer.

Mein Gott, Luke, es gibt wirklich nicht viel, was ich mit meinem Gesicht machen kann. Ich habe jetzt in London streunende Katzen gesehen und finde, daß ich selbst dann wie eine davon aussehe, wenn ich *nicht* böse gucke.

Außer allem anderen habe ich mit den Jungen auch Rasencricket gespielt. Sie denken, ein Mädchen könnte nur handarbeiten, und Du hättest ihr Gesicht sehen sollen, als ich Edward schlug, indem ich seinen Dreistab aus ungefähr dreißig Schritt Entfernung mit dem Ball traf! Ich mußte natürlich so tun, als wäre es reines Glück gewesen, und danach achtete ich darauf, mich möglichst ungeschickt anzustellen und weit am Tor vorbeizuschlagen.

Es ist nun nach elf Uhr, und das ganze Haus schläft, so daß ich jetzt besser aufhöre und auch zu Bett gehe. Alles Liebe, Luke, wo immer Du auch sein magst. Gott segne Dich.

Ich vertraute nicht alle meine Gedanken dem Tagebuch an. Einige waren zu kostbar. Ich sagte Luke nicht, daß ich nachts manchmal wach lag, mich in die Vergangenheit versetzte und an die Augenblicke in der Wüste erinnerte, als ich ihn in den Armen gehalten und meine Lippen zwischen seine gedrückt hatte, um ihm Wasser zu geben, und wie er sich an mich geklammert und nach der lebenspendenden Flüssigkeit dürstend an meinem Mund gesogen hatte.

Was damals geschehen war, hatte nichts von einer Mann-und-Frau-Angelegenheit an sich, und ich war einfach nur der wilde Kobold gewesen, von dem er später sprach, aber nun versuchte ich, so zu tun, als wäre es ein Kuß gewesen. Ich wußte, daß es eine Täuschung war, aber die Erinnerung an das Gefühl meiner Lippen auf seinen war alles, was ich jemals von Luke haben würde, und ich täuschte ja nur mich selbst.

Ende August kehrten wir nach London zurück, und ich wußte kaum, ob ich froh oder traurig sein sollte, daß die Jungen bald wieder zu ihrem Internat abreisen würden. Meine Abneigung gegen Edward wuchs tagtäglich, weil er so falsch war. Er tat immer ganz harmlos und war ausgesucht höflich zu mir, aber unter dieser Maske war er genauso, wie ich ihn in meinem Tagebuch beschrieben hatte. Albert dagegen war ein Junge, dessen Gesellschaft mir uneingeschränkt Vergnügen bereitete. Als er seine anfängliche Schüchternheit überwunden hatte, faßte er offenbar eine große Zuneigung zu mir und behandelte mich wie eine ältere Schwester. Ich erwiderte seine Zuneigung, denn »Herzenswärme«, wie ich es in der Zunge meiner Kindheit genannt hatte, bedeutete mir alles.

Es wurde zu einer Gewohnheit, daß ich abends, wenn die Jungen zu Bett gegangen waren, in ihr Zimmer ging und mich dort noch ungefähr zehn Minuten mit ihnen unterhielt, ehe ich ihnen gute Nacht sagte. Manchmal erzählte ich ihnen kleine Begebenheiten aus meinem Leben in *Shalimar*, denn sie wußten, daß ich aus Australien kam, und manchmal erzählte Albert Geschichten aus dem Internat, die ich nur zur Hälfte verstand. Edward hörte immer aufmerksam zu, tat aber nur selten den Mund auf, es sei denn, um etwas zu bewundern, was ich getan hatte, oder mir ein Kompliment zu machen, wie hübsch ich in dem Kleid aussähe, das ich gerade trug. Das brachte Albert in Verlegenheit, und er bemerkte einmal schroff, ich hätte seiner Meinung nach ein recht ungewöhnliches Gesicht, aber ihm gefalle es sehr.

An dem Abend vor der Rückkehr der Jungen zu ihrem Internat klopfte ich wie gewöhnlich an ihre Schlafzimmertür und trat ins Zimmer, nachdem Albert »Herein!« gerufen hatte. Er saß mit einem Buch auf den Knien im Bett, doch von Edward war keine Spur zu sehen.

»Wo ist Edward?« fragte ich, als er das Buch beiseite legte.

»Oh, ich weiß nicht. Er schleicht manchmal so herum.«

»Schleicht herum?« Ich setzte mich auf den Bettrand und sah Albert an. »Was meinst du damit?«

»Na ja ... Eigentlich nichts.«

Ich wollte nachbohren, aber da fielen mir einige Geschichten über den Ehrenkodex der Schüler ein. Einen Mitschüler zu »verpetzen« war eine unverzeihliche Sünde. »Hm, dann wird er sicher bald zurückgeschlichen kommen«, sagte ich gleichgültig. »Glaubst du, daß du mir mal gelegentlich schreiben kannst, Albert? Ich würde gern hören, wie es dir so geht, und vor allem natürlich, ob du in die Rugbymannschaft aufgenommen wirst.«

»O ja, ich schreib' dir bestimmt«, antwortete er schnell. »Es ist komisch, Meg. Sonst habe ich mich immer gefreut, wenn die Ferien zu Ende waren und wir wieder zum Internat fuhren, aber jetzt, wo du hier bist, würde ich am liebsten nicht mehr zurück.«

Ich fuhr ihm durch sein Haar und sagte: »Oh, das wird sich geben, wenn du erst einmal wieder dort bist. Aber du wirst *mir* fehlen.«

»Wirklich, Meg?«

»Ja. Ehrenwort.« Das hatte ich von den Jungen aufgeschnappt. »Ich werde sehr traurig sein.«

Er strahlte. »Au, fein. Das freut mich.«

»Das freut dich?« Ich knuffte ihn zärtlich an der Schulter. »Es gehört sich nicht, so etwas zu sagen.«

»Ich ... äh ... ich meine ja bloß ... Weißt du, ich meine ...« Er runzelte nachdenklich die Stirn und fuhr nach einer Weile fort: »Du bist jetzt achtzehn, und ich bin dreizehn und fast drei Viertel, Meg. Ich hab' mir überlegt, daß es gar nicht mehr *so* lange dauert, bis ich erwachsen bin, nicht? Und ich habe gedacht ... äh ... wenn es dir nichts ausmacht, solange zu warten, wäre es doch schön, wenn wir dann heiraten könnten.«

Er hatte den letzten Satz noch nicht beendet, da hatte ich schon erraten, was kommen würde, so daß ich keine Überraschung zeigte. Aber ich war zutiefst gerührt. »Oh, Albert«, sagte ich, »das ist der erste Heiratsantrag, den ich je bekommen habe, und ich fühle mich sehr geehrt.«

»Du meinst, du wartest auf mich, Meg?«

Ich antwortete: »Albert, bitte nie jemanden um ein Versprechen, das er vielleicht nicht halten kann, und versprich selbst auch nie so etwas. Ganz gleich, wie du im Augenblick dazu stehst, es ist sehr gut möglich, daß du dich in verschiedener Hinsicht änderst, wenn du größer wirst, und ich lasse nicht zu, daß du dich jetzt mit einem Versprechen bindest. Ich kann dir nur sagen, daß du mich gern noch einmal fragen darfst, wenn du tatsächlich erwachsen *bist.*«

»Aber da könnte vorher jemand anders kommen und dich heiraten.«

»Und du könntest eine andere finden, die du heiraten möchtest, Albert. Wir werden also abwarten müssen.«

»Och ... ich möchte bestimmt keine andere heiraten, aber meinetwegen. Du sagst es doch niemandem, vor allem nicht Edward?«

»Kein Wort. Das ist ein Versprechen, das ich halten

kann. Und jetzt erzähl mir etwas über Old Boney, deinen neuen Klassenlehrer.«

Als ich Albert zehn Minuten später einen Gutenachtkuß gab, war Edward immer noch nicht wieder erschienen. An der Tür sagte ich: »Ich verlasse mich darauf, daß du das Gas ausdrehst, wenn Edward im Bett ist. Sag ihm für mich gute Nacht.«

»Ja, Meg.« Er griff wieder zu seinem Buch. »Diese *Schatzinsel* ist sehr spannend, du solltest sie lesen.«

»Mache ich, Albert.« Während ich hinausging, lächelte ich vor mich hin und war froh, daß ich ihm mit meiner hinhaltenden Antwort auf seinen Heiratsantrag nicht das Herz gebrochen hatte. Dann dachte ich an Edward und fragte mich, was er im Sinn hatte. Herumschleichen, hatte Albert gesagt, aber zu welchem Zweck? Tante Becky saß im Salon an einem riesigen Puzzlespiel. Das war eine ihrer Lieblingsbeschäftigungen. Sie behauptete, es sei ein hervorragendes Mittel gegen ihre häufigen Anfälle von Migräne, und an diesem Puzzlespiel hatte sie schon mehrere Wochen gearbeitet. Onkel Adrian war noch nicht daheim, und die Dienstboten hatten sich zurückgezogen. Ich hatte allmählich immer mehr Verantwortung für die Jungen übernommen und meinte, Edward jetzt suchen zu müssen.

Während ich den Korridor entlangging, zog ich einen Vorhang zur Seite und warf einen Blick in den Garten, weil ich es für möglich hielt, daß er im Nachthemd nach draußen gegangen war, um von einem der drei Apfelbäume am Ende des Gartens einen Apfel zu pflücken. Es war nichts von ihm zu sehen, aber ich bemerkte, daß durch einen Spalt der nicht ganz zugezogenen Vorhänge eines Zimmers im Erdgeschoß ein Lichtschein fiel. Der Raum, aus dem er kam, war Onkel Adrians Arbeitszimmer.

Ich eilte nach unten, lief durch die Diele in den kurzen Flur, zögerte kurz an der Tür, denn ich hatte das Arbeitszimmer noch nie unaufgefordert betreten, öffnete sie dann schnell und ging hinein. Das Gaslicht brannte, und Edward saß auf Onkel Adrians Lehnstuhl am Schreibtisch, eine Miniaturausgabe seines Vaters, von der nur Kopf und Schultern zu sehen waren. Vor ihm lagen einige Papiere, und als er mich hörte, blickte er auf und machte ein überraschtes Gesicht, bevor er mich sofort auf seine unschuldige Art anlächelte und sagte: »Oh, Meg. Schon Zeit, zu Bett zu gehen?«

Ich schloß hinter mir die Tür und sagte leise: »Edward! Was um Himmels willen tust du hier? Sind das dort die Papiere deines Vaters?«

»Ich habe nur ein bißchen gelesen«, bemerkte er, als ich näher zum Schreibtisch trat. »Ich weiß gern etwas über andere Leute.«

»Edward, du *schnüffelst* deinem Vater nach! Das ist sehr unartig, und außerdem kannst du solche Dinge noch gar nicht verstehen! Hör sofort damit auf!«

»Einiges kann ich doch verstehen«, sagte er ganz ungerührt. »Ich glaube, er spielt viel. Schau dir mal das Notizbuch hier an . . .«

»Nein, das tue ich nicht!« flüsterte ich zornig. »Leg es fort. Leg alles so hin, wie es war, dann werde ich deinem Vater nichts davon sagen. Oh, du solltest dich *schämen!*«

Er fing an, die Papiere sorgsam zusammenzulegen. »Kein Grund zur Aufregung«, sagte er höflich. »Ich weiß einfach gern Bescheid. Dann tun die anderen eher das, was man will. Ich lasse die Jungen in der Schule oft das tun, was ich will, weil ich etwas über sie weiß.«

Ich war im Begriff, ihm zu sagen, daß er ein kleines Ungeheuer sei, aber ich biß mir auf die Lippe. Mit Schimpfworten würde ich gar nichts erreichen. Ich holte tief Luft und erklärte: »Edward, es *gehört* sich nicht, in den Sachen anderer Leute herumzuschnüffeln. Du darfst das *nie* wieder tun. Verstehst du?«

Er legte einige Papiere und das Notizbuch in eine Schublade, arrangierte sie ein wenig unordentlich, machte die Schublade zu, stand auf und lächelte zerknirscht. »Ja, Meg. Es tut mir leid. Ich werde es nicht wieder tun.«

Ich wußte, daß er es nicht ehrlich meinte, aber mehr konnte ich nicht erreichen. »Und nun komm«, sagte ich nachdrücklich. »Ins Bett!«

Eine halbe Minute später gingen wir zusammen die Treppe hinauf. Als wir oben waren, sagte er: »Meg, was ist eine Hypothek?«

Ich antwortete: »Es hat etwas mit geliehenem Geld zu tun, aber was es genau ist, weiß ich auch nicht.«

»Ich werde versuchen, es herauszubekommen«, sagte Edward. »Papa hat zwei.«

»Kümmer dich nicht darum«, fuhr ich ihn an. Wir waren nun auf der Galerie. »Und jetzt ins Bett mit dir. Albert wird das Licht ausmachen.«

»In Ordnung. Gute Nacht, Meg.« Er lief den Korridor hinunter, und ich machte kehrt, um wieder nach unten zu gehen. Ich war einigermaßen erschüttert über Edwards augenscheinliches Unvermögen, zwischen Gut und Böse zu unterscheiden, und versuchte, nicht an seine Bemerkungen über Onkel Adrian zu denken.

Die Erinnerung an sein sonderbar erwachsenes und beinahe unheimliches Interesse für anderer Leute Angelegenheiten verfolgte mich noch einige Tage, wurde dann aber von einer Begegnung vertrieben, die ich manchmal vage erhofft, aber nie für wahrscheinlich gehalten hatte. Ich streifte durch einen Teil der Hauptstadt, den ich noch nicht kannte, die Nachbarschaft des alten Towers von London, als eine zweirädrige Droschke neben mir am Bordstein hielt und Eliza Fordyce ausstieg.

Ich blieb wie angewurzelt stehen, starrte sie an und wußte nicht, was ich sagen sollte. Sie war modischer gekleidet als auf dem Schiff und in der Schweiz, wo sie noch die Pfarrersfrau gespielt hatte, und genauso schön, wie ich sie in Erinnerung hatte, aber ihr Gesicht strahlte nichts von ihrer sonstigen gelassenen Heiterkeit aus. »Meg«, sagte sie eindringlich. »Ich muß mit Ihnen sprechen. Steigen Sie bitte mit ein, Liebes. Oh, bitte!«

Ich war ganz konfus und bemerkte, daß Mr. Mawson, der an diesem Tag mein Schatten war, schnell näher trat, während ich sagte: »Ich kann nicht, Eliza. Es tut mir leid, aber ich weiß jetzt die Wahrheit über Josiah Smith. Ich bin sicher, daß Sie und Simon mir nichts Böses wünschten, aber Sie wurden getäuscht . . .«

Der stämmige Mr. Mawson stand neben mir, zog den Hut und fragte: »Etwas nicht in Ordnung, Miss?«

»Äh . . . nein, nein«, sagte ich verwirrt. »Es dauert nur einen Augenblick.«

»Sehr gut, Miss.« Er trat einige Schritte zurück, behielt uns aber sehr aufmerksam im Auge.

Eliza sagte: »Meg, Sie sind bei Adrian Webb in Gefahr. Ich flehe Sie an, mit mir zu kommen, jetzt gleich.«

Meine Verwirrung wuchs, und ich antwortete: »Oh, Eliza, ich bin sicher, daß Sie glauben, was Sie sagen, aber es stimmt nicht. Luke hat herausgefunden, daß Josiah Smith in Wahrheit jemand anders ist, John Lafayette, und . . . Oh, es wurde zu lange dauern, alles zu erklären, aber Luke fand mich in Clairmont und brachte mich hierher zu Adrian Webb, und ich *weiß*, daß Luke niemals etwas täte, was mich in Gefahr bringen könnte.«

Eliza schloß einen Moment die Augen und flüsterte: »Großer Gott.« Dann sah sie mich an und sagte: »Wo ist er jetzt? Luke, meine ich.«

»Ich . . . ich weiß nicht. Ich glaube, im Ausland. Bitte,

Eliza, arbeiten Sie um Himmels willen nicht weiter für diesen schrecklichen ›Mann im dunklen Zimmer‹. Sie wissen nicht die Wahrheit über ihn.«

Sie schüttelte langsam, voller Verzweiflung den Kopf. »O doch«, sagte sie leise. »Jetzt wissen wir sie.« Sie blickte an mir vorbei zu Mr. Mawson hinüber und zuckte bekümmert mit den Achseln. »Simon läßt Sie herzlich grüßen, Meg.« Die Droschkentür war noch geöffnet, und sie wandte sich ab, um wieder einzusteigen.

Als sie die Tür geschlossen hatte, rief ich durch das offene Fenster: »Grüßen Sie ihn zurück, und erzählen Sie ihm *bitte* was ich gesagt habe.«

Sie nickte und sagte düster: »Das mache ich bestimmt.« Dann klopfte sie mit ihrem Schirm an die kleine Luke, und der Kutscher trieb sein Pferd zu einem scharfen Trab über Kopfsteinpflaster an. Mr. Mawson sagte: »Alles in Ordnung, Miss?«

»Ja«, meinte ich, obwohl mir das Herz sonderbar schwer war. »Absolut, Mr. Mawson.« Als ich jedoch weiterging, wünschte ich fast, Mr. Mawson wäre nicht dagewesen, und fragte mich wiederum, was ich wohl in diesem Fall getan hätte. Wahrscheinlich, nahm ich an, wäre ich in die Droschke gestiegen, um zu hören, was Eliza zu sagen hatte. Was jedoch, so sagte ich mir, sehr unklug gewesen wäre. Als ich Onkel Adrian am nächsten Morgen beim Frühstück sah, erwähnte ich trotzdem nichts über mein Zusammentreffen mit Eliza Fordyce.

Am folgenden Tag, als ich meine Erkundungen im Osten der Stadt von London Bridge bis zur Tower Bridge nach dem Frühstück fortsetzte, wurde ich von widerstreitenden Gefühlen heimgesucht. Halb hoffte, halb fürchtete ich, ich könnte Eliza wiedersehen, wußte aber nicht, warum ich eine erneute Begegnung erhoffen oder befürchten sollte, es sei denn, ihre Worte hätten eine Saat des Zweifels in mir gesät.

Mir selbst machte es nie etwas aus, wenn ich noch so weit ging, aber ich hatte bemerkt, daß meine Schatten auf empfindlichen Füßen zu humpeln begannen, wenn ich zu große Strecken zurücklegte, und ich meinte, die Männer schonen zu müssen. Vom Belgrave Square bis zur Tower Bridge waren es volle vier Meilen, und ich machte mich für gewöhnlich etwa eine Stunde lang mit einem Viertel vertraut, ehe ich den Heimweg antrat, hatte mir aber aus Rücksicht auf Mr. Finns und Mr. Mawsons Füße angewöhnt, mit einer Droschke zurückzufahren, was die beiden zweifellos sehr erleichterte. Wer immer gerade Dienst hatte, folgte mir dann in einer zweiten Droschke.

Drei Tage nach der Begegnung mit Eliza fuhr ich das Victoria Embankment in westlicher Richtung zur Waterloo Bridge entlang, nachdem ich morgens die Königliche Münze, den Fischmarkt Billingsgate und die gewaltige steinere Säule bei der Pudding Lane besichtigt hatte, die an den großen Brand von London gemahnt. Es war halb zwei Uhr, und ich hatte das Haus kurz nach dem Frühstück mit den Worten verlassen, ich würde zum Lunch nur ein wenig Brot und Käse mit einem Glas Milch zu mir nehmen. Wie gewöhnlich hatte dies eine strenge Vorhaltung von Tante Becky ausgelöst. Verglichen mit dem, was die meisten ehrbaren Bürger hier zu vertilgen schienen, aß ich immer noch wie ein Spatz, und sie schien ungeachtet meiner blühenden Gesundheit überzeugt, daß ich eines Tages an Auszehrung zugrunde gehen würde.

Die Themse war zu meiner Linken, und als wir Temple Gardens an der anderen Straßenseite passierten, erinnerte ich mich mit einem Schauder, daß Mr. Tasker irgendwo in den Höfen dahinter ermordet worden war. Ich blickte in eine andere Richtung. Und im nächsten Augenblick fühlte ich, wie die Droschke heftig ruckte, und hörte den Kutscher etwas Unfreundliches rufen. Dann hielten wir mit einem Rad auf dem Bordstein, und mein Kutscher schrie einen Mann auf einem Heukarren an, der die Kontrolle über sein Pferd verloren zu haben schien, so daß der Karren schräg über die Straße gerollt war.

Mit einem Blick aus dem rechten Fenster sah ich, daß der Lenker des Heufuhrwerks etwas zurückschrie, während er von seinem Bock kletterte. Er fluchte, und ich vernahm irgend etwas von einer Biene, was mich an Tante Beckys Bericht über den Tod ihres Vaters erinnerte. Im nächsten Moment wurde die linke Tür aufgerissen, und während ich mich noch umwandte, tauchte ein langer Arm auf, packte eine kräftige Hand meinen Arm und zerrte mich roh auf die Straße.

Ich wäre gestürzt, hätte Simon Fordyce mich nicht festgehalten. Dann sagte er: »Meg, Liebes, um Himmels willen, erschweren Sie mir die Sache nicht.« Und damit zog er mich zu dem Punkt der Brüstung, wo die breiten Temple-Stufen zu den Wassern der Themse führten.

13

ICH WAR ENTGEISTERT, hatte aber keine Angst. Ich konnte einfach keine Angst vor Simon Fordyce haben oder vor Eliza, die ich nun einige Schritte entfernt ebenfalls erblickte. Sie wandte uns den Rücken zu und beobachtete Mr. Mawsons Droschke, die ein kleines Stück hinter meiner gehalten hatte.

»Simon! Nein! Lassen Sie mich . . .« Ich wehrte mich und versuchte, meinen Arm aus seinem Griff zu lösen, doch ohne zu treten oder zu kratzen, denn ich konnte ihn nicht als Feind betrachten, und es wäre mir peinlich gewesen, mitten in London eine Schlägerei anzufangen. Mr. Mawson kam laut rufend auf uns zu. Ich sah, wie Eliza ihm in den Weg trat, und hörte, wie sie sagte: »Ich bitte um Verzeihung, Sir.« Dann flog ihr Rock kurz hoch, als sie das Bein ruckartig bewegte, sie drehte sich um und kam auf uns zu, während Mr. Mawson langsam mit rollenden Augen und entsetzt aufgerissenem Mund in die Knie sank – eine Wiederholung dessen, was dem Betrunkenen nach dem Gottesdienst in Lawton widerfahren war, als ich Eliza Fordyce zum allerersten mal sah.

Sie ergriff meinen anderen Arm mit den Worten: »Sie müssen uns vertrauen, Meg«, und schon wurde ich unsanft die Stufen zum Wasser hinabgeführt oder beinahe getragen und erblickte jetzt erst ein kleines Segelboot, in dem ein Mann in einer blauen Strickjacke stand, der das Boot an der untersten Stufe festhielt. Ich rief: »Nein! Hören Sie, Sie wissen nicht . . .«

»O doch, wir wissen alles«, sagte Simon barsch und stieß mich ins Boot. Der Mann in der blauen Strickjacke hielt mich fest, als ich zu fallen drohte, und sagte mit einem starken Cockney-Akzent: »Setzen Sie sich bitte, Miss«, während ich mich schon auf eine Ducht drückte. Im nächsten Augenblick sprangen Simon und Eliza ins Boot, der Mann in der blauen Strickjacke stieß ab, das Segel blähte sich im Wind, und wenige Sekunden später sauste das Boot mit einem guten Rückenwind im Ebbstrom flußabwärts.

Ich hielt mit einer Hand meinen Hut fest, mit der anderen meine Handtasche und versuchte, zornig zu sein oder entrüstet oder wenigstens ängstlich, doch alles, was ich fühlte, war eine Art belustigtes Staunen über die Kühnheit des ganzen Unternehmens und leises Bedauern für

Mr. Mawson. Ich blickte kopfschüttelnd zu Eliza und rief mit lauter Stimme gegen den Wind an: »Oh, der arme Mann! Sie sollten sich *schämen*, Eliza!«

»Ich schäme mich sowieso schon immer, liebe Meg«, antwortete sie lächelnd. »Aber ich habe ihm fünf Pfund zugesteckt.«

Als ich zu den inzwischen gut hundert Meter entfernten Temple-Stufen zurückschaute, sah ich Mr. Mawson an die Brüstung treten und hob impulsiv die Hand, um ihm zuzuwinken, obwohl ich keine Ahnung hatte, wie er die Geste deuten würde. Simon beugte sich vor und nahm meine Hand. »Hören Sie, Meg«, sagte er, und ich hatte ihn noch nie ernster gesehen. »Wir möchten, daß Sie mit uns kommen und den Mann im dunklen Zimmer kennenlernen. Wir fahren jetzt die Themse hinunter und gehen bei der London Bridge Station am Südufer an Land und fahren dann mit dem Zug nach Sevenoaks zum Landhaus von Mr. Josiah Smith . . .«

Ich warf ein: »Der in Wahrheit Mr. John Lafayette ist?«

Simon nickte. »Ja. Das wissen wir jetzt auch. Aber lassen Sie mich bitte ausreden. Wenn Sie glauben, daß Eliza und ich Sie in Gefahr bringen, wenn Sie uns nicht vertrauen, dann schicken wir Sie in einer Droschke zum Belgrave Square zurück, sobald wir dieses Boot verlassen haben. Wenn Sie mit uns kommen und mit dem Mann im dunklen Zimmer reden und dann der Meinung sind, daß er Ihnen etwas Böses zufügen will, werde ich Sie persönlich nach London und zum Belgrave Square zurückbringen. Ich gebe Ihnen mein Wort.«

»Meines dazu, Liebes«, sagte Eliza.

Wir hatten uns dem anderen Ufer genähert und fuhren nun unter der Blackfriars Bridge hindurch. Ich versuchte mir vorzustellen, Simon und Eliza Fordyce seien böse und hinterhältige Menschen, die mich in eine Falle lockten, aber es wollte mir nicht gelingen. Ich sagte: »Könnte ich Tante Becky vom Bahnhof ein Telegramm schicken, um ihr zu sagen, daß ich wohlauf bin?«

»Ein Telegramm könnte jeder schicken«, antwortete Simon. »Es wäre besser, wenn Sie ihr eine kurze Nachricht schrieben. Charlie« – er nickte zu dem Mann in der blauen Strickjacke hin, der nun am Ruder saß – »kann sie in spätestens einer Stunde am Belgrave Square abgeben.«

Ich sagte: »O ja, das ist besser.« Ich hörte, wie Eliza seufzte, sah, wie erleichtert beide mit einemmal aussahen, und begriff, daß ich ihrem Plan zugestimmt hatte, ohne mir dessen so recht bewußt zu sein. »Haben *Sie* veranlaßt, daß der Heukarren genau vor meiner Droschke fuhr, so daß sie halten mußte?« fragte ich.

Eliza strahlte mich mit ihren blauen Augen zärtlich an. »Wir meinten, diese kleine Bootsfahrt sei eine gute Idee. Eine Verfolgungsjagd durch halb London wäre Ihnen sicher peinlich gewesen, oder nicht?«

Das Haus stand auf einer Anhöhe inmitten eines riesigen, von einer Mauer umgebenen Geländes oberhalb des Dorfes Telhurst, ungefähr zwei Meilen vom Bahnhof Sevenoaks entfernt. Eine prachtvolle Equipage mit einem Kutscher und einem Burschen hatte uns am Bahnhof erwartet, und während wir durch Sevenoaks fuhren, berichtete Simon, daß sie nun nicht mehr Mr. Josiah Smith in einer Anwaltskanzlei in Middle Temple trafen, sondern ihre Anweisungen von Mr. John Lafayette in diesem prachtvollen Haus entgegennahmen, das *Caragh* hieß. Als Simon den Namen äußerte, hatte ich das unbestimmte Gefühl, ihn schon einmal gehört zu haben, konnte mich aber nicht erinnern, wo und in welchem Zusammenhang.

»Wissen Sie, warum er sich immer in einem dunklen Zimmer mit Ihnen getroffen hat?« fragte ich.

»Wir treffen ihn immer noch in einem dunklen Zimmer«, antwortete Simon, »und das werden Sie auch, Meg.« Er zögerte. »Außer einigen vertrauten Dienstboten bekommt ihn niemand zu Gesicht. Wenn er tagsüber ausfährt, dann nur in einer geschlossenen Kutsche und wenn er die Eisenbahn benutzt, reserviert er ein ganzes Abteil und läßt die Vorhänge zuziehen. Ich nehme an, er ist nicht verkrüppelt, denn er verschafft sich abends oder sogar nachts Bewegung, indem er auf abgelegenen Pfaden in den Hügeln ringsum spazieren geht oder reitet. Das ist alles, was wir von ihm wissen, Meg ... Abgesehen davon, daß er Ihnen nichts Böses zufügen will.«

»Haben Sie nie herauszufinden versucht, *warum* er sich so sonderbar benimmt?« fragte ich. »Ich meine, jetzt, wo Sie wissen, wer er ist.«

Simon schüttelte den Kopf: »Um das zu tun, müßten wir spionieren, Fragen stellen und vielleicht jemandem vom Personal bestechen. Das können wir dem Mann, der uns Arbeit gibt, nicht antun.« Er lächelte. »Und wie ich früher schon einmal sagte, liebe ich einen Hauch des Geheimnisvollen.«

Die Kutsche hielt auf einer breiten, gepflasterten Auffahrt vor einer eleganten Säulenvorhalle, und die große Tür öffnete sich bereits weit, während wir noch die Stufen hinaufgingen. Ein grauhaariger Butler sagte: »Guten Tag, Mrs. Fordyce, Miss Gaynor, Mr. Fordyce. Kommen Sie bitte herein.«

Wir durchquerten eine große getäfelte Halle mit Gemälden und antiken Waffen an den Wänden, und der Butler öffnete die Tür zu einem behaglichen Raum mit hohen Fenstertüren, hinter denen ich Rasenflächen und Blumenbeete sehen konnte. Er sagte, an mich gewandt: »Wünschen Sie, daß Mr. Lafayette Sie jetzt empfängt, Miss, oder würden Sie es vorziehen, zuerst Tee zu trinken?«

»Oh ... hm, ich denke, ich würde gern so schnell wie möglich mit Mr. Lafayette sprechen, wenn es ihm recht ist«, antwortete ich und überlegte dabei ernsthaft, ob ich nicht bloß träumte und jeden Moment erwachen könnte. Ich war beruhigt, als ich eine Hand auf meine Brust drückte und Rosemarys kleinen herzförmigen Anhänger unter meinem Kleid spürte.

»Wie Sie wünschen, Miss«, sagte der Butler. »Wenn Mr. und Mrs. Fordyce so freundlich wären, hier zu warten ... Ich werde sofort Tee bringen lassen.« Er verbeugte sich leicht in ihre Richtung. »Sie werden auf dem Tisch dort einige Nummern des *Punch* und der *Lady* und andere interessante Zeitschriften finden, falls Sie den Wunsch haben, davon Gebrauch zu machen.«

»Danke, Blake«, erwiderte Simon, und dann sah er mich an. »Keine Sorge, Meg. Denken Sie an mein Versprechen.«

Der Butler sagte: »Wenn Sie so freundlich wären, Miss ...«

Ich folgte ihm, und wir gingen an einem wunderschönen Treppenhaus vorbei in einen breiten Flur, passierten die offene Tür einer hübschen Bibliothek mit hohen Sprossenfenstern und blieben vor einer geschlossenen Tür stehen. Mit einer Hand auf dem Griff bedeutete er mir: »Sie werden gleich feststellen, daß das Zimmer, abgesehen vom Schein einer kleinen Lampe neben dem Lehnstuhl, dunkel ist, Miss. Mr. Lafayette wäre Ihnen sehr verbunden, wenn Sie dort Platz nähmen.«

»Ja, sicher«, antwortete ich und fühlte, wie meine Nerven sich anspannten, während er die Tür öffnete. Im Hineingehen merkte ich, daß es ein sehr hoher Raum war, und in dem schwachen Schein einer weit heruntergedrehten Lampe auf dem Tisch ein Stückchen weiter links erkannte ich einige Möbelstücke, Teppiche, Gemälde und anderen Raumschmuck. Ganz in der Nähe war ein großer Kamin, aber ich blickte sofort nach rechts, wo ich die Umrisse eines hohen Ohrensessels gewahrte. Von der darin sitzenden Person konnte ich gar nichts erkennen, denn der Sessel stand mir abgewandt, aber ich hatte sofort einen menschlichen Geruch wahrgenommen und wußte, daß der Mann im dunklen Zimmer dort saß.

Die Tür wurde hinter mir geschlossen. Der Geruch sagte mir nicht, ob sein Urheber etwas Gutes oder Böses im Schilde führte. Ich blieb einige Sekunden stehen, damit meine Augen sich an das Dunkel gewöhnten, doch als ich mich in den Lehnstuhl setzte, stellte ich fest, daß die Lampe sich unmittelbar vor mir befand und ich hinter ihrem Lichtkegel nichts mehr ausmachen konnte. Eine tiefe, wohlklingende, ausgesprochen angenehme Männerstimme sprach mich an.

»Fürchten Sie sich, mein Kind?«

Ich überlegte eine oder Zwei Sekunden, ehe ich antwortete: »Nein, Sir. Ich bin etwas durcheinander, aber ich fürchte mich im Moment nicht.«

»Man hat Ihnen gesagt, ich wollte Ihnen etwas antun? Sie aus dem Weg räumen?«

Ich zögerte, sah aber keinen Weg, taktvoll zu antworten, und sagte deshalb einfach: »Ja, Sir. Mein ältester und liebster Freund hat es mir gesagt und mich um meiner Sicherheit willen aus Clairmont fortgebracht.«

»Das ist sicher Mr. Luke Bowman. Und trotzdem sind Sie jetzt hier. Glauben Sie ihm nicht mehr?«

Ich antwortete langsam: »Ich weiß nicht mehr, was ich glauben soll, Sir. Ich habe uneingeschränktes Vertrauen zu Luke. Ich weiß, daß er von all dem überzeugt war, was er mir sagte. Aber es ist mir unmöglich, Simon und Eliza Fordyce zu mißtrauen. Ich meine deshalb . . . daß es irgendeinen Irrtum geben muß, eine Täuschung. Ich bin beträchtlich verwirrt, Sir.«

»Mein armes Kind, Sie haben etwas Besseres verdient, als in dieses Netz von Betrug und Schlechtigkeit verstrickt zu sein. Was halten Sie von Adrian Webb?«

»Ich sehe ihn nicht sehr oft, Sir, so daß ich ihn kaum kenne, aber er ist in jeder Hinsicht großzügig zu mir.«

»Natürlich.« Die wohlklingende Stimme hatte einen traurigen Beiklang, aber auch einen Unterton von Zorn. »Sie sind die Tochter und Alleinerbin meiner lieben Freunde Laurence und Mary Glencullen. Ich glaube, Mr. Bowman hat Ihnen gesagt, daß ich im Testament Ihres Vaters genannt bin und den gesamten Besitz erhalten soll, wenn Sie Ihren einundzwanzigsten Geburtstag nicht erleben. Ich soll das Vermögen dann nach meinem alleinigen Gutdünken für wohltätige Zwecke verwenden.«

Ich sagte: »Ja, das hat Luke mir erzählt.«

»Es ist Ihnen klar, daß diese Information von Adrian Webb kommt, der als Ihr Treuhänder eingesetzt ist?«

»Ja . . . Aber ich bin sicher, daß Luke darauf bestanden hat, eine Abschrift des Testaments zu sehen.«

»Ja. Es ist jedoch so gut wie sicher, daß er nicht nach Somerset House ging, wo man ihm gegen eine kleine Gebühr die *amtliche* Abschrift des Testaments vorgelegt hätte. Glauben Sie jetzt bitte nicht, daß ich ihm einen Vorwurf machen will. Adrian Webb ist ein sehr angesehener und sehr überzeugender Anwalt. Da er das Vertrauen und die Freundschaft Ihres Vaters gewinnen konnte und von ihm sogar zu Ihrem Treuhänder eingesetzt wurde, überrascht es nicht weiter, daß Luke nicht auf die Idee kam, es könnte etwas an der Sache nicht stimmen.«

Es war, als hätte plötzlich ein eisiger Finger mein Rückgrat berührt, und ich sagte beklommen: »Onkel Adrian? Ich bin nicht sicher, was Sie meinen, Sir.«

Die wohlklingende Stimme sagte: »Mein liebes Kind, das wahre Testament Ihres Vaters ist weitgehend so, wie

Adrian Webb sagte, und unterscheidet sich nicht *sehr* von der Abschrift, die er Luke Bowman zeigte, aber es gibt doch einen wichtigen Unterschied. Ich selbst, John Lafayette, bin darin überhaupt nicht erwähnt. Ihre Eltern kannten mein zurückgezogenes Leben zu gut, als daß sie mir irgendeine umfassende Wohltätigkeitsarbeit aufgebürdet hätten. Nein, die Person, die das Glencullen-Vermögen zu diesem Zweck erhalten soll, wenn Sie Ihren einundzwanzigsten Geburtstag nicht erleben, ist kein anderer als Ihr Treuhänder, Adrian Webb.«

Mein Verstand schien vielleicht eine ganze Minute lang völlig stillzustehen, und dann regten sich langsam die verschiedensten verworrenen Gedanken.

Onkel Adrian? War *er* mein unbekannter Feind? War er es, der Sid Buller auf irgendwelchen Umwegen beauftragt hatte, mich zu töten? Aber wie hatte er von meiner Existenz erfahren, wenn Harry Tasker, der Zeitungsreporter, mit seiner Geschichte zu Mr. Lafayette gegangen war?

Eine neue Erkenntnis traf mich wie ein Fausthieb. Harry Tasker hatte in Somerset House die amtliche Abschrift des Testaments eingesehen. Wenn John Lafayette nicht darin erwähnt war, dann war Harry Tasker sicherlich mit meiner Geschichte zu Adrian Webb, meinem Treuhänder, gegangen ... und hatte damit sein eigenes Todesurteil unterschrieben.

Von Grausen gepackt, schlug ich beide Hände vors Gesicht und versuchte krampfhaft, klar zu denken. Onkel Adrian? Mit seinen funkelnden Augen, seinem jovialen Benehmen und pickwickähnlichen Aussehen? Dann trat plötzlich das Bild des elfjährigen Edward vor mein inneres Auge, des Jungen mit dem pausbäckigen Gesicht, der so unschuldig tat und doch imstande war, zu lügen, zu betrügen und zu stehlen, um sich einen Vorteil zu verschaffen. Der Apfel fällt nicht weit vom Stamm, nur daß Edward sich noch nicht so gut verstellen konnte wie sein Vater.

Mr. Lafayette sagte aus dem Dunkel: »Wenn Sie mir nicht glauben, warten Sie bitte noch vierundzwanzig Stunden mit Ihrem endgültigen Urteil, damit Simon und Eliza Fordyce Sie morgen nach Somerset House begleiten können. Dort können Sie das wahre Testament mit Ihren eigenen Augen sehen. Ich werde selbst dann darauf bestehen, wenn Sie mir schon jetzt glauben. Man hat Ihnen genug Lügen aufgetischt, und der Letzte Wille Ihres Vaters wird Ihnen endlich Sicherheit geben.«

Ich ließ die Hände kraftlos sinken, riß mich zusammen und sagte: »Sie würden wohl kaum darauf bestehen, wenn das, was Sie mir eben gesagt haben, nicht die Wahrheit wäre, Sir. Ich kann nicht umhin, Ihnen zu glauben, aber was bezweckt Onkel« – das Wort blieb mir in der Kehle stecken, »was bezweckt Adrian Webb mit alldem?«

»Ich habe mich gründlich mit dem Mann befaßt, meine Liebe«, sagte die wohlklingende Stimme aus dem Ohrensessel, »denn im Gegensatz zu Ihrem Vater hatte ich erhebliche Zweifel an seiner Rechtschaffenheit, und ich wollte mir, soweit möglich, Gewißheit verschaffen, ob er die Wohltätigkeitsklausel des Testaments einhalten würde, falls der Besitz auf ihn überging. Er hat nun schon viele Jahre über seine Verhältnisse gelebt und ist dem Spiel ergeben. Ich weiß, daß sein Haus in London und sein Landhaus in Eastbourne mit Hypotheken belastet sind. Ich glaube, daß er bereits große Summen von Ihrem Erbe veruntreut und für seine eigenen Zwecke ausgegeben hat, habe aber keinen Beweis dafür. Wenn man Sie nicht lebend gefunden hätte oder wenn Sie vor Ihrem einundzwanzigsten Geburtstag sterben sollten, wurden seine Unterschlagungen nicht an den Tag kommen, und er könnte den

Nachlaß Ihres Vaters weiterhin für sich selbst verwenden, vielleicht indem er ihn über Wohltätigkeitsvereine, die er nur zum Schein gründet, auf seine eigenen Konten weiterleitet.«

Der Mann im Dunkeln rutschte in dem Ohrensessel hin und her, und seine Stimme bekam einen bitteren Unterton. »Wenn Sie sich all die Ruchlosigkeit ins Gedächtnis zurückrufen, die Adrian Webb *mir* zugeschrieben haben dürfte, brauchen Sie meinen Namen nur durch den seinen zu ersetzen, um zu verstehen, was er getan hat und warum er es getan hat. Als Ihr Freund Luke Bowman auf der Bildfläche erschien, nachdem er Ihre wahre Identität herausgefunden hatte, muß Adrian Webb einen heillosen Schreck bekommen haben, denn er hatte das Geheimnis, nachdem er Harry Tasker beseitigt hatte, für sicher gehalten. Aber er ist ein gerissener und einfallsreicher Schurke, und es war ein brillanter Schachzug, mir die Rolle zu geben, die er selbst spielte. Es wundert mich nicht, daß Mr. Bowman auf ihn hereinfiel.«

»Der arme Luke«, flüsterte ich. »Oh, der arme Luke. Er glaubte, mich in Sicherheit zu bringen, Mr. Lafayette. Er wird so zornig auf sich sein, wenn er das erfährt.« Die letzten Worte brachten mich auf einen neuen Gedanken, und ich fuhr fort: »Sir, wenn Harry Tasker nicht mit seiner Geschichte zu Ihnen kam, wie haben Sie dann überhaupt herausgefunden, daß ich noch lebe?«

»Nicht etwa durch einen Zufall, Meg. Das ist doch der Name, den Sie vorziehen? Meg?«

»Wenn es Ihnen nichts ausmacht, Sir.«

»Nun, es war kein Zufall, daß ich von Ihrer Existenz erfuhr. Wie ich schon sagte, habe ich mich bemüht, Adrian Webb im Auge zu behalten, und als er einen älteren Schreiber wegen eines geringfügigen Versäumnisses entließ, sorgte ich dafür, daß der Mann in einer meiner Londoner Firmen eine Stelle als Büroangestellter bekam. Später fragte ich ihn in einem dunklen Zimmer eingehend über seinen früheren Arbeitgeber aus. Er berichtete unter anderem, daß er einen Teil eines Gesprächs zwischen Adrian Webb und einem Mr. Harry Tasker aus Australien mitgehört und später einige Aufzeichnungen darüber gefunden habe, die Adrian Webb in den Papierkorb geworfen hatte. Die Sache war für ihn nicht weiter wichtig, aber er erinnerte sich, daß von einem Kind die Rede gewesen war, als dessen Testamentsvollstrecker und Treuhänder Adrian Webb fungierte. Das Kind, ein Mädchen, sei nicht tot, wie man seit Jahren annehme, sondern lebe auf einer Farm bei dem kleinen Ort Lawton in Westaustralien bei einem Ehepaar namens Bowman und wisse vermutlich nichts von seiner wahren Herkunft. Der Schreiber wußte nicht, wie das Mädchen hieß, aber für mich war klar, daß es nur Sie sein konnten.«

Lange blieb es still. Mir schossen immer wieder neue Fragen durch den Kopf, aber sie waren nicht wichtig. Ich wurde nun nicht von meinen Gedanken beherrscht, sondern von meinen Gefühlen, denn in mir wuchs ein übermächtiges Bedürfnis, den Mann, der dort im Dunkeln saß, genauer kennenzulernen und zu verstehen. Er hatte ein kleines Vermögen ausgegeben, als er Simon und Eliza zu meinem Schutz nach Australien schickte und mich dann nach Clairmont bringen ließ, wo er mir fast ein Jahr lang ein Leben in Luxus ermöglichte.

Sicher, dieses prachtvolle Haus – *Caragh* – und der gewaltige Besitz ringsum ließen darauf schließen, daß John Lafayette ein kleines Vermögen verschmerzen konnte, und ich wußte nun, daß er wirklich ein Freund meiner Eltern gewesen war. Aber ich wüßte nicht, warum er sich meinetwegen all diese Mühe gemacht hatte, und ich wußte nicht, warum er im Dunkeln saß.

Endlich brach seine Stimme das Schweigen. »Würden Sie bitte die Lampe löschen, Meg? Ich werde eine andere anzünden.«

Ich streckte die Hand aus und gehorchte. Als die Flamme erlosch, hörte ich, wie ein Zündholz angerissen wurde, und dann leuchtete hinter dem Ohrensessel ein helleres Licht auf. Der Mann erhob sich und drehte sich zu mir, doch da der Lichtschein hinter ihm war, zeichnete sich nur eine dunkle Silhouette ab. Ich hörte, wie er den Atem anhielt, und dann sagte er mit bebender Stimme leise wie zu sich selbst: »Großer Gott . . . Mary, wie sie leibt und lebt.«

Ich sagte: »Sie finden, daß ich meiner Mutter sehr ähnlich bin, Sir?«

»Sie . . . Sie sind ihr Ebenbild, liebes Kind . . . als sie in Ihrem Alter war.«

Ich stand auf, und es war, als ergriffe in diesem Augenblick jemand anders Besitz von mir, und ich erschrak über meine eigenen Worte, als ich sagte: »Sind Sie mein Freund, Mr. Lafayette?«

Die Silhouette bewegte sich, als mache sie eine schnelle Handbewegung. »Ich bin in der Tat Ihr Freund, Moira Glencullen . . . oder Meg. Und ich bitte Sie, schenken Sie mir auch Ihr Wohlwollen.«

Ich lächelte, um die Wirkung meiner Worte zu mildern, und sagte: »Warum verschaffen Sie sich dann einen Vorteil über mich, Sir? Warum betrachten Sie mich, während ich Sie nicht betrachten kann? So handelt doch kein Freund?«

Ich hörte ihn seufzen. »Mein Äußeres ist nicht . . . erfreulich. Das ist der Grund, weshalb ich im Dunkeln sitze.«

»Spielt das Äußere zwischen Freunden eine Rolle?« Die Worte kamen immer noch von meinen Lippen, als ob mein Verstand nicht dazu beitrüge, sie zu formen.

Er antwortete mit einer Stimme, die ich kaum hören

konnte: »Es gab vielleicht einmal eine Zeit, in der es keine Rolle spielte . . .«

Ich schöpfte tief Luft und sagte dann ruhig: »Ziehen Sie bitte die Vorhänge zurück, Sir. Lassen Sie bitte Licht ins Zimmer. Lassen Sie mich bitte sehen, wer mein Freund zu sein behauptet.«

Fast eine Minute lang herrschte, abgesehen vom Tikken einer Standuhr, absolute Stille. Dann bewegte sich Mr. Lafayette vom Ohrensessel weg und durch den Raum zu den hohen verdunkelten Fenstern gegenüber vom Kamin. Ich machte ebenfalls einige Schritte, damit ich ihm mit dem Fenster zu meiner Rechten in ein oder zwei Metern Entfernung gegenüberstand, sobald er an den Vorhangschnüren zog. Die Vorhänge glitten zur Seite, helles Sonnenlicht fiel durch die Fenstertüren und blendete mich zunächst, doch dann richteten sich meine Augen auf ihr Ziel, und ich sah Mr. Lafayette vor mir stehen.

Er war ein großgewachsener Mann in einem vorzüglich geschnittenen dunkelgrauen Anzug, mit ausgeprägten Zügen, von schlankem Wuchs, Ende vierzig, und hielt sich kerzengerade. Er zuckte nur ein wenig mit den Lippen, als bereite ihm irgend etwas große Qualen, und seine Hände öffneten und schlossen sich nervös. Da ich mit Maßstäben aufgewachsen war, die sich von denen meines wahren Volkes unterschieden, konnte ich das Aussehen anderer schlecht beurteilen, doch mir schien, daß John Lafayettes Gesichtszüge, die Stirn, der Mund und die Wangenknochen recht anziehend waren, aber seine Haare und seine Haut waren weiß wie Milch, die Iris seiner Augen war rosarot und die Pupillen rot.

Ich war etwas aus der Fassung gebracht, da ich mich auf nichts Bestimmtes hatte einstellen können, und sein Aussehen war von einer Art, wie ich es weder vom Sehen noch vom Hörensagen kannte, doch während ich ihn anstarrte, hörte ich mich sagen: »Ist das alles, Sir?«

»Alles?« Die rosa Augen blinzelten. »Wissen Sie, was ich bin?«

Ich schüttelte den Kopf. »Ich sehe, daß Sie anders aussehen als normale Leute, aber ich weiß keine Bezeichnung dafür.«

Sein Mund zuckte ein wenig, als wollte er lächeln, und seine Hände entkrampften sich. »Ja, man hat mir gesagt, daß Sie kein Blatt vor den Mund nehmen.« Der Anflug des Lächelns schwand plötzlich. »Ich bin ein Albino, liebes Kind. Ein Wechselbalg . . . eine Mißgeburt. Leute wie ich werden auf Jahrmärkten ausgestellt. Meinem Körper fehlt ein bestimmtes Pigment, das den meisten Menschen ihre Farbe gibt. Mein Anblick ist mehr als unerfreulich, er ist beängstigend, und deshalb verberge ich mich vor allen Menschen außer einigen vertrauten Dienstboten. Haben Sie mein abstoßendes Äußeres nun genügend betrachtet, Meg? Kann ich die Vorhänge wieder zuziehen?«

Ich schüttelte wieder den Kopf. »O nein. Nein, Mr. Lafayette. Glauben Sie, ich wüßte nicht, was es heißt, anders als die anderen zu sein? Ein Wechselbalg zu sein, den man auf einem Jahrmarkt ausstellen könnte? Ich weiß es weit besser als Sie, denn ich bin unter Menschen aufgewachsen, die noch nie weiße Haut, grüne Augen, rote Haare oder Sommersprossen gesehen hatten. Ich war zehnmal so abnorm, wie Sie zu sein behaupten, und ich war nur ein Kind! Ich kann nicht sagen, daß ich tapfer war und mir nichts daraus machte, denn ich machte mir sehr viel daraus. Aber Sie unterscheiden sich nur so *wenig* von anderen, Sir, und Sie sind ein erwachsener Mann. Was für eine Rolle spielt es schon, wenn Leute ohne Manieren Sie anstarren? Sie sind mit großen Reichtümern gesegnet, und mehr noch, Sie sind gebildet und scheinen bei bester Gesundheit zu sein. Sie sagen mir, Sie seien ein Albino. Würden Sie statt dessen lieber ein Krüppel sein, wenn Sie die Wahl hätten? Oder ein Invalide?«

Ganz benommen hörte ich auf zu sprechen und wunderte mich, woher all diese Worte gekommen waren. Zu meinem Staunen sah ich zwei Tränen aus den rosa Augen quellen und die papierweißen Wangen hinunterrinnen. »Sie sprachen mit der Stimme Ihrer Mutter«, flüsterte er. »Das war die Stimme Mary Caragh Mulvaneys.«

»Mulvaney?«

»Ihr Mädchenname.«

»Oh, jetzt erinnere ich mich. Es stand damals im *Strand Magazine.*« Ich hielt den Atem an. »Caragh! Ja, das war ihr zweiter Name, und . . . und Sie haben dieses Haus nach ihr benannt?«

Er lächelte, und aus seinem straffen Körper wich etwas mehr von der inneren Spannung. »Es ist ein irischer Name, und er bedeutet ›Liebe‹. Ja, ich habe dieses Haus nach ihr benannt, Meg.«

Wir standen einige Augenblicke da und sahen uns an, versunken in das Bild des Gegenübers, und an ihm war kaum mehr eine Spur von Verlegenheit, nur eine Art Verblüfftheit, von Freude getönt. Eines wußte ich nun ohne den Schatten eines Zweifels – daß Mr. John Lafayette mein Freund war. Ich sagte: »Ich würde gern etwas über meine Mutter erfahren, aber könnten wir bei diesem herrlichen Wetter nicht in den Garten gehen und uns dort unterhalten?«

Er wirkte einen Moment lang wieder nervös, sagte dann aber mit einem Lächeln und Achselzucken: »Wenn Sie erlauben, daß ich eine dunkle Brille aufsetze. Meine Augen vertragen leider die Sonne nicht gut.«

»Wenn Sie lieber hierbleiben möchten . . .«

»Nein, nein. Ich würde gern hinausgehen. Ich komme

durch meine eigene Schuld tagsüber viel zu selten hinaus.« Er zog ein Brillenetui aus der Tasche und setzte eine dunkle Brille auf.

Ich musterte ihn aufmerksam und sagte erfreut: »Aha. Sie sehen jetzt ein bißchen geheimnisvoll aus und sehr vornehm und . . . ja, sehr attraktiv, Mr. Lafayette.«

Er lachte und hielt dann, wie vom Klang seines eigenen Lachens überrascht, plötzlich inne. »Oh, Meg«, sagte er. »Sie müssen genauso eine Hexe sein wie Ihre Mutter.« Er entriegelte die Fenstertüren, stieß sie auf, ließ mir mit einem Zeichen den Vortritt auf die plattenbelegte Terrasse hinaus und trat hinter mir ins Freie. Zögernd bot er mir seinen Arm. »Würden Sie sich bei mir einhaken, Meg?«

»Ja, gern.«

Er seufzte vergnügt. »Das wird einen rechten Wirbel geben. Die meisten Dienstboten von *Caragh* haben mich noch nie zu Gesicht bekommen, und sicher entdecken wir gleich eine Bewegung an den Fenstervorhängen und hören vielleicht sogar ein aufgeregtes Raunen durchs Haus gehen.«

»Ich glaube, Simon und Eliza Fordyce werden auch überrascht sein.«

»Ganz bestimmt.«

Wir gingen zusammen drei flache Stufen zum Rasen hinunter und schlenderten die nächsten zehn Minuten, ohne zu sprechen, durch den Garten, vorbei an Blumenbeeten und einem üppigen Gesträuch zu einem kleinen See, der von einem Bach gespeist wurde, dann in einem weiten Bogen über eine Wiese und durch ein Wäldchen zurück zum Rasen hinter dem Haus. Zweimal begegneten wir Gärtnern, die bei unserem Anblick wie vom Donner gerührt stehenblieben und wohl errieten, daß der weißhaarige Herr, der ihnen mit einer wohlklingenden Stimme guten Tag wünschte, ihr Arbeitgeber sein müsse.

Ich begrüßte das Schweigen, bot es mir doch eine willkommene Ruhepause. Ich war zufrieden und zugleich auch erschöpft, und obwohl es noch vieles gab, was ich gern erfahren hätte, war es mir nicht eilig damit, während ich mit dem merkwürdigen Mann, dessen Arm ich hielt, durch den wundervollen Garten spazierte und meinen Geist beinahe leerte. Ich registrierte jedoch automatisch Vögel und Insekten, Wasser und Pflanzen, Tierspuren und alle Anzeichen von Eßbarem, denn das war eine Gewohnheit, die ich nicht hatte ablegen können.

Während wir so dahinschritten, lachte Mr. Lafayette zweimal leise und amüsiert vor sich hin, und zweimal tätschelte er meine Hand, die auf seinem rechten Arm ruhte. Endlich riß ich mich nicht ohne eine gewisse Anstrengung aus meinem traumähnlichen Zustand und sagte: »Was soll nun mit mir werden, Mr. Lafayette?«

»Ich hoffe sehr, daß Sie damit einverstanden sind, vorerst bis auf weiteres in *Caragh* zu bleiben«, antwortete er ernst. »Simon und Eliza Fordyce haben sich in der Hoffnung, daß Sie ihrem Beispiel folgen werden, bereit erklärt, ihr Quartier hier aufzuschlagen, und meine Haushälterin, Mrs. Armitage, hat ein Zimmer für Sie vorbereiten lassen.« Er blickte zu dem großen Haus. »Wir leiden nicht unter einem Mangel an Räumen, sondern eher unter einem Mangel an Menschen und ich hoffe, Sie werden dazu beitragen, dem abzuhelfen.«

Ich sagte: »Was wird Adrian Webb Ihrer Ansicht nach tun, wenn er feststellt, daß ich weg bin, und die Nachricht sieht, die ich Tante Becky geschickt habe? Könnte er zur Polizei gehen und Ihnen Ungelegenheiten machen?«

»Das wird er nicht wagen, Meg. Er wird wissen, daß sein Betrug aufgedeckt ist und daß Sie aus freien Stücken hierhergekommen sind. Adrian Webb kann es nicht zu einer Situation kommen lassen, die zu einer Untersuchung seiner Tätigkeit als Ihr Treuhänder führen würde, denn er hat viel zuviel zu verbergen. Um die Wahrheit zu sagen, habe ich den Verdacht, daß Harry Tasker nicht der einzige ist, den er auf dem Gewissen hat. Webb hat eine Geldehe geschlossen und ein ansehnliches Vermögen in die Hände bekommen, als der Vater seiner Frau starb. Wußten Sie das?«

Ich erinnerte mich, daß Tante Becky mir verlegen erzählt hatte, ihr Vater sei zwar wohlhabend gewesen, habe sein Geld aber »mit Handel« verdient. Ich war damals nicht auf den Gedanken gekommen, daß Adrian Webb sie vielleicht wegen ihres Geldes geheiratet hatte, doch während ich nun daran zurückdachte, wie schlecht sie zueinander paßten, erschien es mir sehr wahrscheinlich. Ich erwiderte: »Tante Becky sagte, ihr Vater habe eine Menge Land und Häuser besessen und sei gestorben, als ein Pferd ihn in seinem Stall in Eastbourne an den Kopf getreten habe.«

Mr. Lafayette nickte. »Dieser bizarre Unfall kam für Adrian Webb in einem äußerst günstigen Moment, und es gab offenbar keine Augenzeugen. Die Leiche wurde erst eine ganze Weile nach dem Eintreten des Todes gefunden, und die Obduktion deutete auf einen tödlichen Huftritt hin, so daß man bei der amtlichen Untersuchung der Todesursache ebendiesen Schluß zog.«

Ich erschauerte und sagte: »Glauben Sie wirklich, Adrian Webb könnte . . .«

Mr. Lafayette drückte mir sanft die Hand. »Liebes Kind, es gibt in allen Großstädten eine Unterwelt, und in London wäre es nicht weiter schwierig, den Tod eines Mannes – oder einer Frau – zu einem geringen Preis zu kaufen. Es gibt Schurken ohne Seele und Gewissen, die für Geld alles zu tun imstande sind. Aber ich bin mir ziemlich sicher, daß Adrian Webb auch selbst zu einer solchen

Tat fähig wäre, wenn er sich in die Enge getrieben sieht. Er ist sehr kräftig – er hat als Student in Cambridge gerudert –, er ist mutig und ausdauernd, er ist sehr einfallsreich, wie die brillante Täuschung Luke Bowmans beweist, und er ist ein ausgezeichneter Schauspieler, wie Sie inzwischen selbst festgestellt haben dürften.«

Wir näherten uns nun aus westlicher Richtung wieder dem Haus, und wie Mr. Lafayette prophezeit hatte, bewegten sich hinter einigen Fenstern die Vorhänge, und ich sah kurz die Gesichter von Dienstboten, denn die Nachricht, daß ihr Herr sich zum erstenmal vor aller Augen zeige, mußte sich in Windeseile verbreitet haben. Hinter einer Fenstertür konnte ich die Gestalten von Simon und Eliza Fordyce sehen, die über den Rasen und die Blumenbeete in unsere Richtung starrten, ohne Anstalten zu machen, dies zu verbergen. Ich sagte: »Ich mache mir Sorgen um Tante Becky, denn ich nehme mit Sicherheit an, daß sie nicht die Wahrheit über ihren Mann weiß, und sie ist immer sehr freundlich zu mir gewesen. Ich habe ihr ja die kurze Nachricht geschickt, aber ich weiß, daß sie sicher sehr besorgt wegen mir ist.«

Mr. Lafayette entgegnete: »Ich nehme an, daß noch einige persönliche Dinge von Ihnen am Belgrave Square sind. Dinge, die Sie ungern dort lassen würden?«

»Ja ... Rosemarys Anhänger trage ich gerade, aber es sind noch einige Bücher dort und auch ein Foto von Luke und ... du meine Güte – auch eine Art Tagebuch von mir. Hoffentlich liest es niemand.«

Er lachte und tätschelte meine Hand. »Keine Angst, Meg. Schreiben Sie Tante Becky einfach, Sie hätten plötzlich abreisen müssen, und Onkel Adrian werde ihr alles erklären. Auf diese Weise brauchen Sie nichts Schlechtes über ihn zu sagen, und es liegt bei ihm, eine einleuchtende Geschichte zu erfinden, die er ihr auftischen kann. Schreiben Sie dann noch, sie möge dem Überbringer des Schreibens bitte Ihre Bücher und persönlichen Habseligkeiten mitgeben, die Sie ja einzeln aufzählen können.«

Ich sagte ungeheuer erleichtert: »O ja, das mache ich. Das Foto steht auf der Frisierkommode, und die Bücher und das Tagebuch liegen alle beieinander auf einem Fach im Schrank.«

Wir hatten den Weg erreicht, der am Salon vorbeiführte, und als wir näher kamen, wurde die Fenstertür geöffnet. Dahinter standen Simon und Eliza Fordyce, und ich fühlte, wie Mr. Lafayette sich plötzlich verkrampfte und seine Schritte verlangsamte. Ich wußte, wie ihm zumute sein mußte, und verstärkte meinen Griff um seinen Arm, als ich flüsterte: »Kommen Sie weiter. Sie sehen *sehr* gut aus.«

Ich hörte ihn leise auflachen und spürte, wie er ein wenig lockerer wurde. Als wir zu der offenen Tür kamen, sagte Simon unsicher: »Mr. Lafayette?«

»So ist es, Mr. Fordyce.« Ich fühlte, wie der Arm sich wieder verkrampfte, als wappne mein Begleiter sich für eine große Anstrengung. Dann nahm er mit seiner freien Hand die dunkle Brille ab und machte eine übertrieben lässige Geste. »Unsere kleine Meg hat mich überredet, meine Scheu aufzugeben, und wir haben uns gerade ein wenig gestritten, wer von uns beiden wohl das größere Phänomen ist.«

Ich fiel in den scherzhaften Ton ein und erklärte: »Ich habe mit vierzehn Jahren zum erstenmal gebadet, und ich habe bis dahin Schlangen, Eidechsen und Raupen gegessen. Dagegen kommt Mr. Lafayette nicht an.«

Simon und auch Eliza waren vollkommen verblüfft. Dann machte Eliza einen kleinen Knicks und sagte: »Wir freuen uns, Sie endlich von Angesicht zu Angesicht kennenzulernen, Sir.«

Simon sagte stockend: »Ja . . . in der Tat. Wirklich.« Er warf einen Blick auf mich. »Und Meg bleibt?«

»Ja, Meg bleibt«, antwortete Mr. Lafayette mit Erleichterung, sogar Dankbarkeit in der Stimme. »Wir haben noch einige Dinge zu besprechen, wenn Sie uns also vorerst entschuldigen würden? Vielleicht möchten Sie sich jetzt, wo Sie wissen, daß Meg bei uns bleiben wird, ein wenig frisch machen und umziehen. Läuten Sie bitte, falls Sie etwas brauchen. Meg wird bald auf ihr Zimmer gehen, Mrs. Fordyce, und Sie könnten vielleicht hier auf sie warten und sich vergewissern, daß sie alles hat, was sie benötigt. Ich schlage vor, daß wir uns vor dem Dinner im Salon treffen. Sagen wir gegen halb acht, wenn es Ihnen angenehm ist.« Er lächelte. »Soweit ich weiß, spielen Sie Klavier, Mrs. Fordyce. Vielleicht können wir Sie überreden, daß Sie uns später am Abend das Vergnügen bereiten und ein wenig für uns spielen. Kommen Sie, Meg.«

Wir ließen Simon und Eliza, die immer noch große Augen machten, stehen und gingen weiter. Zwei Minuten später betraten wir wieder das Zimmer, in dem ich John Lafayette zum erstenmal gesehen hatte, und mein Blick wurde auf etwas gezogen, was ich vorher nicht bemerkt hatte. Ich blieb stehen und hielt den Atem an. Über dem Kamin hing ein Porträt, ein sehr schönes Porträt meiner Mutter im Alter von etwa Mitte dreißig, schätzte ich. Ich trat näher, um es zu betrachten, und John Lafayette sagte: »Wie töricht, sie als eine Society-Schönheit zu bezeichnen, wie es in jener Illustrierten hieß. Mary hatte kaum Zeit für die Eitelkeiten der Gesellschaft, und sie war nie schön im landläufigen Sinn. Sie fiel ins Auge, das stimmt, und sie war faszinierend. Aber die Sommersprossen und der etwas zu breite Mund waren nicht dazu angetan, Dichter zum Schwärmen zu bringen.«

Den Blick immer noch auf das Porträt gerichtet, sagte

ich langsam: »Sie reden wie jemand, der sie sehr gut kannte.«

»Oh, meine Liebe ...« Die weiche Stimme bebte kurz. »Wir sind praktisch zusammen aufgewachsen. Ich habe sie schon damals geliebt, und ich werde sie lieben, bis ich sterbe.«

Mir tat das Herz weh für ihn, und ich bat: »Würden Sie mir etwas darüber erzählen?«

»Es gibt nicht viel zu erzählen, Meg. Mein Großvater war Franzose, und meine Großmutter war Irin. Meine Eltern lebten in London, wo mein Vater in der City ein großes Vermögen verdiente, und ich wurde dort geboren. Meine ersten Jahre waren schrecklich. Ich war ... ich bin eine Mißgeburt. Ein Albino. Die Familie hatte noch einen Besitz in Irland, der an Thomas Mulvaneys Land bei Kilgarran grenzte, und als ich zwölf war und meine Mutter starb, schickte mein Vater mich dorthin zu seiner Schwester. Er dachte, ich wäre glücklicher, wenn ich vor der Welt verborgen wäre, und in einer Weise hatte er recht, denn dort lernte ich Mary Caragh Mulvaney kennen.«

Ich wandte mich von dem Bild ab und sagte: »Sie kann damals erst ein kleines Mädchen gewesen sein, oder?«

»Ja, sie war sechs.« John Lafayette trat zu einem Kanapee und setzte sich, dann nahm er die Brille ab und rieb sich die Augen. »Mary betrachtete mich nicht als Mißgeburt. In all den Jahren unserer Freundschaft war ich für sie einfach anders, anders in der Art, wie wir uns alle voneinander unterscheiden. Um Ihre Worte von vorhin zu wiederholen: *›Ist das alles?‹* Sie hätte dasselbe sagen können, Meg. Sie hatte einen Hauslehrer. Ich hatte auch einen, denn ich fürchtete mich davor, ein Internat zu besuchen, wo man mich wieder als Mißgeburt betrachtet hätte. Die Jahre gingen dahin, und wir waren fast täglich zusammen, und Mary war meine Freundin und meine Kameradin, denn wehe all denen, die eine grausame Bemerkung über mein Aussehen machten. Sie war es, die mich veranlaßte, zur Universität zu gehen, aber ohne sie verlor ich den Mut und wurde dort zum Einsiedler.«

Er lächelte wehmütig, und die traurigen rosa Augen betrachteten mich ohne jede Verlegenheit. »Ich fürchtete, daß sie sich geändert hätte, als ich in den Ferien heimkam, aber Mary änderte sich nie. An dem Tag, als sie sich zum erstenmal die Haare hochsteckte und so zu eher jungen Dame wurde, kam sie atemlos und strahlend zu uns gelaufen, um sich mir zu präsentieren und zu fragen, wie ich die Frisur fand . . . und ich meinte, mein Herz würde vor Liebe zu ihr zerspringen. Vielleicht erriet sie es später irgendwann, aber ich glaube nicht. Ich sagte es ihr nie, weil ich wußte, daß ich sie niemals bitten würde, mich zu heiraten. Ich hätte es nicht ertragen können, daß sie solch ein . . . solch ein Schaustück zum Mann bekommen hätte. Nicht einmal dann, wenn sie mich gewollt hätte.«

Er verstummte und blickte, seinen Erinnerungen nachhängend, vor sich hin. Ich ging zum Kanapee, setzte mich neben ihn und wartete. Nach einer Weile sagte er: »Ich ging in die City, und ich war noch ein junger Mann, als ich ein Vermögen erbte. Ich vervielfachte dieses Vermögen nicht aus Gier nach Geld, sondern weil ich kein anderes Ventil für meine Energie hatte, und vielleicht auch, weil es mir ganz gleichgültig war, ob ich Erfolg haben würde oder nicht. Ich arbeitete immer durch andere, Meg. Die verschiedensten Leute brachten mir Informationen und führten meine Anweisungen durch, während ich allein in meinem Büro saß und überlegte und plante. Ein ganzes Netz von Leuten.«

Er hielt inne und schüttelte den Kopf. »Aber ich greife vor. Als Mary neunzehn war, heiratete sie Laurence Glencullen, Ihren Vater, und obgleich ich ihn beneidete, freute ich mich aufrichtig, denn als Mary mir die Neuigkeit geschrieben hatte, zog ich Erkundigungen über ihn ein und erfuhr, daß Laurence ein junger Mann von untadeligem Charakter war. Als ich dann wieder nach Irland fuhr, um den Sommer dort zu verbringen, brachte Mary ihn zu mir, und ich freute mich noch mehr. Laurence und ich wurden gute Freunde und sind es all die Jahre danach geblieben.«

John Lafayette legte seinen weißen Kopf an die hohen Rückenlehne des Kanapees und schloß die Augen. »Sie waren die einzigen Freunde, die ich jemals hatte«, sagte er leise. »Für sie war ich nie ein Unsichtbarer in einem dunklen Zimmer. Bei ihnen spielte es keine Rolle, daß ich eine Mißgeburt war. Manchmal wurde Mary zornig auf mich und sah mich mit ihren grünen Katzenaugen an und schimpfte mit mir, weil ich überempfindlich und sogar eitel sei, und nannte Leute, die viel schlimmer entstellt waren als ich und sich trotzdem in der Öffentlichkeit zeigten. Oh, Meg, sie hatte recht. Sie hatte recht.«

Er schüttelte den Kopf, und ich sah, wie er die Lippen aufeinanderpreßte. »Ich war auch in anderer Hinsicht zu empfindlich. Ich schreckte davor zurück, mich in die Angelegenheiten dieser beiden lieben Freunde einzumischen, und sagte nichts von meinen Vermutungen über Adrian Webb, der ihr Vertrauen gewann und ihr Anwalt wurde. Ich hätte es tun sollen, ich hätte sie zwingen sollen, auf mich zu hören, und ich hätte vorschlagen sollen, daß sie mich zu Ihrem Treuhänder machten . . .«

Er seufzte tief und richtete sich auf, verschränkte die Hände ineinander und starrte darauf hinunter. »Mir brach das Herz vor Mitleid mit ihnen, als ich hörte, daß ihre kleine Tochter in Australien entführt worden war und für tot gehalten wurde. Und dann brach es noch einmal, als sie mir beide selbst vor nunmehr vier Jahren genommen wurden, etwa zu der Zeit, als Sie Luke Bowman im australischen Busch das Leben retteten.« Er verstummte und stand dann energisch auf, als wolle er eine Last von seinen Schultern werfen. »Da sitzen Sie hier in Ihrem reizenden Kleid, mit Ihrem hübschen Hut und Ihren Handschuhen, und ich habe Ihnen immer noch keine Erfrischung angeboten. Verzeihen Sie bitte, Meg. Wenn Sie erlauben, zeige ich Ihnen jetzt Ihr Zimmer und stelle Ihnen Ihre Zofe vor, und während Sie sich ausruhen, werde ich Ihnen Tee bringen lassen.«

Ich schüttelte den Kopf. Ich empfand fast vom ersten Augenblick an, da ich John Lafayette zu Gesicht bekommen hatte, eine sonderbare Zuneigung zu ihm, ein warmes Verständnis, das den Altersunterschied zwischen uns zu überwinden schien und mir Worte in den Mund legte, die nicht meine eigenen zu sein schienen. So war es auch jetzt, als ich sagte: »Ja, ich würde gern mein Zimmer sehen, mich ein bißchen frisch machen und den Brief an Tante Becky schreiben, den Ihr Bote nach London bringen soll. Aber ich brauche mich nicht auszuruhen. Ich würde gern Ihr Dorf sehen, Sir. Das Dorf Telhurst.«

Er kniff die Augen zusammen und faßte sich mit einem überraschten Ausdruck an die Stirn. »Nun . . . selbstverständlich, wenn Sie es wünschen. Vielleicht würde Simon es Ihnen gern zeigen, oder ich kann Sie von einem Stallburschen hinfahren lassen.«

»Nein, Mr. Lafayette. Ich möchte, daß Sie mit mir fahren und mir alles zeigen, die Kirche, die Schmiede, die Läden und den Marktplatz. Natürlich nur, wenn es Ihnen nichts ausmacht.«

Die rötlichen Pupillen schienen sich bei meinen Worten vor Schreck zu weiten, und ich fuhr schnell fort: »Ich werde an Ihrer Seite sitzen, und dann wünschen wir den Leuten einen guten Nachmittag, und ich denke, es könnte recht amüsant sein, zu beobachten, wie sie beim Anblick des geheimnisvollen Mr. Lafayette die Augen aufreißen und die Köpfe zusammenstecken. Aber die Aufregung wird sich bald legen, und dann finden sie wieder etwas anderes, worüber sie tuscheln können.«

Er fuhr sich mit der Zunge über seine farblosen Lippen und sagte: »Meg . . . Ich kann nicht. Ich habe nicht den Mut.«

»Meine Mutter hätte Sie dazu gebracht. Wenn wir Freunde sein wollen, können Sie nicht länger der Mann im dunklen Zimmer bleiben, Sir.«

Er holte tief Luft. »Sie sitzen also neben mir, Meg? Und halten meinen Arm? Sie versprechen es?«

»Ja.«

»Dann . . . also gut.«

Am Abend schlief ich fast beim Dinner ein, denn ich war erschöpfter, als wenn ich von Morgengrauen bis Sonnenuntergang durch den Busch gelaufen wäre. Ich erfuhr, daß das erlesen eingerichtete Speisezimmer von *Caragh* nicht mehr benutzt worden war, seit meine Mutter und mein Vater dort das letztemal zu Gast gewesen waren, und die Dienstboten schienen von einer freudigen Erregung beflügelt, während sie unter den aufmerksamen Blicken des Butlers auftrugen und servierten. Mr. Lafayette saß am Ende der Tafel, ich rechts von ihm, Simon saß neben mir, und Eliza hatte den Platz zu seiner Linken eingenommen.

Ich hatte vor dem Dinner eine Viertelstunde mit Eliza sprechen können und sie kurz in John Lafayettes Geschichte eingeweiht, und sie hatte das Wesentliche an Simon weitergegeben. Sie waren sichtlich fasziniert, mit dem Mann, der so viele Jahre ein Geheimnis für sie gewesen war und ihnen so viele sonderbare Aufträge gegeben hatte, an einem Tisch zu sitzen, und ich war ihnen dankbar, daß sie klug und taktvoll genug waren, alle Anspielungen auf sein Äußeres zu vermeiden, und eher gleichgültig reagierten, wenn er davon sprach, so daß es ganz unwichtig erschien.

»Ich kann nicht behaupten, daß die Fahrt durchs Dorf ein reines Vergnügen war«, bemerkte er, als der Kaffee serviert wurde und ich mir Mühe geben mußte, die Augen offenzuhalten. »Sie war vielmehr eine Qual, aber eine einigermaßen erträgliche Qual, und ich glaube zu wissen, daß ich es beim nächsten Mal schon leichter ertragen werde.«

Eliza sagte: »Ich weiß einfach nicht, warum Sie sich all diese Jahre vor uns versteckt haben, Mr. Lafayette, und ich bin richtig eifersüchtig auf Megs Erfolg bei Ihnen. Ich hoffe, daß Sie mich in nicht allzu ferner Zukunft einladen werden, Sie nach Sevenoaks zu begleiten.« Sie blickte zu Simon, und ihre Augen funkelten. »Oder, was noch besser wäre, Sie begleiten Meg und mich morgen früh nach London, damit wir das Testament in Somerset House einsehen, und wir lassen Simon hier. Simon ist manchmal ein rechter Langweiler, und er weiß unsere Gesellschaft gar nicht richtig zu schätzen, nicht wahr, Meg?«

Ich war so müde, daß mir keine höfliche Entgegnung einfiel, und sagte nur: »Ich weiß nicht, was er über mich denkt, aber Sie weiß er gewiß nicht zu schätzen, Eliza.«

»Wie bitte?« rief Simon überrascht. »Was für ein Unsinn. Ich hoffe, Mr. Lafayette, Sie ignorieren diese Bemerkung einer Ureinwohnerin, und ich hoffe außerdem, daß Sie auf Elizas Vorschlag eingehen.«

»London . . .«, sagte Mr. Lafayette langsam. »All diese Menschen. Ich sehe dort sonst nur meine Anwälte, aber ich fahre in einer geschlossenen Kutsche und trage einen breitkrempigen Hut, damit man mein Gesicht nicht sieht, wenn ich von der Kutsche in ein dunkles Zimmer haste.«

»Keine Zeitverschwendung«, sagte Eliza höflich. »In London ist niemand und nichts sonderbar. Selbst wenn

Sie mit einem Wikingerhelm und Schneeschuhen durch die Straßen stapften, würde sich kaum jemand nach Ihnen umdrehen. Und morgen haben Sie außerdem rechts und links eine Dame zur Stütze, Mr. Lafayette.«

Ich riß erschrocken die Augen auf, denn sie waren zugefallen, ohne daß ich es gemerkt hatte. »Luke«, sagte ich zusammenhanglos. »Wie kann ich Luke bloß wissen lassen, was geschehen ist?«

John Lafayette legte seine Hand auf meine. »Ich habe bereits dafür gesorgt«, erklärte er. »Luke Bowman hat ein Gut in Somerset gekauft und bewirtschaftet es selbst. Adrian Webb teilt ihm bestimmt nicht mit, daß Sie fortgegangen sind, weil er weiß, daß er ihm jetzt, wo Sie bei mir sind, nicht noch einmal denselben Bären aufbinden kann. Luke Bowman wird morgen ein Telegramm bekommen, in dem ich ihm mitteile, daß Sie hier bei John Lafayette in *Caragh* sind. Da er mich für den elendsten Schurken weit und breit hält, zweifle ich nicht, daß er uns sehr bald überfallen wird.«

Bei dem Gedanken, Luke wiederzusehen, machte mein Herz einen Satz. »Oh. Gott sei Dank«, sagte ich. »Ich wußte nicht einmal, daß er in England ist. Luke ist mein erster richtiger Freund, und er fehlt mir . . .« Bei dem letzten Wort überwältigte mich ein Gähnen. Ich erschrak und hob schnell eine Hand an den Mund, um dann eine Entschuldigung zu stammeln: »Ich bitte um Verzeihung. Verzeihen Sie bitte.«

Mr. Lafayette lehnte sich zurück, und die traurigen roten Augen musterten mich mit einem Lächeln. »Kein Wunder, daß Sie kaum noch wach bleiben können«, meinte er. »Es war ein sehr anstrengender Tag für Sie. Marsch ins Bett mit Ihnen, Meg, und schlafen Sie gut.«

»Danke . . . Ich bitte noch einmal um Verzeihung.« Beide Männer erhoben sich, als ich aufstand, und Eliza sagte lächelnd: »Gute Nacht, Liebes.« Ich war schon an der Tür, als mir etwas einfiel, das mich innehalten ließ. »Mr. Lafayette«, fragte ich schon etwas schläfrig, »Sie haben doch gesagt, Adrian Webb würde nicht zur Polizei gehen und sich auch nicht an Luke wenden, aber was, meinen Sie, *wird* er denn tun?«

Das Lächeln schwand aus dem schneeweißen Gesicht, und die sonderbaren Augen blickten ernst. »Ich habe zu viel Achtung vor Ihnen, als daß ich Ihnen etwas vormachen könnte, Meg«, antwortete er. »Ich weiß, daß Adrian Webb weiterhin versuchen wird, auf die eine oder andere Weise sein Ziel zu erreichen und Sie aus dem Weg zu räumen. Ich weiß nur nicht, *wie* er es bewerkstelligen will.«

14

AM NÄCHSTEN MORGEN erwachte ich um sieben Uhr, und nachdem ich ein Bad genommen hatte, ging ich vor dem Frühstück hinaus zu einem Spaziergang über den Besitz. Simon schlenderte den See entlang, und als er mich sah, blieb er stehen und wartete auf mich.

»Guten Morgen, Meg.«

»Guten Morgen, Simon.«

Er lächelte. »Wie befinden sich Miss Glencullen heute?«

»Sie sollen mich nicht so nennen. Wir wollen doch nicht, daß die Zeitungen lange Geschichten über – wie sagten Sie doch gestern abend? – über die Ureinwohnerin schreiben.«

»Können Sie mir noch einmal verzeihen?«

»Oh, es stört mich ohnehin nicht weiter.«

Er nickte zum Haus hin. »Was für ein außergewöhnlicher Mann.«

»Ja. So reich und doch so unglücklich. Ich glaube, mir war in *Shalimar* mehr Glück beschieden, als er jemals gekannt hat.«

»Wie kann ein so gescheiter Mensch so sehr darunter leiden, daß er ein Albino ist?« wunderte er sich. »Ich habe viele normale Menschen erlebt, die weit abstoßender aussahen.«

»Ich nehme an, er hat als kleiner Junge in der Schule einen Komplex bekommen. Kinder sind keine Engel, sie können vielmehr die grausamsten Geschöpfe sein, die es auf der Welt gibt.«

»Sie sprechen aus Erfahrung?«

»Ja.« Ich sah auf meine Uhr. »Wir gehen jetzt lieber wieder hinein. Das Frühstück ist so eingeplant, daß wir um zehn in Somerset House sein können. Freuen Sie sich, daß Sie den Mann im dunklen Zimmer nun endlich kennen?«

»Ja, ich freue mich sehr, und Eliza ist ebenfalls froh. Er möchte, daß wir weiterhin für ihn arbeiten, aber er ist jetzt ganz anders zu uns. Er redet mit uns, als ob wir alte Freunde wären.«

»Das überrascht mich nicht. Er möchte Sie gern zu Freunden haben, weil er einsam ist, verstehen Sie? Werden Sie bald wieder fortgehen, um einen Auftrag für ihn zu erledigen?«

Simon blickte mich von der Seite an. »Wir sind schon wieder dabei, einen Auftrag für ihn zu erledigen. Denselben Auftrag, den wir bereits in Australien hatten . . . Wir spielen Ihren Schutzengel.«

»Oh. Ich verstehe. Hoffentlich gibt es keine weiteren Schwierigkeiten.«

»Das kommt ganz auf Adrian Webb an.«

Eliza und Mr. Lafayette frühstückten bereits und unterhielten sich angeregt, als wir den Raum betraten. Er stand auf, und wieder mußte ich unwillkürlich an meine Mutter denken, an die jahrelange Freundschaft und Zuneigung der beiden füreinander, so daß es mir ganz natürlich erschien, zu ihm zu treten und ihm die Wange zum Begrüßungskuß zu bieten.

Er sagte die ersten Minuten danach nichts, doch als Simon und ich uns an der Anrichte bedient hatten und unsere Plätze einnahmen, ergriff er einen Umschlag, der neben seinem Teller lag, und reichte ihn mir. »Meg, ich hoffe, dies wird Sie nicht traurig machen, aber ich dachte, Sie würden es vielleicht gern lesen, damit Sie wissen, daß Ihre Mutter wirklich meine Freundin war.«

Ich lächelte und sagte: »Es wäre mir nicht eingefallen, an Ihren Worten zu zweifeln, Mr. Lafayette.« Der Umschlag war in einer großen und recht nachlässigen Handschrift an Mr. John Lafayette, Caragh, Telhurst bei Sevenoaks, Grafschaft Kent, adressiert. Darin steckte ein Blatt Papier, das dieselbe Handschrift trug.

Liebster Markie,
Vielen Dank für Deinen Brief, aber ich verbiete Dir, jetzt zu kommen und mich zu besuchen. Dieses elende Fieber könnte ansteckend sein, und ich habe sogar Laurence in den Turm im Westflügel verbannt. Ich gebe Dir Bescheid, sobald es mir wieder bessergeht. In alter, aufrichtiger Zuneigung,

Mary Caragh

Ps. Ich habe der Krankenschwester Anweisung gegeben, diesen Brief im heißen Backofen zu desinfizieren, bevor sie ihn Moxon für die Post mitgibt!

Als ich aufblickte, sagte Mr. Lafayette: »Sie hat ihre Briefe an mich immer mit Mary Caragh unterschrieben ... Und wie Sie wissen, hat sie sich nicht wieder von diesem Fieber erholt.«

Ich empfand Trauer, aber der Ton des kurzen Briefs weckte zugleich ein Gefühl der Wärme in mir. Ich warf noch einen Blick darauf und fragte: »Dürfen Eliza und Simon ihn lesen?«

»Das wäre mir sogar lieb, weil sie so eng mit Ihrem Schicksal verbunden sind.«

Ich wartete, bis sie den Brief beide gelesen hatten, und fragte dann: »Warum hat meine Mutter Sie Markie genannt?«

»Ach, das ...« Er seufzte leise. »Es war ursprünglich ein Kinderscherz und fing an, als sie zwölf Jahre alt war. Sie las in einem Geschichtsbuch etwas über einen französischen General, der im Unabhängigkeitskrieg eine amerikanische Truppe gegen die Briten befehligte. Es war der Marquis de Lafayette, und sie meinte, ich müsse ein französischer Edelmann sein, der inkognito in Irland lebe, und fing an, mich *Le Marquis* zu nennen. Nach einer Weile war es nur noch ›Marquis‹, und als ich dann zur Universität ging, anglisierte sie die Schreibweise in ihren Briefen. Von da an war ich nur noch Markie für sie.«

Je mehr ich über meine Mutter erfuhr, um so näher fühlte ich mich ihr, und nun ergriff mich ein großer Kummer bei dem Gedanken, daß sie ihre verlorene Tochter hätte wiedersehen und in den Armen halten können, wenn sie nur einige wenige Jahre länger gelebt hätte. Ich gab Mr. Lafayette den Brief zurück. »Vielen Dank, daß Sie ihn mir gezeigt haben, Sir.«

Er nahm ihn und sagte ein wenig verlegen: »Es ist mir nicht recht, daß Sie mich mit ›Sir‹ anreden, obwohl ich es als Höflichkeit durchaus zu schätzen weiß, und selbst ›Mr.

Lafayette‹ scheint mir für Mary Caragh Glencullens Tochter zu förmlich zu sein. Ich werde aber nicht vorschlagen, daß Sie mich Onkel John nennen, weil ich fürchte, daß Adrian Webb diese Verwandtschaftsbezeichnung für uns beide vergiftet hat. Aber ich würde mich sehr freuen, wenn Sie den Namen benutzten, den Ihre Mutter mir gegeben hat.«

Ich überlegte einen Moment und antwortete dann: »Ich glaube nicht, daß mir das schwerfällt. Wo ich groß wurde, hatten alle Leute nur einen einzigen Namen wie Yuma oder Manyi oder Katapi, und sie wurden alle mit diesem einen Namen angeredet, genau wie ›Markie‹.«

Eine weiße Hand berührte die meine. »Ich danke dir, Meg. Ich möchte nur wissen, wo du gelernt hast, so gründlich nachzudenken, bevor du sprichst. Deine Mutter tat es meist nicht.«

Ich sagte: »Du meine Güte, oft rede ich auch, ohne vorher groß zu überlegen. Und wenn ich zornig bin, rede ich einfach drauflos, dann mache ich so ein böses und angriffslustiges Gesicht wie eine irische Katze. Das sagt Luke jedenfalls.«

Zum erstenmal hörte ich John Lafayette wirklich von Herzen lachen. »Das hast du allerdings von deiner Mutter geerbt«, sagte er. »Ich weiß genau, was Luke meint.« Er blickte zu Eliza und Simon. »Ich habe keine Familie, und ich bin bisher ein sehr einsamer Mann gewesen. Vielleicht wäre es auch für Sie nicht zu schwierig, mich so zu nennen wie Mary Caragh Glencullen? Ich bin es überdrüssig, keine Freunde zu haben.«

Um halb elf am selben Morgen verließen wir Somerset House, und Markie Lafayette, Eliza und ich fuhren zu der Anwaltskanzlei in Middle Temple, wo Eliza und Simon früher Instruktionen von dem Mann im dunklen Zimmer bekommen hatten. Mr. Hardacre, der Seniorpartner, wußte natürlich, daß sein Klient ein Albino war, äußerte aber große Überraschung, als er feststellte, daß die Tage, in denen Mr. Lafayette sich vor der Welt verborgen hatte, vorbei waren. Unser Besuch galt lediglich dem Zweck, mich mit Mr. Hardacre bekannt zu machen, und danach hatte ich die Gelegenheit, meine Kenntnisse zur Schau zu stellen, die ich mir bei meinen langen Wanderungen durch London zugelegt hatte, als ich die beiden durch das Gewirr der Gänge und Höfe des Temple-Gebietes zum Embankment und weiter zur Blackfriars Station führte, von wo uns dann ein Zug nach Sevenoaks zurückbrachte. Während wir durch London gingen, trug Markie Lafayette seine dunkle Brille, und kaum ein Mensch warf einen zweiten Blick auf den Mann mit dem weißen Gesicht und den weißen Locken, die unter der Krempe seines Zylinders zu sehen waren.

Bei der Heimkehr erfuhren wir, daß der Bote, den Markie zum Belgrave Square geschickt hatte, mit meinen Habseligkeiten zurückgekommen war.

Er hatte auch ein kurzes Schreiben von Tante Becky mitgebracht des Inhalts, Onkel Adrian habe ihr die Gründe für meine plötzliche Abreise erklärt, und obwohl ich ihnen sehr fehlen würde, freuten sie sich beide über mein unerwartetes Glück, als Lehrerin nach Clairmont zurückkehren zu können.

Als ich den anderen den Brief zeigte, lachte Simon. »Er hat anscheinend sehr schnell kombiniert, aber es ist nicht sehr plausibel«, meinte er. »Das glaubt sie doch nicht, oder?«

Ich nickte. »O doch. Sie ist sehr vertrauensselig und würde sich nie träumen lassen, irgend etwas anzuzweifeln, was er ihr erzählt. Für sie ist er genau das, was er zu sein vorgibt. Sie tut mir wirklich sehr leid.«

»Die arme Frau«, sagte Markie bekümmert. »Eines Tages könnte es für sie ein bitteres Erwachen geben.«

Am Nachmittag um drei Uhr kam Luke nach *Caragh*. Wir hatten ihn erwartet. Meine Zofe, Lucie, hatte an einem Fenster im ersten Stock Wache gehalten und kam nach unten gelaufen mit der Mitteilung, daß eine Droschke die Einfahrt hinauffahre. Ich ging schnell in die Halle und beobachtete hinter den fast geschlossenen Vorhängen, wie die Droschke hielt und Luke heraussprang. Er drückte dem Kutscher Geld in die Hand und hastete die Stufen zur großen Vorhalle hoch. Die Türglocke läutete ungestüm, und ich spürte, wie mein Herz aufgeregt hämmerte, als ich in den kleinen Salon lief, die Tür einen Zentimeter offenließ und durch den Spalt in die Halle lugte.

Blake hatte Anweisungen bekommen und schritt gemessen zur Haustür. Sonst war niemand in Sichtweite. Er öffnete und trat zur Seite, und das war gut so, denn Luke stürmte so schnell herein, daß er ihn womöglich umgerannt hätte. »Guten Tag, Sir«, sagte Blake höflich. »Sie sind sicher Mr. Bowman? Darf ich um Ihren Hut und Stock bitten, Sir?«

»Ah?« Luke stutzte einen Augenblick und sah sich dann in der Halle um. »Wo ist sie?« fragte er laut. »Wo ist Meg Gaynor?«

»Miss Gaynor erwartet Sie im kleinen Salon, Mr. Bowman«, antwortete Blake. »Wenn ich vorschlagen darf, daß Sie Ihren Hut abnehmen, Sir?«

»Sie erwartet mich?« Luke schüttelte verwundert den Kopf, nahm dann mit einer fahrigen Bewegung seinen Hut ab und warf ihn dem Butler zu. »Wo?«

»Wenn Sie mir bitte folgen würden, Sir.«

Ich lief durchs Zimmer und setzte mich mit gefalteten Händen in einen Armstuhl. Sekunden später wurde die Tür aufgestoßen, und Luke kam in den Raum geeilt. Als er mich erblickte, blieb er wie angewurzelt stehen, dann überzog eine grenzenlose Erleichterung sein Gesicht, und er trat näher. »Meg! Gott sei Dank, daß du gesund und wohlbehalten bist! Was zum Teufel tust du hier, du dummes Ding? Komm – du darfst keinen Augenblick länger bleiben!«

Ich erklärte: »Mach bitte die Tür zu und setz dich, Luke. Ich habe dir etwas mitzuteilen.«

Er stand mit den Händen an den Hüften da und blickte zornig auf mich herunter. »Keine Widerworte, Meg! Ich habe keine Ahnung, was Lafayette im Schilde führt und warum er mir dieses Telegramm geschickt hat. Mir geht es einzig und allein darum, dich in Sicherheit zu bringen.«

Ich sagte: »Ich bin hier in Sicherheit, Luke.«

»Nein, das bist du nicht!«

Mein Herz war voller Liebe zu ihm, und ich hätte alles getan, um die Demütigung abzuwenden, die ihm – wie ich nur zu gut wußte – nun bevorstand. Vielleicht war das der Grund, daß ich unversehens von Zorn übermannt wurde. Ich sprang auf, und obwohl ich versuchte, meinen Gesichtsausdruck zu kontrollieren, spürte ich, wie sich meine Kiefer unwillkürlich verkrampften, meine Augen schmal wurden und mein nur zu bekannter wilder Katzenblick Besitz von mir ergriff. »Stell mich gefälligst nicht als dummes Ding hin!« rief ich aus. »Sieh mich doch mal an! Ich bin gesund und munter. Ich bin frei. Ich habe nichts zu befürchten. Aber ich muß dir etwas sagen, was dich sehr betroffen machen wird, und ich finde es schrecklich, daß ich es dir sagen muß. Hör jetzt endlich damit auf, mich anzuschreien und mir zu befehlen, was ich tun soll, und hör mir einen Augenblick zu! Verdammt! Da, jetzt habe ich deinetwegen geflucht, was ich bisher noch nie getan habe! Du solltest dich *schämen!*«

Ich keuchte, als ich zu Ende gesprochen hatte. Luke

starrte mich mehrere Sekunden lang mit offenem Mund an, kniff dann die Augen zusammen, blickte sich ratlos um, fuhr sich mit der Hand über das Gesicht, wandte sich zur Tür und schloß sie, kam dann zurück, baute sich stocksteif vor dem Kamin auf und musterte mich mit einem Ausdruck innerer Abwehr. »Entschuldige, Meg«, sagte er leise. »Es kommt daher, daß ich mir seit heute morgen furchtbare Sorgen um dich gemacht habe. Was mußt du mir sagen?«

Mein Zorn schwand, und ich war todunglücklich, als ich antwortete. »Luke, es tut mir so leid, aber du bist auf niederträchtige Weise getäuscht worden. Ich war heute morgen in Somerset House und habe eine amtliche Abschrift des Testaments meines Vaters eingesehen.

Der Mann, der das Glencullen-Vermögen erbt, wenn ich vor meinem einundzwanzigsten Geburtstag sterbe, ist nicht John Lafayette, sondern Adrian Webb. John Lafayette wird in dem Testament überhaupt nicht erwähnt.«

Luke sagte: »Aber . . .«

Das war alles. Endlose Sekunden starrte er mich fassungslos an, und ich konnte nahezu miterleben, wie sein Verstand langsam all das folgerte, was sich aus der einfachen und unleugbaren Tatsache ergab, daß mein Vater Adrian Webb als Erben eingesetzt hatte, falls ich meinen einundzwanzigsten Geburtstag nicht erleben sollte. Ich sah, wie ihm aufging, daß Adrian Webb eine gefälschte Abschrift vorgelegt und seine eigenen Schurkereien John Lafayette untergeschoben hatte – wie ihm dämmerte, daß Adrian Webb für Sid Bullers Anschlag auf mich und die Ermordung Harry Taskers verantwortlich sein mußte.

Dann kam mit grausamer Wucht die Erkenntnis, daß er, Luke, mich von einem sicheren Ort fortgebracht und dem Mann ausgeliefert hatte, der meinen Tod herbeiführen wollte. Es tat mir im Herzen weh, mitansehen zu müssen, wie alle Farbe aus Lukes Gesicht wich und Entsetzen seine Augen verdunkelte. »Allmächtiger Gott«, flüsterte er. »Was habe ich nur getan?« Er drehte sich um, stützte die Ellbogen auf die Kaminumrandung, preßte die Daumenballen an die Augen und sagte rauh: »Erzähl es mir, Meg. Erzähl mir alles.«

Ich trat neben ihn und berichtete leise, was ich in den letzten vierundzwanzig Stunden über Adrian Webb, über meine Eltern und über John Lafayette erfahren hatte. Meine Geschichte dauerte volle fünf Minuten, und er unterbrach mich kein einziges Mal. Als ich dann ausgeredet hatte, herrschte eine Weile abgrundtiefes Schweigen, und dann wandte er sich vom Kamin ab, ließ sich auf den Rand eines niedrigen Sessels sinken, beugte sich mit den Ellbogen auf den Knien vor und barg sein Gesicht in beiden Händen.

»Oh, barmherziger Gott«, sagte er mit einer seltsamen Stimme. »Ich hätte dich in den Tod schicken können.«

Ich sagte: »Denk nicht mehr daran, Luke. Ich bin jetzt in Sicherheit. Denk bitte nicht mehr daran, und mach dir keine Vorwürfe.« Ich trat zu dem Sessel, kniete mich daneben und legte die Arme um ihn. Er wollte mich abschütteln, aber ich drückte ihn heftig zurück und sagte scharf: »Stoß mich nicht fort, Luke Bowman! Stoß mich dieses eine Mal nicht fort!« Ich glaube, meine Worte erschreckten ihn so sehr, daß er gehorchte, denn er schien in meinen Armen schlaff zu werden, und ich legte ihm einen Arm um den Hals und zog seinen Kopf an meine Schulter.

»Hör zu, Luke«, flüsterte ich. »Du bist von einem Mann getäuscht worden, der ein gerissener Betrüger ist. Er hat mich genauso getäuscht wie dich. Durch Glück und gute Freunde bin ich jetzt außer Gefahr, und deshalb ist nun alles gut. Aber du bist mein ältester und liebster Freund. Du weißt, daß ich dir keine Vorwürfe mache, und es würde mir schrecklichen Kummer bereiten, wenn du dich selbst mit Vorwürfen quälst. Vergiß das jetzt alles bitte. Hörst du mir auch genau zu? Versuch, daran zu denken, daß ich dein komisches kleines Ureinwohnermädchen bin, deine goldene Range mit dem Katzenblick und daß wir einander im Busch geholfen haben, wo wir beide um ein Haar gestorben wären, und daß ich alles, was du und Rosemary für mich getan habt, niemals vergessen werde. Hörst du mich, Luke?«

Er seufzte tief, löste sich behutsam aus meinen Armen, stand auf und half mir hoch. »Ja, ich höre dich, Mitji«, sagte er leise. »Ich kann das, was ich getan habe, nicht so leicht vergessen, aber ich höre dich, und ich danke dir für deine Großzügigkeit.« Sein Gesicht verzerrte sich plötzlich, und er trat zurück. »Ich muß jetzt gehen, ich habe etwas zu erledigen.«

Er wandte sich zur Tür, aber ich raffte meinen Rock und rannte an ihm vorbei, um sie vor ihm zu erreichen, und stellte mich mit ausgebreiteten Armen davor. »Was hast du zu erledigen?« fragte ich und spürte, wie mein Katzenblick wieder zum Vorschein kam.

Er starrte mich aus Augen an, die geschliffenen blauen Steinen glichen, und sagte tonlos: »Ich muß zu Webb.« Er war beinahe so blaß wie Markies Albinogesicht und der Zorn in ihm so mörderisch, daß Entsetzen in mir hochkroch.

»Nein«, rief ich. »Das dulde ich nicht! Du endest noch im Gefängnis oder schlimmer!«

»Das ist mir gleich«, sagte er grimmig. Seine Hände schossen vor, packten mich an den Armen und hoben mich zur Seite, ehe ich mich wehren konnte. Er riß die Tür auf und blieb dann stehen, da er sich nicht mehr als eine halbe Armeslänge von Eliza entfernt fand. Sie lächelte ihn an und trat ihm dann urplötzlich heftig ans Schienbein, und während er nach Luft rang und zurücktaumelte, half sie mit einem Stoß nach, so daß er rücklings auf den Teppich fiel. Im nächsten Moment war sie ins Zimmer getreten, machte die Tür zu und drehte den Schlüssel um.

»Das habe ich mir doch gedacht«, erklärte sie liebenswürdig. »Der Herr möchte Adrian Webb höchstpersönlich den Hals umdrehen, nicht wahr? Um die Wahrheit zu sagen, finde ich die Idee an sich nicht so schlecht, aber ich möchte nicht, daß meine Freunde gehängt werden, und Meg möchte es auch nicht, und deshalb regen Sie sich jetzt erst einmal ab, Kleiner. Und machen Sie bitte keine solchen Sperenzchen, ist das klar? Ich habe mich bis jetzt sehr zurückgehalten.«

Luke lag auf einen Ellbogen gestützt da, hielt sich mit der freien Hand das Schienbein und starrte zu ihr hoch. Dann lachte er einmal rauh auf, und sein rasender Zorn schien sich in Luft aufzulösen. Er rappelte sich langsam auf und ließ resigniert die Schultern hängen.

»Guten Tag, Eliza«, sagte er. »Ich konnte Sie nie so recht als Frau eines Pfarrers sehen.«

»Werden Sie lachen, wenn ich Ihnen sage, daß ich die *Tochter* eines Pfarrers bin?«

Luke fuhr sich durch sein dichtes goldenes Haar. »Meg hat es mir schon erzählt. Und im Augenblick ist mir eigentlich überhaupt nicht nach Lachen zumute.«

»Das kann ich mir vorstellen.« Sie trat vor, streckte ihre Hände hoch, nahm sein Gesicht und sah ihm in die Augen. »Sie haben einen schrecklichen Fehler gemacht, und das tut weh. Und es hat Ihren Stolz verletzt. Schlukken Sie es runter, Luke. Nehmen Sie Ihre Medizin und vergessen Sie es. Kein Mensch macht Ihnen Vorwürfe, am allerwenigsten Meg, und wir möchten nicht, daß Sie jetzt einfach losfahren und noch einen Fehler machen.« Sie schüttelte seinen Kopf ein wenig hin und her. »Sind Sie jetzt brav und lassen die Finger von Webb?«

»In Ordnung, Eliza. Ich verspreche es.«

»Versprechen Sie es nicht mir, sondern Meg.« Sie drehte sein Gesicht in meine Richtung und ließ ihn los.

Er sah auf meine Füße hinunter und sagte: »Ich verspreche es, Rotschopf.«

Eliza zog eine Augenbraue hoch, als er diesen Namen benutzte, gab aber keinen Kommentar dazu ab. Sie ging zur Tür und schloß mit der Bemerkung auf: »Ich bin froh, daß das geregelt ist. Bringen Sie Luke nun auf die Terrasse, Meg. Simon und Markie würden ihn gern sehen.«

Die nächste Stunde war nicht leicht. Luke wurde Markie Lafayette vorgestellt und entschuldigte sich mit bitteren Selbstvorwürfen für das, was er getan hatte. Simon und auch Markie versuchten, ihn zu beruhigen, aber ich hatte fast drei Jahre lang mit ihm unter einem Dach gelebt und wußte, wie sehr er sich schämen mußte. Es würde einige Zeit dauern, bis er wieder Frieden mit sich schloß.

Wir saßen auf der sonnenbeschienenen Terrasse, tranken Tee und sprachen darüber, was geschehen war und was Adrian Webb nun wohl unternehmen würde. Ich sagte kaum etwas, weil ich in einem fort an Luke denken mußte, und ich gab mir Mühe, all das zu verbergen, was ich fühlte, während ich ihm so nahe war und ihn doch nicht berühren durfte. Ich hatte ihn im kleinen Salon einige Augenblicke lang in meinen Armen gehalten und war froh, mich wenigstens an diese wenigen Sekunden erinnern zu können. Mit meiner primitiven frühen Erziehung fiel es mir schwer, auf eine geziemende und zivilisierte Weise an Luke zu denken, und ich sah mich von plötzlichen Sehnsuchtsanfällen überwältigt, von ihm in Besitz genommen zu werden, ihn mein zu heißen und ihm dafür Freude zu schenken.

Ich schreckte aus diesem Wachtraum auf, als Markie bemerkte: »Ich werde in einem Monat geschäftlich zur

Kapkolonie reisen und hoffe sehr, daß Meg damit einverstanden ist, mich zusammen mit Simon und Eliza zu begleiten. Wenn es nicht ihrem Wunsch entspricht, kann sie hierbleiben, und dann bleiben Simon und Eliza natürlich auch da, aber ich meine, es wäre ratsam, sie für einige Monate aus Adrian Webbs Reichweite zu entfernen, während meine Agenten herauszufinden versuchen, was er als nächstes plant.« Er hielt inne und sah mich an. »Würdest du gern mitkommen, Liebes? Wenn ich lernen soll, mich auch an anderen Orten nicht mehr vor der Welt zu verstecken, werde ich deine Hilfe brauchen.«

Ich verspürte flüchtig eine verrückte Hoffnung, daß Luke mich bitten möge, während dieser Zeit auf sein Gut in Somerset zu kommen, aber er schwieg, und nach einem Augenblick lächelte ich und antwortete: »Ja, Markie, ich würde sehr gern mitkommen.«

Er wandte sich an Luke. »Ich scheine im Begriff zu sein, mir eine Familie zuzulegen, Mr. Bowman. Wenn Sie an unserer Expedition zum Kap teilnehmen möchten, sind Sie sehr willkommen. Sie haben sicher einen Verwalter, der imstande ist, in Somerset nach dem Rechten zu sehen, und in Südafrika könnten sich Ihnen sogar ein paar interessante geschäftliche Möglichkeiten bieten. Ich buche morgen oder übermorgen Passagen auf einem Dampfer, der Freetown anläuft, und dort gehen wir dann an Bord eines kleineren Schiffs, einer Neunhunderttonnen-Jacht, die ein halbes Dutzend recht bequeme Passagierkabinen hat. Sie heißt *Caragh.*«

Ich war überrascht und fragte: »Wie der Name meiner Mutter? Gehört die Jacht dir?«

Er nickte. »Ja, Meg. Ich bin an einigen Werften beteiligt und glaube, daß dieser Schiffstyp eine Zukunft haben könnte. Man kann die *Caragh* zwar nicht mit der königlichen Jacht vergleichen, die dreimal so groß ist, aber ihre

Konstruktion hat manches, was wohlhabende Privateigner anziehen könnte.«

Simon fragte: »Warum ist sie um die Zeit in Freetown?«

»Weil sie gerade Teile der Skelettküste für mich vermißt und kartographiert. Das ist eine der unzugänglichsten Regionen der Erde, aber es soll dort Diamanten in Hülle und Fülle geben. Es hat keinen Sinn, sie nach England zurückzubeordern, wenn wir Dampferpassagen nach Freetown buchen können.«

Das weiße Gesicht mit den rötlichen Augen wandte sich Luke zu. »Was meinen Sie, Mr. Bowman? Ich bin sicher, daß wir uns alle über Ihre Gesellschaft freuen würden.«

Ich verschränkte meine Hände in neuer Hoffnung, aber Luke sagte unbewegt:

»Sie sind äußerst freundlich, Mr. Lafayette, vor allem in Hinblick auf alle die Ungelegenheiten, die ich Ihnen bereitet habe, aber ich muß in England bleiben. Es gibt hier wichtige Dinge, die meine Anwesenheit erfordern.«

Er sah mich an. »Keine Sorge, Meg. Ich werde Adrian Webb nicht zu nahe treten.«

Ich zwang mich zu lächeln. »Nun . . . Dann ist ja alles in Ordnung.«

Er zog seine Uhr, stand dann auf. »Ich muß jetzt fort, sonst bekomme ich in der Paddington Station nicht mehr den letzten Zug nach Somerset.«

Wir erhoben uns alle, und Markie sagte mit einem seltsamen Lächeln: »Ich wünschte, ich hätte in meinem Telegramm vorgeschlagen, daß Sie die Nacht hier in *Caragh* verbrächten, Mr. Bowman, aber ich bezweifle, daß Sie sich die Zeit genommen hätten, eine Tasche zu packen. Ich hoffe jedoch sehr, daß wir Sie vor unserer Abreise noch einmal sehen, denn wie Meg sagt, sind Sie ihr erster und bester Freund. Sollten Sie es sich hinsichtlich der Reise zum Kap anders überlegen, zögern Sie bitte nicht, mir sofort Bescheid zu geben.«

»Nochmals vielen Dank. Sie waren mehr als freundlich.« Luke schüttelte Markie und Simon die Hand, gab Eliza einen Handkuß, wandte sich dann zu mir und sagte: »Leb wohl, Meg. Ich scheine dazu verdammt, dir Schwierigkeiten zu machen, aber du weißt, daß ich es gutgemeint habe.«

»Natürlich weiß ich das.« Ich konnte das Wort »Leb wohl« nicht über die Lippen bringen und sagte statt dessen: »Gott schütze dich, Luke.«

Die anderen schienen darauf zu warten, daß er irgendeine Abschiedsgeste mir gegenüber machen würde, aber er wandte sich einfach von uns ab mit den Worten: »Wenn Sie mich nun entschuldigen würden . . .«

Markie bemerkte: »Vor dem Haus wartet schon eine Kutsche auf Sie, guter Freund. Ich werde Sie begleiten.«

Sie gingen zusammen durch die Terrassentür ins Haus. Simon schüttelte verwundert den Kopf und sagte: »Was ist eigentlich bloß los mit dem Burschen? Er kommt herbeigeeilt, um Sie zu retten, gerät in Rage über Adrian Webb und tut dann so, als ob Sie nur eine flüchtige Bekannte wären.«

Ich sagte: »Seien Sie nicht albern. Alte Freunde haben es nicht nötig, viel Wirbel zu machen.«

Eliza fragte: »Wieso hat er vorhin im kleinen Salon Rotschopf zu Ihnen gesagt?« Noch bevor ich antworten konnte, fuhr sie fort: »Ich weiß natürlich, daß es wegen Ihrer Haare ist, aber ich hatte keine Ahnung, daß er Sie so nennt.«

»Es ist ein Spitzname«, antwortete ich. »Schon deshalb kann man nicht behaupten, daß er mich wie eine flüchtige Bekannte behandelt.«

Simon machte eine übertriebene Verbeugung und erklärte: »Ich bitte um Entschuldigung. Nichts für ungut.«

Eliza blickte nachdenklich über den Rasen. »Ihr könnt sagen, was ihr wollt«, murmelte sie, »aber der Mann wird von irgendeinem Dämon umgetrieben. Ich weiß nicht, was für ein Dämon das ist, aber es würde mich reizen, herauszufinden, ob ich Luke nicht helfen könnte, das Unwesen zu vertreiben.«

Mich überkam plötzlich eine Welle von Zorn und Eifersucht, doch schon nach Sekunden war die Anwandlung vorbei, als mein gesunder Menschenverstand zurückkehrte und ich mir bekümmert vor Augen führte, daß Eliza in keiner Hinsicht meine Rivalin war. Sie hatte keine Ahnung, was ich für Luke empfand, und ich konnte ohnehin keine Rivalin haben, denn ich hatte keinerlei Anspruch auf Luke, und er interessierte sich nur deshalb für mich, weil er es auf Rosemarys Wunsch hin als seine Pflicht betrachtete, für meine Sicherheit zu sorgen.

Simon musterte Eliza mit einem Ausdruck der Unsicherheit. »Ich hoffe, du wirfst deine Netze nicht nach Luke Bowman aus«, sagte er.

Ihr Mund verzog sich zu einem leichten Lächeln, während sie fortfuhr, in die Ferne zu blicken. »Warum eigentlich nicht?« sagte sie. »Wie du so oft betont hast, sind wir doch beide frei und ungebunden, mein lieber Simon!«

In den nun folgenden Tagen genoß ich das Leben auf *Caragh* und fühlte mich, abgesehen von dem leeren Platz in meinem Herzen, den nur Luke jemals ausfüllen konnte, uneingeschränkt glücklich. Ich ließ mir von Markie die Adresse des Guts geben und schrieb Luke nach Somerset, wie sehr ich mich darüber gefreut hätte, ihn wiederzusehen, und er möge sich bitte keine Vorwürfe machen, daß er auf Adrian Webbs Lügen hereingefallen sei. Ich bemühte mich, den Brief in einem fröhlichen und freundschaftlichen Ton abzufassen, ganz wie ich es in meinem Tagebuch getan hatte, aber ich bekam keine Antwort.

Ich hatte das Gefühl, daß *Caragh* nun, da Markie sein Eremitendasein aufgab und Simon und Eliza im Haus waren, endlich zu neuem Leben erwachte, nachdem es jahrelang wie ein großes stilles Grabmal dagestanden hatte. Wir bemühten uns alle, Markie noch mehr aus seiner Reserve zu locken, ohne ihn aber zu bedrängen, und Eliza erwies sich dabei als besonders geschickt. Ich sah oft, wie die beiden sich unterhielten, miteinander lachten und über den Besitz schlenderten, wie sie Schach spielten oder ein literarisches oder philosophisches Problem diskutierten, denn Eliza hatte in ihrem Elternhaus eine hervorragende Ausbildung genossen und besaß einen lebhaften Verstand. Sie war es auch, die Markie überredete, uns in ein Londoner Theater zu begleiten, wo ein Stück von Mr. Ibsen gespielt wurde, das *Baumeister Solness* hieß.

Markie war zuerst nervös, und wie wir erwartet hatten, gab es einige Leute, die ihn vor Beginn des Stücks und während der Pause im Foyer anstarrten, aber Eliza fand bald ein Mittel, dem zu begegnen. »Wenn uns jemand anstarrt«, sagte sie zu mir, »starren wir einfach beide zurück. Sie machen Ihr Katzengesicht, und ich setze meine hochnäsige Miene auf.« Das taten wir dann mit großem Erfolg, denn wir stellten fest, daß die Leute schnell in eine andere Richtung blickten, wenn wir sie auf diese Weise fixierten. Der Abend war ein ganz besonderer Anlaß für mich, denn ich sah zum erstenmal in meinem Leben ein Theaterstück, und dieses neue Wunder schlug mich restlos in Bann.

Ich schrieb Tante Becky nicht wieder, weil Adrian Webb ihr gesagt hatte, ich kehrte nach Clairmont zurück, und es gab ohnehin nichts, was ich ihr zu sagen hatte, doch ich war traurig, weil ich wußte, daß mein Schweigen unfreundlich erscheinen würde, und ich hatte Mitleid mit ihr und Albert, denn sie hatten mich beide genauso gern gehabt, wie ich sie ins Herz geschlossen hatte.

Zwei Wochen nach meiner Ankunft in *Caragh* schrieb Markies Anwalt, daß die Detektei, die er beauftragt hatte, ihn über Adrian Webbs Aktivitäten auf dem laufenden zu halten, ihm mitgeteilt habe, die betreffende Person sei nach Amerika abgereist. Ihrem Informanten zufolge wolle sie sich zwei oder drei Monate in wichtigen geschäftlichen Angelegenheiten in verschiedenen größeren Städten aufhalten.

»Das wundert mich«, sagte Markie, als wir beim Frühstück saßen. »Seine Kanzlei hat ein oder zwei amerikanische Klienten mit Interessen hier in England, aber ich hätte nicht gedacht, daß er drüben so viele Geschäftsbeziehungen hätte, die ein so langes Fernbleiben rechtfertigen würden. Aber wie dem auch sei, der Bursche ist fort, was mir im Grunde gar nicht recht ist. Ich wüßte ihn lieber hier in London, wo wir ihn im Auge behalten können, und werde auf jeden Fall alles Notwendige veranlassen, damit eine amerikanische Detektei drüben die gleiche Aufgabe übernimmt.«

Er grübelte eine Weile und fuhr dann fort: »Möglicherweise hat er beschlossen, im Moment nichts gegen Meg zu unternehmen. Er hat schließlich noch gut zwei Jahre Zeit, bevor sie einundzwanzig wird, und vielleicht will er uns glauben machen, daß er alle bösen Absichten gegen sie fallengelassen hat. Wir dürfen uns jedoch nicht in Sicherheit wiegen. Vergeßt keinen Augenblick lang, daß Adrian Webb vielleicht eine seiner Kreaturen aus der Unterwelt beauftragt hat, Meg zu beseitigen!«

Er sah mich an. »Mein Liebes, ich spreche so offen, damit wir alle die brutale Tatsache nicht vergessen, daß

Adrian Webb ebendies erreichen muß, wenn er seinen guten Namen retten will. Wenn du nämlich dein Erbe antrittst, wird er das Ausmaß seiner Veruntreuung nicht verheimlichen können, und Ruin und Schande sind ihm gewiß.«

Eliza sagte nachdenklich: »Ich habe so ein Gefühl, was Adrian Webb betrifft. Ich glaube, er fühlt sich in die Enge getrieben und wird nun wie ein wildes Tier reagieren. Ich denke nicht, daß er einen neuen Sid Buller beauftragt oder einen Handlanger wie den, der Henry Tasker ermordet hat. Ich denke, Adrian Webb wird von nun an niemandem außer sich selbst trauen.«

Mich überlief ein Schauder, weil ich daran denken mußte, daß er mich immer wieder wie ein wohlwollender Mr. Pickwick angestrahlt hatte. Simon stellte ruhig fest: »Ich verlasse mich auf Elizas Instinkt. Sie hat unglaublich viel Menschenkenntnis.« Er blickte auf Markie. »Als Sie uns zum erstenmal beauftragten, Webb unter die Lupe zu nehmen, hat sie eine Woche lang als Serviererin in dem Club gearbeitet, in dem er gewöhnlich spielt, und wenn ein Mann am Spieltisch sitzt und unter dem entsprechenden Druck steht, kann man ihn sehr gut studieren.«

Markie nickte langsam. »Wenn Eliza recht hat, ist Meg nicht unmittelbar in Gefahr, solange Webb fort ist, aber seien wir trotzdem vorsichtig.«

Zwölf Tage später stachen wir mit der *Penrith*, die auf der Kaproute nach Hongkong fuhr, von Southampton aus in See. Zu meiner Scham und meinem Ärger wurde ich als einzige aus unserer Gruppe seekrank, und der Golf von Biskaya war ein Alptraum für mich, doch als wir Lissabon, unsere erste Station, erreichten, hatte ich meine »Seebeine gefunden« und genoß die Reise. Von Lissabon fuhren wir nach Madeira und konnten einen Tag auf dieser bergigen Blumeninsel verbringen, ehe wir längs der afrikanischen Küste nach Freetown fuhren.

Simon fragte Markie auf diesem Abschnitt der Reise, ob wir einen Teil der Skelettküste auf unserem Weg zum Kap erforschen würden. Es war ein warmer Abend mit einer angenehm leichten Brise, und wir saßen nach dem Dinner im Zwielicht an Deck. Die beiden Herren rauchten eine Zigarre.

»Großer Gott, nein«, antwortete Markie. »Wir werden meilenweit von der Küste entfernt bleiben. Wissen Sie denn etwas über das Gebiet?«

»Gar nichts. Ich habe nur ein paar wilde Geschichten über die Masten alter Wracks gehört, die eine halbe Meile landeinwärts aus dem Sand ragen, aber das war sicher Seemannsgarn.«

Ich sah im Dunkeln, wie Markie den Kopf schüttelte. »Ich fürchte, nein. Von dem Kaokoveld, wie diese Küste richtig heißt, ist nur wenig bekannt, aber das Land dort bewegt sich tatsächlich, und es bewegt sich seewärts. Es gibt *wirklich* alte Wracks, die halb im Wüstensand begraben sind, denn die See hat an jenen fünfhundert Meilen Felsen und Riffen viele Opfer gefordert. Es gibt dort eine heimtückische Strömung, den sogenannten Benguela-Strom, der Schiffe zur Küste treibt. Die meisten Verluste gab es natürlich zur Zeit der Segelschiffahrt. Einem Dampfschiff wie der *Caragh* kann die Strömung nichts anhaben, und außerdem ist Kapitän Lester ein hervorragender Seemann, aber als ich ihn dorthin schickte zum Kartographieren der Küste, gab ich ausdrücklich Anweisung, daß man sich ihr nur bis auf eine Meile nähern dürfe und zur Durchführung der Aufgabe Fernrohre einsetzen solle, weil es die gefährlichste Küste der Welt ist. Wir werden uns auf dem Weg nach Süden volle fünf Meilen von ihr entfernt halten.«

Ich fragte: »Warum willst du sie kartographieren lassen, Markie?«

Er lachte. »Aus purer Neugier. Im Moment ist die ganze Gegend eine unfruchtbare Wildnis. Es gibt keine Menschen, keine Straßen, keine Flüsse und keine Eisenbahn, nur Riffe und Felsen und Sanddünen, bis man dann am Südende des Kaokovelds den ersten Hafen erreicht. Er heißt Walfischbucht. Aber wenn das Land tatsächlich Diamanten birgt – und viele Männer sind gestorben, weil sie daran glaubten –, so wird man eines Tages auch einen Weg finden, die Vorkommen zu erschließen und auszubeuten. Das wird ganz sicher nicht mehr zu meinen Lebzeiten geschehen, aber ich möchte einige Kenntnisse von der Küste hinterlassen, um den tapferen Männern zu helfen, die eines Tages versuchen werden, das Land von der See her zu erobern.«

Eliza legte ihm die Hand auf den Arm. »Sie sind ein Schwindler«, sagte sie. »Sie tun so, als ob Sie sich für Diamanten interessieren, falls es dort überhaupt welche gibt, aber in Wahrheit wollen Sie nur anderen ermöglichen, Gegenden zu erforschen, die noch kein Fuß betreten hat. Ich finde, das ist ein bewundernswertes Motiv. Sie sind ein Romantiker, Markie Lafayette, ein Romantiker und nichts anderes.«

Er stieß mit einem reumütigen Seufzer eine Qualmwolke aus. »Sie schmeicheln mir, Eliza. Ich bin reich genug, um mir bewundernswerte Motive zu erlauben, und deshalb gibt es im Grunde gar nichts an mir zu bewundern.«

Das löste einen ihrer philosophischen Dispute aus, bei denen ich schnell den Faden verlor, denn obwohl ich mir früher eingebildet hatte, recht belesen zu sein, war mir vor einiger Zeit aufgegangen, daß ich rein gar nichts von den entlegenen und abstrakten Dingen verstand, über die Markie und Eliza dann und wann diskutierten. Es war schwierig, diese Eliza mit der anderen in Einklang zu bringen – der durchgebrannten Pfarrerstochter, gescheiterten Schauspielerin und Abenteurerin, die so gut mit Männern wie dem Betrunkenen beim Gottesdienst in Lawton und sogar mit dem zornigen Luke Bowman umzuspringen verstand. Ich wußte nur eines: Je besser ich Eliza kennenlernte, um so mehr mochte ich sie.

Simon war durchaus in der Lage, an solchen Diskursen teilzunehmen, tat es aber gewöhnlich nur, um ein Argument in die Debatte zu werfen, von dem er wußte, daß es Eliza auf die Palme bringen würde. Diesmal jedoch, fand ich, würde es den friedlichen Abend stören, falls er sich einmischte, und so fragte ich ihn, ob er mit mir über das Deck schlendern wolle. Er stand sofort auf und bot mir den Arm. Wir plauderten einige Minuten angeregt, doch als wir dann einen dunkleren Teil des Decks erreichten, faßte er mich um die Taille und zog mich an sich. Ich stieß ihn fort und fuhr zornig und aufgebracht zu ihm herum.

»Tun Sie das bitte nie wieder, Simon«, sagte ich. »Haben Sie verstanden?«

Er warf seine Zigarre über die Reling, und ich glaubte echtes Staunen in seinem Gesicht zu sehen, als er auf mich herunterblickte. »Warum nicht, Meg?«

»Weil Sie Eliza gehören.«

»Gehören? Nein, das tue ich nicht.«

»Dann muß ich mich für Sie schämen, denn Sie nehmen all ihre Loyalität in Anspruch und geben ihr selbst keine. Sie wollen alles, was sie zu geben bereit ist, aber Sie übernehmen keine Verantwortung für sie. Sie sind ein großer Egoist, Simon.«

»Ah! Jetzt sehe ich den Katzenblick, von dem ich soviel gehört habe.« Seine Stimme war kalt und zornig. »Was zum Teufel gibt Ihnen das Recht, mich zu kritisieren?«

»Sie selbst haben mir das Recht gegeben. Sie haben gefragt, warum ich Ihnen verbot, den Arm so um mich zu legen, und jetzt habe ich es Ihnen gesagt.« Ich streckte die Hand aus und ergriff ihn am Arm. »Bitte, Simon«, sagte ich hastig. »Lassen wir es dabei bewenden. Ich möchte nicht, daß wir uns streiten, aber respektieren Sie bitte meine Gefühle. Ich sehe die Dinge anders als Sie, und ich bin . . . ich bin in keiner Hinsicht für Sie zu haben, weil Eliza meine Freundin ist. Ganz abgesehen von allem anderen.«

Er senkte ein wenig den Kopf und nahm mich genau in Augenschein. »Allem anderen *was*, Meg?«

Das war eine Frage, die ich nicht beantworten wollte. »Oh, ich weiß nicht – eben allem anderen«, sagte ich gereizt. »Und jetzt lassen Sie uns um Himmels willen diesen kleinen Zwischenfall vergessen und noch ein wenig promenieren.«

Er seufzte, lächelte dann und bot mir wieder seinen Arm. »Meinetwegen, Meg. Machen wir das.«

Drei Tage später erreichten wir Freetown, einen schwülen Ort, wo Dunstschwaden über dem Land hingen und mit einem Geruch, der meine Nasenflügel vor Unbehagen beben ließ. Als wir in den Hafen einliefen, stand ich mit Markie an der Reling, und er zeigte auf ein weißgestrichenes Schiff mit nur einem Schlot, das an einem der Kais vertäut war. Es war klein verglichen mit der *Penrith* hatte aber elegante Konturen, die mir auf den ersten Blick gefielen.

»Da ist die *Caragh*«, sagte Markie. »Ist sie nicht wunderschön?«

Ich nickte zustimmend und nahm einen Augenblick lang seine Hand und dachte dabei, wieviel meine Mutter diesem Mann, der einen so großen Teil seines Lebens aufgrund eines Geburtsfehlers wie ein Eremit verbracht hatte, bedeutet haben mußte. Während wir in den nächsten

Minuten von einem Schlepper an einen freien Kai bugsiert wurden, beobachteten wir zwei Männer in weißen Hemden, die auf der Brücke der *Caragh* standen und uns ebenfalls betrachteten.

»Kapitän Lester und Mr. Sullivan, sein Erster Offizier«, sagte Markie. »Sie sind beide sehr tüchtig, und dasselbe gilt auch für die Ingenieure. Ich kann mir vorstellen, daß sie alles auf Volldampf haben und zum Ablegen bereit sind, sobald wir die *Penrith* verlassen haben und an Bord gegangen sind.«

Wir waren nun am Kai, und ich trat an die Reling, während einige Männer Vorbereitungen trafen, die Gangway hinunterzulassen. Im nächsten Moment rang ich nach Luft und rief verblüfft aus: »Markie, sieh nur!«

Dort unten auf dem Kai stand Luke, die Hände in die Hüften gestemmt, in Hemdsärmeln und mit einem keck nach hinten geschobenen Strohhut, und blickte zu mir hoch. »Luke!« rief ich und winkte freudig. »Luke!«

Markie, der neben mich getreten war, sagte: »Großer Gott, was tut er bloß hier?« Bei diesen Worten kamen Eliza und Simon über das Deck geschlendert, um gemeinsam mit uns das Schauspiel im Hafen zu betrachten. Ich hörte, wie Eliza auflachte, und dann sagte Simon etwas, was ich aber nicht begriff, weil ich vollauf damit beschäftigt war, meine Fassung zurückzugewinnen, damit niemand erriet, was in mir vorging. Zwei Minuten später war Luke bei uns, doch außer einigen kurzen, allgemeinen Grußworten sagte er nichts, bis wir uns von den Leuten etwas entfernt hatten, die am oberen Ende der Gangway zusammengeströmt waren und eine ruhige Ecke an Deck erreichten.

»Ich bin zwei Tage nach Ihnen auf einem Frachter abgedampft«, sagte er ohne Einleitung. »Aber wir fuhren direkt nach Freetown, so daß ich vor Ihnen ankam.«

Markie bemerkte: »Das ist eine angenehme Überraschung für uns alle, Mr. Bowman, aber ich denke, Sie müssen einen sehr triftigen Grund dafür haben, daß Sie uns nachgereist sind.«

Luke nickte. »Nachdem ich Meg durch meine eigene Dummheit und Leichtgläubigkeit in Gefahr gebracht hatte, beschloß ich, mich persönlich um Adrian Webb zu kümmern. Ich erfuhr, daß er nach Amerika abgereist sei, was Ihnen zweifellos mitgeteilt wurde, aber ich gab mich nicht damit zufrieden. Er fuhr auf der *Bostonian* und hatte die Passage bis New York gebucht, aber ich zog Erkundigungen bei der Reederei ein und stellte fest, daß er schon in Cherbourg, der ersten Zwischenstation, von Bord gegangen war.«

Niemand sagte etwas. Markie nahm seine dunkle Brille ab, kniff die Augen wegen der grellen Sonne zusammen und fing an, die Gläser mit einem seidenen Taschentuch zu putzen. »Ich habe keine Zweifel, daß Sie versucht haben, Webbs Spuren zu verfolgen, nachdem er von Bord gegangen ist«, sagte er.

»Ich habe einen Mann zu diesem Zweck hingeschickt«, antwortete Luke. »Ich konnte nicht selbst fahren, weil Sie bereits fort waren und ich ein Schiff finden mußte, das mich vor Ihnen hierherbringen würde. Ich veranlaßte jedoch, daß mein Mittelsmann mir telegraphieren würde, und als ich ankam, fand ich ein Telegramm mit der Mitteilung vor, daß Webb wie vom Erdboden verschwunden zu sein scheint. Es gibt keine Spur von ihm, seit er in Cherbourg an Land gegangen ist.«

Eliza sagte: »Sie haben schon länger Zeit gehabt, darüber nachzudenken, als wir. Was führt er Ihrer Ansicht nach im Schilde?«

Luke schüttelte besorgt den Kopf. »Ich denke, es gibt zwei Möglichkeiten. Er könnte zu dem Schluß gekommen sein, daß es kein Mittel für ihn gibt, Meg aus dem Weg zu räumen, und ist deshalb einfach untergetaucht, nachdem er sich noch möglichst viel Geld von dem Erbe angeeignet hat. Aber ich glaube eigentlich nicht, daß Webb ein Mann ist, der so leicht aufgibt. Er bat enormes Vertrauen in seine eigene Gewitztheit und Tüchtigkeit. Ich glaube, er weiß, daß Meg mit Ihnen zur Kapkolonie fährt, und vermutlich ist er mit der Absicht vorausgefahren, eine Gelegenheit zu suchen, Meg zu beseitigen, wahrscheinlich diesmal mit eigener Hand. Er weiß, daß Meg nun beschützt wird, und wird sich deshalb nicht mehr darauf verlassen, daß ihm eine bezahlte Kreatur diese schmutzige Arbeit abnimmt.«

Simon sagte ruhig: »Eliza hatte das gleiche Gefühl, aber rein aus Instinkt. Sie haben es nun auch logisch dargelegt.« Er blickte zu Markie. »Fahren wir also weiter, oder sollen Eliza und ich mit Meg nach England zurückkehren?«

Luke und ich fingen im selben Augenblick zu sprechen an, aber er hielt inne und gab mir ein Zeichen, fortzufahren. Ich sagte: »Wenn ich umkehre, wird Adrian Webb früher oder später das gleiche tun, aber wir können nicht wissen, wann das sein wird und wie er zuschlagen will. Mir wäre es viel lieber, wenn es jetzt zu einer Entscheidung käme. Bitte, Markie, laß uns zum Kap fahren. Simon und Eliza sorgen für meinen Schutz, und sobald Adrian Webb sich rührt, lassen sie ihn dingfest machen. Dann ist es ausgestanden, und wir haben endlich einen Beweis in der Hand.«

Ich sah, wie Markie auf Simon blickte, der ihm mit einem kurzen Nicken antwortete. Dann sah er Luke an. »Mr. Bowman?«

»Meg hat genau das gesagt, was ich selbst eben äußern wollte. Wenn Sie erlauben, daß ich meinen Entschluß ändere und Sie zum Kap begleite, Mr. Lafayette?«

Markie setzte seine dunkle Brille wieder auf und lächelte.

»Mit dem größten Vergnügen«, sagte er.

Ich fühlte mich zwischen Freude und Besorgnis hin und her gerissen. Luke nahe bei mir zu wissen war herrlich, würde mir aber auch mit Sicherheit Schmerz und Kummer bringen, und so war es wahrscheinlich sehr töricht von mir, dachte ich, daß ich mich so sehr auf die kommenden Tage freute.

15

ICH LIEBTE DIE *Caragh.* Sie war ein entzückendes kleines Schiff, und wenn ich sie meiner Freundin Nicole in Clairmont hätte beschreiben sollen, hätte ich gesagt, daß sie *très mignonne* sei. Ein Schatz.

Wir wurden Kapitän Lester, seinen fünf Offizieren sowie drei Männern aus der Besatzung vorgestellt, die uns während der Fahrt als Stewards und Kellner dienen sollten. Kapitän Lester hatte zwei einheimische Mädchen als Zofen für Eliza und mich angeheuert, aber sie waren entgegen ihrer Zusage einfach nicht am Kai erschienen. Diese Art von Unzuverlässigkeit sei in afrikanischen Häfen an der Tagesordnung, teilte Kapitän Lester uns bedauernd mit, und Markie konnte der Entschuldigungen nicht genug tun, aber Eliza und ich meinten, daß wir uns lieber selbst helfen würden und froh seien, uns nicht mit unerfahrenen Zofen herumplagen zu müssen.

Als ich in meiner kleinen Kabine ausgepackt hatte, ging ich an Deck, um zu sehen, was los war, denn ich wurde nie müde, das bunte Treiben auf einem Kai oder im Becken eines so großen Hafens wie Freetown zu beobachten. Simon stand an der Reling, und er begrüßte mich mit einem Lächeln und nickte dann zum Kai hinunter. »Sehen Sie sich das Paar dort an«, sagte er. »Wenn Markie den Burschen da unten sieht, braucht er sich nicht mehr um sein Aussehen zu sorgen.«

Ich trat neben ihn. Einige Männer stapelten gerade die letzten Vorräte auf, die in den hinteren Laderaum geladen werden sollten, und zwei Mitglieder der Besatzung schienen sich neben dem Stapel zu streiten. Der eine war ein winziger ostindischer Matrose, ein Laskar, der Sandalen, ein dunkelblaues Hemd, ausgefranste Hosen, die nur bis zu seinen Knien reichten, und eine nach hinten geschobene Mütze trug. Der andere war groß und schwerfällig und trug ein graues Hemd und Kattunhosen. Er hatte ein braunes Gesicht wie ein Araber und einen ungepflegten, vielleicht fünf Zentimeter langen Bart, der sichelförmig von einem Ohr zum anderen reichte, aber sein Schädel war ganz kahl, und über einem Auge trug er eine schwarze Binde.

Der Laskar schien dem anderen Anweisungen über eine der Kisten zuzurufen, aber der große Mann glotzte ihn verdutzt und verständnislos an. Der Inder hob mit einer verzweifelten Geste den Kopf, und ich sah ein ausgemergeltes dunkles Gesicht mit Tätowierungen auf den Wangen. Unsere Blicke begegneten sich, und ich spürte, wie mich ungeachtet der Hitze ein Frösteln wie von einer dunklen und bedrohlichen Vorahnung durchlief. Einen Moment lang verschwamm alles vor meinen Augen, und ich witterte Tod. Dann hörte ich Simons Stimme, der kleine Laskar überschüttete seinen Kameraden mit neuen Ermahnungen, und alles war wieder vollkommen normal. Ich hatte so etwas noch nie erlebt und ärgerte mich, einer abstrusen Regung zum Opfer gefallen zu sein.

»Entschuldigung. Was haben Sie gesagt, Simon?« fragte ich.

Er lachte. »Sie haben wohl eben geträumt, Meg. Ich sagte nur, daß der große Bärtige ein bißchen begriffsstutzig zu sein scheint, der arme Teufel. Er macht fortwährend Zeichen, redet aber kaum. Warum er sich wohl diesen exotischen Anstrich gibt, indem er seinen Schädel rasiert? Mit diesem Bart sieht er aus, als säße sein Kopf verkehrt herum auf dem Rumpf.«

Hinter uns sagte eine Stimme: »Denselben Eindruck hatten auch die Leute unter Deck.« Wir drehten uns um und sahen Mr. Sullivan, den Ersten Offizier. Er bewegte die Hand zum Schirm seiner Mütze, um mich zu begrüßen, und fuhr fort: »Sie sind fast alle Inder und sprechen nur gebrochen Englisch, und sie haben ihm den Spitznamen Kinn-oben gegeben – ich nehme an, genau aus dem Grund, den sie eben nannten.«

»Er ist aber doch bestimmt kein Matrose aus Indien?« fragte Simon.

»Nein. Aus den Papieren, die er von seiner letzten Heuer mitbrachte, geht hervor, daß er Portugiese ist. Der kleine Bursche ist ein Laskar, aus Java, glaube ich. Wir können von Glück sagen, daß wir sie bekommen haben.«

Simon zog eine Augenbraue hoch. »Von Glück?«

»Zwei Laskaren haben das Schiff verlassen, als wir hier lagen, Sir. Und der Algerier, der unserem Smutje in der Kombüse half, ist spurlos verschwunden. Wahrscheinlich haben sie alle auf einem anderen Schiff angemustert, jedenfalls mußten wir Ersatz für sie finden. Der Kapitän war schon ganz aufgebracht, als die beiden Zofen für Ihre Damen nicht gekommen sind. Piroo, das ist der Kleine da unten, ist Schiffszimmermann.« Er lächelte. »Sie werden immer noch so bezeichnet, obwohl Schiffe heute hauptsächlich aus Stahl sind. Kinn-oben ersetzt den Kombüsenhelfer und muß bei allen möglichen anfallenden Arbeiten helfen. Wir müssen uns durch Zeichen mit ihm verständigen, weil auf dem Schiff sonst niemand Portugiesisch spricht.«

Mr. Sullivan zog seine Uhr und warf einen Blick darauf. »Piroo scheint Verständigungsprobleme zu haben, ich gehe also mal lieber hinunter und sehe nach dem Rechten.« Er lächelte und salutierte wieder, um sich dann zur Gangway zu wenden. Ich beobachtete Piroo, wie er versuchte, seinem begriffsstutzigen Kameraden etwas mitzuteilen, und merkte, wie ich die Ohren spitzte und die Nasenflügel blähte, als versuchten meine Sinne krampfhaft, die Quelle der merkwürdigen Gefühlsvermittlung auszumachen, die eine Weile zuvor vom Kai zu mir gedrungen war. Sie wiederholte sich jedoch nicht, und als Mr. Sullivan unten erschien, kam ich zu dem Schluß, daß ich einfach einen jener verrückten Augenblicke erlebt hatte, in denen, wie man so trefflich sagt, der Todesengel an einem vorbei schwebt.

Die See war aufgewühlt, und kurz nachdem wir von Freetown ausgelaufen waren, gerieten wir in einen Sturm, doch obwohl das schwerfällige Stampfen und Schlingern des großen Dampfers im Golf von Biskaya mich seekrank gemacht hatte, machten mir die schnellen Bewegungen der kleinen *Caragh* nun beinahe Spaß, und die rauhe See konnte mir nichts anhaben. Es herrschte eine frohe Stimmung an Bord, sicher nicht zuletzt deshalb, weil alle meine Freunde sich bewußt waren, daß ich im Augenblick vor Adrian Webb sicher war und daß wir die nächsten zwölf Tage bis zu unserer Ankunft in Kapstadt nicht auf der Hut zu sein brauchten.

Wie ich erwartet hatte, freute ich mich, in Lukes Nähe zu sein, aber die Sehnsucht in mir trieb mir manchmal Tränen in die Augen, zumal er in Elizas Gesellschaft viel unbeschwerter und glücklicher zu sein schien als in meiner. Manchmal beneidete ich sie so heftig, daß ich sie beinahe haßte, aber ich mußte einräumen, daß sie ihre Netze entgegen Simons Andeutung nicht nach ihm auszuwerfen schien. Es war wohl eher so, daß Luke ihre Gesellschaft suchte, um die meine zu meiden.

In unserer vierten Nacht auf See lag ich in meiner Kabine und fragte mich, ob ich nicht eine große Närrin sei. Rosemary hatte mich angefleht, ihr ein Versprechen zu geben, das zu halten mir bisher unmöglich gewesen war. Konnte ich jetzt zu Luke gehen und ihm sagen, daß sie mich gebeten hatte, ihn zu heiraten und für ihn zu sorgen? So in etwa: »Luke, ich möchte das Versprechen halten, weil ich dich von ganzem Herzen liebe. Ich rechne damit, daß wir uns manchmal streiten werden, wie wir es früher getan haben, aber es war nicht sehr oft und hat nie lange gedauert. Wir waren immer gute Freunde und haben frohgemut zusammen gearbeitet, und ich werde dir eine liebende und aufopfernde Ehefrau sein . . .« Ich sagte diese Worte stumm vor mich hin und krümmte mich dabei vor Scham, wohl wissend, daß ich niemals den Mut finden würde, meinen Gefühlen so offen Ausdruck zu geben.

Am nächsten Morgen stellte ich fest, daß mein Türschloß nicht mehr richtig funktionierte. Offenbar war innen eine Feder gebrochen, und der Riegel wollte sich nicht bewegen. Ich teilte es Mr. Sullivan beim Frühstück mit, und er sagte, er würde dafür sorgen, daß es in Ordnung gebracht werde. Als ich später am Morgen zu meiner Kabine ging, um mir ein Buch zu holen, sah ich Piroo, den kleinen Laskar, mit einer Werkzeugtasche vor der Tür knien und an dem abmontierten Schloß arbeiten.

Er trug wieder seine Mütze, und nun berührte er sie höflich mit einem Finger und sagte: »Morgen, Missy. Ich mach' Schloß wieder ganz.«

Ich dankte ihm und ging hinein, um das Buch zu holen, wobei ich registrierte, daß sein Geruch zwar sehr stark war, aber nichts Böses hatte, und ich empfand nicht jene instinktive Unruhe, die mich bei seinem ersten Anblick überkommen hatte. Als ich im Begriff war zu gehen, hatte ich plötzlich einen Einfall und hielt inne. Später wurde mir klar, daß es kein Einfall war, auf den ich stolz sein konnte, denn er entsprang einzig und allein dem Wunsch, mich hervorzutun, Lukes Aufmerksamkeit zu erregen und ihn vielleicht an eine Zeit zu erinnern, in der wir uns sehr nahe gewesen waren und jeder das Leben des anderen in der Hand gehabt hatte, doch in diesem Augenblick war ich mir dessen nicht bewußt. Ich machte mir einfach vor, daß die Sache, die mir vorschwebte, meinen Freunden zur Zerstreuung dienen könnte.

»Du bist doch Piroo?« fragte ich den Laskar.

Er blickte überrascht und ein bißchen geschmeichelt hoch. »Ja, Missy. Piroo. Schiffszimmermann.«

Ich sagte langsam und deutlich: »Hast du Holzstücke in deiner Werkstatt?«

»Holzstücke?« Er nickte eifrig. »Ja, Missy. Viele Stükke.«

»Dürfte ich sehen, was du alles hast? Ich möchte, daß du etwas für mich machst.«

Er strahlte. »Ich machen. Piroo sehr guter Zimmermann.« Er hielt seinen Schraubenzieher wie einen Bleistift und bewegte ihn, als zeichne er. »Sie machen Bild von Ding, ich machen aus Holz.«

»Sehr gut, Piroo. Danke. Ich werde den Kapitän um Erlaubnis bitten.«

Piroos Werkstatt war kaum mehr als ein großer Schrank ganz unten im Schiff, aber er hatte auf dem unteren Achterdeck eine Werkstatt aufgestellt, wo er tagsüber arbeiten konnte. Als er mir seinen Holzvorrat zeigte, sah ich sofort ein Stück, das sich ideal für meine Zwecke eignete, ein abgebrochenes Ruder mit intaktem Blatt, das leicht in sich gekrümmt war. Am Nachmittag stand ich dann über eine Stunde an Piroos Werkbank, während er nach meinen Anweisungen mit Säge und Speichenhobel arbeitete und in sehr kurzer Zeit etwas schaffte, wozu Yuma oder irgendein Angehöriger meines Stammes mehrere Tage gebraucht hätte.

Markie und seine Gäste wollten wissen, was ich mir da zimmern ließ, aber ich verbannte sie alle vom unteren Deck und weigerte mich, ihre Fragen zu beantworten, bis das Objekt fertig war und ich einen großartigen Bumerang in der Hand hielt, der so groß war wie ein Kampfbumerang, gleichzeitig aber so hervorragend ausbalanciert, daß ich ganz sicher war, mit ihm all die Kunststücke ausführen zu können, die ich als Kind mit meinem Kehr-wieder-*kali* gemacht hatte. Die beiden Enden des Blattes waren genau nach meinen Instruktionen von der Mitte aus in entgegengesetzter Richtung in sich gekrümmt, um dem Bumerang jene wichtige Eigenschaft zu geben, die meine Stammesgenossen immer für magische Kräfte gehalten hatten.

Piroo war ganz perplex, denn er hatte keine Ahnung, was er da gehobelt hatte, und nachdem ich den Kapitän um Erlaubnis gebeten hatte, forderte ich ihn auf, zu uns auf das Oberdeck zu kommen, damit er sehen konnte, was ich mit dem merkwürdigen Ding machte. Als ich mit dem Bumerang vor meine Freunde trat, war das Rätsel gelöst. Markie lachte in sich hinein und nahm seine Brille ab. Eliza stieß einen überraschten Ausruf aus. Simon wollte den Bumerang sofort näher in Augenschein nehmen, während Luke lachte und sagte: »Von einem fahrenden Schiff aus? Du mußt noch besser sein, als ich es in Erinnerung habe, Rotschopf.«

Ich wurde bei seinen Worten von jäher Panik ergriffen,

denn ich begriff erst jetzt, daß ich einen kläglichen Versuch machte, mit einer nutzlosen Fertigkeit zu prahlen, und wie eine dumme Gans dastehen würde, falls ich nicht präzise genug war und der Bumerang irgendwo in den Wellen landete. Doch als ich ihn mir von Simon zurückgeben ließ, schwand meine Furcht, denn ich konnte spüren, daß es eine perfekte und ausgewogene Waffe war, die mir gehorchen würde.

Kapitän Lester und Mr. Sullivan schauten von der Brücke aus mit unverhohlener Neugier zu, und ich bat darum, eine Persenning bringen zu lassen und mittschiffs kurz vor dem Salon an einer Leine aufzuhängen. Als das getan war, stand ich eine Weile regungslos da, um den Wind zu prüfen, die Geschwindigkeit des Schiffs abzuschätzen und den Bumerang in meiner Hand zu wiegen, bis er sich wie ein Teil meiner selbst anfühlte. Dann holte ich weit aus und warf. Die gebogene Waffe sauste an Backbord nach vorn, drehte sich zunächst in der Senkrechten, bis sie sich dann, vor der *Caragh* in einem eleganten Bogen nach Steuerbord abschwenkend, waagerecht legte, in der Luft innehielt und über dem Steuerbordladebaum zurückkehrte und nur ein oder zwei Fuß über dem Deck die Persenning traf.

Nach kurzem Schweigen ertönten überraschte und staunende Ausrufe. Piroo zirpte aufgeregt in seiner heimischen Zunge, Kapitän Lester rief ein »Nicht zu fassen, Miss Gaynor!« von der Brücke, Luke lächelte übers ganze Gesicht und zwinkerte mir zu, Simon und Markie applaudierten, und ich wurde plötzlich verlegen und kam mir sehr töricht vor. Dazu bestand aber kein Grund, denn in der nun folgenden Stunde führte ich meine Fertigkeit noch ein dutzendmal vor, und da meine Vertrautheit mit dem Bumerang spürbar wuchs, konnte ich ihn bald so werfen, daß er am Zenit seiner Flugbahn einen Kreis beschrieb – manchmal sogar zwei ganze Kreise –, ehe er zurückkehrte.

Als ich schließlich aufhörte, zog Simon den kleinen Zimmermann zur Werkbank, damit er einen zweiten Bumerang machte, und bemerkte dabei, er werde nicht eher ruhen, bis er es selbst probiert habe. Eliza und Markie begannen eine Partie Schach, und Luke setzte sich mit mir auf eine Schaukelbank, die unter einem Sonnensegel aufgehängt war.

»Das hat mich um ein paar Jahre in die Vergangenheit versetzt, Mitji«, sagte er.

Ich nickte, während ich mir noch winzige Schweißperlen von der Stirn wischte, und meinte: »Ich war allerdings nicht richtig dafür angezogen.« Bei diesen Worten mußte ich plötzlich an etwas denken und lachte trotz des scharfen Stichs, den diese Erinnerung auslöste. »Oh, Luke, wir hatten unseren ersten Streit, noch bevor einer von uns auch nur ein Wort von dem verstehen konnte, was der andere sagte. Es war schon zwei Tage, nachdem ich dich gefunden hatte, und du wolltest, daß ich eines von deinen Hemden anzog. Weißt du noch?«

Sein Gesichtsausdruck änderte sich, und er blickte stirnrunzelnd auf das Deck. »Ich denke nicht an Vergangenes«, sagte er abweisend.

Ich war verwirrt. »Aber du hast doch gerade eben gesagt, es hätte dich um ein paar Jahre zurückversetzt, als ich den Bumerang . . .« Ich verstummte. »Oh, du meinst wegen Rosemary. Entschuldige bitte, Luke.«

»Schon gut.« Wie von einer jähen Unruhe gepackt, stand er auf und ging zu Markie und Eliza, um die Partie zu beobachten, während ich mit einem Lächeln auf dem Gesicht dasaß und mich fragte, was wohl besser wäre – mich in meiner Kabine einzuschließen und zu weinen oder aber die Zähne zusammenzubeißen und so zu tun, als tupfe ich mir weiterhin die Stirn ab, obwohl ich in Wahrheit die aufkommenden Tränen zurückdrängte, die meine Wangen zu benetzen drohten.

Als ich am Nachmittag den anderen Bumerang ausprobiert und Simon, so gut es ging, im Umgang damit unterwiesen hatte, warf er ihn über die Reling und sah untröstlich zu, wie der Bumerang einen halbherzigen Bogen machte, bevor er ins Meer plumpste und von den Wellen fortgetragen wurde, was bei den Zuschauern, besonders aber bei Eliza, geheuchelte Mitleidsbekundungen und ungeheuchelte Schadenfreude hervorrief.

Kapitän Lester sprach beim Dinner über meine Geschicklichkeit im Umgang mit der exotischen Waffe und stellte Markie dabei Fragen, die eine nähere Erklärung zu verlangen schienen, aber Markies kurze Antworten befriedigten Lesters Neugier keineswegs, und er war zu höflich, um zu insistieren. Am nächsten Tag gab ich Piroo den Bumerang zurück, da ich ihn nicht mehr benutzen wollte. Ich hatte das Gefühl, Luke irgendwie geärgert zu haben, indem ich ihn an die Vergangenheit erinnerte, und es war mir ein Rätsel, warum er so ungewöhnlich freundlich zu mir gewesen war, bis ich dann von dem Augenblick im Busch gesprochen hatte, als er mich dazu bewegen wollte, ein Hemd anzuziehen.

Zwei Tage darauf hatte ich einen wahrhaft beängstigenden Alptraum. Ich ging durch das Felslabyrinth, das mein Stamm den Ort-der-zu-vielen-Wege genannt hatte, und legte mich in eine Sandmulde, um ein wenig zu schlafen. Ein Geräusch schreckte mich auf, ich öffnete die Augen und sah unmittelbar vor mir ein scheußliches Geschöpf stehen, ein menschenähnliches Wesen, das mitten auf der Stirn ein einziges Auge hatte, so wie die menschenfressenden einäugigen Riesen namens Zyklopen, die ich aus der griechischen Sage kannte.

Ich versuchte, aufzustehen und fortzulaufen, aber meine Gliedmaßen wollten mir nicht gehorchen. Ich versuchte zu schreien, aber meine Kiefer bewegten sich nicht, und ich blieb stumm. Zu meinem namenlosen Entsetzen hob das Geschöpf mich hoch, drehte sich um und stapfte fort, während ich schlaff und hilflos in seinen Armen hing. Der Geruch, den es verströmte, war so bedrohlich, daß ich von einem Grausen übermannt wurde, doch mein Körper weigerte sich immer noch, den verzweifelten Befehlen meiner Sinne zu gehorchen. Dann kam ein Gefühl, als ob ich fiele, denn das Geschöpf schien zu taumeln, und während ich fiel, verschwamm der Traum vor meinen Augen zu einer schwer greifbaren Realität, und mir wurde undeutlich bewußt, daß ich an irgendeinem Vorbau auf dem Deck der *Caragh* lag und beim Aufprall einen Arm und einen Oberschenkel aufgeschrammt hatte. Irgendwo ganz in der Nähe stieß jemand einen Ruf aus, aber ich wußte immer noch nicht zweifelsfrei, ob ich wachte oder schlief, während ich mühsam aufstand, denn meine Glieder waren weiterhin bleiern und kraftlos, und als ich zu rufen versuchte, entrang sich meiner Kehle nur ein heiseres Flüstern.

Im nächsten Moment kniete ein Mann neben mir und sagte besorgt: »Miss Gaynor! Miss Gaynor, ist alles in Ordnung?« Ich erkannte die Konturen ringsum deutlicher, und als ich dann begriff, daß ich in das Gesicht Mr. Barrys, des Zweiten Offiziers, aufblickte, brach ich in ein erleichtertes Schluchzen aus. Er stellte keine weiteren Fragen, sondern zog sein Jackett aus, legte es mir um die Schultern und versuchte, mir beim Aufstehen zu helfen, aber meine Beine weigerten sich, mich zu tragen, so daß er mich mit einer gemurmelten Entschuldigung hochhob.

Nun wurde mir bewußt, daß es mitten in der Nacht war, daß ich nur mein Nachthemd trug und daß Mr. Barry der wachhabende Offizier sein mußte. Ich hörte, wie er dem

Rudergänger auf der Brücke zurief: »Kurs halten«, und dann versank erneut alles rings um mich her, und als ich wieder zu mir kam, lag ich in meiner Kabine auf dem Bett, und Simon beugte sich über mich, während Eliza dicht neben ihm stand. Beide trugen einen Morgenmantel. Ich flüsterte mühsam:

»Was ist geschehen?«

Eliza nahm meine Hand und sagte: »Wir glauben, daß Sie im Schlaf aufgestanden und an Deck gegangen sind, Liebes. Der Offizier auf der Brücke hörte ein Geräusch und fand Sie dort neben der Haupttür zu den Kabinen liegen.«

»Ich . . . ich hatte einen Alptraum«, krächzte ich und erschauerte vor Übelkeit, denn der Geruch des scheußlichen Geschöpfs schien noch jetzt, da ich wach war, in meiner Nase zu hängen.

Lukes Stimme sagte: »Ist sie verletzt, Simon?« Dann konnte ich wieder klarer sehen und erblickte Luke und Markie, ebenfalls in Morgenmänteln, in der Kabinentür.

Simon beugte sich erneut über mich, schob mit dem Daumen behutsam eines meiner Lider zurück und spähte in mein Auge. »Wahrscheinlich nur ein paar blaue Flekke«, sagte er abwesend. »Eliza kann sie begutachten, wenn wir in sicherer Entfernung sind, aber . . .«

Nach einem kurzen Schweigen sagte Markie: »Aber was?«

Simon richtete sich auf. »Haben Sie in den letzten Stunden irgend etwas anderes gegessen oder getrunken als wir, Meg?«

Dankbar, daß mir ein wenig von meiner Kraft zurückzukehren schien, schüttelte ich den Kopf. »Nein . . . ich glaube nicht.«

»Haben Sie seit dem Dinner überhaupt noch etwas gegessen oder getrunken?«

»Nein. Nur ein Glas Wasser aus der Karaffe dort, bevor ich ins Bett ging.«

Er nahm die Karaffe, auf deren Hals das umgedrehte Glas steckte. »Sie ist leer. Haben Sie alles ausgetrunken?«

»Ich . . . ich glaube nicht. Ich fühle mich so sonderbar. Alles ist so verschwommen.«

Simon lehnte sich seufzend an die Kabinenwand und blickte zu Luke und Markie hinüber. »Ich habe als junger Mann ein Jahr Medizin studiert, bevor sie mich aus der Universität rausgeworfen haben«, sagte er. »Dabei erwarb ich einige Anfangskenntnisse, aber man braucht sie kaum, um zu sehen, daß Meg anders ist als sonst. Sie sind eine Menge in der Welt herumgekommen, Luke. Sehen Sie sich ihre Pupillen an. Ich wette, daß Sie in Hongkong Opiumraucher mit den gleichen Augen gesehen haben.«

Luke trat vor und beugte sich nach unten, um meine Augen zu betrachten. Ich zwang mich zu lächeln und sagte: »Es tut mir leid, daß ich euch alle aus dem Schlaf gerissen habe. Ich erhole mich schon bald wieder.«

Er richtete sich auf und sagte: »Sie meinen, sie sei betäubt worden? Wie zum Teufel konnte das geschehen? Wollen Sie sagen, daß es einer von *uns* getan hat?«

Simon machte eine ungeduldige Geste. »Natürlich nicht. Fangen wir um Gottes willen nicht an, uns gegenseitig zu verdächtigen. Ich sehe offen gesagt nicht, wie es überhaupt irgend jemand getan haben könnte. Vielleicht war das Wasser in der Karaffe verunreinigt, und Meg hat sich nur den Magen verdorben. Oder es gibt irgendwo eine undichte Stelle in der Kabine, und aus dem Maschinenraum dringen giftige, aber geruchlose Dämpfe hinein. Ich weiß es nicht.« Er machte eine ratlose Handbewegung.

Luke fuhr sich durchs Haar. »Für Meg gibt es nichts, was geruchlos wäre«, sagte er zweifelnd.

Eliza erklärte streng: »Nun, ich danke Ihnen, meine

Herren. Wenn Sie jetzt die Freundlichkeit hätten, uns allein zu lassen? Ich werde Meg ein wenig untersuchen, um zu sehen, ob sie irgendwelche Quetschungen oder Kratzer hat, und dann bringe ich sie für den Rest der Nacht in meine Kabine, bis wir sicher sein können, daß es hier keine Dämpfe gibt. Simon, du wartest draußen auf dem Gang, bis ich rufe, und dann kannst du die Matratze und das Bettzeug in meine Kabine bringen. Ich werde auch auf dem Fußboden sehr gut schlafen.«

Ich versuchte zu protestieren, doch in meinem geschwächten Zustand war ich Eliza nicht gewachsen, und nachdem sie meine Schrammen großzügig mit Arnika aus dem kleinen Medizinkoffer, den sie auf Reisen mit sich führte, betupft hatte, lag ich schon zehn Minuten später in ihrem Bett. Sie deckte mich zu, streichelte mir die Stirn, gab mir einen Gutenachtkuß, löschte dann das Licht und legte sich auf das Lager, das sie neben dem Bett auf dem Fußboden bereitet hatte. Ihre Fürsorge rührte mich zutiefst, und ich sagte: »Danke, Eliza. Du bist so gut zu mir.«

»Nur bis zu einem gewissen Punkt«, antwortete sie munter. »Ab morgen werden wir abwechselnd auf dem Fußboden schlafen, denn ich dulde auf keinen Fall, daß du die Nacht wieder allein verbringst.« Ehe mein träge arbeitender Verstand eine Frage formulieren konnte, fuhr sie fort: »Meg, du hast in deinen jungen Jahren sehr scharfe Sinne und einen guten Instinkt entwickeln müssen. Lassen wir den Anschein einmal beiseite . . . Gibt es unter uns jemanden, bei dem dir . . . nun ja, unbehaglich ist? Dem du vielleicht nicht ganz traust? Ich meine wirklich *unter uns*. Markie oder Luke, Simon oder . . . ich?«

Ich versuchte, meinem Instinkt zu lauschen, und sagte nach einigen Sekunden: »Ich traue euch allen, Eliza.«

Ich hörte, wie sie im Dunkeln seufzte. »Vielleicht funktioniert dein Instinkt bei zivilisierten Menschen nicht so gut«, sagte sie. »Immerhin hast du Adrian Webb auch getraut. Ich hoffe, du hast diesmal recht, Meg.«

Als ich am nächsten Morgen aufstand, waren meine Pupillen wieder normal, und ich fühlte mich, besonders nachdem ich gefrühstückt hatte und eine halbe Stunde an Deck spazierengegangen war, wieder einigermaßen wohl, doch ich war erst am Abend wieder ganz die alte. Mr. Barry hatte Kapitän Lester über den Vorfall unterrichtet, und alle an Bord stellten Vermutungen darüber an, ob verunreinigtes Wasser tatsächlich dafür verantwortlich sein konnte, daß ich einen Alptraum gehabt hatte, im Schlaf an Deck gegangen und nicht mehr Herr meines eigenen Körpers gewesen war. Der Erste Ingenieur versicherte uns, daß seine Maschinen keine giftigen Dämpfe erzeugten und daß ohnehin keinerlei Dämpfe vom Maschinenraum in die Kabinen gelangen könnten. Nach einer Weile wurden mir die endlosen Diskussionen peinlich, und ich bat eindringlich darum, das Thema fallenzulassen.

Als wir am nächsten Abend eine Stunde nach Beginn der Dämmerung im Speisesaal saßen und das Dinner beendeten, brach das Unheil über uns herein. Für die meisten von uns nahte es so leise, daß wir uns keiner Unregelmäßigkeit bewußt waren. Ein kaum merkliches Beben, das nur einen kurzen Moment dauerte, lief durch die *Caragh*, und dann fuhren wir wieder so glatt dahin wie zuvor, aber Kapitän Lester war sofort aufgesprungen und eilte, eine Entschuldigung murmelnd, hinaus. Sekunden später hörte ich eine laute Alarmglocke, Rufe und Fußgetrappel.

Wir wechselten Blicke und erhoben uns von unseren Stühlen, als Mr. Barry mit totenblassem Gesicht den Raum betrat. »Wir sind auf ein unbekanntes Objekt aufgelaufen, das den Rumpf beschädigt hat«, sagte er. »Wir kennen das Ausmaß des Schadens noch nicht, aber Kapitän Lester hat vorsichtshalber Anweisung gegeben, daß alle Passagiere schnell in ihre Kabinen gehen und warme Kleidung anlegen sollen. Kommen Sie dann bitte zu den Rettungsbooten mittschiffs an Backbord, und legen Sie Rettungswesten an.«

Zunächst konnte ich einfach nicht glauben, daß wir in Gefahr waren, aber dann traf mich die eisige Wirklichkeit, und mir wurde bewußt, daß dieses winzige schwimmende Heim, das ich als sicheren Hort betrachtete, nichts weiter war als eine Nußschale, eine beschädigte Nußschale auf dem unermeßlichen und gleichgültigen Ozean. Wir schwammen viele Meilen vom Festland entfernt im Atlantik, und wenn die *Caragh* sank, würden wir in einem zerbrechlichen Rettungsboot dahintreiben und nur noch beten können, daß uns jemand fand, ehe uns ein langsamer Tod einholte. Dieser Erkenntnis folgte eine weitere, ebenso grausige – daß ich in den acht Tagen, seit wir von Freetown ausgelaufen waren, kein Zeichen von einem anderen Schiff gesehen hatte.

Furcht durchschnitt mein Herz wie ein Messer, und ich wagte nicht zu sprechen, weil ich wußte, daß meine Zähne klappern würden. Als ich mich umblickte, sah ich nur die unbewegten Gesichter von Menschen, die sich bemühten, einen entsetzlichen Schock zu verkraften, und hoffte, daß auch mein Gesicht die Furcht verbergen möge, die mich beherrschte. Dann sagte Markie gelassen: »Laßt uns tun, was der Kapitän angeordnet hat. Die Damen können eine Handtasche mitnehmen, mehr nicht. Proviant und Wasser werden wichtiger sein als alles andere, falls es zum Schlimmsten kommen sollte.«

Es war so gut wie dunkel, als wir uns wenige Minuten später an Deck versammelten, aber inzwischen hatte ich wenigstens meine Angst unter Kontrolle, vielleicht nur deshalb, weil mir wieder alles ringsum unwirklich vorkam.

Markie hatte mir den Arm um die Schultern gelegt, und wir spähten in das Dunkel und sprachen kaum, versuchten abzuschätzen, ob die *Caragh* jetzt, wo sie kaum noch Fahrt machte, tiefer im Wasser lag als sonst, und versuchten, die Rufe ringsum zu deuten und die Stimme des Kapitäns zu verstehen, der auf der Brücke stand und durch das Sprechrohr etwas in den Maschinenraum hinunter rief.

Dann kippte das Schiff urplötzlich nach Backbord, und wir klammerten uns an die Reling und die Pfosten, um nicht das Gleichgewicht zu verlieren. Befehle wurden gebrüllt, und britische und indische Matrosen näherten sich im Laufschritt, um die Rettungsboote aus den Davits zu schwingen. Mr. Sullivan erschien mit einer Petroleumlampe in der Hand und wandte sich an Markie. »Sie ist verloren, Mr. Lafayette«, sagte er grimmig. »Der ganze Bauch ist aufgeschlitzt, und der Erste Ingenieur sagt, daß sie in den nächsten paar Minuten absaufen wird. Bringen Sie Ihre Gäste bitte schnell ins Rettungsboot, Sir. Ich werde mich Ihnen auf Befehl des Kapitäns zusammen mit Mr. Barry und einigen Seeleuten anschließen. Je eher wir zu Wasser sind, desto schneller können die Männer die übrigen Boote hinunterlassen.«

Markie sagte höflich: »Danke, Mr. Sullivan. Wir werden uns beeilen.« Im nächsten Augenblick wurde ich von Luke hochgehoben und in das neben uns hängende Boot gesetzt. Eliza sprang hinter mir hinein, die Männer folgten, dann kamen Mr. Sullivan, Mr. Barry und mehrere Matrosen, die Mr. Sullivan nacheinander aufrief. Ich sah den kleinen Piroo mit einem langen Segeltuchbeutel über der Schulter an Bord klettern, und dann ließ der große Mann mit dem Spitznamen Kinn-oben mehrere Segeltuchsäcke, die wohl Proviant enthielten, in das Boot fallen, ehe er selbst folgte.

Mr. Sullivan rief: »Zu Wasser!« Die Seilrollen knackten, und das Rettungsboot glitt, aufgrund der Schlagseite der *Caragh* in sicherer Entfernung vom Rumpf, nach unten. Wir trafen mit einem heftigen Ruck auf. Wieder ertönte ein Befehl, die Männer machten die Leinen los, ich sah, wie Ruder hervorgeholt wurden, und hörte das Klatschen, als die Männer sie eintauchten, und wenige Augenblicke später waren wir mit sechs Männern an den Riemen bereits fünfzig Meter von der *Caragh* entfernt, die immer noch ein wenig Fahrt machte.

Mr. Barry zündete am Bug eine Petroleumlampe an. Ich saß zwischen Luke und Markie gegenüber von Simon und Eliza am Heck. Mr. Sullivan hielt zwischen uns die Ruderpinne, und als wir zweihundert Meter vom Schiff entfernt waren, rief er: »Halt!« Die Männer stützten sich auf ihre Riemen, und alle Blicke richteten sich auf die Lichter der *Caragh*. Wir konnten nicht erkennen, was dort geschah, aber die hin und her huschenden Leuchtpunkte einiger Lampen sagten mir, daß die restliche Besatzung sich bemühte, die übrigen Rettungsboote zu Wasser zu bringen. Niemand sprach, als wir zuerst ein kleines Licht und dann zwei Lichtpunkte sahen, die sich langsam von der *Caragh* entfernten. Ein drittes folgte, aber dann hob sich der Bug des kleinen Schiffes mit erschreckender Geschwindigkeit, die Silhouette zeichnete sich einen Augenblick lang am nächtlichen Himmel ab, als ob die *Caragh* an unsichtbaren Seilen hinge, und dann wurde sie von der dunklen See, dem formlosen, unendlich großen Ungeheuer, wie ein Nichts verschlungen.

Es war, als hätte ich den Tod eines lebenden Wesens beobachtet, und ich glaube, wir alle wurden bei diesem Anblick von neuerlichem Entsetzen gepackt. Nun tanzten neben uns drei kleine Lichter auf dem stillen, schwarzen Meer. Mr. Sullivan sagte ruhig: »Wir müssen versuchen zusammenzubleiben.« Er hob die Stimme. »Zu den anderen!«

Die Männer legten sich wieder in die Riemen, aber nach fünf Minuten waren die Lichter der anderen Rettungsboote weiter von uns entfernt als zuvor. Luke machte als erster

Passagier den Mund auf, seit unser Boot zu Wasser gelassen worden war. »Wir können uns mit Ihren Leuten beim Rudern abwechseln, Mr. Sullivan.«

»Danke, Sir.« Mr. Sullivans Stimme wirkte etwas angespannt. »Ich glaube nicht, daß es jetzt schon nötig ist. Wir scheinen in eine Strömung geraten zu sein, die uns von den anderen forttreibt, und sie ist so stark, daß wir nichts dagegen ausrichten können.« Er hob wieder die Stimme und rief: »Halt!« Die Männer an Bord befolgten den Befehl und zogen auf eine weitere Anweisung schwer atmend die Riemen ein.

Der einzige Ruderer, den ich deutlich sehen konnte, war der auf der Ducht am nächsten von mir sitzende Piroo, denn die übrigen waren nur dunkle Schatten vor dem Schein der Lampe am Bug. Zu seinen Füßen lag der lange Segeltuchbeutel, in dem er sein Werkzeug gehabt hatte, als er das Schloß meiner Tür instand setzte, und aus dem einen Ende ragte ein länglicher, leicht gebogener Gegenstand heraus. In einem anderen Augenblick wäre ich überrascht oder belustigt gewesen, daß er den Bumerang seiner Sammlung von Werkzeugen hinzugefügt hatte, doch jetzt war ich viel zu entsetzt, um auf irgend etwas zu reagieren, das nicht mit unserer unmittelbaren Lage zusammenhing.

Markie sagte ruhig: »Wissen Sie, was geschehen ist, Mr. Sullivan?«

»Nicht genau, Sir. Wir haben zweifellos ein Objekt gestreift, das nicht auf der Karte verzeichnet ist. Vielleicht ein Riff. Auf den Karten ist eine vier oder fünf Meilen von der Küste entfernte Untiefe verzeichnet, aber wir waren ein ganzes Stück davon entfernt . . . Es sei denn, wir sind von einer heimtückischen Strömung vom Kurs abgebracht worden.«

Die See war ruhig, die Nacht war sehr still, und Markie brauchte seine schöne sanfte Stimme nicht zu heben, als er sagte: »Wie sind nun unsere Aussichten?«

Mr. Sullivan zögerte, ehe er antwortete. »Ich hoffe, daß

wir die anderen Boote morgen bei Tageslicht erreichen können. Diese Route zum Kap wird von einer ganzen Reihe von Schiffen befahren, und es besteht die Möglichkeit, daß man uns früher oder später sichtet. Zum Glück haben wir reichlich Proviant und Wasser an Bord, so daß wir viele Tage aushalten können, wenn wir sparsam damit umgehen.«

»Danke, Mr. Sullivan. Das ist sehr ermutigend.« Markie senkte die Stimme zu einem Flüstern, das nur wir, die nahe bei ihm saßen, verstehen konnten. »Ich möchte darauf hinweisen, daß wir keine Wrackteile von der *Caragh* gesehen haben. Bedeutet das, daß wir in die Ausläufer einer Strömung geraten sind, die uns von der Stelle entfernt, wo das Schiff gesunken ist? Und von den anderen Booten?«

Mr. Sullivan antwortete ebenso leise: »Jawohl, Sir.«

»Ich verstehe. Sagen Sie uns nun bitte Ihre aufrichtige Meinung, Mr. Sullivan. Meine Gäste und ich wollen uns nicht in falschen Hoffnungen wiegen, das gilt auch für die Damen. Ist es möglich, daß unser Boot am Rand des Benguela-Stroms war und dann hineingezogen wurde?«

»Ich fürchte, ja, Mr. Lafayette.«

»In dem Fall werden wir wahrscheinlich zu einer sehr gefährlichen Küste getragen, wo uns kein Schiff sichten dürfte.«

»Ja, Sir. Aber ich würde die Männer lieber nicht mit dieser Vermutung in Aufregung versetzen, bevor wir unserer Sache absolut sicher sind.«

»Natürlich. Sie können sich in dieser Hinsicht auf meine Gäste verlassen. Aber wenn Ihre Befürchtung sich als zutreffend erweist, wie sind dann unsere Aussichten?«

Mr. Sullivan blickte sich um – zum Himmel, an dem nun Sterne leuchteten, und auf die dunkle See ringsum, wo nun kein Licht mehr zu sehen war. »Wenn meine Befürchtungen zutreffen, dann helfe Gott uns allen, Sir«, sagte er kaum hörbar. »Die Skelettküste trägt ihren Namen nicht zu Unrecht.«

Simon sagte: »Können wir nicht in westlicher Richtung aus der Strömung hinausrudern? Wir sind genug, um vier Riemen mit je zwei Leuten zu bemannen.«

»Alle Ruderer der Welt würden uns nichts nützen, Sir. Dafür bräuchten wir eine Maschine. Und wir wollen auf keinen Fall sinnlos unsere Kräfte vergeuden. Wenn wir uns den Riffen und Felsen der Skelettküste stellen müssen, dann benötigen wir all unsere Energie und eine gute Portion Glück, um lebend an Land zu kommen. Sie wollten die Wahrheit wissen, Mr. Lafayette, und ich muß Ihnen leider sagen, daß wir von Riesenglück sprechen können, wenn auch nur die Hälfte von uns wohlbehalten festen Boden erreichen sollte.«

Ich biß mir auf die Lippe, damit sie nicht bebte, und hörte, wie Eliza sich räusperte. Markie fragte: »Und dann, Mr. Sullivan? Wenn es einigen von uns vielleicht gelingt, Land zu erreichen?« Er bekam keine Antwort. Nach einer halben Minute beharrte er: »Bitte, Mr. Sullivan?«

»Hm . . . Dann, Sir, dann sind sie an der Skelettküste gestrandet«, antwortete Mr. Sullivan langsam und flüsternd. »Und es ist gut möglich, daß sie dann die anderen, die es nicht geschafft haben, sehr bald beneiden werden.«

Lange sprach niemand von uns. Am Bug flüsterten zwei Männer miteinander. Wie um sich zu wappnen, holte Mr. Sullivan tief Luft. »Noch sind wir am Leben«, sagte er laut, »und ich bin sicher, daß wir unser Bestes tun werden, um alle Schwierigkeiten zu überwinden, die vor uns liegen mögen. Ich möchte, daß wir alle Säcke mit Proviant hier zum Heck schaffen, damit wir die Rationierung planen können.« Er hob ein wenig die Stimme. »Mr. Barry! Einen Sack haben wir hier. Lassen Sie die beiden anderen von Kinn-oben nach achtern bringen. Die Passagiere und die übrigen Mitglieder der Besatzung bleiben bitte sitzen.«

Am Bug erklangen unverständliche Wortfetzen, als Mr. Barry dem Portugiesen den Befehl übermittelte, und wenig später kam der Mann mit einem großen Segeltuchsack nach hinten zum Heck. Das schwache Sternenlicht brach sich auf seinem kahlen Schädel, und die Augenbinde stach als schwarzes Dreieck über der dunklen Bartsichel hervor.

Er stand dicht vor mir, als er den Sack abstellte, und als er sich dann umdrehte, schwindelte mir wie von einem Keulenschlag, der viel heftiger war als der Schock beim Untergang der *Caragh*, den ich immerhin halbwegs erwartet hatte. Einen Moment lang wußte ich kaum noch, wo ich war, denn mein Verstand war in einem schrecklichen Aufruhr, und Splitter des Begreifens wirbelten wie in einem Kaleidoskop, ehe sie sich zusammenfügten und ein grauenvolles Bild ergaben.

Ich wußte mit einemmal, daß der Matrose, dessen Platz Kinn-oben in Freetown eingenommen hatte, nicht einfach auf einem anderen Schilf angemustert hatte, sondern bestochen, verletzt oder auch getötet worden war. Ich wußte, warum ich auf dem Kai in Freetown den Tod gewittert hatte, und ich wußte, daß der Geruch nicht von Piroo gekommen war. Ich wußte genau, was Adrian Webb plante, und es war nichts von all dem, womit wir gerechnet hatten. Ich wußte, warum ich mir im Traum eingebildet hatte, ich wurde von einem einäugigen Zyklopen fortgetragen. Ich wußte, daß das Wasser in meiner Karaffe mit einer Droge versetzt worden war und daß die Kreatur mich seelenruhig über Bord geworfen hätte, wenn sie nicht gestolpert und von Mr. Barry wahrgenommen worden wäre. Und ich wußte, daß Elizas Instinkt richtig gewesen war, als sie gemeint hatte, Adrian Webb fühle sich in die Enge getrieben und werde wie ein wildes Tier reagieren, keinen gedungenen Mördern mehr trauen und sich nur noch auf sich selbst verlassen.

All das wußte ich, weil ich in meinen jungen Jahren Sinne entwickelt hatte, die denen eines wahren Ureinwohners um ein Vielfaches nachstehen mochten, aber ungleich schärfer waren als die meiner zivilisierten Freunde. All das wußte ich, weil ich eben, als Kinn-oben nur eine Armeslänge von mir entfernt gewesen war, den unverkennbaren Geruch Adrian Webbs wahrgenommen hatte.

16

ICH SASS STARR wie eine Salzsäule da und konnte nur mit Mühe die Übelkeit zurückdrängen, die in mir aufstieg, während mein Verstand angestrengt arbeitete, um weitere Schlüsse zu ziehen. Adrian Webb mußte Markies Route zum Kap herausbekommen haben; unsere Passagen waren ohne jede Geheimhaltung gebucht worden. Er hatte vorgetäuscht, nach New York zu fahren, war aber in Cherbourg von Bord seines Dampfers gegangen und untergetaucht.

Ein Mann, der ganz anders aussah, war Tage vor unserer Ankunft, vielleicht mit einem anderen Frachtschiff, in Freetown eingetroffen. Niemand hätte Adrian Webb in ihm erkannt. Ein Bart, eine Augenbinde, der rasierte Schädel und die braun gefärbte Haut hatten das runde Pickwick-Gesicht vollkommen verändert. Er hatte in zerschlissener Seemannskleidung zugesehen, wie die *Caragh* anlegte, hatte dafür gesorgt, daß der Kombüsenjunge nicht rechtzeitig zum Ablegen am Kai erschien, und anschließend war es ihm gelungen, die Stelle des fehlenden Mannes einzunehmen.

Ich hatte ihn seit der Abfahrt aus Freetown nicht gesehen, aber er hatte einen günstigen Zeitpunkt abgepaßt und eines Abends ein starkes Schlafmittel in die Wasserkaraffe auf meinem Nachttisch geschüttet. Als ich dann nach Mitternacht betäubt im Bett lag, hatte er mich an Deck getragen, um mich über Bord zu werfen. Er war gestolpert, hatte mich fallen lassen und Mr. Barry durch das dabei entstandene Geräusch aufmerksam gemacht, so daß sein Plan fehlgeschlagen war. Wenn er ihn jedoch ausgeführt hätte, wäre nicht die Spur eines Verdachts auf ihn gefallen. Mein Verschwinden hätte großes Aufsehen erregt, und kein Mensch hätte jemals bezweifelt, daß ich in den Wellen den Tod gefunden hatte, sondern man wäre der Meinung gewesen, ich hatte wie vor langer Zeit auf der Überfahrt von Perth mit Simon und Eliza in einer heißen Nacht einen Spaziergang an Deck gemacht, um frische Luft zu schnappen, und wäre durch irgendein Mißgeschick über Bord gefallen. In Kapstadt wäre der Seemann mit dem Spitznamen Kinn-oben dann verschwunden und hätte vielleicht auf einem Schiff angemustert, das nach England zurückfuhr. Und schließlich wäre Adrian Webb, angeblich wieder zurück aus Amerika, einige Wochen später wieder in London aufgetaucht.

Der Plan war atemberaubend brillant und skrupellos und konnte nur einer grenzenlosen Verzweiflung entsprungen sein, denn obwohl Adrian Webb ein ausgezeichneter Sportler gewesen war, in Afrika gejagt hatte und auf seine Erfahrungen als Laiendarsteller zurückgreifen konnte, mußte es ihm, der an ein Leben in großem Luxus gewöhnt war, außerordentlich schwergefallen sein, wochenlang die Rolle eines Hilfsmatrosen zu spielen – mit allem, was damit verbunden war. Nur äußerste Verzweiflung konnte ihn zu diesem extremen Schritt bewogen haben, doch nun saß er auf einer Ducht am Bug zusammen mit uns anderen Schiffbrüchigen in diesem Rettungsboot und trieb zusammen mit uns auf die Skelettküste zu. Ich fragte mich, was sein eiskalter und gefährlicher Verstand in diesem Moment denken und planen mochte.

Luke sagte neben mir: »Meg? Meg, was ist denn mit dir? Du zitterst ja.«

Ich kam wieder zu mir, schüttelte den Kopf, um mich zu sammeln, legte eine Hand auf seinen Arm und antwortete langsam: »Oh, Luke.« Dann berührte ich Markies Arm, zog beide Männer dicht zu mir und flüsterte kaum hörbar: »Ich ... ich, muß euch etwas sagen. Versucht bitte, mir zu glauben.«

Die ersten Strahlen der aufgehenden Sonne begannen, den Dunst des Meeres um uns herum zu durchdringen, der die Sicht auf wenige hundert Meter beschränkte. Ich hatte meine Geschichte lange Stunden zuvor erzählt, zuerst Markie und Luke, dann Simon und Eliza. Markie hatte Mr. Sullivan anschließend den Zusammenhang klargemacht, indem er ihn über meine wahre Identität und Adrian Webbs Absichten aufklärte.

Luke hatte mir sofort geglaubt, als ich gesagt hatte, daß Kinn-oben niemand anders als Adrian Webb sei. Eliza ebenfalls. Markie und Simon wollten mir zwar glauben und versuchten es, doch es fiel ihnen schwer, ganz überzeugt zu sein. Mr. Sullivan war vollkommen vor den Kopf gestoßen, was ich gut verstehen konnte, und obgleich er mich weiterhin ausgesucht höflich behandelte, meinte er offensichtlich, die Katastrophe habe mein Gemüt so sehr angegriffen, daß ich fabulierte oder Wahnvorstellungen hätte.

Als es hell genug war, daß man gut sehen konnte, hob er die Stimme und rief Kinn-oben.

Der große Mann bahnte sich einen Weg nach achtern und hockte sich uns gegenüber direkt vor Piroo hin. Ich hegte keinen Zweifel, denn ich wußte, daß meine Nase sich nicht täuschen ließ, aber dennoch fiel es mir schwer, Adrian Webb zu erkennen. Der Bart und der rasierte Schädel veränderten seine Kopfform, und die Augenbinde verbarg einiges von dem, was oberhalb des Barts von seinem Gesicht zu sehen war.

Mr. Sullivan sagte barsch: »Man hat mir gesagt, Sie seien ein Engländer namens Adrian Webb. Stimmt das?«

Das sichtbare Auge zwinkerte einmal, richtete sich ganz kurz auf mich und starrte dann Mr. Sullivan verständnislos an. »*No comprendo*«, grunzte Adrian Webb guttural.

Luke beugte sich vor. »Es hat keinen Zweck, Webb«, sagte er mit rauher Stimme. »Meg kennt Sie. Und wir wissen alle, was Sie ihr neulich nachts auf dem Schiff antun wollten. Sie abscheulicher Mörder.«

Das eine Auge blickte Luke ausdruckslos an, dann zuckte der Mann seine massigen Schultern und brummte etwas in einer fremden Zunge. Mr. Sullivan schob seine Mütze mit einer hilflosen Gebärde zurück und deutete dann auf den Bug. »In Ordnung, zurück auf deinen Platz«, sagte er. »Zurück. *Comprendo?*« Er wies wieder zum Bug, und Adrian Webb stieg über die Duchten zurück. Mr. Sullivan fragte ruhig: »Kann jemand von Ihnen bestätigen, was Miss Gaynor behauptet?«

Markie sagte unsicher: »Ich habe Adrian Webb nie selbst gesehen. Mr. und Mrs. Fordyce haben ihn zwar gesehen, aber nicht oft und immer nur für kurze Zeit. Mr. Bowman kennt ihn, Miss Gaynor aber hat mehrere Monate in seinem Haus gewohnt. Ich kenne seinen Ruf und bin sicher, daß er imstande ist, ein solches Manöver auszuführen, aber . . .« Er wandte sich zu mir. »Bist du ganz sicher, mein Liebes?«

»Ja, Markie.«

Luke stellte fest: »Ich kann Webb nicht in dem Mann erkennen, aber wenn Meg es sagt, dann *ist* er es auch. Ich zweifle nicht, daß ich ihn erkennen würde, wenn der Bart abrasiert ist, die Augenbinde entfernt wird und eine Mütze den kahlen Schädel verbirgt, und ich möchte ebendies . . .«

»*Land an Steuerbord!*« Der Ausruf kam von Mr. Barry im Bug des Rettungsboots, und alle Köpfe wandten sich dorthin. Ich hatte seit einigen Minuten ein fernes Geräusch wahrgenommen, war aber zu sehr mit Adrian Webb beschäftigt gewesen, um es einzuordnen. Jetzt, wo der morgendliche Dunst plötzlich schwand, konnte ich die Ursache des Geräusches sehen, und mein Herz setzte vor Schreck einen Schlag aus.

Eine knappe Meile entfernt donnerte eine endlose Linie gischtender Wellen über die Felsen und Riffe, die den Zugang zur Skelettküste verwehrten. Hinter dem weißen Gischt konnte ich nun die Sanddünen sehen, und weit hinter den Dünen ragte eine nackte Bergkette auf.

Ich hörte, wie Mr. Sullivan scharf einatmete und »Allmächtiger Gott!« murmelte. Er erhob sich von seiner Ducht, ohne die Hand von der Ruderpinne zu nehmen, und brüllte: »Ruderer fertig machen!«

Die Riemen wurden unter großem Geklapper hervorgeholt, über den Bootsrand geschwungen und in die Dollen gesteckt, und dann kam der Befehl: »Los! In die Riemen legen!« Die sechs Männer fingen an zu rudern, und ich sah, wie Adrian Webb mich von der vordersten Ducht aus mit seinem einen Auge fixierte, während er sich zum nächsten Ruderschlag vorbeugte.

Das Boot machte einen Bogen, bis der Bug zur Küste zeigte, und Markie sagte: »Was haben Sie vor, Mr. Sullivan?«

Der Erste Offizier antwortete, ohne den Blick vom Land zu wenden. »Ich hoffe, eine Lücke zwischen den Riffen zu finden, Sir, einen sandigen Strand, so klein er auch sein mag, um das Boot dort an Land zu bringen. Es wird sicher keine Lustpartie, weil diese Brecher uns wie einen Korken hin und her werfen werden, aber wenn wir auf ein Riff treffen, zerschellt das Boot, bevor wir Grund unter den Füßen haben.«

»Können wir nicht in sicherer Entfernung von den Felsen bleiben?«

»Unmöglich, Sir. Deshalb ist es besser, die Ruder zu benutzen, als uns treiben zu lassen. So besteht wenigstens die Möglichkeit, daß wir verhindern, längsseits an die Felsen geschleudert zu werden. Vergewissern Sie sich bitte, daß Ihre Gäste die Rettungswesten gut festgeschnallt haben.«

Die nächsten fünf Minuten sagte niemand einen Ton. Alle Augen suchten nach Anzeichen für eine Lücke in den Riffen, die die Küste bewachten. Ich fühlte, wie mein Herz vor Angst hämmerte, und merkte, daß ich Lukes Hand umklammert hielt. Eliza schenkte mir von der anderen Seite des Boots ein trübes Lächeln. Jetzt, mit der Küste als Anhaltspunkt, konnte ich die Kraft der Strömung an der Schnelligkeit abschätzen, mit der sich die Entfernung zwischen uns und den Felsen verringerte.

Plötzlich rief Mr. Barry etwas und zeigte zu den Riffen. Ich konnte keinen Strand sehen, aber es gab einen kleinen Abschnitt, wo die Gischtlinie schwächer zu sein schien, und das Boot änderte ein wenig den Kurs und steuerte darauf zu. Ich hatte unvermittelt den Drang, Luke zu sagen, daß ich ihn liebte, aber ich hielt mich zurück. Wenn wir bald sterben mußten, würde es ihm nichts bedeuten, daß ihm ein Mädchen, das immer nur eine Last für ihn gewesen war, eine Liebeserklärung machte. Und wenn wir überlebten, würde es ihn bestenfalls in Verlegenheit bringen und schlimmstenfalls unsere Freundschaft zerstören.

Das Ende kam schnell. In dem einen Augenblick bewegten wir uns noch stetig auf einigermaßen ruhigem Wasser, im nächsten wurden wir von einer Welle erfaßt, die majestätisch unter uns emporstieg und uns mit atemberaubender Geschwindigkeit auf ihrem breiten Kamm forttrug.

Mr. Sullivan umklammerte, einen Befehl nach dem anderen rufend, die Pinne. Die Ruderer mühten sich verzweifelt, das Boot auf Kurs zu halten. Vor uns wurde das Wasser plötzlich zurückgesogen und bildete einen großen Trichter, das immer noch voranschießende Boot hing in der Luft, und als der Trichter sich vertiefte, tauchte unten eine Reihe schwarzer Felszacken wie Zähne eines Ungeheuers auf.

Beinahe hätten wir es geschafft, am Riff vorbei das ruhige Wasser dahinter zu erreichen, doch im letzten Moment kippte das Boot ab und drehte sich. Wir sausten mit scheußlicher Wucht in die Tiefe, und ich sah die Planken unmittelbar hinter Piroo bersten. Dann wurde ich zur Seite geschleudert, Lukes Griff entrissen und von einem wilden Mahlstrom verschlungen. Ich hielt die Luft an und versuchte, mich an die Oberfläche zu kämpfen, während die Wassermassen eines Brechers auf mich einstürzten.

Als ich schon dachte, meine Lungen würden platzen, war mein Kopf plötzlich über Wasser – ich atmete krampfhaft ein, stieß heftig mit den Füßen, um oben zu bleiben, und dankte Gott für meine Rettungsweste, dankte Gott, daß ich schwimmen gelernt hatte. Rings um mich her schleuderte die tobende See Menschen und Wrackteile in alle Richtungen. Etwas traf mich am Hinterkopf und betäubte mich halb. Meine Hand streifte einen glatten Felskegel unter Wasser, und ich klammerte mich verzweifelt daran fest. Vor mir sah ich einen kiesigen Strand in vielleicht hundert Metern Entfernung, wenn die Wellen am weitesten ins Land hinein reichten, jedoch kaum mehr als fünfzig Schritt von mir entfernt, wenn die Brecher zurückwichen.

»Luke!« rief ich, doch meine Stimme war in dem Toben nur ein Flüstern.

Aus Angst, ich könnte wieder von einem Wrackteil getroffen werden, blickte ich seewärts und wurde von neuem Grausen gepackt. Hinter mir waren mehrere Gestalten im Wasser, einige zappelten, andere trieben schlaff und bewußtlos dahin, aber das Entsetzliche war, daß sie, hilflos einer Gegenströmung ausgeliefert, die durch die schmale Lücke im Riff noch verstärkt wurde, aus der Lagune hinausgesogen wurden! Ich hörte verzweifelte Hilferufe und wurde mir im selben Augenblick bewußt, daß meine Kräfte schwanden und daß die tödliche Strömung auch mich, falls ich meinen Halt verlor, mitreißen würde.

Sekunden später donnerte ein neuer Brecher über das Riff. Ich wurde von dem Stein gerissen, an dem ich mich festhielt, und wie ein Stück Treibholz von der Welle fortgetragen. Neben mir wirbelten einige Überreste des Rettungsboots, und eines seiner gebrochenen Spanten verfehlte mich nur um Haaresbreite. Ich krachte auf losen Schotter, die sich brechende Welle schoß über mich hinweg und fing dann an, mich gierig und mit unwiderstehlicher Gewalt zurückzuschleifen. Ich bohrte meine Finger in den Kies und versuchte krampfhaft, mich anzuklammern, grub mich für zusätzlichen Halt mit den Zehen ein, aber der grausame Sog zerrte an mir, und ich wußte, daß ich im Begriff war, den Kampf zu verlieren. Wenn die zurückflutende Welle mich mitnahm, würde ich den Strand nie wieder erreichen, sondern durch die Lücke im Riff gesogen werden wie eine Fliege, die im Schlund einer Forelle verschwindet, und dann würden mich neue Brecher so lange an die unbarmherzigen Felsen werfen, bis ich die Besinnung verlor und starb.

Ich verlor meinen Halt im Kies, doch im selben Augenblick umklammerte eine fremde Hand mein Handgelenk, eine Hand an einem mageren braunen Arm, und durch den Wasserschleier vor meinen Augen sah ich Piroo, der ein kleines Stück vor mir am Strand lag und seinen anderen Arm in einen Spalt gehakt hatte, dort, wo der Schotter ein paar Felsen freigab.

»Festhalten, Missy! Festhalten!« schrie er. Ich umklammerte mit meiner anderen Hand sein Gelenk, und wir hielten uns verzweifelt eine – so erschien es mir wenigstens – Ewigkeit lang fest, bis die Kraft der zurückweichenden Welle endlich gebrochen war und wir in seichtem Wasser lagen.

»Schnell, Missy, schnell!« Er war bereits auf den Beinen und zerrte an meiner Hand. Ich rappelte mich, von meinem nassen Hemd behindert, auf und taumelte mit ihm den Strand hoch. Er warf einen Blick zurück, und ich sah, wie seine Augen sich entsetzt weiteten. Ich wandte den Kopf und sah einen neuen Brecher kommen, der noch dazu das zerschmetterte Rettungsboot auf seinem Kamm trug und es auf uns schleudern zu wollen schien, entschlossen, uns den Rest zu geben.

Wir versuchten zu rennen und gerieten in dem losen Schotter ins Stolpern. Irgendwo rechts vor mir stieß jemand einen Schreckensschrei aus, und es kam mir vor wie Luke. Da das Geräusch hinter mir lauter wurde, schaute ich mich wieder um, und in diesem Moment schleuderte die Welle ihre Last in unsere Richtung. Dann sah ich Gischt und einen geborstenen Bootsrumpf auf mich zusausen, spürte einen furchtbaren Aufprall und verlor das Bewußtsein.

Als meine Sinne langsam zurückkehrten, hörte ich Markies Stimme, dann die Stimme Elizas. Ich schlug die Augen auf und sah eine tiefe, schwere Wolke über mir. Die Luft war feucht, ich konnte ein kleines Stück entfernt das Donnern von Wellen hören, die sich an den Felsen brachen, und merkte, daß ich auf trockenem Sand lag. Markie kniete rechts neben mir, Eliza links.

Markie sagte: »Oh, dem Herrn sei gedankt.«

Ich hob den Kopf und zuckte zusammen, denn er schmerzte und fühlte sich an der einer Seite aufgeschürft an. »Luke?« fragte ich. »Simon?«

»Beide in Sicherheit, Liebes«, sagte Eliza schnell. Ihre Haare hingen strähnig herunter, ihre Kleider waren klitschnaß und zerrissen. Markie war in einem ähnlichen Zustand. Er hatte sein Jackett ausgezogen, und ich sah, wie Blut aus einem verletzten Unterarm den nassen Stoff seines zerrissenen Hemds rot färbte. »Wir hatten alle mehr Glück als du«, sagte Eliza. »Die Welle, die dich aus dem Boot warf, trug den Rest von uns aus dem Heck direkt bis ins seichte Wasser.«

»Piroo«, sagte ich stammelnd. »Er . . . er hat mir das Leben gerettet. Ich habe gesehen, wie einige der Männer . . . hinausgesogen wurden.«

»Ja, wir haben mehrere Leute verloren«, sagte Markie mit tonloser, erschöpfter Stimme. »Wir mußten zusehen, wie die See sie nahm, die armen Teufel. Piroo ist am Leben, aber er hat sich ein Bein gebrochen, genau unter dem Knie. Das Wrack, das dich betäubt hat, ist auf ihn gefallen.«

Ich setzte mich auf und drückte eine Hand an den Kopf, bis die Benommenheit langsam schwand. Eliza legte den Arm um mich. »Vorsichtig, Meg«, sagte sie. »Immer langsam. Simon hat Piroos Bein provisorisch geschient, und Mr. Sullivan sucht mit den anderen zusammen nach allem Brauchbaren, was vielleicht noch angeschwemmt kommt.«

Der Nebel in meinem Kopf legte sich jetzt, und ich sagte: »Hat Adrian Webb überlebt?«

Markie nickte. »Ja. Er und ein Steward, der junge Mercer, sind in Sicherheit. Ich fürchte, wir haben Mr. Barry und die drei anderen Matrosen verloren.«

Ich streifte nasse Strähnen aus meinem Gesicht und sagte: »Wir müssen helfen, möglichst alles zu finden, was an Land gespült worden ist. Es ist wichtig!«

Eliza hielt mich zurück, als ich aufzustehen versuchte. »Überlaß das den Männern«, erklärte sie. »Luke sagt, daß du unbedingt ausruhen mußt, und wir sind alle derselben Meinung.«

Erstaunt und plötzlich zornig schüttelte ich den Kopf. »Er redet Unsinn«, begehrte ich auf. »Ich bin nicht verletzt.«

Markie sagte: »Schau dich um, Meg.«

Ich saß mit dem Gesicht zum Meer auf einer Sandkuppe,

und nun wandte ich den Kopf, wie er verlangt hatte. Der Strand bestand aus Schotter, vermischt mit feinem Sand, und erstreckte sich, nur von einigen Felsen, trockenen Grasbüscheln und ein oder zwei struppigen Gewächsen unterbrochen, im Norden und Süden, so weit mein Auge reichte. Er war einige hundert Meter breit, und dann begannen die bis zu den fernen Bergen reichenden Dünen, die keinerlei Spuren von Leben zeigten, nicht einen Baum, nicht ein Blatt, nicht einen einzigen Grashalm. Dies war nicht der Busch, wo ich den größten Teil meines Lebens zugebracht hatte, aber es ähnelte ihm, und obgleich ich wußte, wie schnell ein solches Land töten konnte, spürte ich nichts von der eisigen Furcht, die ich im Rettungsboot empfunden hatte. Für mich war die See ein unbekannter Feind, die Wüste dagegen ein vertrauter Gegner.

Eliza kniete immer noch mit einem Arm um meine Schultern neben mir. Auf der anderen Seite blinzelte Markie gequält in die Ferne und sagte: »Mr. Sullivan meint, daß wir hundert bis hundertfünfzig Meilen von der nächsten Siedlung, einem Ort namens Swakopmund, entfernt sind. Der Hafen Walfischbucht liegt etwa zwanzig Meilen weiter südlich. Ich weiß, daß auf der Karte einige Flüsse verzeichnet sind, aber ich weiß auch, daß sie alle ausgetrocknet sind. Ihr Wasser versickert im Sand, lange bevor es das Meer erreicht. Von dieser Küste ist noch nie ein Schiffbrüchiger gerettet worden. Alle, die hier strandeten, sind umgekommen. Selbst wenn man wüßte, daß wir hier sind, könnte man uns von See aus nicht zu Hilfe kommen, und auf dem Landweg ist ebenfalls keine Rettung möglich. Ruh dich also ein wenig aus, Meg, denn Luke sagt, daß du unsere einzige Hoffnung bist, und wir glauben ihm. Ohne dich müssen wir alle sterben.«

Es war Mittag, und ich saß mit gekreuzten Beinen etwa eine

Viertelmeile von den anderen entfernt in einer breiten Bodenrinne. Ich konnte die Sonne über meinem Kopf nicht sehen, weil sie immer noch von dichten Wolken verhangen war. Mr. Sullivan hatte uns gesagt, dieses Wetter sei für die Skelettküste normal. Mir gefiel die Feuchtigkeit nicht, aber sie würde zumindest viel Tau liefern, der uns helfen konnte, unseren Durst zu löschen.

Ich hatte eine Stunde geschlafen, nachdem ich zu mir gekommen war, und als ich dann wieder erwachte, fühlte ich mich schon viel besser. Es waren keine Leichen angeschwemmt worden, und der gesamte Proviant war verloren, denn es waren nur zwei leere Säcke gefunden worden – der Inhalt mußte auf den Grund des Meeres gesunken sein –, und von dem dritten fehlte jede Spur. Die Männer hatten einen Kanister mit Wasser geborgen, außerdem einen Schöpfeimer, drei Ruder, Taue, drei Wolldecken, eine Menge zerbrochenes Holz und – vielleicht das Kostbarste von allem – Piroos Werkzeugtasche. Mr. Sullivan hatte einen Revolver in dem Halfter am Gürtel unter seinem Jackett, aber niemand einschließlich ihm selbst glaubte, daß die Waffe uns Nahrung verschaffen könnte, denn hier gab es weit und breit kein Wild.

Piroo lag mit seinem festgeschienten Bein da, und als ich ihm dankte, daß er mir das Leben gerettet hatte, lächelte er ungeachtet seiner Schmerzen und sagte: »Freuen, Missy. Freuen.«

Ich hatte Adrian Webb keines Blickes gewürdigt, oft aber über ihn nachgedacht, während ich die Dinge untersuchte, die Mr. Sullivan und die anderen Männer am Strand geborgen hatten. Ich sah, wie Luke die Enden des provisorischen Verbandes, den er um Markies verletzten Arm gewunden hatte, mit dem Taschenmesser abschnitt, das ich ihm vor so langer Zeit geschenkt hatte, und als er fertig war, bat ich ihn, mir das Messer zu borgen. Dann ging ich landeinwärts zu den Dünen, wo ich nun saß und bei jeder Bewegung von meinem nassen Kleid, das an meinen Beinen haftete, behindert wurde.

Eine kleine Erhebung schützte mich vor den Blicken der anderen, und so legte ich meine Kleider ab, schnitt die Beine meines Schlüpfers ganz kurz und zog ihn dann wieder an, kürzte dann meinen Unterrock so, daß er ein gutes Stück oberhalb der Knie enden wurde, schnitt meine Haare ab, so gut es mit dem primitiven Werkzeug ging, und saß dann ganz still und konzentrierte mich darauf, wieder zu werden, was ich früher gewesen war. Weder Meg Gaynor noch Moira Glencullen konnte ihre Freunde sicher durch diese ungezählten Meilen nackter Einöde führen, aber Mitji, der Ureinwohnerin, mochte es doch vielleicht gelingen.

Ich beobachtete, wie einige Sandkörner rieselten und ein winziger Käfer am Hang neben mir erschien, um sich sofort danach wieder einzugraben. Ich blähte die Nasenflügel und nahm die vielfachen, vertrauten und unbekannten Gerüche ringsum auf. Ich gewöhnte meine Ohren an die Geräusche der Wüste. Langsam, ganz langsam streifte ich den Teil meines Geistes ab, welcher der zivilisierten Meg Gaynor gehörte, und weckte das primitive Geschöpf, das vielleicht imstande war, die gefürchtete Skelettküste um ihre Beute zu bringen.

Dann suchte ich die Dünen und den Strand nach Zeichen und Spuren ab, und als ich endlich mit meinem ausgezogenen Kleid, meinen Schuhen, Strümpfen und den Überresten meines Unterrocks in der Hand zu der Stelle zurückkehrte, wo die anderen sich an dem Haufen geborgenen Treibguts versammelt hatten, war schon später Nachmittag. Es hatte ein wenig aufgeklärt, und ich sah, daß ein Persenningfetzen auf vier Bohlenreste gespannt war, um Piroo Schatten zu spenden, der ein Stück entfernt im Sand lag. Neben ihm saßen Mercer, der junge Steward, der überlebt hatte, und Adrian Webb, immer noch als Seemann verkleidet.

Luke kam mir entgegen, als ich mich näherte, und äußerte keinerlei Überraschung, als er mein geschorenes Haar und meine nackten Beine gewährte. »Gott sei Dank haben wir noch den Bumerang, den Piroo für dich gemacht hat, Mitji«, sagte er erleichtert. »Er hat ihn zu seinem Werkzeug gesteckt, und außerdem habe ich noch dieses Ding in seinem Beutel gefunden. Es könnte uns ebenfalls sehr nützlich sein.«

Er hielt mir einen hölzernen Schlegel entgegen, einen schweren Knüttel, der sich zum Griff hin verjüngte und der Wurfkeule ähnelte, die ich seit meiner frühen Kindheit gebraucht hatte. Ich nahm ihn, wog ihn in der Hand und sagte dann: »Das wird uns mehr nützen als der Bumerang. Danke, Luke.«

Wir gingen zusammen zu den anderen, und ich warf meine abgelegten Kleidungsstücke auf den Haufen mit dem Strandgut. »Wir müssen alles mitnehmen, was aus Stoff oder Wolle ist«, erklärte ich. »Es wird den Tau aufnehmen, der nachts fällt. Wir werden ihn brauchen.« Die anderen starrten mich an, als hätte ich mich hinter der Kuppe verwandelt und wäre als neuer Mensch zurückgekehrt, was ja auch der Wahrheit entsprach. Selbst meine Art zu sprechen war nun anders, denn ich dachte in der Zunge meines Stammes und übersetzte dann ins Englische. Die Kleider der anderen waren inzwischen alle getrocknet, aber fleckig und zerrissen. Die Männer hatten Bartstoppeln, und Elizas Haar war immer noch voller Sand. Markie hatte seine dunkle Brille verloren und mußte ständig seine Augen gegen die Sonne abschirmen. Sie saßen dicht nebeneinander und beobachteten, wie ich mich hinhockte und meine Rockzipfel achtlos unter meine Beine schob.

Markie sagte: »Als ranghöchstem Schiffsoffizier obliegt es Mr. Sullivan, unsere Gruppe zu kommandieren, aber wir haben ihm erzählt, daß du wie kein anderer mit der Wüste vertraut bist, und er wird deinen Rat dankbar annehmen, Meg.«

Ich sah Mr. Sullivan an und erklärte: »Ich kann Nahrung finden. Spuren und Gerüche sagen mir, daß es hier Lebewesen gibt. Einige sind sehr klein und hausen im Sand und in Felsritzen, aber ich habe auch Spuren eines Tiers gefunden, das so aussehen muß wie ein Dingo. Ein Hund.«

»Schakale«, sagte Markie. »Ich habe gehört, daß sie gelegentlich vom Hinterland bis zur Küste streifen.«

Ich nickte. »Wo Schakale Nahrung finden können, können wir auch Nahrung finden. Und Schakale sind Fleisch. Möwen sind auch Fleisch, und ich habe viele davon gesehen. Außerdem habe ich Spuren von einigen größeren Vögeln gefunden. Und das.« Ich hielt Markie eine winzige rosa Feder hin.

Er nahm sie, betrachtete sie sehr aufmerksam und sagte langsam: »Flamingos. Ich habe nie gehört, daß es hier welche gibt, aber es wäre möglich. Von dieser Küste weiß man so wenig, daß alles möglich ist.«

Mr. Sullivan fragte: »Können Sie Wasser für uns finden, Miss Gaynor? Ich glaube, das ist am allerwichtigsten für uns.«

Ich zuckte mit den Achseln. »Wenn Wasser da ist, finde ich es auch. Ob ich genug finde, kann ich nicht sagen.« Ich zeigte mit dem Kopf zu der mehrere Meilen entfernten Bergkette hin. »Hinter den Bergen sind Elefanten. Nicht jetzt, aber manchmal. Ich habe den Geruch gewittert, als der Wind vom Land kam. Ich kenne ihn von Ceylon her.«

»Elefanten?« Mr. Sullivan betrachtete mich skeptisch, so daß ich mir wünschte, ich hätte sie nicht erwähnt. Sie kamen nicht von den Bergen herunter, und das Wasser, das sie

brauchten, war irgendwo dahinter und konnte uns deshalb nichts nützen.

Ich sagte: »Wie sicher sind Sie sich über unsere Position, Mr. Sullivan?«

Er zögerte einen Moment, ehe er antwortete: »Ich bin sicher, daß wir viel näher am südlichen Ende der Skelettküste sind als am nördlichen. Ich glaube, wir sind höchstens hundertfünfzig Meilen von Swakopmund entfernt.«

»Dann müssen wir nach Süden gehen.«

»Ja, Miss Gaynor, aber es wird sehr schwierig sein. Harter Fels, weicher Sand, ausgetrocknete Flußbetten. Ich bezweifle, daß wir mehr als fünfzehn Meilen am Tag zurücklegen können.«

Luke sagte: »Und Mitji . . . das heißt Miss Gaynor, wird noch einmal die halbe Strecke zusätzlich laufen müssen, wenn sie Nahrung und Wasser für uns suchen soll.«

Ich sagte: »Das schaffe ich schon, Luke, aber wir werden nicht so schnell vorankommen, wie Mr. Sullivan hofft. Piroo kann nicht gehen.«

Mr. Sullivan senkte die Stimme. »Wir können ihn auf keinen Fall mitnehmen. Wir lassen ihm einen reichlich bemessenen Anteil Wasser hier und können nur hoffen, daß wir ihn später nachholen können.«

Ich schüttelte den Kopf. »Dann stirbt er einen langen Tod. Das wissen Sie.«

Der Offizier rieb sich müde die Augen. »Ja, ich weiß«, sagte er, »aber ich bin für die ganze Gruppe verantwortlich. Ich kann nicht das Leben aller für ein Leben aufs Spiel setzen.«

Ich verstand ihn, und er tat mir leid wegen der harten Entscheidung, die er getroffen hatte, aber ich war jetzt wieder eine Ureinwohnerin, gebunden an die ehernen Gesetze des Gebens und Nehmens. Piroo hatte mir das Leben gerettet, und ich mußte ihm das seine retten, wenn ich konnte.

»Sie müssen Ihre Pflicht tun, Mr. Sullivan«, sagte ich, »aber ich bleibe bei Piroo. Ich kann dafür sorgen, daß er so lange am Leben bleibt, bis sein Bruch verheilt ist, und dann werden wir Ihnen folgen.«

Luke sagte ruhig: »Wenn Mitji bleibt, bleibe ich auch.« Er sah mich an. »Natürlich nur, wenn du noch einen Esser zusätzlich satt bekommen kannst.«

Ich nickte, ohne seinen Blick zu erwidern, damit er nicht sah, welche Freude seine Worte mir bereitet hatten. Markie erklärte: »Mich schaudert bei dem Gedanken, Piroo zurückzulassen, und ich bin davon überzeugt, daß wir nur mit Megs Hilfe überleben können. Machen wir eine provisorische Bahre, Mr. Sullivan. Es dürfte genügen, wenn wir zwei gleich lange Ruderstücke durch die leeren Proviantsäcke schieben. Wir können Piroo dann abwechselnd zu zweit tragen.«

Die Arme um die Knie gelegt, hockte ich da und beobachtete das Gesicht des Offiziers, der mit einer schweren Entscheidung rang. Zuletzt sagte er: »Meinetwegen. Wir nehmen Piroo mit. Welche Entfernung können wir dann voraussichtlich in einem Tag zurücklegen, Miss Gaynor?«

Ich überlegte eine Weile. Eliza war nicht aus Zucker, aber sie hatte nicht so gelebt, wie ich gelebt hatte, und sie besaß nicht die Kräfte eines Mannes. Dann mußte ich Markie berücksichtigen. Er war älter als die anderen und keine körperlichen Strapazen gewohnt. Vieles wurde davon abhängen, ob sich die Beschaffenheit des Terrains änderte und ob ich genüg nd Wasser fand, aber diese Dinge lagen in der Macht der Götter. Ich sagte: »Ich denke, wir werden acht bis zehn Meilen am Tag schaffen, Mr. Sullivan.«

»Hm . . . In dem Fall müßten wir Swakopmund in rund fünfzehn Tagen erreichen, wenn ich mit der Position recht habe.«

»Ja, wenn Sie recht haben. Wenn nicht, dauert es länger.«

»Länger?« Er blickte sich um und wischte sich Schweißtropfen vom Gesicht. »Mit dem einen Wasserkanister, den wir noch haben, kommen wir höchstens drei Tage aus, wenn Sie kein anderes Wasser finden, Miss Gaynor. Jedenfalls bei diesem Klima.«

Ich sagte: »Ich bitte Sie, mich von nun an Mitji zu nennen, so wie Luke. Er weiß, daß es mir hilft, auf die Art zu denken und zu handeln, die für unsere Reise am besten ist.«

Mr. Sullivan blickte Markie wie um Erlaubnis bittend an, bevor er antwortete. »Sehr wohl. Wir werden von jetzt an Mitji zu Ihnen sagen.«

Ich nickte. »Es gibt noch etwas sehr Wichtiges.« Ohne den Kopf zu bewegen, blickte ich kurz zu der Stelle, wo der junge Steward und Adrian Webb neben Piroo und dem Proviant saßen. »Es wäre am besten, wenn Sie Adrian Webb jetzt töten«, sagte ich. »Bevor wir aufbrechen.«

Lange herrschte lastendes Schweigen, und ich sah Schrecken und Abscheu in allen Gesichtern, sogar in Lukes. »Ihn töten?« sagte Mr. Sullivan endlich leise und ungläubig. »Das ist ungeheuerlich! Es kann nicht Ihr Ernst sein!«

»Es ist mein Ernst, Mr. Sullivan. In diesem Mann wohnt ein böser Geist, und er ist eine Gefahr für uns alle. Mein Stamm würde nicht zögern, einen solchen Menschen um das Wohl der Gemeinschaft willen zu töten.«

Markie senkte den Kopf und legte eine Hand an die Augen. Eliza sagte unsicher: »Oh, Meg . . .« Simon schüttelte den Kopf. Luke starrte immer noch erschrocken vor sich hin, aber er schien allmählich zu begreifen. Mr. Sullivan holte tief Luft und erklärte: »Das kommt überhaupt nicht in Frage. Wir sind hier kein Stamm, sondern zivilisierte Menschen, und wir können unmöglich jemanden kaltblütig töten.«

Ich zeigte auf die nackte Wüste. »Sehen Sie sich um, Mr. Sullivan. Dies ist nicht die Zivilisation, und im Augenblick *sind* wir ein Stamm. Und wir bleiben so lange ein Stamm, bis wir in Sicherheit sind.«

Luke sagte sanft: »Du hast insofern recht, als dies in der Tat nicht die Zivilisation ist, Mitji, aber wir bleiben trotzdem zivilisierte Menschen. Dein Stamm würde nach seinen Gesetzen handeln, und wir müssen uns nach unseren richten. Es ist einfach unmöglich, daß wir tun, was du da vorschlägst. Wenn Rosemary hier wäre, würde sie das gleiche sagen.«

Meine anderen Gefährten nickten ernst und murmelten zustimmende Worte. Mr. Sullivan blickte sich in dem kleinen Kreis um und sagte erleichtert: »Nun, das wäre Gott sei Dank geregelt. Ich weiß noch nicht einmal, ob dieser Mann auch der *ist*, als den Sie ihn hinstellen.«

Da ich wußte, daß jede weitere Diskussion sinnlos war, zuckte ich mit den Achseln. »Zivilisiert zu sein kann einen hohen Preis kosten«, sagte ich und blickte zum Himmel. »Beschließen wir jetzt, was wir mitnehmen wollen und was nicht. Alle Werkzeuge Piroos, die zum Graben benutzt werden können, sind wichtig. Der Kanister und alle anderen Gefäße sind wichtig. Ich werde alle Nahrung, die ich finde, kleinhacken, vermischen und zu Pasteten verarbeiten. Es ist besser, wenn Sie nicht allzu genau wissen, was Sie essen.«

»Dem kann ich nur beipflichten«, sagte Luke Bowman mit grimmigem Humor. »Mitjis Zutaten sind nahrhaft, aber nicht sehr verlockend.«

Der Offizier stand auf. »Wenn sie nahrhaft sind, können wir zufrieden sein, Mr. Bowman«, meinte er. »In der Not frißt der Teufel Fliegen, wie Sie sicher aus Erfahrung wissen.« Er sah mich an, während ich aufstand. »Wir haben noch neun Liter Wasser, Miss ... Entschuldigung, Mitji. Wie sollen wir es rationieren?«

Ich schüttelte den Kopf. »Überhaupt nicht, Mr. Sullivan. Der beste Platz, um Wasser zu tragen, ist der Bauch. Lassen Sie es in gleich großen Portionen austeilen, bevor wir aufbrechen, und dann soll jeder seinen Anteil trinken. Es wird uns weiter bringen, als wenn wir es in kleinen Mengen trinken, und auf diese Weise vergeuden wir auch weniger.«

Er starrte mich an, um dann zweifelnd zu nicken. »Alle anderen scheinen sicher zu sein, daß Sie genau wissen, was Sie wollen. Machen wir es also meinetwegen so, wie Sie gesagt haben.« Er rang sich ein gequältes Lächeln ab. »Ich kann nur hoffen, daß alle recht haben.«

Wir schätzten die Entfernung, die wir in den nun folgenden fünf Tagen zurücklegten, auf rund fünfzig Meilen, und ich fand in dieser Zeit nur dreimal Wasser. Wir mußten jedesmal in einer ausgetrockneten Rinne, die vor Ewigkeiten ein Fluß gewesen war, danach graben, und zwar beinahe vier Fuß tief, ehe Wasser in das Loch zu sickern begann. Ohne das Breitbeil aus Piroos Werkzeugbeutel und den Schöpfeimer, den wir als Schaufel benutzten, hätten wir niemals so tiefe Löcher ausheben können.

Das Wasser war bräunlich gefärbt und schmeckte nach Eisen, aber niemand störte sich daran. Wir konnten reichlich trinken und unseren Neunliterkanister füllen, bevor das Wasser in den Löchern versiegte, und ich war unendlich dankbar, daß ich die Stellen gefunden hatte, und zunehmend besorgt, ich könnte in den nächsten Tagen keinen Erfolg haben, denn diese Wildnis war anders als der Busch, den ich kannte, und obwohl meine Freunde mich bewunderten, dachte ich voll Beklommenheit daran, daß ich nach dem Urteil der Menschen, bei denen ich aufgewachsen war, gar keinen Geruchssinn hatte.

Die Nahrungssuche bereitete mir weniger Angst. Es gab genügend Eidechsen, von denen einige recht groß waren, und die Möwen erwiesen sich als leichtes Ziel für den Holzschlegel, den ich nun als Wurfkeule benutzte. Ich hatte nicht gelernt, Nahrung aus dem Meer zu holen, und die Brecher waren zu gefährlich zum Fischen, aber Eliza und die Männer sammelten Schalentiere, um unseren Speisezettel zu bereichern, und zweimal fanden wir einen toten Fisch, der auf den Strand geschwemmt worden war.

Mit dem Messer zerschnitt ich alles, zerstampfte es dann mit der Keule in dem Schöpfeimer, formte die Masse zu kleinen Bällen, die ich wiederum in Seetangwedel wickelte und in der heißen Asche eines Treibholzfeuers buk. Wir hatten keine Streichhölzer, aber das war für mich kein Problem, hatte ich doch in den ersten vierzehn Jahren meines Lebens Feuer gemacht, ohne überhaupt zu wissen, daß es Streichhölzer gab.

Ich war den größten Teil des Tages auf mich gestellt. Die anderen gingen etwa hundert Meter vom Wasser entfernt die Küste entlang, aber ich lief voraus und suchte den Streifen zwischen der Küste und den etwa eine halbe Meile landeinwärts beginnenden Dünen nach Nahrung und Wasser ab. Wenn ich allein marschiert wäre, hätte ich eine Route genommen, die viel weiter von der Küste entfernt gewesen wäre, denn ich wußte, daß es dort viele Tiere gab, Wesen mit Hufen, Wesen mit Pfoten. Ich wußte nicht, warum sie bis zum äußersten Rand der Dünen kamen und warum sie es offenbar nur des Nachts taten, aber ich fand immer wieder ihre Spuren oder ihren Kot oder nahm ihren Geruch wahr.

Wäre ich allein gewesen, hätte ich einen zwar längeren, aber bequemeren Weg zu unserem Ziel gefunden, denn die Dauer einer solchen Reise spielte nur eine untergeordnete Rolle, doch für den Rest der Gruppe kam das nicht in Frage, zumal Piroo jeden einzelnen Schritt getragen werden mußte.

Wir marschierten nur tagsüber, weil das Terrain so unwegsam war, daß es zu gefährlich gewesen wäre, in den kühleren Nachtstunden unterwegs zu sein. Jedesmal, wenn ich zu der Gruppe zurückkehrte, gewöhnlich zwei- oder dreimal am Tag, rief Piroo mir einen freudigen Gruß entgegen und dankte mir überschwenglich, wenn ich ihm seinen Anteil der Mahlzeiten brachte, die ich zubereitete, sobald wir abends unser Lager aufgeschlagen hatten. Vermutlich hatte ihm jemand erzählt, Missy – wie er mich nannte – habe verhindert, daß er allein in der Wüste zurückblieb, aber ich wußte nicht, wer es ihm gesagt hatte.

Simon hatte Piroos gebrochenes Bein offensichtlich sehr gut geschient, denn die Schwellung war zurückgegangen und er versicherte, er habe kaum noch Schmerzen. Markie bereitete mir mehr Sorgen, denn der fortwährende Kampf gegen losen Sand und Felsbrocken in der sengenden Hitze Afrikas zehrte seine Kräfte täglich aufs neue auf, und seine weiße Haut bot keinen natürlichen Schutz vor der Sonne, so daß sein Kopf und seine Arme ungeachtet aller Bemühungen, sie abzuschirmen, schrecklich verbrannt waren. Trotzdem bestand er darauf, Piroos Bahre ebenso wie die anderen fünf Männer zu tragen, wobei sich alle zehn Minuten zwei Männer abwechselten.

Ich hatte keine weiteren Meinungsverschiedenheiten mit Mr. Sullivan. Er war ein guter Anführer, und nach den ersten zwei oder drei Tagen war klar, daß er mir all das zutraute, was Luke über mich gesagt hatte. Ich wünschte mir manchmal, mein eigenes Vertrauen in mich selbst wäre ebenso groß gewesen, gab mir aber Mühe, meine Unruhe nie durchblicken zu lassen, wenn ich mit den anderen zusammen war.

Eliza und Simon waren mir eine große Stütze, denn obwohl ihre Erschöpfung mit jedem Tag zunahm und sie genau wie die anderen immer mehr abmagerten, hoben sie unsere Lebensgeister immer wieder mit einem Lächeln, einem ermutigenden Wort, einem trockenen Scherz.

Mercer, der Steward, ein schwarzhaariger junger Mann aus Cornwall, war etwa in meinem Alter. In meiner Nähe war er schüchtern, und er errötete häufig, wenn er mit mir sprach. Er war zwar nicht groß, aber kräftig und ausdauernd, immer bereit, Piroo öfter zu tragen, als ihm eigentlich zukam, und von einer unerschütterlichen Gelassenheit, die mir das Gefühl gab, er werde die Strapazen, die noch vor uns liegen mochten, vielleicht besser überstehen als die anderen. Die Art, wie er sich bemühte, seine Pflichten den Schiffspassagieren gegenüber auch unter diesen veränderten Bedingungen zu erfüllen und besonders Eliza und Markie zu umsorgen, rührte mich zutiefst.

Adrian Webb blieb seiner Rolle so treu, daß es Augenblikke gab, in denen ich im Begriff war, mich zu fragen, ob ich mich nicht doch getäuscht hatte. Er machte keine Schwierigkeiten, gehorchte widerspruchslos Mr. Sullivans Befehlen und tat den Mund nur auf, um ein oder zwei Worte in einer Sprache zu murmeln, die Portugiesisch sein konnte, aber auch Spanisch oder aber eine Mischung aus wenigen grundlegenden Worten beider Zungen. Ohne seinen Geruch wäre es mir im Traum nicht eingefallen, ihn für etwas anderes als den begriffsstutzigen ausländischen Seemann zu halten, für den er sich ausgab.

Eine Sache bereitete mir große Freude. Wenn die Gruppe in der Abenddämmerung haltmachte und ich von meiner strapaziösen Nahrungssuche zurückkehrte, kam Luke mir immer einige hundert Meter mit dem Eimer entgegen, in dem ich unser Essen stampfen und pürieren würde. Seine Lippen waren aufgesprungen, sein Gesicht war verbrannt, und er bekam langsam einen Bart, so daß er allmählich so aussah wie an dem Tag, als ich ihn gefunden hatte, aber er begrüßte mich jedesmal mit einem Lächeln, und es schien, als sei er nun, trotz all der Gefahr und der grausamen Strapazen unseres Marsches, auf eine sonderbare Weise glücklich. Er war gewiß freundlicher zu mir als zu irgendeiner Zeit, seit er mich aus Clairmont fortgebracht hatte, und ich war so froh, wieder die zwanglose Wärme zu empfinden, die ich aus den ersten Monaten in *Shalimar* in Erinnerung hatte.

Mr. Sullivan schätzte, daß wir am sechsten und siebten Tag fünfzehn oder sechzehn Meilen zurückgelegt hatten, aber ich fand an diesen beiden Tagen kein Wasser und nur wenig Nahrung. Im Morgengrauen des achten Tages wrangen wir Tau aus den Kleidungsstücken und Wolldecken, die wir abends ausgebreitet hatten, und leckten außerdem einige Tropfen von den Felsen, um unseren Durst notdürftig zu löschen. Ich konnte an jenem Tag keine weiten Streifzüge nach Nahrung machen, denn ohne Wasser in meinem Bauch hätte die Sonne mich getötet, doch gegen Abend fand ich einige Früchte, die kleinen und recht verschrumpelten Melonen ähnelten und an Stengeln einer mir unbekannten Kriechpflanze im weißen Sand zwischen hohen Dünen hingen. Sie boten nicht viel Stärkung, aber wenn wir ihr Fruchtmark mit dem Möwenfleisch vermischten, das wir noch hatten, so würden wir wenigstens einigermaßen satt werden, und ich wußte, daß ihr Vorhandensein auf Wasser hindeutete.

Ich pflückte einige dieser Melonen, ging damit eine halbe Meile weit dorthin, wo Mr. Sullivan das Lager aufschlagen ließ, und kehrte mit Luke und Simon zu der Stelle mit den Früchten zurück. Wir stießen drei Fuß unter der Oberfläche auf Wasser, aber die Ausbeute war gering, und wir konnten den Kanister nur zu drei Vierteln füllen. Das war enttäuschend, doch immerhin kam so auf jeden von uns ein Dreiviertelliter, was zusammen mit dem nächtlichen Tau bedeutete, daß wir zumindest dem nächsten Tag in Ruhe entgegensehen konnten.

Wie sich zeigte, wurde es ein guter Tag. Ich fand wieder Wasser, holte zwei Möwen vom Himmel, grub eine fette Eidechse aus und hatte in der Nacht zum erstenmal Erfolg mit meinem Bumerang. Der Anstoß kam von Luke. Wir hatten nach Anbruch der Dunkelheit oft Schakale heulen hören, und als wir heute unser karges Mahl aßen, sagte Luke: »Wie wäre es, wenn wir zu den Dünen gingen und uns irgendwo gegen den Wind auf die Lauer legten, Mitji? Der Himmel ist klar, und der Mond scheint hell, und vielleicht wagt sich ein Schakal in die Nähe des Lagers. Er wird bestimmt nicht so nahe kommen, daß wir Mr. Sullivans Pistole benutzen können, aber vielleicht könntest du ihn auf größere Entfernung mit deinem Bumerang niederstrecken. Dann dürften wir Fleisch für mehrere Tage haben, und du bräuchtest nur noch Wasser zu suchen.«

Ich nickte. Die Erfolgsaussicht war nicht sehr groß, aber ich war zornig auf mich, daß ich es nicht schon vorher versucht hatte. Wir hatten beim Stamm manchmal Dingos gegessen, und Schakalfleisch würde ganz ähnlich schmecken. Wir konnten die Reste einer Möwe als Köder benutzen, und falls wir Glück hatten, konnte ich dann die Beute abhäuten und zerteilen, das Fleisch in kleine Scheiben schneiden, braten und trocknen. Ich würde mir tagelang keine Sorgen um das Essen zu machen brauchen. Selbst wenn wir es nicht schafften, würden wir außer ein paar Stunden Schlaf nichts verlieren. Was machte es schon für einen Unterschied, ob Luke und ich hier im Lager lagen oder die Nacht zwei- oder dreihundert Meter entfernt verbrachten?

»Nimm Piroos Beil mit«, sagte ich.

Eine halbe Stunde später verließen wir das Lager und schritten vorsichtig durch das Dunkel. Ich hielt Luke an der Hand, um ihn führen, und das allein lohnte für mich schon die Mühe. Als wir weit genug von den anderen entfernt waren, legte ich den Köder auf eine rissige Felsplatte, die schräg aus dem Sand ragte, und dann gingen wir gegen den Wind weiter und legten uns mit dem Gesicht seewärts nebeneinander auf den Bauch. Wir sprachen nicht, und ich mußte an den Tag denken, als ich mich mit Yuma hinter einem *mangu* aus Strauchwerk versteckt und darauf gewartet hatte, daß das Känguruh kam.

Eine Stunde verstrich. Zwei Stunden. Irgendwo heulte ein Schakal, aber ich konnte nichts sehen. Noch eine Stunde. Der Wind wehte in unsere Richtung, und plötzlich witterte ich etwas. Ich hob den Kopf und spähte über den mondbeschienen Strand. Dann sah ich sechzig oder siebzig Meter vor uns einen dunklen Schatten über den weißen Sand zu der Felsplatte huschen.

Er blieb so stehen, daß seine Umrisse sich deutlich gegen den Himmel abzeichneten, und ich berührte warnend Lukes Schulter, ehe ich langsam aufstand und den rechten Träger meines Unterrocks abstreifte, um ungehindert werfen zu können. Ich holte aus und warf, und der Bumerang wirbelte fort, bog in einem eleganten Bogen nach rechts und verschwand in der Dunkelheit. Der Schakal riß den Kopf hoch, lauschte, witterte, und dann kam die hölzerne Waffe aus den nächtlichen Schatten geschwirrt und traf ihn wie eine Axt seitlich am Kopf.

Ich rief: »Lauf, Luke, lauf!« und setzte mich ebenfalls in Bewegung, denn ich wußte, daß der Schakal nur betäubt sein konnte, und fürchtete, er würde schnell wieder zu sich kommen. Ich lief, so rasch ich konnte, hörte, wie mein Atem rasselte und wie Luke hinter mir keuchte, doch als wir näher kamen, sah ich, daß es kein guter Wurf gewesen war, denn das Tier war schon wieder auf den Beinen und schüttelte den Kopf hin und her, und wir waren immer noch zwanzig Schritte entfernt. Ich blieb stehen, und als Luke an mir vorbeilief, warf ich, vor Anstrengung ein schluchzendes Keuchen ausstoßend, Piroos Schlegel. Er traf den Schakal, als er sich gerade in Bewegung setzen sollte, und streckte ihn nieder, und während ich weiterlief, sah ich, wie Luke auf die Felsplatte sprang und das Breitbeil auf den Nacken des Tieres sausen ließ.

Ich erreichte ihn, und vor Hunger und Erschöpfung wie Hunde hechelnd, sanken wir gleichzeitig langsam in die Knie. »Großer Gott«, krächzte Luke endlich: »Du hast es geschafft, Mitji, du hast es geschafft.« Er drehte sich zu mir und umarmte mich, so daß wir Wange an Wange waren, hielt mich einfach an sich gedrückt. Ich sehnte mich danach, ihn zu küssen, wußte aber von früher, daß seine Stimmung schon beim kleinsten Zeichen von Zuneigung meinerseits umschlagen konnte, so daß ich den Kopf für ein paar Augenblicke an seine Schulter legte, bis er mich losließ, aufstand und mir auf die Füße half.

Triumphierend kehrten wir mit unserer Beute zum Lager zurück, und ich schlug Mr. Sullivan vor, am nächsten Tag nicht zu marschieren, sondern auszuruhen.

Ich würde mehrere Stunden brauchen, um den Schakal zu verarbeiten, und wir waren alle sehr müde. Wir hatten jedoch einen vollen Wasserkanister, und wenn wir einen Tag lang mit reichlich Fleisch im Magen ausruhten, wurden wir unsere Reise mit frischen Kräften fortsetzen können.

Mr. Sullivan stimmte zu, und als ich am nächsten Morgen begann, den Schakal abzuhäuten, trat Mercer, der junge Steward, zu mir. »Darf ich Ihnen das abnehmen, Mitji?« fragte er. »Ich war nämlich Metzgergehilfe, bevor ich zur See ging.« Er lächelte schüchtern. »Ich habe noch nie einen Schakal zerlegt, aber er kann sich in der Hinsicht nicht allzusehr von einem Hammel unterscheiden.«

»Bestimmt nicht.« Ich reichte ihm lächelnd das Messer. »Schneide das Fleisch in ganz kleine Stücke, und wirf nicht den kleinsten Fetzen fort. Ich verarbeite alles, was man normalerweise nicht auf dem Teller sehen möchte, zu Fleischbällen.«

»Sehr gut, Miss.«

»Ich gehe jetzt Wasser holen. Ich hätte gern einen vollen Kanister, wenn wir morgen wieder aufbrechen.«

»Ja, Miss. Könnten Sie vorher vielleicht ein Feuer für mich machen? Sie sind die einzige, die das kann.«

In das Loch, das ich am Tag zuvor gegraben hatte, war nur noch wenig Wasser gesickert, aber ich konnte den Kanister immerhin zur Hälfte füllen, und als wir unseren Marsch am nächsten Morgen fortsetzten, waren wir alle gestärkt und guten Mutes. Ich begann, Stolz auf mich zu empfinden, weil es mir gelungen war, an dieser gefürchteten Küste, wo vor uns kein Schiffbrüchiger überlebt hatte, neun Menschen vor einem qualvollen Ende zu bewahren, aber mein Stolz hielt nicht lange an. Das Terrain änderte sich, und Sand und Schotter wurden abgelöst von zerklüfteten und scharfkantigen Felsschründen, wo man sehr leicht stolpern und sich den Knöchel verstauchen oder brechen konnte. Besonders gefährlich war es für die Männer, die Piroo auf seiner Bahre trugen.

In drei gnadenlosen Tagen legten wir nur neun Meilen zurück, und ich fand keinen Tropfen Wasser. Der Kanister war leer. Wir hielten uns mit Tautropfen am Leben, die wir aus Kleidungsstücken wrangen oder aus winzigen Löchern und Ritzen im Fels leckten. Am zweiten Tag konnten wir kein Essen mehr schlucken, weil unsere Kehlen zu ausgedörrt waren. Elizas Schuhe waren zerrissen, und sie mußte sich die Füße mit Streifen von einer Wolldecke umwickeln, um weitergehen zu können. Markies Augen hatten so sehr gelitten, daß er sie tagsüber nur noch für jeweils eine Minute öffnen konnte. Aus diesem Grund war er nicht mehr in der Lage, sich mit den anderen an der Bahre abzulösen, und er flehte uns an, ihn zurückzulassen, doch ehe einer von uns etwas einwenden konnte, erklärte Eliza, sie werde ohne ihn nicht weitergehen, so daß ihm nichts anderes übrigblieb, als ebenfalls weiterzumarschieren. Von nun an wickelte er sich tagsüber einen Verband um die Augen und ließ sich von Eliza an der Hand führen.

Am Abend des dreizehnten Tages waren wir mit unseren Kräften am Ende. Das Terrain schien besser begehbar zu werden, aber wir konnten nicht mehr. Meine Gefährten hatten große Brandblasen im Gesicht, ihre Wangen waren eingefallen, ihre Lippen aufgesprungen, und sie schleppten sich nur noch taumelnd dahin. Die Jahre meiner Kindheit und Jugend schienen mich gegen die Sonne gefeit zu haben, denn ich hatte keinen Sonnenbrand, obwohl mein Körper dunkelbraun geworden war, doch ansonsten ging es mir nicht besser als den anderen, und jede Hoffnung war in mir erstorben.

Bei Sonnenuntergang hielten wir auf einer kleinen Sandfläche inmitten drohender Felsbrocken ungefähr hundert Meter vom Ufer entfernt wankend inne. Luke und Simon setzten die Bahre ab, und wir ließen uns einfach dort, wo wir waren, auf den Boden fallen, ohne ein Wort zu wechseln, wohl wissend, daß wir nie wieder die Kraft finden würden, uns zu bewegen. Ich war wohl eingeschlafen, denn es dunkelte bereits, als ich spürte, wie mich jemand an der Schulter berührte. Luke flüsterte heiser: »Komm ein Stück weiter, Rotschopf . . . muß dir etwas sagen.«

17

DER TAU DER Nacht fiel. Ich leckte ein wenig Feuchtigkeit von meinen Armen und Schultern, sog etwas aus den Unterrockresten, die ich ausgebreitet hatte. Luke nahm meine Hand, und wir entfernten uns in Richtung Meer, dann setzte er sich mit dem Rücken an einen Felsen und zog mich neben sich.

Seine Stimme war belegt und stockend, als er sagte:

»Konnte nicht alles enden lassen, ohne es dir zu sagen. Ohne alles zu erklären.« Ich hörte, wie er zu schlucken versuchte. »Ich habe dich so schlecht behandelt, Rotschopf. So grausame Dinge gesagt.«

»Grausam?« flüsterte ich. »O nein, Luke.«

»Doch. Also . . . versuch bitte zu verstehen. Du weißt, daß ich Rosemary geliebt habe?«

»Natürlich. Sie war das Licht deines Lebens.« Ich hatte ein Gefühl der Unwirklichkeit, als träumte ich, aber es tat gut, neben Luke zu sitzen und mich ihm so nahe zu fühlen.

Er sagte: »Du weißt, daß sie zu krank war, um . . . um in jeder Hinsicht eine Ehefrau zu sein?«

»Ja, ich habe es von Anfang an gemerkt. Sie hat nicht . . . sie hat nicht ›bei dir gelegen‹, wie ich es früher nannte.«

Er sagte nach einer Weile: »Mitji, Meg . . . Ich muß dir etwas Furchtbares sagen. Du warst fünfzehn und körperlich erwachsen. Ich mochte dich. Ich hatte Achtung vor dir. Und dann, vielleicht nach einem Jahr, fing ich an, dich zu begehren. Ich gab mir alle Mühe, es nicht zu tun.« Seine Stimme bebte. »Ich habe nie so getan, als wäre ich ein Heiliger. Ich bin in der Welt herumgekommen und habe oft über die Stränge geschlagen, aber von dem Augenblick an, als ich Rosemary begegnete, hat es nie eine andere gegeben. Ich schwöre dir, ich habe nie aufgehört, sie zu lieben, und du weißt, daß ich dich nie angerührt oder meine Gefühle bloßgestellt habe. Im Gegenteil . . .«

Ich flüsterte: »Ich weiß . . . ich weiß«, und staunte über meine eigene Einfalt. Luke war ein Mann in der Blüte seines Lebens, der im entlegenen *Shalimar* fern der Welt mit einer Frau gelebt hatte, die er anbetete, aber nicht wie ein Mann besitzen konnte. Dann war ich auf dem Schauplatz erschienen, ein schlichtes Geschöpf, das aber einen kräftigen jungen Körper und keine Begriffe von Keuschheit hatte, eine erdnahe und unbeschwerte Kreatur, die vor Gesundheit strotzte und täglich mit ihm zusammen arbeitete und an einem Tisch mit ihm aß, sogar unter einem Dach mit ihm schlief. Es war kaum ein Wunder, daß sein Blut sich geregt hatte.

Ich sagte: »O Luke, es tut mir so leid. Es war so ungerecht, und es hat so lange gedauert. Es muß eine Qual für dich gewesen sein. Du hättest mich fortschicken sollen.«

Er gab ein krächzendes Lachen von sich. »Und Rosemary das Herz brechen? Sie war nur wenige Jahre älter als du, Mitji, und du warst für sie nicht nur das Kind, das sie nie haben konnte, sondern auch eine jüngere Schwester. Ich konnte dich nicht fortschicken. Aber ich kam mir vor wie ein Verräter, und ich schämte mich schrecklich. Deshalb war ich oft unfreundlich zu dir, als ob es deine Schuld gewesen wäre.«

Ich tastete nach seiner Hand, und diesmal zog er sie nicht fort. »Es war nicht so oft«, flüsterte ich. »Denn die meiste Zeit warst du für mich ein sehr gütiger Freund.« Wir sprachen beide langsam, weil wir keine Kraft mehr hatten und unsere trockenen Kehlen das Reden erschwerten.

»Ich habe mich selbst deswegen gehaßt, weil ich dich begehrte«, sagte Luke noch leiser. »Du warst so jung, so unschuldig, so zutraulich und freundlich wie ein kleines Hündchen. Ich habe oft von dir geträumt, und ich habe beinahe auch dich deshalb gehaßt. Aber mich verfolgt immer noch, was ich zu dir bei Rosemarys Tod gesagt habe. Du warst so gut und lieb zu ihr gewesen, und doch habe ich Minuten nach ihrem Tod zu dir gesagt, du sollst mir aus den Augen gehen.«

Er seufzte, und seine Stimme drohte zu versagen. »Weißt du, warum?« »Weil ich . . . weil ich Erleichterung spürte, Meg. Erleichterung, daß es vorbei war. Gott möge mir vergeben.«

Das Mitleid, das ich für den gequälten Mann neben mir empfand, ließ mich sogar meinen furchtbaren Durst vergessen. Ich drückte seine Hand und sagte heiser: »Es gibt nichts zu vergeben. Du hast Rosemary dein Leben geweiht. Kein Mann hätte sie so lieben und ihr so treu sein können wie du. Aber sie war todkrank, und du wußtest, daß das Ende kam, und deshalb war es nur menschlich, Erleichterung zu fühlen, als es dann wirklich kam, als die Qual vorüber war. Ich habe das gleiche gefühlt, Luke, und ich hatte sie lieber als irgend jemanden auf der Welt.«

Lange blieben wir beide still, und dann sagte er mit abwesender Stimme: »Das war aber nicht alles. Als du fort warst und ich frei zu sein glaubte, stellte ich fest, daß ich nicht nur ... nicht nur männliche Wollust für dich empfand. Ich konnte dich nicht aus meinen Gedanken verbannen, Rotschopf. Ich sehnte mich Tag und Nacht nach dir. Oh, ich wollte dich auch in meinen Armen halten, aber es war viel mehr als das. Ich wollte bei dir sein, zusammen mit dir arbeiten, dieses sommersprossige Gesicht gegenüber von mir am Tisch sehen, einfach sehen, wie ... du dich bewegst, denn du bist so wunderschön anzusehen. Ich wollte sogar das Katzengesicht sehen, das du immer machst, wenn du böse wirst. Da wurde mir klar, daß ich schon lange in dich verliebt war, aber ich habe Rosemary deshalb nie weniger geliebt.«

Er schüttelte den Kopf. »Kann man wirklich zwei Frauen so lieben? Ich kann nur sagen, bei mir war es so. Du warst so anders, aber ich liebte euch beide, und es hat nie aufgehört, mich zutiefst zu beschämen. Ich bin seitdem von Schuldgefühlen verfolgt worden und habe mich bemüht, dich zu vergessen, damit ich mir nicht mehr wie ein Verräter vorkommen mußte.«

Meg ... Mitji ... Rotschopf. Er gebrauchte alle meine Namen, während er die Vergangenheit an seinem inneren Auge vorbeiziehen ließ. Ich sagte: »Luke ... Rosemary hat mich nicht nur gebeten, daß ich mich um dich kümmern soll, wenn sie nicht mehr da ist. Sie hat auch gesagt, du würdest mich brauchen, und mich angefleht, ich soll dich heiraten. Ich konnte es dir nicht vorher sagen, weil es so schien, als wolltest du mich so schnell wie möglich aus deinem Leben vertreiben. Ich bin froh, daß es nur daher kam, weil du mich eigentlich gern hattest. Verstehst Du, was ich meine, Luke: Rosemary hat uns beide geliebt und wollte aufrichtig, daß du mich eines Tages heiratest, und deshalb hast du sie überhaupt nie betrogen oder verraten, und du hättest überhaupt nie Schuldgefühle haben zu brauchen.«

Ich fühlte, wie ein Beben seinen Körper durchlief, als wurde er von einem trockenen Schluchzen geschüttelt, und er flüsterte ihren Namen zweimal mit gebrochener Stimme. Ich ging mühsam in die Knie und wandte mich ihm zu und legte zärtlich meine Hand an seine Wange. »Es ist schwer zu sprechen«, flüsterte ich heiser. »Aber ich mache es so kurz wie möglich. Ich hätte dich geheiratet, weil Rosemary mich darum gebeten hat und weil ich immer glücklich war, wenn ich mit dir zusammen war. Aber jetzt ist es mehr als das. An dem Tag, als du mich von Clairmont fortgebracht hast, habe ich gemerkt, daß ich in dich verliebt bin. Es kam ganz plötzlich, als wir in Calais auf die Fähre gewartet haben, und ich habe seitdem versucht, es zu verbergen, weil ich dachte, daß du mich nicht besonders magst.«

Nach einer Weile sagte er mit einer Stimme, die ich kaum hören konnte: »Oh, Rotschopf . . .«

Er nahm mich langsam in die Arme und zog mich an sich. In einem zarten Kuß berührten seine rissigen Lippen meine rissigen Lippen, dann ließ ich mich wieder mit seinem Arm um meine Schultern neben ihn sinken, und wie im Traum geriet mir alles durcheinander – ein Glücksgefühl, daß wir uns endlich gefunden hatten, und peinigender Kummer, daß uns keine Zeit mehr blieb. »Niemand könnte Rosemary jemals ersetzen«, sagte ich, oder vielleicht war es nur mein

Geist, der sprach. »Aber ich wäre dir eine so liebende Frau geworden, Luke ... mein Liebster.«

Die Welt versank, und ich schlief erschöpft ein. Ich träumte, und in dem Traum war ich wieder Mitji, die mit dem *kamil* durch den Busch zog. Vor uns lag ein großer See mit süßem Wasser, wie ich ihn noch nie gesehen hatte, und wir liefen darauf zu, weil wir von unerträglichem Durst gequält wurden. Das *kamil* riß sich los, um vorauszulaufen, und in diesem Augenblick witterte ich Wasser und erwachte.

Das erste Tageslicht tauchte den östlichen Himmel in einen rosigen Schimmer. Ich lag immer noch in Lukes Arm an dem Felsen. Meine Zunge war geschwollen, ich konnte nicht sprechen. Ich setzte mich langsam auf. Luke rührte sich, öffnete blinzelnd die Augen. Er blickte mich an und bewegte die Lippen, aber kein Wort drang hervor. Etwas war anders, etwas war merkwürdig. Ich konnte das Wasser aus meinem Traum immer noch wittern. Der Wind hatte sich gedreht und brachte den Geruch süßen Wassers von der See her, was absurd war.

Aber der Geruch hielt an, und ich tastete nach Lukes Hand und bedeutete ihm, mir zu folgen. Langsam, auf unsicheren Beinen gingen wir zum Ufer. Der Salzwassergeruch war voll und stark, doch auch der Geruch, den ich in meinem Traum bemerkt hatte, war immer noch wahrnehmbar.

Ein schmaler Fjord, in den die Wellen gischteten, begann die Felsküste etwa fünfzig Meter vom eigentlichen Meer entfernt zu teilen. Es war eher ein tiefer Spalt, der bis zu seinem Ende vom Wasser ausgefüllt wurde, aber ich erkannte, daß die Felsen auf beiden Seiten teilweise trocken waren. Obwohl das Wasser an dieser Stelle sehr klar war, konnte ich die Tiefe nicht abschätzen, und ich musterte angestrengt das Ende des Fjords, die Stelle, wo die Felsen noch einmal aufragten, ehe sie in Sand übergingen, während Luke wie benommen neben mir schwankte.

Genau unter mir waren einige simsähnliche Vorsprünge im Fels, und der Geruch war nun eine Nuance stärker. Ich ließ Lukes Hand los, bückte mich und stieg in das Wasser hinunter. Als meine Füße den Grund erreichten, ging es mir bis zur Brust. Die Ausläufer einer Welle riffelten das Wasser, ließen es bis an mein Kinn steigen und dann wieder zurückweichen. Dabei beugte ich mich nach unten und trank.

Süßwasser! Brackiges, aber süßes und lebenspendendes Wasser, das irgendwo im Landesinnern einsickerte und auf unterirdischem geheimen Weg hierherfloß, um sich in diesem Schlund ins Meer zu ergießen! Und jedesmal, wenn eine Welle zurückwich, mischte sich kein Salzwasser mehr in den klaren Strom, bis etwas eine halbe Minute später die nächste Woge kam!

Ich trank wieder, hob dann den Kopf zu Luke, lachte, rief, winkte, versuchte, zusammenhängend zu sprechen, das Wunder zu erklären. Augenblicke später stand er neben mir im Wasser, senkte auf mein Zeichen hin den Kopf und trank. Als er mehrere Mundvoll getrunken hatte, nahm ich seinen Arm und sagte: »Nicht zu hastig und nicht zuviel auf einmal.« Meine Stimme klang noch eingerostet, aber ich konnte zumindest wieder sprechen.

Er drehte sich zu mir, nickte und umfaßte meine Arme, während wir dort Brust an Brust im Wasser standen. »Nicht zuviel auf einmal . . .«, wiederholte er heiser. »Ich erinnere mich, daß du damals dasselbe gesagt hast, als du mir die Wasserflasche fortgenommen hast . . . kurz nachdem du mich zum erstenmal geküßt und mir das Leben gerettet hast.«

Also erinnerte sich auch Luke an den Augenblick, als ich ihm mit meinem Mund Wasser gegeben hatte. Jetzt legte er wieder zart die Lippen auf meine, richtete sich dann auf, hielt meinen Kopf lange liebevoll in beiden Händen, fuhr mir über mein struppiges, kurzgeschorenes Haar und sagte leise. »Rotschopf, du bist wundervoll, ich bete dich an.« Er wies mit dem Kopf zur Seite. »Ein unterirdischer Wasserlauf?«

Ich lächelte zu ihm auf, grinste beinahe, als ich sagte: »Ja, das muß es sein, und er fließt ohne Unterbrechung! Oh, stell dir vor, Luke! Wir können hier ausruhen und zwei oder drei Tage nach Herzenslust trinken, bis wir wieder bei Kräften sind, bevor wir weitergehen. Ich werde genug Essen für uns finden, und wir haben ohnehin noch das meiste von dem Schakalfleisch übrig. Vielleicht kann ich aus dem Schakalfell sogar einen Wasserbeutel machen. Oh . . . halt mich bitte noch einmal ganz fest, und küß mich, bevor wir gehen und es den anderen sagen.«

Fünf Minuten später hockte ich neben dem vollen Wasserkanister und stützte Markie Lafayette mit einem Arm an den Schultern, während Eliza mit einer großen Muschelschale Wasser zwischen seine Lippen träufelte. Neben uns trank Piroo, dessen Bein immer noch geschient war, gierig aus dem Schöpfeimer. Luke hatte die anderen zum Trinken an den schmalen Fjord geführt, aber Markie war heute morgen so schwach, daß er sich nicht von der Stelle rühren konnte.

»Trink jetzt selbst noch etwas«, sagte ich zu Eliza. »Ich versorge Markie schon.«

Sie hob ihr verbranntes Gesicht zu mir und lächelte. »Ich habe noch Zeit genug, nachdem Markie so viel getrunken hat, wie du es für ratsam hältst. Der arme, gute Mann. Er hat mehr gelitten als irgend jemand sonst.«

Markie hob mit geschlossenen Augen eine Hand zu ihrer Schulter, als sie sich über ihn beugte. Langsam schluckte er das Wasser aus der Muschelschale. Sein Gesicht war wie ein Mosaik mit kleinen weißen Hautstellen zwischen wunden Flächen, wo sich mehrere Blasen gebildet hatten und dann geplatzt waren.

»Eliza«, flüsterte er, »wenn Mitji uns sicher heimgebracht hat, werden Sie ... er stockte ... wirst du mich dann heiraten? Liebe Eliza ... Bitte! Ich weiß, daß du frei bist ...«

Ich empfand seltsamerweise keine Überraschung. Eliza traten Tränen in die Augen. Sie strich zärtlich sein schneeweißes Haar glatt, berührte dann mit ihren aufgesprungenen Lippen seine Stirn. »O Markie«, sagte sie, »danke für den ersten Heiratsantrag, den ich je bekommen habe. Bitte gib mir Zeit zum Nachdenken ... Frag mich noch einmal, wenn wir in Walfischbucht sind, ja?«

Zwei Tage waren vergangen, und wir waren wie neu geboren, denn wir hatten einen nie versiegenden Vorrat an Wasser, und das Schakalfleisch hatte uns, so zäh und faserig es auch war, restlos gesättigt. Am vierten Tag wollten wir unseren unterbrochenen Marsch fortsetzen. Vor dem Aufbruch würden wir noch einmal so viel trinken, wie wir konnten, und wenn wir den rettenden kleinen Fjord verließen, würden wir neun Liter Wasser in dem Kanister mitnehmen, weitere viereinhalb Liter in dem Schöpfeimer und noch gut einen Liter in einem Beutel, den ich ganz so, wie wir früher beim Stamm Opossumfelle genommen hatten, aus dem Fell des Schakals gefertigt hatten

Mr. Sullivan hatte ebenfalls gemeint, ich solle soviel Nahrung wie möglich suchen, bevor wir weiterzogen, damit wir genug Vorrat für vielleicht drei oder vier Tage mitnehmen konnten. Das würde mich in dieser Zeit von der verantwortungsvollen Aufgabe der Nahrungssuche befreien und vielleicht dazu beitragen, daß die ganze Gruppe schneller vorankam.

Trotz der schmerzhaft verbrannten Gesichter und Gliedmaßen meiner Gefährten herrschte nun, da wir wieder bei Kräften waren, eine optimistische Stimmung, die alle erfaßte. Adrian Webb hatte nach Markie den schlimmsten Sonnenbrand, denn auf seinem kahlen Schädel war die Haut aufgeplatzt, und an manchen Stellen begannen sich kleine Haarbüschel zu zeigen. Er hätte mit einer Kopfbedeckung den Sonnenbrand verhindern können, aber er hatte es nicht getan, und ich kannte den Grund. Mit bedecktem Schädel hätte er einen wichtigen Teil der Maske eingebüßt, die ihn zu Kinn-oben machte, und er hatte es nicht gewagt. Bis jetzt hatte er seine ohne jeden Zweifel schwierige Rolle eisern durchgehalten, nicht gesprochen, Befehle ausgeführt, sich mit seinem Anteil Wasser und Essen zufriedengegeben, keine Schwierigkeiten gemacht und nie ein Zeichen des Erkennens gezeigt, wenn er mich mit seinem einen Auge anblickte.

Meine Gefährten schienen aufgrund der denkwürdigen Umstände unserer Reise stillschweigend beschlossen zu haben, die Frage seiner Identität auf die lange Bank zu schieben, und behandelten ihn einfach so, wie sie Mercer oder Piroo behandelten, als Seemann und Mitglied unserer Gruppe. Ich hegte jedoch nicht den leisesten Zweifel. Ich wußte, dieser Mann war Adrian Webb, und ich war mir darüber im klaren, daß er eine Gefahr für uns werden konnte, sobald wir die Nähe einer menschlichen Ansiedlung erreicht hatten, aber ich hatte meine Warnung schon ausgesprochen, und vorerst konnte ich ihn nur als Kinn-oben akzeptieren, ohne freilich eine Sekunde lang zu vergessen, daß er der Feind war, der seit Jahren versucht hatte, meinen Tod herbeizuführen.

Am Morgen des dritten Tages, nachdem ich den unterirdischen Wasserlauf entdeckt hatte, ging ich auf der Suche nach Nahrung zusammen mit Luke und Simon die Küste in südlicher Richtung hinunter. Die beiden Männer hielten sich ans Ufer, um Schalentiere und gelegentlich tote Fisch zu sammeln, die von schweren Brechern an die Felsen geworfen worden waren, während ich die Dünen absuchte und dann und wann zwischen ihnen hervorkam, um meine Begleiter nicht aus den Augen zu verlieren und Luke zuzuwinken. Er war seit jener Nacht, als wir uns in dem festen Glauben, bald sterben zu müssen, unsere Liebe gestanden hatten, ein anderer Mensch. All die Anspannung, unter der er früher fortwährend gelitten zu haben schien, hatte sich wie durch einen märchenhaften Zauber gelöst. Wir sagten unseren Freunden nichts von dem, was geschehen war, versuchten aber auch nicht, unsere Gefühle füreinander zu verbergen.

In den ersten Stunden fand und tötete ich eine große Eidechse, drei kleine Eidechsen und ein mir unbekanntes kleines Pelztier, das offenbar in selbstgegrabenen Löchern im Sand lebte. Außerdem sammelte ich viele Raupen von einem riesigen, sehr alten Stück faulenden Treibholzes und tat alles in einen primitiven Beutel, den ich schon vor Wochen zu diesem Zweck aus den Resten meines Batistunterrocks gemacht hatte. In der Hoffnung, ein oder zwei Möwen zu erlegen, wenn ich mich den Männern am Ufer anschloß, hatte ich meine Wurfkeule mitgenommen, und ich hatte auch vorsorglich den Bumerang dabei, den Piroo für mich gefertigt hatte. Die Chance, ein Tier zu sichten, das ein gutes Ziel für den Bumerang abgab, war zwar sehr gering, aber ich hätte mir nie verziehen, wenn ich sie nicht hätte wahrnehmen können, falls sie wider alle Voraussicht eingetreten wäre.

Am späten Vormittag hatte ich das Glück, einen recht großen braunen Vogel auf eine kleine Eidechse niederstoßen zu sehen, und ich war nahe genug, daß ich meine Keule werfen konnte, bevor er sich wieder aufschwang, wodurch sich dann mein Beutel weiterhin füllte. Zufrieden begann ich zum Strand zu gehen und faßte den Entschluß, mich am Nachmittag ganz auf die Möwenjagd zu konzentrieren. Mercer, der junge Steward, konnte die Tiere für mich rupfen und ausnehmen, und dann würde ich Schalentiere, Eidechsen und alle anderen erlegten und gesammelten Geschöpfe zu einem Brei stampfen, zu Bällen formen und ein Feuer machen, um sie in der heißen Asche zu braten. Wenn ich am Nachmittag Erfolg hatte, müßten wir genügend Proviant für mehrere Tage bei unserem Aufbruch am nächsten Morgen parat haben.

Als ich hinter der letzten Dünenreihe hervortrat, sah ich, daß Luke und Simon wie angewurzelt dastanden und mit abgeschirmten Augen auf das Meer blickten. In den letzten Minuten hatte sich der Dunst über dem Wasser aufgelöst, der Himmel war blau und – vor dem fernen Horizont zeichnete sich ein Schiff ab! Die Rauchfahne dahinter zeigte, daß es längs der Küste nach Süden dampfte, und es war schon jetzt nicht mehr auf gleicher Höhe mit uns und entfernte sich schnell. Ein Schiff vorbeifahren zu sehen, dessen Mannschaft und Passagiere sicher und geborgen an Bord lebten, bewirkte einen sonderbaren Aufruhr von Gefühlen, aber ich wußte, daß es uns nicht helfen würde. Selbst wenn Luke und Simon es früher erblickt hätten und wir rechtzeitig ein Treibholzfeuer hätten machen können, wäre ein Wunder nötig gewesen, damit irgend jemand an Bord unsere winzige Rauchwolke bemerkt hätte, bevor das Schiff außer Sicht war.

Ich ging weiter und rief ihnen etwas zu, als ich mich dem Ufer näherte. Beide Männer drehten sich um, Luke mit einer fröhlichen Grimasse, Simon mit einer resignierten Geste.

»Kein Grund zur Aufregung«, sagte Simon. »Kein Kapitän, der seine fünf Sinne beisammen hat, würde das Risiko auf sich nehmen, dieser Küste noch näher zu kommen, nicht einmal dann, wenn sie uns gesichtet hätten. Und wenn er es doch riskierte, würde kein Boot unbeschädigt landen können, um uns aufzunehmen. Diese Riffe sind mörderisch.«

Luke sagte tröstend: »Keine Sorge. Dieser sonderbare Wechselbalg aus dem Busch wird uns heil und unbeschadet in die Zivilisation zurückbringen, nicht wahr, mein Schatz?« Er trat zu mir, und ich sah, daß der Beutel, den wir aus einem Wolldeckenfetzen gemacht hatten, fast zur Hälfte mit Schalentieren gefüllt war. Er blieb vor mir stehen, musterte mich eine Weile mit strahlenden Augen und schüttelte dann den Kopf. »Mein Gott, du bist genauso schmutzig und verwahrlost und fast so nackt wie an dem Tag, als ich dich zum erstenmal erblickt habe – und ein genauso willkommener Anblick wie damals.«

Ich liebte es, wenn Luke so mit mir sprach, denn es zeigte mir, wie nahe wir einander waren, nun, da wir alle Mißverständnisse aus dem Weg geräumt hatten. »Mit diesen Brandblasen im Gesicht«, entgegnete ich, »siehst du aus wie ein *walypala*-Wechselbalg. Ich habe dir ein paar saftige Eidechsen und fette Raupen zum Lunch mitgebracht. Möchtest du sie sehen?«

Er verzog das Gesicht und hielt sich die Augen zu. »Verschone mich, Mitji. Mögen die Ingredienzien dieser elenden Klopse für immer dein Geheimnis bleiben!«

Simon kam mit seiner Ausbeute an Schalentieren zu uns. »Wollt ihr zwei vielleicht heiraten?« fragte er.

»Wenn Mitji mich haben will.« Luke nahm meine Hand.

In Simons Augen blitzte ein Funke seines alten Humors. »Sie ist viel zu gut für dich, aber ich gratuliere trotzdem, und dir wünsche ich von ganzem Herzen alles Gute, Mitji. Wir haben erst neulich gemerkt, daß ihr verliebt seid.«

Ich sagte: »Wir waren beide bis neulich überzeugt, daß nur einer von uns verliebt ist. Vielen Dank für deine guten Wünsche, Simon.« Ich schaute nach Süden, wo nun nur noch ein schwacher Rauchstreifen sichtbar war. »Gehen wir zurück. Vielleicht erwische ich unterwegs noch eine Möwe, aber ich gehe heute nachmittag ohnehin noch einmal jagen.«

Wir gingen an der Küste entlang zum Lager zurück, und Simon sagte ruhig: »Markie hat Eliza einen Heiratsantrag gemacht. Sie haben es mir beide unabhängig voneinander erzählt. Wißt ihr schon davon?« Ich sagte: »Ich war dabei, Simon. Hat es dich denn überrascht?«

Er fuhr sich mit der Hand über die dichten Bartstoppeln, die durch die wunden Stellen auf seinen Wangen drangen. »Ich bin wie vor den Kopf geschlagen«, sagte er. »Glaubst du . . . glaubst du denn, sie könnte annehmen?«

Ich empfand Mitleid mit ihm, aber auch Zorn. »Gut möglich«, antwortete ich. »Er wird sie noch einmal fragen, wenn wir in Walfischbucht sind.«

»O du meine Güte«, murmelte Simon abwesend. »Ich kann mir nicht vorstellen, ohne Eliza zu leben. Ich kann es mir einfach nicht vorstellen.«

»Du selbst hast sie doch in all den Jahren nicht an dich gebunden. Eliza hätte dich jederzeit geheiratet, wie du wohl weißt«, sagte ich. »Beklag dich also nicht. Hast du wirklich erwartet, sie würde dir weiterhin alles geben, bis sie alt und grau ist du dir eine jüngere Frau zulegst? Ist dir nicht klar, was für eine wunderbare Frau sie für jeden Mann wäre? Ich mag dich wirklich, Simon, aber was Eliza betrifft, so finde ich, bist du ein ziemlicher Idiot.«

Luke stieß einen leisen Pfiff aus, sagte aber nichts. Ich schämte mich plötzlich, daß ich so neunmalklug dahergeredet hatte, obwohl meine Worte von Herzen gekommen waren. Ich sagte schnell: »Verzeih, Simon. Ich hatte kein Recht . . .«

»Doch, doch«, fiel er mir barsch ins Wort. »Du brauchst dich nicht zu entschuldigen. Anscheinend war all dies einmal nötig, damit ich endlich begreife, wie ich wirklich bin. Aber . . . kannst du mir helfen, Mitji?«

»Dir helfen?«

»Ja. Mir helfen, Eliza nicht zu verlieren.« Er sah mich verzweifelt an. »Sie ist ein Teil von mir. Ich meine, all diese Jahre . . .«

Ich griff nach Lukes Hand und sagte verzagt: »Oh, Simon . . . Wie kann ich auch nur versuchen, dir zu helfen, wenn es bedeutet, daß ich mit dir Partei gegen Markie ergreifen müßte?«

Er fuhr sich wie benommen mit der Hand über die Augen und murmelte: »Ja. Daran habe ich gar nicht gedacht. Das geht natürlich nicht.«

Wir gingen stumm weiter, und ich war froh, daß wir uns nun den Felsen näherten, wo wir das Lager aufgeschlagen hatten. Die Küste sprang dort ein kurzes Stück nach Osten vor, so daß auf der anderen Seite der Felsen noch Schatten herrschte und wir niemanden sehen konnten, bis wir uns dem Lager auf etwa siebzig Schritte genähert hatten. An diesem Punkt hörten wir einen Schuß.

Wir erstarrten und fingen dann an zu laufen, bis wir das Lager sehen konnten. Von den sechs Gestalten, die wir dort erblickten, stand nur eine. Es war Adrian Webb, und seine Haltung zeigte deutlich, daß er die anderen mit einer Pistole in Schach hielt. Piroo lag wie immer auf der Bahre, und daneben erblickte ich seine Werkzeugtasche. Ein paar Meter weiter lagen Mr. Sullivan und Mercer, beide alle viere von sich gestreckt. An der einen Seite kniete Eliza und hielt Markie in einer halb sitzenden Haltung, und selbst aus dieser Entfernung konnten wir einen großen roten Fleck auf seiner Hemdbrust sehen. Adrian Webb wandte uns den Rükken zu, schaute sich aber in diesem Moment um, und als er uns sah, wirbelte er mit vorgehaltener Pistole herum.

Mein Herz hämmerte vor Furcht und Entsetzen, als ich sagte: »Es ist Adrian Webb. Er will uns alle töten. Er muß es.«

Von Luke kam ein krächzendes Flüstern: »Allmächtiger Gott, er hat Markie getroffen. Und du hast uns gewarnt, Mitji.«

Simon sagte gepreßt: »Bis jetzt hat er erst einmal geschossen. Er muß Sullivan und Mercer niedergeschlagen haben, um die Kugeln für *uns* aufzuheben, und dann kann er die übrigen mit dem Beil erledigen.«

Luke holte tief Luft, und seine Stimme war sehr beherrscht, als er sagte: »Webb kann Eliza jeden Moment töten, wir müssen also sofort handeln. Hör genau zu, Simon. Wir gehen jetzt einige Schritte auseinander und laufen dann beide in Schlangenlinien auf ihn zu, so daß wir zwei Ziele bieten, die sich bewegen. Auf mehr als zehn Meter Entfernung ist eine solche Pistole ziemlich nutzlos, so daß einer von uns ihn erreichen müßte – mit Glück und mit Mitjis Hilfe.« Er warf einen Blick auf mich. »Paß einen günstigen Augenblick ab, Liebling. Er wird nicht auf dich achten, sondern auf uns. Simon – *los!*«

Sie ließen ihre Beutel mit Schalentieren fallen und begannen zu laufen. Zuerst entfernten sie sich ein Stück voneinander, und dann rannten sie zu der massigen Gestalt mit dem dichten schwarzen Bart, die darauf wartete, sie zu töten. Ich ließ meinen Beutel und den Schlegel fallen, streifte mir dann beide Unterrockträger ab, damit meine Arme frei waren und ich nicht im geringsten behindert wurde. Mein Mund war vor Angst ausgedörrt, und ich mußte die Zähne zusammenbeißen, damit sie nicht klapperten. Adrian Webb schaute zuerst zu Simon, und dann zu Luke, und es war klar, daß er eiskalt den besten Moment zum Schießen kalkulierte. Ich wog den Bumerang konzentriert in der Hand, schaltete alle Gedanken aus, die mir durch den Kopf schossen, und warf einfach so, wie ich schon tausendmal geworfen hatte, nur daß jetzt unendlich mehr auf dem Spiel stand.

Ich warf gerade und niedrig und mit aller Kraft, damit die

Waffe mit größtmöglicher Geschwindigkeit ihr Ziel erreichte, doch schon in dem Moment, als sie sich aus meiner Hand löste, wußte ich, daß ich einen Fehler macht hatte.

In meiner Angst hatte ich zu früh geworfen, denn der Bumerang würde Adrian Webb, falls er ihn nicht unmittelbar ins Gesicht traf, höchstens verwunden oder ins Stolpern bringen, so daß er bestenfalls zu Boden fiel. Da ich Sekunden zu früh geworfen hatte, war es sehr gut möglich, daß er sich rechtzeitig von dem Aufprall erholte und Luke oder Simon oder beide niederschoß, bevor sie ihn erreichen konnten.

Der Bumerang schwirrte noch durch die Luft, als ich den Schlegel aufhob und loslief, nicht etwa in der Hoffnung, Adrian Webb rechtzeitig so nahe zu kommen, daß ich werfen konnte, sondern weil ich mir verzweifelt ausrechnete, meine laufende Gestalt könnte ihn für kurze Momente von den beiden anderen ablenken.

Ich sah, wie der Bumerang, der eben noch knapp über dem Boden dahingeflogen war, etwas höher stieg auf Adrian Webbs Brust zu, aber Webb mußte ihn ebenfalls erblickt haben, denn er wandte sich halb um und versuchte, ihn mit dem Arm abzuwehren, der die Pistole hielt.

Die schmale Kante der Waffe hatte vielleicht seinen Arm aufgeschlitzt, aber er hechtete hinterher, fiel zu Boden und griff mit der anderen Hand danach, während Luke und Simon, die bei jedem Schritt in dem losen Sand einsanken, immer noch viele Meter entfernt waren.

In diesem Augenblick wälzte sich der kleine Piroo von seiner Bahre, rollte zweimal herum, nahm Schwung mit einem Arm und ließ einen schweren Schraubenschlüssel auf Adrian Webbs Kopf sausen, als dieser gerade die Pistole ergriffen hatte.

Als ich die Stelle erreichte, half Luke gerade dem aufgeregt plappernden Piroo in eine bequemere Stellung. Simon kniete neben Adrian Webb und drehte ihn auf den Rücken, um den Puls an seinem Hals zu fühlen. Ich lief an ihnen vorbei zu Eliza und Markie und riß sein blutgetränktes Hemd auf. Mir sank das Herz, und ich erschauerte, als ich die Wunde sah, denn ich wußte, daß er nur noch Augenblicke zu leben hatte. Seine Augen waren geschlossen, und sein verbranntes Gesicht war zwischen den vielen Blasen und wunden Stellen nun ganz grau.

»Caragh?« flüsterte er schwach. *»Caragh . . . bist du da?«*

Eliza sah mich verzweifelt an und nickte. Ich nahm seine Hand und sagte unsicher: »Ja, ich bin hier, Markie. Keine Sorge, ich pflege dich gesund.«

»Ich habe keine Angst . . . nur müde. Ich habe sie gefunden, Caragh . . . deine kleine Tochter. Du wirst so stolz auf sie sein.«

Ich konnte nur die Worte aussprechen, die mir gerade einfielen, und sagte: »Ich bin stolz auf *dich*, Markie. Du bist der gütigste Mensch, den ich kenne. Ein wunderbarer Freund.«

»Ich liebe dich so sehr, Caragh . . . Ich werde dich immer lieben . . .« Die Stimme wurde noch schwächer: *»Ich bin so müde . . . Sag mir gute Nacht . . .«*

»Gute Nacht, Markie, du Lieber. Schlaf gut.« Ich beugte mich nach unten und legte meinen Mund auf seine armen, aufgesprungenen Lippen, kniete mich dann hin und nahm seine Hände. Er lag, flach und stoßweise vor sich hin atmend, in Elizas Armen, und dann fiel sein Kopf an ihre Brust. Sie legte ihn sehr behutsam hin. Immer noch kniend, wandte sie sich zu mir und breitete die Arme aus. Wir hielten einander und weinten beide, und einige Zeit verstrich, bis wir wieder aufstanden.

Luke beugte sich nach unten, um Markie mit einer Wolldecke zu bedecken. Mr. Sullivan hatte sich inzwischen aufgesetzt und preßte sich beide Hände an den Kopf. Mercer lag, auf einen Ellbogen gestützt, da und blickte sich benommen um. »Adrian Webb ist tot«, sagte Simon. »Piroo hat ihm mit dem Schraubenschlüssel den Schädel eingeschlagen.«

»Sehr gut«, sagte Eliza tonlos. »Wir sollten auch Mitji dafür danken, denn ohne sie hätten wir Piroo zurückgelassen . . .« Sie bückte sich, um ein paar Fetzen von ihrem zerschlissenen Unterrock abzureißen, und gab mir einen davon. »Kümmern wir uns jetzt um die beiden verletzten Seeleute, Liebes.« Sie stapfte mit ihren dick umwickelten Füßen zu Mercer. Ich schüttete Wasser in den Eimer, stellte ihn zwischen uns, kniete mich neben Mr. Sullivan hin und fing an, die große Beule zu betupfen, die seitlich an seinem Kopf mehr und mehr anschwoll.

Simon ließ die Augenbinde so um seinen Finger kreisen, daß sie sich darum wickelte. »Das Auge von dem Kerl war völlig in Ordnung«, sagte er.

Eliza warf ihm einen ungeduldigen Blick zu. »Natürlich war es das. Der Haufen, der da liegt, war Adrian Webb. Er holte auf einmal einen Holzhammer aus Piroos Werkzeugtasche und schlug Mr. Sullivan nieder. Mercer griff ihn an und wurde ebenfalls niedergeschlagen.« Sie legte dem jungen Steward den Arm um die Schultern und drückte den nassen Fetzen sanft an seinen Kopf. »So, mein Kleiner, laß dir Zeit mit dem Aufstehen. Jetzt ist Gott sei Dank alles vorbei.«

Luke fragte: »Hast du gesehen, wie es passiert ist, Eliza?«

Sie sah zu ihm hoch. »O ja. Ich war ein Stück von ihm entfernt, Markie war näher. Webb machte blitzschnell Mr. Sullivans Halfter auf und holte die Pistole heraus, und dann sagte er zu Markie etwas auf englisch, in seiner richtigen Sprache. Seine Stimme war haßerfüllt, und er sagte: *›Diese verdammte kleine Glencullen hat es gemerkt, aber ich hab' dich trotzdem geschafft, Lafayette – ich hab' euch alle in den Sack gesteckt. Ich bleib' als einziger übrig, Idioten, ihr!‹«*

Eliza senkte den Kopf und erschauerte. »Er hob die Pistole und zielte auf Markie. Ich rannte los und schrie etwas, um ihn abzulenken. Er richtete die Pistole auf mich und schoß, aber Markie warf sich dazwischen. Ich bekam ihn zu fassen, ehe er fiel. Dann . . . dann seid ihr gekommen.«

Ich tauchte meinen Fetzen wieder ein und drückte ihn an Mr. Sullivans Kopf.

Er sagte stammelnd: »Danke, Miss . . . Mitji. Es war genauso, wie Mrs. Fordyce gesagt hat. Ich konnte mich nicht rühren, aber ich hörte den Kerl sprechen.« Er drückte sich mit den Fingern auf die Augen. »Sie haben uns gewarnt, daß er gefährlich ist. Wir hätten Ihren Rat befolgen sollen.«

Ich sagte erschöpft: »Nein, Mr. Sullivan. Ich hatte unrecht. Mr. Lafayette war derselben Meinung wie Sie, und er hatte recht.« Ich spürte, wie meine Augen sich mit neuen Tränen füllten. »Selbst wenn er gewußt hätte, was geschehen würde, wäre er nie damit einverstanden gewesen, ihn zu töten, denn er war ein zivilisierter Gentleman, kein wildes Wesen wie Adrian Webb . . . oder wie ich. Es hat ihn das Leben gekostet, aber er war bereit, diesen Preis für seine Überzeugung zu zahlen.«

Ich hielt inne, um mir die Tränen abzuwischen. »Ich verstehe nur nicht, warum Adrian Webb sich diesen Moment ausgesucht hat«, sagte ich dann. »Ich war sicher, daß er warten würde, bis wir fast in Sicherheit sind.«

Eliza sagte stockend: »Aber das sind wir doch, Mitji. Habt ihr das Schiff nicht gesehen?«

Ich sah sie verwirrt an. »Doch, wir haben es gesehen, aber sie können uns unmöglich gesichtet haben.«

»Ich weiß, Liebes. Aber Mr. Sullivan hat uns erklärt, daß die Küste gerade hier ein Stück lang fast genau in westöstlicher Richtung verläuft, so daß das Schiff auf einem südöstlichen Kurs gewesen sein muß.«

Ich versuchte noch, die Bedeutung ihrer Worte zu erfassen, als Luke sagte: »Aber das heißt ja, daß es auf Land zuhält, und es gibt bestimmt keinen Kapitän, der es riskieren würde, sich dieser Todesfalle auf wenige Meilen zu nähern!«

Mr. Sullivan hob den Kopf und nahm mit einigen gemurmelten Dankesworten den wassergetränkten Lappen ab. »So ist es, Mr. Bowman«, erläuterte er. »Ein Schiff wird nur dann in dieser Gegend auf die Küste zuhalten, wenn es seinen Kurs ändert, um Walfischbucht anzulaufen.«

Wir vermochten kaum zu fassen, was er gesagt hatte, und eine Weile sprach niemand, bis Simon das Schweigen brach: »Sie meinen . . . wir haben es jetzt nicht mehr weit?«

Mr. Sullivan stand langsam auf. »Die Position und der Kurs des Schiffes lassen vermuten, daß Walfischbucht ungefähr dreißig Meilen weiter südlich liegt. Leider habe ich das bereits gesagt, als wir das Schiff sichteten, und dann kam dieser Adrian Webb offensichtlich zu dem Schluß, es sei Zeit für das Massaker.« Er sah auf die Gestalt hinunter, die nun unter einer Wolldecke im Sand lag. »Ich weiß immer noch nicht, wie Sie ihn aufgehalten haben.«

»Das haben Mitji und Piroo unter sich erledigt«, antwortete Simon, dessen Stimme sich immer noch nicht gefestigt hatte. »Mr. Bowman wird Ihnen alles Nähere erzählen.« Er bückte sich, um das Breitbeil aufzuheben. »Ich gehe jetzt und fange an, ein Grab auszuheben.«

Ich hatte dann bis zum Abend zu tun, doch wider Erwarten nicht mit der Suche nach Nahrung, denn wir hatten nun mehr als genug Wasser und Proviant für die zehn oder zwölf Meilen, die noch zwischen uns und unserem Ziel lagen. Wir kamen ohne weitere Diskussion überein, daß Markie Lafayette nicht ein Grab mit seinem Mörder teilen dürfe. Eliza wählte weiter oben am Strand neben einem flachen Felsen den Platz aus, wo er seine letzte Ruhe finden sollte, und als wir eine Grube ausgehoben und den Toten hineingelegt hatten, sammelten wir eine Stunde lang Steine und Felsbrokken, um einen kleinen Hügel auf dem Grab aufzuschichten.

Als dies getan war, arbeitete ich fast drei Stunden mit einem Nagel und einem Hammer daran, eine Inschrift in den weichen Kalksteinfels neben dem Grab zu meißeln. Die Buchstaben waren nur flach eingeritzt und primitiv geformt, aber ich wollte keinem der Männer erlauben, mir bei dieser Aufgabe zu helfen. Die kurze Inschrift lautete:

MARKIE LAFAYETTE VON SEINEN FREUNDEN GELIEBT

Als ich fertig war, schmerzten meine Hände und Handgelenke. Wenn wir erst fort waren, würde womöglich kein menschliches Auge je die Inschrift lesen, nicht bis ans Ende der Zeit, soviel war mir klar, aber wir würden wissen, daß sie da war. Ich kniete nieder und sagte ein Gebet für Markie, rief dann meine Gefährten, und als sie vollständig am Grab versammelt waren, sprach Mr. Sullivan feierlich ein Seemannsgebet für ihn. Eliza hatte aus Möwenfedern und einer Schleife von ihrem Unterrock einen kleinen Strauß gebunden, und als sie ihn auf den Steinhügel gelegt hatte, kehrten wir zum Lager zurück.

Adrian Webb wurde mindestens zweihundert Meter entfernt im Sand begraben, und niemand sprach ein Gebet für ihn. Das war unchristlich und nicht barmherzig, aber Simon sagte, auf diese Weise bräuchten wir wenigstens nicht zu heucheln, und er hoffe sehr, daß es eine Hölle gebe, denn er wäre durchaus bereit, für seine eigenen Sünden zu büßen, wenn er wüßte, daß Adrian Webb für die seinen büße. Er hätte sich dieses Gedankens schämen sollen, aber ich hatte keinen Zweifel, daß wir alle das gleiche empfanden.

Am nächsten Morgen brachen wir beim ersten Tageslicht wieder auf. Das Terrain wurde jetzt ebener, und schon am späten Nachmittag erreichten wir die winzige Siedlung an der Mündung des Swakop. Das Flußbett war trocken, und

Mr. Sullivan sagte uns, das Wasser des Flusses erreiche das Meer nur zwei- oder dreimal im Jahr, und es gebe keine Brunnen, um die Bevölkerung zu versorgen. Ich hatte, bis die *Caragh* untergegangen war, noch nie von Swakopmund gehört, doch auf dem letzten Abschnitt unseres Marsches hatte Mr. Sullivan erläutert, daß es an der Küste Westafrikas liege, einem Gebiet, das kürzlich von den Deutschen annektiert worden sei, während das zwanzig Meilen weiter südlich an der Mündung des Kuiseb liegende Walfischbucht eine britische Besitzung sei.

Die wenigen Deutschen, die in Swakopmund über die eingeborene Bevölkerung herrschten, staunten nicht schlecht über unseren Anblick. Sie empfingen uns äußerst freundlich, nahmen uns in ihren Häusern auf, gaben uns zu essen und ließen unsere Verletzten Erste Hilfe angedeihen, und am nächsten Morgen brachten sie uns dann bei sehr günstigem Wind, der uns erlaubte, die Strecke in wenig mehr als vier Stunden zurückzulegen, per Schiff nach Walfischbucht.

Dort löste unsere Ankunft noch mehr Verblüffung aus, denn wie sich herausstellte, waren die anderen Rettungsboote der *Caragh* schon nach zwei Tagen auf See von einem Frachtdampfer gesichtet worden, der ihre Besatzung dann unmittelbar nach Walfischbucht gebracht hatte. Einige der Männer hatten auf anderen Schiffen angemustert und waren fort, aber Kapitän Lester war noch da, um auf eine Passage nach England zu warten. Man hatte selbstverständlich angenommen, daß wir längst umgekommen seien, entweder auf See oder an der gefürchteten Skelettküste, und alle Welt überschüttete uns nun mit Fragen, wie wir überlebt und eine solche Reise geschafft hätten.

Auf meine inständige Bitte verschwiegen wir die Rolle, die ich dabei gespielt hatte, denn ich hatte natürlich kein Verlangen, als Kuriosum begafft zu werden. Mr. Sullivan teilte nur Kapitän Lester die volle Wahrheit mit, doch abgesehen davon, machten wir Simon zu unserem Sprecher, und wäre nicht unser tiefer Kummer um Markies Tod gewesen, hätten wir sicherlich immer wieder über die atemberaubenden Geschichten gelacht, die Simons üppige Phantasie produzierte, über die Märchen von unseren Erlebnissen als Schiffbrüchige, die Robinson Crusoe die Schamröte in die Wangen getrieben hätten und nie dazu bestimmt waren, Glauben bei ihren Zuhörern zu finden.

Piroo wurde in das kleine Missionsspital gebracht, und meine anderen Gefährten bekamen Salben und Tinkturen zur Linderung ihres Sonnenbrands. Es gab eine Telegraphenverbindung mit Kapstadt, die es Luke ermöglichte, Nachrichten zur Weiterleitung nach London zu senden und Kleidung, Geld und Kreditbriefe mit einem Schiff, das in zehn Tagen auf der Route von Kapstadt nach Southhampton hier anlegen sollte, nach Walfischbucht bringen zu lassen. Auf diesem Schiff ließ er auch Kabinen für unsere Heimfahrt reservieren.

Ehe wir abfuhren, machte Luke dem kleinen Piroo ein reiches Geschenk in Form von zweihundert Pfund. Ich besuchte den Zimmermann während unseres Aufenthaltes zwei- oder dreimal, und beim letztenmal gab ich ihm den Bumerang zurück, was ihn hoch erfreute. Es waren sonderbare, ruhige Tage nach unserer furchtbaren Heimsuchung. Manchmal wurde ich von Trauer um Markie überwältigt, und dann wieder war ich überglücklich, weil Luke bei mir war, weil Luke mich liebte und mich heiraten wollte, weil ich wußte und verstand, warum er früher manchmal so kalt und abweisend zu mir gewesen war, und weil ich nun grenzenlos dankbar und glücklich mein Versprechen an Rosemary einlösen konnte, die mir alles bedeutet hatte.

Wenn wir allein waren, sprachen wir von der Zukunft. Er fragte, ob ich gern nach Australien zurückkehren würde, nachdem wir geheiratet hätten, aber ich meinte, ich würde lieber auf seinem Gut in Somerset leben und ihm einige schöne Babys schenken, worauf er unbändig lachte, mich abermals küßte und erklärte, niemand könne die Dinge so gut beim Namen nennen wie ein Wechselbalg, der bei einem Ureinwohnerstamm aufgewachsen sei.

Dann kam der Tag, als wir in unserer schlecht sitzenden, geborgten oder aus zweiter Hand gekauften Aufmachung am Kai standen und das Schiff, das uns nach England bringen würde, näher kommen sahen. Ich hatte mich bei Eliza eingehakt, und vielerlei Gedanken gingen mir durch den Kopf, während ich mir ins Gedächtnis zurückrief, wie eng doch mein Leben mit dem ihren verknüpft gewesen war seit dem Tag, als ich sie zum erstenmal als Mrs. Fordyce, die Frau des Predigers, gesehen hatte. Ich fragte mich, was sie wohl in diesem Moment denken mochte, und war froh, daß ihr Sonnenbrand gut verheilte und ihr schönes Gesicht keine Narben zurückbehalten würde.

Luke und Simon, die hinter uns am Kai standen, hatten mehrere Minuten lang geschwiegen. Zweifellos waren sie beide von Erinnerungen an die Geschehnisse der letzten Woche bewegt. Dann räusperte Simon sich und sagte ein wenig unsicher: »Eliza . . .«

Sie drehte sich nicht um, antwortete aber: »Ja, Simon?«

»Wenn Markie noch am Leben wäre, dann hättest du als seine Frau eine sehr reiche Dame werden können.«

Ich sah, wie ihre Mundwinkel sich zu einem kurzen, traurigen Lächeln verzogen, während sie bejahte.

»Und ich glaube, ihr hättet zusammen sehr glücklich sein können . . .«

»Ja, das glaube ich auch, Simon.«

»Er wäre nicht so töricht gewesen, dich als selbstverständlich zu betrachten oder nicht zu begreifen, wieviel du ihm bedeutest.«

»Nein, ich glaube nicht.«

»Ich mochte Markie bereits, als er nur der Mann im dunklen Zimmer war«, sagte Simon nachdenklich. »Und als wir ihn später richtig kennenlernten, war ich stolz darauf, sein Freund zu sein. Als ich dann aber in den Tagen an der Skelettküste miterlebte, wie mutig er war, bewunderte ich ihn grenzenlos. Ich bin unendlich traurig, einen Freund verloren zu haben, und werde nie vergessen, daß er für dich gestorben ist, Eliza. Alles, was ich jetzt sagen kann, ist ... Würdest du in Erwägung ziehen, statt dessen einen egoistischen Narren zu heiraten, der keinen Penny in der Tasche hat?«

Eliza rührte sich nicht. Ich sah, wie sie einige Sekunden lang die Augen schloß und sie dann wieder öffnete, um über die Bucht zu schauen. »Schon möglich, Simon«, antwortete sie dann zärtlich. »Frag mich noch mal, wenn wir wieder zu Hause sind.«

18

TANTE BECKY TUPFTE sich mit einem Taschentuch die feuchten Augen und sagte: »Es ist sehr freundlich, daß Sie gekommen sind, liebe Meg.«

Seit unserer Rückkehr nach England waren zwei Monate vergangen, und ich saß in meinem neuen Mantel, eine flache Toque auf dem Kopf, in ihrem Salon. Luke wartete draußen in einer Kutsche. Tante Becky sah um zehn Jahre gealtert aus, und ihre tiefliegenden Augen blickten gehetzt.

»Ich bin nur gekommen, um Sie zu beruhigen«, sagte ich. »Die Hypotheken auf den beiden Häusern sind getilgt, und wenn Sie das Landhaus in Eastbourne verkaufen, werden Sie es sehr gut schaffen mit dem Internat für die Jungen und ... und allem.«

Sie weinte wieder, und ich wünschte mir inständig, ich hätte diese schwere Probe bereits hinter mir. Als sie sich ein wenig gefaßt hatte, sagte sie mit bebender Stimme: »Ich weiß, was er getan hat, Meg. Der Anwalt hat es mir erzählt. Es stand alles in einem Protokoll, das diese Seeleute und Mr. Fordyce unterschrieben haben. Er hat Ihnen eine Menge Geld gestohlen, und dann hat er sogar versucht, Sie zu töten.« Sie schüttelte verzweifelt den Kopf. »Ich habe ihn ja überhaupt nicht gekannt. Ich *kannte* ihn gar nicht!«

Ich sagte: »Machen Sie es sich nicht noch schwerer. Der Grundbesitz, den mein Vater im Norden hatte, ist unangetastet, und ich brauche das Geld ohnehin nicht. Ich werde im nächsten Monat Mr. Bowman heiraten, und ganz abgesehen davon, habe ich von den Anwälten gehört, daß Mr. Lafayette mir ein großes Vermögen hinterlassen hat.«

Außerdem hatte Markie beträchtliche Legate für Simon und Eliza ausgesetzt, aber das konnte Tante Becky nicht interessieren. »Ich wollte Ihnen nur sagen, daß Sie keine Angst zu haben brauchen«, fuhr ich fort. »Ich werde keine juristischen Schritte einleiten, und Sie können die Häuser behalten.« Dann gab ich mir alle Mühe, überzeugend zu heucheln, und fügte hinzu: »Es tut mir leid, daß Ihr Mann tot ist.«

Sie blinzelte mich mit rot geränderten Augen an. »Leid? Oh, bitte nicht, meine Liebe. Es darf Ihnen nicht leid tun. Ich war *froh*, als ich es erfuhr, noch bevor ich wußte, was er dort unten getan hat ... daß er diesen armen Mann in der Wüste erschossen hat.«

Ich sagte verblüfft: »Sie waren froh?«

Sie beugte sich vor und senkte die Stimme zu einem Flüstern: »Wegen des Geständnisses, meine Liebe. Ja, wegen des Geständnisses. Natürlich werden sie jetzt, wo er tot ist, nichts mehr unternehmen.«

Ich sagte zurückhaltend: »Was für ein Geständnis, Tante Becky?«

»Von dem Mann im Gefängnis. Er lag im Sterben und wollte sein Gewissen erleichtern, und so machte er dieses Geständnis. Sie haben alles aufgeschrieben. Das war, nachdem *er* nach Amerika gefahren ist. Das heißt, er hat natürlich nur vorgetäuscht, daß er dorthin fahren würde.«

Tante Beckys Bericht war recht zusammenhanglos, aber ich begriff, daß er ihr Mann war, der tote Adrian Webb, dessen Namen sie nicht mehr in den Mund nehmen wollte. »Worum ging es in dem Geständnis?« fragte ich.

Sie schloß die Augen und wiegte sich wie von unerträglichen Qualen gepeinigt, hin und her. »Um meinen Vater, Meg. Dieser Unhold gestand, daß er ... daß er ihn im Pferdestall *umgebracht* hat. Er schlug mit einer Keule auf ihn ein, an die ein Hufeisen genagelt war, damit es so aussah, als wäre mein armer, lieber Papa von einem Pferd getreten worden. In dem Geständnis des Mannes stand, daß *er* ihn damit beauftragt hatte. Als Anwalt hatte *er* etwas Schlimmes über diesen Mann erfahren, verstehen Sie, und so zwang er ihn dazu, aber er gab ihm auch ein bißchen Geld.«

Ich saß lange Sekunden wie betäubt, und mir fiel wieder ein, daß Markie Zweifel daran geäußert hatte, wie Beckys Vater angeblich gestorben war. Ich sagte: »Sie meinen also, Ihr Mann hat es in die Wege geleitet, daß Ihr Vater ... ermordet wurde?«

»Ja, meine Liebe! Damit *er* das Vermögen erben konnte – natürlich über mich.« Sie schlug beide Hände vor das Gesicht. »Oh, dieser böse, böse Mensch. Mich schaudert, wenn ich daran denke, daß ich mit ihm verheiratet war.« Sie ließ langsam ihre Hände sinken, und ihre tränennassen Wangen kamen zum Vorschein. »Ich gebe mir soviel Mühe, mit dem lieben Papa in Verbindung zu treten«, sagte sie kläglich. »Ich dachte, jetzt, wo ich die Wahrheit weiß, fällt es ihm vielleicht leichter, über Mrs. Cruikshank mit mir zu sprechen, aber bisher haben wir keinen Erfolg gehabt.«

Ich empfand das größte Mitleid mit ihr, aber ich hatte alles, was in meiner Macht stand, getan, um ihr zu helfen, und ich wollte nun nichts mehr mit Adrian Webb zu tun haben, auch nicht indirekt über sie. »Vielleicht dauert es einige Zeit, bis solche Dinge eine Wirkung auf den Geist eines Verblichenen haben«, sagte ich, da mir nichts Besseres einfallen wollte, »aber ich bin sicher, daß die Séancen Ihnen viel Trost schenken, Tante Becky.«

Bei den letzten Worten stand ich auf und nahm meine Handschuhe und Handtasche. »Wenn Sie mich jetzt bitte entschuldigen würden. Mr. Bowman wartet draußen in der Kutsche.«

»Oh, selbstverständlich, meine Liebe, selbstverständlich.« Sie sprang auf und begleitete mich zur Tür des Salons. »Sie dürfen Ihren Verlobten nicht warten lassen. Ich hoffe von ganzem Herzen, daß Sie glücklich werden, und es tut mir so leid, daß Sie soviel Schreckliches durchgemacht haben. Wie hieß doch der arme Mann, den *er* in der Wüste umgebracht hat?«

Wir gingen jetzt durch die Diele, und ich erwiderte: »Das war Mr. Lafayette, der Gentleman, der mich beschützt hat, Tante Becky.«

»Ich werde Mrs. Cruikshank bitten, daß sie mit Mr. Lafayette in Verbindung tritt, meine Liebe«, sagte sie in vertraulichem Ton. »*Vielleicht* kann er ihr ja zu einem Kontakt mit meinem lieben Papa verhelfen. Möchten Sie, daß sie Mr. Lafayette etwas ausrichtet, falls sie ihn erreicht?«

Mir lag eine schroffe Antwort auf den Lippen. Ich wußte nicht, ob es den Toten möglich war, mit den Lebenden zu sprechen, aber ich hoffte und betete, daß Markies Seele nach all dem Leid, das ihm auf Erden widerfahren war, Ruhe und Frieden gefunden habe möge, und ich wollte nicht, daß dieser Friede gestört wurde. Es kostete mich Mühe, die Worte zurückzudrängen, die ich um ein Haar geäußert hätte. Tante Becky war nun eine wahrhaft mitleiderregende Gestalt, die Witwe eines Mörders und eine Frau, der noch viel Unheil bevorstehen mochte, denn Edward, ihr jüngster Sohn, schien ganz nach dem Vater zu schlagen.

Da sie begierig auf meine Antwort wartete, sagte ich schließlich mitleidig: »Vielleicht könnte Mrs. Cruikshank ihm einfach ausrichten, wie dankbar ich ihm bin und wie sehr ich ihn liebbehalten werde.«

»Ja, meine Liebe, ja. Ich werde es ihr sagen.« Tante Bekky stand mit mir an der Haustür. »Wissen Sie, es ist nur eine Hoffnung. Vielleicht ist es Mrs. Cruikshank nicht möglich, mit ihm in Verbindung zu treten. Sie kann es nur versuchen.«

»Ja, ich verstehe.«

»Wohin werden Sie nun gehen, meine Liebe? Ich möchte Sie über das, was geschieht, auf dem laufenden halten.«

»Nun, bis ich heirate, wohne ich bei Simon und Eliza Fordyce am Portman Square, wo sie ein Haus gemietet haben, aber ich ... ich möchte ehrlich gesagt nicht wissen, was geschieht.«

Sie sah mich betrübt an. »Oh, wenn es so ist ... Es liegt ganz bei Ihnen, Meg.«

»Danke, Tante Becky. Ich muß Ihnen jetzt Lebewohl sagen.«

»Auf Wiedersehen, meine Liebe.«

Ich küßte sie auf die Wange und hörte die Haustür ins Schloß fallen, während ich erleichtert, weil der Besuch hinter mir lag, die Stufen hinunterging. Einige Schritte weiter stand Luke, auf einen Stock gestützt, auf dem Bürgersteig und zog den Hut, als ich mich näherte. Von der Kutsche war weit und breit nichts zu sehen. Ich nahm seinen Arm und sagte: »Wo ist denn der Wagen geblieben?«

»Ich habe ihn fortgeschickt«, meinte er leichthin. »Ich dachte, wir können doch zu Fuß durch den Hyde Park zum

Portman Square gehen, weil ich auf diese Weise in den Genuß des Vergnügens komme, von allen Männern unterwegs neidisch angestarrt zu werden.«

»Laß die Schmeicheleien«, sagte ich, als wir uns in Bewegung setzten. »Du hast immer gesagt, daß ich ziemlich gewöhnlich aussehe.«

»Ich habe gelogen, Rotschopf. Ich habe gelogen.«

»Nun ja, wir werden sehen. Da, der Mann dort hat kein bißchen neidisch gestarrt.«

»Dummköpfe zählen nicht, Schatz.«

Ich lachte. »O Luke, ich sehne mich so danach, mit dir verheiratet zu sein.«

»Eine Dame darf sich nicht nach so etwas sehnen.«

»Ich weiß, aber ich bin eine Wilde.«

Er seufzte. »Oh, Rotschopf. Ich trage so viele Bilder von dir in meinem Herzen. Da ist der allererste Augenblick im Busch, als ich wieder zu mir kam und dein schmutziges sommersprossiges Gesicht sah, während du mir Wasser gabst, und da ist ein anderer Augenblick, einige Tage später, als du so krank warst und am ganzen Körper Flecken hattest, aber du hast dich immer weiter geschleppt, bis du dann zusammengebrochen bist. Du hast nicht ruhen wollen, weil du diesen sonderbaren *walypala* in Sicherheit bringen wolltest.«

Wir gingen über die Straße in den Park, und ich bat ihn: »Erzähl mir noch von anderen Augenblicken, Luke.«

»Oh . . . ja damals in der ersten Zeit in *Shalimar*, als wir zusammen gearbeitet haben. Du hattest deine gebraucht gekauften Stiefel und den unförmigen Kattunkittel an, aber du warst so glücklich und dankbar für alles, sowenig es auch war. Und du warst bereit, loszugehen und den Medizinmann zu suchen, der Rosemary krank machte, obwohl du furchtbare Angst vor seinem Zauber hattest. Du wolltest ihn mit deinem Bumerang niederstrecken und dann ganz schnell hinlaufen und ihn mit deinem Speer töten.«

Ich hatte den Vorfall beinahe vergessen, und obwohl er mir jetzt ins Gedächtnis zurückkehrte, erschien mir das Mädchen, von dem Luke sprach, inzwischen wie eine Fremde. »Du meine Güte«, sagte ich. »Ich weiß, das muß einem zivilisierten Menschen ziemlich schrecklich vorkommen, aber meinem Stamm wäre das kein bißchen schokkierend erschienen, und ich hätte für Rosemary alles gewagt.«

»Ich weiß, Liebling, ich weiß. Ich trage noch viele andere Bilder in meinem Herzen. Ich sehe, wie sie dir Unterricht gibt und wie du dich bemühst, aus den Büchern zu lernen. Ich sehe, wie ihr in der Küche über irgend etwas kichert, und dann, wie du Rosemary zuletzt so aufopfernd gepflegt hast.«

Wir gingen eine kleine Weile stumm weiter, und dann lachte er leise auf und sagte: »Es gibt traurige Bilder und glückliche Bilder und auch lustige Bilder. Ich sehe dich gerade vor mir, wie du mit der Karte von der Goldmine zurückkommst und ich dich in deiner ... deiner Buschmontur überrasche. Du bist außer dir vor Entrüstung und starrst mich mit deinen großen grünen Augen an, bevor du dann wegläufst und dich mit einem Unterrockfetzen bedeckst.«

Er drückte meine Hand, die auf seinem Arm lag. »In dir war nie ein Funke von Arglist, und du warst noch genau dieselbe, als ich nach Clairmont kam, um dich zu holen – und anstelle der kleinen Wilden, in die ich mich verliebt hatte, eine entzückende junge Dame antraf. Ich war sprachlos. Auch das ist ein Bild, das ich immer in mir habe. Es gibt so viele Bilder, aber die von unserem Marsch die gottverlassene Skelettküste hinunter gehören den eindringlichsten. Als du wieder Mitji warst und uns alle am Leben erhalten hast.«

Ich stieß einen lauten, sehr undamenhaften Seufzer der

Befriedigung aus. »Oh, du sagst so schöne ermutigende Dinge, Luke. Aber was ist mit meinem Katzengesicht?«

Jetzt mußte er grinsen. »Aber deshalb heirate ich dich doch, Rotschopf. Das mag ich mit am allerliebsten an dir.«

Ich lachte, und wir gingen weiter, verließen den Park und schritten zum Cumberland Gate. Kein Mann starrte Luke neidisch an, aber das überraschte und beunruhigte mich nicht. *»Mitjiquin«*, sagte ich.

Er sah überrascht zu mir hinunter. »Queen Victoria? Was ist mit ihr?«

»Nein, nicht Queen Victoria! Ich habe es dir vor einer Ewigkeit erzählt, und du hast es offenbar vergessen. *Mitjiquin* ist ein sehr starkes Zauberwort, das ich von einem Jungen gelernt habe, der Medizinmann werden wollte, und ich kann es benutzen, damit mein sehnlichster Wunsch in Erfüllung geht.«

»Siehst du, du bist ein Glückskind. Darf man wissen, was im Moment Ihr sehnlichster Wunsch ist, Miss Glencullen?«

Ich ahmte seine Förmlichkeit nach. »Sehr gern, Mr. Bowman, obgleich ich fürchte, Sie halten mich dann für eine schamlose Dirne. Ich habe jedoch meist nur bescheidene Wünsche, und im Augenblick ist es mein sehnlichstes Verlangen, daß wir eine Droschke nehmen und mit höchstmöglicher Geschwindigkeit zum Portman Square fahren, damit wir uns ungestört küssen können, vielleicht auch mehrere Male.«

»Ah!« Er drückte meine Hand, schaute in beiden Richtungen die Straße hinunter, machte dann ein enttäuschtes Gesicht. »Keine Droschke zu sehen«, sagte er. »Es ist nicht auszuhalten.«

»Mitjiquin!« wiederholte ich mit fester Stimme und lachte dann überrascht los, weil keine Sekunde später eine Droschke um die Ecke bog und auf uns zurollte.

»Hexerei«, flüsterte Luke bewundernd. »Rotschopf, du bist einmalig.« Und damit hob er den Stock und winkte die Droschke herbei.